*K.*

Carmen Korn

# ZEITENWENDE

Roman

Kindler

1. Auflage Oktober 2018
Copyright © 2018 by Rowohlt Verlag GmbH,
Reinbek bei Hamburg
Karte im Anhang von Peter Palm
Gesetzt aus der Dolly bei
CPI books GmbH, Leck, Germany
Druck und Bindung
GGP Media GmbH, Pößneck, Germany
ISBN 978 3 463 40684 8

*Maris, Paul, Michael, Hannah*
*und allen Kindern, die noch kommen werden*

## HENNY UND IHRE ANGEHÖRIGEN

*Henny Unger, geborene Godhusen*
Jahrgang 1900. Vier Namen schon, die Henny in ihrem Leben trug. Doch nach der Ehe mit dem jung verstorbenen Lud Peters und der Scheidung von Ernst Lühr hat Henny nun ihr Glück gefunden mit dem Arzt Theo Unger. In der Finkenau arbeitet die Hebamme nicht mehr, aber sie hilft in der Frauenarztpraxis ihrer Tochter Marike aus.

*Theo Unger*
Jahrgang 1892. Einst verhinderte eine Flasche Helbing, dass der junge Arzt und die Hebamme zusammenkamen, und ein anderer wurde Hennys erste Liebe. Nun ist Theo Unger glücklich, in Henny nicht nur die Frau an seiner Seite gefunden, sondern auch noch eine ganze Familie geschenkt bekommen zu haben.

*Marike Utesch, geborene Peters*
Jahrgang 1922. Hennys Tochter aus der Ehe mit Lud. Nach Theos Rückzug führt sie die gemeinsame Praxis am Neuen Wall allein. Seit Dezember 1945 ist sie mit Jugendliebe *Thies Utesch* verheiratet, mit dem sie die gemeinsamen Kinder Katja und Konstantin hat.

*Katja Utesch*

Jahrgang 1950. Katja Kratzbürste nennt sie ihr Freund *Karsten Jentzsch*. Doch das stimmt nur zum Teil. Ja, Katja weiß, was sie will. Einzig in Bezug auf Karsten ist Katja merkwürdig unentschlossen. Verknallt ist sie in ihn, aber seine zur Schau getragene Verwegenheit und Männlichkeit gehen ihr zunehmend auf den Keks.

*Konstantin Utesch*

Jahrgang 1962. Der jüngere Bruder von Katja wird zu einem zielstrebigen jungen Mann werden.

*Klaus Lühr*

Jahrgang 1931. Hennys Sohn aus zweiter Ehe. Seine Sendung *Nach der Dämmerung* im NDR ist mittlerweile eine Institution. Seit er neunzehn Jahre alt war, liebt er den Jazzpianisten *Alex Kortenbach*. Alex, der seine ganze Familie im Hamburger Feuersturm verlor, während er selbst in Argentinien lebte, trägt noch immer schwer an dieser Last. Auch wenn ihm Klaus' Familie längst zur eigenen geworden ist.

## LINA UND IHRE ANGEHÖRIGEN

*Lina Peters*

Jahrgang 1899. Die ehemalige Lehrerin ist eine der Inhaberinnen der Buchhandlung Landmann. Dass ihr kleiner Bruder Lud ihr in seinem kurzen Leben nicht nur eine Schwägerin, sondern auch Nichte und Neffe beschert hat, dafür ist Lina unendlich dankbar.

*Louise Stein*

Jahrgang 1901. Linas langjährige Lebensgefährtin. Einst waren die gemeinsamen Cocktailstunden vor dem geöffneten Mansardenfenster eine launige Tradition. Doch mittlerweile trinkt Louise nicht nur in heiteren Stunden.

*Momme Siemsen*

Jahrgang 1912. Der Partner von Lina und Louise in der Buchhandlung. Zusammen mit Frau Anni und den drei gemeinsamen Töchtern lebt Momme noch immer zufrieden in der ehemaligen Pension von Guste, in die er einst aus Dagebüll im Holsteinischen gekommen war, um in Hamburg eine Buchhändlerlehre zu beginnen.

*Ida Yan, geborene Bunge*

Jahrgang 1901. Das verwöhnte Fräulein Bunge hätte wohl nicht gedacht, was für Wendungen ihr Leben einmal nehmen würde. In dem Kaufmann *Tian Yan*, Sohn chinesischer Eltern, hat Ida ihre Liebe gefunden, in Henny, Käthe und Lina lebenslange Freundinnen. Zusammen mit der Familie Siemsen leben die Yans seit Jahren bei Guste.

*Guste Kimrath*

Jahrgang 1887. Das ererbte Haus in der Johnsallee öffnete Guste jahrzehntelang denjenigen, die einen Zufluchtsort suchten, ihnen allen bot sie viel mehr als eine Pension. Die Frau mit dem großen Herzen und dem weiten Geist ist nicht nur für die beiden Familien, die bei ihr wohnen, ein wichtiger Mensch.

*Florentine Yan*

Jahrgang 1941. Die Tochter von Ida und Tian ist längst ein international gebuchtes Fotomodell geworden. Lange Zeit liebte Florentine zwei Männer, Alex Kortenbach und den Tontechniker *Robert Langeloh*. Doch mittlerweile hat sie erkannt, dass Alex nicht zu haben ist. Und trotz aller Tändelei sind ihre Gefühle für Robert aufrichtig. Sie nennt ihn liebevoll ihren Husky, seines blauen Glasauges wegen, das er seit einer Kriegsverwundung zum heilen grünen Auge trägt.

## KÄTHE UND IHRE ANGEHÖRIGEN

*Käthe Odefey, geborene Laboe*

Jahrgang 1900. Einst Nachbarskinder, sind Käthe und Henny zu lebenslangen Freundinnen geworden. Während des Krieges saß Käthe aufgrund ihrer kommunistischen Gesinnung im KZ, erst auf Umwegen fand sie ihren Weg zurück zu den Uhlenhorster Freunden.

*Rudi Odefey*

Jahrgang 1900. Käthes Ehemann. Dass er seit 1919 eine Frau liebt, die keine Gedichte mag, kann der feinsinnige Rudi manchmal kaum glauben. Dennoch ist seine Käthe für ihn immer noch das sinnliche junge Mädchen, in das er sich damals bis über beide Ohren verliebt hat.

*Ruth Odefey*

Jahrgang 1944. Mit sechs Jahren ist die Waise Ruth in Käthes und Rudis Leben gekommen. Ruth ist eine ernsthafte junge Frau geworden. Doch selbst für ihre Adoptiveltern und ihre engen Freundinnen Katja und Florentine bleibt Ruth oft ein Rätsel, genau wie ihre unheilvolle Liebe zu *András Bing*.

## MÄRZ 1970

Käthe nahm einen kleinen Anlauf und sprang. Stand auf der anderen Straßenseite, schien einen Augenblick lang atemlos, doch dann winkte sie zu Henny hinüber und sprang noch einmal. Fiel der Freundin in die Arme, die Käthe erleichtert auffing. Acht Sprünge. Vom Haus der einen zum Haus der anderen. Ein Spiel aus Kindertagen, damals hatten sie einander in die Küche blicken können.

«Ich kann's noch.» Ein Jubilieren in Käthes Stimme.

Autos verlangsamten das Tempo. Vielleicht hörte die Verrückte nicht auf, das Känguru zu geben. Fußgänger drehten sich um nach den beiden Frauen. Lachten. Staunten. Je oller, je doller.

Der erste Sonnentag in einem März, dessen Himmel bisher voller Wolken gegangen hatte. Waren Henny und Käthe darum so ausgelassen auf ihrem Weg in die Eilenau?

«Spring *du* mal», sagte Käthe.

Henny schüttelte den Kopf. Weiche blonde Wellen, die ihr dabei ins Gesicht fielen, Käthe hatte kräftige dunkle. Da halfen sie beide nach, vertrauten sich *Wellas* Haarfarben an. Die weißen Haare überließen sie ihren Männern.

«Ich bin lieber diejenige, die auffängt», sagte Henny.

«Dein Rock ist ja auch eng wie eine Knackwurstpelle.» Käthe griff in ihr Strickkleid, das unter der halblangen Jacke hervorkam. «Das hier dehnt sich. Ich lass mich doch nicht von einer Klamotte behindern.»

Dass sie noch Leichtigkeit im Körper hatten, sie wussten das zu schätzen. Siebzig würde Henny am Ende des Monats werden, so alt wie das Jahrhundert, Käthe war es seit Januar. In ihrer Wahrnehmung fühlte sich alles jünger an. Wo war die Zeit geblieben?

«Wollen wir über die Finkenau gehen?», fragte Käthe. «Unserer alten Wirkungsstätte die Ehre geben?»

«Das ist mir zu viel Erinnerung, unsere Elternhäuser genügen mir für heute», sagte Henny. «Lass uns nun mal schnurstracks zu Lina.»

Lina, die Schwester von Hennys erstem Mann. Ihre Schwägerin war nach Luds frühem Tod ihre lebenslange Freundin geblieben.

«Und Ida wird auch da sein? Ich dachte, die wollte in Paris nach ihrer verlorenen Tochter gucken?»

«Florentine kommt nächste Woche nach Hamburg zurück.» Henny drehte sich um und blickte noch einmal auf das Haus, in dem sie ihre Kindheit und Jugend verbracht und auch wieder gelebt hatte, nachdem die eigene Wohnung von den Bomben des Juli 1943 zerstört worden war. Eine Gardine wurde bewegt am Fenster im zweiten Stock, als stünde ihre Mutter dort, die nun schon bald vier Jahre tot war.

«Im Mai wird Karstadt eröffnet», sagte Käthe, als sie in die Hamburger Straße einbogen. Sie blickte zu dem großen Einkaufszentrum, das dort entstand. «Ein Betonklotz. Schön ist anders.»

«Fang nicht damit an, dass früher alles besser war.»

«Da wäre ich die Letzte. Doch das alte Karstadt ist ein Gedenken wert. Weißt du noch? Die Tanzkapelle auf der Dachterrasse?»

Wie wohltuend, das zweistöckige Haus am Kanal zu sehen, das seit sieben Jahrzehnten unbeschadet in der Eilenau stand und in dessen Mansarde Lina und Louise lebten. Rote Backsteine. Weißer Stuck. Das dreiflügelige Fenster war weit geöffnet an diesem weichen Tag. Konnten sie da oben Käthe hören, die einen kleinen Gesang angestimmt hatte?

*Frühling kommt, der Sperling piept,*
*Duft aus Blütenkelchen.*
*Bin in einen Mann verliebt*
*und weiß nicht in welchen.*

Henny sah ihre Freundin amüsiert an. Die Brüchigkeit, die Käthes Stimme nach den Kriegsjahren behalten hatte, ließ sie lasziv klingen.

«Hast du deinen Mann je betrogen?»

«Nicht mal ein Zwinkern im Auge gehabt. Einen Hinreißenderen als Rudi kann ich kaum kriegen.»

Sie kicherten noch, als sie vor Lina standen, die ihnen die Tür öffnete, um sie einzulassen in diesen Nachmittag.

«Eclairs.» Käthe schluckte schon vor lauter Lust auf die schokoladigen Kuchenstückchen. Sie betrachtete die Kaffeetafel, die für fünf gedeckt war. Die Tischdecke mit Hohlsaum, das gute alte Porzellan von Louises Eltern, Kännchen aus Kristall, in denen blaue Perlhyazinthen standen und rosa Bellis. Eine Etagere voller Eclairs und anderer Süßigkeiten.

Käthe schätzte die französische Konditorkunst. Zu ihren ersten Verabredungen hatte Rudi sie in das Hotel Reichshof ausgeführt, ihr Gedichte vorgelesen, Petits fours spendiert, und das kurz nach dem Ersten Weltkrieg. Hennys Mutter hatte das Verzehren der Küchlein da noch für Verrat am Vaterland gehalten.

«Lina und ich haben für die Eclairs eben den guten alten Namen *Liebesknochen* wiederentdeckt», sagte Louise.

«Das versteht kein Mensch mehr», sagte Ida.

«Und außerdem ist der Begriff bar jeder Erotik», fügte Käthe hinzu.

«Der Frühling geht Käthe ganz schön ins Blut. Eben auf der Straße hat sie ein Lied aus dem *Blauen Engel* gesungen. Habt ihr's nicht gehört?»

Ida setzte sich neben Käthe. «Steck mich bitte an mit deiner frivolen Stimmung.»

«Hast du das nötig?»

«Ich lechze nach Veränderung. Innerlich und äußerlich. Tian ist stur, nicht mal neue Tapeten oder Sesselbezüge. In der Wohnung unserer Tochter ist alles hypermodern und irgendwie sexy. Wie geht denn das Lied aus dem *Blauen Engel?*»

Käthe grinste. «Ich hab schon von Henny gehört, dass Florentine kommt.»

«Höchste Zeit. Wir haben sie seit Neujahr nicht gesehen», sagte Ida.

«Hat sie ihren Freund noch?», fragte Lina.

«Ja. Robert ist sehr geduldig.»

«Er liebt sie», sagte Lina.

Das ließ sich von Robert sagen, beides.

«Florentine wird dreißig im nächsten Jahr.» Ida nahm ein Obsttörtchen von der Etagere. Das hatte doch wohl kaum Kalorien.

«Sie ist gerade erst neunundzwanzig geworden», sagte Henny. «Willst du sie unter der Haube haben? Die Zeiten sind vorbei.»

«Sie denkt nicht im Traum an Heirat. Kinder will sie auch keine. Tian und ich hätten so gern Enkel.»

Ein glücklicher Seufzer, der von Henny kam. Sie hatte eine Enkelin und einen Enkel, die einzige Großmutter im Kreis der Freundinnen.

Ida sah zu ihr hinüber. «Du hast es gut», sagte sie.

Henny hob die Schultern. Beinah schuldbewusst.

Ein frühlingswarmer Tag, auch in Paris. Florentine hatte den langen weiten Wintermantel ausgezogen und über einen der Korbstühle des Deux Magots geworfen. Der Blick von Jean lag auf ihr, ein langer Blick, der ihrem kleinen Bauch galt. «Ich habe den Gerüchten keinen Glauben schenken wollen. Wer ist denn der glückliche Vater?»

«Ein Mann aus Hamburg. Mit Mode hat er nichts zu tun.»

«Geheimnis?»

«Ja.» Florentine lächelte.

Mit Jean, dem Fotografen aus Luxemburg, hatte sie vor zehn Jahren zum ersten Mal gearbeitet, da hatte ihr Leben als Modell in den Anfängen gesteckt. Empfand sie darum hier auf der Terrasse eine Vertrautheit, dass sie seinen Vorschlag nicht gleich vom Tisch wischte, auf den der Kellner im nächsten Moment zwei Tassen Milchkaffee stellte?

«Lass mich Fotos machen, die ich *Paris Match* anbiete. Du in einem supersexy engen Teil. Der Art-Director wird begeistert sein, Florentine Yan mit Babybauch. Ich hätte für die nächsten Tage ein Studio an der Hand. Hier im Quartier.»

Florentine nahm sich Zeit, um den Zuckerwürfel aus dem Papier zu wickeln. «Willst du das wirklich?»

«Wichtig ist, dass du es willst. Oder denkst du, deinem Mann aus Hamburg würde das nicht gefallen? Wollt ihr heiraten?»

«Ich denke nicht im Traum an Heirat», sagte Florentine und wiederholte in Paris, was ihre Mutter gerade in Hamburg gesagt hatte. «Egal, was er darüber denkt.»

«Ihr Emanzen.» Jean stand auf. «Ich ruf mal in der Redaktion an», sagte er. Die Idee, Florentine als werdende Mutter zu fotografieren, elektrisierte ihn. Er kramte in seiner Hosentasche nach Francstücken und verschwand ins Innere des Cafés, um eine der drei Telefonkabinen im Souterrain aufzusuchen.

Florentine blickte über den Boulevard Saint Germain, und einen Augenblick lang war ihr bange vor der eigenen Courage. Ihre Eltern durften nicht erst aus einer Illustrierten von ihrem Enkelkind erfahren, auch den beiden geliebten Männern gegenüber wäre es kaum fair.

Sie zerkrümelte den Keks, der auf ihrer Untertasse lag, und streute die Krümel den Spatzen hin, die um den Tisch hüpften. Würde *Paris Match* die Fotos denn eilig ins Blatt heben? Nein. Bis die das druckten, war sie in Hamburg und hatte ihre Schwangerschaft kundgetan. Wenn sie auch beabsichtigte, ihrer Familie und Robert zu verschweigen, dass nicht nur er als Vater des Kindes in Frage kam.

Jean kehrte an den Tisch zurück und sah aus, als habe er in der Lotterie gewonnen. «Sie wollen es für die nächste Ausgabe haben. Ihnen sind zwei Doppelseiten über diesen Film mit Ali McGraw geplatzt, *Love Story*.»

Die Dinge nahmen ihren Lauf.


Ida kehrte kurz vor elf in die Johnsallee zurück. Stille im Haus, dessen Bewohner wohl schon ins Bett gegangen waren, nur bei ihnen brannte Licht. Tian setzte sich auf, als sie ins Schlafzimmer kam, und legte das Buch auf den Nachttisch. «War es schön bei Lina?», fragte er.

Ida sah ihren Mann an. «Der Nachmittag hat mir gutgetan», sagte sie.

«Ich freue mich, dass er in einen angenehmen Abend übergegangen ist.» Wäre er so lange weggeblieben, Ida hätte ihm eine Szene gemacht, er war da immer großzügiger gewesen. «Florentine hat angerufen. Sie freut sich auf uns. Und auf Robert.»

«Na, Gott sei Dank. Was machen deine Kopfschmerzen?»

«Sind weg. Ich habe noch mal eine *Temagin* genommen. Ich dachte, dass ich mich ein wenig meiner Frau widmen könnte.»

«Ich bin zu müde, Tian.»

«Dann komm an meine Schulter.»

Tian sah ihr nach, als sie in das Badezimmer ging. Ida und er waren beide achtundsechzig und noch immer ein gutaussehendes Paar. Warum fühlte er sich gerade steinalt?

Ida kam in einem ihrer vernünftigen Nachthemden ins Schlafzimmer zurück, sie besaß auch andere. «Lösch bitte das Licht.»

Nur noch die Lampe auf Tians Nachttisch war an, ein sandfarbener Seidenschirm, der sanft leuchtete. Tian schaltete die Lampe aus. Ein Fitzelchen Mond schien ihnen zum Fenster hinein, er konnte erkennen, dass Ida das Nachthemd über den Kopf zog und nackt in der Mitte des Zimmers stand.

«Komm», sagte sie. «Zieh deinen Pyjama aus.»

Träumte er schon? Tian stand auf. Tat wie geheißen. Traute sich kaum zu atmen, als könne die nackte Ida wie eine Fata Morgana vergehen.

«Ich habe mich tatsächlich bei Käthe angesteckt.»

Tian fragte nicht nach, was das bedeutete. Er küsste seine Frau. Ihm kam ein Sommerhüttchen in den Sinn. Liebe an einem kalten Tag im Dezember, ihnen war auch ohne Ofen wunderbar warm geworden. Eine Erinnerung, die ihm half, sich auf einmal jung und stark zu fühlen hier oben in ihrem Schlafzimmer. Jung und stark, wie er damals gewesen war.

«Nein. Keinen Alkohol mehr, Louise.»

«Nur noch einen *nightcap*. Zum guten Einschlafen.»

«Ich bin todmüde», sagte Lina.

«Komm zu mir aufs Sofa, statt im Zimmer herumzukramen. Ist doch schon alles aufgeräumt.»

Lina bedachte ihre Gefährtin mit einem strengen Blick, als Louise sich einen weiteren Whisky einschenkte. Früher hatten die Drinks wenigstens noch einen Fruchtanteil gehabt. «Mach einen zweiten Versuch mit dem Therapeuten, ich bitte dich», sagte sie.

«Ich denke eher an kosmetische Chirurgie.»

«Das glaube ich jetzt nicht.»

Louise setzte ihre Zeigefinger an die Schläfen und zog die Haut zum Haaransatz hin.

«Gibt dir was von *Suzie Wong*», sagte Lina.

«Schlupflider ade», sagte Louise und zerrte auch an Kinn und Hals. «Bobo sagt, er habe Kundinnen, die sähen nach vier bis sechs Schnitten aus wie frisch aus dem Ei.»

«Wer ist Bobo?»

«Mein Coiffeur. Er ist neu im Salon.»

Lina setzte sich neben die Frau, die sie liebte und mit der sie seit Jahrzehnten lebte. «Deine Seele braucht Hilfe, nicht dein Gesicht», sagte sie. «Tu mir den Gefallen und versuch es erst mal mit der Therapie.»

«Um meine Seele sorg dich mal nicht länger, die Depressionen sind vorbei, sobald ich keine alte Trutsche mehr im Spiegel sehe. Lina, wir waren so jung, als wir uns trafen.»

Lina seufzte. Der Mensch war viel zu früh jung. Zu dem Zeitpunkt wusste er das noch nicht wirklich zu schätzen.

«Ich habe mit Ida darüber gesprochen, sie würde auch was an ihrem Gesicht machen lassen.»

«Ihr seid beide verrückt geworden.»

«Sei nicht so altmodisch, in Amerika macht das jede.»

Lina stand vom Sofa auf. «Das glaube ich kaum», sagte sie. «Versuch es einfach mal mit Schönheitsschlaf.»

«Da müsste ich schon hundert Jahre schlafen.»

«Hat Bobo bereits einen Chirurgen an der Hand?»

«Er hat mir dessen Visitenkarte gegeben.»

«Sprich mit Marike drüber. Oder mit Theo.»

«Die beiden sind Gynäkologen. Ich will mir ja nicht meine Schamlippen straffen lassen. Obwohl das gar keine schlechte Idee wäre.»

«Du bist betrunken», sagte Lina. Sie schloss auch den letzten der Fensterflügel und fing an die Lampen auszuschalten. «Ab ins Bett.»

«Du hast noch immer was von einer Lehrerin an dir», sagte Louise. Doch sie stand auf und ging ins Badezimmer.

Henny hatte den kleinen Bogen gemacht und Käthe nach Hause begleitet. Von da war es nur noch ein kurzer Weg zur Körnerstraße, in der sie seit vielen Jahren mit Theo lebte.

Rudis dunkle Silhouette hinter dem einen Fenster im Erdgeschoss, in dem noch Licht war. Vielleicht sah er sie vor dem Haus stehen, vielleicht auch nicht, er zog sich ins Innere der Wohnung zurück. Vielleicht war er einfach nur diskret.

«Denkst du manchmal daran, dass dir Theo sterben könnte?»

«Er hat mir versprochen, neunzig zu werden.»

«Möge ihm das gelingen.» Käthe seufzte. «Ich weiß nicht, ob ich ohne Rudi leben will. Als er so lange nicht aus dem Krieg zurückkam, glaubte ich, mich mit seinem Tod abgefunden zu haben.»

«Gibt es einen Grund, darüber nachzudenken?»

«Nein», sagte Käthe. «Keine Krankheit. Keine, von der wir wüssten. Doch die Zeit vergeht auf einmal zu schnell.»

«Du warst so übermütig heute Nachmittag.»

Käthe blickte sie an. «Ich habe die Nacht nicht mehr gern, Henny. Im Dunkeln greifen die Dämonen nach mir oder vielmehr die Erinnerungen. Die Erinnerung kann ein schrecklicher Ort sein. Den Tod meiner Mutter in Neuengamme habe ich dann vor Augen. Und Kurt kommt mir in den Sinn, vielleicht hätte er die Nazis überlebt.»

«Er wäre nicht emigriert.»

«Rudi und ich haben die KZs ja auch überlebt.»

«Ihr wart viel jünger als Kurt.»

«Er war noch keine sechsundfünfzig, als er sich das Leben nahm.»

«Sein Freitod hat ihm die Würde bewahrt. Ihm war wichtig, sich nicht von den Nazis umbringen zu lassen.» Henny fing an zu frieren, weil die alte Trauer in ihr hochkam um den Arzt und Freund Kurt Landmann.

«Dir ist kalt», sagte Käthe.

«Dir nicht?»

«Doch. Danke, dass du mich bis vor die Tür gebracht hast.» Käthe beugte sich vor und gab Henny einen kleinen Kuss auf die Wange. «Früher war ich die Unerschrockene», sagte sie.

«Du bist es noch immer, wenn du den Autos vor die Kühler springst.»

«Ich bin keinem vor den Kühler gesprungen.»

«Acht Sprünge. Ich bin stolz auf dich.»

«Lass uns noch lange am Leben bleiben», sagte Käthe.

«*Unbedingt.* Um mit Kurt zu sprechen.»

Käthe sah ihrer Freundin nach, die nun eiligen Schrittes davonging. Trotz des engen Rocks, den Henny trug.

Gar nicht leicht, supersexy enge Teile in den Ateliers aufzutreiben. Die Pariser Szene fing an, den Folklorelook der Hippies nachzuahmen, lauter Volantkleider, vieles schlabberte, und auch die Bauernblusen, die gerade en vogue waren, wirkten wie voluminöse, bestickte Sofakissen.

In der Werkstatt eines Modeschöpfers in der Rue Tiquetonne wurde Jean schließlich fündig, der junge Mann experimentierte mit einem Kunstmaterial, das aussah wie Schlangenhaut, und nähte schmale Kleider daraus.

Florentine fand, sie sähe in dem knöchellangen Kleid in Kittweiß mit schwarzem Muster aus wie eine Python, die gerade ein Kaninchen verschluckt hatte und sich besser zum Verdauen hinlegen sollte.

«Du bist eine prächtige Schwarzkopfpython», sagte Jean. «Die Leute in der Redaktion werden hingerissen sein.»

Florentine balancierte auf den hohen dünnen Absätzen der Stiefel, das Körpergefühl fing an, ein anderes zu werden.

«*Vous êtes un rêve*», sagte die alte Audrey, die sie schminkte. Sähen Robert oder Alex diese Bilder, würden sie ohne Zweifel annehmen zu träumen. Oder eher zu halluzinieren. Doch warum sollten sie die *Paris Match* lesen? Alex sprach zwar ein ganz passables Französisch, die Illustrierte gehörte aber kaum zu seiner Lektüre. Er las neben den Tageszeitungen nur den *Spiegel* und das *Jazz Podium*.

«Genau so», sagte Jean. «Lass die Hände mal auf dem Bauch liegen. Florentine Yan im Mutterglück. Perfekt.»

Er zog ein weiteres Bild aus der Polaroidkassette, die der Hasselblad anhing. «Audrey hat recht, du bist ein Traum», sagte er und zeigte ihr die Polaroids.

«Ich gucke drein wie ein schläfriges Schaf.»

«Unsinn. Du guckst seelenvoll. In welchem Monat bist du eigentlich?»

«Anfang des siebten.»

«Dann ist der Geburtstermin wann?»

«Im Juni.»

«Warum bist du nervös? Dauernd leckst du an deinen Lippen rum. *Rouge à lèvre*, Audrey.»

Florentine ließ sich das Rot auf die Lippen legen und stieß einen Seufzer aus. «Ich zweifle, ob die Fotos eine gute Idee sind.»

Jean grinste. «Zu spät», sagte er.

«Würde ich dein verwaschenes Deutsch nicht so gerne hören, wäre ich gar nicht darauf eingegangen», sagte Florentine.

«Deine Tochter wird mir einmal danken. Diese tollen Aufnahmen von eurer Schwangerschaft.»

«Tochter?»

«Schön wie ihre Mutter», sagte Jean. «Ich vermute, du hast ihr einen gutaussehenden Vater ausgesucht.»

Robert sah auf die Uhr, als er aus dem Funkhaus kam. Noch war es zu früh, in die Johnsallee zu gehen, um Gustes Essenseinladung zu folgen und dort Ida und Tian zu treffen, die ihn gern als Schwiegersohn sähen. Doch er hatte die Hoffnung aufgegeben, Florentine zu heiraten.

Dabei zweifelte er nicht länger, dass sie ihn liebte. Ihn und Alex. Der war vergeben, das sah auch Florentine ein. Er schob den Gedanken, der da in seinen Kopf geriet, zur Seite und entschied, ins Funk-Eck hinüberzugehen auf einen Kaffee und eine Zigarettenlänge.

Eine zweite Zigarette, die er gerade anzündete, als Klaus in das Café kam. Robert brauchte einen Augenblick, bis er die junge Frau an der Seite des Freundes und langjährigen NDR-Kollegen als dessen Nichte erkannte. Erwachsen war sie geworden, die kleine Katja. Er stand auf, als sie an seinen Tisch kamen. «Setzt euch. Oder habt ihr was zu bereden und wollt lieber allein sein?»

«Geht lediglich um eine Beziehungskrise», sagte Katja. Sie sah, dass Robert ihrem Onkel einen fragenden Blick zuwarf. «Meine. Klaus ist nur die Klagemauer.»

«Bin auch gleich weg», sagte Robert. «Essen in der Johnsallee.»

«Ich habe gehört, Florentine kommt nächste Woche zurück», sagte Klaus.

«Ein Glück. Die Telefonrechnungen ruinieren mich.»

«Das wird wohl nicht das einzige Glück eures Wiedersehens sein.»

«Du weißt doch, wie sehr ich an Sweet Florraine hänge.»

«Ja», sagte Klaus. Das wusste er.

«Und Alex ist ab Sonntag mit dem Quintett in Montreux?», fragte Robert, um von der eigenen Liebe abzulenken.

Klaus nickte. «Ich vermisse ihn jetzt schon.»

Robert hob die Hand und fing den Blick des Kellners ein. Er zahlte und verabschiedete sich von den beiden. «Ich hasse Karsten», hörte er Katja noch sagen, als er ging. Klang nach Liebe.

Er kam an seinem Auto vorbei, das in der Rothenbaumchaussee stand, und nahm die Tüte mit den Weinflaschen vom Rücksitz. Ein Gastgeschenk für Guste. Gut gekühlt, der

Riesling. Der Tag war nicht sonnenwarm gewesen wie der gestrige.

«Ich hoffe, du hast dein blaues Auge noch, lieber Husky», hatte Florentine am Telefon gesagt. «Du weißt, wie sehr du mir damit gefällst. Tausch es nicht aus.»

Als habe sie geahnt, dass er sich mit der Absicht trug, genau das zu tun, sein blaues Glasauge endlich durch ein grünes zu ersetzen. Einäugig war er 1945 aus dem Krieg zurückgekehrt, fünfundzwanzig Jahre später hätte er nichts dagegen, noch einmal *zwei* grüne Augen zu haben.

Vor dem Haus in der Johnsallee fuhr sich Robert mit der Hand durch das noch immer dichte schwarze Haar. Ob blau. Ob grün. Er hielt sich gut. Wenn Florentine ihn nur nicht eines Tages zu alt fände.

Hatte Karsten jemals gesagt, er sähe Katja als kongeniale Partnerin? Die Idee von Ebenbürtigkeit schien verlorengegangen, er gab längst den großen Zampano.

Ihr Studium an der Werkkunstschule in der Armgartstraße war für Karsten nur Spanschachtelmalerei, während er das Weltgeschehen vor der Kamera hatte. Er liebäugelte damit, nach Vietnam zu gehen. Als Kriegsreporter. Ließ sich damit liebäugeln?

«Lieg nur oben», sagte Karsten. «Ich habe nichts dagegen.»

Katja sprang von der Matratze und zog Jeans und Pullover an, ohne lange nach Höschen und BH zu suchen. «Hast du eine Ahnung, wie gönnerhaft du klingst?», fragte sie.

«Kleines, komm wieder unters Laken und reib dich an mir. Ist kalt in der Bude.»

«Ich habe gestern mit Klaus über dich und mich gesprochen.»

«Deinem schwulen Onkel Klaus.»

«Was hat das damit zu tun?»

«Nichts. Nur dass er und sein Lebensgefährte kaum Ahnung von echten Kerlen haben.»

«Einem, wie du es bist?» Katja zog die Augenbrauen hoch und blickte den Kerl an, in den sie noch immer verknallt war.

«Hat er dir einen Rat gegeben?»

«Schluss zu machen mit dir.»

Karsten stieß einen kleinen Pfiff aus. «Und? Wirst du es tun?»

«Lass unser Leben wieder so sein wie im November, als wir in der Schanze fotografiert haben.» Sie blickte auf das plakatgroße Foto in Schwarzweiß, das über dem Bett hing, Reißzwecken hielten es an der Raufasertapete fest. Katja, die an einem Torbogen lehnte, auf dessen Mauern in Ölfarbe Verbote ausgesprochen wurden.

Karsten nickte. «Ich liebe dich, Katja Kratzbürste. Komm her.»

«Ich will zu Hause noch was für den Kurs vorbereiten.»

Er zog ihren Slip unter seinem Kopfkissen hervor. Warf ihn Katja zu. «Du brauchst nicht länger in deinem Kinderzimmer zu wohnen. Ich kann dir hier das erwachsene Leben bieten.»

«Sogar mein kleiner Bruder stört mich beim Arbeiten weniger, als du es tust. Hast du auch noch den BH unterm Kissen?»

«Der liegt in der Küche. Ich habe ihn dir dort ausgezogen.»

Katja sah noch einmal ins Zimmer, als sie aus der Küche kam.

«Komm», sagte Karsten, «morgen fliege ich nach Belfast.

Vielleicht erschießt mich die IRA, dann wirst du bereuen, nicht noch mal mit mir geschlafen zu haben.»

«Gib auf dich acht, Karsten», sagte sie.

«Ich liebe dich», sagte er. Seine Stimme kratzte.

Katja hatte da schon die Tür laut ins Schloss fallen lassen und stieg die sechs Treppen des Hauses hinunter.

«Wo hast du denn den gefunden?» Ida nahm Tian den Teddy aus der Hand und streichelte die Schnauze mit der kunstledernen Nase.

«Er saß im Dielenschrank hinter den alten Kleidern. Ich hatte gedacht, Florentine hätte ihn längst an sich genommen.»

«Unsere Tochter ist nicht sentimental.»

Tian nickte. «Ihr Vater ist es», sagte er.

«Und was tust du hinter den alten Kleidern?»

«Aussortieren. Das ist doch in deinem Sinne.»

Ida seufzte. «In meinem Sinne ist, sich neu einzurichten.» Sie setzte den Teddy auf die Armlehne des Sessels. «Da passt er gut hin», sagte sie. «Genauso verschlissen.»

«Eines nach dem anderen», sagte Tian. «Die Heizung geht vor. Und nun freuen wir uns erst einmal auf Florentine.»

«Du warst immer ein guter Vater.»

Tian sah Ida an und lächelte. Nahm ihre Hand und küsste sie. Viele Momente ihrer Ehe, die ihnen missglückten, doch sie liebten Florentine, darin waren sie sich einig. «Vorgestern Nacht», sagte Tian. «Das war wunderbar.»

«Ja», sagte Ida und klang schon wieder spröde, als ob sie diese Liebesnacht eines alten Ehepaares aus dem Gedächtnis drängen wollte.

«Du hast gehört, dass Robert sich nicht nehmen lässt,

Florentine vom Flughafen abzuholen?», fragte Tian. Lieber das Thema wechseln.

«Ich habe mit am Tisch gesessen, Tian. Wie kam Robert dir vor?»

«Liebenswert. Wie immer. Warum fragst du?»

«Ich fand ihn ernster als sonst.»

«Er hat Florentine seit dem Jahreswechsel nicht gesehen, ich fürchte, das verunsichert ihn. Dass sie einen Pariser Liebhaber aus dem Hut zaubert. Sie soll ihm endlich sagen, was sie will. In ihrem Alter warst du schon neun Jahre verheiratet, wenn auch leider nicht mit mir.»

«Heute ist das alles anders», sagte Ida. «Übrigens will Florentine den Frühling *und* den Sommer in Hamburg verbringen.»

Tian ließ den Mund leicht offen stehen vor lauter Staunen. «Das hat sie dir gesagt? Will sie eine Auszeit nehmen?»

Ida hob die Schultern.

«Und warum höre ich jetzt erst davon?»

«Vielleicht habe ich es nicht ernst genommen. Robert scheint nichts davon zu wissen, sonst hätte er es gestern erwähnt.»

«Irgendein lockendes Angebot aus New York oder Paris, und sie fliegt uns davon. Bleibt es bei ihrer Ankunft am Freitag?»

«Soweit ich weiß», sagte Ida. «Ich geh jetzt mal zu Guste hinunter. Anni, Momme und die Kinder sind gerade mal einen Tag weg, und sie leidet schon an der Stille im Haus. In Florentines Kindheit waren wir nie in den Skiferien, nicht mal im Harz.»

«Als die Skiferien in Hamburg eingeführt wurden, war Florentine schon dreiundzwanzig.»

«Wir haben viel versäumt, Tian.»

Er sagte nicht, dass Ida zu lange gezögert hatte, sich von Campmann zu trennen, weil sie nicht auf das luxuriöse Leben verzichten wollte, das der Bankier ihr bot.

Doch Idas Ehemann war fair gewesen, als Ida von Tian schwanger wurde; er hatte die Vaterschaft bis zum Ende der Nazis nicht bestritten und damit verhindert, dass Tian, der Sohn chinesischer Eltern, aus Gründen der *Rassenschande* von der Gestapo abgeholt wurde.

«Ich würde dich und Guste gern zum Essen einladen. Vielleicht ins Ehmke. Am Sonntag?»

«Ehmke soll inzwischen eine ziemliche Bruchbude sein», sagte Ida.

«Dann gehen wir ins Gustav Adolph und essen Königinpasteten.»

«Ach was. Lass uns zu Ehmke gehen, wer weiß, wie lange es die noch gibt, Guste liebt deren Roastbeef. Können wir uns das denn leisten?»

«Viel eher als Skiferien auf der Bettmeralp», sagte Tian.


«Ich habe mich von András getrennt.» Ruth blickte in das Gesicht ihres Vaters, Ungläubigkeit las sie darin und Hoffnung.

Rudi ließ die Gabel sinken und legte sie auf den Teller neben den Auberginenauflauf. Griff die Hand der jungen Frau, die als sechsjähriges Kind in sein Leben gekommen war, die Käthe und er adoptiert hatten, als sie allein dastand nach dem Tod ihres Großvaters.

«Ich ertrag es nicht länger, ihn mit anderen Frauen zu teilen.» Ruth entzog Rudi die Hand und stocherte in ihrem Auflauf.

«Das hast du dir lange gefallen lassen.»

«Da war ich seine Hauptfrau.»

«Ruth. Um Himmels willen. Ist er ein afrikanischer Häuptling?» Steif saß Rudi auf dem schlichten Holzstuhl des griechischen Restaurants. Sein ganzer Körper spannte sich an, wenn er nur an den aufgeblasenen András Bing dachte, der sich für einen Linken hielt, einen Revolutionär.

«Ich weiß», sagte Ruth. «Das widerspricht allem, was ich denke und verwirklichen und wahrhaben will.»

«Ich flehe dich an, nicht zu wanken in deinem Entschluss.»

«Entspann dich, Papa. Das mit András und mir ist vorbei.»

Lass es wahr sein, dachte Rudi. Gott, lass es wahr sein. Er blickte aus dem Fenster auf die Straße, von der Legenden erzählten, warum sie den Namen *Schulterblatt* trug. Er war als junger Mann in den Kommunismus hineingeraten, den Nazis zum Trotz Kommunist geblieben, als er längst nicht mehr daran geglaubt hatte. Unerträglich, wenn Ruth in einen anderen Wahn geriete, der sich mit Idealen tarnte und doch nur Brand stiftete.

«Geht es dir gut in der Redaktion?»

Ruth schob ihren Teller zur Seite. «Vielleicht höre ich da auf», sagte sie. «In Berlin entsteht eine Zeitung, an der ich mitarbeiten könnte. Bei der *konkret* ist alles festgefahren.»

«Berlin», sagte Rudi. Die Sorge war zurück in seinem Gesicht.

«András ist nicht mehr in Berlin, Papa.»

Ein Versuch, ihn zu beschwichtigen mit dem nun schon zweifachen Einsatz des Wortes *Papa*, das er als Kosename empfand, weil Ruth es so zögerlich verwendete.

«Was ist das für eine Zeitung?»

«Noch nicht spruchreif.»

«Aber reif genug, um deine Redakteursstelle aufzugeben, die du gerade erst ein Jahr hast?»

«Du bist 1933 auch deinen Weg gegangen, um für das einzustehen, was du für wichtig hieltest.»

«Da stand im Vordergrund, die Nazis zu bekämpfen. Gegen wen kämpfst du, Ruth?» Gleich würde sie sagen, gegen den amerikanischen Imperialismus, den Vietnamkrieg, doch es war nur ein kühler Blick, der Rudi traf. Nun schob auch er den Teller beiseite.

«Die Moussaka hat Ihnen nicht geschmeckt?», fragte der Wirt des Olympischen Feuer, als er die Teller vom Tisch nahm.

«Wir haben uns um den Appetit gebracht», sagte Rudi. «Leider.»

«Vielleicht hilft ein Ouzo?»

Rudi nickte lächelnd. Er wollte keinen Anisschnaps trinken, doch er fühlte sich schuldig des kaum angerührten Essens wegen.

«Für mich nicht», sagte Ruth. Auf ihrer hohen Stirn zogen sich strenge Linien. Sie schüttelte die kurzen Locken, die ihr nun fast in die grauen Augen fielen und die Strenge verdeckten.

«Bitte vertrau dich mir an», sagte Rudi.

«Du wirst der Erste sein, der etwas erfährt.»

«Wo hält sich András auf?»

«Es ist vorbei. Glaub mir das einfach. Er ist mit Janne nach Jordanien abgedampft.»

Rudi neigte nicht dazu, Ängste zu schüren. Nicht in sich und nicht in anderen. Der Name András jedoch war für ihn seit Jahren mit einem drohenden Unheil verbunden.

«Jordanien?» War dieser Unruheherd ein Urlaubsziel?

«Lass uns zahlen», sagte Ruth.

Rudi gab dem Wirt ein Zeichen. «Wer ist Janne?», fragte er.

«So nennt sie sich.»

«Und wer ist sie? Außer Bings neuer Hauptfrau?»

«Ich bin nicht hergekommen, um Quiz zu spielen.»

Rudi trank den Ouzo und zückte sein Portemonnaie.

Guste hätte glatt einen Ochsen geschlachtet, um die Heimkehr der verlorenen Tochter zu feiern, doch sie begnügte sich damit, einen Sauerbraten in Essig einzulegen, zusammen mit der Zwiebel, den Pfefferkörnern, Wacholderbeeren, den Kemm'schen Kuchen. Gustes Sauerbraten aß Florentine gern, auch die Klöße, die es dazu gab. Höchste Zeit, dass sie mal tüchtig zulangte, hatte verhungert ausgesehen auf den jüngsten Fotos.

Nun die schwere Steingutterrine mit dem Fleisch in den Kühlschrank, dort konnte das dann sechs Tage lang ziehen. Guste setzte sich an den Küchentisch und sah in ihren Garten. Ganz einsam, die Schaukel, auf der schon Florentine gesessen hatte. Nein. Brett und Seile waren ja erneuert worden, nur das Eisengestell war noch das alte, von Momme im letzten Jahr entrostet und neu lackiert. Schaukelten ja jetzt auch seine drei Töchter drauf.

Hoffentlich brach sich keiner was bei dieser Skilauferei. Die Kleinste würden Momme und Anni ja wohl auf einen Schlitten setzen und nicht auf diese tückischen Bretter stellen. Das Kind war noch keine fünf. Guste schüttelte den Kopf. Schnee schätzte sie nur zur Weihnachtszeit, dann taugte er als Stimmungsmacher.

Robert war ihr ziemlich still erschienen beim Essen am Donnerstag, Florentinchen machte es ihm auch nicht leicht. Im Dezember war der Junge siebenundvierzig geworden, ihm lief die Zeit davon. Alex ließ sich seine Jahre noch immer nicht ansehen, das hatte sie gestern wieder gedacht, da war er vom Funkhaus auf einen Sprung zu ihr gekommen. Doch die Angst vorm Fliegen wurde Alex nicht los, morgen musste er mit seinen Musikern nach Montreux. Er hatte gelächelt, als sie ihm das Fläschchen mit den Baldriantropfen gab, und gesagt, er brauche eher eine Vollnarkose.

Guste stand auf, um Kaffee zu mahlen und einen Kessel Wasser aufzusetzen, vielleicht lockte der Duft Ida herbei, ein kleiner Tratsch täte gut. Tian war ein Teetrinker geblieben trotz des Kaffeekontors, dem er noch immer vorstand. Eine feine Idee von ihm, sie und Ida morgen ins Ehmke einzuladen.

Die alte Kaffeemühle mit der Kurbel, an der hing sie, Momme hatte schon längst eine elektrische anschaffen wollen. Da fielen einem doch die Ohren ab, so einen Krach machten die. Guste stellte die Mühle auf den Tisch und wandte sich gleich wieder dem Herd zu. Wer heißes Wasser wollte, sollte den Herd anschalten. Irgendwie war sie fahrig heute. Kriegte seit Tagen den Gedanken nicht aus dem Kopf, dass was im Busche sei.

Klaus legte den Hörer auf. Alex war gut gelandet in Genf und schien nun in der Lage, sich auf die Konzerte in Montreux zu konzentrieren. Sein lieber Gefährte sollte den Gesprächstherapeuten im Neuen Wall noch einmal aufsuchen, es wurde schlimmer mit Alex' Flugangst.

Er kehrte zum Schreibtisch zurück, las die Liste der Musiker, die zum Workshop des Norddeutschen Rundfunks eingeladen waren, Chet Baker unter ihnen, zum ersten Mal seit Bakers großem Karriereeinbruch. Bei einer Schlägerei in Kalifornien hatte er einige Zähne verloren und musste sich schließlich alle ziehen lassen. Eine Zahnprothese war der Albtraum eines Trompeters.

Die Vorbereitung der Workshops gehörte nicht zu Klaus' Aufgaben, doch er hatte vor, Titel der Teilnehmer in seiner Sendung zu spielen.

*Nach der Dämmerung* hielt seit siebzehn Jahren den festen Sendeplatz am Freitag ab zweiundzwanzig Uhr, Klaus als Macher war inzwischen eine Institution und über den Sendebereich des NDR hinaus bekannt.

Im Sommer war er zum Newport Jazz Festival eingeladen, er hatte noch nicht zugesagt, sie hatten in der Zeit Urlaub machen wollen, und Alex würde ihn kaum an die amerikanische Ostküste begleiten, es sei denn, er könnte auf einem Frachter reisen. Undenkbar, dass er sich auf einen Langstreckenflug einließ.

In welch ein Sensibelchen hatte er sich da im Januar 1951 so lebenslang verliebt.

Er stand auf, als das Telefon erneut klingelte. Sie hatten einen zweiten Apparat im Schlafzimmer, doch den hier nicht am Schreibtisch greifbar zu haben, war ärgerlich. Vielleicht sollten sie ohnehin noch einmal über eine andere geräumigere Wohnung nachdenken, leisten könnten sie sich das, doch sie hatten den Gedanken immer wieder fallen lassen. Alex und er betrachteten diese beiden großen Zimmer mit der Dachterrasse und dem Blick auf die Alster beinah als Talisman.

«Hallo, kleiner Bruder», sagte Marike. «Ich will mit dir über Mamas Geburtstag sprechen.»

«Essen im Mühlenkamper Fährhaus am 26. März, die Freundinnen kommen mit Anhang drei Tage später zum Osterfrühstück und im Juni ein großes Sommerfest für Henny und Käthe in der Körnerstraße», sagte Klaus.

«Brav», sagte Marike. «Ich dachte aber an familiäre Darbietungen.»

Klaus stöhnte. «Bitte kein Kasperletheater.»

«Kasperletheater?»

«Szenen aus Mamas Leben, von uns aufgeführt.»

«Vielleicht die in Elses Küche, als du die Erklärung zu deiner sexuellen Orientierung gegeben hast.»

«Oder wie Ernst dauernd bei Mama meckerte, weil du auf dem Balkon mit Thies geknutscht hast.»

«Wir geraten gerade aneinander», sagte Marike. «Lass uns das Gespräch noch mal von vorne beginnen.»

«Theo wird beim Frühstück sicher eine kleine Rede halten.»

«Etwas, das von uns Kindern kommt. Du und ich. Katja. Konstantin hat schon ein Familienporträt gemalt. Wir haben alle Hundenasen.»

«Fein», sagte Klaus. «Ich habe meine immer als zu lang empfunden.»

«Denk mal drüber nach. Du schüttelst in deinen Sendungen doch alles aus dem Ärmel.»

«Da steckt auch Arbeit drin, Schwesterlein.»

Klaus seufzte, als das Gespräch beendet war. Hatte seine Großmutter als junge Frau nicht gern Lieder auf Familienfeiern gesungen? Das hatte Else mal erzählt. *Mariechen saß weinend im Garten, im Grase lag schlummernd ihr Kind.* Küchenlieder. Er und Marike könnten das *Mariechen* auf Hennys Leben umdichten, und Alex begleitete sie auf dem Klavier. Eine herzige Vorstellung.

Er ging in die Küche und schenkte sich ein Glas von dem Weißwein ein, der schon geöffnet im Kühlschrank stand. Wanderte durch das große lichte Zimmer, in dem sie arbeiteten, wohnten, aßen, nahm die Fotografie im Silberrahmen in die Hand, die Alex' Familie zeigte. Eltern, Schwester, Schwager und zwei Nichten in einem Fotoatelier am Grindel aufgenommen. Für den fernen Sohn in Argentinien.

Klaus bewahrte die Familienfotos in einem Karton auf, zelebrierte keines im Silberrahmen, seine Familie lebte und umgab ihn, die von Alex war in einer Bombennacht des Juli 1943 im Keller ihres Hauses verbrannt.

Henny hatte auch kein leichtes Leben gehabt in den ersten fünfzig Jahren des Jahrhunderts, ihr Vater im Herbst 1914 gefallen, dann der allzu frühe Tod von Lud, Marikes Vater. Die schwierige Ehe mit Ernst, seinem Vater. Angst um Käthe und Rudi, die den Nazis widerstanden und beide in Konzentrationslagern gequält wurden. Krieg. Der Verlust der Wohnung. Seine Mutter kannte Abschiede in allen Variationen.

Die zwanzig Jahre an Theos Seite hatten ihr Glück gebracht. Wenn es doch noch lange so bliebe, Klaus hoffte darauf.

Er öffnete die Terrassentür und trat hinaus. Ein vorsichtiges Grün an den Bäumen. Die Alster lag schon in der Dämmerung an diesem frühen Abend. *Lass uns alle ein langes Leben haben.* Klaus sagte es laut. Bat Gott darum. An den er doch gar nicht glaubte.

Florentine hatte die aktuelle *Paris Match* schon am Kiosk gesehen, Salvador Dalí auf dem Titel. Eine unsinnige Hoffnung, dass ihre Fotos vielleicht gar nicht im Heft waren, denn sonst hätte ihr Telefon in der Wohnung an der Place des Vosges geklingelt.

Am Montagabend klingelte es dafür lang und anhaltend an ihrer Tür und hörte nicht auf, sie stieg aus der Badewanne und warf sich den Frotteemantel über. Die Concierge vielleicht, die ein erneutes Abdrehen des Wassers ankündigen wollte.

«*Qui est là?*», fragte Florentine.

«Der Bote mit den Belegexemplaren», sagte Jean.

Florentine öffnete. «Du hast mich aus der Badewanne geholt.»

«Die Bilder entschädigen dich dafür», sagte der stolze Fotograf. Er ging zu dem alten Bauerntisch, der in der Küche stand, und schlug die Illustrierte auf. *Maman Florentine* stand in großen Lettern auf der Doppelseite.

«Ach du liebe Güte.» Florentine blätterte um. Kein Lauftext, doch eine Bildlegende auf der zweiten Doppelseite. Dass sie im siebten Monat sei und ein Geheimnis um den Vater ihres Kindes mache, man aber wisse, dass er aus Hamburg komme. Ein nervöses Kichern von ihr.

«Die Fotos sind phantastisch», sagte Jean. «Von dir ganz abgesehen. Der *Stern* will sie nachdrucken.»

Florentine zog einen der beiden Stühle heran und setzte sich. Ein kleiner Anfall von Schwäche. «Wann?»

«Noch nicht in der nächsten Ausgabe. Stört dich die Verzögerung?»

«Ganz im Gegenteil. Ich will nicht, dass meine Familie aus einer Illustrierten erfährt, dass ich ein Kind kriege.»

«Oh», sagte Jean. «Weiß der werdende Vater schon davon?»

Florentine schüttelte den Kopf.

«Ich nehme an, das ist der Zug der neuen Zeit», sagte Jean. «Vielleicht sind wir in unserem kleinen Luxemburg doch noch ziemlich altmodisch. Ist es in Ordnung, wenn ich dir zwei Exemplare dalasse?»

«Ich will nur eines», sagte Florentine.

«Gut. Gleich treffe ich mich mit meiner Freundin, dann

kann ich ihr eine *Paris Match* geben. Wir werden uns übrigens verloben», sagte Jean.

Florentine lachte. «Ihr Luxemburger», sagte sie.

Das Telefon klingelte, kaum dass Jean sie verlassen hatte. Madame Auber, ihre Agenturchefin. Doch die war als Einzige eingeweiht gewesen, wusste seit Januar von Florentines Schwangerschaft und der Auszeit, die sie sich nehmen wollte.

Noch zwei Anrufe an diesem Abend. Aus Paris. Der dritte kam vom Husky. Zur guten Nacht. Wie an jedem Tag. Der Husky freute sich auf ihr Kommen und war ganz offensichtlich ahnungslos, Florentine atmete auf. Die Nachricht hatte nicht nach Hamburg gefunden. Vielleicht gelang es ihr, die Überbringerin zu sein.

An den Dienstagen half Henny noch in der Praxis aus, die ganz in die Hände ihrer Tochter übergegangen war, Theo stand seit Anfang des Jahres nur für den Notfall bereit, der kaum eintrat. Der siebenjährige Konstantin kam nach der Schule zu ihnen in die Körnerstraße, lud die Freunde zum Spielen dorthin ein, zur Freude des Großvaters, den Stille störte, kein Kinderlärm. Marike konnte sich auf die Praxis konzentrieren.

Gelegentlich assistierte auch Käthe noch, der die gynäkologische Praxis im Neuen Wall seit vielen Jahren vertraut war. Doch hauptsächlich lag die Assistenz seit November in den Händen einer kompetenten, aber schweigsamen jungen Frau.

Vor allem schwieg sie darüber, was es mit den Dienstagen auf sich hatte, an denen sie nicht arbeitete. Irgendwann würde das ein Problem sein, sollte sich Henny zurückziehen, obwohl das noch in weiter Ferne schien.

«Ich komme gut aus mit ihr», sagte Marike an diesem Dienstag. «Ich wünschte nur, sie wäre gesprächiger.»

Henny stellte das Tablett mit den Kaffeetassen auf den Schreibtisch ihrer Tochter. «Gesche hat ein Geheimnis. Kaum anzunehmen, dass es anders als dunkel ist.»

Marike seufzte. Eine gute Assistentin zu finden, war nicht einfach gewesen. Viele Bewerberinnen verstanden sich im alten Sinne als Sprechstundenhilfen, die das souveräne und moderne Arbeiten in Marikes Praxis verunsicherte.

Henny und Käthe waren von Kurt Landmann ausgebildet worden, er hatte bei seinen Hebammen ein selbständiges Handeln gefördert. Der langjährige Arzt der Finkenau war schon in den zwanziger Jahren seiner Zeit voraus gewesen, ein glänzender und geliebter Chef, bis er 1933 die Klinik verlassen musste, seiner jüdischen Herkunft wegen.

«Florentine kommt am Freitag. Ida ist glücklich, dass sie diesmal anscheinend länger in Hamburg bleiben will.»

«Am nächsten Montag hat sie einen Termin bei mir. Nicht, dass sie noch dünner geworden ist, ihr Zyklus ist ohnehin schon unzuverlässig. Gibt es Neues von ihr und Robert?»

«Ida und Tian hoffen, dass sie ihn endlich erhört.» Henny teilte diese Hoffnung, nur sie und Theo waren eingeweiht in das, was im September zwischen Florentine und Alex geschehen war.

«Florentine hetzt seit zehn Jahren um die Welt», sagte Marike. «Ich fürchte, sie findet aus dem Tempo nicht mehr heraus.» Sie trank den Kaffee aus und stellte die Tasse auf das Tablett. «Was könnte Gesches Geheimnis sein? Hast du eine Vermutung?»

«Ein Doppelleben, das an Dienstagen stattfindet», sagte Henny.

Zwei Konzerte in Montreux lagen hinter den Musikern, das Quintett traf zeitig am Genfer Flughafen ein, gab das Gepäck mit den Instrumenten auf. Alex wäre entspannt gewesen, stünde ihm der Flug nicht bevor.

Er blieb am Zeitungskiosk stehen, sich mit Lektüre eindecken, alles, was ihn ablenken konnte, wenn das Flugzeug auf die Startbahn rollte. Hätte der Mensch fliegen sollen, wären ihm Flügel gegeben worden.

Alex kaufte die *Herald Tribune* und den *Spiegel*, er wollte sich wieder Hans zuwenden, dem Saxophonisten, der neben ihm stand, als sein Blick auf das Titelbild der *Paris Match* fiel. Dalí im Samtjackett. Der Maler schien in einem Pariser Café zu sitzen, den dünnen Schnurrbart hatte er wie stets abstrus hoch gezwirbelt. Doch Alex' Blick blieb am Namen Chet Baker hängen, ein Interview mit dem Trompeter war auf dem Titel angekündigt.

«Kauf die mal», sagte Hans Dörner. «Baker scheint tatsächlich ein Comeback zu schaffen. Gut, dass er beim Workshop dabei ist.»

Alex hatte die alte Aktentasche mit den Klavierstimmen in der einen Hand, als sie den Warteraum hinter dem Gate verließen, in der anderen die Tüte mit den Zeitschriften. Eine Werbung der *Peter Stuyvesant* auf der Tüte: *Der Duft der großen weiten Welt.*

«Vielleicht würden Zigaretten dich entspannen», sagte Hans. «Du solltest anfangen zu rauchen. Eine *Stuyvesant* steht dir sicher gut.»

Alex schüttelte den Kopf. «Du rauchst doch auch nicht.»

«Ich brauche meine Luft fürs Saxophon», sagte Hans.

Sie stiegen in den Bus, der sie zum Flugzeug bringen sollte.

Alex nahm die *Paris Match* aus der Tüte, nachdem er den

Gangplatz eingenommen hatte, sich angeschnallt, der Stewardess zugesehen, die auf Notausgänge und Spucktüten hinwies. Chet Baker gelänge es am ehesten, ihn auf andere Gedanken zu bringen.

Er schloss die Augen, als die *Caravelle* der Swissair zur Startbahn fuhr, die Maschine Vollgas aufnahm. Als sie die Reisehöhe erreicht hatten, schlug er die Seiten des Interviews mit Chet Baker auf. Las es. Übersetzte für Hans. Blätterte die nächsten Seiten um. *Maman Florentine.*

«Du bist kreidebleich», sagte sein Saxophonist. «Das nimmt schon hysterische Züge an mit dir und der Fliegerei. So fertig, wie du aussiehst, kann ich dich in Hamburg zum Taxi tragen. Ich habe dir gesagt, dass es ein Fehler ist, deinen Stock in den Basskoffer zu tun.»

Hans' Blick fiel auf die Illustrierte, die aufgeschlagen vor Alex auf dem kleinen Klapptisch lag. Der schien inzwischen in ein Wachkoma gefallen zu sein. «Hey, das ist doch Roberts Freundin», sagte Hans und stieß ihm den Ellbogen in die Seite. «Ob er der Vater des Kindes ist?»

Alex atmete tief ein und drehte sich Hans zu. «Davon gehe ich aus. Er hofft schon lange darauf, eine Familie mit Florentine zu gründen.»

«Dass diese fulminante Frau sich auf unseren Tontechniker eingelassen hat. Du denkst, an ihrer Seite sei Gunter Sachs oder der Aga Khan. Robert sieht ja gut aus, aber eine großartige Partie ist er nun nicht.»

«Sie verdient genügend, um die Kasse zu füllen.»

«Du bist auch mit ihr ausgegangen», sagte Hans. Die Spekulationen der *Bild-Zeitung*, dass der Jazzmusiker und das Fotomodell ein Paar seien, erwähnte er nicht. Hans wusste, mit wem Alex zusammenlebte. «Soll ich dich nachher nach Hause bringen?»

«Lieb von dir. Doch das ist nicht nötig. Vielleicht hilfst du mir bei der Gepäckausgabe.»

«Klar. Ich nehme auch den Basskoffer vom Band und öffne ihn dir, falls Bert das nicht tut.»

Der neue Bassist konnte stoffelig sein.

«Hans, ich danke dir für unsere Zusammenarbeit. Für deine Geduld mit mir und meinen Macken. Im nächsten Jahr sind es zwei Jahrzehnte.»

«Und noch immer sind wir so herrlich jung», sagte Hans. Er grinste.

Am Spiegel in der Garderobe steckte ein Zettel. *Schön, dass du da bist. Ich habe dich vermisst.* Wie gut tat es, geliebt zu werden. Alex seufzte bei dem Gedanken, die kaum verheilte Wunde von Klaus aufzureißen. Er hatte es ihm letzten September gleich gestanden. Keine Affäre. Ein einziger Abend. Noch folgenreicher als gedacht.

Florentine sei im siebten Monat, stand im Text. Das ließe sich leicht nachrechnen. Ob Robert ahnte, dass sie ihn betrogen hatten? In dem halben Jahr, das seither vergangen war, hatte es Augenblicke gegeben, in denen er das befürchtete. Doch nun ging es nicht um Kränkungen und Eifersucht. Es ging um ein Kind, Roberts oder seines.

Alex holte die Reisetasche, die noch vor dem Aufzug im vierten Stock stand, trug sie die Treppe zu ihrer Wohnung im fünften hoch. Packte aus. Klaus würde sicher früh kommen heute Abend. Am Mittwoch hatte er keine Sendung.

Er öffnete den Kühlschrank, griff nach der Flasche Apollinaris, sah einen Karton von Michelsen, Leckereien zu seiner Ankunft vermutlich. Hoffentlich hatten sie noch Lust, die zu essen, wenn Klaus die Fotos gesehen hatte.

Alex nahm die Zeitschriften aus der Aktentasche, die

Noten. Er schlug die *Paris Match* auf und platzierte die Illustrierte auf dem Schreibtisch. War es feige, Klaus nicht vorzuwarnen, ihn mit eigenen Augen schauen und begreifen zu lassen? O ja. Er war sich seiner Feigheit bewusst.

Ein Gedanke, der ihm da in den Kopf kam. Wenn es sein Kind wäre, das auf dem Weg war, dann bliebe noch etwas von den Menschen, die im Keller des Hauses der Gärtnerstraße ihr Leben verloren hatten. Auch wenn es ihn schon nicht mehr gab.

Eine Umarmung, als hätten sie einander lange nicht gesehen statt zuletzt vor drei Tagen. Sie setzten sich auf das Sofa, das safrangelb gewesen war und seit wenigen Wochen einen neuen Bezug in sattem Orange hatte, kleine Kissen in leuchtenden Rottönen darauf.

«Ich habe dir die *Paris Match* auf den Schreibtisch gelegt», sagte Alex, nachdem sie ein Glas Wein getrunken hatten, von den vergangenen Tagen gesprochen.

«Eine Geschichte über das Quintett?»

«Fotos von Florentine», sagte Alex. Klaus stand schon auf, ging zum Schreibtisch. Schweigen, ein anhaltendes. Alex kam vom Sofa hoch.

«Ich nehme an, du hast das Heft nicht wegen Florentine gekauft?»

«Ich hatte keine Ahnung, dass sie da drin ist.»

«Siebter Monat, muss ich da meine Mutter konsultieren, oder ist das sicher, dass es im September gewesen ist?»

«Konsultiere Henny. Doch ich denke, das kommt genau hin.»

«Zwei Tage nach eurem Rendezvous ist Florentine nach New York geflogen. Könnte noch ein anderer Mann im Spiel sein?»

«Ich halte sie für keine Herumschläferin.»

Klaus sah Alex an. Eine Ahnung von Altern in dessen Göttergesicht, vielleicht war er auch nur überfordert. «Du solltest mit Robert reden.»

«Ist es nicht besser, ihn in dem Glauben zu lassen, dass nur er der Vater sein kann? Oder denkst du, Florentine beichtet ihm alles?»

Klaus setzte sich an den alten Esstisch aus Eiche und schwieg. Zupfte an den kurzen Fransen eines der beiden Leinensets, die dort lagen.

«Hast du meine bangen Fragen gehört?»

«Ich denke darüber nach», sagte Klaus.

«Er ahnt, dass da was war mit ihr und mir.»

Klaus nickte. «Vielleicht weiß er schon von ihrer Schwangerschaft.»

«Und hat es niemandem erzählt?»

«Ich fasse das alles nicht», sagte Klaus.

«Es ist Roberts Kind.»

«Was lässt dich das glauben?»

«Intuition?»

«Oder Wunschdenken.»

«Werden wir je Klarheit haben?»

«Wahrscheinlich nicht», sagte Klaus. «Außer das Kind hat grüne Augen, zwei davon.» Ihm misslang das Grinsen. «Vielleicht willst du um ihre Hand anhalten, als Mann, der weiß, was sich gehört.»

«Ich habe vor Jahren um deine Hand angehalten, und du hast mir das Jawort gegeben. Für mich gilt das auf Lebenszeit.»

«Du bist ein sentimentaler Hund», sagte Klaus. Er stand auf. «Ich glaube nicht, dass sie beichtet. Hoffen wir darauf, dass die beiden ihre Elternrolle annehmen und Robert keine

Fragen stellt. Heiratsanträge macht er ihr ja, seit er Florentine kennt.»

«Es tut mir endlos leid.»

«Vergiss es», sagte Klaus. «Das haben wir im Herbst zur Genüge durchgekaut.» Wie war ihm zumute? Er wusste es nicht.

Robert hielt einen Strauß rosa Tulpen in der Hand, keine Rosen. Auf rote Rosen reagierte Florentine, als wären die ein Klappaltar. Er sah auf seine Uhr, der Flug von Paris Orly war auf der großen Tafel seit einer Weile als gelandet angezeigt. Wurde sie an der Passkontrolle aufgehalten, war ein Koffer verlorengegangen? Die anderen Passagiere des Fluges waren bereits in der Ankunftshalle angekommen.

Da kam sie. Trug ihren weiten Wintermantel, dem Wetter entsprechend, noch immer keine Spur von Frühling, nur dieser eine Tag in der vorigen Woche, an dem es warm gewesen war. Er breitete seine Arme aus, die Tulpen wippten mit den Köpfen.

Florentine küsste ihn. Lang und anhaltend, wie er es kannte. In Robert stieg eine Freude auf. Seine Frau. War ihm erlaubt, das zu denken?

Sie verschwieg ihm, dass sie nach der Passkontrolle eine Weile auf einer Sitzbank gesessen hatte, keine Kreislaufschwäche, obwohl die ihr in der Schwangerschaft ab und zu geschah. Nein, Bammel.

Wie anders hatte sie sich ihre Ankunft vorgestellt, den weiten Mantel öffnend, als wäre sie eine Exhibitionistin, den noch kleinen Bauch zeigend.

*Wir werden Eltern, Husky.* War er es, der Vater wurde?

Jung schien er ihr. Obwohl er achtzehn Jahre und sechs Tage älter war als sie. Jung, weil so ahnungslos?

«Ist das alles, was du an Gepäck hast?» Er hob die beiden Taschen auf, die Florentine auf den Boden hatte fallen lassen.

«Ich habe wenig mitgenommen.»

«Bleibst du nicht lange?»

«Doch», sagte Florentine.

Sie gingen zum Deux Chevaux, den Robert vorschriftswidrig geparkt hatte. Eines der Wunder dieses Tages, dass er keinen Strafzettel bekommen hatte.

«Wir brauchen wohl bald ein geeigneteres Auto.»

Robert sah sie fragend an. «Wofür geeignet?»

«Wir werden Eltern, Husky», sagte Florentine. Endlich war es heraus. Sie öffnete doch noch den auberginefarbenen Mantel aus weicher Wolle.

Ein großes Staunen in Roberts Gesicht. Dann nur noch Glück. Er nahm sie in die Arme. Wiegte Florentine wie im Tanz. Streichelte ihren Bauch. Hörte nicht auf zu lächeln, als er ihr die Tulpen abnahm, auf die Rückbank legte, die Taschen verstaute, das Auto anließ.

«Warum wusste ich nichts davon?»

«Ich musste mich erst einmal an den Gedanken gewöhnen.»

«Wann wird unser Kind geboren werden?»

«Anfang Juni.»

«Dann warst du Weihnachten schon schwanger und an meinem Geburtstag und am Silvestertag.»

«Ich weiß es seit November», sagte Florentine.

«Und hast die ganze Zeit geschwiegen.» Er schüttelte den Kopf. «Darum waren deine Brüste viel voller.»

Das perfekte Glück hielt an, bis er den Gang einlegte. «Dann haben wir unser Kind im September gezeugt?»

Florentine wandte sich ihm zu. «Ja», sagte sie.

Nein. Er fragte nicht, ob sein Verdacht stimme, dass sie in den Tagen auch mit Alex geschlafen hatte. Vielleicht war das ein Hirngespinst. Er hatte nicht die Absicht, das Glück zu verjagen.

«Werden wir ihm ein Zuhause schaffen?»

Florentine nickte. «In getrennten Wohnungen, Husky.»

Er zögerte, bevor er fragte, wohin er sie fahren sollte.

«Erst einmal zu mir. Hast du noch Zeit?»

«Ich habe mir einen freien Tag genommen.»

«Dann begleite mich nachher in die Johnsallee. Zur Verkündigung. Das können wir Hand in Hand tun.» Sie stellte sich dieses traute Bild vor und lächelte. Ida und Tian würde es gefallen.

«Deine Eltern wissen es noch nicht?»

«Du bist der Erste», sagte Florentine.

Die Zimmer waren warm, die Lampe neben dem Egg Chair leuchtete, Florentines Lieblingssessel. Apfelsinen in der Schale. Primeln auf der Kommode. Der Kühlschrank gefüllt. Die Fürsorge ihrer Eltern, Robert hatte keinen Schlüssel zu Florentines Wohnung.

«Lass das Gepäck mal in der Diele stehen, Husky.» Florentine nahm eine Glasvase aus der Vitrine, füllte Wasser ein, stellte die Tulpen hinein.

«Darf ich dir erst mal aus dem Mantel helfen?»

«Du kannst mir auch alles andere ausziehen. Ich hätte große Lust auf einen kleinen Beischlaf. Komm her.»

«Schadet es dem Baby nicht?»

«Das ist gut geschützt. Wenn der Bauch größer wird, nehmen wir andere Stellungen ein.»

«Heute mal auf dem Berberteppich? Oder ist dir das zu hart?»

«Lass uns lieber ins Bett steigen, Husky. Jetzt. In anderthalb Stunden bin ich in der Johnsallee angesagt.»

Als sie danach nebeneinander im Bett lagen, Florentine an ihm lehnte, er in den Himmel vor dem Fenster blickte, dessen milchige Helligkeit den Eindruck gab, es habe geschneit und nicht nur geregnet, dachte Robert, dass er das Gespräch mit Alex suchen sollte. In der Hoffnung zu hören, er habe nur Gespenster gesehen.

Ein Lauffeuer, das sich da verbreitete. Am Abend von Florentines Ankunft wussten fast alle Freunde, dass sie ein Kind erwartete.

«Ida ist aus dem Häuschen», sagte Henny, als sie vom Telefon kam, sie hatte ihrer Freundin verschwiegen, dass sie schon am Vortag von Klaus eingeweiht worden war. Sie setzte sich zu Theo, der im Ledersessel saß, die Zeitung vor sich ausgebreitet. «Vielleicht beschert uns Alex ein drittes Enkelkind», sagte sie.

«Das Enkelkind, das du gern von Klaus gehabt hättest?»

Henny schwieg eine Weile, bevor sie eine Gegenfrage stellte. «Hast du nicht immer gesagt, dass auch Alex wie ein Sohn für dich ist?»

Theo nickte. «War Robert dabei, als die Schwangerschaft in der Johnsallee verkündet wurde?»

«Ja. Sie haben auf die jungen Eltern mit Sekt angestoßen.»

«Wir sollten keinen Zweifel an Roberts Vaterschaft aufkommen lassen. Ich denke auch, dass er der Vater ist, Alex hat nur ein einziges Mal mit ihr geschlafen.»

«Eine interessante Theorie für einen Gynäkologen», sagte Henny.

«Nur ein Versuch.» Theo grinste.

«Um zur Entspannung beizutragen?»

«Ich denke nicht, dass es die Beziehung unserer beiden Söhne auf Dauer ernsthaft belasten wird.»

«Du bist ein großer Optimist.»

«Meine Antwort auf Alterspessimismus. Steht so was Altmodisches wie eine Heirat an bei Florentine und Robert?»

«Ida wird es mich wissen lassen.» Henny stand auf und bückte sich, um das Feuer im Kamin neu zu schüren. Theos Frage klang in ihr nach. *Das Enkelkind, das du gern von Klaus gehabt hättest?* Hatte sie je gehadert mit der Homosexualität ihres Sohnes?

Es war ein Schreck gewesen in der Küche ihrer Mutter, damals im November 1947, als sich Klaus an seinem sechzehnten Geburtstag offenbarte. Die ganze Zeit hatte sie Ernst im Auge behalten, als könne der auf den gemeinsamen Sohn losgehen, ihn schlagen, nicht nur mit seiner schmerzlichen Verachtung. Am Anfang war auch die Angst in ihr gewesen, Klaus könne unter die Räder kommen, ihr gänzlich unbekannte Räder, von denen sie nur das Raunen darüber kannte.

Erst als Alex in das Leben ihres Sohnes kam, die beiden einander liebten und begannen eine feste Beziehung zu führen, hatte sich alles im Guten aufgelöst. Am Anfang war da eine Ambivalenz bei Alex, er hatte vorher noch keinen Mann geliebt, dennoch wusste Henny ihn treu an Klaus' Seite.

Daran hatte sich nichts geändert. Dieser Abend mit Florentine im September war unter besonderen Umständen geschehen. Doch dass er nun der Vater des Kindes sein könnte, diese Möglichkeit machte ihr zu schaffen, wenn sie auch einen anderen Eindruck geben wollte. Vor allem gegenüber Klaus. Das hörte nie auf, das Bangen um die Kinder, egal, wie alt sie waren. Ein Leben lang warb man um Glück für sie.

Henny kehrte zu ihrem Sessel zurück. «Vielleicht solltest du mit Alex sprechen», sagte sie. «Dass er das Thema behandelt, als hätte es den Abend mit Florentine nicht gegeben.»

«Das wird er ohnehin tun, wie ich ihn kenne. Er sucht nicht gerade die Konfrontation. Doch wir alle werden nach Zeichen suchen, sobald das Menschlein geboren ist.»

«Ja», sagte Henny. «Ich hoffe, sie fallen eindeutig für Robert aus.»

«Vielleicht hat einer von den dreien eine auffällige Blutgruppe.»

«Ich werde Marike bitten, die Blutgruppe von Florentine festzustellen. Montag hat sie einen Termin in der Praxis.»

Theo nickte. Vor einer Geburt war es ohnehin wichtig, die Blutgruppe der Mutter zu kennen. Doch das wusste Marike genauso gut wie er.

Katja hatte keinem von ihrer Bewerbung für ein Volontariat bei der Deutschen Presseagentur erzählt. Nun aber war die Zusage gekommen, im Herbst konnte sie dort eine Ausbildung zur Fotoreporterin beginnen. Freute sie sich darauf, es Karsten zu sagen, der solche Pläne als Wildern in seinen Jagdgründen betrachtete, wenn er auch ihr Studium an der Werkkunstschule kaum ernst nahm?

Sie erzählte ihm am Elbstrand in Övelgönne davon. Karsten war schon einmal durch den Sand gelaufen, um ihr den Umgang mit der Kamera zu zeigen, wenn ein Mensch in Bewegung zu fotografieren war.

«Vielleicht solltest du besser ein Kind bekommen. Wie deine Kusine.» Er ließ nicht davon ab, Florentine als ihre Kusine zu bezeichnen.

Katja blieb stehen und sah ihn an. Strenge im Blick. «Florentine wird sich so wenig an die Leine legen lassen, wie ich das tue», sagte sie.

«Trotz des Kindes?»

«Vermutlich wird Robert dem Baby die Brust geben.»

Karsten erwiderte ihren Blick mit hochgezogenen Brauen. «So seid ihr also drauf», sagte er. «Noch mal Mensch in Bewegung, nun geh da zur Mauer rauf, ich bleib hier unten am Wasser. Stell die Kamera auf 125stel. Die Schärfe auf mich. Laufe ich los, schwenkst du mit.»

Diesmal gelang es auf Anhieb. Zwei Wiederholungen, zur Sicherheit. Dann kam Karsten zu ihr und küsste sie. «Nun gibt es Scholle beim Bäcker. Zur Belohnung», sagte er.

«Belohnung für dich oder mich?»

«Für uns beide. Willst du wirklich nach Belfast und Biafra?»

«Wenn ich mit dem Volontariat fertig bin, gibt es andere Krisenherde.»

«Und Katja Kratzbürste will dabei sein.»

«Nenn mich nicht so. Bring mir noch was bei. Mensch vor Gebäude vielleicht.»

«Mensch beim Liebemachen», sagte Karsten. «Nach der Scholle fahren wir zu mir nach Hause.»

Katja widersprach nicht.


Ruth kam und ging in den Zimmern umher, als nähme sie Abschied. Käthe warf Rudi einen Blick zu. Hatte auch er den Eindruck?

«Falscher Hase», sagte Ruth. «Das riech ich doch, richtig?» Der Hackbraten war eines ihrer Lieblingsgerichte. «Ihr seid lieb.»

Ja, das waren sie immer gewesen. Von dem Moment an, als Ruth ihr Kind wurde. Oder schon eher. Damals am Hofweg in der halben Ruine, da lebte ihr Großvater noch und hatte ihnen die Enkelin anvertraut.

«Du wirkst, als wärest du zum letzten Mal bei uns», sagte Rudi.

«Quatsch», sagte Ruth. «Ich hab dir doch erzählt, dass ich mich erst mal wieder für Berlin entscheiden werde. Da sehen wir uns eben nicht jede Woche.»

«Die Untergrundzeitung.» Ihm fielen die Flugblätter ein, die er 1933 auf dem Spritdrucker in ihrer Wohnung hergestellt hatte. Eine hilflose Aktion gegen die Nazis.

Ruth schüttelte den Kopf. «Wie kommst du auf Untergrundzeitung?»

«Wir können essen», sagte Käthe, die in ihrem Leben kaum je für die Küche zuständig gewesen war. Doch das Kartoffelpüree von Pfanni, das es zu dem von Rudi bereiteten Falschen Hasen gab, kriegte sie gut hin.

Sie setzten sich an den Tisch, der auch am Sonntag in der Küche gedeckt war. «Wenn euch das beruhigt, ich behalte die Wohnung in der Schanze und lass den zweiten Schlüssel hier.»

Ja, das beruhigte sie. Ein bisschen. Auch wenn Rudi und Käthe ihrer Tochter noch nie nachspioniert hatten, waren sie dankbar für eine kleine Kontrolle. Nicht, dass András sich da einquartierte.

«Weißt du denn schon, wo du wohnen wirst in Berlin?»

«In einer WG. Das läuft über die Leute von der Zeitung.»

«Wieder in Kreuzberg?»

Ruth nickte. «Aber vor Juni wird das nichts. So lange bin ich in Hamburg.»

«Im Juni kriegt Florentine ihr Kind», sagte Käthe.

Ruth legte die Gabel mit dem Hack auf den Teller zurück. «Kind? Florentine? Etwa von Robert?»

«Ja», sagte Käthe. «Er ist ein guter Kerl.»

«Ein Kind. Ich hätte nicht gedacht, dass Florentine so bürgerlich ist.» Hatte Ruth nicht ihren ersten großen Krach mit András gehabt, als sie Dutschkes Heirat vor ihm verteidigte? Diese Zeiten waren vorbei.

«Ich wüsste nicht, was falsch ist an einem Kind», sagte Rudi. Eine der Enttäuschungen seines Lebens, dass er und Käthe keine leiblichen Kinder hatten. Vielleicht war es auch nur weise vom Schicksal gewesen bei all den Nazis, KZs, dem Krieg. Was würde seine kluge Tochter jetzt sagen? Dass Kinder bei der Revolution störten?

«In der Kreuzberger WG leben auch Kinder», sagte Ruth.

Das beruhigte Käthe und Rudi noch viel mehr als der Schlüssel für die Wohnung in der Schanze.

«Hast du den Katalog von Molden gesehen?», fragte Louise. «Die schenken die Autobiographie von der Knef groß ein, da sollten wir in Mengen vorbestellen. Kommt erst im August, doch ab Ende März gibt es einen Vorabdruck in der *Jasmin*.»

«Da sprechen wir drüber, wenn Momme zurück ist.» Lina ordnete gerade weitere Exemplare von Jurek Beckers *Jakob der Lügner* ins Regal. Das Buch verkaufte sich nach wie vor gut. *Der geschenkte Gaul* von Hildegard Knef versprach allerdings genau so ein Kassenschlager zu werden wie der neue Simmel, der im Februar erschienen war.

Selten, dass die *Grand Old Ladys* beide in der Buchhandlung waren. Lina arbeitete noch öfter bei Landmann am Gänsemarkt, Louise tat es nur selten, doch Rick war in London, um das von seinem Onkel geerbte Haus neu zu vermieten, und Momme noch in der Schweiz.

Der Montag hatte träge begonnen, zweimal *Die Häschenschule*, ein Kunde hatte nach den *Textbüchern* von Helmut Heißenbüttel gefragt, der im vergangenen Jahr den Büchner-Preis bekommen hatte, doch sie hatten sie nicht vorrätig gehabt und bestellen müssen.

«Das mit Florentine geht mir nicht aus dem Kopf», sagte Louise. «Dass sie sich nun ein Kind aufhalst.»

«Ich hab dir schon gesagt, dass *ich* mich sehr darüber freue.»

«Du bist ja auch vernarrt in Robert», sagte Louise. «Wäre der dir in deinen jungen Jahren begegnet, hättest du mich links liegen lassen.»

«Den Altersunterschied hätten wir leicht geschultert», sagte Lina. «Ich wäre mit ihm auf den Spielplatz gegangen, und wir hätten geturtelt und mit seinen Sandförmchen gespielt.»

«In den Sandkasten kann sich Florentine ja jetzt setzen. Morgen musst du den Laden übrigens kurz allein schmeißen. Ich habe einen Termin bei Bobos Schönheitschirurgen. Am Vormittag. Da ist ja noch nicht viel los.»

Lina legte die beiden Bücher ab, die sie noch in der Hand hatte, und fasste ihre Freundin an den Schultern. «Bitte tu das nicht.»

Louise entwand sich ihr und nahm mit Erleichterung das Klingeln der Ladentür wahr, durch die gerade ein Kunde kam.

Lina zog sich ins Büro zurück. Was ängstigte sie? War es

denn schlimm, wenn Louise Abnäher bekam, feine Schnitte im Haaransatz und hinter den Ohren? Vielleicht wurde sie dann ja wirklich wieder die lebensfrohe Frau, die sie einst gewesen war.

Ihr Blick fiel auf den Zettel, den Rick mit Heftzwecken an die Wand über dem Schreibtisch gesteckt hatte.

*Farewell dearest, fare thee well*
*And blessings with thee go*
*May sunshine be upon thy path*
*And flowers around thee grow.*

Lina schob den Stuhl zurück und sah in den grauen Hinterhof, der sich vor dem schmalen Fenster des Büros auftat. *Lebe wohl, Liebste, lebe wohl, Segen auf deinen Wegen, Sonne scheine auf deinen Pfad und mögen Blumen dich umgeben.* Ein heiteres, liebevolles Gedichtchen, doch ihr schien es wie eine Grabinschrift.

Sie stand auf und ging wieder nach vorne in den Laden, wo Louise und der Kunde in ein Gespräch vertieft waren. Eine Frau trat ein, einen Jungen an der Hand. Vielleicht ließe sich ja noch eine *Häschenschule* verkaufen.

«Menschenskind, das ist ja großartig», sagte Marike und stand vom Schreibtisch auf, um Florentine in die Arme zu nehmen.

«Du weißt schon alles.»

«Die Spatzen zwitschern es von den Dächern seit deiner Ankunft am Freitag. Du siehst phantastisch aus, und ich hatte Sorge, du könntest noch dünner geworden sein.»

Florentine streckte ihren Bauch vor.

«Wir werden den Umfang nachher mal messen.» Sie

setzten sich in die Ecke mit dem zweisitzigen schwarzen Ledersofa und den Clubsesseln, die Marike eingerichtet hatte.

«Ich habe sechs Kilo zugenommen.»

«In der wievielten Schwangerschaftswoche bist du?»

«Seit heute in der siebenundzwanzigsten. Der Geburtstermin soll in den ersten Junitagen sein.»

«Sehen wir mal, ob es dabei bleibt. Was wurde an Untersuchungen durchgeführt in Paris?»

«Mir ging es gut. Ich bin kaum zum Arzt gegangen.»

«Das machen wir anders», sagte Marike. «Ich nehme dir heute als Erstes Blut ab. Hattest du die Röteln?»

Florentine nickte. Sie hatte sagen wollen, dass ihr die Entscheidung für das Kind nicht leichtgefallen war, sie an eine Abtreibung gedacht hatte, doch dieses Geständnis passte nicht zu Marikes Eifer und der Freude.

«Robert ist sicher aus dem Häuschen vor Glück.»

Florentine nickte ein zweites Mal.

Marike blickte sie aufmerksam an. «Und du?»

«Ich habe mich für das Kind entschieden. Doch ich habe noch keine Ahnung, wie ich es unterbringe in meinem Leben.»

«Willst du weiter durch die Welt reisen? Reicht Roberts Gehalt beim NDR nicht für drei?»

«Und du willst mir das klassische Modell Mutter, Vater, Kind verkaufen? Kennst du mich so wenig?»

Marike zögerte. «Nein», sagte sie dann. «Ich helfe dir, dein Kind gut zur Welt zu bringen. In alles andere mische ich mich nicht ein.»

Ostereier im Schnee. Wie kalt der letzte Märzsonntag war. Konstantin hatte steif gefrorene Finger, als er durch den

Garten lief, das Körbchen mit Süßigkeiten füllte. Doch die Gesichter derer, die in der Körnerstraße versammelt waren, wurden warm, als sie auf Henny anstießen. Sekt. Wer wollte, trank ihn mit Eierlikör. Wie immer zu Ostern.

«Auf Henny und die neuen Großeltern», sagte Lina und hob das Glas. Die werdenden Eltern waren abwesend, Kurzurlaub auf einer Insel, hatte Florentine gesagt, Gestapfe im Sand, Wind im Gesicht, das habe sie gern. In Wirklichkeit waren der Husky und sie in der Milchstraße, um dort zu inseln. Die Begeisterung, die ihre Schwangerschaft auslöste, schien Florentine zu viel des Guten zu sein.

Einer Begegnung mit Alex wich sie aus. Allein der Gedanke, ihm bei Henny und Theo gegenüberzustehen, ließ eine große Nervosität in ihr aufkommen. Sie konnten einander kaum für immer aus dem Weg gehen, doch das erste Wiedersehen durfte nicht vor aller Augen stattfinden.

Henny lächelte Alex zu, der mit seinem Patensohn aus dem Garten kam, Schneeflocken auf den Haaren und Schultern, Schokoladenhasen in den Händen. Konstantin erkannte auch unter dem Schnee das Geglitzer des Goldpapiers. «Wärmt euch mal auf», sagte sie.

«Nächstes Jahr Ostern zeige ich dann Florentines Kind die Verstecke», sagte Konstantin. «Oma und Opa haben immer dieselben.»

«Nicht, dass du dich da noch wunderst.» Henny fing Alex' Blick auf. Sie hatten noch kein Wort über die neuen Gegebenheiten gewechselt, nur zwischen ihm und Theo hatte es ein Gespräch gegeben.

Klaus schnitt gerade eine neue Seite Lachs auf, als sein Schwager in die Küche kam. «Hat mir gut gefallen, das Siegerlied der Irin beim Grand Prix», sagte Klaus. «Wie war es in Amsterdam?»

«*Business as usual*», sagte Thies. «Das Lied von Dana würde ich eher gefällig nennen.»

«*All kinds of everything*. Ich mag es.»

«Du bist eben ein Romantiker. Ist was vorgefallen bei dir und Alex?»

«Wie kommst du darauf?»

«Schien mir so.» Thies nahm sich eine Scheibe Lachs.

Ein regnerischer Tag, der Dienstag nach Ostern. Noch immer nur knapp fünf Grad. Alex stand vor der Gärtnerstraße 58, das erste Mal nach dem Krieg und seiner Rückkehr aus Argentinien.

Er hatte noch das Gründerzeithaus seiner Kindheit vor Augen, die Balkons mit den Atlanten, den schmiedeeisernen Geländern, die hohen Fenster, doch vor ihm tat sich nur ein Haus der fünfziger Jahre auf. An der linken Seite in die Klinker eingelassen die obligatorische Tafel: ZERSTÖRT 1943–AUFGEBAUT 1957.

Alex sah nicht zum Keller hin. Er wollte sich nichts vorstellen. Doch das Bild seiner Mutter holte ihn ein, seine Mutter, die auf dem Balkon im ersten Stock stand und ihrem siebzehnjährigen Sohn nachsah, nicht winkte, ihm nur lange nachsah, sodass er immer wieder ihre Blicke spürte und sich zu ihr umdrehte. Ein Abschied für immer. Keiner von ihnen hatte das ahnen können.

*Du bist deiner Mutter aus dem Gesicht geschnitten.* Das hatte sein Vater oft zu ihm gesagt. Wem würde Florentines Kind aus dem Gesicht geschnitten sein? Oder war es ein ganz eigenes Menschlein ohne vordergründige Familienähnlichkeit?

Er wandte sich ab und ging zur Straßenbahn, bis zur Hallerstraße fahren, dann ins Funkhaus, er hatte den ganzen

Weg zu Fuß gehen wollen, aber nun traute er sich das nicht mehr zu.

Mit Robert reden. Sollte er das forcieren?

Seit Robert von Florentines Schwangerschaft wusste, hatten sie keinen gemeinsamen Studiotermin gehabt, sich nur in der Kantine von weitem gesehen. Gleich würde er in den Aufnahmeraum gehen, allein, die neuen Arrangements am Klavier probieren. Würde Robert in der Technik sein?

*Wir müssen reden, Alex.*

*Ja, Robert.*

Doch der Technikraum lag so leer wie das Aufnahmestudio, als Alex eintrat. Er zog den Trench aus und legte ihn über einen der Stahlrohrstühle, auf denen sonst die Musiker saßen, holte die Noten hervor, hob den Deckel des Klaviers. Ließ sich auf dem Schemel nieder. Fing zu spielen an.

Eine Bewegung hinter der großen Glasscheibe, aus dem Augenwinkel wahrgenommen. Alex blickte hinüber. Robert und er sahen einander an.

«Komm», sagte Alex. Er sagte es leise. Ignorierte dabei den Knopf der Sprechanlage. Robert kam.

Lehnte sich ans Klavier und holte tief Atem, als tauche er im nächsten Augenblick in kaltes Wasser ein. «Lass uns nicht lange drum herumschleichen, hast du im September mit Florentine geschlafen?»

Alex hielt dem Blick stand. «Ja», sagte er. «Ein Mal. Als es mir so dreckig ging, sie hat mir mein Selbstwertgefühl zurückgeben wollen.»

Robert nickte. «Unsere Florence Nightingale.» Er stieß sich vom Klavier ab, ließ sich auf einen Stuhl fallen. «Habt ihr einen Präser benutzt?»

«Nein. Ich war zu überwältigt von den Ereignissen.»

«Ich benutze sie immer, wenn Florentine viel herumge-flogen ist. Im September kam sie ja gerade aus New York.»

«Dann bin ich der Vater des Kindes», sagte Alex.

«Am ersten Abend, nach dem Gartenfest bei Guste, da habe ich keinen genommen.»

«Du hast keinen genommen? Absichtlich nicht?»

«Ich wollte das Schicksal herausfordern», sagte Robert. «Wie du siehst, ist mir das gelungen. Hoffst du darauf, der Vater zu sein?»

Zögerte Alex? «Ich hoffe, dass du es bist», sagte er.

Sie standen beide gleichzeitig auf. Vom Klavierschemel. Vom Stuhl. Blieben vor dem anderen stehen.

«Ich erinnere mich an deine erste Aufnahme für den NWDR, du hast damals noch bei den Briten gespielt.»

«Ja», sagte Alex. «Ich erinnere mich auch.»

«Du kamst ins Studio, und ich dachte, dem werden die Frauen zu Füßen liegen, betete nur, dass die eine und andere für mich bliebe.»

Alex lächelte. «Und dann hast du dich gewundert, dass der Kerl so zurückhaltend ist.»

«Ich wusste ja nicht, dass du einen Mann lieben wür-dest.»

«Davon hatte ich zu der Zeit selber noch keine Ahnung. Ich war lediglich schüchtern.»

«*It's a long way to love*», sagte Robert. «Gibt es das Lied schon? Klingt vertraut, der Titel.»

«*It's A Long Way To Tipperary* ist das einzige, was ich ken-ne.»

«Sieht jedenfalls nach einem langen Weg für uns aus.»

Sie wandten sich zur Tür, als Thies eintrat. «Gut, dass ich euch *beide* vorfinde», sagte der. «Wir müssen reden.»

Alex und Robert tauschten einen kurzen Blick aus.

«Chet Baker», sagte Thies. «Da gibt es wieder ein Drogenproblem. Deswegen ist er schon mal aus Deutschland ausgewiesen worden.»

«Ich habe gelesen, dass er dabei ist, eine neue LP in den Sunwest Studios aufzunehmen», sagte Alex.

«Das eine schließt das andere nicht aus.»

«Ich bitte dich, an der Einladung für Chet Baker festzuhalten.»

Thies sah Alex an. «Die deutsche Polizei wird kaum gelassener auf Heroin reagieren als vor sechs Jahren», sagte er. «Ich will nicht, dass uns das den ganzen Workshop gefährdet. Denkt bitte beide mal darüber nach, wer stattdessen kommen könnte.»

Alex zog einen der Stahlrohrstühle heran, als Thies das Studio wieder verlassen hatte, Robert setzte sich neben ihn. «Eine neue Perspektive von hier auf die Technik», sagte Robert. Er sah zur großen Glasscheibe. «Man sollte doch ab und zu den Blickwinkel verändern.»

«Ich wünschte, Florentine und du würdet heiraten.»

Robert seufzte. «Eher kommt Baker von den Drogen los», sagte er.

Ruth stand schon am ersten Tag des Juni vor der elterlichen Wohnung, um ihren Schlüssel abzugeben. In Berlin schienen sich die Ereignisse zu überschlagen, nachdem der Kaufhausbrandstifter Baader gewaltsam aus der Haft befreit worden war. Die Wohngemeinschaft in Kreuzberg hatte das Zeichen gegeben: Zeit für Ruth zu kommen. Die politische Arbeit bedurfte einer journalistischen Dokumentation.

Die einstige Chefredakteurin der *konkret*, die Zeitschrift, für die Ruth bis vor drei Tagen gearbeitet hatte, war an der Befreiung beteiligt gewesen, hatte sich anschließend mit ins Fluchtauto gesetzt, vielleicht anders, als von ihr vorgesehen, doch es hatte Ulrike Meinhof in den Untergrund geführt.

Die Berliner WG war durchsucht worden. Razzien fingen an zum Alltag zu gehören und die Kinder zu verstören, hatte Geert gesagt, der eine Art Haushaltsvorstand in der Kreuzberger Urbanstraße war.

«Schon?», fragte Käthe, als Ruth den Schlüssel auf den Küchentisch legte. Da lag auch der *Stern*, der die Fotos der schwangeren Florentine aus der *Paris Match* nachgedruckt hatte. Das Magazin schrieb in einem Halbsatz, das Fotomodell sei nicht länger im siebten Monat, sondern stünde kurz vor der Geburt. «Im *Stern* sind Fotos von Florentine», sagte Käthe.

«Ich habe die Fotos gesehen.» Gestern hatte Ruth den *Stern* im Zeitungsladen der Susannenstraße gekauft, Katja hatte angerufen und sie auf die Fotos aufmerksam gemacht.

Warum verschwieg sie, dass sie sich am nächsten Tag treffen würden, Katja, Florentine und sie? Käthe freute sich doch über den Kontakt, den die jungen Frauen hatten. «Ich hab nicht viel Zeit», sagte Ruth.

«Setz dich und warte, bis Papa kommt. Er will dich auch noch sehen, bevor du nach Berlin fährst.»

«Zwischen Hamburg und Berlin ist nur die Zone. Kein Ozean.»

«Ich weiß nicht, was schlimmer ist», sagte Käthe. Ihr großer Kummer war, dass Rudi litt. In der Nacht schreckte er aus dem Schlaf hoch, schaltete sie dann das Licht an, saß er aufrecht und hatte die Hände vors Gesicht gelegt, als wolle er den Ausdruck darin vor ihr verbergen. Waren es die alten Schrecken, die ihn verfolgten? Neue?

«Wer sind die Leute, zu denen du ziehst? Warum kannst du nicht wieder bei den Jungs wohnen? Ihr hattet doch eine gute Zeit.»

«Ihre WG ist komplett.» Ruth hatte nicht vor auszuführen, warum das Zusammenleben in der Körtestraße keine Option war. Stefan und Jens waren ziemlich brave Studenten geworden.

«Papa und ich würden die Leute, mit denen du leben wirst, gern kennenlernen», sagte Käthe. Sie nahm die zischende Espressokanne vom Herd. Ihr Schwiegervater Alessandro hatte die Moka gekauft, sein Ansinnen war gewesen, ihnen ein Nest zu bauen, ein Gerät für die italienische Kaffeezubereitung war da unverzichtbar. Käthe goss die kleinen Tassen voll und schob Ruth den Zuckertopf hin.

«Davon war nie die Rede. Dass ihr die Nasen reinsteckt.»

Käthe setzte sich an den Küchentisch und rührte in ihrer Tasse.

«Ich bin fünfundzwanzig Jahre alt», sagte Ruth.

«Du bleibst unser Kind.»

Regte sich da was in Ruth, dem zu widersprechen? Käthe hatte einen Augenblick lang den Eindruck.

«Papa kann übermorgen zum Bahnhof kommen, ich fahre kurz nach zwei vom Dammtor.» Ruth stand auf. Hörte den Schlüssel in der Tür.

«Sie geht schon», sagte Käthe zu Rudi. «Nach Berlin. Übermorgen.»

«Tut doch bitte nicht so, als hätte ich ein Ticket für die *Titanic*.»

«Denen hat man auch fröhlich nachgewinkt», sagte Käthe.

Dann standen sie auf dem Balkon, Rudi und Käthe. In den Blumenkästen waren rote Geranien, die Stiefmütterchen hatten sie ausgelassen in diesem Jahr, ein zu kalter März.

«Wovor hast du Angst?», fragte Käthe, als sie nun Ruth nachwinkten.

«Ich weiß es nicht», sagte Rudi. Er legte den Arm um Käthes Taille. «Ruth wird sich in Gefahr begeben. Dessen bin ich mir sicher.»

Sie trafen sich im Olympischen Feuer am Schulterblatt. Ruth, Katja, Florentine.

Der Wirt verehrte Florentine vom ersten Blick an, eine Schönheit im weißen Leinenkleid, das ihr bis zu den Knöcheln reichte und vielleicht einmal ein handgearbeiteter Vorhang in einem wilhelminischen Haushalt gewesen war. Und die junge Frau war so offensichtlich dabei, Mutter zu werden. Sein Herz schlug heftig. Doch er machte auch eine

Verbeugung vor Ruth, war sie nicht Stammgast in seinem Lokal?

Katja verspätete sich. Als sie dann kam, hatte Florentine schon erzählt, dass sie angefangen habe, sich auf das Kind zu freuen.

«Das sind die Hormone», sagte Ruth. «Ich habe gedacht, du begehrst Alex. Doch der scheint ja inzwischen ausschließlich schwul zu sein.»

«Der Husky ist ein hochtalentierter Vater», sagte Florentine. «Ich hätte keinen idealeren finden können.»

«Das sind die Kriterien, nach denen sich frau einen Mann aussucht?» Ruth krauste die Stirn.

«Du steckst ja knöcheltief im Feminismus», sagte Katja, die sich an den Tisch gesetzt hatte und die Hand nach Florentines Babybauch ausstreckte. «Darf ich?»

Florentine nickte lächelnd.

«Es klingt, als wäre Feminismus für dich ein Sumpf, in dem man versinkt», sagte Ruth. Sie versuchte, ihre Aufmerksamkeit auf die Speisekarte zu lenken. Irgendwas mit Hack. Vielleicht doch wieder Bifteki. Sie klappte die Karte zu und sah Katja an.

«Nein», sagte Katja. «Ganz im Gegenteil. Ich habe vor, eine Domäne der Kerle zu knacken, die Fotoreportage, und ich denke nicht an Fotos von Tierkindern.»

«Würdest du in den Krieg gehen?», fragte Ruth. «Nach Vietnam?» Klang sie ein klein wenig lauernd?

«Ja», sagte Katja. «Ich nehme an, du sähest mich gerne an der Seite des Vietkong. Und du kehrst in den Kreuzberger Dschungel zurück? Ist dir die konkret nicht links genug?»

«Ich nehme die Lammkoteletts», sagte Florentine. «Wer hätte gedacht, dass ich mal das Seelchen sein würde von uns dreien.»

«Das ist vorübergehend», sagte Katja. «Kurz vor der Geburt wird die gebärende Frau zur seelenvollen Kuh.»

«Unsere Jüngste ist heute allwissend», sagte Ruth.

«Und frech», sagte Florentine.

Doch sie sahen alle drei vergnügt aus, als sie beim Kellner bestellten. Auch Ruth.

«Willst du wieder losjetten, wenn das Kind da ist?», fragte Katja.

«Ja.» Florentine sah auf die Salatteller, die der Kellner hinstellte. Mit Weißkohl hatte sie es gerade nicht so, Blähungen fehlten ihr noch.

«Und wer wiegt das Kindlein?», fragte Ruth.

«Der Husky. Ida und Tian. Eine noch zu findende Kinderfrau.»

«Wirst du stillen?»

«Ich habe gehört, es kann lustvoll sein. Könnt ihr euch mal auf was anderes konzentrieren? Was wirst du tun in Berlin, Ruth?»

«Carlos Marighella lesen und den bewaffneten Kampf aufnehmen», sagte Katja. «Sein kleines Handbuch für die Stadtguerilla geht rum in der Szene, Pflichtlektüre in Kreuzberg.»

«Quatsch», sagte Ruth. «Ihr habt keine Ahnung.»

Der Kellner kam mit einer Portion Tsatsiki und setzte sie vor Florentine ab. «Griechischer Joghurt und frische Gurke sind gut für die Mama», sagte er. «Gruß vom Wirt.»

Florentine hätte gern mit den Augen gerollt, doch sie dankte lächelnd und fing zu essen an. Dann aber legte sie die Gabel hin und griff nach den Händen von Katja und Ruth. «Lasst uns zusammenhalten», sagte sie. «Was immer auch geschieht.»

«Du hast doch gar nichts getrunken», sagte Ruth.

«Kühe sind seelenvoll *und* sentimental», sagte Katja.

«Du und deine spitze Zunge. Ich gehe mal davon aus, dass unsere Mütter und Großmütter pfleglicher miteinander umgegangen sind.» Florentine grinste.

«Die Großmutter meiner Mutter war nicht pfleglich.»

«Else», sagte Florentine. «Ja, die war speziell. Werdet ihr denn beim Sommerfest für Henny und Käthe dabei sein?»

Ruth schüttelte den Kopf.

«Ich freue mich drauf», sagte Katja. «Du bringst dann hoffentlich das Kind mit und den Husky, der es wiegt.»

«Vielleicht liege ich dann noch im Wochenbett.»

«Wann ist denn der Termin?»

«Morgen», sagte Florentine. «Doch es tut sich nichts.»

«Bis zum 21. Juni ist es längst draußen», sagte Katja. «Vertraut mir. Ich bin von Gynäkologen und Hebammen umgeben.»

Florentine nahm ein Taxi in die Johnsallee. Im Garten sitzen an diesem schönen Frühlingstag, der Husky würde später dazukommen, so hatten sie es verabredet. Sie stieg vorsichtig in das Auto, das Kind hatte sich doch schon deutlich gesenkt. «Nicht, dass Sie mir hier in meiner Kutsche niederkommen», sagte der Fahrer.

Der alte Mercedes ihres Vaters stand vor dem Haus. Als sie an der Tür klingelte, erst bei ihren Eltern, dann bei Guste, war der Gedanke, es könne gleich losgehen mit der Geburt, bereits vergangen.

«Nu geh mal gemäßigteren Schrittes», sagte Guste, die ihr öffnete. «Ich weiß nicht, ob ich mich als Geburtshelferin eigne.»

«Du kannst alles, Guste. Sind Ida und Tian nicht da?»

Guste zögerte, um sich dann gleich in die Wahrheit zu

stürzen. «Die sind mit dem Taxi weg. Deinem Vater ging es nicht gut.»

Florentine hob den Saum des weißen Leinenkleides, bevor sie die nächste Stufe nahm. Nur nicht stolpern jetzt und das Kind auf der Treppe der Johnsallee zur Welt bringen. «Was ist mit ihm?»

«Er hatte Herzrasen. Sie sind zum Arzt gefahren.»

«Tian hat das öfter in letzter Zeit, nicht wahr?»

«Ja», sagte die gute alte Guste. «Sein Herz gerät leicht aus dem Takt.»

«Wo sind sie hingefahren?»

«Ins UKE. Euer Hausarzt war nicht erreichbar. Wahrscheinlich spielt er Tennis am Mittwochnachmittag.»

Florentine dachte, dass es ernst sein müsse, wenn Ida Tian begleitet hatte. Ihre Mutter neigte nicht zu allzu großer Fürsorglichkeit.

«Deine Eltern werden wenig begeistert sein, dass ich dir das gleich auf die Nase gebunden habe.»

«Was hättest du mir sonst sagen sollen? Dass sie sich nach neuen Liegestühlen umsehen?»

«Die wären allerdings nötig», knurrte Guste. «Die drei Gören von Anni und Momme haben sie nahezu kleingekriegt.»

«Wo ist die Familie Siemsen denn eigentlich?»

«Momme im Laden, Anni und die Kinder in Planten un Blomen.»

Der Garten lag im schönsten Frieden, Florentine atmete durch und setzte sich in einen der Korbstühle. Machte sich Gedanken über Tian, ihren starken, gutaussehenden Vater. Eine Depression hatte er gehabt nach dem Tod ihrer Tante Ling. Dann die kognitive Störung. Ansonsten war er stets gesund gewesen.

Guste kam in den Garten und stellte einen Krug kühler Limonade auf den Tisch, die sie selbst zubereitete. «Gläser kommen gleich», sagte sie und ging ins Haus zurück.

Im Juli würde Tian neunundsechzig werden, noch jung. Sie hoffte, dass er nicht ernsthaft krank war und es genießen konnte, Großvater ihres Kindes zu sein. Florentine legte ihre Hände auf den Bauch. Das Baby hatte schon seit Tagen nicht gestrampelt, Marike sagte, es finde kaum mehr Platz für Turnübungen.

«Wie lange sind sie schon weg?», fragte sie, als Guste mit dem Tablett kam, Gläser darauf und Schüsselchen mit Erdbeeren.

«Zweieinhalb Stunden.»

«Das scheint mir ziemlich lange.»

«Nicht für die Notaufnahme im UKE.»

«War Tian schon mal da?»

«Am Sonnabend. Gar nicht lange her.» Guste füllte die Gläser. «Ida hat mit Henny gesprochen, Theo kümmert sich um einen Herzspezialisten. Hast du alles vorbereitet fürs Kind?»

«Ich gehe in die Finkenau, das ist eine familiäre Verpflichtung. In der Milchstraße warten Wiege und Wickelkommode.»

«In den Grindelhochhäusern wartet bei Robert das Gleiche?»

«Nein. Doch er hat nun einen Schlüssel zu meiner Wohnung.»

«Ihr kommt ja in Siebenmeilenstiefeln voran. Wie lange kennt ihr euch? Sechs Jahre?»

«Im Oktober sind es acht.»

«Und schon kriegt der Junge einen Schlüssel. Aber wenigstens hast du dir Alex aus dem Kopf geschlagen.»

«Ja», sagte Florentine. Sie sah zur Terrassentür und stand auf, als ihre Eltern in den Garten traten.

«Alles gut», rief Tian über den Rasen. Er kam auf ihren Tisch zu und bewegte sich behände, doch seine Lippen waren blass, und unter seinen Augen lagen Schatten. «Ich nehme an, Guste hat dir erzählt, dass ich leichtes Herzklopfen hatte.»

«Du hattest kein leichtes Herzklopfen.» Ida zog einen Zettel hervor. «Eine Tachykardie nach einer Hypotonie.»

«Höherer Blödsinn», sagte Tian. «Ich bin nur ein aufgeregter Großvater, dessen Blutdruck in den Keller gegangen ist.»

Guste dachte an die Todesangst, die sie am Mittag in Tians Augen gesehen hatte. «Und was sagen die Herrschaften im UKE?»

«Den Kardiologen aufsuchen, den Theo empfiehlt, und die Tabletten nehmen, die sie mir mitgegeben haben.»

Guste gab Tian ein Glas Limonade. «Nur zu», sagte sie.

«Papi», sagte Florentine. Sie sah ihren Vater voller Liebe an. «Ich will, dass du bei der Abiturfeier des Kindes dabei sein wirst, das da in den kommenden Tagen zur Welt kommen wird.»

Tian lächelte. «Da haben wir ja alle viel vor», sagte er.

Klaus legte die Zeitung zusammen und stand vom Tisch auf. Ihm gelang nicht, sich abzulenken, er dachte nur an die bevorstehende Geburt von Florentines Kind, als wäre er der werdende Vater.

Vorgestern wäre der Termin gewesen, das hatte er von Henny gehört, doch es tat sich wohl noch nichts. War Alex so gelassen, wie er vorgab zu sein? Der balancierte gerade mit dem Tablett herum, das er auf ihre Dachterrasse tragen wollte, alles andere als Leichtigkeit in seinem Gang. Kein Medikament half so gut, wie es das Bostoner Gift getan hatte.

«Deine Jeans sehen verschlissen aus. Gibt dir was von einem Hippie.» Ein Nebenkriegsschauplatz, den er da eröffnete.

Alex blieb stehen. «Findest du mich zu alt für diesen Look?»

«Steht ja nur *Levi's*, drauf und nicht dein Jahrgang.»

Alex zog die Brauen hoch, doch er erwiderte nichts, entschied, erst einmal das Tablett mit den Butterhörnchen und dem Kaffee sicher auf die Terrasse zu bringen. Klaus folgte ihm.

«Läuft das noch unter liebevoller Ironie?», fragte Alex.

«Entschuldige. *You look younger than ever.*»

«Du neigst zu Sticheleien in letzter Zeit.»

«Ich bin nervös», sagte Klaus. «Aus lauter Sorge, das Kind könne aussehen wie du. Hast du eigentlich mit Tian darüber gesprochen?» Er verteilte Tassen und Teller auf dem Teakholztisch.

«Nein», sagte Alex.

«Ihr sprecht doch sonst über alles.»

«Er und Ida freuen sich sehr auf ihr Enkelkind. Warum die beiden verunsichern, wir sind ja bereits zu viert im schwankenden Boot.»

«Macht dich das nicht fertig?»

Alex setzte sich. «Ich freue mich auch», sagte er. «Auf Roberts Kind.»

Klaus nickte. «Das legst du dir fein zurecht.» Er schenkte den Kaffee ein, um sich dann zu setzen.

«Was soll ich deiner Meinung nach tun?», fragte Alex.

«Theo hat was gelesen über eine neue Typisierung.

Keine Ahnung, wie das funktioniert, doch es soll sicherer sein als die Blutgruppen. Ihr habt alle drei total langweilige.»

«Du hast Florentines Blutgruppe in Erfahrung gebracht? Fällt das nicht unter ärztliche Schweigepflicht?»

«Henny hat sie mir genannt.»

«Und die von Robert kennt deine Mutter auch?»

«*Ich* hab ihn gefragt. Als Betroffener darf ich das wohl. Er hat null positiv. Genau wie Florentine. Nur du hast null negativ. HLA heißt die neue Typisierung.»

«Theo hat mir davon erzählt.» Alex klang gereizt.

«Und du fandest das mir gegenüber nicht erwähnenswert?»

«Der Test ist noch gar nicht in der Praxis angekommen. Du und ich sind das eine Paar und *Old Green Eye* und Florentine das andere. Lass uns daran nicht rütteln.»

«Das hast du lange nicht gesagt. *Old Green Eye*. Hoffst du doch darauf, dass das Kind Roberts grüne Augen hat?»

«Nein. Und sollte es braune Augen haben, ist das kein Beweis meiner Vaterschaft. Der glückliche Großvater hat auch braune.»

Klaus stand auf, als das Telefon klingelte. Alex biss sich auf die Lippe, als er ihn *Mama* sagen hörte. Er sah zu Klaus, als der zurückkam.

«Ida hat Henny angerufen. Bei Florentine ist das Fruchtwasser abgegangen, Robert hat sie in die Finkenau gebracht.»

«Konstantin ist auch an einem Sonnabend geboren worden. Vielleicht ist das ein gutes Omen.»

«Gutes Omen für was?» Klaus strubbelte seinem Gefährten durch das dunkle Haar. «Ich sehe weiße Haare», sagte er. «Soll ich sie dir ausreißen?»

«Nein», sagte Alex. «Sag mir, was die Konsequenz wäre, wenn wir wüssten, dass ich der Vater bin.»

«Ich habe doch nur Angst, dass es uns trennen könnte», sagte Klaus.

Florentines Kind wurde am frühen Abend des 6. Juni geboren. «Ein Junge», sagte der Arzt. «Ein wundervoller Junge.»

Florentine lächelte. «Und die Farbe der Augen?»

Havekost war erstaunt. Ab und zu fragten die Frauen, ob alles dran sei an ihrem Kind, doch diese Frage hatte er noch nicht gehört nach einer Geburt. Er blickte in die Augen des Neugeborenen, das ins Licht der Welt blinzelte. «Blau», sagte er. «Alle Kinder haben bei der Geburt blaue oder braune. Die Farbe verändert sich oft noch im ersten Jahr.»

Er betrachtete die schöne junge Frau, deren Augen von einem dunklen Blau waren, Florentine Yan schien weniger erschöpft als andere Frauen nach der Geburt. «Gisela legt Ihnen gleich Ihren Jungen in die Arme. Wenn wir ihn gewogen und gemessen haben und er gewaschen ist.»

«Schicken Sie mir den Vater? Er darf doch jetzt kommen?»

Robert sprang von der Bank hoch, als der Arzt aus dem Kreißsaal kam. Er nahm den Glückwunsch zu einem Sohn wie in Trance entgegen. «Geht es beiden denn gut?» Hatte er nicht Florentines Schreie gehört?

«Und ob», sagte Havekost. «Kommen Sie mit.»

Robert beugte sich über Mutter und Kind und küsste sie beide in großer Behutsamkeit.

«Erinnerst du dich noch an die versandete Kirche in Skagen, Husky?»

«Sankt Laurentius. Ich erinnere mich gut.»

«Sollten du und ich einmal einen Sohn haben, werde ich ihn Lorenz nennen, habe ich damals gesagt.»

«Dann bist du überzeugt, dass es mein Kind ist.»

«Du nicht?»

«Doch. Von ganzem Herzen.»

«Lass uns dein Gespräch mit Alex vergessen, lieber Husky. Vertrau da meinen Instinkten.»

Hätte er ihr überhaupt von dem Gespräch erzählen sollen? Robert blickte zu Lorenz, der Florentine wie aus dem Gesicht geschnitten war.

«Und nun rufst du meine Eltern an.»

«Sie können das gern von meinem Sprechzimmer aus tun.» War dieser Satz der einzige, den Havekost gehört hatte?

«3520 Gramm. 52 Zentimeter lang», sprach Robert ins Telefon.

«Da gratuliere ich dir, du stolzer Vater», sagte Guste. «Ida und Tian sind schon auf dem Wege. Die wollten nicht warten.»

Als er in den Kreißsaal zurückkam, fand er nur noch die Hebamme vor. «Ihr Sohn ist im Kinderzimmer und Ihre Frau oben auf der Privatstation», sagte Gisela Suhr und hielt den nicht mehr ganz so jungen Vater fest, dem nun doch noch schwach wurde vor Glück.

Die drei Flügel des hohen Fensters standen weit auf an diesem Sonntag, Louise lümmelte auf einem der lindgrünen Kunststoffstühle von Charles Eames, die sie vor einigen Tagen gekauft hatten, und lauschte Linas Sätzen nach.

«Das war Ida?», fragte sie, als Lina auflegte.

«Ja. Das Kind ist gestern geboren worden. Ein Junge. Vielleicht sollten du und ich hinüber zur Finkenau gehen und gratulieren.»

«Da drängen sich sicher schon alle um Florentine. Kannst du nicht allein hin? Ich würde lieber eine Spritztour mit dem Jaguar machen.»

«Nimm dein Cabrio bei dem schönen Wetter.»

«Doch nicht den ollen Käfer», sagte Louise. Sie stand auf. «Unsere alten Polsterstühle waren bequemer.»

«Dann hättest du die Fenster schließen und sie nicht nassregnen lassen sollen.»

«Wer wusste denn, dass da eine Sintflut kommt. Ein Junge also. Sieht er chinesisch aus? Oder eher wie Robert?»

«Hätte ich das fragen sollen?»

«Wäre das rassistisch?»

Lina sah Louise an. Die Straffung der Lider und der Stirn, die sie hatte vornehmen lassen, war kaum gelungen zu nennen. Ihre Augen schienen schmaler und kleiner. Kalmückenaugen. War *das* rassistisch?

Louise ging zum Spiegel, der über dem Bartisch hing, und strich die Haare aus dem Gesicht. Das eigene Lächeln kam ihr entgegen aus dem antiken Spiegel, der Altersflecken haben durfte und darum nur kostbarer schien. Kein anderer zeichnete ein solch weiches Bild, und wenn Louise auch vom Trug wusste, ließ sie sich darauf ein. «Feinste Nähte», sagte sie. «Kaum zu sehen. Ist auch schon fast acht Wochen her.»

Lina schwieg. Die Wundnähte waren noch deutlich zu erkennen.

«Gibst du mir die Schlüssel für den Jaguar?»

«Schade, dass du nicht mitkommst. Dann fahre mich aber zum Bahnhof, ich will bei Petzoldt Blumen kaufen. Und anschließend zur Finkenau. Ziehst du dich um?»

Louise sah an sich herunter. «Ist das nötig?»

«Knöpf einfach noch was zu an deinem Kleid.»

«Die Brüste kommen als Nächstes», sagte Louise und schnappte nach dem Autoschlüssel, den Lina ihr zuwarf.

«Lorenz ist hinreißend», sagte Henny, als sie in den Garten kam.

Theo sah von den Rosen auf, von deren Laub er Läuse knipste, im Juni waren gerade die *Maiden's Blush* anfällig dafür. Irgendwie war er hineingeraten in die Läuseknipse-rei, dabei hatte er sich eigentlich auf die neue Friesenbank setzen wollen, nachdem sie aus der Finkenau gekommen waren. «Er sieht ja auch aus wie die hinreißende Florentine. Obwohl die in Frage kommenden Väter ebenfalls gutaus-sehend sind.»

«Ich dachte, wir hätten uns vorgenommen, keinen Zwei-fel an Roberts Vaterschaft aufkommen zu lassen.»

«Genau. Ich werde auch keinem mehr von Typisierun-gen erzählen, Klaus kommt sonst nicht zur Ruhe, und bei Alex habe ich allmählich den Eindruck, dass er es gar nicht wissen will. Werden sie einen Besuch bei Mutter und Kind machen?»

«Die Großeltern wären irritiert, wenn sie es nicht täten, Alex ist Tians bester Freund. Ida und Tian kommen nachher noch vorbei, um auf ihren Enkel anzustoßen.»

«Dann stelle ich mal den Wein kalt.» Theo betrachtete seine Hände, auf denen die Rosen Kratzer hinterlassen hat-ten. Chirurgenhände. Ihm fehlte das Leben als Arzt.

«Du hast lange nicht mehr Klavier gespielt.»

«Eine kleine künstlerische Pause.»

«Ida findet, der Kleine sähe chinesischer aus als Floren-tine.»

Theo lächelte. «Ich hoffe, sie wirft es Tian nicht vor.»

«Sie hat Angst um ihn. Dieser Schwächeanfall.»

«Dienstag ist er beim Kardiologen. Heute lässt sich vieles reparieren.»

«Bis hin zur Herztransplantation.» Henny schüttelte den Kopf.

«Jetzt schrubbe ich mir erst einmal die Nägel», sagte Theo.

Henny ging zu der weißen Holzbank, die gestern geliefert worden war, hellblaue Sitzkissen darauf. Doch sie setzte sich nicht, lieber einen Gang durch den Garten machen. Der Fliederbaum, der dort stand, wo die Dogge Goliath begraben lag, war bereits verblüht. Wenn sie das große Fest feierten zum Sommeranfang, würde der späte Phlox in Blüte stehen, die rosa Kletterrosen, der Lavendel.

«Zwei Tage nach dem Fest haben wir unseren Hochzeitstag», sagte Theo, als er mit sauberen Nägeln zurückkehrte.

«Den Junihochzeitstag. Geheiratet haben wir anderthalb Jahre vorher.»

«An den Junitag erinnere ich mich besonders gerne.»

«Hoffentlich ist uns noch viel Zeit gegeben», sagte Henny.

«Ich werde erst achtundsiebzig.»

«Ein junger Kerl.» Henny lächelte.

«Tian ist neun Jahre jünger.»

«Du sorgst dich also doch.»

«Er soll achtsam sein», sagte Theo. «Tian denkt zu selten an sich und zu viel an Ida. Ich habe zwei Flaschen vom Rheinwein ins Eisfach gelegt. Den Rüdesheimer.»

*Einer kommt, einer geht.* Ein Satz von Else. Henny erschrak, als ihr die Spökenkiekerei ihrer Mutter in den Kopf kam. Als Lud starb, hatte Else das gesagt, damals war Marike allerdings schon drei Jahre alt gewesen.

«Warum guckst du auf einmal so finster?»

«Alles gut», sagte Henny. «Setz dich mit mir auf die Bank.»

«Du hast einen sehr hübschen Sohn. Ich gratuliere dir.»

Robert griff nach Alex' Hand, die auf seiner Schulter lag, und sah hoch. «Du hast ihn gesehen?»

«Wir waren gestern da. Ich habe gehört, dass Florentine schon in dieser Woche mit ihm nach Hause gehen wird. Wirst du dir Urlaub nehmen?»

«Hab ich schon. Für die ersten Tage. Ich hatte gehofft, dass meine älteste Schwester nach dem Tod meines Schwagers nach Hamburg zurückkehrt und Lorenz betreut, doch sie will in Köln bleiben.»

«Können die Großeltern helfen?»

«Tian geht es nicht gut.»

«Er ist heute beim Herzspezialisten», sagte Alex. Er sorgte sich um seinen Freund. Das war nicht der erste Schwächeanfall gewesen. «Und Ida?»

«Hilft. Tian hat das auch vor. Florentine will bis September keine Termine annehmen, doch wir suchen eine Kinderfrau.»

Alex war schon dabei, die Technik zu verlassen, als er sich in der Tür umdrehte. «Könntest du dir Frau Kuck als Kinderfrau vorstellen?»

«Die Sinatra-Verehrerin aus der Kantine?»

«Da arbeitet sie nicht mehr.»

«Die ist doch Haushaltshilfe bei Klaus' Eltern.»

«Einmal in der Woche. Ich denke, die Kuck hat noch Kapazitäten.»

«Ich spreche mit Florentine darüber. Alex, ich war heute Morgen auf dem Standesamt, um Lorenz' Geburt anzuzei-

gen und einen Antrag zu stellen, dass er mit Familienna-
men Yan Langeloh heißen kann.»

«Das klingt gut», sagte Alex. «Hoffentlich sind die nicht
kleinlich.»

Ruth stieß gegen den Karton mit den leeren Zweiliterfla-
schen, der auf dem Balkon stand, und hörte das zornige *Psst*
von Tine durch die angelehnte Glastür. Tine war dabei, die
Kinder in den Schlaf zu bringen.

Frascatiflaschen. In der WG wurde viel getrunken. Und
geraucht. Gras. Doch auch Zigaretten. Geert, Friedhart und
Ruth standen auf dem Balkon, denn Tine erlaubte das Rauchen nur im Freien.

«Sie denkt, die Qualmerei schadet den Kindern», sagte
Geert. «Ihr neuer Gesundheitswahn. Genau wie die Hefepas-
te aus dem Reformhaus, die Tine auf die Stullen schmiert.
Ich fange an, eine Gier auf Leberwurst zu kriegen.»

«Vorher habe ich gar nicht geraucht», sagte Ruth.

«Tun das in den Redaktionen nicht alle? Druck und
so?»

Ruth hob die Schultern. Warum hatte sie mit den *Gitanes*
angefangen? Stand sie hier in Berlin unter Druck? In der
*Agit 883* gab es großen Ärger, die Zeitschrift hatte am 5. Juni
einen Text mit der Überschrift *RAF. Die Rote Armee aufbauen*
veröffentlicht, nichts anderes als ein Strategiepapier für die
im Mai gegründete Gruppe. Ruth arbeitete gar nicht für die
*883*; die Zeitung, die sie entwickelten, war noch nicht ins
Visier geraten.

Die Nachricht von Lorenz' Geburt hatte sie erreicht, Rudi
nahm jede Gelegenheit wahr anzurufen. Dass Florentine
alles gut überstanden hatte und das Kind gesund war, sah
sogar Ruth als akzeptablen Grund.

Sie hatte nichts gegen Kinder, nur in ihr eigenes Leben passten sie nicht. András war der einzige Mann gewesen, den sie bislang geliebt hatte, doch der lebte ja nun mit Marianne zusammen, die sich Janne nannte. Wo sie sich aufhielten, wusste Ruth nicht, aber aus dem Nahen Osten waren sie zurückgekehrt. András spielte kaum mehr die große Rolle, die er für sich in Anspruch nahm, ein anderer hatte die Führung übernommen, mit dem hatte er nur noch die Initialen gemeinsam.

«Du warst mal mit Bing zusammen», sagte Geert. Ließen sich ihre Gedanken lesen? «Ich fürchte, dass der bald austickt. Den Sturz in die Bedeutungslosigkeit wird er nicht tatenlos hinnehmen.»

«Wisst ihr, wo er ist?», fragte Ruth.

«Im Frankfurter Raum. Janne und er sehen sich Objekte an.»

«Objekte?»

«Ziele», sagte Geert. «Die sich lohnen.»

«Lohnen für was?»

«Das kann nicht sein, dass du hierherkommst und derart naiv bist.»

«Kampf», sagte Friedhart. «Kapier es, Ruth, Kampf. Kein Gequatsche mehr, ob Gewalt erlaubt ist, und nicht nur gegen Sachen.»

Die Tür zum Balkon öffnete sich einen Spalt. «Abendbrot steht auf dem Tisch», sagte Tine. «Seid leise. Die Kinder schlafen.»

«Das Problem ist, dass du eine Gute bist», sagte Geert, als sie in die Küche gingen, um Brote mit Hefepaste zu essen und Sellerie und Rote Bete, die geraspelt waren. «Ulrike ist das eigentlich auch. Eine Gute.»

«Ich hoffe, vor allem der Vater meiner Kinder bleibt

sauber», sagte Tine. Sie stellte eine Flasche Dr. Kochs natur-
trüben Apfelsaft hin.

Der Frascati war dennoch viel zu schnell ausgetrunken.

Rudi hielt den neuen *Spiegel* in den Händen und kam zu
einer anderen Meinung über Ulrike Meinhof, die in dem
Magazin die Gründung der RAF in einem unredigierten
Text verkünden durfte.

*Und natürlich kann geschossen werden.* Der Satz hallte in
ihm nach. Steckte Ruth in alldem drin? Wusste er das nicht
längst? Er stand auf und ging, das Zeichenpapier zu holen,
die Graphitstifte, er zeichnete nur noch gelegentlich, doch
vielleicht half ihm das.

Nein. Das tat es nicht. Kein Strich, der gelang. Er tigerte
durch die Zimmer, die sein Vater vor vielen Jahren für ihn
und Käthe eingerichtet hatte, Alessandro war es dann lange
nicht gelungen, sie herzulocken. Zu komfortabel war Käthe
und vor allem ihm all das erschienen. Er hatte Angst gehabt, die Schrecken der Nazis und des Krieges zu vergessen
und damit all jene, die verlorengegangen waren.

Trieb das auch Ruth um? Schien ihr das Leben zu heiter,
zu poppig geworden zu sein, waren die Ziele der arbeiten-
den Klasse aus Augen und Sinn geraten? Davon hatte die
Meinhof doch geschwafelt in dem Text, Intellektuelle, die
sich nach dem Schulterschluss mit den Arbeitern sehnten,
um Absolution zu erfahren.

Warum suchte Ruth Quartier in heruntergekommenen
Häusern, rührte das Geld vom Grundstück nicht an, das ihr
Großvater hinterlassen hatte?

Wenn Käthe da wäre, dann könnten sie sich zu den Geranien setzen und über den Sommer sprechen, der gut zu
werden versprach, das Fest, das sie feiern würden. Doch

gerade darum war Käthe nicht hier, sondern drüben bei Henny, der Vorbereitungen wegen.

Rudi blieb vor der kleinen Kommode in der Diele stehen, eine schmale Porzellanschale darauf, früher hatte darin ein Kamm gelegen, Klammern für Käthes widerspenstiges Haar, jetzt lagen da Schlüssel. Ein schlichter großer Ring mit zwei Schlüsseln, den er nahm. In die Schanze fahren.

Eine Dreiviertelstunde später stand er vor dem Haus, steckte Ruths Schlüssel in das Schloss der alten Tür, stieg die steilen Treppen hoch. Rudi nahm die Reklamezettel von der Fußmatte, steckte ein Schreiben der *Hamburgischen Electricitätswerke* ein, vielleicht eine Rechnung, die Ruth vergessen hatte zu bezahlen.

Noch keine zwei Wochen her, dass Ruth gegangen war. Alles sah aus wie sonst in ihrer Wohnung, sie hatte lediglich einen Seesack aus Leinen dabeigehabt, als er darauf bestanden hatte, mit zum Dammtorbahnhof zu kommen, Ruth zum Zug nach Berlin zu bringen, ihr nachzuwinken.

Der *Stern* lag noch neben dem Bett, dort aufgeschlagen, wo Florentine zu sehen war mit ihrem Babybauch. Sehnte sich seine Tochter nach Glanz, wenn sie Florentine verehrte? Denn das tat sie, Idas und Tians Tochter zu verehren, dessen war er sicher, wenn Ruth sich auch oft negativ äußerte über Florentines Lebensstil.

Im Kleiderschrank hingen die Hosen und Pullover für den Winter, käme sie vorher vielleicht zurück, war Berlin vorübergehend? Rudi schloss den Schrank. Nur Antworten finden, nicht schnüffeln.

In der Küche neben dem Handstein war mit Tesastreifen das Titelbild der *Twen* aus dem November befestigt. Noch einmal Florentine. Tiefrote Lippen.

Der alte Kohleherd in der Küche, Ruth hatte ihn nicht

genutzt, eine elektrische Kochplatte stand darauf, auch die sah aus, als sei auf ihr kaum gekocht worden, der Stieltopf daneben war gespült. In seiner frühen Kindheit hatte es einen Kohleherd gegeben, später Gas, er erinnerte sich ungern daran. Grit, die dann doch nicht seine Mutter gewesen war, hatte den Kopf in den Backofen gesteckt und ihr Leben beendet.

Die Klappe des Backofens öffnete er nicht, doch er zog die Lade des Aschenkastens auf, ein in Zeitungspapier gewickeltes ziegelsteingroßes Brikett lag darin, Grit hatte die Briketts ebenfalls in Zeitungen verpackt, damit sie sich nicht die Hände schmutzig machte beim Anheizen des Ofens. Doch er glaubte nicht länger an ein Brikett, als er das Päckchen in der Hand hielt.

Rudi legte es auf den Küchentisch und entfernte das Papier. Vier dicke Bündel Hundertmarkscheine, die vor ihm lagen.

Ein Banküberfall, der ihm als Erstes in den Kopf kam. Oder hatte Ruth das Geld vom Konto der Hamburger Sparkasse genommen, das Rudi ihr eingerichtet hatte, als das Grundstück im Langenzug verkauft worden war? Gustav Everlings Erbe. Anders konnte es nicht sein. Was wollte sie damit finanzieren? Den bewaffneten Kampf?

Vier Bündel à fünfzig Scheine. Zwanzigtausend Mark.

Ihm gelang es schlecht und recht, sie in das Zeitungspapier zurückzupacken, seine Hände zitterten. Rudi legte das Päckchen wieder in die Lade des Aschenkastens. Das ließ sich nicht am Telefon klären. Schon gar nicht, wenn Ruth dabei im Flur der Kreuzberger Wohngemeinschaft stand.

Er würde nach Berlin fahren.

«Eine Operation ist noch nicht nötig», sagte Tian. Er hatte vor, die koronare Herzerkrankung, die bei ihm diagnostiziert worden war, herunterzuspielen, er wollte nicht als krank betrachtet werden.

Alex setzte zu einer Antwort an, schwieg aber, weil der Ober die Teekannen brachte, die Etagere mit den Sandwiches hinstellte.

«Eine Arteriosklerose nur mit Tabletten behandeln?», fragte er schließlich.

«Du hast seit zwanzig Jahren mit deiner Krankheit zu tun und musstest nicht unters Messer.»

«Nein», sagte Alex. «Wo auch schneiden?»

Tian hob die Deckel der kleinen Kannen, behielt den Tee im Auge, damit er nicht zu stark wurde, seine Aufgabe, seit sie sich hier in der Kaminhalle des Vier Jahreszeiten trafen, viele Jahre schon. «Was wäre das Schlimmste, das dir geschehen könnte?», fragte er.

«Klaus zu verlieren.»

«Das Zweitschlimmste?»

«Nicht mehr Klavier spielen zu können.» Alex fiel Chet Baker ein, dessen abhandengekommene Zähne. Der Trompeter war von Thies ausgeladen worden. Gegen Alex' Wunsch. «Ich bin dankbar, dass nie was mit meinen Händen war.» Er sah Tian an. «Und bei dir?»

«Nun sind es drei, deren Verlust ich nicht aushalten könnte.»

Alex lächelte. «Lorenz kommt dazu.»

«Ich hatte nicht länger zu hoffen gewagt, dass Florentine uns ein Enkelkind beschert. Ein solch großes Glück. Hast du je bedauert, keine Kinder zu haben?»

«Ich bin Konstantins glücklicher Patenonkel.»

«Der ist auch ein sehr liebenswerter Kerl. Du hättest sehen sollen, wie zärtlich Konstantin mit dem Baby umging, als Thies und er in der Finkenau waren.» Er entnahm die Tee-Eier, tat sie in die bereitgestellten Schalen. Vielleicht ein wenig dunkel, der Tee, die eigenen Gedanken hatten Tian abgelenkt. «Konstantin wird acht in diesem Jahr, nicht wahr?»

«Ja. Am 6. Oktober.»

«Hoffentlich bin ich noch dabei, wenn Lorenz acht wird.»

Alex hob die Brauen. «Ich habe den Eindruck, dass du mir einiges verschweigst, alter Freund.»

Tian versank in den Anblick der Kresse auf dem halb gegessenen Lachssandwich. «Noch ist keine Operation nötig», sagte er.

«Lass sie nicht erst dringend werden. Sie legen doch jetzt auch Bypässe.»

«Ich habe Angst, auf dem Tisch liegen zu bleiben.» Tian tat das halbe Sandwich auf den Teller. «Dann tritt der Narkosearzt vor, kondoliert Ida und sagt, sie hätten mich leider bei der OP verloren.»

«Liest du Arztromane?», fragte Alex.

«Ich habe nur schlecht geträumt.» Tian nahm das Lachssandwich und aß es auf. «Tust du das nicht?»

«Doch.» Alex bemerkte in dem Augenblick Luppich, der einen der Tische vor dem Kamin ansteuerte, fern genug von ihrem Fensterplatz, eine junge Frau in seiner Begleitung, vielleicht eine Sängerin, die auf einen Plattenvertrag hoffte. Er hatte in ein paar Tagen einen Termin bei Luppich, um die neue Produktion zu besprechen. Sie nickten einander zu, Alex fing Tians fragenden Blick auf. «Das ist der Produzent meiner Schallplatten», sagte er.

«Dann wollen wir nicht länger Trübsal blasen, sonst vermutet er noch eine künstlerische Krise bei dir.» Tian schenkte Tee nach und nahm viel Sahne, der Tee schmeckte leicht bitter.

«Tian? Ich will auch dich nicht verlieren.»

«Du bist sechzehn Jahre jünger als ich. Sei da nicht zu optimistisch.»

*«Please do your best»*, sagte Alex.

Rudi verschwieg Käthe selten etwas, doch er erzählte ihr nichts von dem Geld, das er bei Ruth gefunden hatte. Er wolle nur nach dem Rechten sehen in Berlin, sagte er, als er seine Reise ankündigte.

«Was wäre denn das Rechte?», fragte Käthe.

Keine Gewalt in Ruths Leben, dachte Rudi. Das wäre nahe dran.

Ein heißer Tag, an dem er in den Interzonenzug stieg. Ruth hatte spröde geklungen, als er sich ankündigte, fand den Besuch in Berlin übereilt, war sie nicht gerade erst dort angekommen?

Er traf am Abend ein, hatte vorgeschlagen, in den Bus zu steigen, zu ihr zu fahren, das Zimmer zu sehen, später mit allen am Küchentisch sitzen. Doch Ruth wollte in einem Lokal auf ihn warten, dem Leierkasten, nahe der Markthalle am Marheinekeplatz, immerhin auch in Kreuzberg, dennoch fühlte er sich ferngehalten von ihrem Leben.

Ein altes verlebtes Eckhaus, vier Stufen hoch zum Lokal, noch ziemlich leer, ältere Männer, die nach Kiezbewohner aussahen, Bier vor sich und Schnaps. An einem hinteren Tisch saß Ruth und rauchte.

Rudi hütete sich, das zu kommentieren, nahm sie nur in die Arme, als Ruth aufstand und ihm entgegenkam.

«Ist kaum was los», sagte sie. «Die sind alle draußen bei dem Wetter.»

«Wollen wir das nicht auch tun? Draußen sitzen?»

«Ich habe gerade eine Weiße bestellt. Wenn du über was reden willst, dann lieber hier und nicht in einem lauten Gartenlokal.»

Er bestellte ein Bier. Stellte fest, dass ihm Worte fehlten, das passierte selten. «Willst du was essen?», fragte er.

Ruth schüttelte den Kopf. «Ich vermute, du hast den *Spiegel* gelesen, den Text zur Roten Armee. Darum geht es dir.»

«Auch», sagte Rudi. «Ich war in deiner Wohnung. Hab ein bisschen Post eingesammelt.»

Ruth ließ ihn nun nicht aus den Augen.

«Ich habe die zwanzigtausend Mark gefunden.»

«Wer hätte gedacht, dass *du* hinter mir herspionierst.»

«Das war eher ein sentimentaler Schlenker in meine Kindheit, dass ich in den alten Kohleherd geguckt habe. Ist es Geld vom Grundstück?»

Ruth nickte. «Ich will ein Auto kaufen.»

«Naheliegend, das Geld dafür im Aschenkasten zu verwahren. Denk auch an den Führerschein, oder sitzt ein anderer am Steuer?»

«Sarkasmus gelingt dir nicht, Papa.»

«Hast du was mit dieser Roten Armee zu tun?»

«Ich kenne Leute aus dem Kreis.»

Rudi hatte den Namen András auf den Lippen. Er schwieg.

«Wo hast du vor zu übernachten?», fragte Ruth

«Ich dachte auf einer Decke in deinem Zimmer.»

«Wie damals in der Idylle der Körtestraße. Das hat dir gefallen.»

«Keine Idylle mehr?»

«Doch. Tine, Geert, deren Kinder. Friedhart ist nicht da, von mir aus kannst du in seinem Zimmer schlafen.»

«Was hast du wirklich vor mit den zwanzigtausend?»

«Vielleicht auf Reisen gehen. Und tatsächlich ein Auto. Fahrstunden.»

«Auf dem Weg hierher bin ich an Filialen der Sparkasse der Stadt Berlin West vorbeigekommen. Da könntest du ohne Gebühren Geld von deinem Konto bei der Haspa abheben.»

«Stell nicht zu viele Fragen, wenn du noch Antworten willst.»

Als sie den Leierkasten verlassen wollten, dachte er, am Fußboden kleben zu bleiben. Vielleicht war das auch nur ein Gefühl von Ausweglosigkeit.


«Die Pigs haben Pistolen gezogen», sagte der kleine Junge in dem blauen Schlafanzug von *Tausendsassa*. «*Pigs*. Das heißt Schweine auf Amerikanisch.»

Tine sah verlegen aus. «So nennen die vom *Black Panther* die Polizisten», sagte sie. «Dalli ins Bett, Micky schläft schon.»

«Der ist ja auch kleiner als ich», sagte Mickys großer Bruder.

«Ihr habt Polizisten hier gehabt?», fragte Rudi, als Tim im Bett lag.

«Seit die den Baader befreit haben, sucht die Berliner Polizei gerne Kreuzberger WGs auf», sagte Geert. Er schenkte Wein nach und schien ganz gelassen. Nein, der junge Mann vom Niederrhein, Vater von zwei Kindern, der als Graphiker arbeitete, sah nicht aus wie einer, der sich auf den bewaffneten Kampf einlassen wollte. «Ruth hat erzählt, dass du Antifaschist warst.»

«Ich bin es noch immer», sagte Rudi.

Ruth wurde unruhig. Geert fühlte sich zu wohl in der

Gesellschaft ihres Vaters und geriet in Gefahr, zu viel aus-
zuplaudern.

«Habt ihr ein Exemplar von eurer Zeitung?», fragte Rudi.

«Noch nichts, was vorzuzeigen wäre», sagte Ruth. Alle
sahen den verdutzten Blick, den Geert ihr zuwarf. «Hast du
Florentines Kind schon gesehen?», fragte sie stattdessen.

Rudi ließ sich auf die Ablenkung ein. «Ich war im Pilger-
strom», sagte er lächelnd. «Lorenz ist auffallend hübsch,
doch das erstaunt ja keinen.»

«Florentine?», fragte Geert. «Die aus dem *Stern*?»

Später lag Rudi auf der Matratze in Friedharts Zimmer
und betrachtete das Plakat, auf dem Che Guevara zu sehen
war. Das Porträt von Alberto Korda von 1960, sieben Jahre
vor Ernesto Guevaras Exekution. Ernesto, der argenti-
nische Guerillaführer, den sie alle nur Che nannten, auch
die Studenten hatten das skandiert auf den Demonstrationen.

Ein Antifaschist sei er noch immer. Stimmte das? Ja,
dachte Rudi, bevor er endlich einschlief.

*Last Night When We Were Young*, sang Frank Sinatra, als Frau
Kuck kam. Florentine saß im Egg Chair und stillte Lorenz.
Die Kuck schien verlegen von all der Ästhetik, doch das
hielt nicht lange vor.

«Den haben Sie für mich aufgelegt, Herr Langeloh», sagte sie. «Ich dachte, nur der Klaus Lühr weiß, dass ich ein Fan
bin.» Elfriede Kuck trat auf Florentine zu. «Sie sind ja auch
eine Berühmtheit. Haben Sie den Sinatra mal getroffen in
Amerika?»

Robert war ein wenig irritiert. Wann wollte Frau Kuck
sich seinem Sohn zuwenden, dem wirklichen Star? Der ließ
mit einem kleinen Schmatzer Florentines Brustwarze los,

drehte das Köpfchen der fremden Stimme zu, zeigte kurz die blauen Augen und schlief ein.

«Alter Schwede», sagte Frau Kuck. «Der ist ja zum Dahinschmelzen. Und so viele schwarze Haare hat er schon.»

Robert hatte ein langes Gespräch mit Klaus' Mutter gehabt, Henny, die erfahrene Hebamme, hielt Elfriede Kuck für eine geeignete Kinderfrau.

«Nehmen Sie mir mal den Jungen ab», sagte Florentine. Die Kuck nahm ihn. Sanft und liebevoll. Hielt Lorenz sicher in ihren Armen. Florentine stand auf und war zufrieden mit dem Bild, das die Kuck bot.

«Ihre Freundin ist so schön, Herr Langeloh, und auch der Lorenz. Dass Sie das auf Ihre alten Tage hingekriegt haben.»

«Komm her, du alter Husky», sagte Florentine, als die Kuck gegangen war, Lorenz im Stubenwagen schlief. Sie zog ihren Husky auf den dicken weißen Berberteppich, das erste Mal, dass sie miteinander schliefen seit der Geburt. Andere Gedanken an den Berber blendete Florentine aus.


Luppich schlug eine Produktion mit Poptiteln der sechziger Jahre vor. Verjazzt. Von *Stand By Me* aus dem Jahr 1961 über Procol Harums *A Whiter Shade of Pale* hin zu *Here Comes The Sun* von der letzten LP der Beatles. Alex konnte sich das vorstellen, ihn störte nur das Wort *verjazzt*. Das klang nach den Swingle Singers. Doch er hatte gelernt, dass Luppich ihm große künstlerische Freiheiten ließ.

Nach dem chinesischen Herrn aus dem Vier Jahreszeiten fragte Luppich erst, als sie gemeinsam das Gebäude der Philips verließen.

«Ein alter Freund von mir. Der Vater von Florentine.»

Luppich blieb im Trubel der Mönckebergstraße stehen.

«Rührt daher Ihre Vertrautheit mit Fräulein Yan? Ich habe die Fotos im *Stern* gesehen, Sie werden wohl kaum der Vater des Kindes sein.»

Alex schwieg.

«Herr Kortenbach, mir ist längst klar, dass ich den richtigen Riecher hatte, Sie sind mit Klaus Lühr liiert, und das nicht erst seit gestern. Wir leben in liberalen Zeiten, Sie können es zugeben.»

«Ja», sagte Alex.

«Wir wissen beide, wie sehr Sie auf Frauen wirken, die kleine Sängerin, die ich im Jahreszeiten dabeihatte, war ganz aufgelöst. Ich hoffe doch, dass da eine Ambivalenz in Ihnen ist.»

«Lassen Sie uns dieses Gespräch beenden, Herr Luppich.» Alex klang herzlich, als er das sagte, gab noch ein Lächeln dazu.

«Sie sind eines der besten Pferde im Stall der Philips. Auch wenn Sie oft scheuen, Herr Kortenbach.»

«Wir sollten auch Orbisons *Pretty Woman* aufnehmen», sagte Alex.

«Irgendwie mag ich Sie», sagte Luppich, als sie sich trennten.

«Irgendwie mag er mich.» Alex stand vor dem Schreibtisch und leerte die alte Aktentasche, die eine ziemlich neue Schultasche gewesen war, als er das Gymnasium Kaiser-Friedrich-Ufer 1934 nach der Obersekunda verlassen hatte. Auf dem Weg nach Argentinien und zurück war aus ihr eine Aktentasche geworden, in der er vor allem Noten transportierte.

«Wer? Luppich? Hat er das gesagt?»

«Ja. Und er wisse längst, dass ich mit dir liiert sei.»

«Oh», sagte Klaus. «Ich hoffe, du hast das nicht dementiert.»

«Du zweifelst an meiner Loyalität?»

«Ich spreche von Liebe und dem Bekenntnis dazu», sagte Klaus.

«Ich bekenne doch täglich, dass ich dich liebe.»

«Obwohl du nicht schwul bist, nur seit fast zwanzig Jahren mit einem Mann zusammenlebst.»

«Du hältst mich für einen Feigling.»

«Ja», sagte Klaus. Er stand vom Sofa auf. «Ich gehe in die Küche, und du spielst mal was, *The Man I Love* käme in Frage. So lullen wir einander ein und kommen durchs Leben.»

«Ich mache mir Sorgen um uns», sagte Alex.

Klaus war dabei, eine Zwiebel zu häuten, als Alex in die Küche kam, seine Taille umfasste und ihn küsste wie lange nicht. Klaus hielt noch in der einen Hand das Messer, in der anderen die Zwiebel, als er die Fassung wiederfand. «Hey, was war das? Mehr davon.»

«Willst du, dass ich dich in der Kantine vor aller Augen küsse?»

«Das wäre ein zu großes Bekenntnis.»

«Tian hat mich bei unserem Treffen gefragt, was das Schlimmste sei, das mir geschehen könnte.»

«Nicht mehr Klavier spielen zu können», sagte Klaus. Er nahm die nächste große Zwiebel.

«Das Zweitschlimmste. Das Schlimmste wäre, dich zu verlieren.»

«Und ich dachte, du verzehrst dich vielleicht nach einer Frau.»

«Florentine liegt dir noch auf der Seele.»

«Du erwiderst die Blicke, die dir die Frauen zuwerfen. Flirtest. Das hast du früher nicht getan.»

«Das ist ein Teil meines Berufs.»

«Luppich ist gelungen, dich zu indoktrinieren?»

«Auf der nächsten LP wird es wieder Gesang von mir geben. Denkst du, es darf sich um einen Kerl drehen bei *The Way You Look Tonight*? So weit ist die Welt noch nicht, dass du *out of the closet* kommen kannst, wenn du Liebeslieder singst. Da geht's nur um Mann und Frau.»

«*Out of the closet?*»

«Dich zu deiner Homosexualität bekennst.»

Klaus griff nach dem Zackenmesser und schnitt die Zwiebeln energisch in Ringe. «Tust du das denn?»

«Für dich war von Anfang an klar, *gay* zu sein, trotz aller Gefahren, du hast dazu gestanden. In *mein* Leben ist das erst durch die Liebe zu dir gekommen.»

«Du flüchtest dich immer ins Englische, wenn dich was quält. Auch als du kaum noch laufen konntest im September.» Klaus gab die Zwiebeln zu der Butter in den Suppentopf, öffnete die Büchsen mit der Bouillon.

«Zwiebelsuppe», sagte Alex.

«*Out of the closet*», wiederholte Klaus. «*Gay.*»

«Es bedeutet mir viel, dass du unseren Herd warm hältst.»

«Anderswo Hitze wäre auch gut, dir geht es doch einigermaßen.»

«Du weißt, dass ich nie *oversexed* war.»

Klaus griff nach der Pfeffermühle. «Als es dir schlechtging, hast du mir vorgeworfen, ich sei nur dein Krankenpfleger und begehrte dich nicht.»

«Eine Dummheit, für die ich dich um Vergebung gebeten habe.»

«Das Geheimnis einer langen Ehe ist, sich nicht scheiden lassen», sagte Klaus. Es war *seine* Krise, die da zutage trat.

«Du hättest das Jazzfestival nicht absagen sollen. Dann wärest du eben allein geflogen, wenn er Angst vor dem Flug nach New York hat, eine neue Erfahrung hätte dir gutgetan», sagte Marike.

Ein früher Freitagabend, sie saßen in den Alsterarkaden, feinster Sommer, hoffentlich hielt der sich bis Sonntag, wenn Henny und Käthe feierten im Garten der Körnerstraße.

Klaus hatte seine Schwester in der Praxis abgeholt, eigentlich wollten sie letzte Kleinigkeiten für das Fest absprechen, bevor er ins Funkhaus fuhr, um *Nach der Dämmerung* über den Äther gehen zu lassen, doch nun waren sie dabei, in ein ganz anderes Thema zu geraten.

«Du warst neunzehn, als ihr zusammengekommen seid.»

«Du denkst, dass sich unsere Beziehung überlebt hat?»

Marike betrachtete die Schwäne, die im Alsterfleet schwammen. «Nein», sagte sie. «Ihr liebt euch noch immer. Aber du warst so jung, Alex hatte dir schon einiges an Leben voraus. Er ist immerhin vierzehn Jahre älter als du.»

«Was ihm nach wie vor keiner ansieht», sagte Klaus. Er seufzte. «*Du* kennst deinen Mann seit dem ersten Schuljahr.»

«Florentine hat mich mal gefragt, ob ich nie das Bedürfnis gehabt hätte, einen anderen Mann auszuprobieren.»

«Und? Hast du?»

«Du?»

Marike und Klaus griffen gleichzeitig nach ihren Kaffeetassen, bevor sie einander ansahen. «Vielleicht kriege ich mit Ende vierzig doch noch Torschlusspanik», sagte Marike.

«Vielleicht ist es nur der Zeitgeist», sagte Klaus. «Das ist auch einer von den Geistern, die sich nicht in die Flasche zurückdrängen lassen. All das Gerede von Freiheit und Abenteuer. Der ganze *Stern* ist voll davon.»

«Am Sonntag können wir sehen, wie ein altes Ehepaar leuchtet.»

«Käthe und Rudi? Verfolgung. Konzentrationslager. Krieg. Wenn du das durchlaufen hast, kennst du die wahren Werte.»

«Mama und Theo gelingt es auch schon lange, glücklich zu sein.»

Klaus nickte. «Ich habe Schwierigkeiten damit, dass Alex noch immer so tut, als wäre er nur um meinetwillen schwul. *The one and only.*»

«Wäre dir lieber, wenn es andere Männer in seinem Leben gäbe?»

«Selbstverständlich nicht. Er soll nur ehrlich mit sich sein.»

«Ich denke, es ist wahr, was er sagt. Wenn du nicht da wärest, hätte Alex eine Frau an seiner Seite.»

Klaus hatte den Namen Florentine auf den Lippen. Nein, nicht den Kreis derer vergrößern, die davon wussten, sosehr er Marike vertraute.

«Ich werde nicht aufhören, ihn zu lieben», sagte er.

Doch Marike überhörte den Satz, ihre ganze Aufmerksamkeit galt einer jungen Frau am anderen Ende der Arkaden, die ihr in den Blick geraten war. Gesche. Die heute darum gebeten hatte, schon um zwölf Uhr gehen zu dürfen. An ihrem Arm hing ein gebrechlich wirkender alter Herr, den Marike zu kennen glaubte.

«Du denkst, dass er es war?»

«Ja», sagte Marike. «Obwohl ich ihn lange nicht gesehen habe.»

«Sag ihr nichts.»

Marike sah ihre Mutter an. Wem nichts sagen? Gesche oder Ida?

Henny stand an einem Fenster des ersten Stocks und blickte über ihren Garten, die Schar der Gäste. Der Tag hielt viel von dem, was sie sich von ihm versprochen hatten.

«Gehen wir wieder zu den anderen», sagte Marike.

«Ich erinnere mich, wie ich ihm zum ersten Mal begegnet bin, er schien mir voller Dünkel zu sein. Doch Käthes Mutter mochte ihn, und auch er kam gut mit Anna klar. Was hat er denn nur mit Gesche zu tun?»

«Wie alt ist er jetzt?»

Henny hob die Schultern. «Älter als Theo», sagte sie. Klavierspiel wehte durch die offene Terrassentür zu ihnen hoch. «Hat Klaus ihn auch erkannt?»

«Nein. Er kennt ihn ja kaum, in *meiner* Kindheit war er gegenwärtiger. Ida trägt ein tolles Kleid, ein so schönes Paar, Ida und Tian.»

«Sie ist jetzt viel liebevoller mit ihm», sagte Henny.

«Das gefällt mir, ein Fest von oben zu betrachten. Guck dir mal Katja und Konstantin an, sie sind zwölf Jahre auseinander, und dennoch geht Katja mit ihrem kleinen Bruder um, als wären sie gleichaltrig.»

«Das liegt im Auge der mütterlichen Betrachterin.»

«Was sieht dein mütterliches Auge bei Klaus und mir?»

«Nur neun Jahre Unterschied.» Henny lächelte.

Marike bemerkte ihren Bruder, der sich der Terrassentür und damit dem Klavier näherte. «Da ist eine kleine Krise zwischen Klaus und Alex.»

Henny schwebte einen Augenblick lang in der Gefahr zu sagen: *Nicht auszuschließen, dass Alex der Vater von Florentines Kind ist.* Doch sie schwieg.

«Jeder in diesem Garten weiß, dass wir seit Jahren ein Paar sind, und dennoch dächte ich nicht im Traum daran, dich jetzt zu küssen.»

Alex sah von den Tasten auf, *Stand By Me*, das er gerade spielte, der Song vertrug die Jazzversion gut. «Warum sagst du mir das?»

«Weil es mir leidtut, dass ich dich mit meiner Bekenntniswut quäle.»

«Du quälst mich nicht. Ich bin nur leicht in Verlegenheit zu bringen.»

«Liberale Zeiten hin oder her. Da gibt es noch immer vieles, das sich nicht gehört.»

«Ich bin erleichtert, dass mein junger Lebensgefährte das so sieht.»

«Der geht auch schon auf die vierzig zu.»

«In diesem Jahr wird erst mal neununddreißig geworden.» Alex klang ohne Zweifel zärtlich.

«Hast du die Familie Yan Langeloh schon gesehen?», fragte Klaus.

«Sie sind hier? Ich dachte, sie seien bei einer seiner Schwestern.»

Als Klaus sich Katja zuwandte, die auf die Terrasse trat, hörte er, dass Alex sich am Schluss des Liedes verspielte. Das war dem Leiter des Kortenbach Quintetts noch nie passiert.

«An meinem siebzigsten fahren du und ich an die See», sagte Rudi.

«Herrje, der hübsche Junge wird im Juli ja auch schon siebzig», sagte Käthe. «Vielleicht an die Kieler Förde nach Laboe, da sind meine Eltern am Sonntag nach ihrer Trauung hingefahren, ein Tagesausflug, das war ihre Hochzeitsreise.»

«Kleine Verhältnisse. Bei dir und bei mir.»

«Und nach dem Krieg haben wir uns so gegen allen Komfort gewehrt, wie Ruth es heute tut.»

Sie gingen durch den Garten, Hand in Hand. Vor dem Lavendelbusch blieben sie stehen. «Vielleicht sollten wir im September noch mal nach Italien fahren», sagte Rudi. «Meiner italienischen Wurzeln gedenken.»

«Einverstanden. Wenn wir mit dem Zug reisen können», sagte Käthe. «Henny hat mir erzählt, dass Alex auch Angst vorm Fliegen hat.»

«Das ist für ihn lästiger als für dich.»

«Lass mich dich küssen», sagte Käthe. «Da drüben bei der Kletterrose, da kann uns keiner sehen.»

Marike stand noch am Fenster im ersten Stock, als sie sah, dass Käthe ihren Rudi zu der Kletterrose zog und ihn küsste. Ein letzter Blick in den Garten, Henny ging gerade auf die Friesenbank zu, wo Ida und Tian mit Guste saßen.

Ob ihre Mutter tatsächlich schwieg über Gesche und Campmann, wenn er es denn gewesen war, den sie in den Alsterarkaden gesehen hatte? Marike wandte sich vom Fenster ab, um ebenfalls nach unten zu gehen, und traf am Fuße der Treppe ihren Mann.

«Du siehst heute aus, wie du als ganz junges Mädchen ausgesehen hast», sagte Thies. Er schlang ihr die Arme um den Hals.

Marike lachte. «Ganz sicher nicht. Thies, du hast einen Schwips.»

«Die Erdbeerbowle ist tückisch, ich werde mich in Acht nehmen. Das lila Samtband an deinem Hals mag ich. Daliah Lavi trug auch eines, als sie bei uns im Sender war, um ihre Single vorstellen.»

«Gefällt sie dir?»

«Die Lavi? Ja. Sie ist eine attraktive Frau. Sympathisch. Und sogar *Liebeslied jener Sommernacht* gefällt mir, obwohl es wieder so ein Zigeunerzauber ist.»

«Kommst du mit in den Garten? Ich glaube, ich bin die Einzige, die Lorenz noch nicht gesehen hat.»

Theo sah Linas sorgenvolles Gesicht und trat zu ihr. «Louise ist bereits betrunken», sagte Lina. «Ich werde mit ihr nach Hause fahren.»

«Louise hat all meine Versuche, sie von einer erneuten Therapie zu überzeugen, ziemlich schroff vom Tisch gefegt», sagte Theo.

«Ich weiß. Durch diese Schönheitsoperation ist alles nur schlimmer geworden. Vermutlich ist es der Illusionsverlust, ihr Leben fühlt sich nicht jünger an durch die Straffungen.»

«Ihr Gesicht sieht glatt aus, doch fremd.»

«Vor allem ist ihre Mimik deutlich eingeschränkt», sagte Lina.

«Dass ausgerechnet Louise sich so schwertut mit dem Älterwerden, ich hätte es eher von Ida erwartet.»

«Ida hat jetzt eine neue Aufgabe, ihr Enkelkind.»

«Am Tisch vor den Rosen haben Henny und Käthe gerade eine neue Runde eröffnet. Setz dich dazu, Lina. Ich bringe Louise nach Hause.»

«Danke, Theo. Doch das lässt sie nicht zu. Nur ich darf sie in ihren unguten Momenten sehen.» Lina dachte, dass Louise den unguten Moment gleich dem ganzen Garten darbieten würde, wenn sie dieses Glas Erdbeerbowle noch leerte, das sie gerade vom Tablett nahm.

Was war aus der selbstbewussten Frau geworden, die

Mitte zwanzig gewesen war, als sie in Linas Leben kam? Ein Märztag des Jahres 1926, Louises dunkles Haar zur Ponyfrisur geschnitten, Hosen und ein langes, lässiges Jackett. Gerade aus Köln eingetroffen, um als Dramaturgin am Thalia Theater zu arbeiten.

Aus jedem Knopfloch war ihr die Emanzipation gekommen. Duke Ellington hatte seine *Sophisticated Lady* erst sechs Jahre später komponiert, von Louise Stein war sie schon vorweggenommen worden.

Vorbei. Alles vorbei. Lina lief über den Rasen, um Louise aufzufangen, ehe sie fiel.

Ein letzter Blick, bevor Robert die Tür zuzog, zwei leere Zimmer, groß erschienen sie ihm auf einmal mit der Weite des zwölften Stocks vor den Fenstern. Seit 1955 hatte er hier gelebt, Mieter der ersten Stunde. Als er sich damals um eine Wohnung in den neuen Grindelhochhäusern bewarb, hatte ihm wohl geholfen, darauf hinzuweisen, dass er genau an diesem Ort aufgewachsen war, bevor eine Luftmine das Haus im Juli 1943 zerstörte.

Viele Frauen waren in den ersten Jahren bei ihm ein und aus gegangen, an keine von ihnen hatte er sich binden wollen, und dann war ihm Florentine begegnet. Eine Ironie des Schicksals, dass sie die eine war, die nicht zum Standesamt geführt werden wollte, dennoch betrachtete er diese Begegnung als das Ende seiner Junggesellenzeit.

Robert nahm die vielen Treppen statt des Aufzugs, als wolle er den Abschied verlängern. Auf jedem Absatz blieb er für ein paar Augenblicke stehen. Warum nur tat er sich so schwer?

Vorgestern hatten der Kleine und er die erste Nacht im neuen Zuhause verbracht, Robert glaubte, ohne Träume geblieben zu sein in den kurzen Phasen des Schlafes. Was der Mensch träumte in der ersten Nacht, sei wichtig, seine Mutter hatte das gesagt, die doch nie umgezogen war, bis die Luftmine ihr die Wohnung nahm. Seine Eltern hatten da im sicheren Bunker gesessen, dort, wo wenige Jahre vorher noch die Synagoge am Bornplatz gestanden hatte. Was ließ sie den Weg auf sich nehmen, statt nur in den Keller zu gehen, wo sie den Tod gefunden hätten?

Hatte der Kleine geträumt? Das fünf Monate alte Kind, noch nicht lange des Stillens entwöhnt, war unleidig gewesen, das Fläschchen mit der Milch von Alete ein schlechter Ersatz für Florentines Brust. Aber Robert war froh, dass Florentine erst jetzt den ersten Job angenommen hatte und nicht schon im September.

Los Angeles. Nur drei Stunden länger der Flug als nach New York, doch ihm erschien die Distanz fern wie der Mond. Frühjahrsmode am Strand von Malibu. «Zwanzig Grad warm, Husky», hatte Florentine am Telefon gesagt, sie hätten den ganzen langen Tag am *Mussel Beach* verbracht, ständig lehne sie an klüftigen Felsen, die mit Miesmuscheln bewachsen seien, saue sich die Kleider ein, flirte mit Seelöwen, der Fotograf könne nicht genug kriegen von der Kulisse.

Die Nächte teilte Lorenz nun mit Robert, die Tage mit der Kuck oder den Großeltern in der Johnsallee. Bislang war alles gutgegangen, auch wenn Robert am Freitag während der Sendung fast eingenickt wäre bei einem Song von Cole Porter, der sich auf viereinhalb Minuten dehnte.

Ein Traum war ihm erfüllt worden, ein Kind von Florentine, in den vergangenen Monaten hatte sich das wie Familienleben angefühlt, doch nun fremdelte er mit dem neuen Leben. Weil er noch nicht vertraut war mit den drei Zimmern in Winterhude?

Er hätte gerne noch näher bei Florentine gewohnt, aber die Gegend um die Milchstraße konnte er sich nicht leisten. Im Lattenkamp wohnte er in zwei kleinen Zimmern, das dritte große gehörte Lorenz, genügend Platz, um ein Klappbett für die Kuck hineinzustellen, wenn sie bei ihm schlief an den Abenden, an denen Robert bis in die Nacht arbeitete.

War es das, was er gewollt hatte?

Erst kurz nach vier, doch es fing schon an zu dämmern, als er aus dem Haus trat, zum Auto ging. Den Schlüssel zur alten Wohnung abgeben, dann noch zu Budnikowsky, um Windeln zu kaufen, Aletemilch, das Babyöl von Bübchen. Robert startete den VW Variant, der den Deux Cheveaux ersetzte. Alles anders.

Er schaltete die Scheibenwischer ein und schaute in den Niesel des November, empfand jäh Wärme an diesem nasskalten Tag, vielleicht, weil ihm das Schlaflied einfiel, das er nachts leise in Lorenz' Ohr sang.

*Dann kommt auch der Sandmann, still schleicht er ins Haus.*
*Sucht aus seinen Träumen dir den schönsten aus.*

Keine Albträume in der ersten Nacht im neuen Zuhause. Und neben ihm lag das Kind. Er war ein glücklicher Mann.

Guste schüttelte den Kopf, als sie sah, was Anni da aus dem Karton hervorholte und auf den Küchentisch legte. Viel zu viel rosa, Florentine hatte das schon als Kind nicht leiden können.

«Guck mal», sagte Anni. «Ist fast noch neu.»

Dickbäuchige Engel auf der rosa Strampelhose, die Ringelreihen tanzten. Ida nannte das *neckisch*, auch ihr Geschmack kollidierte mit dem von Anni. Guste hatte wenig Verständnis dafür, Strampelhosen in der Hamburger Kinderstube am Jungfernstieg zu kaufen, zu teuer, wo die Lütten doch im Nu rausgewachsen waren, aber die Plünnen auf ihrem Tisch würden kaum Florentines Gefallen finden. Ganz abgesehen davon, dass Lorenz nun mal ein Junge war.

«Die ist auch nur von Turid getragen worden», sagte Anni.

Turid war die jüngste der drei Töchter von Momme und Anni, die in der ersten Hälfte der sechziger Jahre dicht hintereinander geboren worden waren. Momme, der spät Entschlossene, hatte sich eine noch größere Familie gewünscht, aber nach Turid legte Anni ihr Veto ein.

«Auf dem Dachboden ist noch ein Karton.»

*Ist gut gemeint*, hätte Guste fast gesagt, doch das wäre ein Todesstoß, da hielt sie mal lieber den Schnabel, Florentines ästhetische Ansprüche würde Anni nicht nachvollziehen können. In Lorenz' Kinderzimmerchen in der Milchstraße hing über der Wickelkommode als Mobile moderne Kunst von diesem Schweizer, bei dem immer alles aussah, als habe er ein bisschen Schrott gefunden, da gehörte doch das Sandmännchen mit Sternen und dem Mond hin, bei Robert ging es sicher gemütlicher zu.

«Den Karton stellen wir mal in die Kammer. Das kann sich Florentine durchsehen, wenn sie aus Amerika zurück ist», sagte Guste. Dann bloß darauf achten, dass Anni nicht anwesend war, für Florentines Feingefühl legte Guste keine Hand ins Feuer.

«Ich freu mich auf die Adventszeit», sagte Anni. Sie hielt eine Mütze in der Hand, die aussah wie die vom Weihnachtsmann. Nur kleiner.

«Nu ist erst trüber November.»

«Momme sagt, in der Buchhandlung tobt der Bär, die Leute decken sich schon mit Geschenken ein.»

«Wird auch jedes Jahr früher», sagte Guste. Irgendwie war sie schlecht gelaunt heute, mochte an den Gelenken liegen, die jaulten herum, die Jüngste war sie ja nicht mehr mit ihren dreiundachtzig Jahren. «Ich koch uns einen Kakao», sagte sie. «Das hellt die Stimmung auf. Gleich laufen doch deine Gören ein, holst du die Kleine heute nicht ab?»

«Die bringt Ida mit. Sie wollte sich den Kindergarten angucken, ob er was für Lorenz wäre.»

«Das ist ja man zeitig», sagte Guste. Wer hätte gedacht, dass Ida eine gute Großmutter werden würde und eine fürsorgliche Ehefrau für Tian? Zeichen und Wunder. Damit die auch in ihren Knien wirkten, sollte sie doch lieber mal eine Tablette nehmen.

Hitlers Rüstungsminister, der nun den feinen älteren Herrn gab, Lina tat einen Stapel der *Erinnerungen* des Albert Speer auf den Tisch vorn am Eingang von Landmann am Gänsemarkt. Das Buch verkaufte sich gut, es hieß, er habe zwanzig Jahre daran geschrieben, von 1946 bis 1966, genau die Zeit, in der er in der Spandauer Zitadelle einsaß, zusammen mit Baldur von Schirach, dem Reichsjugendführer der Nazis. Nun war nur noch Rudolf Hess im Berliner Gefängnis.

Ein starker Bücherherbst. Noch immer Puzos *Der Pate*, John Updikes *Ehepaare*. Simmels *Und Jimmy ging zum Regenbogen* lag ganz vorn und gleichauf mit dem *Gaul* der Knef.

Ja, sie konnten alle vier gut von der Buchhandlung leben. Lina hatte Louise vorgeschlagen, gemeinsam auf eine südliche Reise zu gehen, im Januar, nach dem Weihnachtsgeschäft. War Louise nicht immer gern gereist? Offen fahren. Tuch ums Haar. Sonnenbrille.

Lina beschwor die Bilder der frühen Jahre, sie seufzte. Seit dem Juni kein Tag ohne Trunkenheit, in den Laden kam Louise kaum mehr. Und sie selbst fing an, stumpf zu werden, vielleicht das Schrecklichste daran. Nein, das Schrecklichste war der Verfall einer Frau, die sie geliebt hatte, die sie doch immer noch liebte.

«So trübsinnig wie du sehen die Schauspieler bei Tsche-chow aus, wenn der *Kirschgarten* abgeholzt wird.»

Lina schreckte zusammen, sie hatte Rick nicht bemerkt, der auf einmal hinter ihr stand.

«Spielt Wally noch die Warja?», fragte sie.

«Das Stück ist nicht abgesetzt, nur um den Intendanten ist ihnen bange, Hans Lietzau wäre der dritte seit 1967, der abhandenkäme. Werdet ihr Louises Geburtstag feiern?»

«Neunundsechzig sei ein Grund zu trauern, sagt sie.»

«Was ist die Alternative zum Älterwerden? *Dying early?* Wie mein Onkel und sein Freund Hugh? Louise ist undankbar. Sie hat dich. Ein gutes Einkommen. Eure entzückende Wohnung», sagte Rick.

«Vor allem hat sie eine Depression und lässt sich nicht helfen.»

«Hugh ist an seinen Schuldgefühlen gestorben, Bomben abgeworfen zu haben, und Tom an gebrochenem Herzen. Vermutlich ließe sich das auch unter Depressionen einordnen.»

«Ich habe Angst», sagte Lina. «Schon lange.»

Rick nickte. «Ich weiß», sagte er. «Kommt doch am Wochenende zum Essen, Louise und Wally verstehen sich gut. Vielleicht lenkt dich das mal ab, wenn sie sich auf einen anderen Menschen konzentriert.»

«Wally muss nicht spielen?»

«Nein. In dem Stück von Thomas Bernhard ist sie nicht besetzt. *Thank God.* Bei diesem Boris-Ding springst du anschließend aus dem Fenster.» Heitere Themen, die sie hatten, eines nach dem anderen.

Das Kurzvorhalbsieben-Geläut der Ladenklingel, ein Schwarm von Kunden, die in die Buchhandlung kamen. Momme sah zu Lina und Rick rüber, sein Blick ließ sich nur als mahnend deuten. Sie sollten mal runter von der Psychiatercouch und ans Geschäft denken.

«Ich spreche mit Wally und du mit Louise», sagte Rick und ging auf den Herrn zu, der das Buch von Speer vom Tisch genommen hatte.

Ein später Freitagabend, an dem Alex durch das Glas der Flurtür fiel.

Er hatte das Gleichgewicht verloren, die linke Hand auf der Suche nach Halt reflexartig ausgestreckt. Erst als er auf dem Boden lag, lösten sich die Scherben aus der Tür, dennoch blutete er heftig. Alex kroch zum Sofa, versuchte, die Finger der Hand zu bewegen.

Als Klaus ihn kurz darauf fand, hatte er das orangene Sofa voll geblutet und war dabei, das Bewusstsein zu verlieren. Klaus riss eine Krawatte aus dem Schrank, zog sie fest um Alex' Arm, wählte die 112, versuchte vergeblich, Henny und Theo zu erreichen, sie hatten ins Schauspielhaus gehen wollen und danach noch in die Bar des Reichshofs. Er ließ den Telefonhörer auf die Gabel fallen, wusste nicht, ob er an der Tür stehen sollte, den Notarzt einlassen, die Sanitäter oder doch lieber Alex in den Armen halten.

Drei Stunden, die Klaus vor einem Operationssaal des UKE saß. Er stand auf, als sich die Tür öffnete, ein Arzt kam, ihm sagte, dass Alex gleich auf ein Zimmer gebracht werde, dann könne er zu ihm.

«Keine Lebensgefahr?»

«Nicht mehr, nachdem wir uns die Pulsschlagader vorgenommen hatten, da steckte eine Glasscherbe drin.» Er sah Klaus an, der einen tiefen Seufzer der Erleichterung tat. «Ich kenne Ihre nächste Frage, ein Kollege machte mich darauf aufmerksam, wer auf dem OP-Tisch liegt.»

«Und?», fragte Klaus. «Wird er es noch können?»

«Durchschnittene Sehnen. Wenigstens wurde kein Nerv verletzt. Im alltäglichen Leben gäbe es kaum Probleme, doch für einen Pianisten gelten andere Kriterien.»

«Wenigstens kein Nerv verletzt», sagte Alex, als Klaus sich zu ihm auf die Bettkante setzte. Seine Stimme klang brüchig. «Das wäre das Ende des Klavierspielens gewesen.»

«Eine Scherbe in der Pulsschlagader», sagte Klaus. Sie waren allein im Zimmer, das zweite Bett leer. «Das wäre das Ende deines Lebens gewesen, du warst kurz davor zu verbluten. Ein Segen, dass Robert nach der Sendung rasch wegwollte, statt noch zu klönen, sonst wäre ich zu spät gekommen.» Er strich Alex das Haar aus der Stirn. «Also doch das Erstschlimmste, nicht mehr Klavier spielen zu können?»

«Nein.» Alex griff mit der freien rechten Hand nach der von Klaus. «Nach wie vor das Zweitschlimmste. Und der Chirurg ist sicher, dass ich es noch kann.»

Klaus schwieg. Er hatte nicht so viel Zuversicht herausgehört.

«Wie spät ist es?», fragte Alex.

Klaus sah auf seine Uhr. «Kurz vor vier.»

«Du gehörst ins Bett.»

«Ich bleibe, bis du eingeschlafen bist.» Er hätte sich gern in das Bett nebenan gelegt. Um bei Alex zu sein. Und aus Angst vor dem Blut, das er zu Hause vorfinden würde.

«Lässt du mir deine Uhr hier? Ich weiß gar nicht, wo meine ist.»

«Die haben dir die Sanitäter ausgezogen, als sie dich versorgten. Sie wird wohl neben dem Sofa liegen.»

Alex nickte. «Sieht es schlimm aus?»

«Ja», sagte Klaus. Er küsste ihn auf die trockenen Lippen.

Alex schlief schnell ein, vielleicht noch eine gnädige Nachwirkung der Narkose. Klaus stand auf und streichelte die geschiente Hand, die dick bandagiert war. Das wäre eine blöde Idee vom lieben Gott, Alex um das Klavierspielen zu bringen. Hoffentlich blieb ihnen das erspart.

Klaus schlief kaum, nachdem er in den frühen Morgenstunden noch die Scherben zusammengefegt hatte, das Parkett geputzt, sich halbherzig an dem Sofa versuchte, dann nur noch Alex' Armbanduhr vom Blut reinigte, um sie neben sich aufs Kissen zu legen, als er endlich im Bett lag. Schon um acht Uhr war er wieder auf den Beinen, rief Henny und Theo an und Robert, dann in der Polsterei Reimann, um das Sofa abholen lassen, der neue Bezug war wohl kaum zu retten.

Henny war von Theo im Schwanenwik abgesetzt worden auf seinem Weg ins UKE. Klaus ließ endlich die Erschöpfung zu, als seine Mutter vor der Tür stand, er fiel ihr in die Arme, kaum dass sie die Tasche abstellte.

«Ich hab ein großes Huhn dabei», sagte Henny.

Hühnersuppe. Er fühlte sich fast getröstet, die würde auch Alex guttun. Besaßen sie überhaupt noch den Henkelmann aus der Zeit, als er für seine Großmutter gekocht hatte?

*Ich koche, und du setzt dich aufs Sofa*, hatte Henny sagen wollen und gerade noch innegehalten. Sie ging ins Zimmer, betrachtete das Sofa. «Hat er eine Bluttransfusion bekommen?», fragte sie stattdessen.

«Ich weiß es nicht. Vielleicht klärt Theo die medizinischen Fragen.»

«Bestimmt», sagte Henny. «Gib mir mal deinen größten Topf. Ich hab auch einen Henkelmann mit, falls ihr keinen mehr habt, dann kannst du Alex heute noch was vorbeibringen. Was er in der Uniklinik zu essen kriegt, wird ihm kaum auf die Beine helfen.» Sie packte ihre Tasche aus.

«Du tust mir gut», sagte Klaus. «Danke, Mama.»

Henny legte die Sellerieknolle auf den Tresen und nahm ihren Sohn in die Arme, der zu weinen angefangen hatte.


«Am Montag ist der Verbandwechsel, dann können sie vielleicht mehr sagen. Doch wissen werden wir es erst, wenn ich am Klavier sitze und mich an der *Rhapsody in Blue* versuche.»

«Ich bin einfach froh, dass du lebst», sagte Klaus.

«Ja», sagte Alex. Er versuchte ein Lächeln. Nahm noch einen Löffel von der Suppe mit viel Huhn. Das Kasseler vom Mittag stand unberührt und kalt da, keiner hatte Zeit gefunden, es ihm zu schneiden, nur je eine Gabel Sauerkraut und Püree hatte er gegessen.

«Hat Theo mit einem Arzt gesprochen?»

«Nein. Nach der Visite waren sie weg. Sonnabend ist Grabesstille.»

Klaus holte den Pyjama hervor, den er mitgebracht hatte, half Alex, die Hose anzuziehen, aber der Ärmel der Jacke war viel zu eng, um über Verband und Schiene zu passen.

«Der Pyjama ist noch neu», sagte Alex, als Klaus die Schere des Armeemessers aufklappte und in den hellgrauen Popeline schnitt. Doch lieber das in Kauf nehmen, als ein Krankenhaushemd anzuhaben, das ihn halbnackt sein ließ.

Klaus knöpfte ihm gerade die Jacke zu, als eine Schwester das Zimmer betrat, missbilligend auf den Teller mit dem Kasseler blickte, dann den Puls maß, die Temperatur. «Sie haben Fieber. 38,6. Ist gut möglich, dass sich da was an Ihrer Wunde entzündet hat. Nachher kommt noch mal der Doktor.» Den Teller trug sie hinaus.

«Ich bleibe, bis er da war», sagte Klaus. «Dass du erst am Montag ein Telefon kriegst, ist wirklich lästig.» Er blickte in Alex' angstvolles Gesicht. «Was hältst du davon, wenn ich dir beim Waschen helfe?»

Alex schüttelte den Kopf. Er fühlte sich zu schwach.

«Nur damit du keine falschen Schlüsse ziehst, ich bin dein Liebhaber und nur vorübergehend krankenpflegerisch tätig.»

«Es tut mir leid, dass ich dich schon wieder in diese Situation bringe. Das hier ist doch auch nur eine Folge des neurologischen Dilemmas, wenn ich fester auf den Beinen stünde, fiele ich nicht durch Türen.»

Als der Arzt dann erschien, legte er eine Kanüle in Alex' rechten Arm und schob einen Infusionsständer heran für das Antibiotikum, das langsam in die Vene tropfte. Nun kam Alex nicht mal mehr allein ans Wasserglas.

«Kann ich das zweite Bett buchen?», fragte Klaus.

Der Arzt lächelte. «Buchen Sie gern fürs Wochenende, das entlastet die Schwestern», sagte er. «Sie haben ja eine Einzelzimmerbelegung.»

Ein nebliger November hing vor den Fenstern von Marikes Praxis an diesem Dienstag. Das Wartezimmer war voll, kaum ein Gespräch zwischen ihr und Henny möglich. Die Neuigkeiten aus dem UKE hatte Marike am Vorabend von ihrem Bruder gehört, das Fieber war dank des Antibiotikums gebannt, die Schnittwunden schienen gut zu heilen, doch Alex hatte eine Krise gehabt, als bei der Visite das Wort Versteifung des kleinen Fingers gefallen war. Die

Herrn Kollegen von der Chirurgie waren nicht die sensibelsten, mussten sie das vor den Ohren ihres ohnehin sehr besorgten Patienten diskutieren?

«Ich komme mit dem Labor nicht nach», sagte Henny, als Marike aus dem Sprechzimmer kam. «Blasenentzündungen haben wir heute en gros. Gesches Extrawurst fängt an, mich zu ärgern, und dann noch der Gedanke, dass sie ausgerechnet Campmann betüddelt.»

Ihr Großonkel sei das gewesen, hatte Gesche behauptet. Das war er nicht, Henny wusste, dass Campmann ohne Geschwister aufgewachsen war. Weder sie noch Marike hatten weiter nach der Wahrheit gegraben und Gesche im Gegenzug vorenthalten, dass sie ihn kannten.

«Vielleicht ist er ihr Sugardaddy», hatte Thies gemeint, als Marike ihm davon erzählte. Doch die Schätzchen von Sugardaddys stellte sie sich prätentiöser vor, Gesche sah aus, als schrubbe sie ihr Gesicht mit einer Wurzelbürste. Ganz blank war es und gerötet, keine Spur von Schminke. Campmann hatte einen anspruchsvolleren Frauentyp gehabt.

«Du siehst müde aus, Mama», sagte Marike.

«Ich habe in aller Herrgottsfrühe den Kuchen für Klaus gebacken. Den wollte ich ihm doch bringen, obwohl er an Geburtstag erst denken will, wenn Alex wieder zu Hause ist. Wenn das nur gutgeht mit der Hand. Ich bring dir jetzt die nächste Patientin.»

Auf dem Weg in ihr Sprechzimmer drehte sich Marike um. «Er kann noch immer komponieren. Dazu ist keine virtuose linke Hand nötig.»

«Ich nehme an, das ist ihm zu verkürzt gedacht», sagte Henny. Sie ging ins Wartezimmer und rief eine sehr junge Frau auf, die schon die ganze Zeit an ihrem Zopfende kaute.

Derart viel Nervosität deutete auf eine ungewollte Schwangerschaft hin, doch eine Urinprobe hatte die Patientin nicht dabeigehabt.

Dem Husky sank das Herz, als Florentine ihm sagte, dass sie von Los Angeles über Paris fliegen werde, um mit der Agentur zu verhandeln und nach der Wohnung an der Place des Vosges zu schauen, bevor sie nach Hause zurückkehrte. Hatte er zu oft beteuert, dass es gut klappe mit Lorenz, der Kuck und ihm?

Er war so verdattert gewesen von der neuen Planung, dass er vergaß, Alex' Unfall zu erwähnen, obwohl ihm dessen etwaige Konsequenzen kaum aus dem Kopf gingen. Am Telefon hatte Alex resigniert geklungen. Chet Baker und er. Beide aus ihrer Kunst, ihren Fertigkeiten katapultiert. «Wenigstens bist du nicht heroinsüchtig», hatte Robert gesagt und ein gequältes Lachen gehört.

In diesen Tagen hatten Aufnahmen des Quintetts auf dem Programm gestanden, die nun vorerst gestrichen waren. Hans Dörner, nach Alex der nächste Verantwortliche, war noch nicht im Geringsten bereit, an einen anderen Pianisten zu denken. Für Robert bedeutete das einen lockeren Dienstplan, nur für *Nach der Dämmerung* war er bis tief in den Dezember hinein eingeteilt. All die Zeit hätte er mit Lorenz *und* Florentine verbringen können. Hoffentlich nahm sie ihr Pariser Leben nicht wieder auf. Alles Glück stand auf tönernen Füßen.

Robert parkte das Auto in der Milchstraße vor der Boutique von Jil Sander. Florentine liebte deren puristische Mode, doch gearbeitet hatte sie noch nicht für die junge Designerin, die drei Jahre jünger war als sie selbst. Er stieg aus, nahm die Tüten mit den Einkäufen und ging zu Florentines Wohnung, vorbei an jenem Haus, in dem das Herschel gewesen war, eine Bar, in der sie einmal zu viert Martini-Cocktails getrunken hatten nach einem gemeinsamen Kinobesuch, Florentine und er, Alex und Klaus, schon sechs Jahre war das her. Hätte er damals zu hoffen gewagt, je ein Kind mit Florentine zu haben?

Robert zog den Schlüssel aus der Tasche, erst um fünf würde die Kucksche den Kleinen bringen, er hatte nicht damit gerechnet, das Funkhaus schon so früh verlassen zu können. «Geht mal zu mir», hatte Florentine gesagt. «Ich will, dass sich Lori an beide Wohnungen gewöhnt.» Lori?

Der Tag war sonnig gewesen nach dem dichten Nebel am Vormittag, ein Rest Röte im Himmel. *Christkindchen bäckt*, sagte Klaus dazu. Er hütete diesen Spruch seiner Großmutter Else als kostbare Erinnerung, Robert hatte vor, auch Lorenz vom backenden Christkind zu erzählen.

Das große Zimmer, das Florentine gern *living room* nannte, war in ein Licht getaucht, das nur dem späten Herbst gelang. Robert ging in die Küche, packte die Tüten aus. Er hatte vergessen, die Post aus dem Briefkasten zu holen, am besten gleich noch mal hinuntergehen, ehe Lorenz und die Kuck kamen. Lori. Warum eigentlich nicht?

Er fuhr mit dem Aufzug ins Erdgeschoss, leerte den Briefkasten, zwei Briefe, die er mit nach oben nahm. Nun schien die Abendsonne in das kleine Kinderzimmer, fing sich in Jean Tinguelys Mobile. Robert legte die Kuverts auf der Wickelkommode ab, trat an das Fenster. Kehrte um und ging zur Kommode zurück. Ihm war da doch was aufgefallen, ein Aufkleber mit einem R für *Registered letter*. Ein ziemlich dickes Kuvert, das auf der weißen Chintzauflage mit den kleinen Sternen lag neben einem Brief der Warburg

Bank. Er hatte sich nicht getäuscht, ein Einschreiben aus New York. Der Absender war die Ford Modelling Agency, Robert wusste, wer die waren, Eileen Ford führte eine der weltweit bedeutendsten Agenturen.

Ein ungutes Gefühl in ihm, enthielt dieses Kuvert bereits einen Vertrag? Suchte Florentine darum das Gespräch mit der Pariser Agentur? Er hatte geglaubt, sie ließe sich auf das Muttersein ein, doch es sah ganz so aus, als ob sie eine noch größere Karriere plante kurz vor ihrem dreißigsten Geburtstag im Januar. Weit weg von ihm und Lorenz. New York. Ging es denn überhaupt noch internationaler?

Die Klingel. Sein Sohn und die Kuck. Wer hätte gedacht, dass er ein talentierter Vater sein würde, wo er doch immer nur der kleine Bruder von vier älteren Schwestern gewesen war.

Und die Mutter des Kindes nähme sich eine Wohnung in New York City? Da klang Paris ja nach einem Vorort von Hamburg. Nur nicht die Phantasie wuchern lassen, vielleicht löste sich alles in Wohlgefallen auf. Robert öffnete die Tür und trat vor den Aufzug, aus dem im nächsten Augenblick die Kuck den Kinderwagen schieben würde.

Warum weihte Florentine ihn nie in ihre Pläne ein?

Im August war das Geld noch da gewesen, auch im September und Oktober, Rudi hatte immer mal nachgesehen in der Susannenstraße, doch nun fand er den Aschenkasten leer. Reiste Ruth heimlich nach Hamburg und verschwand wieder, ohne Käthe und ihn wissen zu lassen, dass sie in der Stadt war? Der Kontakt zu Ruth beschränkte sich auf einen wöchentlichen Anruf von ihr, bei dem sie oft genug mürrisch klang; riefen Rudi und Käthe an, war sie selten in der Berliner WG zu erreichen.

Er las von Eltern, die ihre Kinder an das Rauschgift verloren. Las von Timothy Leary, einstiger Dozent für Psycho-
logie und Drogenprediger, der eine ganze Generation ver-
führte, LSD zu nehmen, ihnen neue geistige Erkenntnisse
und Verzückungen versprach und dabei vorenthielt, dass
die Droge Schizophrenie auslösen konnte.

Waren Käthe und er dabei, ihr Kind an die *Rote Armee*
zu verlieren? Die Gruppe um Baader, Meinhof und Ensslin
fand immer öfter Erwähnung in den Zeitungen, wenn sie
auch bislang kaum in die Köpfe einer großen Öffentlichkeit
gelangte. Welch ein Hohn ihm der Name war, er hatte eine
andere Rote Armee gekannt und gegen sie kämpfen müssen.

Eine feuchte Kälte in der Wohnung, vielleicht sollte er
den alten Ofen anheizen, sonst fände Ruth bei ihrem nächsten Hiersein Schimmel an den Wänden vor. Ein längst ver-
gangener Novembertag kam ihm in den Sinn. 1933. Als ihn
um vier Uhr morgens Hamburger Schupos abgeholt hatten,
das schmutzige Geschäft der Gestapo zu vollstrecken.

Den Spritdrucker hatten sie nicht gefunden, auf dem
er Flugblätter herstellte. Hatten sie denn danach gesucht,
oder war er Opfer einer anderen Hatz geworden in jener
denunziationsreichen Zeit?

Als er aus dem Konzentrationslager Fuhlsbüttel zurückkehrte, dem Kola-Fu, war er zerschunden von der Folter
und hatte nur noch gefroren. An Leib und Seele.

In der Blechschippe lagen Kohlen, eine kleine Wärme
würden die wohl abgeben, dann bliebe er eben hier, bis sie
ausgeglüht waren. Ruth habe einen Märtyrerwillen, hatte
Henny einmal gesagt.

Hatte er auch einen Märtyrerwillen gehabt? Nein. Er war
ein ziemlich zufälliger Held gewesen. Wäre am liebsten in

Frieden gelassen worden und hätte mit Freuden nur die Lithographien in der Druckerei Friedländer gestaltet, Gedichte gelesen. Wären die Nazis nicht gekommen.

Was hatte Ruth mit dem Geld gemacht? Der Führerschein konnte nur einen Bruchteil gekostet haben. Im September war sie nach Heidelberg gefahren, hatte eine Ansichtskarte vom Schloss geschickt. Kein eigenes Auto, sie sei mit einem Freund in dessen Wagen unterwegs gewesen.

Rudi nahm sich des Ofens an, der kaum warm wurde, suchte nach weiterem Brennmaterial, in der Speisekammer lagen Zeitungen, eine Überschrift, die ihm auffiel: Bundeskanzler Brandt würde nach Warschau reisen, um den Vertrag zu unterzeichnen, der die Oder-Neiße-Linie als Polens Westgrenze bestätigte.

Eine Nachricht vom vergangenen Montag. Rudi griff nach der Zeitung, las das Datum 9. *November*, hob eine zweite auf, sie war vom Vortag. Auf einmal ein Unbehagen in ihm, da könne ein anderer in der Wohnung sein. Wer hatte die *Frankfurter Rundschau* in die Kammer gelegt? Ruth? War sie hier gewesen?

Rudi ging die zwei Zimmer ab. Guckte in Schränke und unter das Bett. Hob die Flickendecke, die darüber lag. Da hatte jemand drin geschlafen, doch es ließ sich auch nicht ausschließen, dass Ruth das Bett nicht frisch bezogen hatte, als sie nach Berlin gegangen war.

Der Ofen kühlte bereits aus, als er die Tür hinter sich zuzog und abschloss. Er hatte von zwei Schlüsselsätzen gewusst. Gab es einen dritten? Ruth würde noch mürrischer werden, wenn er danach fragte.

Luppich erfuhr von dem Unfall erst, als Alex schon wieder zu Hause war, Kortenbach war wohl sehr an Geheimhaltung gelegen, doch als dessen Produzent wünschte er, informiert zu werden. Er war nicht die Presse.

Das alte Lied mit Kortenbach, er scheute die Öffentlichkeit, das konnte sich kein Künstler erlauben. Die *Bild* nahm ihn viel zu wenig wahr, seit er nicht länger an der Seite von Florentine Yan gesehen wurde. Im aktuellen Fall fühlte Luppich allerdings eine große Erleichterung, nichts in den Zeitungen zu lesen, bloß keine Spekulationen über ein Karriereende, das sich doch hoffentlich verhindern ließe. Luppich bat, im Schwanenwik empfangen zu werden.

Alex öffnete ihm, eher verlegen, viel Privatheit war zwischen ihnen nie gewesen. Luppich setzte sich auf das Sofa, das Alex schon bei seiner Heimkehr aus der Uniklinik in einem neuen Orange vorgefunden hatte. Er selbst nahm am Klavier Platz, noch immer sein sicherer Ort, wandte sich Luppich zu, die bandagierte und geschiente Hand lag auf den Tasten, als gehörte sie nicht zu ihm.

«Vielleicht mögen Sie einen Espresso trinken, die Kanne steht schon bereit, ich muss nur die Herdplatte anschalten.»

«Von Klaus Lühr vorbereitet?»

«Ja», sagte Alex. «Sie wissen nun, dass er und ich zusammenleben, doch lassen Sie das kein Thema sein zwischen Ihnen und mir.»

«Gerne später, den Espresso», sagte Luppich. «Ein Thema, das Sie noch immer sehr schüchtern anzugehen scheinen. Und Sie tun gut daran, ich wünsche uns keine Schlagzeile: *Kortenbach schwul.*»

Alex zuckte leicht zusammen.

«Das Tabu besteht ja noch, ich kenne Leute aus unserer Branche, die mit Blondinen Händchen halten, dabei ist der Manager der Liebhaber. Alles aus Sorge, das weibliche Publikum wolle die Liebesliedchen nicht mehr hören, wenn sie ihren Schwarm in den Armen eines Kerls wissen.»

Hatten Luppich nicht auch solche Sorgen geplagt? *Tun Sie mir und sich den Gefallen und kreuzen Sie zur Verleihung mit einer Frau auf.* Das waren seine Worte gewesen, als Alex ein Preis für seine erste Jazz-LP verliehen worden war. Damals hatte ihn zum ersten Mal Florentine begleitet. Der Gedanke an seine Karriere als Solist schmerzte.

«Wir wollten darüber reden, wie es bei Ihnen weitergehen wird. Ich bin erleichtert, dass *Remember The Sixties* aufgenommen und abgemischt ist. Die Platte kommt noch vor Weihnachten in die Läden.»

«Ich weiß nicht, wie es weitergeht. Das werden wir sehen, wenn ich die Schiene los bin und mich am Klavier versuche», sagte Alex.

«Sie sind einer der besten Pianisten, die ich kenne, und ich bin schon eine Weile unterwegs in dem Geschäft, Herr Kortenbach.»

«Ich danke Ihnen für das Präsens, Herr Luppich.»

«Wann werden Sie die Schiene los sein?»

«Ende November. Voraussichtlich. Ich hoffe, dass ich ins Quintett zurückkehren kann, Hans Dörner, mein Saxophonist, setzt sehr darauf.»

«Vertritt Sie ein anderer am Klavier?»

«Ja. Bei Studioaufnahmen, die nicht verschoben werden konnten. Doch er gehört zum großen Tanzorchester und will da auch wieder hin.»

Luppich griff in die Innentasche des karierten Jacketts und holte seine Brieftasche hervor, entnahm ihr eine Visitenkarte. Er stand auf und legte sie auf die Klaviertastatur. «Ein Physiotherapeut. Altmann konnte schon einem Gitarristen helfen, mit dem ich gelegentlich zusammenarbeite.»

Alex blickte auf die Karte, eine Praxis am Poelchaukamp. Nein, er konnte nicht wissen, dass der Therapeut jener vierzehnjährige Junge gewesen war, der Henny und Marike in einer Bombennacht aus einem glühenden Keller am Mundsburger Damm geführt hatte.

«Jetzt hätte ich gern den Espresso», sagte Luppich.

«Das ist ein halbes Jahr her», sagte Ida.

«Fünf Monate», sagte Henny. «Im Juni war so viel los. Die Geburt eures Enkels. Tians gesundheitliche Krise. Das Fest.»

«Trotzdem hätte ich das gern eher von dir erfahren.»

«Du bist seit vierundzwanzig Jahren geschieden von ihm.»

«Ist diese Gesche der Typ Domina?»

Theo blickte oben im ersten Stock vom Schreibtisch auf, als er Hennys lautes Lachen hörte. Gut, dass es was zu lachen gab, in letzter Zeit war doch wieder viel Sorge gewesen.

«Ich würde sie mal als sittsamen Typ einstufen. Blonder Zopf. Keine Schminke. Birkenstocksandalen. Wie kommst du denn überhaupt auf Domina? Glaubst du, Campmann will die Peitsche?»

«Er hatte vor Jahren Tendenzen dahin.»

«Hat er das je von dir verlangt?» Henny staunte. Ida hatte ihr nie davon erzählt, welche Geheimnisse hütete ihre Freundin?

«Er war schon ziemlich anspruchsvoll, aber für diese Spiele ist er ins Bordell gegangen. Ich bin ihm vor vier Jahren noch einmal begegnet, da setzte er sich im Alsterpavillon an meinen Tisch. Damals erzählte er mir, er habe eine Gefährtin, die bei ihm gelegentlich die Domina gebe.»

Henny schüttelte den Kopf und schenkte noch einmal

Tee nach. «Marike sagt, er habe alt und gebrechlich ausgesehen.»

«Campmann ist nur ein Jahr älter als Theo.»

«Die Menschen altern unterschiedlich. Vielleicht ist er krank.»

Ida nickte. Sie ging dem Thema Krankheiten lieber aus dem Wege. Da kam auch schon die erwartete Frage.

«Wie geht es deinem Mann?»

«Die Medikamente halten ihn stabil. Aber der Kardiologe meint, auf Dauer komme er nicht um eine Operation herum.»

«Ist es denn gut, die hinauszuzögern?»

«Er hat Angst davor. Doch er schweigt über die Gründe. Der Unfall von Alex hat ihn sehr mitgenommen.»

«Ohne Operation wäre Alex gestorben.»

Ida nahm noch einen Spekulatius aus der Schale. «Ich weiß», sagte sie. «Tian hat täglich mit ihm telefoniert. Alex hat mal zu ihm gesagt, er sei dankbar, dass nie was mit seinen Händen war. Der Satz verfolgt Tian. Als habe sich da eine dunkle Ahnung erfüllt, und der Mensch bekäme das, was er am meisten fürchte. Vielleicht hat er darum Angst vor der Operation, Tian neigt neuerdings zu solchem Denken, und Anfälle von Schwermut hatte er früher schon.»

Sie drehten sich zu Theo um, der eingetreten war. «Darf ich den Damen eine Flasche Wein öffnen?», fragte er.

«Tian holt mich gleich ab, wir werden im Lattenkamp einhüten, Robert hat Dienst und Frau Kuck einen Geburtstag im Freundeskreis.»

«Wollte Florentine nicht schon zurück sein?», fragte Henny.

«Sie macht noch Zwischenstation in Paris. Ich wünschte, sie würde sesshafter werden.»

«Ich nehme an, das wird nicht so bald der Fall sein»,
sagte Theo. Er glaubte, einen Dieselmotor zu hören, Tians
Mercedes. Theo ging in den Flur, dem Freund die Tür zu
öffnen, und dachte darüber nach, was Ida zu Henny gesagt
hatte, als er in den Salon getreten war.

Der Therapeut löste den Verband, betrachtete die Hand, die
noch roten Narben, an denen die Fäden erst vor wenigen
Tagen gezogen worden waren, strich über die Handwurzel,
forderte seinen Patienten auf, die Finger sachte zu biegen,
zu strecken, zu spreizen. Alex gelang keine dieser Übungen,
er atmete kaum aus lauter Angst vor dem Urteil, das gleich
fallen würde. Doch Altmann schwieg.

«Gibt es Hoffnung?»

«Luftanhalten hilft leider nicht.»

Alex blickte den Therapeuten an, der ungefähr in Klaus'
Alter war. Er wirkte erfahren und sehr besonnen. «Bitte helfen Sie mir», sagte Alex.

«Ich werde es versuchen, Herr Kortenbach.» Altmann
legte einen neuen Verband an, gab ihm die ersten zehn Termine.

Ein Gelübde, das Alex tat, als er dann unten vor der Praxis stand: Wenn ihm gelänge, wieder Klavier zu spielen und
das Quintett zu leiten, würde er auf den Stock nicht mehr
verzichten, auch an den vermeintlich guten Tagen nicht.
Den verhassten Stock als Zugeständnis für eine linke Hand,
die auf den Tasten tanzte.

Er sah auf die Uhr am rechten Handgelenk, die Junghans
von Klaus, der nun Alex' Longines trug. Seit jener Nacht
im UKE. Als könne das Glück bringen, des anderen Uhr zu
tragen.

Halb fünf und schon tiefe Dunkelheit an diesem letzten

Tag im November. Das Taxi fuhr vor, das die Sprechstundenhilfe für ihn bestellt hatte. Alex stieg ein.

Ruth stand vor der dunklen Küche und traute kaum, sich umzudrehen. Sie hatte die Wohnung gerade betreten und das Flurlicht angeschaltet, den Schlüssel hielt sie noch in der Hand.

«Keine Angst. Ich bin es nur.»

«Was tust du hier?»

«Ausruhen.»

«Und wie bist du reingekommen?»

András lachte. «Ich habe mir in unseren gemeinsamen Tagen einen Schlüssel nachmachen lassen. Vorausblickend. Habe einfach geahnt, dass du und ich noch nicht fertig miteinander sind.»

Ruth fuhr herum. Seine schwarzen Locken waren schulterlang, er sah aus, als hätte ihn ein Präraffaelit gemalt. Ein schöner Jüngling aus einem anderen Jahrhundert, der da stand. In keinem Eichenhain, auch nicht am Rand eines Seerosenteiches. In ihrem Flur in der Schanze. Es tat weh, András zu sehen. «Wo ist Janne?», fragte sie. Lag sie vielleicht in ihrem Bett? Er war aus dem Schlafzimmer gekommen.

«Ihr ist langweilig geworden.»

«Mit dir?»

«Die Warterei auf den Kampf ist ermüdend.»

Ruth hätte beinah genickt.

«Und du? Steckst du noch immer hinter den Drucksachen von Geert?»

«Ich fahre viel in der Gegend herum», sagte sie. «Objekte. Ziele. Alles, was sich eignen könnte.»

«Das tun wir alle. Ich hoffe, du hast nichts dagegen,

wenn ich mich eine Weile an deinem Ofen wärme. Der November war gar zu garstig.»

«Mein Vater hat einen Schlüssel zur Wohnung.»

«Tausch das Schloss aus. Fährst du allein in der Gegend herum?»

«Nein», sagte Ruth. Es wäre eigentlich der Augenblick gewesen, ihn vor die Tür zu setzen. Doch sie verpasste ihn.

«Ich habe eine Flasche Smirnoff draußen auf dem Küchensims.»

«Und die willst du mit mir trinken?»

Er nickte. «Jimi Hendrix zu Ehren. Die Guten sterben zu früh. Und dann mit dir ins Bett.»

«Ein Rückfall in die Boheme?»

«Verschieben wir die Revolution für ein paar Tage», sagte András. Er öffnete das Küchenfenster und nahm die Flasche vom Sims. Füllte zwei Wassergläser und gab ihr eines, leerte sein Glas in einem Zug. Dann zog er eine Pistole aus seiner Jeans, legte sie auf den Tisch und schob Ruth den Pullover hoch.

Muss man wohl mit zufrieden sein, dass Sie keinen Fernseher haben», sagte die Kuck. «Aber wenn der Kleine schläft, wär's schon schön, mal was zu gucken. *New York, New York* von Werner Baecker, bei dem war Frank Sinatra drin. Der trinkt am liebsten Whiskey.»

Der Kollege vom NDR oder Sinatra? Robert fragte nicht nach, er kaufte einen Fernseher, die Kucksche fand ihn klein, aber Farbe hatte der Grundig. Da gelang ihr doch vielleicht noch mal, die blauen Augen von Sinatra blitzen zu sehen und im Hintergrund die Wolkenkratzer. «Meine Mutter hat immer im Fenster gelegen. Mit den Ellbogen auf 'ner Decke», sagte die Kuck. «New York hat sie da nicht geboten gekriegt.»

Man musste zufrieden sein mit dem, was der Herr Langeloh gekauft hatte. In der Milchstraße stand ein viel schickerer, doch da hütete sie den Kleinen nur, wenn dessen Eltern ausgingen, und das taten sie selten, wenn die Florentine ausnahmsweise mal da war. Dann igelten sich die drei lieber ein und kuschelten. Das nahm sie jedenfalls an.

Elfriede Kuck schaltete den Fernseher aus, Lorenz hatte sich nebenan gerührt, er stand schon in seinem Gitterbettchen, als sie ins Zimmer kam, und hob die Arme. Sie nahm ihn hoch. Fing zu singen an. Die Melodie von *Schlaf, Kindlein, schlaf.* Doch die Kuck sang *Maikäfer, flieg.*

*Der Vater ist im Krieg.*
*Die Mutter ist in Pommerland,*
*Pommerland ist abgebrannt.*
*Maikäfer, flieg.*

Nicht gerade heiter, aber Lori gluckste. Er kannte keinen Krieg.

«Du kleiner Chinese», sagte die Kuck und küsste ihn auf den Hals. Ganz die Mutter, das Kind, vom Vater kaum was drin. Doch er war es, der sich dahinterklemmte, dass alles klappte und Lori viel Geborgenheit bekam, trotz des Herumgereises seiner Mutter.

Nun war der Junge auch schon anderthalb, laufen tat er, ein paar Wörter sprechen. Papi. Das konnte er gut. Die Kuck legte den Kleinen auf die Wickelkommode.

«Nein», sagte Lori. Das konnte er auch gut.

«Du hast eine nasse Büx. Da machen wir dich mal trocken.» Sie blickte auf die Wanduhr mit dem Äffchen, das an einem der Zeiger hing. Schon Viertel vor zwölf, gleich musste der Herr Langeloh aus dem NDR zurück sein, die Sendung war um elf zu Ende. Hoffentlich gab es kein Glatteis, wenn sie nach Hause ging.

Dann hatte sie erst mal frei. Die Florentine kam heute noch mit dem Nachtzug aus Paris und würde wohl eine Weile bleiben. Das konnte man nicht anders sagen, wenn sie da war, kümmerte sie sich. Elfriede Kuck blickte zur Uhr. Holte er sie noch ab und verspätete sich deshalb? Ging noch mit in die Milchstraße? Nein, das hätte er angekündigt.

Komisch eigentlich, dass ihr der Name Florentine so leicht über die Lippen kam, die war schließlich ein Star und der Herr Langeloh ein ganz normaler Mensch. Doch Robert hatte sie noch nie zu ihm gesagt.

Lori saß nun neben ihr auf dem Sofa und trank Fenchel-
tee aus der Flasche, das ging am einfachsten. Sie guckten
zur Tür, als die aufging. Da kamen sie doch beide rein. Papi
und Mami. Nun würde Lori erst fremdeln, und dann ging
Gejauchze los. Das kannte sie schon.

«Ich bring Sie nach Hause», sagte Robert. «Viel zu kalt,
um so spät noch an der Bushaltestelle zu stehen.»

«Das nehme ich gern an», sagte die Kuck.

Die Florentine hatte den teuren Wildledermantel mit
dem Pelzkragen einfach über die Sofalehne geworfen und
sich den Kleinen geschnappt. Eigentlich waren sie eine
richtige Familie. Und auf New York hatte die Florentine
verzichtet, denn da wäre sie nur ein paar Tage im Monat in
Hamburg gewesen. Als sie zum Auto gingen, fand die Kuck
dennoch nicht, dass der Herr Langeloh glücklich aussah.

Rudi stand auf dem Postamt am Mühlenkamp und studierte
jedes einzelne der sechzehn Fotos auf dem Fahndungsplakat. Andreas Baader. Ulrike Meinhof. Holger Meins. Gudrun
Ensslin. Die oberste Reihe. Die meisten der anderen Namen
waren ihm nicht bekannt.

Seit dem vergangenen Jahr hingen die Plakate in den
Postämtern, Rudi wusste längst, dass Ruth darauf nicht abgebildet war, trotzdem, die Fotos zogen ihn magisch an. Sie
sorgfältig zu betrachten, wurde zur Beschwörung, er möge
seine Tochter nie darauf finden.

Im Oktober hatte es den ersten Toten aufseiten der Polizei gegeben, ein junger Polizist, Norbert Schmid, der in
Poppenbüttel starb bei einer missglückten Festnahme gesuchter Terroristen. Die Stimmung heizte sich auf. Im Dezember war Georg von Rauch in Berlin erschossen worden,
das zweite Todesopfer der anderen Seite.

Wo war Ruth? Er hatte sie nirgends erreicht, als er von ihr wissen wollte, warum das Schloss in der Tür ein anderes war. Im Herbst hatte er vor der Wohnung in der Schanze gestanden und erst nicht wahrhaben wollen, dass ihm der Zugang verwehrt wurde.

Den letzten Kontakt hatten sie im Spätsommer gehabt, nachdem eine junge Terroristin in Hamburg bei einem Schusswechsel mit der Polizei getötet worden war. Was Ruth dazu sagte, hatte ihn frieren lassen.

«Opfer treiben die Revolution an.»

Hatte er ihr nicht den Frieden ins Herz gelegt? Ihr beizubringen versucht, Kriege zu verabscheuen? Die Kinonachmittage mit ihr im Europa-Palast, Bernhard Wickis Antikriegsfilm *Die Brücke*. Eine hehre Jugendliche war Ruth gewesen, die sich für die *Aktion Sühnezeichen* engagiert hatte. Was war geschehen?

Er stieg die Stufen zur Straße hinunter und wäre fast gestolpert, so sehr war er in Gedanken verloren. Was konnte er tun? Er fing an, Käthe zu nerven mit seinen Ängsten, ihr Pragmatismus schien größer als der seine. «Reisende soll man nicht aufhalten», hatte Käthe gesagt. Doch war das nicht nur ein Selbstschutz?

Kurz vor Weihnachten war er nach Berlin gefahren, hatte die WG in Kreuzberg aufgesucht, Geert, Tine und die Kinder vorgefunden. Geert kümmerte sich wohl nur noch um den Kinderladen, Friedhart und Ruth hatten die WG verlassen. Ein Achselzucken auf die Frage, wo sie denn seien, Tine hatte angstvoll gewirkt.

Rudi schlug den Kragen seines Wintermantels hoch, stopfte die Hände in die Taschen, weiße Flocken auf dem anthrazitgrauen Wollstoff. Doch es war nicht wirklich kalt, er fror nur seiner Gedanken wegen.

Er kam beim Fischhändler vorbei, blickte in Böttchers Auslage, beinah ein Reflex. Seit Jahren. Kochen, essen, leben. Pragmatisch. Banal. Nur so hatte er überlebt in der schlimmen Zeit. Er trat ein. Als er Henny am Tresen stehen sah, hellte sich sein Gesicht auf. Freunde. Gar nicht banal.

Im Dezember waren Katja und zwei ihrer ehemaligen Kommilitoninnen der Werkkunstschule in die Papenhuder Straße gezogen. Sie hatte sich nicht weit entfernt vom Ort ihrer Kindheit, ihre Eltern und Konstantin lebten nur wenige Schritte weit.

Ein paar Kartons standen noch unausgepackt im Flur der großen Altbauwohnung. Doch Katjas Zimmer war schon geradezu perfekt für den, der Brüche liebte. Das Jugendstilsofa, das sie auf dem Sperrmüll gefunden hatte, stand mitten im Zimmer auf einem zerschrammten Holzboden. Der Schreibtisch, an dem sie arbeitete: ein Fund auf dem Dachboden der Körnerstraße. Die indische Decke auf ihrem Bett hatte Katja bei den Samanthas gekauft, die im Souterrain einen Laden voller Sandelholzdüfte führten.

Die drei jungen Frauen hatten ihre Familien eingeladen an diesem trüben Sonntagvormittag. Alle sollten sehen, dass das Leben in einer Wohngemeinschaft keine Anarchie voraussetzte.

Nur Klaus fehlte, er war in Paris, ein Interview mit Stéphane Grappelli, dem Jazzviolinisten. Klaus ging nun auf Reisen, nicht Alex.

Der stand im Gespräch mit Henny, als Katja in die Küche kam. Die linke Hand hatte Alex lässig auf dem Griff des Stocks liegen, Katja wusste von seinem Gelübde, den stets dabeizuhaben, wenn ihm gelänge, wieder Klavier zu spielen.

Seit vier Wochen tat Alex das im Quintett, seine Karriere als Solist hielt er für beendet, die Virtuosität schien ihm verlorengegangen. Doch das Glück, wieder in der vertrauten Welt des Studios zu arbeiten, am Klavier zu sitzen und ganz passable Töne hervorzubringen, ließ ihn genügend dankbar sein, um sich an das Gelübde zu halten. Er fürchte sonst den Zorn der Götter, hatte er zu Henny gesagt.

Hans Dörner, sein Saxophonist der ersten Stunde, drängte ihn, die aushäusigen Konzerte wieder wahrzunehmen, doch die traute er sich nicht zu. Wenn er im Studio danebengriff, konnte er die Tastenfolge wiederholen, auf der Bühne hätte er sich dafür geschämt.

«Ich setze neuen Kaffee auf», sagte Henny, als sie Katja sah. «Redet ihr jungen Leute mal miteinander.»

«*You are pulling my leg*», sagte Alex. Doch Henny zog ihn nicht auf, sie vergaß nur ab und zu, dass er nicht so jung war, wie er aussah.

«Du mit deinem Englisch», sagte Henny.

Katja lächelte. Sie hatte immer eine Schwäche für Alex gehabt, schon als kleines Kind. Er hatte ihr das Klavierspielen beigebracht, wie er es jetzt bei Konstantin tat. Ihr kleiner Bruder war ohne Zweifel begabter, als sie es gewesen war.

«Du legst den Stock tatsächlich kaum noch weg», sagte sie und strich ihm über die Wange.

Alex nahm Katjas Hand und küsste die. «Der Schock sitzt tief», sagte er. «Wie geht es dir und Karsten? Ich habe ihn lange nicht gesehen.»

«Karsten hat sich verändert, seit er in Vietnam aus amerikanischen Hubschraubern springt. Nun ist er der harte Kerl, der er lange nur vorgab zu sein. Wir gehen uns gerade ein wenig aus dem Weg.»

«Fotografiert er noch für den *Stern*?»

«Vor allem für *Agence France Press*.»

«Und du wirst das demnächst auch tun?»

«Das Volontariat ist erst in gut einem Jahr zu Ende. Doch ich hoffe, die *dpa* lässt mich vorher ran und nicht länger nur Kleinkram fotografieren.»

«Was schwebt dir vor? Bitte nicht Vietnam!»

«Dieser Krieg wird bald vorbei sein.»

«Dann kommt ein anderer», sagte Alex. «Ich hoffe, du ziehst in keinen Krieg, Katja. Das Leben ist ohnehin lebensgefährlich. Gibst du Karsten und dir noch eine Chance?»

«Nein», sagte Katja. «Und Ruth ist längst schon in den Krieg gezogen. Käthe und Rudi haben seit September keinen Kontakt zu ihr.»

Alex nickte. Klaus und er hatten es von Henny gehört.

Henny kam hinzu. «Trinkt ihr einen Kaffee?», fragte sie.

«Gerne», sagte Alex. «Auf dem Sofa, dessen Stoff aussieht, als ob er zu Staub zerfallen würde, wenn ihn ein einziger Sonnenstrahl trifft.»

Katja grinste. «Du hast deinen *Dracula* zu gut gelesen», sagte sie. «Ich kümmere mich mal um meine lieben Eltern. Die kommen gar nicht mehr aus meiner Dunkelkammer.»

Als Henny und Alex in ihr Zimmer gingen, hörte Katja ihn nach Ruth fragen. Sie machte sich große Sorgen, Florentine und sie sollten bald darüber reden, wie sie Ruth retten könnten.

«*I never promised you a rose garden*», sagte Robert. Er klang bitter.

«Genau. Ich habe immer gesagt, dass ich nicht Vater,

Mutter, Kind im Häuschen sein will, Husky», sagte Florentine. «Billige mir zu, dass ich Eileen Ford abgesagt habe.»

«Und nun machst du einen Vertrag mit einem Kosmetikkonzern, der dich in Paris als Leibeigene nimmt.»

«Ich fände es völlig in Ordnung, wenn du und Lori öfter zu mir nach Paris kämt. Der Spielplatz im Jardin du Luxembourg ist sehr schön.»

«Und dann und wann ein weißer Elefant», sagte Robert.

«In Wirklichkeit ist er grau. Vielleicht war er zu Rilkes Zeiten weiß. Doch das Karussell wird Lori lieben.»

«Und ich lebe mein Leben mit der Kuck?» Er ließ sich auf den Berber nieder und blickte zur Decke. Nebenan schlief Lorenz, nachdem er noch mal gewickelt worden war unter dem Mobile von Tinguely.

«Der Vertrag läuft erst einmal nur drei Jahre.»

«Dann steht Lori kurz vor der Einschulung.»

«Du und ich sind weiter gekommen, als wir jemals gedacht haben.»

Das war wahr. Aber ließe sich nicht alles viel leichter gestalten? Eine Karriere als internationales Topmodell von Hamburg aus? Sie hatten doch auch einen funktionierenden Flughafen.

Florentine setzte sich neben ihn auf den Teppich. Ein lasterhafter Ort. «Husky, ich liebe dich und Lori. Kann das nicht genügen? Ich habe dir nie was vorgemacht. Du wusstest, mit wem du dich zusammentust.»

«Mit einer ungebundenen Jetsetterin.»

«Wenn ich an Paris gebunden bin, jette ich weniger.»

Robert hätte gerne gesagt, dass sie sich doch an Hamburg binden könne, dauerhaft, aber er hatte weder Lust noch Kraft, eine Krise heraufzubeschwören, Florentine konnte da sehr ungehalten werden.

«Du würdest mir also deine Tür an der Place des Vosges öffnen?» Das hatte sie ihm jahrelang verweigert und ihre Leben in Paris und Hamburg konsequent voneinander getrennt.

«Wann immer du mit Lori kommen willst.»

«Wenn nur nicht mein Dienstplan wäre», sagte Robert. Florentine wusste, wie eng der ihn einschnürte. War das Absicht? Nein, keine Hinterlist unterstellen, dachte er, als sie seine 501 aufknöpfte.

«Lass uns die Zeit nutzen, solange Lori schläft», flüsterte Florentine.

Zeit nutzen. Katja aufsuchen, bevor sie wieder nach Paris flog, Florentine teilte deren Sorge um Ruth.

Das erste Mal, dass sie in Katjas Wohnung war. Sie fand die Möblierung schräg, doch irgendwie faszinierend, das erstaunte sie selbst, sicher halfen die Lieder von Barbara dabei, deren Langspielplatte auf dem Philips-Stereokoffer lag. Das gute alte *Göttingen* gab Florentine eine Sehnsucht nach Boheme.

«Wo hast du dieses Sofa her?»

«Vom Sperrmüll. Beim letzten Abholtermin stand es vorne in der Hartwicusstraße. Thies war dabei und hat mir geholfen. Diese Sperrmülltermine lösen Beutezüge aus, die Autos kreisen die halbe Nacht um die Häuser.»

Florentine ließ sich auf das Sofa fallen. «Neun Jahre sind wir auseinander, nicht wahr?»

«Ja», sagte Katja.

«Ich hab meine Jugend an unwirklichen Orten verbracht, dies ist ein wirklicher. Auch wenn er im ersten Augenblick aussieht wie eines der neuen Bühnenbilder», sagte Florentine. «Dieses ganze Modelleben hat schon viel Künstliches.

Weißt du noch, wie ich dir das Praktikum bei Gundlach vermittelt habe? Damals wusstest du schon, was du willst.»

«Wenn ich den Familiengeschichten glauben darf, wusstest du das, kaum dass du aus den Windeln warst. Wo hast du überhaupt deinen Sohn gelassen? Bei der Kuck?»

«Beim Husky. Er hat heute frei.»

«Seid ihr glücklich?»

«Oft genug. Aber wollten wir nicht über das Glück von Ruth sprechen?»

«Magst du ein Bidi rauchen? Ich hab sie aus dem indischen Laden unten im Haus.»

«Diese parfümierten Zigarettchen? Lieber nicht. Hast du eine Ahnung, wie wir Kontakt zu Ruth aufnehmen können?»

«Zum Jahreswechsel war sie in Berlin, irgendwelche linken Gruppen haben sich da getroffen, um eine neue Vereinigung zu gründen nach dem Tod von Georg von Rauch. Sie hat mir einen Brief geschickt, aber als ich ihr geantwortet habe, stimmte die Adresse schon nicht mehr, mein Brief kam zurück.»

«Hast du Henny davon erzählt? Oder Käthe?»

Katja schüttelte den Kopf.

«Wir können Ruth nicht retten», sagte Florentine. «Sie will sich nicht retten lassen.»

«Würdest du sie aufnehmen, wenn sie vor der Tür stünde?»

«Ja», sagte Florentine. «Jederzeit.»

Katja nickte. «Wir hier in der WG würden es auch tun.»

«Sprecht ihr offen über Ruth?»

«Warum nicht?» Katja zuckte mit den Schultern.

Florentine stand auf und sah auf die Papenhuder Straße hinaus. «Du bist einfach nur einmal um die Ecke gezogen.»

«Dafür plane ich weite Reisen. Komm, ich mach uns einen Tee. Alex war übrigens am Sonntag hier. Du weißt vermutlich von Robert, dass er das Quintett wieder leitet.»

«Ja», sagte Florentine und folgte Katja in die Küche. «Dass er auch noch durch die Glastür fallen musste.»

«Das ist nur eine Folge der Gleichgewichtsstörung. Vielleicht fordern die Götter einen Tribut für seine Talente.»

«Und für sein Aussehen», sagte Florentine. Sie hoffte, von den Göttern in Frieden gelassen zu werden. «Der *Stern* hatte bei mir angefragt wegen des Titels im vergangenen Juni. Auf dem unter anderen Veruschka war und Romy Schneider. Erinnerst du dich?» Warum fiel ihr das jetzt ein? Weil sie von Alex gesprochen hatten?

«*Wir haben abgetrieben*», sagte Katja. «Die Aktion gegen den Paragraphen 218. Und ob ich mich erinnere. Warum haben sie dich gefragt? Du hattest doch gerade ein Jahr vorher Lorenz bekommen.»

«Vielleicht glaubten sie, es hätte andere Schwangerschaften gegeben, die ich abgebrochen habe. Ich war kurz davor, es zu tun, Katja. Den Termin bei dem Arzt hatte ich bereits. Ich bin vor der Praxis umgekehrt.»

Katja setzte sich zu Florentine, die am Küchentisch Platz genommen hatte. «Hast du es je bereut?»

«Nein. Ich bin glücklich über Lori. Willst du eigentlich irgendwann Kinder?»

Katja legte den Rest ihres Bidis auf eine Untertasse. Sie hatte kaum drei Züge getan, die Dinger brannten rasch runter. «Ja. Aber nicht von Karsten. Das ist so gut wie vorbei.» Sie sprang auf, als der Wasserkessel zu lärmen anfing. Füllte die Tonkanne mit dem kochenden Wasser, hängte das mit Earl Grey gefüllte Tee-Ei hinein.

«Also, was ist nun mit Ruth?», fragte Florentine.

«Wir können nur hoffen, dass sie sich bei einer von uns meldet.»

«Wird sie das nicht eher bei Rudi und Käthe tun?»

«Nein», sagte Katja. «Wenn, dann tut sie das bei mir oder bei dir.»

«Läuft wieder wie ein Döppchen», sagte der Automechaniker und gab Lina die Schlüssel für den Jaguar. «Die Vergaser sind gereinigt und neu eingestellt.» Sie hatte ihn ob seines Singsangs als Kölner erkannt. Wie ein Döppchen. Louise benutzte die Redewendung auch gelegentlich.

Er klopfte aufs Dach, als sie den Motor anließ. «Schönes Auto.» Lina lächelte ihn an und fuhr rückwärts aus dem engen Hof heraus. Wer sich den Luxus eines alternden Jaguars gönnte, tat gut daran, eine Werkstatt seines Vertrauens zu haben. Der neue junge Mechaniker gefiel ihr, sie hatte einfach ein Herz für Rheinländer.

Sie fuhr zum Gänsemarkt, obwohl Louise zu Hause lag und leicht fieberte, aber sie wollte Momme und Rick nicht mit der Inventur allein lassen. Sie parkte in der Dammtorstraße und ging noch in die Schwan Apotheke, um die gewünschten *Allenburys* zu kaufen. Louise schwor seit Theatertagen auf die Pastillen, in letzter Zeit klagte sie oft über einen trockenen Hals. Und doch hatte Lina den Eindruck, dass es Louise nicht nur schlechtging, sie lauerte nicht mehr auf jede Falte und sprach kaum noch von den Demütigungen des Alters.

«Zweimal Hagelstange *Altherrensommer*», sagte Rick gerade, als sie die Buchhandlung betrat. «Sechsmal Hemingway *Inseln im Strom*.»

Momme schrieb am Stehpult, das sie neu angeschafft

hatten. «Und von Bölls *Gruppenbild mit Dame?*» Das Buch lag ihm am Herzen.

«Zwölf», sagte Rick.

«Lass ihn in diesem Jahr den Nobelpreis kriegen.»

«Dann reißen sie es uns aus den Händen», sagte Rick. «*Alright.* Keine Remittenden.»

«Louise hat angerufen», sagte Momme. «Das Fieber ist gestiegen, und sie hat nun auch Schluckbeschwerden. Fahr lieber zu ihr.»

«Ich will euch bei der Inventur helfen», sagte Lina.

«Irgendwie klang es dringlich.»

Lina dachte, dass es das immer tat bei Louise. Sie seufzte, als sie Landmann am Gänsemarkt wieder verließ. Bevor sie in das Auto stieg, kaufte sie im Schwan noch eine Packung *Neo-angin* und Salbeitee.

Kurz vor der Eilenau entschied sie, den Jaguar schon in die Garage zu stellen, die sie am Lerchenfeld angemietet hatte. Heute würde sie das Auto kaum mehr brauchen, sondern neben der auf dem Sofa gebetteten Louise sitzen und Kurzgeschichten von Dorothy Parker vorlesen, ein Elixier, das gut bei ihrer Freundin wirkte.

Lina warf einen Blick hinüber zum Gymnasium Lerchenfeld, seit 1970 wurden Jungen und Mädchen dort gemeinsam unterrichtet. Wie lange hatten sie und einige andere aus dem Kollegium vergeblich für die Koedukation gekämpft, das war nun vierzig Jahre her.

Auf der Treppe zu ihrer Dachwohnung hörte sie schon Gershwins *Someone To Watch Over Me*, hätte Louise keine Halsschmerzen, würde sie jetzt die nächsten Zeilen laut mitsingen.

*I'm a little lamb*
*Who's lost in the wood*
*I know I could*
*Always be good*
*To one who'll watch over me*

Lina lauschte. Sang Louise, oder war das nur Ella Fitzgerald? Die Platte knackte, vielleicht sollte sie doch einmal eine neuere Aufnahme kaufen.

Sie schloss die Wohnungstür auf. Die Schäferin des verlorengegangenen Lamms nahte.

Henny hielt den orangenen Karton mit der kleinen Kutsche in den Händen. *Hermès*. Paris. «Ich habe erst im März Geburtstag.»

«Das ist mir in den letzten Jahrzehnten nicht entgangen», sagte Klaus. «Nun öffne mal den Karton. Ich hoffe, die Farben gefallen dir.»

O ja. Dieses helle Blau passte zu ihren Augen und dem blonden Haar. Hortensien. «Es ist wunderschön, Klaus.» Sie stand von Theos Sessel auf und ging in den Flur, um das Tuch vor dem Spiegel zu binden. Die Seide legte sich weich um ihren Hals.

«Pferde hätten dir sicher nicht so gefallen», sagte Klaus, der hinter sie getreten war. «Auf Hermèstüchern wimmelt es von Pferden.»

Henny lächelte. «Die überlasse ich der englischen Königin.» Sie drehte sich zu ihm und umarmte ihn. «Ein kostbares Geschenk. Einfach so.»

«Was du schon alles für mich und Alex getan hast, ist kaum unter *einfach so* abzutun.»

«Alex war bei Katjas kleiner Einweihung», sagte Henny.

«Das hat er mir erzählt. Schade, dass ich das versäumt habe. Doch das Interview ist angenehm verlaufen. Grappelli spricht gut Englisch, mein Französisch lässt leider zu wünschen übrig.»

«Ich freue mich, dass du was von der Welt siehst. Vielleicht bedauere ich ein bisschen, wenig gereist zu sein.»

«Das könnt ihr immer noch tun. Wo ist Theo eigentlich?»

«In der Eilenau. Lina hat ihn gebeten, in Louises Hals zu gucken. Ihr Hausarzt ist nicht zu erreichen.»

«An den Mittwochnachmittagen sind sie sehr elusiv.»

«Alex erzählte, dass er noch einmal in der Woche zum Therapeuten am Poelchaukamp geht.»

«Ja, die Hand ermüdet leicht. Und er hofft darauf, noch sicherer bei einzelnen Fingersätzen zu werden. Dass er überhaupt wieder spielen kann, haben wohl weder Altmann noch Alex gedacht, als sie mit der Physiotherapie anfingen. Aber es hat auch ein Jahr gedauert.»

«Hast du noch Zeit? Dann zünde ich das Kaminfeuer an und koche uns einen Kaffee.»

Klaus sah auf die Uhr. «Eine knappe halbe Stunde», sagte er. «Dann muss ich in den Sender. Du gibst uns einen Saft, und ich kümmere mich um den Kamin. Kaffee dauert zu lange.»

«Ich kann dir *Rotbäckchen* anbieten. Den habe ich für Konstantin da.»

Klaus grinste. «Her damit.» Er nahm Holzscheite aus dem Korb, hockte sich vor den Kamin und begann, das Feuer zu bauen, ihm gelang das gut. Es knisterte bereits, als Henny mit den Gläsern in den Salon kam.

«Kannst du dich an Altmanns erinnern, die mit uns im Haus am Mundsburger Damm wohnten? Du hast ab und zu mit dem jüngeren der Jungen gespielt.»

«Heinz. Der große hieß Günter. Wie Alex' Therapeut. Er trug immer ein Koffergrammophon herum.»

«Er war zweieinhalb Jahre älter als du. Im Herbst nach den großen Angriffen hat er mich vor der Finkenau abgepasst, um sich von mir beraten zu lassen. Er wollte Krankenpfleger werden.»

«Dann ist er wohl Physiotherapeut geworden. Da haben wir ihm zum zweiten Mal viel zu verdanken. Dass ich bei dem Namen nicht aufgehorcht habe.»

«Ich nehme an, im Telefonbuch gibt es noch ein paar davon.»

«Zum nächsten Termin begleite ich Alex. Der kleine Klaus aus dem dritten Stock.» Klaus stand auf. «Bleib du noch gemütlich vor dem Kamin, ich mach mich jetzt mal auf den Weg ins Funkhaus.»

Doch Henny war schon aufgestanden, um ihren Sohn zur Tür zu begleiten. «Vielleicht kennt Altmann dich und deine Sendung.»

«Der Name Klaus Lühr ist auch nicht gerade exotisch.»

«Ich danke dir für das schöne Seidentuch.»

Klaus beugte sich zu Henny und gab ihr einen Kuss. «Sehr gern geschehen, Mama», sagte er.


Louises Hals gefiel ihm nicht. Doch der praktische Arzt, als der Theo einst angefangen hatte, war kaum qualifiziert, um eine Diagnose zu stellen. Er hatte Lina gebeten, nicht lockerzulassen, bis Louise einen Termin bei Schaake im Neuen Wall wahrgenommen hatte, der war der beste HNO-Arzt, der ihm einfiel.

Theo sprach mit keinem über den Verdacht, der in ihm aufkeimte, doch er irritierte Henny damit, dass er sich in sein Arbeitszimmer verzog, kaum dass er nach Hause gekommen war. Er wälzte Fachliteratur, vieles passte, auch der jahrelange Alkoholmissbrauch.

«Komm rein», sagte er, als es an der Tür klopfte. Er klappte das Buch zu und blickte Henny an, die eintrat mit einem orangenen Karton in der Hand. Irgendeine ferne Erinnerung an Elisabeth, in den vierundzwanzig Jahren, in denen er mit ihr verheiratet gewesen war, hatte es auch solche Kartons gegeben.

«Störe ich dich?»

Theo schüttelte lächelnd den Kopf. Henny und er hatten im November ihren zweiundzwanzigsten Hochzeitstag gefeiert. Er hoffte sehr, noch die silberne Hochzeit mit ihr zu schaffen, aber Theo war zuversichtlich, einige weitere Jahre zu leben, auch wenn er im kommenden September achtzig werden würde, es ging ihm gut.

Wie schnell alles gehen konnte. Ach was. Was dachte er denn da?

Henny zog ein seidenes Tuch aus dem Karton. Blaue Hortensien. Ein Hermèstuch. Das hätte ihm gleich einfallen können. Schön, das passte gut zu Henny. Zu ihrer zarten rosigen Haut. Den strahlenden Augen.

«Klaus hat es mir aus Paris mitgebracht.»

Theo nickte. Glaubte, begeistert zu wirken. Doch ihm gelang nicht, die Gedanken auf das Geschenk zu lenken.

Henny ließ das Tuch sinken. «Was hast du in Louises Hals gesehen?»

War es fair, sie in die Sorge einzuweihen? Bewahrte er sie nicht besser vor vorschnellen Schlüssen? «Mir mangelt es zu sehr an Kenntnissen im HNO-Bereich, als dass ich etwas kundtun sollte.»

Doch es schien schon geschehen, Henny wirkte alarmiert. «Vermutest du einen Tumor?»

«Lass uns nicht spekulieren», sagte Theo. «Ich habe Lina gebeten, sie zu Dr. Schaake zu bringen. Leider muss man sich Louise ja über die Schulter werfen, am besten bewusstlos, die Zeiten sind vorbei, dass sie freiwillig eine Arztpraxis betritt. Es sei denn, es geht um ihre Schönheit.»

«Gehen wir ans Kaminfeuer», sagte Henny. «Ich fange an zu frösteln.»

Käthe staunte über die Eisblumen an ihrem Küchenfenster, früher hatte es sie im Winter täglich gegeben, in ihrer Kindheit und auch während des Krieges, falls überhaupt noch Glas in den Fenstern gewesen war und nicht nur Pappe. In der Finkenau hatten sie alte Röntgenaufnahmen in die kaputten Fenster geklebt.

Rudi kam in die Küche. Folgte ihrem Blick. «Eisblumen», sagte er. «Die habe ich lange nicht gesehen.» Er setzte sich zu ihr an den Tisch.

«Mir ist kalt», sagte Käthe. «Ich werde schon den ganzen Winter nicht warm. Das hatte ich lange nicht mehr. Glaubst du, dass unser Kind schon zur Täterin geworden ist?»

Es berührte ihn, dass sie *unser Kind* sagte. Sie schien ihm sonst eher zurückhaltend in ihren Gefühlsäußerungen für Ruth. «Vielleicht war sie an dem einen oder anderen Bankraub beteiligt», sagte er.

Käthe war von ihnen beiden immer diejenige mit der größeren kriminellen Energie gewesen, sie staunte, dass Rudi das so gefasst aussprach, als wäre ein Bankraub ein Klingelstreich.

«Solange kein Mensch zu Schaden kommt», schob er nach. «Sie werden ihr Leben auf diese Weise finanzieren.» Und Waffen kaufen, dachte er. Vor allen Dingen Waffen kaufen.

«Aber sie hat doch noch das Geld vom Grundstück im Langenzug», sagte Käthe. «Oder ist das nicht mehr da?»

Rudi hob die Schultern. «Ich habe keine Ahnung. Es ist Ruths Konto.» Warum verschwieg er noch immer, die zwanzigtausend Mark im Ofen der Susannenstraße gefunden zu haben, und dass das Geld verschwunden war?

«Wir sitzen hier und warten auf das Unheil. Lange halte ich das nicht mehr aus.» Käthe schob den Stuhl zurück, stand auf. Strich über Rudis weißes Haar, das sich noch immer lockte. «Wenn wir ein eigenes Kind gehabt hätten. Unser Fleisch und Blut. Dann wäre alles anders gekommen.» Sie fing an zu weinen.

«Was ist los, Käthe?» Er zog sie auf seinen Schoß. Ihr Weinen wurde zu einem heftigen Schluchzen. «Um Himmels willen, Käthe.»

«Ich war bei einer Engelmacherin. Weil ich schwanger war, kaum dass du und ich miteinander geschlafen hatten. Ich habe von ihr unser Kind wegmachen lassen, und sie hat mich verpfuscht. Darum haben wir keine eigenen Kinder, Rudi.»

Er hielt Käthe noch immer fest, doch er schien erstarrt, als hätte ihn der Fluch der dreizehnten Fee getroffen. Erst nach einer Weile war Rudi in der Lage, eine Frage zu formulieren. «Warum hast du dich mir nicht anvertraut, damals?»

«Ich hatte Angst. Dass alles vorbei ist. Die Ausbildung in der Finkenau. Vielleicht auch Angst vor meinem Vater, der ohnehin dachte, dass ich nach den Sternen griff, weil ich Hebamme werden wollte.»

«Ich hätte dich auf der Stelle geheiratet.»

«Auch davor hatte ich Angst.»

«Du hast über fünfzig Jahre geschwiegen», sagte er leise.

«Verzeih mir. Verzeih mir, Rudi.»

«Warum jetzt? Warum erzählst du es mir jetzt an einem Januartag kurz nach unser goldenen Hochzeit?»

Nur noch ein Wispern von Käthe. Er konnte es kaum verstehen. «Weil Ruth uns all das Unglück bringt. Als würde Rache genommen.»

Rudi schüttelte den Kopf. Welch ein unsinniger Gedanke. «Weiß Henny davon? War sie eingeweiht?»

Käthe nickte. «Sie ist die Einzige. Doch sie hat erst Jahre später davon erfahren. Die Entscheidung habe ich ganz allein getroffen.»

«Zu einer Engelmacherin zu gehen.» Er schluckte gegen die Tränen an. Vielleicht wäre es gut, die zuzulassen. Der Verlust riss ihm den Boden unter den Füßen weg. Verlust von was? Das Kind, das damals nicht geboren worden war? Hätte er im Sandkasten gesessen auf dem Spielplatz in der Bartholomäusstraße? Der Schaukel Schwung gegeben? Wäre er vorsichtiger gewesen und nicht in den Widerstand gegangen? Das jahrelange Nichtwissen. Das verpasste Elternsein. Bis Ruth zu ihnen kam.

Aber dann auch Nazis, Krieg und Bomben. Was wäre denn aus dem Kind geworden? Ein Junge hätte in den zweiten Krieg ziehen müssen.

Doch hatte Henny ihre beiden nicht auch über diese Zeit gebracht? Er fing an, Käthe zu wiegen auf seinem Schoß. Rudi, der Tröster. Nun wurden sie alt, und Käthe kam mit dieser Geschichte.

«Komm mal mit auf die Party von Scherz. Tut dir gut», hatte Rick gesagt. «Gibt Häppchen und Cocktails.» Die hätten Louise gefallen. Aber Louise saß zu Hause und tat überraschend gelassen ob des Urteils, das in der kommenden

Woche vom HNO-Arzt gefällt werden würde. «Halsweh. Hab ich tausendmal gehabt.»

Ein neues Buch von Agatha Christie, das bei Scherz erschienen war. Königin Elizabeth hatte der Autorin gerade den Titel einer *Dame of the British Empire* verliehen. Leider war die einundachtzigjährige *Dame of Crime* in Hamburg abwesend.

Lina fühlte sich fehl am Platze, obwohl sie das Hotel Atlantic mochte, doch ihr gelang kaum, sich abzulenken. Rick stellte ihr den britischen Generalkonsul vor, den kannte er gut. Sie hatte Pimm's Number One im Glas und Erinnerungen an Hugh und Tom im Kopf.

Sie wollte nicht lange bleiben, vielleicht trank Louise auch gerade Cocktails zu Hause und zu viele davon. Vielleicht kam sie doch ins Grübeln und hatte Angst vor der Diagnose. Obwohl der Arzt seinen Verdacht nicht vor Louise ausgesprochen hatte. Da war sie beim Röntgen gewesen.

«Ein tückischer Krebs, das Ösophaguskarzinom. Die Beschwerden kommen spät und damit auch die Entdeckung.»

Nur nichts beschwören. Das hatte auch Dr. Schaake gesagt. Lina lenkte ihre Konzentration zurück auf den Konsul, war erleichtert, als Felix Jud herantrat, der bekannteste der Hamburger Buchhändler, ein geübter Plauderer, und sie Gelegenheit bekam, sich dem Gespräch über den Anglo-German-Club zu entziehen. Sie suchte Rick, sah ihn nicht, ging zur Garderobe, kramte nach der Marke, auf einmal war Unruhe in ihr.


Der Anruf kam am frühen Abend. Dr. Schaake bot ihr noch heute einen Termin an, die Ergebnisse aus dem Labor lagen bereits vor.

Konnte das Gutes bedeuten?

Louise füllte den silbernen Flachmann aus dem Nachlass ihres Vaters mit Armagnac. Kurt Landmann hatte gern Armagnac getrunken, das fiel ihr dabei ein. Sie nahm den Schlüssel für den Jaguar vom Tisch im Flur, warf einen schnellen Blick in den Spiegel, der dort hing. Längst nicht so gnädig wie der antike Spiegel über dem Bartisch, doch Louise fand sich annehmbar heute. Die alte Souveränität schien zurückzukehren.

Sie löschte die Lichter nicht, Lina würde noch unterwegs sein, wenn sie wiederkäme, Louise wollte von Helligkeit empfangen werden. Der Jaguar sprang gleich an, er war ja gerade gewartet worden. Um diese Uhrzeit ließ sich ein Parkplatz finden im Neuen Wall, die Geschäfte schlossen schon gleich.

Der Doorman winkte auf ihr Zeichen ein Taxi herbei, als Lina aus der Drehtür des Atlantic Hotels trat. Den Jaguar hatte sie in der Garage stehen lassen. Weil sie Alkohol hatte trinken wollen zur Präsentation des sechzigsten Romans der Agatha Christie. Nun war sie nüchtern.

Lina atmete tief aus, als das Taxi vor dem Haus in der Eilenau hielt, die Fenster in der Mansarde hell erleuchtet. Da oben wartete Louise auf sie. Was hatte sie denn gedacht?

Louise hatte den Jaguar direkt vor der Praxis geparkt, doch als sie eine Dreiviertelstunde später auf die Straße trat, sah sie ihn nicht, lief an dem knallroten Auto vorbei. Wäre denn das Urteil leichter zu ertragen gewesen mit Lina an ihrer Seite? Nein. Sie hatte sich anders entschieden, als der Anruf gekommen war. Sie wollte ihre Gefährtin nicht dabeihaben. Die alles nur schönreden würde. Das Lamm allein unterwegs.

147

Da stand er doch. Louise stieg ein. Nahm den Flachmann aus der Tasche. Trank. Trank ihn leer. Nicht der direkte Weg nach Hause, den sie da einschlug. An der Lombardsbrücke bog sie ab, fuhr Richtung Rothenbaumchaussee, zögerte, als es rechts in die Johnsallee ging. Einen großen Bogen, den sie zog. Fuhr in die Bellevue hinein, deren Verlängerung die Körnerstraße war.

Je eher wir operieren, desto besser, hatte Schaake gesagt. Louise schüttelte den Kopf am Steuer des Jaguar. Sie ließe nicht zu, dass ihr Gesicht entstellt wurde. Von keinem Krebs und nicht von den Strahlen einer Kobaltkanone. Louise beschleunigte.

«Seltsam», sagte Henny, die gerade die Vorhänge schloss. «Ich habe den Jaguar vorbeifahren sehen. Ob Lina noch vorbeikommt? Sonst kündigt sie sich immer an, ich hoffe, es ist alles in Ordnung bei ihnen.»

«Vielleicht war es ein ganz anderer Jaguar», sagte Theo, dem der gequälte Ton des Motors aufgefallen war. «Nicht mal Lina fährt derart tollkühn. Und den Termin bei Schaake haben sie erst in der kommenden Woche.»

In den Hofweg hätte sie abbiegen müssen. Doch Louise fuhr in hohem Tempo geradeaus. Dort, wo nur noch ein Brückengeländer sie trennte vom kalten Kanal. Das dem heranrasenden roten Ungeheuer nicht standhielt und es versinken ließ im tiefschwarzen Wasser.

## APRIL 1972

Lina stand lange am Fenster und sah in den hinteren Garten der Körnerstraße. Frühlingserwachen. Weiße Ranunkeln. Der Fliederbaum hatte grüne Knospen.

«Du hast gesehen, wie der Jaguar aus dem Kanal gehoben wurde», sagte sie und drehte sich zu Henny um. Lina hatte den Satz schon oft gesagt.

«Ja», sagte Henny. «Theo und ich. Am nächsten Tag.»

Die tote Louise war schon am Abend von Tauchern geborgen worden, das hatte nur Theo gesehen und Louise identifiziert, um dann mit Henny in die Eilenau zu fahren. Dass da etwas Schreckliches geschehen war und einen nahen Menschen betraf, war ihnen sofort klar gewesen, als sie das Kreischen des Metalls hörten, kaum dass der rote Jaguar geisterhaft an ihrem Fenster vorbeigezogen war.

«Aber nur Theo hat gesehen, dass der Taucher Louise geborgen hat.»

«Hör auf, dich zu quälen», sagte Henny.

«Am nächsten Tag trafen dann noch einmal Taucher ein, um Trossen am Auto zu befestigen. Ein Kran hat es dann herausgeholt.»

«Und gleich auf die Ladefläche des Lasters gestellt», sagte Henny, um diese Qual zu verkürzen. Theo hatte sich geweigert, Lina ein weiteres Mal zu erzählen, wie es gewesen war, als er Louises Leichnam in den Armen des Feuerwehrtauchers wahrgenommen hatte.

«Komm. Trink eine Tasse Tee», sagte Henny. «Noch ist er heiß.»

«Ließe sich doch alles zurückdrehen», sagte Lina. «Nehmen wir an, ich wäre gleich nach Hause gefahren und nicht ins Atlantic.»

«Vielleicht war es Schicksal. Wie Luds Tod auf der Brücke.» Henny legte eine Hand an Linas Taille und schob ihre Schwägerin sanft zum Ledersessel, der vor dem Kamin stand.

«Ich habe ein drittes Mal versagt. Meiner Mutter hatte ich versprochen, auf Lud aufzupassen. Kurt ist einsam in den Tod gegangen. Und nun Louise.»

«Hör auf damit», sagte Henny. Ihre Stimme klang gepeinigt. «Hör auf, dich selbst zu geißeln, Lina.»

«Entschuldige. Ich bin manisch darin, die Ereignisse nachzuspielen, als ob sich die Spielzüge korrigieren ließen.»

«Wollen wir über die Zukunft sprechen?», fragte Henny.

«Ich bin noch nicht so weit», sagte Lina und trank zögernd den Tee.

Henny stand vor dem Haus und winkte, als Lina davonfuhr. In Louises altem VW Cabrio.


«Legt sie in unser Grab», hatte Rudi im Januar gesagt. Da lag bislang nur sein Vater, Alessandro Garuti, viel zu groß die Stätte für Rudis kleine Familie. «Oder möchtest du sie auf dem jüdischen Teil des Friedhofs wissen?»

«Louise war nicht religiös», sagte Lina. «Zur Jüdin haben sie erst die Nazis gemacht.»

Louise hatte der Stein aus weißem Marmor mit der feinmodellierten Rosenranke, der Garutis Wunsch gewesen war, gut gefallen, sie und Garuti teilten die Lust auf Großartigkeit. Sie hätte sicher gerne dort gelegen, wenn überhaupt irgendwo.

Und nun lag dort ein kleines Steinkissen mit Louises Namen und ihren Lebensdaten. *Hineni* hatte Lina zusätzlich eingravieren lassen. *Hier bin ich.* Eine Reminiszenz an Louises jüdische Mutter.

Rudi und Käthe waren zum Grab gegangen an diesem Apriltag, sie stellten Narzissen in die Steckvase. Die Vögel sangen in den Bäumen.

«Ist doch komisch, vor dem eigenen Grab zu stehen», sagte Käthe.

«Nicht wirklich komisch», sagte Rudi. «Willst du einen Psalm hören?»

«Kürzer als ein Gedicht?»

Rudi lächelte. Seit dreiundfünfzig Jahren liebte er eine Frau, die keine Gedichte hören wollte. «Psalm 103», sagte er. «Kurz.»

*Ein Mensch ist in seinem Leben wie Gras,*
*er blüht wie eine Blume auf dem Felde.*
*Wenn der Wind darübergeht, ist sie nimmer da,*
*und ihre Stätte kennet sie nicht mehr …*

«Das kenne ich», sagte Käthe. «Steht vorne in *Vom Winde verweht.*»

Es gab durchaus Bücher, die Käthe las.

Alex hob die Augenbrauen, als er Luppich hinter der Glasscheibe sah, der Produzent stand in der Technik und ließ sich von Robert das neue Mischpult erklären, winkte dabei heiter in das Aufnahmestudio hinüber. Luppich war vorher noch nie hier eingedrungen.

Im vergangenen Jahr hatte Alex vor allem als Arrangeur gearbeitet, das Arrangieren der Noten war ihm auch ohne funktionsfähige linke Hand gelungen. Im Dezember hatte er begonnen, wieder im Quintett zu spielen, seitdem drängte Luppich ihn, das nächste Album zu planen, die Philips wollte an den Erfolg von *Remember The Sixties* knüpfen, doch Alex sah sich kaum in der Lage, ein Soloalbum aufzunehmen.

«Die neuen Extras, die Herr Langeloh da hat», sagte Luppich, als Alex in die Technik trat. «Trauen Sie sich, Herr Kortenbach.»

«Das ist keine Frage der Traute, Herr Luppich. Ich kann nicht mehr spielen wie vorher, da helfen auch die vielen Spuren des Pults nicht.»

Robert öffnete den Mund, um etwas zu sagen, doch er schwieg.

«Irgendwann stelle ich meine Produzententätigkeit ein», sagte Luppich. «Dann werde ich Ihnen fehlen.»

Die Branche ohne Luppich? War der nicht für die Ewigkeit gedacht?

«Irgendwann?», fragte Alex.

«Spätestens 1975», sagte Luppich. «Und bis dahin möchte ich noch wenigstens eine Produktion mit Ihnen verwirklichen.»

«Im Quintett komme ich ganz gut klar. Aber als Solist?» Alex hob die Schultern. Ihm fiel weiß Gott schwer, das zu sagen.

«Warten wir, bis Sie Ihrer selbst wieder sicher sind», sagte Luppich. «Ich hoffe, Sie brauchen keine drei Jahre dazu.»

«Du siehst mich so nachdenklich an», sagte Alex, nachdem Luppich gegangen war. «Du hörst doch auch, dass ich nicht spiele wie vorher.»

«Du bist zu streng mit dir», sagte Robert. Ihm ging noch ein ganz anderer Gedanke durch den Kopf, da war keine Ähnlichkeit zwischen Alex und Lori, nicht die leiseste. Was dachte er denn da? Er zweifelte längst nicht mehr. «Ich habe gehört, du steckst tief in der Vorbereitung für den Workshop», sagte er.

«Thies hat mir das anvertraut. Da sah es noch so aus, als ob ich ganz ausfiele am Klavier.»

«Keith Jarrett und Charlie Haden. Eine Traumkonstellation. Kannst du mich einteilen für die Technik?»

Alex nickte. Beglückende Augenblicke standen ihnen bevor, Keith Jarrett hören, ein großartiger Pianist. Doch weh tun würde es auch.

«Der Frühling geht mir mehr aufs Gemüt als der Herbst», sagte Ida. Sie hockte vor den Hortensien und befreite sie von den Pflanzenteilen des Vorjahres. Neben ihr stand eine Kiste mit zwölf Töpfen Kapuzinerkresse. Es gab nichts Besseres gegen Schädlinge.

«Vor allem, wenn du hier im Dreck buddelst», sagte Guste. «Das ist ja nicht deine Leidenschaft.» Sie selbst saß auf der Gartenbank und guckte zu. Das durfte man schon mal mit bald fünfundachtzig Jahren. «Ist noch zu kalt für die Kapuzinerkresse, die stell mal zurück in den Schuppen auf die Fensterbank. Da kriegt sie Licht. Momme kann morgen den Rasen mähen, sieht ja aus, als ob das Wetter beständig bleibt.»

Ida kam aus der Hocke und betrachtete ihre Nägel, unter denen feuchte schwarze Erde klebte. «Ich kriege das Bild nicht aus dem Kopf. Louise, die im dunklen Kanal versinkt.»

«Ich hab gelernt, dass man die schrecklichen Bilder wegscheuchen muss, das hilft beim Überleben.» Guste grub sich tiefer in ihre alte große Strickjacke.

Das war auch immer Idas Gedanke gewesen, doch nun empfand sie es als eine Lieblosigkeit Louise gegenüber.

«Wen hat man schon alles gehen lassen», sagte Guste. Wenn sie an den ollen Bunge dachte, Idas Vater. Sie und er waren ein drolliges Liebespaar gewesen. An Tians Schwester Ling. Und dann an ihren kleinen Jacki. Gefallen in der Ardennenschlacht.

«Aber deinem Mann geht es gut.»

Ida nickte. «Ich bring mal das welke Zeug zum Kompost und geh mir die Hände waschen.»

«Dann sieh gleich mal nach, was Tian macht. Ist still da oben.»

Ida fand ihn in der Küche im Souterrain, nicht in ihren Zimmern in der ersten Etage. Tian saß am Tisch und hatte ein quadratisches Buch vor sich liegen. Sie trat näher. Stoffmuster.

«Schau dir dieses Grün an. Sieht aus wie der junge Frühling.»

«Ich denke eher an Erbswurst», sagte Ida. «Was tust du da?»

«Wünsche erfüllen. Du sprichst seit Jahren von neuen Bezügen für die Sessel.»

«Wir haben im Herbst die teure Heizung einbauen lassen.»

«Ehe es zu spät ist», sagte Tian. «Denk an Louise.»

«Sie hat das selbst entschieden.»

«Nicht wirklich. Louise hat nur den Leidensweg abgekürzt.»

«Lieber sonnengelb», sagte Ida.

«Ich dachte, du wünschst dir einen neuen Look.»

Die Sesselchen, die es schon im Hofweg gegeben hatte, als sie noch mit Campmann lebte. *Kükenboudoir* hatte er ihr Zimmer genannt, viel Gelb darin. Damals waren die Sessel mit Seide bezogen gewesen, seit den fünfziger Jahren hatte der Stoff eine Leinenstruktur gehabt. Ida setzte sich neben Tian. Beugte sich mit ihm über die Stoffmuster.

«Lass gucken», sagte sie. «Leuchten soll es.»

Louise versank im schwarzen Kanal.

Die Bilder im Kopf ließen sie nicht los.

Katja öffnete in einem Kimono, den sie auf dem Fischmarkt gekauft hatte, er war lose gebunden und ließ den Ansatz ihrer Brüste sehen. Sie hatte angenommen, eine ihrer Mitbewohnerinnen hätte den Schlüssel vergessen. Als sie sah, wer vor der Tür stand, griff sie in die Kunstseide und hielt den Stoff zusammen.

«Ich bin wohl der Einzige, der deine Wohnung nicht kennt», sagte Karsten. Er lächelte. «Ist ein goldener Drache auf deinem Rücken?»

Auf ihrem Rücken war das chinesische Schriftzeichen für Liebe, das hatte der fliegende Händler auf dem Fischmarkt zumindest behauptet, doch das sagte sie Karsten nicht, als sie ihn einließ. Er wandte sich nach links ihrem Zimmer zu, welcher Eingebung auch immer folgend.

«Ich hatte dich in die Küche bitten wollen.»

«Du und ich sind doch viel zu intim für die Küche», sagte Karsten. «Oder willst du mir deine Mitbewohnerinnen vorstellen?»

«Sie sind gar nicht da. Wer hat dich informiert?»

«Ich hatte im NDR zu tun und deinen Vater im Empfang getroffen. Er scheint nicht zu wissen, dass du mich auf Eis gelegt hast.»

Nein. Darüber sprach sie mit ihrer Mutter. «Du hattest im NDR zu tun?»

«Ein Interview über die Lage in Vietnam. Dass Nixon amerikanische Soldaten zurückholt und gleichzeitig das Bombardement ausweitet. Sie waren begierig auf den Bericht eines Augenzeugen.»

«Du bist jedenfalls mit heiler Haut davongekommen.»

«Anders als viele andere», sagte Karsten. Er ließ sich auf dem Jugendstilsofa nieder und inspizierte das Zimmer. Sein Blick blieb an den Fotografien hängen, die Katja erst kürzlich hatte rahmen lassen.

«Von dir?»

Katja nickte.

«Wer ist die skurrile Alte mit dem Vogelkäfig?»

«Eine Nachbarin aus dem vierten Stock. Ich trage ihr öfter die Einkäufe hoch. Dafür durfte ich sie fotografieren.»

Karsten stand auf und betrachtete die vier Fotos aufmerksam. «Das Treppenhaus erinnert mich an Cartier-Bresson.»

«Vielleicht hat er mich inspiriert. Ich mag Alltagsszenen.»

«Du bist gut», sagte Karsten. Er setzte sich wieder. «Das mit den Fahrrädern ist das beste. Ich habe auch viele davon fotografiert in Vietnam. Längst nicht nur Kampf, den ich vor die Linse kriege.»

«Was willst du, Karsten?»

«Dem Eis entkommen, auf das du mich gelegt hast. Hinein in das warme Bett unter all den Spiegelchen deiner indischen Decke. Ich hörte, eine deiner Kusinen hat mit der *Roten Armee* zu tun.»

«Sie ist so wenig meine Kusine wie Florentine.»

«Jedenfalls hab ich jetzt deine gespannte Aufmerksamkeit.»

«Was weißt du von Ruth?»

«Reporter sind Quatschtanten, wenn sie im Rex an der Bar sitzen und zu viel trinken.»

«Rex?»

«Ein Hotel in Saigon. Ein Kollege ist dran an einer Geschichte über die *Rote Armee*. Die schmieren nicht länger Parolen an Häuserwände. Da wird es wohl noch ganz anders zur Sache gehen.»

«Kannst du mir den Kontakt zu Ruth herstellen?»

Karsten schüttelte den Kopf. «Das heißt, ich kann es versuchen, wenn du mir entgegenkommst.» Er blickte in die Ecke, in der das Bett stand.

Katja war erstaunt, dass Karsten nicht wütend wurde, als sie ihn aufforderte, die Wohnung zu verlassen.

«Vielleicht kommen wir doch noch eines Tages zusammen», sagte er, als er sich in der Tür umdrehte. «Katja Kratzbürste.»

Cefalù. Sie hatte die Stadt satt. Die Hitze. Den Sand. Das mittelalterliche Waschhaus. Die Show, die sie jeden Tag, jede Nacht abzogen, ein Paar auf Hochzeitsreise. *Sicilia mia Sicilia.*

Ruth betrachtete ihre Füße, die in Goldsandaletten steckten, sie hatte sie auf dem Markt gekauft. Ihre schmalen sonnenbraunen Füße sahen sonst einfach nur schön aus darin, doch nun waren zwei der Zehen am rechten Fuß verpflastert. Ruth war in eine zerbrochene Muschel getreten am Strand, die Wunde hatte sich entzündet.

«Willst du ewig auf dieser Mauer sitzen?» András klang ungeduldig, doch seine Stimme wurde weicher, als er das Auto der Carabinieri sah, das langsam am Strandufer entlangfuhr. «Wir sollten hier bald mal die Fliege machen. Fort aus Sizilien.» Er küsste Ruths Nacken. Ganz die Zärtlichkeit.

«Lass das», sagte Ruth.

András ließ erst von ihr ab, als die Carabinieri außer Sicht waren.

«Am Freitag sind wir auf der Fähre und Ende April in Frankfurt», sagte er. «Dann geht es los.» Wusste er denn, was genau losgehen würde? «Raff dich auf. Wir gehen eine Pizza essen bei Pino.»

Ruth hinkte neben ihm her auf dem Weg zur Strandbude von Pino.

«Das alles ist lächerlich», sagte sie. «Wir spielen doch nur.»

«Warte ab. Dicke Dinger in Frankfurt und Heidelberg.»

Woher nahm er seine Informationen? Er sagte Ruth nicht, wen er in Deutschland anrief, wenn er sich in die Telefonkabine an der Piazza verzog, ausgestattet mit Fünf-hundert-Lire-Münzen, die sie sammelten. Ruth ließ sich auf den Plastikstuhl fallen, der vor einem der wackligen Tische stand, András schob den bunten Perlenvorhang an der Tür beiseite und ging zu Pino in die Bude.

Zweimal Margherita. Die schlichte Pizza. Das Geld fing an, ihnen auszugehen. «In Frankfurt versuchst du noch mal, an dein Konto zu kommen», sagte András, als er mit einer Karaffe Wein zurückkehrte.

Wie stellte er sich das vor? Auch wenn ihre Fotos noch nicht auf den Fahndungsplakaten waren, auf irgendeiner Liste standen sie sicher.

Ruth hatte es satt. Doch sie wurde immer schneller im Kreise gedreht auf diesem Karussell. Ihr war längst schlecht.

Das erste Mal, dass Lina nach Louises Tod in der Buchhandlung war, sie saß im Büro und blickte auf den Zettel an der Wand, als wäre sie in einem bösen Traum, aus dem sich aufwachen ließe.

*Farewell dearest, fare thee well*
*And blessings with thee go*
*May sunshine be upon thy path*
*And flowers around thee grow*

Hatte sie damals Vorahnungen gehabt?

«Tu ihn weg», sagte sie, als Momme in das Büro trat. «Bitte tu den Zettel weg.» Übelkeit, gegen die sie ankämpfte.

«Den Zettel von Rick?»

Lina nickte.

Momme löste die Heftzwecken und steckte den Zettel in die Tasche seines Jacketts. Er sah Lina besorgt an. Wie konnte er ihr helfen? «Bitte steig wieder ganze Tage ein», sagte er. «Rick und ich schaffen das nicht allein.»

Lina sah zu ihm hoch. «Ich bin eine trauernde Alte. Die wollt ihr nicht täglich um euch haben.»

«Doch. Sonst müssen wir jemanden einstellen.» Das war gelogen. Außerhalb des Weihnachtsgeschäftes schafften sie es gut, und im Mai kam ein neuer Lehrling.

«Lina, nimm dich bitte des Lehrlings an, der im nächsten Monat kommt. Ich hab keine Kapazitäten, mich zu kümmern, wie er es verdient.» Die Lehrlinge anzuleiten hatte die einstige Studienrätin Lina Peters immer am besten von ihnen allen gekonnt.

«Du willst mich beschäftigt wissen.»

«Auch das. Jedenfalls besser, als in der Eilenau vor den Flügeln der Fenster zu sitzen, die Flaschen auf dem Bartisch zu betrachten und *Someone To Watch Over Me* zu hören.»

«Du denkst, das ist es, was ich tue?»

Momme legte die Hände auf Linas Schultern. «Ja», sagte er. Er fing an, ihre verspannten Schultern zu massieren.

«Erzähl mir vom Lehrling. Auszubildender heißt das jetzt, oder?»

«Er ist nicht mehr ganz jung», sagte Momme. «Ein Berufswechsel.»

«Also keine zwanzig mehr.»

«Ende zwanzig.»

«Gab es keinen jüngeren?»

«Ich wollte den. Er ist Lehrer. Und war bis vor kurzem in der DKP.»

Lina drehte sich zu Momme um. «Berufsverbot», sagte sie.

«Andere nennen es Extremistenbeschluss», sagte Momme.

«Ich fühle mich an die Nazis erinnert.»

«Die NPD fällt auch unter diesen Radikalenerlass.»

«Dass Brandt das tun konnte.»

«Er war nur *ein* Sänger im Chor von Befürwortern.»

«Brandt ist der Kanzler, Momme.»

«Das brodelt ohnehin. Vermutlich kommt es zum Misstrauensvotum. Da hilft ihm auch der Friedensnobelpreis nicht.»

Lina versank in Gedanken. Louise und sie hatten gefeiert, als Willy Brandt im Oktober der Nobelpreis zugesprochen worden war ob seiner Versöhnungspolitik mit dem Osten. Hätte sie sich vorstellen können, dass ihre Gefährtin ein Vierteljahr später nicht mehr lebte?

«Wie heißt der Lehrling?», fragte sie.

«Nils», sagte er. «Seine Mutter hat Selma Lagerlöf gelesen. Du weißt schon. Nils Holgersson. Wildgänse. Altes Ottenser Geschlecht, die Luetkens. Sein Vater hat das Leben auf der Werft verbracht.»

«Dann hat er den Kommunismus schon an der Vaterbrust inhaliert.»

«So ungefähr», sagte Momme.

«Du kennst die Familie also.»

«Ein Kriegskamerad. Karl Luetken ist ein paar Jahre älter.»

«Ich habe die Schallplatte nicht mehr.»

Momme sah sie fragend an.

«*Someone To Watch Over me*. Ich habe die Platte auf eine Parkbank im Eilbektal gelegt. Eine Straßenecke später habe ich es bereut. Sie war nicht mehr da, als ich zurückkam.»

«Das hätte ich dir nicht zugetraut. Du bist nicht sentimental.»

«Diese Momente, in denen ich dich überrasche, hatten wir schon ein paarmal in unserem gemeinsamen Leben.»

«Als du mit dem Jaguar davongebraust bist vom Hof meines Vetters in Fahretoft, das war so ein Moment.» Momme blickte in Linas Gesicht. «Entschuldige bitte.»

Lina schüttelte den Kopf. «Auch Jaguars dürfen im Gespräch noch vorkommen», sagte sie. «Häng Ricks Zettel ruhig wieder auf. Das werde ich alles aushalten müssen.»

Momme zog den Zettel aus der Tasche seines Jacketts.

«Ich kümmere mich um Nils.» Half alles nichts, wenn sie noch eine Weile weiterleben wollte. Lina stand auf und ließ sich umarmen von Momme. *May sunshine be upon thy path.*

Ab und zu blitzte die Erinnerung. Helles Holz. Frühlingsfrisch. Sauberer Duft. Doch draußen die abgeschabte Fassade des schmalen Hauses in der Herbertstraße. Eher ein Häuschen. Puff. Bordell. Absteige.

Die Haushälterin, die alles in Ordnung hielt. Neben deren Küche war das Zimmer mit der übergroßen Wickelkommode für die Herren, die sich gern in Windeln legen ließen. Puder. Wundcreme.

Campmann hatte sich nie in Windeln legen lassen, die Peitsche wollte er, so waren sie einander begegnet auf St. Pauli. Sie fungierte eigentlich als Säuglingsschwester mit steif gestärkter Schürze und Häubchen, in dieser Nacht aber sprang sie ein für die Domina.

Gesche guckte auf den Neuen Wall, der sich da unten auftat. Eine kleine Pause, die nächste Patientin käme gleich zur Tür herein. Nein, das konnte sie nicht erzählen, auch wenn sie wusste, dass Frau Dr. Utesch hoffte, dass sie endlich zu reden anfing.

Gestern hatte die Ärztin sie ins Sprechzimmer gebeten und ihr gesagt, wie sehr sie mit Gesches Arbeit zufrieden sei, doch die Atmosphäre in der kleinen Praxis leide, wenn eine von zweien oder dreien kaum je ein privates Wort fallen lasse.

Das mit dem Großonkel hatten sie ihr nicht geglaubt, doch warum war es wichtig für Dr. Utesch und Frau Unger, wer da an ihrem Arm gehangen hatte in den Alsterarkaden?

Dann war im Gespräch der Name Campmann gefallen. Nicht von ihr ausgesprochen. Gesche trat zurück vom Fenster, als stünden da unten erste Fotografen, die ihre skandalöse Beziehung in die Zeitungen bringen wollten. Doch da war nichts Skandalöses. Ein schon alter Herr, der eine junge Frau aus dem Puff herausgeholt hatte, auch wenn er im häuslichen Rahmen noch gerne ihre Dienste in Anspruch nahm.

Und auch das war vorbei, Campmann hatte keine Kraft mehr dazu, sein Leben würde bald zu Ende gehen, sie war nur noch seine Pflegerin, die ihn an den Dienstagen zum Blutaustausch begleitete.

Wer hätte denn gedacht, dass eine langjährige Freundin von Frau Unger viele Jahre mit Campmann verheiratet gewesen war? Eine kleine Welt. Das hatten ihre Eltern auch oft gesagt. Die saßen in der Ostzone, da war die Welt noch kleiner.

«Er ist gut zu mir», hatte sie gestern gesagt. Nahezu trotzig. Ihm verdankte Gesche, dass sie ihre Ausbildung zur gynäkologischen Assistentin erneut aufgenommen hatte. Doch das verschwieg sie, wie vieles andere. Nur dieser eine Satz. *Er ist gut zu mir.*

Gesche zuckte zusammen, als sie die Hand auf ihrer Schulter spürte, sie drehte sich um und sah Frau Dr. Utesch an.

«Ich bitte um Verzeihung, dass ich Sie gestern bedrängt habe, Gesche. Campmann ist ganz und gar Ihre private Angelegenheit.»

Gesche nickte.

«Meine Mutter hat Ida Campmann an dem Tag kennengelernt, als mein Vater tödlich verunglückte. Sie waren alle sehr jung damals. Ob dieser gemeinsamen Geschichte waren wir zu neugierig. Das tut mir leid.»

«Ich danke Ihnen, dass Sie mir das erzählen. Ein privates Wort tut gelegentlich doch gut», sagte Gesche.

Vielleicht würde sie Frau Dr. Utesch eines Tages die Wahrheit sagen.


Klaus nahm die Studienpartitur der Edition Eulenburg vom Klavier. George Gershwins *Rhapsody in Blue*. Er schüttelte den Kopf.

«Hast du vor, die ganze Rhapsodie zu spielen?», fragte er, als Alex von der Terrasse kam. «Dir wird die Hand abfallen.»

«Im großen Topf haben sich Perlhyazinthen ausgesät», sagte Alex.

«Altmann kriegt einen Schreikrampf. Kannst du dich nicht erst einmal auf die kurzen Stücke konzentrieren? Ich dachte, der Schock sitze tief?»

«Tut er auch. Oder hast du mich in den vergangenen Monaten länger mal ohne Stock gesehen? Und Altmann kriegt keinen Schreikrampf. Im günstigen Falle könne es die Hand kräftigen, sagt er, ich müsse nur wissen, wann ich aufhöre.»

Klaus verkniff sich zu fragen, was denn der ungünstige Fall wäre. «Ich begleite dich beim nächsten Termin, damit er weiß, dass dein Freund aufpasst.»

«Du hattest einen Stoffaffen namens Jocko», sagte Alex. «Der war wohl ein Objekt der Begierde von Altmanns kleinem Bruder.»

Nun nicht sagen, dass Jocko im Juli 1943 im Haus am Mundsburger Damm verbrannt war. Ein schlechtes Stichwort bei Alex. «Den hatte mir mein Schulfreund geschenkt. Die Eltern waren polnische Juden, die Familie wurde schon 1938 ausgewiesen.»

«Du hast es mir mal erzählt. Ich erahne Jockos Schicksal. Mir ist bekannt, dass auch euer Haus von einer Bombe getroffen wurde.»

«Was macht eigentlich Heinz Altmann?», fragte Klaus.

«Der kleine Bruder? Er ist Lehrer geworden. Wie dein Vater.»

«Der eine lässt sich von meiner Mutter beruflich beraten, und der andere wird Lehrer wie Ernst. Meine Eltern scheinen als Vorbilder gut funktioniert zu haben in der Nachbarschaft.»

«Genau das sagt Günter Altmann.»

«Ihr kommt leicht ins Plaudern.»

«Er versucht, mich abzulenken, während er an meinen Knöcheln zerrt. Und er hat sich ehrlich gefreut, von dir und Henny zu hören.» Alex setzte sich ans Klavier. Griff nicht nach der Partitur. Er spielte ein kleines Lied von Richard Rodgers. *It Might As Well Be Spring.*

Ihm kamen die Anfänge als Klavierspieler in der Bar in Bahia Blanca in den Sinn. Seine sentimentalen Lieder hatten die Leute zum Konsum von Alkohol anregen sollen. Dann die Nachmittage in britischen Clubs hier in Hamburg, wo er die Lieder der Vera Lynn nachgespielt hatte, deren Titel ihm von den Soldaten zugerufen wurden.

Er war doch weit gekommen als Leiter eines angesehenen Quintetts, als Komponist von Filmmusiken, auch wenn das kaum noch stattfand, seit George Rathman in Amerika war.

«Du kannst mir glauben, dass ich demütig geworden bin», sagte er und drehte sich zu Klaus um, der auf dem Sofa Platz genommen hatte.

«Will ich dich demütig?», fragte Klaus. Hatte er nicht selbst Demut empfunden, nachdem Alex beinah verblutet war? Die Krise, die er vor dem Unfall zu haben glaubte, war zu einem Larifari geworden, als er fürchtete, Alex zu verlieren. «Hast du in letzter Zeit mal was von George gehört? Wie geht es ihm in New York?»

«Er würde gerne wieder mit mir arbeiten.»

«Aber dafür müsstest du dich auf einen Transatlantikflug einlassen.»

Alex stand auf und kam zu ihm auf das orangene Sofa. «Ich weiß, dass es nicht leicht mit mir ist.»

«Du hast ihm also schon abgesagt.»

Alex legte den linken Arm um Klaus' Schultern. Der Ärmel seines weichen Pullovers rutschte hoch und ließ die nun hellen Narben am Handgelenk sichtbar werden. «Ja», sagte er.

«Was ist das für ein Projekt?»

«Ein halb dokumentarischer Film über William Sydney Porter. Eher bekannt als O. Henry.»

Klaus nickte. «Ich liebe seine Kurzgeschichten», sagte er. «Die Handschrift von dir und George hätte hervorragend zu einem Film über ihn gepasst.»

«Apropos Kurzgeschichten.»

«Spiel mir nicht den Ball zurück», sagte Klaus. «Die Kurzgeschichten, die ich schreibe und geschrieben habe, sind nicht zur Veröffentlichung gedacht. Die Zeit ist noch nicht reif für homophile Texte.»

«Schade. Kommt mir vor, als ob du und ich darüber seit zwanzig Jahren diskutieren.»

«Nicht alles erfüllt sich im Leben.» Klaus stand auf. «Willst du ein Sandwich? Mit Parmaschinken?»

«Lass uns an der Erfüllung arbeiten.»

«Ich versuche, einen Verleger zu finden, wenn du mit mir Langstrecke fliegst», sagte Klaus laut aus der Küche.

Kein Kommentar von Alex. Nur ein schiefes Lächeln.

Ida stand vor dem Gitterbettchen und betrachtete den schlafenden Lori. O ja, er hatte große Ähnlichkeit mit Florentine, dieser hübsche kleine Kerl, aber vielleicht eine noch größere mit Ling, Tians Schwester. Von sich fand Ida nichts im Gesicht ihres Enkels, selbst das Blau der Augen war ein anderes, und ihrem Schwiegersohn sah er auch nicht ähnlich.

Sie war dazu übergegangen, Robert so zu bezeichnen, auch wenn Florentine nach wie vor nicht bereit schien, den Vater ihres Kindes zu heiraten. Woher hatte ihre Tochter nur den Eigensinn? Wohl kaum von ihr. War sie nicht willig gewesen und hatte Campmann geheiratet, um ihrem Vater aus den finanziellen Kalamitäten zu helfen? Und bewies sie nicht Tag für Tag ihre Duldsamkeit im Haus in der Johnsallee, wenn Anni die holde Hausfrau aus der Margarine-Werbung gab?

Ida gönnte sich einen Gang durch Florentines Wohnung. Ästhetik pur. Sie zog die Schuhe aus und spürte den dicken Berber unter den dünnen Nylons. Trat an das große Atelierfenster, genoss den Blick über Bäume, die erste Blätter trugen. Gut zu wissen, dass die Alster nah war, sie hatte sich immer einen Alsterblick gewünscht. Leider vergeblich. Ida setzte sich in den Egg Chair und lauschte. Alles still im Kinderzimmer.

Dennoch war sie vielleicht zufriedener als je zuvor in ihrem Leben. Der Familienzuwachs. Die Zuneigung, die sie wieder für Tian empfand, eine, die aus der liebevollen Gewöhnung wuchs.

Der Wermutstropfen war, dass Florentine sich zu viel in Paris aufhielt, ohne Roberts Geduld wäre dieses Lebensmodell längst gescheitert. Er nahm die einsamen Nächte in Kauf, um an der Illusion eines Familienlebens festzuhalten.

Was tat Florentine an ihren Pariser Abenden? In geselliger Runde mit Joel Grey und Marisa Berenson im Restaurant sitzen? Das Foto in der *Quick* hatte Ida beinah übersehen, so sehr war sie in eine Folge des großen Aufklärers Oswalt Kolle vertieft gewesen, der anregte, dass die Frau beim Sex oben liegen sollte. Erst der Friseur hatte sie darauf aufmerksam gemacht, dass Florentine auf der Gesellschaftsseite abgebildet war. «Das sind Schauspieler aus *Cabaret*, dem Film mit Liza Minnelli», hatte er gesagt. «Kommt im Herbst in die deutschen Kinos, Freunde von mir haben ihn schon in den Staaten gesehen. Joel Grey und die Berenson. Ihre Tochter kennt ja Gott und die Welt.»

Gott und die Welt. Ida ging in die Küche und nahm den Tomatensaft aus dem Kühlschrank, goss sich ein Glas ein, griff vom Tablett mit den Gewürzen die Worcestersoße, gab einige Spritzer dazu. Durchquerte den *living room* und blieb vor dem großen gerahmten Schwarzweißfoto stehen. Eine Szene aus dem Marais, das Viertel, in dem die Place des Vosges lag. Das Bild hatte Robert als Sehnsuchtsort vor Augen, wenn er die Abende und Nächte hier verbrachte und nicht in seiner Wohnung. Im Mai wollte er mit Lori zu Florentine nach Paris fliegen.

Sie sollte die eigenen Räume entrümpeln. Der alte Schreibtisch aus schwerer Eiche, der ihrem Vater gehört hatte, störte nur, ein zu dunkler Klotz. Damals, als Alex einzog in das Souterrainzimmer der Johnsallee, hatte sie darauf bestanden, dass der Schreibtisch zu ihr nach oben geschleppt wurde. Gefremdelt hatte sie bei dem Gedanken an einen neuen Untermieter in Gustes Haus, um sich dann in ihn zu verlieben.

Ein bisschen zog es in ihrer Herzgegend. Sie hatte zu wenige Affären gehabt, Alex war leider resistent gewesen. Ihre Lippen kräuselten sich in Erinnerung daran, wie lange sie gebraucht hatte zu begreifen, dass er Hennys Sohn liebte.

Ihr Spiegelbild, dem sie da in der Diele begegnete. Eine sehr schlanke Frau in schmalen Hosen, Hemdbluse und einem lässigen Cardigan. Sie schminkte sich kaum, dick Make-up aufgetragen hatte sie nur zu Zeiten von der Romanow, deren Modellagentur war inzwischen geschlossen.

Sich kaum zu schminken, stand ihr gut. Das halblange helle Haar auch, das ihr Friseur in leichte Wellen legte.

«Du siehst noch immer toll aus, Ida», sagte sie laut.

Zu laut. Im Kinderzimmer erwachte Lori. Ein erfreulicher Gedanke, dass ihre Schönheit in ihm war, auch wenn sich das nicht auf den ersten Blick erkennen ließ, Tians exotisches Erbe war einfach zu dominant. Das Kind hatte jedenfalls beste Gene.

Ida stand vor dem Spiegel, den Kleinen auf dem Arm, als Robert zur Tür hereinkam. «Ida», sagte Lori und zeigte zum Spiegel. Ida ließ sich leicht sagen von einem noch nicht ganz Zweijährigen. Dann drehte er sich zu Robert um und sagte «Papi». Wie zärtlich das klang.

Die Nähe des Frankfurter Kreuzes war das Beste, was sich über den Stadtteil Niederrad sagen ließ, der Stellplatz in der Tiefgarage gehörte zur Wohnung, die Friedhart angemietet hatte, von dort führte der Lift in den fünften Stock. Drei Zimmer, die sie in den ersten Tagen mit Friedhart teilten. Doch der blieb nur kurz, das lief nicht zwischen ihm und András, sie waren nur ein Mal gemeinsam zu einer Garage in Hanau gefahren und hatten sich heftig gestritten, Friedhart hatte András schon in den Berliner Tagen für einen Blender gehalten.

Ruth verbrachte viel Zeit allein in der Wohnung. Sie begann, Briefe an Rudi zu schreiben, und zerriss sie. Schickte schließlich eine Karte mit dem Niederwalddenkmal ab, die sie an einer Tankstelle gekauft hatte. Zumindest ein Lebenszeichen. Sollten Rudi und Käthe denken, Ruth sei in Rüdesheim.

Einen ganzen langen Tag saßen András und sie in dem alten Renault, der einem Bekannten gehörte, und spionierten Sparkassen aus. Keine der Filialen eignete sich für einen Überfall. Sie brachen die Aktion ab, wie sie alles abbrachen. Nur die Waffen, die Friedhart dagelassen hatte, vergruben sie nach seiner Anweisung in einem Waldstück.

Ende April hörten sie im Autoradio, dass das Misstrauensvotum gegen Willy Brandt gescheitert war. Dem Oppositionsführer Rainer Barzel, der schon sein Schattenkabinett vorgestellt hatte, fehlten zwei Stimmen, um Brandt zu stürzen. Ruth störte der Gedanke, dass es eine linksliberale Regierung war, der sie den Krieg erklärten. Irgendwie waren sie in den Untergrund gestolpert und wussten nicht, was sie finden wollten.

*Ich lass dich nicht gehen* sang Christian Anders nach den Nachrichten im Hessischen Rundfunk, András blickte zu ihr hinüber und grinste. Was ließ sie nur bei ihm bleiben? Ruth fand keine Antwort darauf. Hallte da das ferne Echo von Liebe?

Er hielt an einer stark befahrenen Straße an, stürzte sich in den Verkehr, um sie zu überqueren und zu einer Telefonzelle auf der anderen Seite zu gelangen. Er blieb lange am Telefon.

Neben Ruth stoppte ein Motorrad.

«Sie können hier nicht halten», sagte der Polizist.

«Mein Freund ruft gerade im Krankenhaus an. Seine Mutter ist heute operiert worden», sagte Ruth. Wie leicht ihr die Lügen fielen. Der Polizist fuhr weiter, als er András zum Auto kommen sah.

«Wir sind viel zu leichtsinnig», sagte Ruth.

«In vierzehn Tagen geht es los», sagte András. «Und Geld kommt auch, ein Kurier ist unterwegs.»

Das erste Mal seit langem, dass Ruth wieder Leidenschaft empfand, als sie in dieser Nacht miteinander schliefen.

Vielleicht war es nur die Erleichterung, nicht länger warten zu müssen.

«Mal Mommes Laden angucken», sagte der kleine Mann. Er schob den dunkelblauen Elbsegler aus der Stirn, die Mütze war ihm zu groß.

Lina sagte nicht, dass es noch zwei weitere Ladeninhaber gab in der Buchhandlung Landmann am Gänsemarkt. Nur noch zwei, Louise war die dritte gewesen.

«Ich kann große Frauen gut leiden. Meine war auch groß. Und klug. Hat sie dem Jungen vererbt», sagte der Mann und blickte zu Lina hoch.

Die hatte auf einmal eine Erleuchtung. «Karl Luetken», sagte sie. «Der Vater unseres neuen Lehrlings.»

Luetken grinste. «Dann sind Sie die Lina», sagte er. «Den Tommy kenne ich ja schon.» Er streckte seine Hand aus.

Lina sah ihn amüsiert an und ließ sich die Hand kräftig schütteln. Tommy? Der Name, der nach dem Krieg für die britischen Soldaten aufgekommen war? Sprach Luetken etwa von Rick?

«Sind Sie ganz allein im Laden? Momme gar nicht da?»

«Der feiert heute einen runden Geburtstag. Da haben wir ihm freigegeben», sagte Lina. «Kaffee und Kuchen im Familienkreis.» Sie sah Rick aus dem Büro kommen.

«Weiß ich doch. Weiß ich doch. Hab auch eine Flasche Kümmel dabei. Dachte nur, der Geburtstag sei gestern gewesen. Vielleicht haben wir im Krieg vorgefeiert, konnte ja sein, dass man nicht mehr lebte am nächsten Tag.»

Rick und er begrüßten sich herzlich. «Wollte mal nach dem Rechten sehen, der Montag ist ja Tag der Arbeit, aber am 2. Mai steht der Junge pünktlich hier.» Luetken stellte die Flasche Helbing neben die Kasse. «Dann auf ein gutes

Gelingen», sagte er. «Hoffe doch, dass sonst mehr los ist im Laden, damit der Lehrling ordentlich zu tun kriegt.»

Lina und Rick drehten sich einander zu und lachten, als die Klingel der Ladentür aufhörte zu klingeln, Luetken stand da schon mitten auf dem Gänsemarkt. *He is a great chap»*, sagte Rick. «Ich nehme an, er kreuzt jetzt öfter hier auf. Hat er mich wieder *Tommy* genannt?»

Lina nickte. «Er wird uns guttun», sagte sie.

# SEPTEMBER 1972

Katja trat aus dem Kino in die noch immer kräftige Septembersonne. Ein jäher Entschluss, an ihrem freien Tag in *Sacco und Vanzetti* zu gehen, den Film über zwei italienische Arbeiter, die im Amerika der zwanziger Jahre nach einem umstrittenen Prozess als Anarchisten hingerichtet worden waren. Der Film treffe den Nerv der Zeit, hatte ein Kollege in der Agentur gesagt.

Extrablätter, die Zeitungsjungen ihr entgegenhielten, als sie auf der Straße stand. Ihr wurde kalt trotz der Wärme des Spätsommernachmittags, während sie das Foto des mit einem Strumpf vermummten Mannes hinter einer Betonbrüstung betrachtete und die Schlagzeilen las.

Olympische Spiele. München. Der elfte Tag. An ihm hatte es in den frühen Morgenstunden einen Anschlag auf die israelische Mannschaft gegeben, Geiseln waren genommen worden. Ein Kommando von Palästinensern, das sich *Schwarzer September* nannte, wollte mit ihnen nicht nur Gefangene aus israelischen Gefängnissen freipressen, sondern auch Ulrike Meinhof und Andreas Baader. Katja begriff den Text des Extrablattes kaum, zu ungeheuerlich schienen ihr die Vorgänge.

Diese Spiele hatten so gut begonnen, die ersten Spiele auf deutschem Boden nach Hitlers Olympia 1936 in Berlin. Katja trat in die nächste Telefonzelle und rief in der *dpa* an, ob sie gebraucht wurde.

Kurt Edelhagens *Einmarsch der Nationen*, den er zur Eröffnung der Olympischen Spiele mit seinen drei Arrangeuren gestaltet hatte. Die erste Goldmedaille schien an den Bandleader zu gehen, Deutschland heiter, eine Mischung aus Swing und Folklore. Die Ehrengäste im Stadion waren von den Sitzen gesprungen und hatten geklatscht, begeistert von der Leichtigkeit, zu der die Deutschen fähig waren.

Klaus konnte kaum fassen, was aus dieser Leichtigkeit geworden war. Zwei tote israelische Sportler, neun Geiseln. Er las die Meldungen, die aus dem Fernschreiber kamen, und rief Alex an.

«*The eleventh day*», sagte der düster.

Was war das? Ein Zitat aus einer Tragödie von Shakespeare? Oder nur eine weitere Flucht in die englische Sprache. «Warum Englisch und nicht Spanisch? Du hast vierzehn Jahre in Argentinien verbracht», hatte Klaus ihn einmal gefragt. Er sei dort heimatlos gewesen, als Heimat habe er das *American Songbook* und den Jazz gehabt, hatte Alex gesagt.

«Sie wollen Hunderte Palästinenser freipressen, die in israelischen Gefängnissen sitzen, und die Meinhof und den Baader», sagte Klaus. Über den Ticker lief gerade, dass die israelische Ministerpräsidentin Golda Meir sich auf keinen Austausch einließ.

«Komm bald nach Hause», sagte Alex.

«Denen wird es nicht gelingen, die Geiseln frei zu kriegen», sagte Käthe. «Ich habe Angst, dass Ruth damit zu tun hat.»

Nein, das glaubte Rudi nicht. Die Palästinenser schienen da unter sich zu sein. Doch er fürchtete, dass sie im Mai bei den Anschlägen auf die US-Hauptquartiere in Frankfurt und Heidelberg beteiligt gewesen war. Vier Tote. Viele Verletzte. Zumindest war sie in der Nähe gewesen, falls seine Tochter mit der Karte aus Rüdesheim nicht nur eine falsche Fährte hatte legen wollen.

Er dachte an die Fahndungsplakate und fünf der Fotos in der oberen Reihe. Die Gesuchten waren alle im Juni festgenommen worden, zuerst Baader, Meins und Raspe nach einer Schießerei mit der Polizei vor einer Frankfurter Garage, in der Chemikalien für den Bombenbau bereitlagen.

Tage später dann Gudrun Ensslin bei Linette, der Modeboutique am Hamburger Jungfernstieg. Schließlich die Verhaftung Ulrike Meinhofs in Hannover. Die Elite der RAF saß im Gefängnis.

Rückte jetzt Ruths Foto nach auf den Plakaten? Viel Unruhe in Käthe und ihm. Rudi rief bei Henny und Theo an. «Kommt rüber», sagte Henny.

Geteiltes Leid vor dem Fernseher. Ganztägige Übertragung einer ganztägigen Belagerung.


Die Ultimaten der Terroristen verstrichen. Innenminister Genschers Angebot, sich gegen die Geiseln austauschen zu lassen, war vom Anführer des Kommandos abgelehnt worden. Nun wurde über die Bereitstellung eines Flugzeuges verhandelt, um mit den israelischen Sportlern in ein arabisches Land ausgeflogen zu werden.

Doch an diesem Dienstag flogen nur zwei Hubschrauber mit Tätern und Opfern darin. Vom Olympiagelände nach Fürstenfeldbruck zum Militärflughafen, wo schon die Scharfschützen warteten.


Das Radio lief, als Katja um sechs Uhr am Morgen in die Küche kam. «Die Befreiung ist gescheitert», sagte Gunda. Sie hatte verweinte Augen. «Kurz nach Mitternacht. Die

Israelis sind alle tot. Auch ein deutscher Polizist und fünf Terroristen.»

Katja nickte und goss sich einen Kaffee ein, den Gunda gekocht hatte und der in einer Thermoskanne auf dem Tresen stand.

«In den ersten Hubschrauber haben sie eine Handgranate geworfen, dann in den Tank des zweiten geschossen.»

Katja setzte sich an den Küchentisch und band den Gürtel des Kimonos zu einer Schleife. «Ich war gestern Nachmittag im Kino und hab *Sacco und Vanzetti* gesehen», sagte sie. «Kennst du den Film?»

Gunda stand auf und verließ die Küche. Kehrte mit einer Schallplatte zurück. «Aus dem Soundtrack», sagte sie. «*Nicola and Bart*.»

Sie legten die Single auf Katjas alten Philips-Stereokoffer.

*Here's to you, Nicola and Bart*
*Rest forever here in our hearts*
*The last and final moment is yours*
*That agony is your triumph.*

Katja ließ endlich die Tränen zu, als sie das Lied von Joan Baez hörte.

«Eine Rheinreise also», sagte Lina. «Erinnerst du dich an Louises und meine Reise? Vorher war ich bei dir in der Kanalstraße, und du hast zum ersten Mal von Ernst erzählt und gezögert, als ich fragte, ob er großzügig sei in seinen Ansichten.»

«Ich erinnere mich», sagte Henny. «Wir saßen auf dem Balkon, ich hatte rote Fuchsien in den Kästen, die Lud so geliebt hat, ich habe sie lange noch jeden Sommer gepflanzt, bis Ernst auf Geranien bestand. Hoffentlich ist keiner böse, wenn wir zu Theos Achtzigstem auf ein Fest verzichten und stattdessen an den Rhein fahren.»

«Wer sollte euch da böse sein? Seit Jahren öffnet ihr großzügig eure Türen. Da sei euch die Zweisamkeit gegönnt.»

«Genau das wollte ich von dir hören.» Henny lächelte.

«Steigt ihr auch in der Krone in Assmannshausen ab? Dort haben wir Hugh kennengelernt und Ricks Onkel Tom.»

«Tun wir. Und in Godesberg haben wir im Dreesen reserviert. Da wie dort Zimmer mit Balkons. Lesen mit Blick auf die Weinberge. Sieh mal, Rick hat mir schon die Bücher herausgesucht, die sich Theo wünscht.»

Lina warf einen Blick auf Golo Manns *Wallenstein* und Solschenizyns *August vierzehn*. «Vielleicht noch was Heiteres? Den neuen Kishon.»

«Du siehst gut aus, Lina. Verjüngt.»

Lina verzog das Gesicht. «Louise stirbt, und ich sehe verjüngt aus?»

«Das Gespräch, an das du eben erinnert hast.» Henny zögerte.

«Sprich weiter», sagte ihre Schwägerin.

«Damals habe ich gefragt, ob dich das traurig macht, dass vier Jahre nach Luds Tod ein neuer Mann in mein Leben gekommen ist. Du seiest froh, hast du gesagt, denn unsere Leben gingen weiter.»

«Da hatten wir es noch vor uns, das Leben.»

«Noch ist es nicht vorbei», sagte Henny.

«In meines kommt weder eine neue Frau noch ein Mann.» Lina winkte Nils heran, der zu ihnen hinübersah. «Kennst du schon unseren Azubi?»

«Azubi?»

«Lina meint Lehrling», sagte Nils Luetken. Eine Verbeugung vor Henny, beinah altmodische Manieren hatte dieser junge Mann, dem eine Stelle als Lehrer verweigert wurde, weil er in der DKP gewesen und im Herzen wohl noch immer Kommunist war. Doch nun sah er über sie hinweg und zur Tür. «Karl ante portas. Mein Vater übertreibt seine Anwesenheit.»

Lina lächelte. «Lass ihn», sagte sie. «Er sollte nur nicht immer vorher zum Bäcker gehen. Ich fühle die Franzbrötchen schon auf den Hüften.»

War die Concierge nicht anwesend gewesen? Sie hätte sicher zum Telefon gegriffen und Florentine informiert, dass da zwei Besucher auf dem Weg zu ihr in den zweiten Stock waren. Erst sah Florentine nur Ruth, die vor der Tür stand, doch dann löste sich aus dem Dunkel des Treppenhauses ein Mann. «Lässt du uns rein?», fragte Ruth.

«Werdet ihr gesucht?», fragte Florentine.

«Noch nicht steckbrieflich», sagte András.

Auf den ersten Blick ein hübscher Mensch, dachte Florentine.

Und auf den zweiten? War er ihr sympathisch? Florentine wusste es noch nicht, als die beiden an ihrem alten Bauerntisch saßen, das Brot und den Käse aßen, den Rotwein tranken. Der dritte Stuhl war ein Hocker, András hatte ihn in die Küche geholt und saß darauf.

«Können wir zwei Nächte bleiben?», fragte Ruth.

«Wer ist hinter euch her?»

«Keine Franzosen», sagte András.

«Entschuldige», sagte Ruth. «Dass ich dir das zumute.»

«Katja hat gefragt, ob ich dich aufnehmen würde, wenn du vor der Tür stündest. *Jederzeit* habe ich gesagt.»

«Dann ist ja alles gut», sagte András.

«Das galt für Ruth. Ich habe keine zwei Schlafplätze.»

«Ich kuschele mich mit Ruth auf den einen.»

Doch, ein hübscher Mensch. Der ihr *nicht* sympathisch war. Er hatte eine Unverschämtheit an sich. Eine große Sehnsucht nach dem Husky, die Florentine fühlte. Nach seiner Verlässlichkeit. Das normale Leben. Vielleicht war sie doch bürgerlicher, als sie je hatte sein wollen.

Die Tage im Mai, die sie mit Lori und dem Husky verbracht hatte. Der Jardin du Luxembourg. Ein Schiffchen ins Wasser setzen am Teich. Das kleine Mädchen, das dem noch viel kleineren Jungen eine Möwe aus Gummi zum Trost schenkte, als Lorenz fast vom Karussell gefallen war und weinte. Zuckerwatte, die dann die Tränen ganz und gar vergessen ließen. *Barbe à Papa.*

In den Tagen ihres Pariser Idylls waren Bomben in deutschen Städten explodiert, die Menschen verletzt und getötet hatten. Waren die beiden, die an ihrem Tisch saßen, daran beteiligt gewesen?

«Was habt ihr vor?», fragte sie Ruth.

«Zwei Tage Ruhe. Dann ins Elsass», sagte András. «Ist alles so aufgeregt geworden seit der Offensive im Mai. Das war unser Beitrag zum Befreiungskampf des vietnamesischen Volkes.»

«Ihr seid eine hasardierende Bande», sagte Florentine.

«Wir haben Ziele», sagten Ruth und András unisono.

Er griff nach dem Fotorahmen, der auf der Fensterbank hinter ihm stand. «Sind das dein Mann und dein Kind?», fragte er.

«Ja», sagte Ruth für Florentine.

«Du hast Einfluss», sagte András.

«Auf wen?», fragte Florentine. «Auf meinen Mann und mein Kind?»

«All die Großkopferten. Sachs. Friedrich Karl Flick. Den kleinen Bohlen und Halbach. Vermutlich kennst du auch Pompidou.»

«Du überschätzt mich.»

«Was soll das?», fragte Ruth. «Willst du die alle entführen?»

András lachte und schenkte sich ein weiteres Wasserglas Rotwein ein.

Das Telefon klingelte. Er zuckte zusammen.

«Du lieber Husky», sprach Florentine in den Hörer. Sie spürte die gespannte Erwartung von Ruth und András und erwähnte nichts von deren Anwesenheit, ahnte, dass Robert diese Gäste nicht gutheißen würde, nur die Gefahr sah, nicht ihre Verbundenheit mit Ruth.

«Ich komme sehr bald zu euch», sagte Florentine, bevor sie den Telefonhörer auf die Gabel zurücklegte.

Vielleicht doch einfach nur eine Familie sein.

Robert hielt den Hörer noch in der Hand. Irgendetwas war anders gewesen als sonst. Auch dieses *Ich komme sehr bald zu euch* klang wie eine Beschwörung. Sie hatte doch vor, in der zweiten Hälfte September nach Hawaii zu fliegen für ein Fotoshooting, das klang so fern wie nichts vorher. Allein der Flug dauerte länger als zweiundzwanzig Stunden.

Er ging in Loris Zimmer und betrachtete seinen Sohn, der im Bettchen lag. Diesmal bei ihm im Lattenkamp. «Noch mal, Papi», murmelte Lori im Schlaf. Heute Abend hatte Robert ihm bereits ein gutes Dutzend Mal *Lalelu* vorgesungen, das Einschlaflied. Oft sang Lori mit, der Junge traf alle Töne, ohnehin schien er sehr musikalisch zu sein.

Robert sah auf die Uhr, kurz nach elf, Zeit, ins Bett zu gehen. Auf dem Weg ins Bad blieb er vor dem Telefon stehen, zögerte, ein zweites Mal die Pariser Nummer zu wählen. Dann tat er es doch. Sich versichern, dass alles im Lot war. Er hörte lange dem Läuten zu, aber Florentine ging nicht dran. Vielleicht war sie noch ins Chez Claire gegangen, ein Café unten an der Place des Vosges, das bis nach Mitternacht geöffnet hatte. Das tat sie gelegentlich. Sie waren auch dort gewesen im Mai.

Robert träumte wirres Zeug, kaum dass er endlich eingeschlafen war.


Ruth und András hatten den Atem angehalten, erst als das Telefon nach dem zwanzigsten Läuten still blieb, holten sie Luft. Sie waren allein in der Wohnung, Florentine hatte verkündet, noch zu einer Claire zu gehen. Ganz erschloss es sich ihnen nicht, wer das war.

«Können wir ihr vertrauen?», fragte András auf der Matratze, die in der ehemaligen Dienstmädchenkammer lag, sonst nur ein Bügelbrett und ein Wäschespanner darin.

«Sie wird nicht zur nächsten Polizeistation gehen», sagte Ruth. «Trotzdem will ich ihr das wirklich nur zwei Nächte zumuten.»

András knipste die Lampe mit dem Schwanenhals aus. «Langweilige Baumwollunterwäsche auf dem Wäschespanner», sagte er. «Ich hätte gedacht, sie lässt nur knappe Teile aus Seide und Spitze an ihre Haut.»

«Lauter Vorurteile, die du hast», sagte Ruth.

András schlief schon, als sie Florentine zurückkommen hörte. Ruth schlich sich aus der Kammer und fand Florentine in der Küche, eine Flasche Evian in der Hand.

«Schläft er fest genug?», fragte sie. Ruth nickte.

Florentine stellte das Mineralwasser ab und nahm Ruth in die Arme.

«Lös dich», sagte sie. «Von ihm. Von der ganzen Bande. Du bist kein Mensch, der Gewalt will. Das ist auch kein Kampf um Gerechtigkeit mehr. Jetzt geht es nur noch ums Töten und Getötetwerden.»

«András braucht mich», sagte Ruth. «Er tut nur so stark. Ich will ihn davor bewahren, im Kugelhagel zu sterben.»

Florentine ließ sie los. «Lass dir von Katja und mir da raushelfen. Oder von Käthe und Rudi.»

«Wie soll das gehen?», fragte Ruth. «Ich bewerbe mich um eine Stelle als Redakteurin bei der *Für Sie*? Ich fürchte, mein Führungszeugnis fiele nicht gut aus.» Ihr Lachen klang rau und war zu heftig. Als ob sie András hätte aufmerksam machen wollen, der nun in der Tür stand.

«Seelsorgerische Gespräche?», fragte er und sah Florentine an. «Lass sie in Ruhe. Steck dir deine Ratschläge sonst wohin. Komm her, Ruth. Wir reisen gleich in der Frühe ab.»

Florentine leerte das Glas Wasser in kleinen Schlucken, als sie wieder allein in der Küche war. Das half ihr, sich zu fassen. «Wir können Ruth nicht retten, Katja», sagte sie leise.

Rudi tastete nach dem Kuvert in der Innentasche seines Jacketts, eine Geste, die er seit einer Stunde ständig wiederholte. War es ein Glück, dass *er* heute die Post aus dem Kasten geholt hatte und nicht Käthe? Wenn das der Schlüssel zum neuen Schloss in Ruths Wohnung sein sollte, der im Kuvert lag, wollte er darüber schweigen.

Eine französische Marke auf dem Kuvert, der Stempel ließ sich kaum lesen, vielleicht die Ziffer des Départements Straßbourg. Er war den weiten Weg von der Uhlenhorst in die Schanze zu Fuß gegangen, um seine Nerven zu beruhigen. Der erste Kontakt zu Ruth seit einem Jahr, sah man von der Rüdesheimer Karte ab. Was würde ihn hinter der Tür erwarten, wenn der Schlüssel passte?

Er kam am Schulterblatt an und passierte das Olympische Feuer, als er das neue Fahndungsplakat an der Tür des griechischen Lokals sah und stehen blieb. Links unten in der Ecke.

Everling Ruth
28 Jahre
Größe 171 cm
graue Augen

Sie war noch keine 28 Jahre, würde es erst im nächsten Monat werden. Warum hielt er sich daran fest? Hatten Wirt und Kellner, die sie so oft bedient hatten, seine Tochter auch erkannt? *Vorsicht, Schusswaffen* stand auf dem Plakat. Ruth hasste Gewalt. Rudi hätte es gern über die ganze Straße geschrien. Everling Ruth hasst Gewalt.

Ruth hatte als Journalistin nie den Namen Odefey benutzt, sonst wäre der jetzt zur Fahndung ausgerufen. *Rudi Odefey* hatte auf den Listen der Gestapo gestanden. «Nicht vergleichbar», sagte Rudi vor sich hin, als er zur Susannenstraße ging. Nach dem Schlüssel im Kuvert tastete, das Stück Pappe hervorholte, auf das er aufgeklebt war. Er stand vor der Haustür, die er mit dem alten Schlüssel öffnete, die steilen Treppen hochstieg. Der neue Schlüssel, der nun hier oben zum Einsatz kam.

Was war das für ein Foto gewesen? Woher kam es? War sie schon einmal verhaftet worden? Erkennungsdienstlich behandelt? Rudi stieß die Tür auf, es roch in der Wohnung, als läge schon lange ein nasses Stück Stoff herum.

Das tat es auch. Ein Frotteetuch, das neben dem Handstein auf dem Küchenboden lag, verkrumpelt, doch noch ging eine Art Leichengeruch davon aus. Rudi sah sich um.

Ruth war da gewesen. Oder ein anderer. Ein Jahr war es her, dass er festgestellt hatte, ausgeschlossen worden zu sein. Warum ließ sie nun wieder seine Anwesenheit zu?

Eine leere Flasche Smirnoff stand auf dem Boden der Speisekammer, der Kanten Brot auf dem Brett war steinhart. Ruth trank kaum Alkohol, ein männlicher Gast? Rudi hob den Deckel des Abfalleimers, nur ein zerknülltes Papier darin, das er hervorholte, glättete, das Titelbild der *Twen* mit Florentine, das lange auf dem Leinölanstrich über dem Handstein geklebt hatte.

Das Bett war zerwühlt, im Schrank noch Kleider von Ruth und ein schwarzer Strumpf, in den Löcher geschnitten waren. Feinmaschig, der Strumpf, kein grober Strick wie bei den Terroristen in München.

Rudi fand einen Plastikeimer neben dem Klo. Er stellte ihn in das Becken in der Küche, ließ Wasser ein, gab *Pril* hinein, das einzige Putzmittel, das er fand. Er putzte die Wohnung von oben bis unten.

Hatte er im Juni vor zwei Jahren geahnt, dass es mal von Nutzen sein würde, Strom und Wasser weiter zu bezahlen, als er die Mahnung von den *Hamburgischen Electricitätswerken* vor der Tür gefunden hatte?

Beim nächsten Besuch würde er seine Zeichenutensilien herbringen, und sollte es noch die Blumenhändlerin im Torbogen geben, dann würde er Blumen für den Küchentisch bei ihr kaufen. Jedes Mal.

Korrekturen, dachte Florentine. Korrekturen am Leben. Hatte sie hier auf Hawaii damit angefangen? Am Strand von Kamakahonu, vor dem die Korallenriffe lagen? In der alten christlichen Kirche, der ersten Hawaiis, in deren Kühle sie flüchtete? Dort zündete sie Kerzen an, wie sie es damals im Tessin getan hatte auf ihrer zweiten Reise mit Robert. Malerische Motive für die Modestrecke. Der Fotograf war begeistert, er selbst hatte gar nicht daran gedacht, sein Modell in der Mokuaikang Kirche zu fotografieren.

Nein. Die Korrekturen hatten an der Place des Vosges begonnen, als Ruth und dieser András dort gewesen waren.

Korrekturen, dachte Florentine, als sie in der Maschine der Lufthansa saß, die sie nach Frankfurt brachte. Lori und der Husky. Tian und Ida. Alex, der noch immer in ihrem Herzen war. Was gab es Wertvolleres, als im Kreise von geliebten Menschen zu sein.

In Hamburg stand Robert in der Ankunftshalle, Lori auf dem Arm. Ein Glück, so liebevoll begrüßt zu werden. Sie dachte das. Er dachte das. Florentine küsste ihn lange, gab ihm zuletzt einen Kuss auf das rechte Lid, das er zukniff. Das Glasauge schien zu scheuern.

«Brauchst du ein neues Auge?»

«Ich habe bereits einen Termin in der Schlüterstraße.»

«Nimm ein grünes. Das wünschst du dir doch schon lange, wieder zwei grüne Augen zu haben.»

Robert sah beunruhigt aus. «Willst du keinen Husky mehr?» Er ließ den Kleinen vom Arm, um die Reisetaschen nehmen zu können, Lori griff nach Florentines Hand. «Ich habe beim Umsteigen in San Francisco einen Sibirian Husky mit grünen Augen gesehen», sagte Florentine.

Er setzte sie und den Jungen vor dem Haus in der Milchstraße ab. Fand schließlich einen Parkplatz an der Johanniskirche. Das Viertel wurde immer angesagter, schicke Autos verstopften die schmalen Straßen, kaum eine Chance zu parken. In der angemieteten Garage stand noch die rote Brumme, Florentines Peugeot Cabrio, sechs Jahre alt, das sie kaum mehr fuhr, seit das Kind da war.

Zwei grüne Augen. Was war los mit ihr? Das Telefongespräch vor vierzehn Tagen fiel ihm ein, bei dem sie seltsam gewirkt hatte.

*Ich komme sehr bald zu euch.*

Bereitete sie da eine behutsame Trennung vor? Tat ihm noch mal Gutes, bevor sie ade sagte? Ihn nur noch als Loris Hüter brauchte? Eine große Bängnis, die ihn da überfiel, als er die Taschen zum Haus trug.

Lori kam ihm strahlend in der Tür entgegen, eine Hulapuppe in den Händen. «Die musste sein», sagte Florentine. «Ich hab auch noch für euch beide Hawaiihemden im Gepäck.» Sie lachte.

«Irgendetwas ist anders», sagte Robert.

Florentine sah ihn an. Nachdenklich. So empfand er es. Doch erst nach dem Essen, als sie Lori zu Bett gebracht hatten, ausreichend *Lalelu* gesungen worden war, sie im Egg Chair saß und er auf dem Berberteppich, brachte er noch einmal die Sprache darauf.

«Gehen wir ins Bett, Husky, Liebe machen.»

Das sanfte Licht der Lampe, das auf ihren Körper fiel. Die leichte Tönung ihrer Haut. Seidenschimmer. Robert beugte sich zum Nachttisch vor, zog die Schublade auf, nahm ein Präservativ heraus.

«Lass es weg.»

«Du kommst aus einer anderen Zeitzone», sagte er. «Da dürfen wir kaum der Pille vertrauen.»

«Ich nehme sie seit meiner letzten Periode nicht mehr.»

Robert setzte sich auf. «Was ist passiert?»

«Du bist ein talentierter Vater, lieber Husky.»

«Das heißt?»

«Ich will noch ein Kind von dir», sagte Florentine.

Zweiundzwanzig Jahre, die wir uns kennen», sagte Luppich. «Auf den Tag. Ich freue mich, dass es noch zu einer letzten Produktion von Ihnen und mir kommt, bevor ich mich aus dem Geschäft zurückziehe.»

*Add The Blues.* Klaus hatte das als Arbeitstitel vorgeschlagen. Der passte so gut zu den Liedern, die sie seit Ende Januar im Studio 10 der Oberstraße aufnahmen, dass keiner in Frage stellte, das Album auch unter dem Titel erscheinen zu lassen.

Luppich blickte zu dem einen Kopf größeren Alex hoch, der sich fast wie nebenbei auf den Ebenholzstock mit dem silbernen Griff stützte. «Lässt sich am Ende unserer Zeit das Geheimnis Ihrer Kriegsverletzung lüften, Herr Kortenbach? Ich habe Sie schon länger nicht ohne Stock gesehen, benötigen Sie den denn in dieser Konsequenz? Ich kann mich an Jahre erinnern, in denen Sie auf ihn verzichteten.»

«Da hatte ich auch ein wirksames Medikament, das leider vom Markt genommen wurde. Ohne das bin ich nicht stabil auf den Beinen, daran ist mein mangelhaftes Gleichgewichtsvermögen schuld. Weitere Stürze will ich unbedingt vermeiden.»

«Das ist eine Folge des Kopfschusses?» Luppich ließ nicht locker.

Alex seufzte. Damals im *Streit's* war ihm bei einer Premiere diese Lüge über die Lippen gekommen, statt den

187

Produzenten aufzuklären, dass eine neurologische Erkrankung ihn gelegentlich behinderte. Er hatte das Gerücht vermeiden wollen, eine fortschreitende Krankheit könne seine Karriere vorzeitig beenden. Eine Kriegsverletzung war ihm harmloser erschienen. Das jetzt noch aufdecken?

«Lassen Sie mir das eine Geheimnis, Sie kennen schon das andere.»

Luppich lächelte. Er war ein Mann, der gern viel wusste.

*Gloomy Sunday* hatten sie aufgenommen, *God Bless The Child* stand als Nächstes an. Alex hatte Luppichs Drängen nicht nachgegeben, er sang bei keinem der Stücke, ihm waren Billie Holiday und Nina Simone zu sehr im Ohr, der eigene Gesang schien ihm da Blasphemie.

Doch sein Klavierspiel hatte wieder zu einer Qualität gefunden, die ihn befriedigte, wenn er auch in diesen Tagen außerhalb der Aufnahmen eine Bandage am Handgelenk trug, das noch nach vier Jahren schnell überanstrengt war. Stand wochenlange Studioarbeit an, suchte er die Hilfe des Physiotherapeuten, ohne ihn wäre nichts mehr gegangen.

«Ich hörte, dass Florentine Yan nun zwei Kinder hat. Ich nehme an, Sie stehen über Ihren Freund in Kontakt? Den chinesischen Herrn?»

«Allerdings. Ein Töchterchen hat sie noch bekommen.»

«Und Sie sind da ganz ohne Neid?»

Alex zog die Augenbrauen hoch. Luppich fand doch immer wieder eine Grenze, die er frohgemut überschritt. Klaus und er waren geradezu erleichtert gewesen, als Loretta im Juli vor zwei Jahren geboren worden war.

Sie hatte die medizinische Farbenlehre außer Kraft gesetzt und nach Wochen schon die grünen Augen ihres Vaters gehabt. Eindeutig Roberts Tochter. Dachte er selbst noch daran, ob er vielleicht doch der Vater von Lorenz war?

Alex versuchte, das zu vermeiden, nur ab und zu blitzte der Gedanke auf. «Ich bin da ganz ohne Neid», sagte er.

«Morgen dann *God Bless The Child*», sagte Luppich. Er lächelte. Sie verließen das Studio in der Oberstraße, und Alex entschied, einen kleinen Spaziergang zu machen und die Freunde in der Johnsallee zu besuchen.

«Einen Frühling gebe ich mir noch», sagte Guste. «Gucken wir mal, ob ich den Geburtstag im Juni hinkriege, ist schon der achtundachtzigste. Einmal muss man den Löffel abgeben.»

Kakaotassen standen vor ihnen in der Küche im Souterrain. Oben lärmten Mommes und Annis Kinder. Die Yans waren nicht zu Hause.

«Die hüten in der Milchstraße ein. Die junge Familie will nun zu viert in eine große Wohnung ziehen. Wusstest du das?»

Alex schüttelte den Kopf. Auf jeden Fall eine gute Idee, endlich eine gemeinsame Wohnung zu haben. «Behalte deinen Löffel bitte noch, Guste», sagte er.

«*I do my best*. Das würdest du jetzt sagen.» Guste grinste. Wenn sie an den jungen Mann dachte, der damals in ihrem Haus hatte sterben wollen. Gesund war er noch immer nicht, doch er kam klar mit den Malaisen.

«Wir wollen im Herbst schließlich wieder deine Holunderbowle trinken.»

«Die mochte Louise so gern. Birnen kommen auch rein.» Guste sah Alex an. «Wo wir schon anfangen, in Gedanken ganz betrunken zu werden, würde ich dich gern was fragen.»

«Frag», sagte Alex. Eine Anspannung in ihm, die Guste nicht entging.

«Du warst schon immer ein Mann mit Geheimnissen.

Vielleicht ist es besser, wenn du dieses behältst», sagte sie nach einem Zögern.

Alex ließ die Gelegenheit aus herauszufinden, ob Guste ahnte, dass er mit Florentine geschlafen hatte. *Das* Geheimnis gehörte ihm nicht allein.

«Florentine und Robert gucken sich eine Wohnung in der Sierichstraße an», sagte Guste. «Ida meint, die sei dann mal groß genug.» Sie stand auf. «Jetzt schnippele ich noch ein paar Kartoffeln in die Pfanne. Denke schon seit 1949, dass du nicht genügend auf den Rippen hast.»

«Du warst die Erste, die mich in eine Gemeinschaft zurückgeholt hat, Guste. Ich kann mir kaum mehr erklären, wie ich die einsamen Jahre in Argentinien ausgehalten habe.»

«Dabei war ich dir am Anfang viel zu nah.»

«Ich musste Nähe erst wieder lernen.»

«Und dann kam Klaus in dein Leben, und mit ihm Henny und Theo», sagte Guste. «Bei denen bist du so richtig aufgetaut.» Alex war ihr von Anfang an ein Sohn gewesen wie Jacki. Jahrgangsgefährten, Alex und er, nur dass Jacki den Krieg nicht überlebt hatte.

«Klaus habe ich von den dreien als Letzten kennengelernt. Was hatte ich doch für ein Glück, eine neue Familie zu finden und mit Konstantin ein Kind, wenn ich auch nur sein Patenonkel bin.»

«Hättest du gern ein eigenes gehabt?»

Da war das Thema wieder auf dem Tisch. Erst Luppich. Jetzt Guste.

«Die Frage stellt sich nicht mehr, seit ich Klaus liebe.»

Guste schniefte ein bisschen, der Zwiebeln wegen, die sie schnitt. «Ich hab noch Karbonaden im Kühlschrank. Hätte Lust auf eine, nimmst du die zweite?»

«Ich kenne keine andere, die so geschickt anfüttert. Erst einen Kakao und dann Karbonade mit Bratkartoffeln.»

Guste gab die Zwiebeln in die Pfanne und wusch die Hände unter dem Kaltwasserhahn. Dann öffnete sie den Kühlschrank. Alex stand auf, um den Tisch zu decken.

«Du kriegst von mir einen Satz Löffel, Guste», sagte er. «Vierundzwanzig. Damit gehst du bitte vorsichtig um.»

«Ich wäre gern mal wieder bei einer Geburt dabei», sagte Marike. «Da entlasse ich meine Patientinnen hochschwanger in die Kliniken, und dann kommen sie mit den süßen kleinen Wesen wieder, die ein anderer auf die Welt gebracht hat. Hat Konstantin dir erzählt, dass er Arzt werden will?»

Nein, davon hatte dessen Großmutter noch nichts gehört. «Konsti ist doch erst zwölf», sagte Henny. Sie setzte ihre Kaffeetasse ab. Der Junge wusste viel zu früh, was er wollte. Konstantin schien seine Kindheit schon beendet zu haben.

«Er denkt daran, später die Praxis zu übernehmen. Das würde eine Tradition fortsetzen und freut Theo bestimmt. Der Neue Wall ist eine großartige Lage, es wäre schade, die aufzugeben.»

«Du bist doch selber noch jung genug», sagte Henny. Nur noch zu Gast war sie in der Praxis ihrer Tochter, seit Gesche an fünf Tagen in der Woche arbeitete, nach Campmanns Tod gab es keinen Grund mehr für freie Dienstage.

Marike lachte. «Das dauert eine Weile, bis Konstantin so weit ist.»

«Ich wäre auch gern noch einmal bei einer Geburt dabei», sagte Henny. «Mir fehlt mein Beruf, manchmal träume ich allerdings von den Geburten, die nicht gut ausgegangen sind.»

«Vieles ist heute sicherer. Bräutigam hat sich in den Staaten mit dem Einsatz von Ultraschall vertraut gemacht. Das ist nicht nur pränatal hilfreich», sagte Marike. Sie stand auf und stellte die Tassen zusammen, die Mittagspause war vorbei, Gesche würde kommen, die Patientinnen.

«Bräutigam? Der Chef der Gynäkologie im Marienkrankenhaus? Das muss ich Theo erzählen. Den interessiert das noch alles sehr.»

«Wie geht es Käthe?», fragte Marike beinah im letzten Moment, als Gesche schon da war, ihre Mutter im Mantel in der Tür der Praxis stand.

«Schlecht. Keiner weiß, wo Ruth ist, und Rudi verschließt sich in seinem Kummer vor Käthe. Sitzt ganze Tage in Ruths Wohnung in der Schanze und zeichnet. Käthe sagt, seine Zeichnungen seien so düster wie die aus der Kriegsgefangenschaft.»

«Wie können wir ihr denn nur helfen?»

«Ich schlage lauter Ablenkungen vor, doch Käthe will weder ins Kino noch Kuchen essen. Theo kommt auch kaum noch an Rudi ran, der hat dauernd eine andere Ausrede, wenn er sich mit ihm treffen will.»

«Weiß Ruth eigentlich, was sie ihren Eltern antut? Oder ist sie längst jenseits von diesem Denken?»

«Letzteres vermutlich», sagte Henny. Sie umarmte Marike und winkte Gesche zum Abschied zu, Gesche, deren Äußeres noch genauso blank geschrubbt und bescheiden wirkte wie in den ersten Jahren. Dabei hatte sie von Campmann ein kleines Vermögen geerbt.

Henny vergaß, vom Ultraschall im Marienkrankenhaus zu erzählen, als sie am Abend mit Theo vor dem Kamin saß. «Hast du mit zwölf Jahren gewusst, dass du Gynäkologe werden willst?», fragte sie stattdessen.

«Ich habe nicht einmal das Wort gekannt», sagte Theo. «Doch ich wollte der Doktor von Duvenstedt werden, schließlich bin ich in dieser Landarztpraxis aufgewachsen.»

«Dein Bruder hatte da keine Ambitionen?»

«Claas war der geborene Beamte.» Theo seufzte. Seinen jüngeren Bruder hatte er das letzte Mal bei der Beerdigung ihrer Mutter gesehen. Das war lange her. Vermutlich hätte er es erfahren, wenn Claas gestorben wäre. Das Letzte, was Theo über ihn gehört hatte, war, dass er nun im Lauenburgischen lebte.

Theo stand auf, um Henny und sich einen Sherry einzuschenken. «Und wer ist der zwölfjährige Gynäkologe? Doch nicht Konstantin?»

«Genau der.»

«Den Berufswunsch hat er seiner Mutter offenbart?»

«Ja. Marike ist sehr angetan davon.»

«Er scheint sich zu einem ehrgeizigen Knaben zu entwickeln. Als er vor ein paar Tagen vorbeikam, hat er mir ein Klavierstück vorgespielt, das Alex Ehre gemacht hätte. Dessen Unterricht ist sehr erfolgreich.»

«Konstantin wird demnächst von einer Klavierlehrerin unterrichtet, die bei Heinrich Neuhaus studiert hat. Er könne dem Jungen nichts mehr beibringen, hat Alex gesagt.»

«Eine seiner typischen Tiefstapeleien.»

«Ich denke, dass ihn das Klavierspielen viel mehr anstrengt, als er es wahrhaben will», sagte Henny. «Klaus sagt, er sei nun wieder mehrmals in der Woche bei Altmann.»

«Wo wir schon bei Sorgenkindern sind, Käthe war hier,

die beiden haben so viel ausgehalten, doch daran drohen sie kaputtzugehen.»

«Ich fange an, Ruth zu hassen», sagte Henny. Sie war erschrocken von ihrer eigenen Aussage. Was sagte sie denn da?

Theo sah sie an. «Ich verstehe dich. Doch das hilft keinem. Käthe hat mich gebeten, mit Rudi zu reden und das in der Susannenstraße zu tun. Er ist da täglich ab zwölf.»

«Er hat feste Zeiten?»

«Seit Anfang Februar. Käthe sagt, er versuche, sich damit ein Netz zu knüpfen, damit die Tage nicht gänzlich unter ihm wegbrechen. Ich werde morgen in die Schanze fahren.»

«Zahlen Käthe und Rudi die Miete für die Wohnung?»

«Nein. Die wird erstaunlicherweise noch immer von Ruths Konto bei der Haspa abgebucht, das ist die einzige Bewegung auf dem Konto.»

«Dass der Vermieter noch nicht längst die Kündigung geschickt hat.»

«Vielleicht ist ihm entgangen, in welche Kreise seine Mieterin geraten ist.»

«Was willst du Rudi sagen?»

«Dass es hohe Zeit ist, sich um Käthe zu kümmern, und er nicht länger im Kummer um ein verlorenes Kind versinken darf.»

«Was haben wir für ein Glück mit unseren Kindern und Enkeln», sagte Henny.

Wenn es bitte so bliebe. Sie sah in das kleiner werdende Feuer und stand auf, um zwei Holzscheite aus dem Weidenkorb zu nehmen und die nachzulegen. Käthe war viel mehr aufgebürdet worden als ihr. Nur Rudis und Käthes Liebe füreinander hatte nie Schaden gelitten, was immer den beiden vom Leben auch zugemutet worden war. Dass sich daran was ändern könnte, wollte sie gar nicht zu Ende denken.

Die kleine Alte, die Theo vor der Tür der Susannenstraße begegnete, schien Vertrauen zu ihm zu haben. «Dann kommen Sie mal mit rein», sagte sie zu Theo und schloss die Tür auf. «Die Klingel ist schon tagelang kaputt. Kümmert sich keiner um nix.»

Sie stiegen die erste steile Treppe hoch «Hier wohn ich. Doch Sie müssen noch weiter in den dritten. Klopfen Sie mal feste. Vielleicht ist die Klingel da oben auch kaputt.»

«Mach ich», sagte Theo. «Ich danke Ihnen sehr fürs Reinlassen.»

«Sie sind ja ein feiner Herr, Gesocks lasse ich draußen. Da oben war heute Morgen ordentlich Gepolter. Kann aber auch ganz oben gewesen sein. Die junge Frau aus dem dritten habe ich lange nicht gesehen. Sie kennen die?»

«Ruth ist die Tochter von guten Freunden.»

«Dann ist der mit den weißen Locken der Vater?»

«Ja», sagte Theo. Rudis Anwesenheit war also bemerkt worden.

«Hab ich mir denken können bei der Familienähnlichkeit.»

Das konnte nun kaum sein, Rudi war ja nicht der leibliche Vater. Doch Theo nickte lächelnd und verabschiedete sich. Er stieg zwei weitere Treppen hoch und schöpfte erst einmal Atem, ehe er das Schild über dem Klingelknopf besah. Die falsche Tür. Er näherte sich der anderen. Etwas, das er aus dem Augenwinkel wahrnahm, ließ ihn zögern, auf den Klingelknopf zu drücken, über dem Ruths Name stand. Theo kam erst beim zweiten Blick darauf, was ihn irritierte. Die Tür war versiegelt. Das morgendliche Gepolter hatte die Polizei verursacht.

Theo sah auf die Uhr. Kurz nach halb eins.

War Rudi vor einer halben Stunde hier gewesen, hatte

das Siegel gesehen, um dann nach Hause zu Käthe zurückzukehren? Er hätte ihm am U-Bahnhof Feldstraße begegnen können.

Theo horchte in die Stille des Treppenhauses hinein, unschlüssig, was nun zu tun sei, doch schließlich stieg er hinunter und stand wieder auf der Susannenstraße. Stellte den Kragen des Mantels hoch, es kam ihm so vor, als wäre es in den vergangenen zehn Minuten kälter geworden.

Ein Klopfen an der großen Glasscheibe, als Theo am Olympischen Feuer vorbeikam. Rudi. Theos Herz schlug zu schnell vor dankbarer Freude, dass der Freund es war, der Kontakt aufnahm. Seine Brille beschlug in der Wärme des Lokals. Die beiden Männer umarmten einander, als wäre einer von ihnen an den Landungsbrücken angekommen nach Wochen auf hoher See.

«Ihre Tür ist von der Polizei versiegelt worden.»

«Ich habe davorgestanden.»

«Du warst da? Warum?»

«Um mit dir zu reden.»

«Das hättest du bei Käthe und mir tun können. Oder ich wäre zu euch in die Körnerstraße gekommen.»

«Das schien uns nicht zu gelingen», sagte Theo. Er setzte sich an den Tisch, nahm die Speisekarte entgegen, bat dann nur um ein Bier, wie es auch vor Rudi stand. «Wirst du zur Polizei gehen? Dein Unbescholtensein wird leicht zu beweisen sein.»

«Du meinst, sie führen nicht die alten Listen der Gestapo?»

«*Bullenherrschaft?* Fängst du auch an, daran zu glauben? Ich las, dass die RAF gerne dieses Wort benutzt.»

«Die RAF», sagte Rudi bitter. «Worüber wolltest du mit mir reden?»

«Dass du Käthe retten sollst.»

«Käthe retten?»

«Sie geht vor die Hunde. Weil sie fürchtet, dich zu verlieren. Käthe sagt, so verschlossen seist du nicht mal gewesen, als du aus den KZs oder dem Krieg zurückgekehrt bist.»

«Vielleicht hatte ich recht, als ich nach der Rückkehr aus Russland lange nicht an das Glück glauben konnte.»

«Du hast viel davon gehabt.»

Rudi nahm einen Schluck von dem Bier, das schon zu lange stand, um nicht schal zu schmecken. «Käthe hat ein Kind von uns abgetrieben», sagte er. «Ich weiß es noch nicht sehr lange.»

Theo versuchte, den Eindruck zu erwecken, dass er davon nichts wusste, doch Henny hatte es ihm vor Jahren erzählt, nachdem er einer Patientin die Abtreibung verweigert hatte. «Bist du ihr darum böse?», fragte er.

«Ich bin ihr nicht böse. Sie war neunzehn und ich noch achtzehn. Grit hätte mir nie die Erlaubnis gegeben, Käthe zu heiraten, sie konnten einander nicht leiden. Dass im Alter so vieles wieder hochkommt.»

«Ich habe dich immer bewundert, weil du nicht bitter geworden bist.»

Rudi blickte auf. «Und nun werde ich es?»

«Bitte vergiss nicht, dass die Liebe deines Lebens Käthe ist.»

«Das wird sie bis zum letzten Atemzug sein, Theo.»

«Gut. Darf ich dich jetzt zur Polizei begleiten? Du willst doch wieder in die Wohnung, nehme ich an.»

«Nein. Ich werde versuchen, sie zu kündigen.»

«Und wenn Ruth zurückkehrt?»

«Ruth wird nicht zurückkehren.» Rudi gab dem Kellner

ein Zeichen und bezahlte die Biere. «Unten links», sagte er, als Theo ihm die Tür aufhielt.

Theo nickte. Er hatte das Foto von Ruth schon auf anderen Plakaten gesehen. «Lass uns zu unseren Frauen gehen», sagte er.

Sechseinhalb Zimmer. Vorne ein Balkon. Hinten eine Loggia. Ein Flur, lang wie die Köhlbrandbrücke, die im vergangenen September eröffnet worden war. «Die Wohnung ist viel zu groß», hatte er zu Florentine gesagt. «Oder denkst du an weiteren Familienzuwachs?»

In eines der Zimmer sollte Pina ziehen, die hatte Florentine auf der Modemesse in Mailand kennengelernt. Pina war dort das Mädchen für alles gewesen, genau das sollte sie in Hamburg auch werden. Die Kuck konnte es allein mit zwei Kindern nicht schaffen.

Die kleine Wohnung in den Grindelhochhäusern aufzugeben, hatte ihn geschmerzt, doch dieser Aufbruch beglückte ihn. Hätte er das denn geglaubt in den vielen Jahren des Liebeswerbens?

Diesmal gab auch Florentine etwas auf, ihre zwei Zimmer in Paris. Die Atelierwohnung in Pöseldorf wollte sie vermieten, das deckte einiges der Kosten in der Sierichstraße. Dennoch hatte Florentine vor, viele Termine anzunehmen, um sich das Leben zu leisten, das vor allem sie führen wollte. Sie war nun vierunddreißig und noch immer ausgebucht.

Robert schob die Kinderkarre mit Loretta in Richtung Alster, neunzehn Monate war seine Tochter alt und anders als die eher schüchterne Lori eine wilde Hummel. So lebhaft sei er auch gewesen, sagten seine Schwestern, davon könnten sie ein Lied für vier Stimmen singen.

In der Sierichstraße hatte er den Maler getroffen, mit ihm

besprochen, in welchen Farben gestrichen werden sollte. Ach was. Sich nur nichts vormachen. Er hatte die Farbmuster dabeigehabt, die ihm Florentine in die Hand gedrückt hatte, bevor sie nach London geflogen war. Wäre er ein Vogel, er dürfte kein einziges Zweiglein allein ins Nest legen.

«Etta», sagte Loretta und jauchzte. «Lori.»

Den holte die Kucksche gerade vom Kindergarten ab. Dann würde er beide Kinder übernehmen, er hatte einen freien Tag. Alex war noch im Studio in der Oberstraße, das entspannte Roberts Dienstplan.

Er bog von der Sierichstraße in die Bellevue ein. «Robert», rief jemand hinter ihm. Er drehte sich um zu Lina, die da aus der Körnerstraße kam. Ob sie sich den Blick auf die Brücke am anderen Ende der Straße zumutete, wenn sie Henny und Theo besuchte? Die Brücke, deren Geländer Louise mit dem Jaguar durchbrochen hatte? Noch immer fiel gleich ins Auge, wo Geländer und Mauerwerk repariert worden waren.

«Deine Tochter sieht aus wie du», sagte Lina, als sie bei ihnen ankam, einen Blick in die Kinderkarre warf, lächelte. «Deine grünen Augen und dein schwarzes Haar.»

Bei dessen Schwärze Robert nachhalf. Anders als Alex, der ein erstes Weiß an den Schläfen zuließ. Doch der war auch mit keiner Kinderkarre unterwegs und wurde nicht gefragt, ob das sein erstes Enkelchen sei.

«Henny erzählt, dass ihr in die Sierichstraße zieht? Ein vernünftiger Gedanke, die getrennten Wohnungen hinter euch zu lassen.»

«Ja», sagte Robert. «Und wir sind in Nachbarschaft zur Körnerstraße, dann können Henny und Ida gemeinsam glucken, wenn Ida bei den Kindern ist. Wie geht es dir, Lina? Wir sehen uns so selten.»

«Ganz gut. Doch ich habe es nach drei Jahren noch nicht geschafft, Louises Kleider zum Roten Kreuz zu bringen. Ihr Duft ist in allem.»

«Du hast die Kleider noch im Schrank hängen?»

Lina schüttelte den Kopf. «Ich habe sie in den Schiffskoffer getan, mit dem Louise damals von Köln nach Hamburg gekommen ist. Auf keinem Flussschiff, sondern mit der Eisenbahn. Sie hat immer zur Übertreibung geneigt. Auch in der Wahl ihres Gepäcks.»

Robert lächelte. «Ich hoffe, dass wir dich zu unserer Einweihung in der Sierichstraße sehen», sagte er. «Seit dem ersten Augenblick bist du in meinem Herzen. Als ich bei Gustes Gartenfest aus dem Birnbaum sprang und du gekommen bist, um dich vorzustellen.»

«Du auch in meinem», sagte Lina.

Sie sahen verlegen aus. Trotz der vierundzwanzig Jahre, die sie trennten.

«Etta», sagte Loretta, der das alles zu lange dauerte. Sie versuchte, aus der Karre zu klettern.

«Seid ihr auf dem Weg zur Milchstraße?»

«Ja. Die Kucksche bringt gleich Lorenz.»

«Lorenz und Loretta», sagte Lina. «Ich geh mal zu meinem Auto.»

Sie drehten sich noch einmal um und winkten einander kurz zu.

*Lorenz und Loretta.* In Erinnerung an eine versandete Kirche in Skagen. St. Laurentius. Und eines Versprechens wegen, das Florentine gegeben hatte, während sie sich dort im Sand liebten. Als sie bei der Geburt von Loretta auf diesen Namen bestand, war ihm durch den Kopf gegangen, dass sie das Versprechen vielleicht da erst einlöste.

Die Grenzgängerei zwischen den Niederlanden und Deutschland war schon im Oktober zu gefährlich geworden, dennoch waren sie in der Aachener Gegend hängen geblieben, bis sie in den ersten Tagen des November nach Koblenz kamen, nicht weit von Wittlich entfernt, in dessen Gefängnis Holger Meins gerade dabei war zu sterben.

Den nächsten Ortswechsel hatten Ruth und András dann Anfang Februar vorgenommen, ein Zufall, dass es der Tag war, an dem die in Stuttgart zusammengelegte Führung der RAF ihren Hungerstreik im Stammheimer Gefängnis abbrach. In Hannover hatten sie gestohlene blanke Ausweise abgeholt und die zur Bearbeitung nach Hildesheim gebracht. András nörgelte herum, Kleinkram, mit dem sie beschäftigt wurden.

Ruth stand hinter den Gardinen in der Wohnung nicht weit vom Hildesheimer Dom, hier lebten sie nun schon seit zwei Wochen. Ein nasser hässlicher Tag, der da draußen geboten wurde. András war seit drei Stunden unterwegs, um ein Geschäft für Jagdbedarf aufzusuchen.

«Mir einfach mal was vorführen lassen», hatte er gesagt. «So kurz, wie meine Haare jetzt sind, sehe ich wie ein grundsolider niedersächsischer Jäger aus, der Wildschweine schießen will.»

Schulterlange Haare, die Ruth nun hatte statt der kurzen dunklen Locken, mit denen sie auf dem Fahndungsplakat abgebildet war, András und sie hatten die Frisuren getauscht. Mit der Blondfärbung sah sie aus wie eine schlecht gelaunte Goldie Hawn.

Die Wohnung hatte bis Januar Friedharts Tante bewohnt, dann war sie in ein Altenheim gekommen. Die Nachbarn nickten freundlich, als gute Bekannte des Neffen anreisten, um die Wohnung aufzulösen.

Ab und zu trugen Ruth und András Kartons und Klein-
möbel hinunter, transportieren sie im Auto mit gefälsch-
tem Aachener Kennzeichen zur Müllhalde oder einer
Sammelstelle des Arbeiter-Samariter-Bundes, besuchten
Friedharts Tante, die dankbar war.

«Wir müssen Geduld haben», sagte András. «Im April
ist was Großes in Stockholm geplant.» Er hatte die Geduld
nicht, die er beschwor.

Die von Ruth ging auch gerade verloren. Wo blieb er?
Hildesheim war zu klein, um sich lange in der Stadt zu
tummeln.

Dachte sie daran auszusteigen? Um was zu tun? Sich zu
stellen?

Gelegentlich dachte sie daran. Tat es aber nicht. War
denn da noch Liebe? Ruth atmete auf, als sie András vor-
fahren sah.

«Wo warst du so lange?»

«Hab mir Gewehre zeigen lassen. Mit einem Jäger ge-
plaudert. Für die Schwarzwildjagd brauchst du schwere
Kaliber.»

«Ich hoffe, du hast dich nicht *verplaudert*.»

«Hör auf, streng zu sein, Ruth. Heute Abend gehen wir
zum Jugoslawen und essen die große Balkanplatte. Das tut
uns gut.»

Brankos Grill war ein mit Eternit verkleideter Flachbau auf
dem Parkplatz eines Baumarktes. Die Balkanplatte war bestens geeignet, einen Menschen zum Vegetarier zu bekehren.
Einen solchen Berg verbrannter Fleischstücke hatte Ruth
erst bei Branko zu sehen bekommen.

András war ein Löwe und fraß alle drei Tage kiloweise
Fleisch. Er leerte auch an diesem Abend die große Platte

allein, Ruth nahm nur vom Reis und aß die Paprikastreifen.

Branko stellte zwei Gläser Slibowitz auf den Tisch. «Vom Gast hinten in der Ecke», sagte er.

Der Gast hinten in der Ecke war der einzige außer ihnen kurz nach neun, die Abende gingen hier rasch zu Ende. Sie blickte rüber und sah, dass der Mann das eigene Glas hob, András zuprostete. Ihr gefiel das nicht.

Als András aufstand, um am Tresen zu bezahlen, schwankte er. Vier leere Gläser standen auf ihrem Tisch, sie hatte keines angerührt, der Gast hinten in der Ecke war nicht mehr da.

Ruth setzte sich ans Steuer, nur nicht durch eine Alkoholfahrt auffallen.

Ein Einsatzfahrzeug, das sich hinter ihrem Auto quer stellte, Ruth daran hinderte zurückzusetzen. Das Blaulicht blinkte stumm.

Türen wurden aufgerissen, András schoss im nächsten Augenblick.

Als die Handschellen sich um ihre Gelenke schlossen, lief Blut über Ruths Hände, das nicht ihres war. Zwei leblose Körper, die neben dem Auto mit dem Aachener Kennzeichen lagen. Einer davon war András.

Ich bin dankbar», sagte Käthe. «Dass sie nicht mehr töten kann und nicht getötet werden.» O ja. Sie sprach aus Rudis Seele. Doch Käthe weigerte sich, mit ihm in die Justizvollzugsanstalt zu fahren, als der Anwalt den Besuch der Eltern durchsetzte. Katja war es, die Rudi stattdessen begleitete.

Rudi hatte die Frau mit den langen blonden Haaren nicht erkannt auf den Fotos, die in allen Zeitungen abgedruckt worden waren. Ruth, die eine rote Tulpe hatte sein wollen im Kinderfasching, doch dann war das rote Krepppapier im Schreibwarenladen ausverkauft.

*Ich kann nur eine rosa Tulpe sein.*

Das hatte das kleine Mädchen gesagt, als es bei ihnen in der Küchentür stand. An dem Tag hatte ihr Großvater gebeten, Käthe und Rudi das Kind anvertrauen zu dürfen, er werde bald sterben. Theo war dabei gewesen damals in der Küche der halben Ruine. Rudi erzählte es Katja, die ihren alten Ford nach Lübeck-Lauerhof steuerte.

«Quäl dich nicht mit Erinnerungen an ihre Kindheit», sagte Katja.

«Die scheinen mir das Einzige, was noch bleibt», sagte Rudi. Er hatte Angst davor, seine Tochter zu sehen.

Doch dann ging die Begegnung viel zu schnell vorüber. Ruth, die hereingeführt wurde auf der anderen Seite der Trennscheibe. In ihrer normalen Kleidung, dachte er, aber hatte Ruths Kleidung nicht oft grau gewirkt? Ihr dunkles Haar wuchs schon heraus, das hellblonde war auf Kinnlänge gekürzt. «Du lebst», sagte Rudi. «Das ist das Wichtigste.»

Ruth schwieg. Schien nur die schmale Resopalplatte zu betrachten, auf der ihre Hände lagen. Erst als gesagt wurde, nun sei die Zeit um, blickte sie auf. «Schon gut, Papa», sagte sie.

Bot ihm dieses kleine Wort wieder einmal Trost? Er versuchte, ihren Blick zu halten, dass er ihn nicht wieder verlor.

«Wir lieben dich, Ruth», sagte er. «Katja steht auch zu dir, sie hat mich hierhergefahren und wartet draußen.»

Schon einen Augenblick später sah er nur noch Ruths Rücken und den der Wärterin, die seine Tochter aus dem Raum brachte, um sie wer weiß wie lange von ihm zu trennen.

Katja stand auf, als er den Flur betrat. Forschte in Rudis Gesicht.

«All die missglückten Festnahmen», sagte er. «Mit Toten auf beiden Seiten. Ich hatte gehofft, die Gewalt hinter mir gelassen zu haben.»

Sie griff nach seiner Hand auf dem Weg aus dem alten Gebäude, das als Hochsicherheitstrakt in Lübeck-Lauerhof diente. Ein starker Regen, der einsetzte, als sie über die A1 zurückfuhren, erst vor Hamburg klarte es auf, und der Himmel schenkte ihnen eine rote Abenddämmerung.

«Käthe wartet in der Körnerstraße auf dich», sagte Katja. «Henny und Theo wollten nicht, dass ihr alleine seid, wenn du aus Lübeck kommst. Ich hoffe, du hältst das für eine gute Idee.»

Ein Zögern von Rudi. Er hatte vorgehabt, sich die Decke über den Kopf zu ziehen. Doch als Katja dann vor dem hell erleuchteten Haus in der Körnerstraße hielt, erkannte er, welch eine gute Idee das gewesen war.

Veilchenblaue Augen. Lina lächelte, als Karl Luetken sich endlich traute, ihr zu sagen, dass sie veilchenblaue Augen habe.

«Frau mit lila Augen», hatte Louise sie genannt. Lud hatte ihr ein Medaillon aus Lindenholz geschnitzt und einen violetten Amethyst daraufgeklebt, weil der so gut zu Linas Augen passte.

Sie wollte keinen neuen Menschen einlassen in ihr Leben, in dem Louise schmerzlich fehlte, trotz der quälenden letzten gemeinsamen Jahre.

Lina parkte vor dem Altonaer Museum, tat sich den Irrgarten der kleinen Ottenser Straßen gar nicht erst an, ging zu Fuß zum Spritzenplatz, dort, wo Karl Luetken seit vielen Jahren lebte, erst zu dritt in der kleinen Wohnung und nun allein, seit die Frau tot, der Sohn ausgezogen war.

Sie siezten sich nach drei Jahren noch, wenn es auch das Hamburger *Sie* war, das vom Nennen der Vornamen begleitet wurde. Vielleicht hoffte Karl Luetken, dass Lina etwas daran änderte, ihm das *Du* anbot, sie war zehn Jahre älter als er, und wenn er auch gern behauptete, ein einfacher Arbeiter zu sein, waren ihm die Feinheiten wichtig.

Leichte Schritte über das Kopfsteinpflaster, ihr Körper war noch immer beweglich, sie spürte das Alter nicht sehr. Nein, Lina hatte nicht vor, das Leben noch mal mit einem anderen Menschen zu teilen, doch das Glas Wein in der Traube, die Spaziergänge an der Elbe taten ihr gut.

Schwere, die in Käthe gewesen war, als sie in die Buchhandlung kam, um den bestellten Gedichtband von Franz Werfel abzuholen am Tag nach Rudis Besuch in Lübeck.

Dabei hatte sie von Erleichterung gesprochen, doch Momme und Lina hatten den Eindruck gehabt, dass die Last der letzten drei Jahre sie niederdrückte.

Karl Luetken wartete schon vor dem Haus und winkte, als Lina den Spritzenplatz erreichte. «In die Traube oder zu Dunckelmann auf ein gepflegtes Holsten?», fragte er. «Wonach wäre Ihnen denn, Gnädigste?» Er zwinkerte ihr zu.

Weder in die Holztäfelung der Traube noch hinter die dichten Stores von Dunckelmann an diesem späten Sonntagnachmittag. Lieber diese Ahnung von Frühling einfangen und zur Elbe gehen. Die Himmelsleiter hinabsteigen zum Ottenser Strand in Övelgönne, dort ein Bier in der Strandperle trinken, seit zwei Jahren trug die kleine alte Gaststätte, die bei Flut fast in der Elbe stand, diesen Namen.

Da unten auf dem Holzdeck zwischen den Hunden und Menschen, die sich über den Frühling freuten, fing Lina an zu erzählen. Von Käthe, Rudi und Ruth. Von alldem, was hinter ihnen lag. Dann hob sie das Glas und schlug Karl vor, nicht länger *Sie* zu sagen.

Die Anklageschrift abwarten. Danach ließe sich die Besuchsregelung klären. Das hatte der Anwalt gesagt. Und dass aus Ruths Pistole nicht geschossen worden sei. Rudi setzte sich auf den Balkon, den er eben geputzt hatte, hoffentlich freute sich Käthe über die Stiefmütterchen, weiß und lila. Nicht aufhören mit den guten Traditionen, in ihrer beider Leben hatte es schon mal eine viel zu lange Unterbrechung gegeben.

Rudi nahm das schmale Buch mit dem Pappeinband in die Hand, eine Ausgabe von 1918. Diese frühen Gedichte von Werfel waren zuerst 1911 erschienen. *Der Weltfreund.* Wollte er sich selbst gut zureden?

*Ich bin ein Korso auf besonnten Plätzen,*
*Ein Sommerfest mit Frauen und Bazaren,*
*Mein Auge bricht von allzu viel Erhelltsein.*
*Ich will mich auf den Rasen niedersetzen,*
*Und mit der Erde in den Abend fahren.*
*O Erde, Abend, Glück, o auf der Welt sein.*

Das Leben wiederaufnehmen, wo Ruth nun in Obhut war. Hatte er gerade *Obhut* gedacht? Staatliche Obhut. Ein bizarrer Gedanke, den ausgerechnet er da dachte. Das Wort *Bullenherrschaft* war ihm doch nachvollziehbar vorgekommen.

Er hörte Stimmen, die er als Käthes und Hennys erkannte, und blickte zur Straße. Arm in Arm gingen die beiden, Käthe kam ihm kleiner vor, dabei waren sie immer gleich groß gewesen. Rudi stand auf, sah jetzt auch, was Käthe in ihrem Korb trug. Stiefmütterchen. Weiß. Lila. Gut, dass sie den gleichen Gedanken gehabt hatte, auch wenn er nun noch weitere Blumenkästen kaufen musste.

Obhut. Ihm war gelungen, wieder Obhut zu finden nach der Nazizeit, dem Krieg, der Gefangenschaft im Ural. Ruth würde hohnlachen, wüsste sie, dass ihm in den Kopf kam, sie könne nun Obhut gefunden haben.

Ruth hätte nicht hohngelacht, fast eine Erleichterung in ihr, dass es hinter ihr lag, das Leben im Untergrund, András brauchte sie nicht mehr. Sie hatte ihn nicht bewahren können vor dem Kugelhagel. Er war darin gestorben. Eine brutale Trennung und doch keine Trauer, nur der Gedanke, dass da eine Narkose nicht nachließ und darum ihre Gefühle stumpf blieben.

Die leeren Tage quälten sie, bis ihr erlaubt wurde, mit anderen Frauen an einem langen Tisch zu sitzen und kleine

Schachteln für Langnese zu kleben. Eiskonfekt. Die rot-weiß gestreifte Markise gehörte in die obere linke Ecke. Als sie ein Kind war, hatten Käthe und Rudi für sie *Domino* von Langnese gekauft und das kleine Eis am Stiel. Erdbeer. Vanille.

Waffen hatte sie vergraben. Sprengstoff. Einmal Geld. In einer Tüte von Tengelmann. Urkunden waren von ihr gefälscht worden. Doch sie hatte auch in einer der hinteren Reihen des Kommandos gestanden, das drei Bomben im Haus der IG Farben in Frankfurt explodieren ließ. Die CIA war in dem Haus untergebracht, das fünfte Corps der US-Army. Keine Bomben selbst gebaut und keine gelegt, aber sie hatte den Toten, den es gab, billigend in Kauf genommen.

Noch keine Reue. Doch auch keine Trauer. András war so tot in ihr wie ihr Zugehörigkeitsempfinden für die RAF.

*Freedom is just another word for nothing left to lose.* Florentine stand auf dem Balkon in der Sierichstraße und hörte Janis Joplin zu, die da gerade auf dem Plattenspieler über die Freiheit philosophierte. *Me and Bobby McGee.* Nichts mehr zu verlieren haben. Hatte Ruth noch etwas zu verlieren außer der Freiheit, die ihr bereits genommen worden war?

Florentine zupfte an den von der Kuck gepflanzten Bornholmer Margeriten. «Die sind am dankbarsten. Ist zugig auf Ihrem Balkon», hatte die Kuck gesagt. Das war es wirklich. Florentines lackschwarze Haare wehten. Dunkler ihr Haar als das des Huskys, der die Tube mit der Farbe von Wella vor ihr versteckte. Er hatte Angst, er könne zu alt aussehen an ihrer Seite, dabei wirkte er jugendlicher, als er es früher getan hatte. Vielleicht, weil er kaum noch rauchte als Vater kleiner Kinder und ihm zwei grüne Augen wirklich gut standen.

Hätte es anders kommen können, wenn ihr in jener Nacht an der Place des Vosges gelungen wäre, Ruth zum Aussteigen zu überreden? András nicht dazwischengegangen wäre? Damals lag der Anschlag in Frankfurt bereits hinter Ruth, das größte der Verbrechen, derer sie beschuldigt wurde. Eine Verhaftung wäre ihr kaum erspart geblieben, auch nicht die Hetze in der *Bild-Zeitung*, die blutigen Fotos, jedoch der Parkplatz in Hildesheim, der tote Polizist, der tote András.

Florentine trat in die Wohnung. Noch war sie ziemlich karg, nur die Kinderzimmer fertig eingerichtet, der Berberteppich und der Egg Chair wirkten verloren in dem hohen Zimmer mit den vanilleweißen Wänden, dem Stuck an der Decke. In der Küche stand der Bauerntisch, den sie aus Paris hatte kommen lassen, die Stühle waren auf sechs erweitert, ein Hochstühlchen dazu. Die Küche war groß wie alles hier.

Am kommenden Donnerstag würde Pina eintreffen und sich sicher gut mit den Kindern verstehen. Das rundliche Mädchen war der Fels in der Brandung der Modemesse gewesen. Hoffentlich wurde die Kucksche nicht eifersüchtig.

«Sinatra ist doch fast ein Italiener», hatte der Husky gesagt. «Das wird ihr das Herz für Pina wärmen.»

Florentine setzte den Tonarm noch einmal auf die Platte der Joplin. *Nothing left to lose*. Endlos viel, das sie nun zu verlieren hatte. Lange Zeit waren es nur ihre Eltern gewesen und Guste, doch nun standen Lorenz und Loretta ganz vorn und der Husky.

Alex. Zum Einweihungsfest würde er wieder eine Wohnung von ihr betreten, in die Milchstraße war er nie mehr gekommen, auch nicht in Begleitung von Klaus.

Ob es Ruth guttat, sie und Katja zu sehen? Wenn es denn erlaubt sein sollte? Hören, was Katja dazu sagte.

«Hast du Tian in letzter Zeit getroffen?» Klaus legte die Zeitung hin und blickte zu Alex, der am Tisch saß und einen Kontaktbogen betrachtete. Das Cover des neuen Albums sollte gestaltet werden, er hatte darum gebeten, an der Bildauswahl beteiligt zu werden, und bitte nicht wieder eine Großaufnahme von ihm. Bisher hatte Luppich ein Händchen dafür gehabt, das eine Foto zu finden und durchzusetzen, auf dem Alex unter langen Wimpern seelenvoll guckte.

Klaus stand auf, sah ihm über die Schulter und tippte auf eines. «Das gefällt mir am besten», sagte er.

«Gelegentlich deckt sich dein Geschmack mit dem von Luppich», sagte Alex. «Ich will nicht den Kopf schräg legen und den sentimentalen Hund geben, sondern ein Mann hinter seinem Instrument sein.»

«Vor allem hinter», sagte Klaus. «Auf den anderen ist doch nur der Flügel zu sehen. Was ist nun mit Tian?»

«Ich hab ihn vor ein paar Tagen bei Guste getroffen. Sie hat mich zu einer Dessertauswahl eingeladen und ihn gleich dazu. Weil ich ihr doch vierundzwanzig Löffel geschenkt habe. Damit sie einen Vorrat hat.»

«Hattest du den Eindruck, Guste fehle es an Löffeln?»

«Es war ein Zitat. Sie hatte mir gesagt, dass sie noch den Frühling erleben wolle, doch einmal müsse man den Löffel abgeben.»

«Ist sie krank?»

«Nichts Ernstes, sagt Tian. Vielleicht ein bisschen lebenssatt.»

«Guste? Das passt nicht zu ihr», sagte Klaus. «Du hast ihr also einen Satz Löffel geschenkt, damit sie immer welche in petto hat.» Er lächelte. «Das wird ihr gefallen haben. Du bist ein guter Junge.»

«Vielleicht doch eher ein sentimentaler Hund. Und Tian

scheint mir einigermaßen stabil, obwohl er beim letzten Treffen im Jahreszeiten schon auf der Treppe zum Hotel leicht außer Atem kam.»

«Er sollte sich operieren lassen.»

«Für ihn hat eine Operation mehr mit Sterben als mit Leben zu tun.»

«Quatsch», sagte Klaus. «Das können die gut mit den Bypässen.»

«Gibt es Neues von Ruth?», fragte Alex.

«Sie warten auf die Anklageschrift.»

«Denkst du, dass sie suizidgefährdet ist? Deine Mutter hat mal gesagt, Ruth habe einen Märtyrerwillen.»

«Ich erinnere mich», sagte Klaus. «Möge sie den überwunden haben. Genügt ja, dass dieser András seinen Märtyrertod gefunden hat.»

Die nächste Gelegenheit hätte András vielleicht in Stockholm gehabt. Hatte er nicht seine Hoffnung darauf gesetzt, dem Kommando Holger Meins anzugehören, das mit sechs Leuten die Deutsche Botschaft in Stockholm überfiel, Geiseln nahm, sich verschanzte? Und wieder ging es darum, die führenden Köpfe freizupressen.

Zwei tote Diplomaten. Zwei tote Terroristen. Katja hörte in der *dpa* davon. Wenn András noch am Leben wäre, hätte er dann an der Geiselnahme teilgenommen? Sie blieb im Büro in der Erwartung, zu dem Fotografenteam zu gehören, das nach Stockholm fliegen sollte. Doch als nach Mitternacht die Meldung vom gesprengten Obergeschoss der Botschaft über die Ticker lief, wurde anders entschieden.

«Du fliegst nächste Woche nach Vietnam», sagte ihr Chef. «Dort geht gerade ein Krieg zu Ende. Diese Eindrücke will ich von dir.»

*Dann kommt ein anderer Krieg*, hatte Alex mal in ihrer Küche in der Papenhuder Straße gesagt. Dieser Krieg hatte bereits vor sieben Tagen in Kambodscha begonnen, als die Roten Khmer in Phnom Penh einfielen.

Ruth saß im Lübecker Gefängnis. Von Nachrichten abgeschnitten. Vom Geschehen in Stockholm erfuhr sie erst Tage später. Auch davon, dass der Vietnamkrieg vorüber war.

Schönster Frieden in Florentines und Roberts Wohnung. Sie hatten nicht geheiratet, doch das Einweihungsfest fühlte sich so an. Sekt in den Gläsern, Blumen in den Vasen. Die Kinder tappten zwischen ihnen und zeugten davon, dass das Leben weiterging. *The Good Life*. Obwohl die Welt kaputt war.

«Ihr seid noch ein wenig unterdekoriert», sagte Klaus.

«Ließe man mich nur», sagte Robert. «Ich würde lauter Poster von Carl Larsson aufhängen, und zwar in allen Zimmern.»

«Du hast immer schon das Idyll gesucht.»

«Ich habe es fast gefunden. Du doch auch.»

«Ja», sagte Klaus. Er sah zu Alex hinüber, der im Gespräch mit Lina war und dem freundlichen kleinen Mann, den Lina mitgebracht hatte.

«Solche Stoffe habe ich in den zwanziger Jahren getragen», sagte Ida in dem Augenblick und fasste Katjas Bluse an.

«Vom Flohmarkt», sagte Katja. «Aber in der Grindelallee gibt es einen Laden, der Kleider aus Viskosestoffen nach alten Vorlagen macht. O'Hara.»

«Du willst den Krieg in Vietnam fotografieren?»

«Er ist vorbei», sagte Katja. «Ich komme nur noch zum Nachklang.»

«Uns ist alles andere als wohl bei dem Gedanken, dass du fliegst», sagte Henny. Sie blieb bei Ida und Katja stehen.

«Wenn es noch gefährlich wäre, ließe der Chefredakteur das doch gar nicht zu», sagte Ida. Katja widersprach dieser Annahme nicht, nur kein Öl ins Feuer gießen, sie wusste, wer sich alles sorgte. Aber sie war Reporterin geworden, um das Weltgeschehen festzuhalten, nicht der Fotos vom prächtigsten Rammler im Kaninchenzüchterverein wegen.

«Florentine! Ich habe eine Lampe bei Prediger gesehen, die genau hier hinpassen würde», rief Ida da auch schon ihrer Tochter zu.

Henny blickte zu Klaus, der bereits versucht hatte, sie und Marike zu beruhigen in Sachen Vietnam. Er stand noch mit Robert da, doch der fing gerade Lori auf, der in seine Arme gelaufen kam, und hob das vor Lachen quietschende Kind hoch in die Luft. Auch von Alex wurde sie beobachtet, diese kleine herzliche Szene, einen Augenblick lang lenkte sie ihn vom Gespräch ab, dann wandte er sich wieder Lina zu und Karl Luetken, um über die Kahlschlagsanierung zu sprechen, von der Ottensen nun doch verschont geblieben war.

Klaus ging zu Theo, der auf dem neuen Ledersofa saß, Konstantin war gerade aufgestanden, um in die Küche zu gehen und sich noch mal den Teller zu füllen mit Gustes Käsegebäck, von dem Tian ganze Bleche voll in die Sierichstraße transportiert hatte.

«Wusstest du, dass er Frauenarzt werden will?», fragte Theo und sah seinem Enkel nach.

«Er hat es Alex erzählt», sagte Klaus.

«Komm, setz dich einen Augenblick zu mir», sagte Theo. «Wie geht es euch beiden? Hat Alex nicht einen Termin bei Bunsen gehabt?»

«Die übliche Blutuntersuchung, die das neue Labor in Alarm versetzt hat.»

«Was war alarmierend?»

«Das Arsen in Alex' Blut. Vermutlich dachten sie, er sollte vergiftet werden. Von der Idee des Arztes in Argentinien, die vermeintliche Leukämie damit zu behandeln, hat er wirklich lebenslang was.»

«Arsen war ein Vorläufer unserer heutigen Chemotherapie.»

«Das weiß ich alles. Doch ich wünschte, der Argentinier wäre ein besserer Diagnostiker gewesen. Alex wäre sicher gesünder ohne das Zeug in seinem Körper.»

«Gab es denn sonst eine Veränderung?»

Klaus schüttelte den Kopf. «Alles wie gehabt», sagte er.

«Und was hältst du von Katjas Reiseplänen?»

«Sie fliegt ja nicht allein, sondern mit zwei Kollegen.»

«Das macht es sicherer?»

«Ihr könnt sie nicht aufhalten», sagte Klaus.

«Bei Prediger haben Anfang der zwanziger Jahre meine Eltern ihre Gaslampen gekauft», sagte Käthe da gerade zu Henny. «Da gab es bei Ida längst elektrisches Licht. Wenn ich daran denke, dass ich bei ihr im Hofweg vorgesprochen habe, um meine Mutter als Putzfrau anzubieten, ist unsere lebenslange Freundschaft eigentlich ein Wunder.»

«Was haben wir seitdem alles erlebt», sagte Henny.

«Darum brechen Rudi und ich auch jetzt auf. Wir sind noch nicht gut im Feiern. Bitte entschuldige uns bei den Gastgebern.»

«Haben sich Käthe und Rudi auf Französisch verabschiedet?», fragte Theo kurz darauf und nahm für Henny und sich je ein Glas Sekt vom Tablett, das Pina präsentierte. «Das hier ist ihnen wohl noch zu viel.»

«Wer sich in Gefahr begibt, kommt darin um», sagte Guste da gerade in der Küche. Doch sie hatte sich nur verbrannt an dem Blech mit ihrem Käsegebäck, das sie aus dem Backofen holte.

Ein Licht über den Dächern der grauen Häuser, als drohe ein Gewitter, doch vielleicht drohten gerade mal wieder die Götter ob des Frevels, Berlin durch eine Mauer zu teilen. Katja war am Kurfürstendamm in die U-Bahn gestiegen, tote Bahnhöfe, durch die sie fuhr, nachdem der Zug die Kochstraße verlassen hatte, die letzte Station im Westsektor.

Am Bahnhof Friedrichstraße gab sie am Schalter ihren Pass ab, in dem schon Stempel aus Vietnam waren, das Visum für die Vereinigen Staaten von Amerika, Katja wartete, um den Stempel für die Einreise zu erhalten, schob die sechs Mark fünfzig für den Zwangsumtausch hin. Dann stand sie im Osten der Stadt unter dem Himmel mit dem Willink'schen Licht, das hier eindrucksvoller zu sein schien als auf der anderen Seite, vielleicht weil es noch viel mehr Ruinen gab.

Einen Zettel, den sie aus ihrer Weste mit den Dutzend Taschen zog, die ziemlich kryptische Skizze des Kollegen von der *dpa*, der schon seit zwei Jahren in Ostberlin akkreditiert war. Die Skizze sollte sie zur Clara-Zetkin-Straße führen, Katja schulterte die Tasche, in der die Kameras waren, und machte sich auf den Weg.

Nur die kleine Ausrüstung, zwei ihrer Nikons, sie rechnete nicht damit zu fotografieren, wollte den Korrespondenten der *Süddeutschen Zeitung* kennenlernen, der anders als die anderen westdeutschen Kollegen hier nicht nur arbeitete, sondern mit seiner Familie im Ostteil der Stadt lebte. Wurde es ihr ein wenig langweilig, ausschließlich für die Agentur unterwegs zu sein? Streckte sie Fühler aus, wie sich das freie Arbeiten anfühlen könnte?

Da saß einer auf dem Kokosfaserteppich im Büro der *Süddeutschen Zeitung*. Im Schneidersitz las er den *Spiegel*, während hinter ihm noch telefoniert wurde. Gutaussehend war er und jung. Dunkle kurze Haare, die ihm dennoch in die Stirn fielen. Eine runde Brille, die aussah wie aus feinem Draht gebogen.

«Jon», sagte er und erhob sich aus seinem Schneidersitz.

«Das ist ein amerikanischer Name», sagte Katja.

«Der Name eines Jungen, der mit zwei Jahren nicht Jonathan sagen konnte», sagte Jon. «Dabei ist es dann geblieben.»

Der Korrespondent, der nun zu ihnen trat, lächelte und schwieg. Auch Till Arent spürte die Magie des Augenblicks.

Katja hielt ein Kärtchen in der Hand, als sie ausreiste aus dem Land, das DDR hieß. *Jon Feldmann. Schauspieler. Straßburger Straße. Prenzlauer Berg.* Ihr ein fremder Ort.

Sie kriegte ihn nicht aus dem Kopf, diesen Jon.

«Lass uns mal einen näheren Blick auf die DDR haben», sagte sie ihrem Ressortleiter in der *dpa*. «Ich würde da gern fotografieren, eine richtig große Reportage über Land und Leute.»

«Warum bist du auf einmal so heiß darauf?», fragte der. Sie gingen was trinken in der Gurke am Mittelweg, einem Lokal, nicht weit von der Agentur. Es ließ sich gut trinken dort.

«Ich habe in Ostberlin jemanden kennengelernt, den ich gern wiedersehen würde», sagte Katja.

«Die sind doch alle bei der Stasi», sagte ihr Ressortleiter. «Verlieb dich nicht in einen von drüben. Das kann nur Unglück bedeuten.»

Arent kündigte ihr telefonisch Post an, die er im Westen der Stadt in den Briefkasten geworfen hatte. An die Adresse der Agentur. «Jon Feldmann hat mich darum gebeten», sagte er.

Ein Liebesbrief, den sie am nächsten Tag in den Händen hielt. Für Katjuscha. Bei Karsten war sie Katja Kratzbürste gewesen. Sie las den kleinen Steckbrief, den Jon dazugelegt hatte. Auf den Tag zwei Monate vor ihr war er geboren. Am 19. März 1950. An der Volksbühne engagiert. Die Erziehung zur sozialistischen Persönlichkeit sei an ihm gescheitert, schrieb Jon. Das verdanke er seinem großen Bruder, bei dem er seit seinem zehnten Lebensjahr lebe. Er hoffe, der Freigeist zu sein, den der Bruder aus ihm habe machen wollen.

*Kannst du kommen? Ich habe zwei spielfreie Tage. Montag. Dienstag.*

Am Dienstag musste Katja in Madrid sein, wo das Franco-Regime dem Zusammenbruch nahe war und der Tod des Diktators nicht mehr fern. Doch sie flog am frühen Montag mit der *Pan Am* nach Berlin. Landete in Tegel und tat das Gepäck für Madrid in ein Schließfach. Kam kurz nach neun an der Friedrichstraße an. Erhielt ein Tagesvisum. Trat aus dem Bahnhof und sah Jon.

Ein ganzer Tag, um festzustellen, ob diese Liebe ein großer Irrtum war und nur unter der Wucht des Willink'schen Himmels möglich gewesen.

«Du hast rote Augen. Ist dir schon zum Weinen?»

«Ich habe gestern Abend auf der Bühne Kontaktlinsen getragen. Das Plexiglas löst leicht Reizungen aus.»

«Plexiglas?»

Jon lächelte. «Ihr habt bessere Linsen.»

Ein milder Oktobertag, der ihnen da geschenkt wurde. «Das Wetter macht sich fein für den *Tag der Republik* morgen», sagte Jon. Er zeigte ihr die Orte seiner Kindheit am Prenzlauer Berg. Lud sie ins Metzer Eck ein, Ecke Straßburger Straße.

«*People will say we are in love*», sagte Jon, als sie dann zu ihm gingen.

«Den Titel kennst du? Der ist aus *Oklahoma*. Einem Musical.»

«Künstler haben eher mal Zugang zur westlichen Dekadenz.»

«Das gilt wohl nicht für Kontaktlinsen», sagte Katja. «Gib mir deine Dioptrienzahl. Dann bringe ich das nächste Mal dekadentere.»

«Lass mich ganz nah bei dir sein. Um vierundzwanzig Uhr musst du ausreisen. Da sind sie unnachgiebig. Vorsichtig ausgedrückt.»

«Dein Bruder arbeitet?»

«Das tut er von zu Hause. Doch jetzt hat er einen Termin. Bis sechs haben wir sturmfreie Bude. Du lernst ihn heute noch kennen.»

Als sie dann vor Mitternacht am Bahnhof Friedrichstraße ankamen, dem Tränenpalast, in dem so viele Trennungstränen geweint wurden, lagen sie einander in den Armen. «Ich liebe dich, Katjuscha.»

«Ich dich auch, Jon», sagte Katja. Sie irrten sich nicht.

Käthe warf einen Blick auf das Fahndungsplakat, das an der Tür der Sparkasse hing. Sollten sie die Plakate doch endlich austauschen, noch immer Ruth und András, deren Gesichter ein schwarzes X durchkreuzte.

«Ich liebe dich doch, Ruth», sagte sie zu dem Foto der jungen Frau mit den dunklen kurzen Locken. Das hatte sie viel zu selten gesagt, Ruths und ihr Verhältnis zueinander war eher spröde gewesen. Hatte irgendwas an Käthes Verhalten Ruth dazu getrieben zu werden, was sie wurde? *Blödsinn*, hatte Rudi gesagt. *Red dir bloß nichts ein.*

Diese Suche nach den Fehlern, die gemacht worden waren.

Vor dem Blumenladen lagen schon erste Tannengestecke für die Totengedenktage im November, dabei war der Oktober gerade acht Tage alt. Nach Ohlsdorf wollten sie am Sonnabend, da brauchten sie keine Gedenktage, um zum Grab von Rudis Vater zu gehen, das nun auch Louises war. Käthe trat ein in den Laden, kaufte fünf Stiele vom Lisianthus, rosa und weiß, Henny mochte die weichen Blüten gern.

Henny versuchte, sie bei Laune zu halten, lud sie in den Garten ein oder jetzt ans Kaminfeuer, welch ein Schatz ihre Freundschaft war.

Käthe ging an dem Klinkerneubau Ecke Körnerstraße vorbei, stand dann vor dem vertrauten Haus. Theo, der ihr die Tür öffnete, ein warmer Duft von Kuchen schon in der Diele. «Henny ist in der Küche», sagte Theo und nahm Käthe die Jacke ab. «Sie setzt auf die Mohntortentherapie. Ich bekomme auch ein Stück, dann seid ihr allein, ich fahre in die Praxis.»

«In die Praxis?»

Theo lächelte. «*Das* ist eine Therapie gegen Alterslangeweile. Die kluge Marike lädt mich gelegentlich ein, um mit mir den einen und anderen Fall zu besprechen. Sie weiß, dass ich die Luft dort brauche.»

«Das ist doch wunderbar, dass die Praxis in der Familie bleiben wird.»

«Noch ist der Herr Gynäkologe in der Quarta», sagte Theo.

«Was so aus den Kindern wird.» Käthe seufzte. «Wir warten noch auf einen Termin für den Prozess. Bei den Stammheimern hat es nach der Verhaftung fast drei Jahre gedauert.»

«Denen sind Taten von einem anderen Kaliber vorzuwerfen.»

«Oh, der schöne Lisianthus», sagte Henny, die aus der Küche kam. «Ich dachte, ihr sitzt schon längst am Tisch.»

Henny hatte den kleinen runden Tisch in der Ecke des Salons gedeckt, an dem sie nun zu dritt Kaffee tranken, Mohntorte aßen mit Blick in den herbstlichen Garten, in dem letzte Rosen blühten.

«Ich hab mich immer wieder an den Haaren aus dem Sumpf gezogen», sagte Käthe, nachdem Theo sich verabschiedet hatte und Henny und sie vor dem Kamin saßen. «Doch nun will mir das nicht mehr gelingen.»

«Du hast viel Kraft gelassen, Käthe.»

«Erinnerst du dich, wie ich dir vor Jahren von den Dämonen erzählte, die in der Nacht nach mir greifen? Die Toten habe ich dann vor Augen, die Tage in Neuengamme. Nun kommen die Bilder eines Parkplatzes in Hildesheim dazu. Ich bereue, sie mir angesehen zu haben.»

«Ruth lebt. Und András sollte dir nicht auf der Seele liegen.»

«Sie ist an einer Tat beteiligt, bei der ein Mensch getötet wurde. Nicht nur András.»

«Lade dir das nicht auch noch auf», sagte Henny. «Du hast in deinem Leben so viel Last getragen.» Sie streckte ihre Hand aus, um nach der von Käthe zu greifen.

*I'm Not In Love*, kam aus dem Radio in Katjas Küche.

«Na, holla», sagte Florentine. «Das sind Neuigkeiten. Wie werdet ihr das lösen zwischen Ost und West? Wird er einen Ausreiseantrag stellen? Ob der genehmigt wird? Ich habe keine Ahnung, wie da die Chancen stehen.»

Katja dachte an die Traurigkeit in Jons Augen, als die Sprache darauf gekommen war. Viel zu früh, darüber zu sprechen. Doch *er* hatte davon angefangen, wie ihre Liebe gelebt werden könnte. «Das alles wissen wir noch nicht», sagte sie.

«Vielleicht gastiert die Volksbühne bald im Westen, das Berliner Ensemble ist auch schon in Frankreich aufgetreten. Dann könnte er einfach hierbleiben.»

«Vielleicht», sagte Katja ohne große Überzeugung. «Willst du mehr Milch in den Tee?» Sie stand auf und öffnete den Kühlschrank, stellte die Milchtüte auf den Tisch.

«Schmeckt gut mit dem Pfeffer und dem Honig. Hast du diese Teezubereitung in Vietnam kennengelernt?»

Katja lächelte. «In einer Ostberliner Küche», sagte sie. «Jons Bruder hat ihn zubereitet.»

«Einen Bruder gibt es auch.»

«Vierzehn Jahre älter. Er hat den noch nicht ganz zehnjährigen Jon aufgenommen, als nach der Mutter auch der Vater starb.»

«Sie leben zusammen?»

«In einer großen Altbauwohnung. Ihre Eltern haben schon vor dem Krieg darin gewohnt. Sein Bruder ist Trickfilmzeichner bei der DEFA.»

«Ach, Katja. Das wird nicht einfach werden.»

«Nein», sagte Katja. «Wann ist es schon einfach. Ich habe übrigens die Fotos von dir in der *Elle* gesehen. Der Latzhosenträger, der dir über die nackte Schulter gleitet. Verlockend. Du bist noch genauso schön wie mit Anfang zwanzig.»

«Des Huskys Worte», sagte Florentine ohne die kleinste Verlegenheit.

«Ihr hattet auch einen langen Weg. Wer hätte gedacht, dass ihr mal mit zwei Kindern in einer gemeinsamen Wohnung lebt.»

«Ja», sagte Florentine. «Ich nicht. Doch es ist gut so, wie es ist. Warum hören wir eigentlich nichts von Ruths Anwalt wegen der Erlaubnis, sie endlich zu besuchen?»

«Diese Mühlen mahlen langsam», sagte Katja. Vermutlich bekäme sie auch noch viel zu oft mit Behörden zu tun.

«Ich wusste nicht, dass Sie so gut singen können», sagte die Kuck. «Hab bisher nur *Lalelu* von Ihnen gehört.»

Robert grinste. «Musikalität ist eine Grundvoraussetzung meines Berufes», sagte er. Kein Lied von Sinatra, das er gesungen hatte. Nur dieses von 10cc, das ein Ohrwurm war in diesem Jahr.

*I'm not in love*
*So don't forget it*
*It's just a silly phase*
*I'm going through*

Er summte es noch, als er mit Etta auf dem Arm die Wohnung verließ. Gut, dass der Kinderarzt gleich um die Ecke war, sollte er die Kleine mal abhorchen, sie hatte den ersten

Husten dieses Herbstes. Robert bog in den Poelchaukamp ein.

Das Leben mit den Kindern ließ sich gut organisieren, die Kuck, Pina, seine Schichtdienste im Funk machten es ihnen leicht. Florentine war noch immer viel unterwegs, doch sie legte Wert darauf, weitgehend Termine in den europäischen Städten anzunehmen und höchstens vier Nächte hintereinander von zu Hause weg zu sein.

Diese Fotos in der französischen *Elle*, Florentine schien ihm auf dem Höhepunkt ihrer Schönheit. Vor kurzem hatte sie davon gesprochen, nicht mehr mit vierzig vor den Kameras stehen zu wollen, noch war sie vierunddreißig. Genügend Zeit zu überlegen, was dann käme, kaum vorstellbar, dass sie sich ausschließlich dem Familienleben widmen wollte. Das wäre wohl eher eine Gefahr für ihr Zusammenleben.

Er traf Alex, als er aus der Arztpraxis kam. «Der NDR ist ja total vereinsamt heute. Du und ich auf dem Poelchaukamp.»

Alex lachte. «Klaus und Thies halten dort die Stange», sagte er. «Ich war bei meinem Handtherapeuten. Und ihr?»

«Beim Kinderarzt. Etta hustet, die Lunge ist aber frei.» Er sah, dass seine Tochter angefangen hatte, mit Alex zu flirten. «Was ist das mit dir und den Frauen?», fragte er. «Kaum sind sie zwei Jahre alt, machen sie dir schöne Augen.»

«Vielleicht merkt sie einfach, dass ich Kinder sehr gernhabe.»

«Du hast nicht allzu viele auf dem Arm gehabt, nicht wahr?»

«Die kleine Katja und dann Konstantin, doch der ist so schnell groß geworden. Er kommt mir schon erwachsen vor, dabei ist er Anfang voriger Woche erst dreizehn geworden.»

«Die Töchter deiner Schwester hast du nicht kennengelernt?»

«Nein. Sie wurden geboren, als ich schon in Argentinien
war. Den Rest der Geschichte kennst du.»

Robert nickte. «Du und ich sehen uns viel zu selten
außerhalb des Funkhauses», sagte er.

«Du warst mal ziemlich oft zu Gast bei Klaus und mir,
lass uns das wiederaufnehmen, *Old Green Eyes*. Komm mit
den Kindern.» Alex zögerte. «Und mit Florentine, wenn sie
denn dann da ist.»

«Sie ist häufiger hier als früher.»

Die Männer sahen einander an. Sie kriegten es gut hin.
Beide.

Schwarze Pappe mit Goldrand. Schrillbunte Papageien.
Ruth klebte nun auch die Pralinenschachteln für Stollwerck.
Knuspergold. Dachte dabei daran, wie sie András kennen-
gelernt hatte, damals im Türkendolch. Die Schwabinger
Nächte. Jazz im Domicile. Dann endlose Diskussionen, die
sie letztendlich nach Lübeck-Lauerhof geführt hatten.

Die anderen Frauen bekamen auch von Freunden Besuch, doch Katjas Antrag hatte der Staatsanwalt abgelehnt,
für Angehörige der RAF galten andere Vorschriften. Außer
ihrem Anwalt durften nur ein Mal im Monat ihre Eltern zu
ihr. Doch nur Rudi kam. Käthe könne nicht gut damit umgehen, wenn dort zwei Beamte säßen, die jedes Wort mit-
hörten, sagte er. Er fürchtete allerdings nicht nur Käthes
Widerspruchsgeist, sie schien vielem nervlich nicht mehr
gewachsen.

Schwarze Pappe mit Goldrand. Ein nächster Karton. *Das
Haus in der Karpfengasse* hatte sie damals im Türkendolch
gesehen, András war gar nicht in der Vorführung gewesen,

stand nur im Kinofoyer herum. Sprach sie an. Lud sie auf eine Cola ein. Warum war ihr denn nicht ein zweites Mal gelungen, von ihm loszukommen?

Ließe sich noch etwas aus ihrem Leben machen, wenn sie wieder in Freiheit war? Die verlorenen Jahre im Untergrund. Die verlorenen Jahre im Gefängnis. Acht Monate saß sie nun schon in Untersuchungshaft.

Das Telefon sei endlich repariert, schrieb Jon. Doch anders als bei den Briefen, die Till Arent in Westberlin einwerfe, sei die Stasi bei jedem Wort dabei. Katja hatte Herzklopfen, laut genug für die Spione schien es ihr, als ihm dann ein Telefonat gelang.

«Ich habe eine Stellprobe am Donnerstag um zehn. Kurzfristig angesetzt. Kommst du trotzdem? Um zwölf sollte ich zu Hause sein.»

Am Tag vorher hatte sie in Berlin zu tun. Kurz nach elf Uhr fuhr sie zur Friedrichstraße. Nahm die U-Bahn zum Senefelder Platz. Jon war noch nicht da. Stefan, der ihr die Tür öffnete, sie in das große helle Zimmer führte, das seines war, ihr eine Tasse füllte mit dem Tee, der in einer Kanne auf dem blau-weißen Keramikstövchen stand. Er bot ihr einen Stuhl an, setzte sich an den großen Tisch, an dem er zeichnete. Ein Schlafsofa, auf dem eine Flickendecke lag, daneben ein altes Klavier.

«Wer spielt darauf?», fragte Katja.

«Jon. Doch er ist ein lausiger Spieler. Er hängt daran, weil es das Klavier unserer Mutter war.»

«Wie kam es, dass eure Eltern so kurz hintereinander starben?»

«Sie starb an Krebs. Danach hat er sich das Leben genommen.»

«Und hat einen neunjährigen Jungen alleingelassen?»

«Er ahnte, dass ich bereitstand. Vielleicht dachte er auch, ein lebensfroher junger Mann täte Jon besser als ein Vater, der nicht aus seiner Trauer fand. Die Ehe unserer Eltern war symbiotisch, sie konnten nicht ohne einander.»

«Du hast dich in all den Jahren um Jon gekümmert.»

«Und jetzt kümmert er sich seit vier Jahren um mich.»

Ein Stirnrunzeln von Katja, sie sah Stefan fragend an. Viel Ähnlichkeit hatte er mit Jon. Das dunkle Haar, das bei dem Älteren länger war. Das gleiche fein geschnittene Gesicht. Keine Brille.

«Hat er dir nichts erzählt?»

«Nicht, dass er sich um dich kümmert.»

«Er versorgt mich, wenn ich bewusstlos auf dem Boden liege, mein Körper zuckt und sich verkrampft und ich Schaum vorm Mund habe.»

«Du bist Epileptiker?»

«Seit einem Motorradunfall. Schädelhirntrauma.»

Katja schwieg. «Das alles sieht man dir nicht an», sagte sie dann.

«Nicht außerhalb dieser Momente. Doch sie sind verantwortlich dafür, dass ich nicht allein leben kann, Katja.»

Die Bitterkeit der Erkenntnis erreichte sie erst Augenblicke später, Jons Traurigkeit fiel ihr ein, als eine Ausreise zur Sprache gekommen war.

Stefan stand auf und trat ans Fenster. Diverse Schuppen, auf die er blickte. Andere hohe alte Häuser auf der gegenüberliegenden Seite des Hofes. «Ich habe meinen kleinen Bruder noch nie so erlebt wie in diesem Oktober», sagte er. «Jon brennt vor Liebe zu dir.»

«Kommen die Anfälle oft?», fragte Katja.

«Etwa zwei in zwölf Tagen.»

«Ist ein Anfall nicht vor allem auf der Straße gefährlich?»

«Ich verlasse das Haus kaum ohne Jon. Nur für Termine in der Charité oder der DEFA. Dann nehme ich ein Taxi von Tür zu Tür.»

Katja umfasste die Teetasse, als wolle sie ihre Hände daran wärmen.

«Ich werde Jons Glück nicht im Wege stehen, wenn er bei dir leben will. Aber es gibt nur wenige, denen eine Ausreise gelingt.»

«Er wird dich nicht zurücklassen», sagte Katja.

Stefan drehte sich um. Erst jetzt bemerkten sie Jon, der in der Tür zum Zimmer seines Bruders stand und Katjas Blick suchte.

«Ich hätte es dir im ersten Augenblick sagen sollen.»

«In Arents Büro?»

«Als mich der Blitz traf», sagte Jon. «In Arents Büro.»

Fühlten sie sich jetzt nicht auch vom Blitz getroffen, als sie vor dem Haus in der Straßburger Straße standen, schließlich den Weg zum alten Wasserturm einschlugen?

«Du wirst die Ausreise erst gar nicht versuchen.» Eine Feststellung.

«Ich kann ihn nicht zurücklassen. Er hat so viel getan für mich. Das eigene Leben den Bedürfnissen des kleinen Jungen angepasst, da war Stefan jünger, als du und ich es sind.» Er traute sich nicht, Katja zu küssen, griff stattdessen nach ihren Händen da auf der Wiese am Wasserturm. «Was wird mit dir und mir?»

«Haben wir denn eine Zukunft zwischen Ost und West?»

«Ich bitte dich um eine Zukunft, Katjuscha», sagte Jon.

Die Sonne war noch nicht untergegangen, als er Katja zum Bahnhof Friedrichstraße begleitete. Ihr Tagesvisum lief erst in sieben Stunden ab.

«Ich muss nachdenken, Jon.»

Könnte sie denn in Ostberlin leben? Er hoffte darauf.

Erst im letzten Augenblick fielen ihr die Kontaktlinsen ein, die sie in der Tasche hatte. Als Jon die kleinen Dosen nahm, fing er zu weinen an.

Ihrer beider Heulerei tat dem Tränenpalast Ehre. Als der Zug den toten Bahnsteig der Französischen Straße durchfuhr, dachte Katja, nicht leben zu können in Ostberlin. Nein. Keine Wanderin zwischen den Welten.

# JANUAR 1977

Die Anklage wegen Mordes und versuchten Mordes beim Anschlag auf das US-Hauptquartier in Frankfurt am 11. Mai 1972 war fallengelassen worden. Doch Ruths Beteiligung an den Vorbereitungen zu dieser Tat wurde verhandelt im Prozess. Was blieb, war die Verurteilung wegen unerlaubten Waffenbesitzes, Urkundenfälschung, schweren Raubes und des Tatbestands, Mitglied einer kriminellen Vereinigung gewesen zu sein.

Fünf Jahre. Sechs Monate.

«Ruth wird sechsunddreißig werden, wenn sie aus dem Gefängnis kommt», sagte Käthe. «Kann sein, dass wir dann gar nicht mehr leben.» Tassen mit Kakao standen vor Henny und Käthe, ein Fensterplatz in der Konditorei Vernimb. Von ihr sahen sie hinab auf die schneenasse Spitaler Straße.

Henny hatte allerdings vor, dann noch zu leben. Theos Versprechen, neunzig zu werden, da wollte sie dabei sein. Käthe hatte einen Hang zur Schwarzseherei in diesen wieder einmal unruhigen Zeiten. Ob die siebziger Jahre noch Frieden finden würden?

«Sieh dir Lina an. Da ist doch Lebensfreude, obwohl sie allein lebt. Du hast deinen Rudi.»

«Sie hat den Luetken», sagte Käthe.

«Das ist keine Liebesbeziehung. Ich nehme an, Kurt war der einzige Mann, mit dem sie je geschlafen hat.»

«Irgendwann ist das mit dem Sex vorbei.»

«Ist das bei dir so?», fragte Henny.

Käthe grinste.

Das Thema am Köcheln halten, das holte Käthe aus ihrer Düsternis. Von Lust und Leidenschaft hatte sie immer liebend gern gesprochen.

«Na also. Bei Theo und mir ist es auch noch nicht vorbei, wenn auch eher ein gelegentliches Gefunkel.»

«Du drückst dich bei dem Thema gern blumig aus», sagte Käthe. «Das ist eine Verklemmtheit, die du deiner Mutter zu verdanken hast.»

Jetzt grinste Henny. Da kam ihre alte Käthe hervor. Doch deren heitere Laune verfiel im nächsten Augenblick. «Das Thema Enkel hat sich damit erledigt», sagte sie.

«Hätte sie ein Kind mit András haben sollen?»

Käthe schüttelte den Kopf.

«Und warum sollte es zu spät sein, wenn Ruth in Freiheit ist? Als Florentine geboren wurde, war Ida fast vierzig.»

«Wer will denn ein Kind mit einer Frau von der RAF? Wenn sie sich nur nichts antut wie die Ulrike Meinhof.»

«Käthe, du bist eine alte Unke geworden.»

«Du fütterst mich mit Kuchen und Kakao und sitzt mit einer alten Unke am Tisch.» Nun musste Käthe doch noch mal lächeln.

«Die sich gleich bei Peek & Cloppenburg was Schönes aussucht, das ich ihr zum Geburtstag schenken kann», sagte Henny.

«Jetzt ist erst Lina mit Geburtstag dran.»

«Der kaufen wir einen warmen Schal», sagte Henny. Ihre Schwägerin lief viel zu oft mit nacktem Hals herum, und das mitten im kalten Winter.

Er habe schon länger als ein Jahr keinen Kontakt mehr zu der Reporterin aus Hamburg, sagte Jon, als er an diesem Januartag in einem Büro der Normannenstraße saß, dem Hauptquartier der Stasi. Konnten sie von den Briefen wissen, die Till Arent via Westberlin an Katja schickte? Sie hatten sich nicht gesehen seit dem Abschied im Tränenpalast, zu groß die Angst, sich aneinander zu verbrennen, die Qual des Getrenntseins nur noch zu vergrößern. Doch da waren die Briefe. Seine und seltener die von Katja, die sie in die Hauspost des *Stern* legte und die Till im Büro des Magazins in der Westberliner Kurfürstenstraße abholte. Wäre ohne dessen Kurierdienste alles vorbei?

«Versuch, zu ihr in den Westen zu kommen», hatte Stefan gesagt.

«Und was wird mit dir?»

Stefan hatte geschwiegen.

All die Gedankenspiele, nachdem Jon klargeworden war, dass Katja nicht zu ihm in den Osten käme.

«Du und ich könnten gemeinsam einen Ausreiseantrag stellen.»

«Dann leben Katja und du mit mir? Nein, Jon. Das täte keinem gut. Ich bin auch dankbar, noch zeichnen zu dürfen. Denkst du denn, dass ich in Hamburg eine Chance bekäme? Als Epileptiker? Im Westen wird mit härteren Bandagen gekämpft. Und wenn wir die Anträge stellen, bist du dein Engagement los und ich die Arbeit bei der DEFA. Dann gehören wir zu denen, die nicht mehr *tragbar* sind.»

Jon verließ die Zentrale des Ministeriums für Staatssicherheit in Lichtenberg, lief den langen Weg über Friedrichshain zur Volksbühne unweit der Straßburger Straße. Sich klarwerden. Über was? Die Liebe zu Katja? Daran gab es keinen Zweifel. Er hoffte nur, dass Katja nicht zu zweifeln begann. An ihrer Liebe zu ihm.

Dass er ablehnte, Till Arent zu bespitzeln, hatte der Stasi-Offizier ihm durchgehen lassen. Vermutlich gab es schon ein Heer von Informellen Mitarbeitern, die auf den Korrespondenten angesetzt waren.

Das Klima hatte sich verändert, seit Wolf Biermann ausgebürgert worden war nach seinem Kölner Auftritt im vorigen November, eine Konzertreise, die die ostdeutsche Obrigkeit dem Liedermacher doch genehmigt hatte. Seitdem wurden Petitionen unterschrieben, mit großem und kleinem Mut Solidarität kundgetan, viele Intellektuelle und Künstler, die das Land verlassen wollten.

Jon betrat einen Seiteneingang des Theaters am Rosa-Luxemburg-Platz. Erste Leseprobe zu der Komödie von Alexander Suchowo-Kobylin, in der er besetzt worden war. Jon sah auf die alte Zenith am Handgelenk, die Uhr seines Vaters. Er kam trotz des Spaziergangs zeitig. Die Stasi lud gern zur frühen Stunde ein, ihm war es schwergefallen, aus dem Bett zu kommen, als der Wecker um halb sechs klingelte.

Ein Glück, gestern Abend zu Hause gewesen zu sein, als Stefan einen heftigen Anfall gehabt hatte, der Atemstillstand war über die üblichen dreißig Sekunden hinausgegangen. Im Fallen hatte er sich an der Kante des Zeichentisches gestoßen, die blutende Wunde am Kopf war von Jon versorgt worden, als sein Bruder nach zwei langen Minuten langsam zu sich gekommen war. Nein, Jon durfte ihn nicht zurücklassen. Eine Erkenntnis, die stets alle Gedankenspiele beendete.

Er trat ein und setzte sich zu den Kollegen, legte auch seinen Text auf den Tisch, ein erster Schritt der Vorbereitung auf die Rolle des Nelkin in *Kretschinskis Hochzeit*.

Katja zweifelte nicht an ihrer Liebe zu Jon. Sie kam allerdings auch kaum zum Grübeln, ihr Leben hatte eine hohe Geschwindigkeit aufgenommen.

Seit Katja als freie Fotoreporterin arbeitete, konnte sie sich nicht retten vor Aufträgen, wenn auch der *Stern* ihr größter Auftraggeber blieb. Ihr Blick für das Besondere in den Alltagsszenen ließ sie zu einem Liebling der Bildredakteure werden. Vor Katjas Kamera wurde alles fotogen, ob es eine wilde Müllhalde in Italien war oder bierselige Männer in einem irischen Pub.

Als ihre Mitbewohnerinnen fast gleichzeitig auszogen, war sie ganz dankbar, die große Wohnung nun für sich zu haben, leisten konnte sie sich das. Sie dachte darüber nach, Jon vorzuschlagen, die Ausreise mit Stefan zu beantragen, obwohl sie nicht annahm, dass Jons Bruder dieses Leben zu dritt wollte. Tat *sie* es denn?

Viermal war sie im vergangenen Jahr zum Fotografieren in Westberlin gewesen, viermal war sie auf dem Weg zur Friedrichstraße umgekehrt, noch auf der Treppe zur U-Bahn. Weil sie die eigene jähe Entscheidung fürchtete, im Osten zu bleiben, denn noch einmal ertrug sie es nicht, Jon zurückzulassen, wenn sich die Tür zu den Zügen in den Westen hinter ihr schloss.

An diesem Abend schlich sie um das hellgraue Telefon im Flur, neben dem der Zettel mit Jons Nummer lag. 00 372. Die Vorwahl für Ostberlin. Nach der Sieben hörte sie auf, die Wählscheibe zu drehen. Lief in der Wohnung herum, in der die zwei großen Zimmer noch leer standen, wählte erneut. Hielt den Atem an, als abgenommen wurde. Schwieg.

«Katja?», fragte Stefan hellsichtig. «Jon ist im Theater.»

«Ich habe nur Jons Stimme hören wollen», sagte sie. «Verzeih.»

Stefan lauschte noch in den Hörer hinein, als Katja schon aufgelegt hatte. Ein zweites Knacken in der Leitung. Er legte den Hörer in die Gabel des Vorkriegstelefons und blickte vor sich hin.

Rudi sorgte sich seit langem um Käthes Gemütszustand, doch als sie ihn bat, ihr Gedichte vorzulesen, war er aufs höchste alarmiert.

«Hast du vor zu sterben?», fragte er.

Käthe lächelte. «Vielleicht will ich was gutmachen», sagte sie. «Du hast ein Leben lang darunter gelitten, dass ich deine Gedichte nicht hören wollte.»

«Darum frage ich», sagte Rudi. «Hast du vor zu sterben?»

*Überall ist Wunderland* las er ihr vor. Von Joachim Ringelnatz. Kurt Schwitters *An Anna Blume*.

«Die gefallen mir beide», sagte Käthe. «Kannst ruhig noch ein paar mehr vorlesen.»

Hatte er ihr ein Leben lang zu schwere Kost zugemutet? «Joseph von Eichendorff. Das Gedicht heißt *Wünschelrute*.»

*Schläft ein Lied in allen Dingen,*
*Die da träumen fort und fort,*
*Und die Welt hebt an zu singen,*
*Triffst du nur das Zauberwort.*

Vielleicht hatte er das Zauberwort nun endlich gefunden.

«Ruth sitzt ihre Strafe ab, und danach wird alles gut», sagte Rudi.

Doch keiner von ihnen glaubte das.

«Und was hast du vor mit all dem Platz?», fragte Marike, die in Gundas einstigem Zimmer stand. «Sieht gut aus mit der offenen Doppeltür, alles wirkt gleich viel großzügiger.»

«Streichen», sagte Katja. «Und einen langen Tisch kaufen. Davon träume ich. Ein Tisch, an dem man essen, trinken und beten kann.»

Marike sah ihre Tochter erstaunt an. «Du betest?»

«In der Hoffnung, dass mir der Himmel hilft.» Katja lachte. «Nimm mich nicht zu ernst.» Sie ging durch die Doppeltür in das eigene Zimmer und nahm auf dem Sofa Platz. «Setz dich zu mir, Mama», sagte sie.

«Du solltest das Parkett mal aufarbeiten lassen.»

«Am Nest bauen. Ich hätte große Lust dazu. Das ist doch eines von Klaus' Lieblingsliedern. *He'll build a little home just meant for two.*»

«Jon», sagte Marike. «Du liebst ihn noch.»

«Ja.» Katja stand auf und ging zu dem Bücherregal. Eine gerahmte Fotografie, die sie ihrer Mutter brachte.

«Die hast du mir bisher nicht gezeigt.»

«Ich habe sie erst im Dezember bekommen, ein Päckchen, das via Westberlin zu mir gefunden hat. Ich hatte ihn um ein Foto gebeten.»

«Hat er auch eines von dir?»

«Ich gehe von vierundzwanzig aus. Jon hat mich damals im Oktober mit meiner Nikon fotografiert, in die ich vorher einen neuen Film gelegt hatte. Als der voll war, hat er ihn an sich genommen.»

«Ein gutaussehender Mann und sympathisch. Ich wünschte, da fehlte nichts anderes als unser Segen, Thies wird er auch gefallen.»

«Geht es dir noch immer gut mit Papa?»

«Er ist mir der vertrauteste Mensch. Ich kenne ihn, seit ich sechs war. Ich mache mir nur Gedanken, wie es weitergeht, wenn Thies in diesem Jahr pensioniert wird. Ob er ohne den NDR leben kann.»

Katja zögerte einen Moment, ob sie nachhaken sollte, doch sie ließ es.

«Vielleicht solltet ihr euch in Prag treffen. Oder Budapest», schlug Marike vor.

«Und dann kehrt jeder auf seine Seite der Mauer zurück?»

«Im Mai wirst du siebenundzwanzig.»

«Du meinst, ab dann gelte ich als spät gebärend?»

«Undenkbar, dass die Mauer fällt», sagte Marike.

Davon war Katja auch überzeugt.


Das verhaltene Licht in der Kaminhalle des Vier Jahreszeiten konnte kaum kaschieren, dass Tian tiefe Ringe unter den Augen hatte.

«Guck nicht so erschrocken, ich sehe elend aus, ich weiß, und wenn ich es nicht wüsste, würde mir das der Familienchor singen.»

«Frau, Tochter, Schwiegersohn?»

«Wenn Florentine ihn doch endlich heiraten würde.»

«Sie scheinen auch so glücklich zu sein mit ihren Kindern.»

Tian sah Alex an. «Ich hätte das gern geregelt. Vielleicht habe ich zu sehr darunter gelitten, dass Ida und ich lange nicht heiraten konnten.»

«Ich bin schon dankbar, mit Klaus leben zu dürfen, ohne eine Anzeige wegen sittenwidrigen Verhaltens zu riskieren.»

«Als ich dich eben in die Halle kommen sah», sagte Tian und ließ den Satz in der Luft hängen.

Alex wartete darauf, dass er fortfuhr. «Was war da?»,

fragte er schließlich. Ihn beunruhigte, wie verlangsamt Tian wirkte.

«Ich dachte, dass dein Stock nur noch ein Accessoire ist.»

«Vielleicht ist er an manchen Tagen tatsächlich eher eine mentale Stütze. Aber es gibt auch die anderen Tage.»

«Du kommst mit deiner Krankheit gut durchs Leben.»

«Ja», sagte Alex. «Wenn ich daran denke, dass ich einunddreißig Jahre alt war, als ich nach Hamburg zurückkehrte, um hier zu sterben, bin ich weit gekommen. Tian, bitte lass dich operieren.»

Tian blickte auf die Teekännchen, die gerade serviert worden waren.

«Florentine sitzt mir auch im Nacken», sagte er.

«Deine Frau nicht?»

«Die Furcht, die ich vor der Operation habe, hat sich inzwischen auf Ida übertragen.»

Alex sah hoch zur Decke der Kaminhalle, all die Sätze, die da schon im Stuck hingen, die gesagten und die ungesagten. Durfte er den Freund denn drängen zu etwas, vor dem Tian sich derart fürchtete?

«Ich werde mich operieren lassen. Im Herbst.»

«Warum willst du so lange warten?»

«Weil ich noch einen Sommer erleben will.»

Alex seufzte. Guste hatte noch einen Frühling erleben wollen. Sollte er Tian auch einen Satz Löffel schenken? Bei Guste hatten die geholfen, sie würde in diesem Jahr neunzig werden und war wieder ziemlich fidel.

«Robert hat das Spielhaus renoviert, das Momme mal für seine Töchter gebaut hat, die jüngste Siemsen wird zwölf, die spielt nicht mehr darin. Doch Lori und Etta werden es tun, da will ich vom Liegestuhl aus zugucken.»

«Das könntest du auch als Rekonvaleszent.»

Tian widmete sich dem Tee, wie er es immer tat. Earl Grey für Alex. First Flush Darjeeling für ihn.

«Wirst du ins UKE gehen?»

«Verlassen wir das Thema mal», sagte Tian. «Erzähl mir, was du tust. Dein letztes Album ist zwei Jahre her.»

«Anderthalb seit der Veröffentlichung.» *Add The Blues* war bei den Kritikern gut angekommen, doch das Album hatte sich nicht so gut verkauft wie *Remember The Sixties*. Die Philips, die in Phonogram umbenannt worden war, zögerte noch, kein Luppich mehr, der zu einer Produktion drängte.

«Wir werden mit dem Quintett eine neue LP produzieren.»

«Der kleine nervige Produzent fehlt dir.»

«Ja», sagte Alex. «Wer hätte das gedacht.» Luppich hatte sich das gedacht, als er im April vor fünf Jahren das Ende seiner Tätigkeit als Produzent mit großem Vorlauf angekündigt hatte.

«Lorenz ist ziemlich musikalisch. Das fasziniert mich, ich bin es leider ganz und gar nicht. Stimme ich ein Lied an, hält sich Ida die Ohren zu. Nach seinem siebten Geburtstag soll Lori Klavierstunden kriegen.»

Das wusste Alex schon, *Old Green Eyes* hatte es ihm erzählt. «Er hat einen musikalischen Vater», sagte er. «Das wird zwar bei Tontechnikern vorausgesetzt, doch Robert ist da besonders begabt. Leider konnte er nicht Tonmeister werden, dafür fehlt ihm das Abitur. Mich hat keiner nach meinem Schulabschluss gefragt.»

«Heute ist das Abitur viel normaler. Ist dir der Tee stark genug?»

«Perfekt. Du bist ein Meister der Teezubereitung.»

«Von meinem chinesischen Erbe ist nicht viel geblieben, doch die kleine Zeremonie habe ich schon in meiner Kindheit geschätzt, wenn die Chinesen auch kein so großes Theater darum machen wie die Japaner.»

«Bist du glücklich geworden mit Ida?»

«Ja», sagte Tian. «Letztendlich ja. Sie ist viel liebevoller, seit sie sich sorgt, dass ich ihr sterben könnte. Und Florentines Familie ist ein großes Glück. Zwei geliebte Enkelkinder.»

Als sie das Jahreszeiten verließen, war es längst schon dunkel. Tian bat um Alex' Arm. Früher war es umgekehrt gewesen.

Ida hielt Lori an der Hand, als sie den Hofweg überquerten. Einen Augenblick lang dachte sie daran, ihm die nahe Villa zu zeigen, in der die Omi aufgewachsen war, doch das Kind hatte den schweren Ranzen auf dem Rücken, lieber gleich in die Sierichstraße gehen, Lori war sicher auch hungrig nach der Schule.

Pina hatte eine Lasagne vorbereitet, zu der Henny erwartet wurde. Ida genoss die Nähe genau wie Henny, einfach um die Ecke gehen, obwohl der Weg in die Johnsallee auf der anderen Seite der Alster auch keine Atlantiküberquerung war.

«Nur zwei Kästchen Rechnen», sagte Lori. «Konstantin hat mir versprochen, dass wir ins Kino gehen.»

«Doch nicht mitten in der Woche, Konstantin hat viel mehr Hausaufgaben.»

«*Brust oder Keule*. Der Film mit dem lustigen Mann aus Frankreich», sagte Lori unbeeindruckt vom großmütterlichen Einwand. «Einer aus meiner Klasse kennt ihn schon.»

«Ist der denn überhaupt ab sechs Jahren?»

Lori nickte heftig.

«Kennst du den lustigen Mann aus Frankreich, der einen neuen Film hat?», fragte sie Henny, als sie am Küchentisch saßen und aßen.

«Fernandel», sagte Henny.

«Nein. Nicht der», sagte Lorenz. «Mami weiß, wen ich meine.»

«Ist Fernandel nicht längst tot?», fragte Ida. Vielleicht traf Florentine den lustigen Franzosen ja heute Abend im La Coupole. Dann bekäme Idas Friseur Gelegenheit, ihr ein Foto in der *Bunten* zu präsentieren und erneut von Florentines Prominenz zu schwärmen. Seit zwei Tagen war sie in Paris, um in Schuhen von Charles Jourdan fotografiert zu werden.

«Pina kennt ihn auch», sagte Lori. Doch die war zum Kinderturnen mit Etta. Das ließ Ida lieber aus. Da wurde man nur von dieser ewig fröhlichen Vorturnerin zum Mitmachen aufgefordert und saß auf Gummimatten herum. Allein unter biegsamen jungen Frauen.

«Tian wird sich die Bypässe legen lassen. Im Herbst.»

«Hoffentlich kommt er ohne Probleme über Frühling und Sommer.»

«Was ist mit Opi?», fragte Lorenz.

«Opi wird operiert werden. Dann geht es ihm wieder gut, und er kommt nicht mehr außer Atem, wenn er mit euch spielt», sagte Ida.

Henny sah den Ausdruck im Gesicht der Freundin und war besorgt. Doch sie wurde abgelenkt von Etta, die gerade mit Pina in die Küche kam.

«Wie heißt der lustige Mann aus Frankreich in dem neuen Film?», fragte Lori und sah Pina gespannt an.

«Louis de Funès», sagte Pina.

Ach so.

Florentine hätte sich auf die Werbestrecke für Schuhe nicht eingelassen, wäre der Fotograf ein anderer als Guy Bourdin gewesen. Er stellte nicht das Produkt in den Vordergrund, Bourdin erzählte Geschichten mit seinen schwarzweißen Fotografien.

Eine Frau, die in einem eleganten Zimmer auf ihren Liebhaber wartet, ein weißer Stuhl, ein schwarzes Kleid, Stilettos von Charles Jourdan, die eine Tatwaffe hätten sein können. Gefährlich hoch. Scharf wie ein Stilett.

Die Szenerie war in Bourdins Atelier im Marais aufgebaut, vertraute Gegend für Florentine. Vermisste sie ihr Pariser Leben, die Wohnung an der Place des Vosges?

Als sie am Abend nicht mit den anderen loszog, sondern ins Chez Claire ging, kamen ihr die Erinnerungen, nicht nur gute, auch die aus jener Nacht im September 1972. András, der ihr das Gespräch verwehrte mit Ruth, die nun in einem Lübecker Gefängnis saß, während András' Leben in Hildesheim geendet hatte, im Kugelhagel der Polizei.

Sie hatte dem Fotografen davon erzählt, der ganz gefangen war von dieser Geschichte und geradezu erregt. Er spann daran herum, ob die Schuhe von Jourdan nicht tatsächlich zur Waffe werden könnten in der Bilderzählung. Mord und Totschlag. Bourdin liebte es zu provozieren, doch der Assistent riet ab. Der Auftraggeber wäre befremdet.

Florentine genoss, begeistert begrüßt zu werden bei Claire. War es ein Fehler gewesen, die Dépendance aufzugeben, die ihr viele Freiheiten gewährt hatte? Da kam ihr ein anderes Paar in den Sinn. Katja und Jon.

Eine große Dankbarkeit, die sie empfand, am nächsten Tag einfach in ein Flugzeug steigen zu dürfen, um zurückzukehren in ein Zuhause, in dem der Husky wartete und die Kinder. Keine Mauer, die sie trennte.

Das hab ich dir zu verdanken, dass ich im Juni neunzig werde», sagte Guste. «All die Löffel. Die lassen sich gar nicht leicht abgeben. Spielst du auf meinem Geburtstag? Der alte Schimmel wird vorher gestimmt. Nur nicht, dass du mir noch mal vom Klavierhocker fällst.»

«Das ist fast dreißig Jahre her, Guste.»

Die Vergangenheit schien viel näher zu sein als die Gegenwart.

«Gehen wir in den Garten. Nimm du mal den Krug mit der Limonade, ich trage das Tablett mit den Gläsern.»

Tian, der in einem der Korbstühle saß, Etta im Blick, die im kleinen weißen Holzhaus kletterte, Ida stand mit Lori am Schuppen, zeigte ihm das Amselnest im immergrünen Geißblatt. Alex stellte den Glaskrug auf den Tisch, umarmte den Freund, hob die herbeilaufende Etta hoch, lächelte, als er Ida mit Lori kommen sah. Er fühlte sich ungelenk, wenn er den Jungen traf. Als stünde ihm keine große Nähe zu.

«Wir haben den Garten für uns», sagte Tian. «Die drei Teenager sind ausgeschwärmt, und Anni ist in der Stadt.»

«Genau. Den Krach machen wir heute ganz allein.»

Alex sah sie erst jetzt, Florentine war wohl noch im Haus gewesen und nach ihm in den Garten gekommen, wie schön sie aussah im indischen Kleid.

«Solltest du nicht im Studio sein?», fragte sie. «Der Husky und du, ihr habt doch Aufnahmen.»

Alex nickte und blickte auf die Uhr von Klaus, die er noch immer trug. «Ein, zwei Augenblicke habe ich Zeit», sagte er. Eigentlich hatte er nur kurz nach Tian und Guste sehen wollen.

«Nun hetz ihn nicht und setzt euch mal», sagte Guste. Sie füllte die Gläser. «Dich und Alex seh ich bestimmt erst am Geburtstag wieder.»

«Wie stellst du dir dein Fest denn vor?», fragte Florentine.

«Ihr seid alle da und esst und trinkt tüchtig.»

«Was ist mit Huldigungen und Lobgesängen?», fragte Tian.

«Alex am Klavier genügt völlig. Spielst du denn nun?»

«Versprochen», sagte Alex. Er trank seine Limonade und stand auf. «Jetzt gehe ich ins Studio. Ich bin eigentlich nur auf einen Sprung hier.»

«Spring mal nicht zu doll», sagte Guste. «Und denk an deinen Stock, der lehnt noch am Küchentisch.»

Alex drehte sich um und hob die Hand, bevor er ins Haus ging.

«Da ist was Angespanntes zwischen dir und Alex», sagte Ida zu ihrer Tochter. «Als hättet ihr eine Scheidung hinter euch.»

«Ich war lange verliebt in ihn», sagte Florentine. «Vielleicht lässt uns das noch verlegen sein.»

Gut, dass Florentine in der Vergangenheitsform gesprochen hatte, Guste war zufrieden. Das Thema schien für alle Zeiten vom Tisch.

«Er fängt ganz allmählich an, älter zu werden», sagte Ida.

«Täte er das nicht, wäre er Dorian Gray», sagte Tian.

Lina hatte die drei Flügel des Fensters geöffnet und einen der Stühle herangezogen. Der Frühling schenkte den schönsten Blick auf den Kanal, flirrendes Grün, die Kerzen der Kastanien jenseits der Brücke, das Leuchten des Löwenzahns an der Uferböschung.

An solchen Tagen hatte Louise die Saison der Longdrinks vor dem offenen Fenster eingeläutet. Lina vermisste die Stunden der vertrauten Zweisamkeit. Die Trinkerei vermisste sie nicht.

Eine kühle Luft kam vom Eilbekkanal, sie stand auf, um den Schal zu holen, den ihr Henny geschenkt hatte, von Lina lieber als Stola genutzt. Schals hatte sie schon als Kind nicht gern getragen, auch nicht auf der zugefrorenen Alster, eine Wilde auf den Eisglitschen war sie gewesen. Lud hatte sich nie getraut. *Bangbüx* hatte der Vater ihn genannt.

Alles lange her. So viele Menschen, die ihr verlorengegangen waren. Was war noch zu tun mit dem Leben? In die Buchhandlung ging sie an zwei Tagen in der Woche. Die Ausflüge mit Karl genoss sie, Spaziergänge an der Elbe in Övelgönne und Teufelsbrück. Ab und zu ins Theater.

In der Kunsthalle war Karl Luetken kein sehr geduldiger Begleiter, das Altonaer Museum genügte ihm. Im Saal mit den Galionsfiguren konnte er ganze Tage verbringen, träumte sich in ein Seemannsleben hinein, nie war er auf den Weltmeeren gefahren, mit Schiffen hatte er nur auf der Werft zu tun gehabt.

Kurt Landmann war ein leidenschaftlicher Besucher der Kunsthalle gewesen, die Liebe zu den Malern der *Hamburgischen Sezession* hatten er und Lina geteilt. Hopfs *Badende am Elbstrand* hatte er ihr hinterlassen, ein Gemälde von 1925. Das *Stillleben mit Negerfigur* von Emil Maetzel aus Kurts Nachlass hing bei Henny und Theo.

Lina verließ den Fensterplatz erneut, nun um Eduard Hopfs Bild zu betrachten, das über dem Zweisitzer aus schwarzem Leder hing, den Louise noch kurz vor ihrem Tod gekauft hatte, weil sie kaum mehr aus den tiefen Kuhlen des durchgesessenen alten Sofas fanden.

Vielleicht doch ein Glas Wein trinken auf Kurt und Louise. Wäre diese spröde Liebesgeschichte mit Kurt weitergegangen, wenn Louise nicht aus Köln gekommen wäre, um nach Linas Hand zu greifen und sie in eine andere Liebe zu führen?

Eine Heirat mit Lina hätte Kurt schützen können, so wie Theo seine jüdische Frau geschützt hatte. Doch das hatte damals keiner gewusst, die Nazis waren noch ein dumpfes Grollen im Süden gewesen.

Lina schenkte sich ein Glas ein. Louises Eigenart, immer eine Flasche Weißwein im Kühlschrank liegen zu haben, lange Zeit waren das Weine vom Rhein gewesen, Lina hatte den Brauch beibehalten, wenn da nun auch oft ein Chardonnay aus Frankreich lag.

Jetzt saß sie wieder am Fenster. In den Schal gehüllt, dessen Farbe Henny *brombeersaftfarben* nannte.

Das Alleinleben lernen. Seit fünf Jahren versuchte sie sich daran.

Keine vierundzwanzig Fotos von Katja. Der Drogist in der Kollwitzstraße hatte Jon ein dünnes Tütchen auf die Theke gelegt. «Üben Sie noch. Die Schärfe sorgfältiger einstellen, ans Gegenlicht denken. Ein feiner Film, den Sie da hatten, *Kodak tri-x*, den nehmen drüben die Profis.»

Jon war viel zu verzweifelt gewesen, um über seine Fähigkeiten als Fotograf nachzudenken an jenem Oktobertag. Eines der Fotos hatte er vergrößern lassen, es stand auf dem Schreibtisch in seinem Zimmer, die anderen acht lagen in einer Kollegmappe, auf der *Volksbühne* stand, in ihr trug er sonst Texte vom Rosa-Luxemburg-Platz in die Straßburger.

Stefan hatte sie nicht öffnen wollen, es war einfach geschehen, als er in Jons Zimmer war, nach dem Kellerschlüssel suchte. Ein Schritt zu viel in die Intimsphäre seines kleinen Bruders, er schämte sich schon in dem Augenblick, als er das erste der Fotos von Katja betrachtete. Er schob es zurück in die Mappe, ging in das eigene Zimmer.

Er saß am Zeichentisch, als Jon nach Hause kam. «Willst du einen Spaziergang machen, Stef? Das Wetter ist so schön.»

«Du hast Zeit?»

«Ja. Wir könnten ins Metzer Eck gehen, sie haben schon Tische nach draußen gestellt.»

«Das letzte *Grand Mal* war vor sechs Tagen», sagte Stefan.

Das große Übel. Der französische Name für die Anfälle, der auch im Deutschen üblich war. Fast eine elegante Verdrängung.

«Es kommt heute nicht. Deine Antikonvulsiva werden das verhindern.»

«Ich hoffe, du behältst recht», sagte Stefan. Er stand auf.

Alles blieb ruhig, als sie vor dem Metzer Eck saßen, ihr Bier tranken. «Hast du etwas von Katja gehört in letzter Zeit?», fragte Stefan.

«Seit Ende April nichts.»

«Das ist ja noch nicht lange. Kannst du dich an den Weihnachtsmarkt auf dem Marx-Engels-Platz erinnern?»

«Warum kommst du an einem milden Tag im Mai auf den?»

«Weil ich an den kleinen Jungen denke, der du gewesen

bist», sagte Stefan. «Der über alles so staunen konnte. Und sich freuen. Auch über den dürftigen Glanz dieses Weihnachtsmarktes. Jetzt steht der *Palazzo Prozzo* am Marx-Engels.»

Der Anfall kam, als sie schon zu Hause waren, hinter den grauen Häusern auf der anderen Seite des Hofes ging gerade die Sonne unter. Jon lag neben Stefan auf dem Boden und hatte den Arm um die Brust seines Bruders gelegt. Wartete darauf, dass das Grand Mal vorüberging und Stefan zurück ins Bewusstsein fand.

«Das Wetter wird wohl am Wochenende wieder schlechter werden, wir könnten ins Kino gehen.» Klaus legte die Tüte mit den Brötchen auf den Tisch, die er gerade bei Pritsch in der Papenhuder Straße gekauft hatte, die betrieben noch eine Backstube, aus der es duftete. «Ich würde gern *Das Brot des Bäckers* sehen. Läuft im Abaton.»

«Thies hat davon erzählt», sagte Alex. «Schauen wir uns den an. Was lässt dich glauben, dass das Wetter schlechter wird?»

«Der NDR sagt das. Dem vertrauen du und ich doch», sagte Klaus.

Alex legte die *Frankfurter Rundschau* zusammen, schnitt ein Brötchen auf und butterte es. «Bei der Festnahme von Verena Becker ist die Waffe gefunden worden, mit der Buback, dessen Chauffeur und der Justizbeamte erschossen wurden.»

«Schrecklich, was aus dem gewachsen ist, das wir vor zehn Jahren für eine gute Idee gehalten haben.»

«Du sprichst von den Studentenprotesten?»

«Ja», sagte Klaus. Er ging in die Küche, die Eieruhr hatte geklingelt.

«Gibt es etwas Neues von Ruth?», fragte Alex.

Klaus stellte die Eierbecher auf den Tisch und setzte sich. «Was soll es von ihr Neues geben? Keine Ahnung, was sie da faltet und klebt. Zuletzt wohl Kartons für Pralinen. Rudi besucht sie einmal im Monat.»

«Ich habe gelesen, dass den RAF-Gefangenen in Stammheim beinah jeder Bücherwunsch erfüllt wird zwecks Studien. Bei einer lebenslangen Freiheitsstrafe werden sie alle noch promovieren.»

«Von erfüllten Bücherwünschen hat Rudi nichts erzählt.»

«Käthe fährt nach wie vor nicht hin?»

«Nein», sagte Klaus. «Wenn das Wetter doch schön bleibt, gehen wir in den Garten der Körnerstraße, Hennys Vorschlag.»

«Du sprichst nicht gern von Ruth.»

«Das deprimiert mich. Sie war ein so nettes Kind.»

Alex nickte. «Zu Henny und Theo zu gehen, ist auch sehr in Ordnung. Ich habe sie schon eine Weile nicht gesehen.»

«Dafür hast du Florentine und Lori getroffen.»

Alex blickte auf. «Und Guste, Tian, Ida und Etta.»

«Ich habe auch nicht behauptet, dass es ein konspiratives Treffen von dir und Florentine war. Ida hat meiner Mutter davon erzählt. Lori wird im Juni schon sieben, das geht alles so schnell.»

«Ja», sagte Alex. «Und er wird auch in diesem Jahr ein Geschenk von mir bekommen, weil er der Enkel meines besten Freundes ist und der Sohn von *Old Green Eyes*. Ich habe vor, ihm eines der Kinderlehrbücher von C. F. Peters zu schenken und ein Notenalbum mit ersten leichten Liedern, da er Klavierstunden nehmen wird.»

«Du zählst das auf, als gäbest du es mir zu Protokoll.»

«Manchmal denke ich, verhört zu werden, wenn es um Lori geht.»

«Quatsch», sagte Klaus. Er köpfte sein Ei. Ein glatter Schlag. Klaus schätzte es, Eier zu köpfen. Alex klopfte immer mit dem Löffel an der Schale herum und hob dann die Kappe ab. «Warum gibst *du* ihm keinen Unterricht? Du hast es jahrelang bei Konstantin getan.»

«Das war eine Ausnahme. Hat Marike dir erzählt, dass Konstantin aufhört mit dem Klavierunterricht? Ich finde das schade, aber er will ja Mediziner werden und nicht Pianist. Vielleicht setzt er sich hin und wieder aus purem Vergnügen ans Klavier, dann verlernt er das Spielen nicht.»

«Hast du dich immer zum Vergnügen ans Klavier gesetzt?»

«Nicht in den Nächten in Bahia Blanca, und auch nicht in den Clubs der britischen Soldaten. Da war ich eine Jukebox, in die man Münzen einwarf, und dann spielte sie den gewünschten Titel.»

Klaus grinste. «*Ich* könnte mal eine Münze einwerfen bei dir», sagte er. «Lass uns die Uteschs demnächst einladen. Wenn wir Glück haben, kriegen wir sogar Katja an unseren Tisch. Das Wegsein nimmt bei ihr Ausmaße an wie früher bei Florentine.»

Noch hatte Klaus keine Ahnung, dass seine Schwester sich sorgte, Katja könne Hamburg verlassen, um ganz nach Ostberlin zu gehen.


Dachte Katja darüber nach? Tat sie denn in den Tagen, die sie in Hamburg verbrachte, nicht alles, um die Wohnung zu verschönern, in der sie nun allein lebte? In den vorderen Zimmern war das Parkett abgeschliffen worden, einen langen alten Eichentisch hatte sie gekauft, *ein Tisch zum Essen und zum Beten* hatte der Antiquitätenhändler gesagt. Wie von ihr gewünscht. Zwölf Personen fanden daran Platz. Zwei Platten, mit dem er sich noch vergrößern ließ. Was hatte sie vor? Ein Töchterpensionat gründen?

Katja betete nicht an dem Eichentisch, das tat sie anderswo. An der Schwanenwikbrücke, wenn am gegenüberliegenden Ufer der Alster die Sonne versank, im Garten ihrer Großeltern unter dem Fliederbaum, der dort stand, wo einst die Dogge begraben worden war. Katjas Verhältnis zu Gott glich dem von Klaus, der Wunsch zu glauben war viel größer als der Glaube selbst.

*Lieber Gott, hilf. Dass Jon und ich nicht länger getrennt sind.*

Die Reisen lenkten sie ab, in der Hinsicht hatte sie es leichter als Jon, der nur zwischen der Straßburger Straße und dem Theater pendelte, kaum einer war frohen Mutes in der Volksbühne, nachdem die Herren des Ministeriums für Kultur die Spielplangestaltung kritisiert hatten.

*Zu viel Heiner Müller*, schrieb Jon an Katja. Schade. Er hatte gehofft, dass *Die Schlacht* wiederaufgenommen werden würde.

Katja fotografierte Bergbauarbeiter in Wales, den Zeichner von *Willy Wacker* in Newcastle, für Stefan brachte Katja eine von Reg Smythe signierte Comiczeichnung von Willy Wackers Frau Flo mit, die sie in die Hauspost nach Berlin legte.

An einem regnerischen Nachmittag rief sie Klaus im NDR an. «Liebe Klagemauer», sagte sie. «Komm zu mir.» Bat ihn für den Abend in die Papenhuder.

Klaus betrachtete die Fotografie von Jon Feldmann. Er hatte schon von der Liebe seiner Nichte zu dem Ostberliner

Schauspieler gehört, doch erst als ihm Katja von Stefan erzählte, verstand Klaus die Größe des Dramas.

«Die Klagemauer kann dein *Kwittel* annehmen, einen klugen Rat hat sie aber nicht. Zu ihm nach Ostberlin gehen und dort leben, wäre in der Durchführung viel komplizierter als von mir jetzt dahergesagt.»

Sie saßen an dem Tisch für zwölf und hatten zwei Gläser vor sich stehen. «Isst du eigentlich genug?», fragte Klaus. «Ich koch dir was.» Doch er fand einen leeren Kühlschrank vor, nicht einmal Nudeln hielt sie vorrätig. Er schüttelte den Kopf. «Du bist zu dünn, Katja. Lass uns ins Roma gehen. Ich lade dich ein.»

«Alex wartet auf dich.»

«Der hat ein Konzert in Lübeck.»

«Ich wusste nicht, dass er wieder öffentlich auftritt.»

«Die anderen vier vom Quintett hätten ihn sonst gelyncht.»

«Du bist glücklich geworden mit Alex.»

Klaus lächelte. «Er ist die Liebe meines Lebens, aber glücklich bin ich nicht immer mit ihm. Das wird dir irgendwann genauso gehen mit Jon.»

«Du glaubst also, Jon und ich werden eines Tages zusammenleben?»

«Ja», sagte Klaus mit fester Stimme. Was hätte er sonst sagen sollen?

Sie verließen das Haus und gingen zum Hofweg, um bei Carlo Cametti Pasta aus dem Parmesanlaib zu essen.

Florentine dachte an kein Töchterpensionat, doch an eine Pension, war sie nicht in die von Guste hineingeboren? Planspiele. Denn irgendwann würde die Zeit vor der Kamera zu Ende gehen.

Was war ihr alles durch den Kopf gegangen? Agentur. Anspruchsvoller, als die der Romanow gewesen war. Fotografin. Aber hatte sie die ganze Chose nicht satt? Wollte sie wirklich *hinter* der Kamera stehen?

Eine kleine feine Künstlerpension. Florentine sprang auf und schnippte mit den Fingern, als ihr das in den Kopf gekommen war.

Audrey knurrte. Sie klebte ihr gerade die falschen Wimpern an. «Sei rücksichtsvoll», sagte Jean. «Das ist Audreys letzter Job. Dann geht sie in den Ruhestand. Ich bin der Einzige, der noch mit ihr arbeitet.»

«Eines Tages werde ich eine Künstlerpension führen.»

«Eines fernen Tages», sagte Jean. «Noch bist du zu gut im Geschäft.»

Florentine und Jean hatten einander die Fotos ihrer Kinder gezeigt. Familiär etabliert. Beide.

«Das Leben läuft so ganz anders, als man sich das vorgestellt hat», sagte Florentine. «Hätte ich gedacht, Mutter von zwei Kindern zu sein?»

«Mein Leben läuft wie geplant», sagte Jean.

Florentine zuckte die Achseln. Angeber. Doch sie freute sich, noch einmal vor der Kamera des Luxemburger Fotografen zu stehen, auch wenn das konventionell war, was sie hier veranstalteten.

Pelze für Mesdames, die aus Limousinen stiegen, um ins Lafayette zu gehen, zu Saks Fifth Avenue oder ins Harrods. Die dann mit Lacktüten zurückkehrten. Wie viele Nerze starben für einen knöchellangen Mantel? Hatte sie tatsächlich in ihrem privaten Leben Leopardenfell getragen? Ihre Kritik daran verdankte sie Katja, die in Vertretung von Ruth den moralischen Zeigefinger hob.

«Werden wir morgen fertig? Ich will nach Hause zurück.»

«Ich auch», sagte Jean. «Und den Vater deiner Kinder willst du noch immer nicht heiraten?»

«Nein», sagte Florentine. «Ich will nicht alles konterkarieren, das ich mir einmal für mein Leben vorgenommen hatte.»


Keine Kameratasche. Nur eine Nikon steckte in ihrem Wildlederbeutel. Ein wadenlanges leichtes Kleid, es war warm in Berlin an diesem letzten Samstag im Mai, als Katja aus der Pension in der Bleibtreustraße kam.

Kannte Jon sie anders als in Jeans? Sie ging zum Ku'damm vor, das schwarze Kleid mit den weißen Punkten schwang, als sie die Stufen zur Untergrundbahn hinablief, widerwillig an das Procedere dachte, das sie in der Friedrichstraße bei der Einreise erwartete.

Neunzehn Monate hatten sie einander nicht gesehen, würde alles anders sein, als es aus Jons Briefen klang? Katja stieg am Senefelder Platz ans Tageslicht und tastete nach dem Goldkettchen an ihrem Hals, das am Geburtstag zu ihr nach Hamburg gefunden hatte, ein Anker daran.

Jon überraschen. Eine gute Idee?


«Lass uns heute in den Pratergarten gehen», sagte Jon. «Uns unters bunte Volk mischen. Bratwurst essen. Bier trinken. Das lenkt uns ab. Du und ich blasen zu viel Trübsal.»

Er knöpfte das weiße Hemd aus Dederon zu, zog den Gürtel durch die Schlaufen der Hose. Das Hemd würde ihm auf der Haut kleben, doch er hatte kein anderes zur Hand. Höchste Zeit zu waschen.

«Hältst du nichts von der Idee?», fragte er, als Stefan nicht antwortete. Der letzte Anfall war erst zwei Tage her, eher unwahrscheinlich, dass heute ein neuer kam. «Stef?», fragte er. «Stimmt was nicht?»

«Komm», sagte Stefan, der am Fenster stand.

Jon trat zu ihm und sah Katja auf der anderen Straßenseite stehen.

Der Stern der RAF in der oberen linken Ecke der Aufnahme. Ein Stück weißer Karton, den der erschöpfte Schleyer in den Händen hielt.

SEIT 31 TAGEN GEFANGENER.

«Das überlebt er nicht», sagte Theo. Er schaltete das Fernsehgerät aus, noch mehr Nachrichten der *Tagesschau* konnte er nicht ertragen. Ein Jahr des Terrors war aus diesem 1977 geworden.

«Geht es dir gut?», fragte Henny. «Du bist blass.»

«Alles fein bei mir. Ich habe noch fünf Jahre bis zum neunzigsten Geburtstag, Guste ist es geworden, dann gelingt mir das auch.»

«Ich mache uns mal Rotwein mit Ei», sagte Henny. «Das hilft.»

Der alte Mediziner Theo zweifelte am therapeutischen Wert, doch immerhin entspannte der enthaltene Alkohol. Henny hatte die Leidenschaft dafür von seiner Mutter Lotte übernommen, Elixier der Zuversicht. Das sollte man in diesen Tagen in Tankwagen ausliefern.

Seit der Entführung des Arbeitgeberpräsidenten und der Ermordung seiner vier Begleiter befürwortete die Mehrheit der Deutschen die Wiedereinführung der Todesstrafe. Bei allem Schrecklichen, das geschah, war Theo dankbar, dass es im eigenen Kreis keiner tat.

«Keine Staatskrise. Nur die Summe von Gefahren», hatte

Herbert Wehner, der Fraktionsvorsitzende der SPD, gesagt. Und Helmut Schmidt, der Kanzler, blieb knochenhart in den Verhandlungen mit den Terroristen, deren Ziel mal wieder war, die Stammheimer Gefangenen freizupressen. Terror hatte nichts mit Politik zu tun.

«Ein Glück, dass Ruth sicher in Lübeck sitzt», sagte Henny, als sie in den Salon zurückkehrte, die Gläser auf den kleinen Tisch neben den Sesseln stellte. Ein richtiger Gedanke, der dennoch irritierte.

«Was hörst du von Käthe und Rudi?», fragte Theo.

«Ruth zeige Reue, sagt Rudi. Er nimmt das schon eine Zeitlang an, aber nun spricht sie darüber.»

«Das erhöht die Chancen, dass Ruth ihr Leben doch noch in den Griff kriegt. Sie wird kaum die komplette Strafe absitzen.»

«Du hast schon Farbe im Gesicht. Der Rotwein tut dir gut.»

Theo lächelte. «Du bist eine begnadete Schüttlerin von Wein, Zucker und Eigelb», sagte er. «Meine Mutter wird uns wohlgefällig betrachten, von welcher Wolke auch immer.»

«Wenn doch wieder Friede einkehren würde im Land», sagte Henny. Sie lehnte sich zurück und sah zu Theo. Wie sehr sie ihn liebte.


«Lennons *Imagine*», sagte Klaus. «Das nehmen wir als ersten Titel für die Sendung morgen. Weder Jazz noch neu, aber der Text spricht uns allen aus der Seele.» Klaus saß in der Technik und legte Zettel auf den kleinen Tisch, eng beschrieben mit seiner nicht leicht lesbaren Schrift. Er griff nach einem verfrühten Spekulatius und hätte dabei beinah den Kaffeebecher umgestoßen, den Robert zu den Keksen gestellt hatte.

«Und Pete Seegers *Where Have All The Flowers Gone*. Warum nicht eine Friedenssendung. *Nach der Dämmerung* goes for peace. Den täglichen Nachrichten einen Kontrapunkt setzen.» Robert fand Gefallen an der Idee.

«Du kennst Thies' Vorgabe. Höchstens einen Titel, der kein Jazz ist.»

«Setz dich drüber hinweg. Du bist der Macher der Sendung, und das seit einer gefühlten Ewigkeit», sagte Robert. «Nur *Zwischen Hamburg und Haiti* ist noch älter.»

«Ich war einundzwanzig, als ich mit *Nach der Dämmerung* angefangen habe.» Klaus schüttelte den Kopf, staunte, dass er je so jung gewesen sein sollte. «Alex sagt, Tian hat einen Termin für die Operation?»

«Am achtzehnten. Ist auch höchste Zeit, er hat kaum noch Atem. Vorbei die Zeiten, wo er mit Lori Fußball in unserem Flur spielte.»

«Das UKE hat eine gute Herzchirurgie, auch wenn sie sich nicht an Transplantationen trauen», sagte Klaus.

«Das liegt kaum an deren chirurgischem Können. Die Gefahr der Abstoßung ist noch zu groß. Florentine hat sich in all das hineingelesen, um ihren Vater von der Notwendigkeit der Operation zu überzeugen.»

«Es geht dir gut mit Florentine», sagte Klaus.

«Ja.» Robert lächelte. «Sweet Florraine spinnt daran herum, dass sie eine kleine feine Künstlerpension eröffnen will.»

«Die internationale Karriere beenden?

«Noch will sie Gagen einsammeln für die Künstlerpension.» Er spulte vor an seinem großen Mischpult, strich nahezu zärtlich über die Regler. «Der Lennon ist da. Von den *Flowers* nur die deutsche Fassung mit Marlene Dietrich. Ich kümmere mich ums Original.»

«Ich denke, wir belassen es bei Lennon. Die Liste der Jazztitel kriegst du von mir, wenn ich aus meinen Zetteln schlau geworden bin. Komm her und trinke noch einen Kaffee mit mir.»

Thies, der das Idyll in der Technik Zwei zerstörte. Er stand in der Tür und rief in den Technikraum rein, dass eine Maschine der Lufthansa auf dem Wege von Mallorca nach Frankfurt entführt worden sei. «Ging gerade über den Ticker. Die *Boeing* ist jetzt unterwegs nach Rom.»

Das Grauen ließ sich noch steigern.

Erst am nächsten Abend verlas Karl-Heinz Köpcke in der *Tagesschau* die Nachricht vom Zusammenhang zwischen der entführten *Landshut* und der Entführung von Hanns Martin Schleyer. Die beiden Terroristenkommandos hatten das Ziel, den Druck auf Helmut Schmidt zu erhöhen. Nun ging es auch um das Leben von zweiundachtzig Passagieren und fünf Mitgliedern der Besatzung des Flugzeuges, das nach einem siebzehnstündigen Irrflug in Dubai gelandet war und dort in den Sandhügeln stand.

Jon hörte es, kaum dass er zu Hause ankam. Er ging in das kleine Zimmer, in dem der Fernseher lief, und legte Stefan die Hand auf die Schulter. «Da ist es fast friedlich hinter der Mauer», sagte sein Bruder. Das Bild des Color 20 fing an zu flackern.

«Hoffentlich fliegt Katja nicht nach Dubai», sagte Jon.

«Die Terroristen lassen wieder auftanken. Die bleiben nicht dort.» Stefan seufzte tief, wie es Regierungssprecher Bölling gerade getan hatte, als er den Katalog der Forderungen vorlas. Vier der Stammheimer Gefangenen und sieben Inhaftierte der RAF, die in anderen Städten saßen, deren Freilassung und Ausreise erzwungen werden sollte.

«Ich war in der Gürtelstraße, Jon.»

«Was ist da?»

«Ein neues Feierabendheim.»

«Ist das mit einundvierzig nicht zu weit vorausgedacht, Stef?» Jon versuchte, seiner Stimme einen sarkastischen Klang zu geben.

«Ich will nur eine Lösung finden. Aber sie nehmen keine Fälle wie mich auf.» Lieber tot als dort. Doch das sagte Stefan nicht.

Heitere Momente hatte der Maitag gehabt, an dem Katja unerwartet gekommen war. Sie hatte darauf bestanden, zu dritt in den Prater an der Kastanienallee zu gehen. Sie hatten gelacht und gewusst, dass sie über vieles hinweglachten. Doch allein schon Katjas Schilderung von den Vopos im Bahnhof Friedrichstraße ließ klarwerden, dass sie sich niemals mit der DDR arrangieren könnte. Ernste Gespräche zwischen Jon und seiner Katjuscha, nachdem Stefan sich in sein Zimmer zurückgezogen hatte.

«Wie wird es weitergehen, Jon?», hatte er seinen kleinen Bruder am Morgen danach gefragt.

Jon hatte die Hände vors Gesicht gelegt und geschwiegen. Keine Hoffnung auf Lösungen. Nicht im Sommer. Nicht im Herbst.

Stefan stand auf und drehte den Fernseher leise. «Willst du sie nicht anrufen? Das sind Momente, in denen Menschen, die sich lieben, den Wunsch haben, miteinander zu sprechen.»

Jon schüttelte den Kopf. «Ich habe keine Lust, stundenlang auf das Gespräch zu warten, und dann ist sie nicht da.»

«Ihr seid so jung», sagte Stefan. «Diese Jahre sind wertvoll.»

«Du bist auch noch nicht alt genug für ein Altenheim.»

«Findest du nicht, dass *Feierabendheim* viel schöner klingt? Das haben sich die Genossen ausgedacht.» Stefan gelang der Sarkasmus.

«Nein», sagte Jon. Er zuckte zusammen, als das Telefon klingelte.

«Ich bin in Stuttgart», sagte Katja. Wartete sie darauf, dass die vier Terroristen ausgeflogen wurden? Jedenfalls viel besser als Dubai.


Ida löste die kleinen Karabinerhaken von der Kette des Armbandes.

Ein weißes Schildkrötchen. Ein schwarzer Elefant. Sie legte die Tierchen aus Jade auf ihre flache Hand und betrachtete sie. Lange her, dass Tian ihr die Talismane geschenkt hatte. Sie blickte zu Tian, der ins Zimmer kam. Warum dachte sie, dass seine Ähnlichkeit mit Florentine größer geworden war? Ihre Tochter sah alles andere als krank aus. Vielleicht, weil Tians Wangen hohler, die Backenknochen betonter waren?

Tian trat heran. Bemerkte die Tierchen in ihrer Hand.

«Ich nehme das Schildkrötchen», sagte Ida. «Und du den Elefanten. Die hängen wir uns um den Hals. Ich habe schlichte Ketten gekauft.»

«Glücksbringer», sagte Tian. Er war gerührt. «Ich glaube nicht, dass sie mir erlauben, während der OP eine Kette zu tragen.»

«Nimm den Elefanten auf jeden Fall mit ins UKE. Du kannst ihn im Zimmer lassen und nach der Operation umlegen.»

«Die Ärzte werden mir den Brustkorb aufsägen.»

«Ihn aber auch wieder zunähen, mit einem fabelhaft schlagenden Herzen darin», sagte Ida.

«Ich bitte dich darum, nicht im UKE anwesend zu sein», sagte Tian. «Die Vorstellung, du könntest vor dem Operationssaal warten, wäre quälend für mich.» Wollte er das Szenario seines eigenen Albtraums durchkreuzen? Ida, auf die der Arzt in wuchtigem Schweigen zukam?

«Wenn du das nicht willst, gehe ich zu Henny und Theo.»

«Das ist eine gute Idee. Was hältst du von einem Spaziergang zur Alster? Es ist ganz schön geworden, da draußen.»

Ida zog eine Schublade ihrer Frisierkommode auf. Entnahm ihr zwei feine Ketten und fädelte Schildkrötchen und Elefant auf. «Gern», sagte sie. «Du fühlst dich gut genug für einen Spaziergang?»

«Ja», sagte Tian. Er ließ sich das Tierchen um den Hals legen.

Florentine war es, die Tian in das Universitätskrankenhaus im Stadtteil Eppendorf fuhr. Nicht in der Familienkutsche, sie hatte die rote Brumme aus der Garage geholt. Tian bestand darauf, den kleinen Koffer selbst zu tragen, als sie die paar Schritte zu dem Gebäude gingen, in dem die Kardiologie untergebracht war. Am liebsten hätte Florentine ihren Vater an die Hand genommen, doch zu große Fürsorglichkeit würde ihn eher verunsichern. Er hatte zeit seines Lebens nur an Ida gedacht.

«Kümmert euch um sie», sagte er da schon.

«Nun bist du erst einmal dran.»

Blutabnahme. Vorgespräche. Am nächsten Tag in der Frühe würde er operiert werden. «Geh du nur», sagte Tian. Alex käme noch am Abend.

Um sechs Uhr kam Alex direkt aus dem Funkhaus und versuchte, Gelassenheit zu verströmen. «Ich kenne all deine Ängste», sagte er. «Doch nun lass uns vertrauen.»

Sie saßen am Fenster des Einzelzimmers in Sesselchen, wie es sie in der Johnsallee gab, von Ida durchs Leben getragen und immer wieder neu bezogen. Nun waren sie orange wie das Sofa im Schwanenwik. Hatte Ida nicht einen leuchtenden Stoff haben wollen?

«Ich habe dir etwas mitzuteilen», sagte Tian. «Und ich möchte nicht erst nach der Operation eine Antwort darauf haben.»

Alex blickte ihn fragend an.

Katja sah auf die Uhr. Zwanzig Uhr dreißig. Zwei Stunden früher als in Mogadischu, wo die entführte Maschine der Lufthansa nun stand, der tote Kapitän der *Landshut* aus dem Flugzeug geworfen worden war.

Viele Kollegen, die vor dem klotzigen Gebäude des Stammheimer Hochsicherungstraktes warteten. Worauf? Auf das Siegeszeichen von Baader, Ensslin, Raspe und Ingrid Möller? Dabei glaubte hier keiner, dass die Bundesregierung nachgeben würde.

Drei Tage des Ausharrens, Müdigkeit, die sich bei ihnen breitmachte. Katja hatte bei ihren Eltern angerufen und ihnen versichert, wie friedlich alles verlief.

«Vergiss nicht zu essen», hatte ihre Mutter gesagt. «Wie ernährst du dich denn da?» Eindeutig die Schwester von Klaus.

Sie blickte zu den Absperrungen, dem Stacheldraht. So vieles, das sich nicht lösen ließ. Nein, sie konnte nicht im Osten leben, sich zu fügen, war kein Talent von ihr. Katja Kratzbürste. Sie lächelte, als sie an Karsten dachte. Wo mochte er sich herumtreiben?

Vermutlich wäre sie die erste Westlerin, die nach Hohenschönhausen käme, dem Gefängnis der Stasi. Jons bange

Blicke, als sie im schönsten Sonnenschein des Praters laut aussprach, was nicht laut ausgesprochen wurde in der DDR.

Katja saß im VW Bus eines alten Kollegen von der *dpa* und wärmte sich mit Kaffee aus der Thermoskanne auf, als kurz nach Mitternacht die GSG 9 unter dem Kommando von Ulrich Wegener die *Landshut* stürmte, drei der vier Terroristen tötete und alle Geiseln befreite.

Alex war es, der in diesen Morgenstunden nah am Operationssaal saß, in dem Tian an der Herz-Lungen-Maschine angeschlossen lag.

Er hörte nichts von der Befreiung der Geiseln in Mogadischu, auch nichts vom Selbstmord von Baader, Ensslin und Raspe in ihren Zellen. Alex las lustlos im *Reader's Digest* herum, das er in dem kleinen Aufenthaltsraum vorgefunden hatte. Doch vor seinen Augen liefen sechsundzwanzig Jahre Freundschaft ab.

Als sich die Tür öffnete, sprang er vom Stuhl auf, Florentine, die eintrat, Hand in Hand mit ihrem Husky. «Ich hab es zu Hause nicht länger ausgehalten», sagte sie. «Weißt du was?»

Alex schüttelte den Kopf.

«Wie lange ist er schon drin?»

«Nicht ganz drei Stunden.»

Eine Viertelstunde noch, die sie schweigend verbrachten, bis der Arzt eintrat, sich Florentine zuwandte, die mit Alex und Robert aufgestanden war.

«Ihr Vater hat es nicht geschafft. Es tut mir leid. Er hat zu lange gezögert, sein Allgemeinzustand war schlecht.»

Ein Albtraum war wahr geworden. Sie lagen weinend in den Armen des anderen. Florentine. Alex. Robert. Tians große Furcht, die Operation nicht zu überleben, hatte sich bewahrheitet. Nur ein Detail der Apokalypse, die von ihm entworfen worden war, stimmte nicht, das hatte er noch selbst korrigiert. Keine Ida, der dieser Tod hier verkündet wurde.

Ida saß bei Henny und Theo am Frühstückstisch. Aß nichts. Trank nur schwarzen Kaffee und knetete ihre Fingerknöchel.

Die Befreiung der *Landshut*, der Tod der Terroristen in Stuttgart, Schleyers Leiche im Kofferraum eines Audi, das alles schienen nur dumpfe Trommeln im Hintergrund dieser Tage.

Warum musste wahr werden, was der Mensch am meisten fürchtete?

«Was ist das?», fragte Alex. Sah Klaus an. «*Self fullfilling prophecy?*» Er betrachtete die weißen Narben an seinem linken Handgelenk. «Und ich habe ihn zu der Operation überredet.»

«Florentine hat ihm zugeredet. Theo. Das haben eigentlich alle getan», sagte Klaus. «Denk an das, was der Arzt gesagt hat, Tian hat zu lange gezögert.» Er setzte sich neben Alex, der seinen Kopf an Klaus' Schulter legte und dort Trost suchte.

«Am Sonntag ist ein Treffen in der Johnsallee.»

«Ich habe es von Henny gehört. Sie und Theo werden auch da sein. Soll ich dich begleiten?»

«Ja», sagte Alex. «Gut, dass ich beste Chancen habe, vor dir zu sterben. Anders hielte ich es nicht aus.»

«Ist der Opi jetzt im Himmel?», hatte Etta gefragt.

«Klar», hatte Lori geantwortet.

Eine dumme Frage. Doch er hielt Ettas Hand, als sie zum

Haus in der Johnsallee gingen, sie war ja noch viel kleiner als er. Hinter ihnen kamen Mami und Papi. Lorenz drehte sich um und vergewisserte sich, dass die Eltern ganz nah waren.

Florentine trug den Koffer, den Tian vor sechs Tagen ins UKE getragen hatte, der Husky hatte ihn ihr abnehmen wollen, doch auch sie gab ihn nicht aus der Hand. Der Koffer war kaum ausgepackt worden, den Pyjama hatte Tian entnommen, die Kulturtasche, im Nachttisch hatten der Husky und sie das Kettchen mit dem Elefanten aus schwarzer Jade gefunden. Florentine verbarg es an diesem Sonntagnachmittag unter ihrem Pullover. Vielleicht tat der Anblick Ida weh.

Ihre Mutter schien tapfer, nichts von den nervösen Launen, die Ida leicht erfassten, kein Tian mehr, ihr blieb kaum anderes, als nun endlich erwachsen zu sein mit sechsundsiebzig Jahren.

Die Tür schon weit geöffnet, Guste im Türrahmen, aus dem Salon kamen die Stimmen von Henny und Theo, Anni und Momme. Selten, dass Guste den großen Tisch im Salon noch deckte, an dem vor vielen Jahren ihre Pensionsgäste Platz genommen hatten. Doch nun lag die große weiße Decke mit dem Hohlsaum dort, standen zwölf Kaffeegedecke darauf.

Die Töchter der Siemsens hatten nicht mit am Tisch sitzen wollen, stattdessen angeboten zu servieren. Susanne war am Vortag fünfzehn Jahre alt geworden, sie und ihre jüngeren Schwestern kannten kein Leben ohne Tian. Er würde dem Haus in der Johnsallee sehr fehlen.

Vier Bleche Butterkuchen hatte Guste gebacken. Viel zu viel. Doch es war gut, den Händen zu tun zu geben, wenn Kopf und Herz auch ganz anderswo waren. Eigentlich wäre sie dran gewesen mit dem Sterben. Wie es wohl weiterging mit dem Haus, das sie längst schon in die Hände der Yans und Siemsens gegeben hatte? Sie nutzte ihr lebenslanges Wohnrecht ganz schön aus.

Zwei Rosensträuße, die Alex und Klaus brachten, einen für Ida, den anderen für Guste. Den ihren stellte Guste auf das olle Klavier. Setzte sich dann an den Tisch zu ihrer großen Familie. Da lagen neben den Kuchengabeln die Löffel aus der Bremer Silberwarenfabrik. Guste nahm ihren Löffel in die Hand, gleich mal mutig den Anfang machen mit der Vanillecreme. Nichts essen half auch nicht. Vielleicht mochte ja einer keinen Kuchen. Was übrig blieb, fror sie ein. Nach der Beerdigung Anfang November würde wohl weiterer Butterkuchen gebraucht.

Alex stand im herbstlichen Garten und dachte an den Freund, das letzte Gespräch mit ihm am Montagabend. Er würde keinem davon erzählen, auch nicht Klaus. «Du verkühlst dich», hörte er dessen Stimme. Er drehte sich zur Terrassentür um. Sah seinen Schal in Klaus' Hand.

«Willst du lieber allein sein?», fragte Klaus.

«Nein. Gut, dass du da bist», sagte Alex.

Florentine stand am Fenster im Schlafzimmer ihrer Eltern. Gerade hatte sie den kleinen Koffer in den Schrank gestellt.

«Ich packe ihn nicht aus», sagte ihre Mutter hinter ihr. «Noch ertrage ich es nicht.»

«Das verstehe ich gut, Mami», sagte sie. Blickte zu Alex und Klaus, die Arm in Arm durch den Garten gingen.

«Den schwarzen Elefanten», sagte Ida. «Hast du das silberne Kettchen bei seinen Sachen gefunden?»

Florentine griff unter den Kragen ihres Pullovers und nestelte am Verschluss. Legte das Kettchen in Idas Hand.

«Vielleicht willst du den Elefanten lieber behalten», sagte Ida.

«Sie gehören zusammen.»

Ida nickte und öffnete die oberen Knöpfe ihrer Bluse. Legte das zweite der Kettchen an und vereinte Schildkrötchen und Elefant.

Katja lief gerade über die Krugkoppelbrücke, als ihr das Stirnband in die Augen rutschte. Sie blieb stehen. Neue Laufklamotten mussten her, alles ausgeleiert, auch das Gummi der Leggings.

«Ein Glück, dass die Dame anhält», keuchte es neben ihr. «Du hast ein Tempo drauf. Ich dachte, das sei ein Dauerlauf und kein Sprint.»

«Karsten. Wo kommst *du* denn her?»

«Ich habe nicht nur Koffer, sondern eine komplett eingerichtete feudale Bude in dieser Stadt.»

«Irgendwer erzählte mir, du würdest in New York leben.»

«Dann doch eher *Zentral*amerika.»

«Nicaragua nehme ich an. Das ist hübsch gefährlich.»

Karsten grinste. «Du hast dich nicht verändert. Irgendwer erzählte mir, dass du einen Schauspieler aus Ostberlin liebst. Das ist hübsch kompliziert.»

«Ja», sagte Katja. «Das ist es.»

«Darf ich dich auf einen Kaffee einladen? Bei Bobby Reich?»

«Ich bin schon um die halbe Außenalster gelaufen und brauche erst mal eine Dusche. Wer hat dir von Jon erzählt?»

«Vermutlich darf ich nicht zu dir nach Hause?»

«Doch», sagte Katja. Viel zu neugierig war sie, was er über Jon wusste. «Aber ohne Anfassen, Karsten.»

«Muss ich neben dir herjoggen?»

«Komm um sechs in die Papenhuder», sagte Katja und lief ihm davon.

Einen dicken Pullover und Jeans, die sie trug, ihre Haare waren noch feucht vom Duschen. Die Espressokanne stand auf dem Herd und brodelte, Karsten saß am Küchentisch und sah sich um.

«Wie lange lebst du schon allein hier?»

«Im Januar waren es drei Jahre.»

«Das wäre ein warmes Nest für dich und deinen Jon.»

«Was weißt du über ihn?» Sie stellte die Grappaflasche auf den Tisch, falls er einen Schuss davon in den Espresso tun wollte.

«Ich weiß, dass du die Hauspost des *Stern* nutzt.»

Katja wurde blass. Wer quatschte da? Dann wären die Informationen auch bald bei der Stasi.

«Keine Sorge. Deine Post ist in den Händen einer Sekretärin, die vieles tun würde, um euch zu schützen. Sie ist eine Romantikerin.»

«Und dann erzählt sie es dir?» Katja goss den Espresso in die Tassen.

«Wir hatten einen netten Abend. Da ließ ich deinen Namen fallen, um zu hören, wie es dir geht. Deine Fotos sind ja dauernd im *Stern*.»

«Je mehr Leute davon wissen, desto gefährlicher wird es für uns.»

«Katja, ich bin ein Schlawiner, Abenteurer, Aufreißer. Aber ganz sicher kein Verräter und auch nicht so dumm herumzuquatschen.»

Das stimmte. Karsten hatte ihr nie einen Grund geliefert, anderes anzunehmen.

«Haben die Heinis drüben seine Ausreise abgelehnt?»

«Er hat sie nicht beantragt.» Katja erzählte die ganze Geschichte.

Karsten schwieg eine Weile. Nahm den Grappa und füllte seine leere Espressotasse damit. «Den Bruder ließen sie sicher lieber gehen als ihn.»

«Stefan arbeitet für die DEFA als Trickfilmzeichner. Er hängt an diesem Hauch von Unabhängigkeit, er liegt dem sozialistischen Volk nicht auf der Tasche.» Was brachte sie dazu, das alles Karsten anzuvertrauen?

«Der Bruder muss mit», sagte Karsten.

«Ich denke nicht, dass Stefan das so sieht.»

«Wenn er seine Anfälle nur alle paar Tage kriegt und ihm sonst nichts anzumerken ist, kann er auch im kapitalistischen Westen arbeiten, und deine Wohnung ist groß genug. Hole Jon aus der qualvollen Zwickmühle und biete zwei deiner Zimmer dem Bruder an.»

«Karsten, ich muss dich völlig neu überdenken.»

«Mir liegt an deiner Freundschaft, Katja Kratzbürste. Hast du Stefan je gesagt, dass du ihn willkommen heißen würdest?»

Katja zögerte. «Ich habe mal Jon angeboten, zu dritt hier zu leben.»

«Begeistert bist du aber nicht?»

«Ich bin weichgekocht, Karsten. Ich will endlich mit Jon zusammen sein, und zwar im Westen. Und ich kann Stefan gut leiden.»

«Wann bist du das nächste Mal drüben?»

«Ende Februar.»

«Dann werde konkret, Katja. Ist doch klar, dass der Bruder denkt, nur ein Klotz am Bein zu sein. An *ihn* musst du ran. Bei allem, was du tust, vergiss nie, die Stasi hat dich und Jon im Blick.»

«Und wenn sie Jon nicht gehen lassen?»

«Das werden die bestimmt nicht tun. Vielleicht gibt es einen anderen Weg, deinen Lover und dessen Bruder vor den Eisernen Vorhang zu holen», sagte Karsten. «Ich bin da an einer Geschichte dran.»

Stefan griff nach der Teekanne auf dem Stövchen und schenkte Pfeffertee ein. Ein feuchter Fleck breitete sich auf einer der Zeichnungen aus, er war zittrig heute.

Im März wurde sein kleiner Bruder dreißig Jahre alt. Jon ging es schlecht. Er litt jeden Tag mehr darunter, getrennt von Katja zu leben. Am Theater kriegte er nur noch die Krumen, obwohl er gute Kritiken hatte. Lag es an der Liebe zu Katja, die der Stasi kaum entgangen sein konnte? Noch war keine der üblichen *Empfehlungen* von der Abteilung Kultur gekommen, die Beziehung aufzugeben.

Stefan trank einen Schluck Tee. Ihm ging lange schon durch den Kopf zu handeln. Spaziergänge machen. Allein. Die Gefahr suchen. Freitod war ein sanfteres Wort als Selbstmord. Egal, wie er es nannte, danach aussehen durfte es keinesfalls, Jon hatte schon den selbstgewählten Tod ihres Vaters verkraften müssen.

Er betrachtete die Zeichenblätter, die vor ihm lagen, ein Engel und dessen Bewegungsabläufe, eine kleine *26*, die er unten auf das neue Blatt notierte. Zweihundert konnten es werden für ein kurzes Filmchen im Kinderprogramm. Ihm fehlte die Zusammenarbeit mit den Kollegen im Zeichensaal der Babelsberger Studios. Vieles, das ihm fehlte.

Lächerlich zu denken, er könnte an der Torstraße unter die Trambahn geraten, ohne dass Jon ins Grübeln käme. Und wenn der Tod ihm nicht gelänge, nur eine noch größere Invalidität lauerte?

«Triff dich mit Katja in Prag. Ich schaffe das hier auch mal allein. Macht euch das Geschenk, am Morgen nebeneinander aufzuwachen.»

«Ich spreche mit ihr darüber.»

Hatte Jon das getan? Plante er ein paar Tage Prag mit Katja? Anlässlich eines Geburtstages? Am besten ihres. Im Mai war Prag so schön.

Sein eigener Geburtstag damals im September 1971, eine kurze Tour auf der MZ, das Motorrad, das er in dem Jahr gebraucht gekauft hatte. Am Abend hatte er mit Jon ins Ganymed gehen wollen. In dem Lokal waren schon Brecht und Kurt Weill eingekehrt, genau das Richtige für einen Schauspielschüler, wie Jon es damals gewesen war. Stattdessen war Stefan auf der Straße von Potsdam nach Berlin die Vorfahrt genommen worden.

Gäbe es ihn nicht mehr, Jon hätte eine größere Chance, einen Weg in den Westen zu finden. Stefan stand auf. Ans Fenster treten. Auf den tristen Hof blicken. Das tat er immer, wenn ihm nichts anderes einfiel.

In diesem Jahr würden es neun Jahre sein, die Jon ihn behütete, und er stand hier und überlegte, wie ein Epileptiker am besten zu Tode kam, ohne dass sein kleiner Bruder einen Selbstmord dahinter vermutete.

Die Gelehrtenschule des Johanneums, zu der Ida ging, der Direktor nahm sich Zeit für die interessierte Großmutter, Lori würde in diesem Jahr aufs Gymnasium kommen. Nur das Beste für unsere Enkel hatte sie Tian versprochen, vieles, das Ida ihm posthum versprach. Geborgen unter den Flügeln von Florentines Familie und denen der Freunde, ging es ihr gut, doch sie vermisste Tian. War er von ihr genügend geliebt worden?

Konstantin sei höchst angetan vom Johanneum, hatte Henny gesagt. Doch Konstantin war ein Junge, der überall ein glänzendes Abitur machen würde. Nächstes Jahr war es so weit. Danach Medizinstudium. Ein Praktikum in Boston am Massachusetts General Hospital. Das alles hatte er bereits im Blick. Henny fand es beängstigend, wie Konstantin sein Leben vorplante. Für eine erste Liebe schien keine Zeit.

Lori war auch ein kleiner Denker, aber kein leidenschaftlicher Schüler. Selbst die Klavierstunden schwänzte er gern. Vielleicht waren Anspruch und Struktur, für die das Winterhuder Gymnasium bekannt war, geeigneter für ihn als Wald und Wiese.

«Latein und Altgriechisch?», fragte Florentine. «Für Lori?»

«Er liest doch gern», sagte Ida. Auch ihr hätte ein bisschen mehr schulischer Anspruch gutgetan. Aber die Bildungsanstalt des Fräulein Steenbock war nicht wirklich bildend gewesen.

«*Jim Knopf und Lukas der Lokomotivführer*», sagte Florentine. «Nicht Julius Caesars *Gallischer Krieg* im Original.»

«Das kommt dann noch», sagte Ida. Sie saß am Küchentisch und ließ sich von Pina *Zuppa inglese* servieren. Eine kalorienreichere Speise war kaum denkbar, doch ein paar Pfunde mehr störten Ida nicht länger.

Wer sah sie denn noch nackt?

Florentine war die Einzige, der Katja anvertraute, beide Brüder in den Westen holen zu wollen. Sie standen in den hinteren Zimmern, die Katja für Stefan vorgesehen hatte. Eilte sie zu weit voraus? Würde der stolze Stefan denn einverstanden sein?

«Du willst das wirklich auf dich nehmen?», fragte Florentine. «Ich hab an dich gedacht, als Dutschke am Heiligabend starb. Ein epileptischer Anfall in der Badewanne. Tragisch für einen Helden.»

«War Dutschke das?», fragte Katja. «Ein Held?»

«Die Studentenbewegung hat mir gefallen», sagte Florentine. «Das hier wären auch gute Kinderzimmer. Und wenn die Jon nicht gehen lassen?»

Erst als sie auf dem Jugendstilsofa saßen, erzählte sie Florentine von den Andeutungen, die Karsten gemacht hatte.

«Falsche Pässe», sagte Florentine. «Ausreise über Ungarn oder die Tschechoslowakei. Daran wird er denken. Ich habe eine Frau in Paris getroffen, die so aus der DDR geflohen ist. Glaubst du, dass Jon und Stefan dieses Risiko eingehen? Republikflucht? Darauf steht Knast.»

Katja schwieg. «Anders werden wir kaum zueinander kommen», sagte sie schließlich. «Im vergangenen Oktober waren es vier Jahre, dass Jon und ich uns begegnet sind. Wir vertun unsere Zeit.»

«Ida und Tian sind siebzehn Jahre aufeinander zugelaufen.»

«Fehlt dir dein Vater?»

«Ja», sagte Florentine. «Tian tat einem einfach gut.» Sie lächelte. «Viele Wogen, die er zu glätten wusste. Vor allem Idas Wogen. Doch auch die von mir. Dass ich mit dem Husky Ernst gemacht habe, hat mit meinem Vater zu tun und seiner Lauterkeit im Leben. Tian hätte es viel bedeutet, uns verheiratet zu sehen, ich bedaure sehr, ihm diese Freude nicht bereitet zu haben.»

«Wirst du es noch tun? Robert heiraten?»

Florentine schüttelte den Kopf. «Davon hat Tian nun nichts mehr.»

«Sei meine Trauzeugin, wenn ich Jon heirate.»

«Krieg ihn erst mal raus», sagte Florentine. Sie stand auf und zupfte an ihrer schwarzen Hose. «Und lass das Sofa beziehen, der Stoff löst sich auf. Ich hab schon Fusseln am Hintern.»

Konstantin nahm die vier Stufen zum Eingang in höchster Eile, die Uhr auf dem Bronzerelief zeigte zwölf nach acht, kaum dass er mal zu spät kam, doch die Begegnung im Bus hatte ihn aus dem Konzept gebracht an diesem Freitagmorgen.

Klar, dass sie nicht an der Dorotheenstraße ausstieg, um mit ihm zum Johanneum zu gehen, einfach wurde es einem nicht gemacht im Leben. Ihm wäre sie auch sonst längst auf dem Schulhof aufgefallen, noch waren die Jungen in großer Überzahl.

Die paar Stationen, die sie gemeinsam gefahren waren, hatten genügt, ihn zum verliebten Ochsen zu machen. Als der Bus an der übernächsten Haltestelle am Winterhuder Markt hielt, war er endlich ausgestiegen, der Blick, den sie ihm zuwarf, als ob sie ihn festhalten wollte. Oder bildete er sich das ein? Sein Herz klopfte schon, ehe er losgelaufen war, um noch einigermaßen pünktlich zur ersten Stunde Deutsch zu kommen. Er war gut vorbereitet auf Lessings *Emilia Galotti*, Trauerspiel in fünf Akten.

Das Mädchen mit den rotblonden Haaren mochte in seinem Alter sein, doch erst im Nachhinein fiel Konstantin auf, dass sie keine Schultasche dabeigehabt hatte. Also war sie nicht unterwegs gewesen zu einer der Oberschulen in Eppendorf oder Hoheluft.

Er dachte noch an sie, als er die Stufen zum fünften Stock des Hauses am Schwanenwik hochstieg, um Alex zu besuchen, der allein war wie beinah an jedem Freitagabend.

«Irgendwas ist anders an dir», sagte sein Patenonkel zur Begrüßung.

Brot, Butter und Roastbeef. Das war wie immer. Konstantin aß es gern. Er nahm von der Remouladensoße, nicht so reichlich wie sonst.

«Was ist los, Konsti?» Alex blickte den Jungen an, der jetzt so alt war wie er, als er auf das Schiff nach Argentinien gegangen war.

«Erzähl Thies nichts, wenn du ihn im Sender siehst. Auch nichts zu Mama.» Die traf Alex dauernd bei Feinkost Paulsen.

«Ich weiß es zu schätzen, dass du mir vieles anvertraust. Du kannst dich auf meine Diskretion verlassen.»

«Wie war das, als du dich in Klaus verliebt hast?»

Alex verschluckte sich an dem Brot, das er gerade kaute. Wollte ihm Konstantin offenbaren, dass er Jungen liebte? Konnte das sein?

«Bin ich zu neugierig?»

Alex nahm einen Schluck Wasser. «Nein», sagte er. «Ich habe erst nicht verstehen wollen, wie verliebt ich war. Vor ihm gab es nur Frauen.»

«In die du verliebt warst?»

«Ein bisschen.»

«Ich denke, das ist egal, ob Mann oder Frau, wenn du mit voller Wucht getroffen wirst. Wie war das dann, als du es kapiert hast?»

«Dass ich Klaus liebe?»

Konstantin nickte und nahm einen Klatsch Remoulade. Der Appetit kehrte zurück.

Alex lächelte. «Eine Wucht», sagte er. «Ich habe mich am Anfang damit schwergetan, eine homosexuelle Beziehung zu führen, doch an meiner Liebe zu Klaus habe ich keinen

Augenblick gezweifelt. Konsti, magst du mir sagen, ob du dich in einen Jungen oder ein Mädchen verliebt hast?»

Ließ sich breiter grinsen, als Konstantin das gerade tat? «Nun verstehe ich», sagte er. «Wärest du denn geschockt, wenn ich schwul wäre?»

«Wie könnte ich das sein», sagte Alex.

«Eine rotblonde Schönheit weiblichen Geschlechts», sagte Konstantin. «Ich erzähle dir ein Liebesdrama zwischen fünf Haltestellen.»

Alex hörte zu und schluckte am Schluss. Wie war dieser Junge wunderbar. «Willst du schon gehen?», fragte er, als Konstantin aufstand.

«Ich muss morgen um zwanzig nach sieben in den Bus steigen.»

«Du hast keine Schule.»

«Denk an die fehlende Schultasche», sagte Konstantin. «Vielleicht habe ich Glück, und sie fährt diese Strecke täglich.»

«Löffel das mal deinen Jungs ein», hatte Karsten gesagt. «Die Fotos für die Pässe machst du. Und wenn ihr irgendwas besprecht und nicht auf einem freien Feld steht, sondern in der Wohnung, dann geht ins Bad und dreht alle Wasserhähne auf. Vielleicht sind da Wanzen.»

Wanzen in einer Wohnung, die von einem Schauspieler und einem Trickfilmzeichner bewohnt wurde? Katja stellte die noch heiße Quiche Lorraine auf den Küchentisch, um Karsten bei Laune zu halten, wenn er ihr schon nicht an die Wäsche durfte. «Jon ist kein Star», sagte sie. «Warum sollte die Stasi ihn und Stefan abhören?»

«Kommt nicht auf Star an. Die Künstler laufen denen scharenweise weg, was glaubst du, wie die Stasi die auf dem

Kieker hat und deinen Jon sowieso, seit er dich kennt und du so oft in den Osten kommst.»

«Was ist das für eine Geschichte, an der du dran bist, Karsten? Und wie können dabei zwei gefälschte Pässe herauskommen?»

«Die neue Generation der RAF scharrt schon mit den Hufen. Die Mörder von Buback, Ponto, Schleyer sind auch noch auf der Flucht.»

«Ruth ist unter anderem wegen Urkundenfälschung verurteilt worden.»

«Dann hätte deine Kusine dir Tipps geben können. Lass es dabei, Katja, nimm zur Kenntnis, dass ich an Blankopässe komme und einen guten Retuscheur an der Hand habe. Das kostet allerdings Geld. Und ein Visum und einen Einreisestempel für die CSSR brauchen wir auch noch. Kümmere du dich darum, ich bin im März in Nicaragua.»

«Im Ernst?»

«Im Ernst.» Karsten nahm ein großes Stück von der Quiche. «Ich bin Kriegsreporter. Vertrau mir einfach, Kind.» Er grinste.

Theo legte die Armbanduhr in die elegante Schatulle zurück und schloss sie in seine Schreibtischschublade ein. Henny hatte sich eine neue Uhr zum Geburtstag gewünscht, ihre alte war nicht länger zuverlässig. Das zierliche Modell von Baume & Mercier würde ihr gefallen, Henny legte Wert darauf, ihre Uhr täglich aufzuziehen.

Er hatte sie gestern bei Becker am Gerhart-Hauptmann-Platz gekauft und sich an das Glockenspiel der Vorkriegszeit erinnert. *Stadt Hamburg an der Elbe Auen.* Damals hatte der Platz noch Pferdemarkt geheißen.

Theo trat aus seinem Arbeitszimmer. Die Tür nebenan

war noch immer geschlossen. Leise Stimmen. Er stieg die Treppe hinunter und setzte sich zu Henny an den kleinen runden Tisch in der Ecke des Salons, die Kaffeetassen standen noch da, Henny las das *Abendblatt*.

«Hast du eine Ahnung, was die beiden zu bekakeln haben?» Er schenkte sich Kaffee ein. «Du auch noch?»

«Gern.» Henny sah von der Zeitung auf. «Ich vermute, es geht um den jungen Mann in Ostberlin. Was Klaus damit zu tun hat, weiß ich nicht.»

Ihre Enkelin hatte sie gebeten, sich bei ihnen mit Klaus treffen zu können. «Seid nicht verärgert, wenn wir uns in Klaus' früheres Zimmer zurückziehen», hatte Katja gesagt. Nein, verärgert war weder Henny noch Theo. Nur irritiert. Warum traf sie sich mit ihm bei den Großeltern statt in der eigenen Wohnung?

«Ich fange schon an hysterisch zu werden», sagte Katja im oberen Stock der Körnerstraße. «Vielleicht beobachten die meine Wohnung. Dann dürfen sie dich nicht hineingehen sehen.»

«Kaum anzunehmen, dass die Stasi einen langen Arm nach Hamburg hat.» Klaus saß in dem alten Korbstuhl und versuchte zu verdauen, was Katja da erzählte. Fluchthelfer. Vielleicht saß er bald in dem berüchtigten Bautzener Gefängnis statt mit Alex auf dem orangenen Sofa. Doch die erste Prager Reise, um die ihn seine Nichte bat, eines Visums und des Einreisestempels wegen, dürfte noch harmlos sein.

«Ich weiß, was ich dir zumute. Sprich mit Alex drüber, ob du dich darauf einlassen solltest. Ich würde es zu gern selber tun, aber mich haben sie längst im Visier.»

Katja klang verzweifelt, das kannte Klaus nicht von ihr. Er brütete vor sich hin. «Jaroslav Král», sagte er dann. «Ich könnte ihn interviewen.»

«Ein tschechoslowakischer Jazzmusiker?»

Klaus nickte. «Er ist noch jung, leitet aber schon seit ein paar Jahren ein Orchester. Ich habe ihn immer schon kennenlernen wollen.»

«Würdest du Kontakt zu ihm aufnehmen?»

«Ja», sagte Klaus. Das konnte ein angenehmer Ausflug werden, und sie hätten schon mal Stempel und Visum als Vorlage für den Retuscheur, den Karsten an der Hand hatte.

«Immer unter dem Vorbehalt, dass Jon und Stefan nach Hamburg kommen wollen, und das über diesen gefährlichen Weg. Doch Jon ist noch verzweifelter, als ich es bin. Im letzten Brief schrieb er von einem Dramaturgen, der das Theater verlassen musste und nun völlig isoliert ist, weil er einen Ausreiseantrag gestellt hat.»

«Und Stefan?»

«Ich denke, er wird alles tun für das Glück seines kleinen Bruders.» War sie zu optimistisch? Sie geriet allmählich in die Wirbel dieses Fluchtgedankens. Klaus und sie blickten zur Tür, als es klopfte.

«Wollt ihr vielleicht einen Kaffee?», fragte Henny.

«Wir kommen jetzt zu euch nach unten», sagte Katja.

«Den Kontakt zu Král nehme ich auf jeden Fall auf», sagte Klaus.

Ein Dienstag, an dem sie in die DDR einreiste. Schnee auf beiden Seiten der Mauer. Jon stand vor dem Bahnhof und trug einen Winterparka, die Kapuze mit dem Kunstfell hing ihm tief ins Gesicht. Er blickte auf ihren kurzen weinroten Mantel. «Kann dir denn warm genug sein?», fragte er und hüllte sie in seine Arme.

In ihrer großen Handtasche hatte Katja eine Kamera mit 85-Millimeter-Objektiv, das sich besonders gut eignete für

Porträts, der Volkspolizist hatte es lange betrachtet, doch eher begierig als misstrauisch.

Vielleicht hätte sie Jon und Stefan schon einweihen sollen in ihren Plan, noch immer holte Till Arent zweimal im Monat Briefe im Büro des *Stern* ab. Misstraute sie dem Postweg, oder wollte sie nur das Gesicht von Jon sehen, wenn er davon hörte, was sie vorhatte auf der Route Berlin-Prag-Hamburg?

In der U-Bahn sprachen sie von Stefans Anfall vorgestern, von der Wohnung in der Straßburger Straße, die schlecht geheizt war, erst auf dem Weg dorthin zu Fuß auf breiten leeren Trottoirs erzählte Katja und blickte in ein fassungsloses Gesicht.

«Kann das gutgehen?», fragte Stefan, als sie in dem altmodischen Bad standen. Eine gusseiserne Wanne, an der Jon die Duschstange befestigt hatte. Das Wasser wurde nur wenig warm in diesen kalten Tagen, doch der Wasserdruck war hoch genug, um laut zu sein.

«Würdest du denn mitkommen, Stef?»

Stefan sah Katja an. Suchte in ihrem Gesicht nach der Antwort. Dann sah er in Jons Gesicht und fand sie dort.

«Ich wäre glücklich, wenn ihr zu mir kämt, Stefan. Wir können gut zu dritt leben. Du hättest deine eigenen Zimmer.»

«Tun wir einen ersten Schritt», sagte Stefan so leise, dass er kaum zu hören war. «Was ist zu beachten bei westdeutschen Passfotos, Katja?»

Vieles, was in der nächsten Zeit noch mit Jon zu klären wäre bei fließendem Wasser. Doch er durfte nicht nein sagen.

Der Anruf des Anwalts kam am letzten Tag des Februars, der in diesem Jahr der neunundzwanzigste war. Käthe hielt den Telefonhörer noch fest, als Rudi die Tür aufschloss, die Tasche mit den Einkäufen in der Hand.

«Was ist los?», fragte er. «Eine schlechte Nachricht?»

Käthe schüttelte den Kopf. Langsam, als geschehe das in Zeitlupe. «Ruth wird im April aus dem Gefängnis entlassen», sagte sie und legte endlich den Hörer auf.

Rudi und sie lagen einander in den Armen. Keiner sagte ein weiteres Wort. Zum fünften Mal hatte es sich vorige Woche gejährt, dass Schüsse auf einem Hildesheimer Parkplatz gefallen waren.

Schneeregen am Tag nach Ostern, der Anwalt klappte den Kragen des Kamelhaarmantels hoch, als er mit Ruth aus dem Lübecker Gefängnis kam. «Ich nehme Sie gern nach Hamburg mit», sagte er, «doch ich glaube, Sie werden vor dem Tor erwartet.»

«Von meinem Vater», sagte Ruth.

«Zwei Frauen. Die eine habe ich kürzlich in einer Zeitschrift gesehen.»

Ruth lächelte, als sie Florentine und Katja erkannte. Hatte das Gefühl, hundert Jahre älter zu sein als die strahlenden Freundinnen. Konnten sie ihre Freundschaft denn einfach fortsetzen?

«Alles auf Anfang.» Florentine nahm sie in die Arme.

Nein. Auf Anfang war dieses Leben nicht zu stellen. Zu schwer, das Gepäck. Doch vielleicht ließen sich die richtigen Schlüsse ziehen.

Viel Verlegenheit, als sie in Katjas Auto stiegen, noch immer der alte Ford, mit dem sie vor fünf Jahren Rudi nach Lauerhof gefahren hatte. Einen großen teuren Tisch zu kaufen, war ihr wichtiger gewesen als ein neues Auto. Katja blickte zu Ruth, als sie den Motor startete, die Justizvollzugsanstalt hinter sich ließen, Florentine hatte darauf bestanden, dass Ruth sich auf den Beifahrersitz setzte.

«Vielleicht sollten wir dich erst einmal mit den Ereignissen vertraut machen», sagte Katja.

«Einiges weiß ich», sagte Ruth. «Dass du für den *Stern* fotografierst, Katja. Florentines zweites Kind. Und auch der Tod deines Vaters, Florentine. Rudi hat mir das alles erzählt.»

«Auch schon von Katjas Jon?»

Katja blickte in den Rückspiegel. Nicht, dass Florentine von den Fluchtplänen sprach.

«Nein. Wer ist Jon?»

«Eine komplizierte Liebe», sagte Katja. «Jon ist Schauspieler in Ostberlin. Schwer zu sagen, was draus wird.»

«Eure Leben lassen sich anfassen. Meines hat sich mir entzogen.»

«Trauerst du um András?»

«Nein», sagte Ruth. «Ich nehme an, dass Käthe und Rudi wissen, dass ihr mich abholt?»

«Sie erwarten uns drei in der Marienterrasse», sagte Katja.

«Gut, dass ich nicht mit ihnen allein bin.»

«Erinnert ihr euch noch an unser Essen im Olympischen Feuer? Als ich hochschwanger mit Lorenz war?»

«Ich weiß, was du sagen wirst.» Ruth drehte sich zur Rückbank.

«Lasst uns zusammenhalten, was immer auch geschieht», zitierten Katja und Florentine im Chor.

Ihre Freundschaft lebte fort.

Käthes Nervosität vergrößerte sich im Takt von Sekunden. Sie saß am Küchentisch, der für fünf gedeckt war, Rudi hockte vor dem Backofen und begoss den Falschen Hasen mit Bratensaft.

«Dass du noch hocken kannst», sagte Käthe.

«Hocken geht gut. Hochkommen ist schwieriger.» Er

schloss die Ofentür und stützte sich vom Fußboden ab. «Du hättest mich mal zu Ruth begleiten sollen, dann würdest du dich jetzt nicht fürchten.»

«Ich habe sie so lange nicht gesehen.»

«Fast zehn Jahre», sagte Rudi. Immer hatte sie ihn allein fahren lassen, nicht nur in die Lübecker JVA, auch nach Berlin, als Ruth in der zweiten ihrer Kreuzberger Wohngemeinschaften lebte. Friedhart, der damalige WG-Genosse, stand noch auf den Fahndungslisten.

«Sie wird nicht bei uns bleiben wollen», sagte Käthe.

«Ihr altes Kinderzimmer ist ja auch nur für den Übergang.»

«Was wird aus ihrem Leben? Wir sind nicht mehr lange da.»

«Noch sind wir da, Käthe, hör auf, dem Tod entgegenzueilen. Lina hat angeboten, mit Momme und Rick zu reden, vielleicht können sie Ruth in das Team der Buchhandlung aufnehmen.»

«Die brauchen keine vier Leute. Schon für Lina war das eher eine Lebenshilfe nach Louises Tod.»

«Kann ich noch mal meine alte Käthe zurückhaben?»

«Welche?»

Käthe und Rudi zuckten zusammen, als es klingelte.

«Die Käthe, die das Leben an den Hörnern packt», sagte Rudi.

Gemeinsam gingen sie zur Tür, um ihre Tochter zu empfangen.

Henny sah über den Hofwegkanal zu den Häusern der Marienterrasse, wie ging es den Freunden, war Ruth schon da? Katja hatte ihr erzählt, vom Plan nach Lübeck zu fahren, um Ruth dort abzuholen und deren Heimkehr zu begleiten.

Hennys Schuhe waren schon nach halber Strecke schmutzig vom Schlamm, eine ewige Baustelle, dieser Hofweg. Wenn nicht Hein Gas buddelte, dann die Wasserwerke, und nun wurden die Schienen der Straßenbahn herausgerissen. Die Linie 18, die an einem Silvestertag Schicksal in Käthes und ihrem Leben gespielt hatte, gab es schon lange nicht mehr, zuletzt waren die Linien 1 und 3 hier gefahren.

Das Kuvert für Katja, das heute mit der Post gekommen war, trug sie in der Tasche, Henny zögerte einen Augenblick. Sollte sie den kleinen Bogen zu Käthe machen und Katja das Kuvert übergeben? Vielleicht war es wichtig und eilte. Doch dann entschied sie sich dagegen. Nicht zu viele Gesichter am ersten Tag, Ruth fremdelte sicher noch mit der Freiheit.

«Warum lässt Katja ihre Post zu uns schicken?», hatte Theo gefragt und den großen Umschlag, der am Frankfurter Flughafen abgestempelt worden war, in den Händen gedreht. «Sie neigt in jüngster Zeit zu einem konspirativen Verhalten. Hat das mit ihrer Arbeit zu tun? Frag mal Klaus, der wird ja wohl eingeweiht sein.»

Das war doch ein weiter Weg zum vorderen Hofweg, um bei Moscato Leckereien zu kaufen. Ob sie da noch Lust hatte, zur Papenhuder Straße vorzugehen, um das Kuvert in Katjas Briefkasten zu werfen? Erst einmal die Einkäufe im italienischen Lebensmittelladen erledigen. Seit Garuti viele Jahre lang mit großen Tüten aus San Remo angereist war, liebte Theo ligurisches Olivenöl, luftgetrocknete Salami, gefüllten Gorgonzola.

Theo verwöhnen. Es ging ihm gut mit seinen siebenundachtzig Jahren. Vielleicht hätten sie die Latte gleich höher legen sollen, der neunzigste Geburtstag rückte viel zu schnell näher.

Hoffentlich fand Ruth noch ein Glück, Käthe und Rudi hätten es verdient, dachte Henny, als sie in den Laden der Moscatos trat und in die feinen Düfte eintauchte. Eigentlich war sie ein Leben lang mit dem Glück der anderen beschäftigt, doch es tat ihr gut.

«Das kann nur eine vorübergehende Lösung sein», sagte Momme. Er hatte schon die Studentenbewegung voller Skepsis betrachtet, mit der Lina und Louise sympathisiert hatten.

*Erst ist da nur ein wärmendes Feuerchen. Doch irgendwann wird das so groß sein, dass keiner es mehr löschen kann. Glaubt eurem Momme.*

Lina erinnerte sich an diese Worte, als sie im Büro von Landmann am Gänsemarkt saß und darum bat, Ruth zu beschäftigen. Noch immer war sie einer der Inhaber der Buchhandlung, aber die anderen drei mussten mit Ruth arbeiten. Nils, der ihr schließlich zur Seite sprang.

«Warum hole ich mir auch einen Linken ins Haus», sagte Momme. «Ich hoffe, Ruth hat das Gedankengut der RAF wirklich hinter sich gelassen. Eine Frau im Team wäre gut, doch eigentlich wäre mir lieber, wenn du uns noch gelegentlich unterstützen würdest, Lina.»

«Vielleicht in der Vorweihnachtszeit. Bei Leben und Gesundheit», sagte Lina, die Konsulin Buddenbrook zitierend.

«Gib mir mal die Telefonnummer von Käthe, ich rufe Ruth an. Hat ja Tradition, dass wir die Odefeys auffangen. Das haben wir beim Vater auch schon getan und die düsteren Kohlezeichnungen ausgestellt, die Rudi aus dem Krieg mitgebracht hat.»

«Das war eines meiner liebsten Projekte, uns Kunst in

den Laden zu holen», sagte Lina. «Warum stellst du das so negativ dar?»

Momme lächelte. «Ich weiß», sagte er. «Der alte Momme neigt manchmal dazu, defätistisch zu sein.»

«Das lassen dir die Frauen in der Johnsallee durchgehen?»

«Tian fehlt mir. Ich bin nun tatsächlich der einzige Mann im Haus.»

«Immerhin ist das pralle Leben um dich herum», sagte Lina.

«Du fühlst dich einsam?», fragte Nils.

Lina fing seinen Blick auf. Nahm an, dass er an Karl dachte. Nils' Vater hätte gern viel mehr Zeit mit ihr verbracht.

«Ja», sagte sie. «Aber für ein Zusammenleben bin ich nicht mehr geeignet. Das habe ich in den letzten acht Jahren verlernt.»

«Wie schade», sagte Nils.


Noch immer hingen Tians Anzüge im Schrank. Ab und zu drückte Ida ihr Gesicht in das Jackett aus leichtem Mohair, atmete den Duft des Eau de Toilette ein, *Penhaligon's* aus London, das hatte Tian ein Leben lang gemocht. Jetzt holte sie den Glencheckanzug hervor, nur eine Ahnung, doch da fand sie schon die Uhr ihres Vaters in der Innentasche, nach der sie seit einer Weile vergeblich gesucht hatte. Tian hatte die goldene Taschenuhr von *A. Lange & Söhne Glashütte* in Ehren gehalten, die ihm von Ida anvertraut worden war nach Bunges Tod.

Ida zog die Uhr auf, wie Carl Christian Bunge ihr das vorgeführt hatte vor vielen Jahren. Doch das vertraute Ticken holte ihr Tian vor Augen, nicht ihren Vater, durch den sie den Weg hier in die Johnsallee gefunden hatte, ein Zufluchtsort für ihre Liebe zu Tian in den Zeiten der Nazis. Würde sie bleiben, wenn Guste nicht mehr lebte, allein mit den Siemsens?

Warum hatte Tian es versäumt, uralt zu werden, Theo tat Henny ja auch den Gefallen. Ida setzte sich an ihre Frisierkommode, legte die Uhr darauf. Dieses Ticken. Wie ein Herzschlag.

«*Hier* bist du.»

Ida blickte zur Tür, in der Florentine stand. Hatte ihre Tochter sich angesagt? Gelegentlich entfiel ihr schon mal das eine und andere.

«Hab gedacht, ich überfall dich einfach, da ich schon in der Nähe bin», sagte Florentine. «Der Husky und ich haben in der Kantine gegessen.» Klaus hatten sie dort getroffen, der in den nächsten Tagen nach Prag fliegen wollte. Das Projekt Jon trat in die erste Phase. Doch gesprochen hatte Klaus nur von der Prager Jazzszene. Wusste er denn nicht, dass Florentine eingeweiht war?

«Willst du Papis Anzüge weggeben?»

Ida schüttelte den Kopf. «Ich hab nach der alten Taschenuhr gesucht. Lori soll sie zur Einschulung ins Johanneum kriegen.»

«Das ist zu früh», sagte Florentine. «Schenk sie ihm zum Abitur.»

«Wie alt bin ich denn da?», fragte Ida.

Florentine trat an die Frisierkommode. «Ich erinnere mich, wie Papi sie aus der Brusttasche seines Jacketts zog.»

«Und ich habe auch noch die Erinnerung, wie mein Vater das tat.»

«Kleine Schätze, die uns überleben», sagte Florentine. Sie legte ihre Hände auf Idas Schultern. «Das schaffst du.»

Idas und Florentines Blicke trafen sich im Spiegel. «Was schaffe ich?»

«Lori die Taschenuhr zum Abitur zu überreichen.»

«Dann darf er aber nicht sitzenbleiben», sagte Ida.

Florentine lächelte. «Lebst du noch gerne hier?»

«Solange Guste da ist.»

«Dir gehört die Hälfte des Hauses. Du kannst dich auszahlen lassen.»

«Zieh die Schuhe erst aus, wenn du unten am Fluss bist.»

«Eine chinesische Weisheit?», fragte Florentine.

«Der Satz ist mir gerade in den Kopf gekommen», sagte Ida. «Vielleicht hat dein Vater ihn mir zugeflüstert.»

War ihre Liebe nicht immer am größten gewesen in den Zeiten von Tians Abwesenheit?

«Ich bin glücklich, dass du deinen Husky hast», sagte Ida. «Vergiss nie, ihm deine Liebe zu zeigen.»


Das Stempelkissen, in dem der tschechoslowakische Grenzbeamte den Wiegestempel gewälzt hatte, war mit frischer Farbe getränkt gewesen, Visum und Einreisestempel zeichneten sich gut ab auf dem Bundesadler in Klaus' grünem Reisepass. Der Retuscheur konnte zufrieden sein.

Katja saß am Tisch des großen Zimmers im Schwanenwik und hielt den Pass aufgeschlagen in der Hand.

«Und das Ganze geht jetzt in eine Fälscherwerkstatt in der Altstadt von Casablanca?», fragte Klaus. «Hoffentlich sehe ich meinen Pass wieder.»

«Du bist ein Romantiker», sagte Katja. «Das geht in einen kleinen Fotoladen auf St. Pauli. Da sitzt ein alter Spezialist, der jahrzehntelang die Parteiabzeichen aus den Revers retuschiert hat.»

«Die Bonbons der Nazis?» Klaus saß ihr gegenüber und

betrachtete die Blankopässe, die aus Frankfurt in einem großen Kuvert gekommen waren. «Wo hat Karsten die her?»

«Ich vermute, dass sie aus RAF-Beständen sind.»

«Da hat er die Finger drin?»

«Er ist an einer Geschichte dran.»

«Unser Mann in der Unterwelt», sagte Klaus. «Bleibst du zum Essen? Ich habe Speckwürste aus Prag mitgebracht. Wenn du dann noch nicht satt bist, kriegst du einen *Palacinky*, Aprikosenkonfitüre hab ich auch.»

«Dafür, dass du nur eine Nacht da warst, hast du dich schon sehr in die böhmische Kulinarik eingelebt», sagte Alex, der gerade zur Tür hereingekommen war.

Klaus stand auf, um ihn zu umarmen. «Für dich habe ich noch eine besondere Überraschung», sagte er. «Beste Grüße von Jaroslav Král. Und was fragt mich Jaroslav? Dann kennen Sie Alex Kortenbach? Doch, sage ich, den kenne ich gut. Bin ich privilegiert, so nah an der Prominenz zu sein. Er will das Quintett ins *Reduta* einladen.»

«Das berühmte *Reduta*», sagte Alex. «Einer der besten Jazzclubs. Hat er das ernst gemeint, oder hattet ihr da schon ein paar Budweiser?»

«Termine zur Auswahl habe ich im Notizbuch. Für den November. Das solltest du bald besprechen und in trockene Tücher tun.»

«Hans wird aus dem Häuschen sein.» Alex sah Katja an. «Dann fahre ich mit dem Quintett nach Prag und bringe deinem Jon und dessen Bruder die Pässe», sagte er. «Die klebe ich zwischen zwei Klavierstimmen. Oder verstecke sie im Futteral des Notenkoffers.»

«Kannte ich schon deine kriminelle Energie?», fragte Klaus. «Nur eine Korrektur nehme ich vor: Du *fliegst* mit dem Quintett dahin.»

«Ich sagte *fahre*.»

«Denkst du, dass deine Jungs mit einem kaiserlich-königlichen Bummelzug nach Prag fahren werden? Mit dem ganzen Gepäck im Koffernetz? Inklusive des Basskoffers?»

«Traust du dir das zu, Alex?», fragte Katja. «Du müsstest auch zwei kleine Koffer mit westlicher Kleidung übergeben. Die Lufthansatickets.»

«Eine offizielle Einladung von Jaroslav Král an das Quintett ist eine gute Tarnung, Katja. Ich trau mir das zu.»

«Den alten Spezialisten für Parteiabzeichen suche ich auf.» Klaus tat schon einen Schritt in die Küche, sich mal um die Würste kümmern. Kümmelbrot hatte er auch mitgebracht.

«Zumindest das übernehme ich», sagte Katja.

War es nur ein Zufall gewesen, dass sie an jenem Tag an der Gertigstraße in den Bus gestiegen war? Um halb acht Uhr am Morgen? Wo kam man da her, wenn nicht aus der elterlichen Wohnung? Konstantin kannte kein anderes als ein behütetes Leben. Er hatte schon ein Müsli gegessen, das ihm von Marike oder Thies täglich bereitet wurde, eine Ovomaltine getrunken, ehe er sich auf den Schulweg machte.

«Sie hat sich in Luft aufgelöst», hatte Konstantin zu Alex gesagt. Der litt mit, doch was zu tun sei, wusste er auch nicht.

Im Laufe des März verlor Konstantin alle Hoffnung, das Mädchen mit den rotblonden Haaren noch einmal zu sehen. Seine erste Liebe hatte ihm ganze zehn Minuten Nähe gewährt und wochenlanges Leiden beschert.

Im April vertraute er sich seiner großen Schwester an. «Komm mit ins Kino», sagte Katja. «Ich bin auch in Katerstimmung.»

*Solo Sunny.* Ein Film der DEFA. Jon hatte ihn schon im Januar gesehen, nun war er in den westdeutschen Kinos. Katja sah zu Konstantin, erkannte selbst im dunklen Saal, dass er mit seinen Gedanken abwesend war. Die Geschichte der Arbeiterin Sunny, die als Sängerin über ostdeutsche Dörfer tourt, erreichte sein Herz kaum, doch als Sunny anfing *Blue* zu singen, fasste Konstantin nach Katjas Hand.

*Blue. The dawn is growing blue*
*A dream is coming true*
*When you will come my way*
*Some sweet day*

Er drehte sich zu seiner Schwester. «Jon», sagte die leise.

*Red. The sun is rising red.*
*And all my love you'll get*
*When you will come and stay*
*Someday.*

Als sie aus dem *Holi* kamen, in das Licht des Sonntagnachmittags traten, hatte es zu regnen angefangen. Tränen ließen sich gut kombinieren mit dem Regen, wenn man ihm das Gesicht hinhielt.

«Ich kenne nicht mal ihren Namen», sagte Konstantin.

«Die Geschwister Utesch sind vielleicht eine Truppe», sagte Katja.

Als sie zu Katjas Auto gingen, das unter der Hochbahnbrücke der Isestraße stand, sah Konstantin das Mädchen an der Ampel stehen.

«Sprich sie an», sagte Katja und ging weiter, um dann eine Weile zu warten am Auto. Konstantin und das rotblonde Mädchen standen nicht weit von ihr.

«Wir gehen zu Fuß nach Winterhude», rief Konstantin zu ihr hinüber. Winkte.

Katja stieg in ihren Ford und dachte, dass Konstantin und das Mädchen fast schon vertraut wirkten unter ihrem Schirm.


Jon legte den Hörer auf die Gabel des Telefons. «Katja hat sich den Konrad Wolf angesehen, sie war mit ihrem Bruder im Kino. Ihnen hat der Film auch gefallen», sagte er.

«Hast du ein Knacken in der Leitung gehört?»

Jon nickte.

«Ihr solltet vorsichtiger sein», sagte Stefan. «Nicht zu viel Innigkeit am Telefon. Sonst schöpfen sie Verdacht und zweifeln daran, dass du verweilen willst in unserem schönen Staat.»

Die beiden verbrachten viel Zeit in dem abgenutzten Badezimmer. All die Sätze, die bei laufendem Wasser gesagt wurden.

«Ich will Katja nicht auf der Tasche liegen.»

«Wir werden Arbeit finden. Beide.»

«Das Klavier. Wo lassen wir Mutters Klavier?»

«Vielleicht lässt es sich bei Till unterstellen.»

«Ihren Schmuck bringe ich ihm, den kann er schon mal zu Katja nach Hamburg schicken.»

«Auch das kleine Ölbild.»

«Und die anderen Sachen?»

«Was sie nicht verwenden können, werden sie aus dem Fenster werfen, wenn wir in Hamburg sind oder in Bautzen.»

«Willst du dich wirklich drauf einlassen, Stef?»

«Ja.»

In Stefans Zimmer sortierten sie Dokumente, alte Familienfotos, legten sie in eine Schachtel, die mal Weinbrandbohnen mit Kruste enthalten hatte. Sprachen über künftige Trickfilme, für die Stefan im Herbst und Winter zeichnen würde. Von Jons Freude, eine größere Rolle in einer Fernsehproduktion der DEFA im Januar '81 ergattert zu haben. Nicht alles wahr, was sie da sagten. Doch sie hofften auf Zuhörer. Diesmal.

## NOVEMBER 1980

Ruth lebte noch immer ein Leben im Übergang, doch die Zimmer im Grindelhof waren geradezu luxuriös verglichen mit ihren früheren Gehäusen. Ein Bad für sich allein, sogar mit Wanne. Eine Heizung, die ganz ohne Kohlen und Briketts wärmte. Das Abaton Kino im Blick, und auch das At Nali war nah, türkische Küche in der Rutschbahn statt griechische am Schulterblatt. Das Univiertel bunt, nicht grau, wie die Schanze gewesen war, als Ruth mit András in den Untergrund ging.

In der Buchhandlung Landmann am Gänsemarkt hatte Ruth einen herzlichen Umgang mit Nils, einen freundlichen mit Rick, zu Momme blieb das Verhältnis kühl, er kritisierte Ruths Buchempfehlungen, ihre Kundengespräche nannte er Agitation.

*Zeugen der Anklage* gehörte zu den Empfehlungen, das zweite Buch Günter Wallraffs, in dem er die Praktiken der *Bild-Zeitung* anprangerte. Bernt Engelmanns *Schwarzbuch Franz Josef Strauß*, das die Skandale des Mannes thematisierte, der bei der Bundestagswahl gegen Helmut Schmidt angetreten und unterlegen war. *Die Kinder vom Bahnhof Zoo* über das Elend der drogensüchtigen Jugendlichen in Berlin. Das Glatte schätzte Ruth noch immer nicht. Vielleicht kritisierte Momme vor allem ihr Unvermögen, sich auf Oberflächlichkeiten einzulassen.

Ruth hatte versucht, ihre journalistischen Kontakte zu

erneuern, hätte gern einen Schreibtisch stehen gehabt in irgendeiner Redaktion, ganz hinten in der Ecke. Schreiben dürfen, ohne namentlich in Erscheinung zu treten. Doch sie schien die Erde verbrannt zu haben.

Überwintern in der Buchhandlung Landmann. Im wahrsten Sinne des Wortes. Das Weihnachtsgeschäft lief an. Sie blickte zu Nils hinüber, er und sie waren die jungen Leute hier, beide in ihrer zweiten Hälfte der dreißig. Nils nickte ihr zu und lächelte, seine Lippen formten lautlose Worte. Ruth verstand und setzte auch ein Lächeln auf. Sie hatte wieder zu ernst ausgesehen, ein anderer Kritikpunkt von Momme.

*Wer nicht lächelt, darf hinter keiner Ladentheke stehen.*

Momme tat lediglich Lina einen Gefallen. Anders ließ sich sein Umgang mit Ruth nicht deuten. Nein, glücklich war sie noch nicht geworden.

Vielleicht sollte sie sich in ihr Gehäuse zurückziehen und schreiben. Bis sie auf einen traf, der ihre Texte wollte. Da lag noch Geld auf ihrem Konto. Vom Erbe ihres Großvaters Everling.


Jon stand auf der Straße, als die Transporteure von Piano Birkholtz das alte Klavier in ihren Barkas hoben. Ob er es je wiedersehen würde? Vielleicht wenn Till mit seiner Familie zurück in den Westen zog und das Klavier mit ihnen?

«Dit is jut. Konnte keiner mehr aushalten, die Katzenjammertöne. Ick hoff, die haben Ihnen dit abjekauft, auch wenn's mich wundern würde.»

Jon drehte sich zu der Nachbarin um. «Das Klavier wird aufgearbeitet», sagte er. «Dann klingt es wieder fein, Frau Kopenke.»

«Nich, wenn *Sie* drauf spielen, Herr Feldmann.»

Würde ihm diese Ruppigkeit im Westen fehlen?

Till Arent hatte die Idee gehabt, das Klavier zur Reparatur zu geben. Von dort würde es unverdächtiger nach Friedrichshain finden. Vielleicht nur in Tills Keller. Dennoch ein Trost, das Instrument seiner Mutter dort zu wissen, der Korrespondent war längst ein Freund geworden.

Jon fuhr zum Ostbahnhof, kaufte zwei Fahrkarten der Deutschen Reichsbahn nach Prag und zurück. 15. November. Ein Samstag. Die Rückreise nach Ostberlin am darauffolgenden Tag.

«Keine schöne Jahreszeit zum Reisen», sagte der Mann am Schalter.

«Ein Jazzkonzert. Die Tschechoslowaken haben tolle Musiker.»

«Da genügen Ihnen unsere nicht mehr, wo der Manfred Krug im Westen ist?»

«Wir wollten uns gerade im trüben November was gönnen.»

Jons Stimme klang dünn, als wäre er keiner, der auf großen Bühnen stand. Legte sich die Angst schon auf die Stimmbänder? Stefan schien gelassener, seit er sich ausgerechnet hatte, den nächsten Anfall am Tag vor der Abreise zu bekommen und nicht in Prag.

Im Ambassador am Wenzelsplatz hatten sie ein Doppelzimmer bestellt. Auch das Quintett stieg dort ab. Katja hatte ihm einen Artikel aus dem *Jazz Podium* via Hauspost geschickt mit dem Foto von Alex Kortenbach, dem Lebensgefährten ihres Onkels.

Till ging in der vorletzten Phase ihrer Flucht oft in das Büro des *Stern*. Trug hin. Trug her. Hoffentlich würden die Zeiten kommen, in denen er und Stefan all das gutmachen konnten, was Till für sie tat.

Seinen letzten Auftritt an der Volksbühne hatte Jon in

Hauptmanns *Biberpelz* gehabt, mit der Premiere des neuen Stücks von Heiner Müller am 12. November hatte er nichts zu tun. Er war kaum besetzt worden in letzter Zeit. Auf Anordnung der Abteilung Kultur, weil er eine Journalistin aus Hamburg liebte? Lief er ihnen jetzt in die Falle?

Jon sah sich um, ob irgendwelche auffällig unauffälligen Passanten unterwegs waren in der Straßburger Straße. Dann ging er zurück in das Haus, in dem er lebte, seit er geboren worden war. Würde er Heimweh haben? Nicht, wenn Katja bei ihm war und Stef.

Der eine Koffer gehörte Alex. Der andere Florentine. Gepäckstücke, die Spuren trugen, sie standen mit geöffnetem Deckel auf Katjas Tisch. Jon und Stefan hatten in allem die gleiche Größe. Jeans. Hemden. Schuhe, deren Sohlen Katja mit Schleifpapier behandelte. Je einen warmen Pulli. Jacketts. Kulturbeutel mit Zahnbürsten, Kämmen, Kosmetik von Nivea. In Jons gab es Utensilien für Kontaktlinsen, in Stefans Antikonvulsiva. Katja tat noch die aktuelle Ausgabe des *Spiegel* in einen der Koffer.

Unterwäsche und Socken hätte sie vergessen, doch Klaus kam und sah die Liste durch, fuhr noch einmal zu Karstadt. Brachte Boxershorts mit, die er gern an Alex sah, und Socken von Burlington.

«Ich danke dir für deine Hilfe.»

«Das Glück meiner Nichte liegt mir am Herzen. Wo hast du die Medikamente her?»

«Ich habe Mama eingeweiht. Sie hat mir das Rezept ausgeschrieben.»

«Der Kreis der Mitwisser wird größer.»

«Du wirst keinen Zweifel an deiner eigenen Schwester haben.»

«Selbstverständlich nicht», sagte Klaus. «Ich wundere mich, dass Marike nicht Zeter und Mordio gerufen hat.»

«Das Glück ihrer Tochter liegt ihr am Herzen», sagte Katja.

«Du glaubst nicht, wie froh ich sein werde, wenn wir alle hier an deinem Tisch sitzen. Und keiner in Bautzen ist», sagte Klaus. Er fing an, sich um Alex zu sorgen.

«Und ob ich das glaube», sagte Katja. Sie ließ sich auf das Sofa fallen, das nun theaterrot war, trank einen Schluck von dem Wein, den Klaus ihr eingeschenkt hatte. So viele Möglichkeiten zu scheitern.

«Darf ich nachher mal in die Zimmer für Stefan schauen?»

«Klar», sagte Katja. «Ist noch nicht viel zu sehen. Nur ein Bett und ein Schrank. Alles andere kaufen wir, wenn die beiden da sind.»

«Finanzierst du das alles vor?»

«Ja. Jon und Stefan sind nicht glücklich darüber. Doch das Geld holen wir schnell wieder ins Haus.»

«Alex und ich können helfen. Wir sind seit langem Doppelverdiener.»

«Ihr tut schon genug», sagte Katja.

Klaus ging zum Bücherregal, nahm die gerahmte Fotografie in die Hand. «Jon braucht einen Agenten.»

«Er hofft, in eines der Ensembles hier aufgenommen zu werden.»

«Thalia? Die haben einen tollen Intendanten an Striebeck, der steht Boy Gobert in nichts nach. Da ist auch Stringenz in deren Laden, nicht das Bäumchen wechsel dich vom Schauspielhaus. Dort fangen sie nächstes Jahr mit einer größeren Restauration an und weichen auf die Bühnen von Kampnagel und Operettenhaus aus.»

«Du bist gut informiert», sagte Katja.

«Ich bin zwar die Jazznase, doch das übrige Kulturgeschehen geht nicht an mir vorbei. Das schwatzen mir schon die Kollegen ins Ohr.»

«Das Quintett fliegt am Donnerstag?»

«In aller Frühe nach Frankfurt. Da geht es schon um zwanzig nach neun weiter nach Prag.»

«Hat Alex' Flugangst nachgelassen?»

«Nicht die Bohne. Er führe dem Quintett am liebsten mit dem Zug voraus. Doch diesmal ist ohnehin alles kompliziert, da müssen sie nicht auch noch getrennt einreisen, und bei der Ausreise soll er ein Auge auf die Brüder Feldmann haben. Denk bloß daran, in Jons und Stefans Tickets die Abschnitte für den Hinflug zu entfernen.»

Katja nahm die Lufthansatickets von ihrem Schreibtisch und tat das vor Klaus' Augen. Übergab ihm dann die Tickets. «Vielleicht legt Alex die am besten auch zwischen zwei Klavierstimmen.»

«Er ist sonst ein solcher Feigling», sagte Klaus.

«Morgen Abend hole ich die Pässe in der Wohlwillstraße ab. Dann komme ich gleich zu euch.»

«Haben die beiden darin denselben Nachnamen?»

«Das ginge gar nicht anders», sagte Katja. «Die Ähnlichkeit zwischen ihnen ist zu groß.» Sie stand auf, um Klaus die Zimmer zu zeigen, bevor der die Koffer nahm und in den Schwanenwik trug.

Krieg keinen Schreck, doch nu ist Schluss. Ist ja nun genügend junges Volk um dich herum. Da kannst du deine alte Guste entbehren, die wird nun allmählich zu klapprig.

Ließ sich ein Tod unsentimentaler ankündigen?

Doch Guste sprach diese Worte nicht aus, als Alex am

Nachmittag zu ihr kam. Er schien ihr viel zu nervös zu sein, um noch ein Päckchen draufzutun. Vielleicht versagten ja ihre Instinkte, und es ging noch gar nicht ans Sterben. Obwohl sie sich eigentlich sicher war, da glich sie einem Tierchen in der Natur, das wusste auch, wann die Stunde kam.

«Nu mal raus mit der Sprache», sagte sie stattdessen, als Alex und sie in der Küche im Souterrain saßen. «Ist das die normale Flugangst?»

Alex blickte in das vertraute Gesicht, das nicht mehr so rosig und rund war, die ganze Guste schien geschrumpft. Er hatte nicht vorgehabt, von den Hintergründen der Reise nach Prag zu erzählen. Doch nun tat er es. Wem konnte man die Geschichte anvertrauen, wenn nicht Guste?

«Donnerlüttchen», sagte Guste. «Ihr seid ja Helden.» Sie setzte zum nächsten Satz an, verstummte aber, als Anni in die Küche kam, Alex begrüßte, um dann mit zwei Äpfeln in der Hand nach oben zu gehen.

«Kann dir denn dabei was passieren?», fragte Guste.

«Ich nehme nicht an, dass die Grenzbeamten bei der Einreise etwas anderes sehen wollen als meinen Pass und die offizielle Einladung des Jazzclubs. Die beiden anderen Pässe und Tickets klebe ich mit Tesa an die Klavierstimmen, obwohl sie den Notenkoffer kaum kontrollieren.»

«Hast du denn Erfahrung mit dem Ostblock?»

Alex schüttelte den Kopf.

«Ich hab dir noch gar nichts angeboten.» Guste stemmte sich hoch.

«Das ist allerdings besorgniserregend», sagte Alex.

«Kommt nur, weil du so abenteuerliche Geschichten erzählst. Kaffee und Kemm'sche Kuchen dazu?»

Alex sah auf die Uhr. «Ich muss los, Guste. Hab mich

verplaudert. Klaus kommt und holt mich ab, Katja bringt nachher die Pässe in den Schwanenwik.»

Guste drückte ihn, als er sich verabschiedete. «Gib auf dich acht, du guter Junge», sagte sie. Das würde sie auch tun, noch eine kleine Weile auf sich achtgeben. Die beiden aus Ostberlin wollte sie doch ganz gern noch kennenlernen.

Klaus hatte das Auto eher flüchtig geparkt und stieg aus, als er Alex kommen sah. Der schien sich ernsthaft auf den Stock zu stützen, das kam zur Unzeit, morgen früh musste Alex um halb sieben in Fuhlsbüttel am Flughafen sein und drei Koffer aufgeben.

«Ich habe gerade entschieden, dass ich dich morgen zum Flughafen fahre», sagte er. «Und mich um das Gepäck kümmere.» Alex hatte ein Taxi vorbestellen wollen, doch dessen Fahrer schleppte ihm kaum die Koffer zum Abfertigungsschalter der Lufthansa.

«Deinem kritischen Blick entgeht nichts», sagte Alex. «Nicht einmal im schwachen Licht dieser Straßenlaterne. Ich bin ein bisschen nervös, das legt sich schon.»

Die Nervosität würde wohl eher zunehmen. Klaus hätte eine zweite Dienstreise nach Prag beantragen sollen, statt zuzulassen, dass Alex einen großen Teil der Verantwortung für die Pläne trug. In den guten Zeiten vergaßen sie gern, dass er gesundheitlich angeschlagen war.

Katja saß schon auf der Treppe zum fünften Stock, als sie aus dem Aufzug kamen. Waren sie so spät dran? «Ich bin zu früh», sagte Katja. «Konnte kaum abwarten, die Pässe endlich in den Händen zu halten.» Auch ihr entging nicht, dass Alex Schwierigkeiten hatte. «Schaffst du das denn mit dem Gepäck?»

«*With a little help from my friends.*»

Alex war nicht nur ein bisschen nervös, er hatte Angst.

«Ich bringe ihn zum Flughafen und kümmere mich um das Gepäck. Dann hat er die Koffer erst in Prag an der Backe.»

«Da hilft mir Hans», sagte Alex. Der würde sich wundern, dass er drei Koffer dabeihatte, Alex war sonst ein Freund des kleinen Gepäcks.

«Legt erst einmal die Mäntel ab», sagte Klaus. «Vielleicht bedarf es noch mal einer kleinen Überarbeitung des Plans. Lass mal die Pässe sehen. Wie heißen sie denn nun?»

«Jan und Stefan Aldag.» Katja schlug die bundesdeutschen Pässe auf. «Jonathan ist zu auffällig. Schau sie dir an, Alex.»

«Sein Bruder und er sehen sich sehr ähnlich.»

«Ja», sagte Klaus. «Was tragen sie eigentlich für Armbanduhren?»

«Stefan keine und Jon die Zenith seines Vaters.»

Ein Schweizer Fabrikat. «Gut», sagte Klaus. «Zeig mal die Visa und Einreisestempel.» Er pfiff. Eine feine Vorlage war das gewesen, die er da im April aus Prag mitgebracht hatte. Nur dass hier 15. *listopadu* stand.

«Und die Überarbeitung des Plans?»

«Eventuell musst du Hans Dörner einweihen, Alex.» Er sah seine Nichte an. «Er ist voll vertrauenswürdig.»

«Warum? Er hilft mir auch so mit den Koffern.»

«Am Flughafen. Aber wie kriegst du zwei Koffer in das Zimmer der beiden, wenn du dich mit einer Hand auf den Stock stützt?»

«Dann gehe ich zweimal.»

«Je weniger du auf den Hotelfluren unterwegs bist, desto besser. Wahrscheinlich ist die Stasi schon vorgefahren nach Prag.»

«Ich werde das unterwegs entscheiden.»

Irgendwas würden sie vergessen haben. Alex jedenfalls vergaß inzwischen ganz, dass er an zwei Abenden Konzerte hatte in Prag.

«Alles gut bei dir?», fragte Hans, als die *Boeing* ihre Flughöhe erreicht hatte. Kein anderer aus dem Quintett saß neben Alex, wenn geflogen wurde, Hans Dörner zeigte als Einziger Verständnis für dessen Phobie.

«Vielleicht brauche ich deine Hilfe in Prag.»

«Das mit dem Gepäck mache ich schon. Seit wann reist du mit drei Koffern? Du bist in vielerlei Hinsicht eine Diva, doch drei Koffer, das ist neu.»

«Hans. Du und ich kennen uns schon lange.»

«Das lässt sich sagen.»

«Ich bin gerade nicht so formidabel zu Fuß unterwegs.»

«Ist mir aufgefallen. Wird dir schon gelingen, elegant auf die Bühne zu kommen. Das hast du bislang immer geschafft.»

Alex senkte die Stimme noch einmal. «Die kleinen Koffer sind für zwei Herren, die unser Konzert am Samstag besuchen werden, sie reisen aus Ostberlin ein und am Sonntag mit uns nach Hamburg via Frankfurt aus.»

Hans Dörner schwieg. «Wie bist du da hineingeraten?», fragte er dann.

«Familiäre Konstellationen.»

«Da bin ich doch beruhigt, dass du nicht unter der Fuchtel einer internationalen Fluchthilfeorganisation stehst.»

«Nimm mich ernst.»

«Das tue ich.»

«Vielleicht schaffe ich es auch allein.»

«Sag Bescheid, wenn ich dir helfen kann.» Hans Dörner

gab der Stewardess ein Zeichen. Deutlich zu früh am Tag, um nach einer Bloody Mary zu fragen. Doch er bat um einen starken Kaffee mit viel Zucker.

Stefan hatte recht behalten, das Grand Mal kam am Tag vor der Abreise. Nun hatten sie sechs, vielleicht acht Tage Ruhe, wenn es den inzwischen eingespielten Gang ging. Keine Gefahr, dass er am Flughafen von Prag umfiel wie ein gefällter Baum, auch nicht in Frankfurt. Und auch Katja musste er nicht gleich zu Anfang erschrecken.

«Lass uns in den Speisewagen gehen. Einen Kaffee trinken», sagte er, als sie im Zug nach Prag saßen.

«Vermutlich das letzte Mal, dass wir aus Tassen des VEB Colditzer Porzellanwerkes trinken», sagte Jon. Das Geschirr der Mitropa. «Sollte es schiefgehen», er brach ab. Daran wollte er nicht denken.

«Dann geht das Leben auch weiter», sagte Stefan. «Versprich mir, dass du nicht verzweifelst. Was immer auch kommt.»

Ließ sich das versprechen? Jon nickte.

*Brumaire.* Der Nebelmonat. Nicht nur in Paris, auch in Prag. Sie gingen zu Fuß vom Bahnhof ins Hotel. Hatten nur eine Reisetasche, die Jon trug. Sie sahen noch nicht viel von der Stadt.

Ein eher schäbiges Zimmer in einem Hotel, dessen Halle von der alten Pracht schwärmte. Kassettendecken. Kronleuchter. Das Quintett zwei Stockwerke über ihnen hatte bessere Zimmer, die Musiker aus Hamburg brachten Devisen.

Unten im Foyer standen sie sich auf einmal gegenüber. Jon und Alex. Gäste des Hauses, die einander erkannten und anlächelten.

«Es ist alles in den Koffern», sagte Alex leise. «Die bringe ich in einer Viertelstunde. Klopfe dann kurz. Ihre Zimmernummer?»

Jons Blick streifte den Stock in Alex' Hand. Von dem hatte er nichts gewusst. «Ich bitte um *Ihre* Zimmernummer», sagte er und sah zu der Decke hoch, als ob Alex die Architektur der Halle erklärte. «Stellen Sie die Koffer in einer Viertelstunde vor die Tür. Ich hole sie dort ab.»

Sollte es leichter sein als gedacht? Alex fing an, sich gedanklich auf das zweite Konzert des Quintetts im *Reduta* vorzubereiten.

Augenblicke der Seligkeit, als sie in einer der vorderen Reihen des *Reduta* saßen, Jon und Stefan. Sollte das ihre Welt sein? Demnächst?

«Vielleicht gelingt es uns.»

«Was?»

Stefan schüttelte leicht den Kopf. Hatte auf einmal das Gefühl, dass ihnen jemand zusah. *They Can't Take That Away From Me* spielte das Quintett. Der alte Titel von Gershwin.

«Das Leben kann so leicht sein», sagte Jon. Hoffentlich dachten sie das morgen um diese Zeit auch noch. In Hamburg.

«Wir müssen früh raus», sagte Stefan. «Die Reisetasche muss vorher noch ins Schließfach am Bahnhof.»

«Ich weiß», sagte Jon. «Unser Flugzeug fliegt um elf Uhr fünf. Um Viertel nach zwölf sind wir dann in Frankfurt am Main.»

«Fliegen die Musiker mit der gleichen Maschine?»

Jon nickte. «Das wird eine kurze Nacht für das Quintett», sagte er. Ihn hatte große Sympathie zu Alex Kortenbach erfasst seit der Begegnung im Foyer des Ambassadors. Dessen

Klaviersoli waren erstklassig, Jon wusste von Katja, dass diese Fähigkeit lange in Frage gestellt worden war nach einem Sturz vor einigen Jahren.

*How Deep Is The Ocean How High Is The Sky* spielten die fünf da vorne. Das Saxophon von Hans Dörner setzte ein. Das alles in Prag.

«Das ist nicht die Wirklichkeit», sagte Stefan.

Jon sah seinen großen Bruder an. Sie hatten harte Zeiten hinter sich. «Es wird besser werden, Stef», sagte er. «Das Glück liegt vor uns.»


Fielen ihm die beiden beigen Herren auf, die dort drüben standen? Sie fielen Alex auf und erhöhten seinen Pulsschlag. Doch als Jon und sein Bruder vorrückten in der Schlange vor der Passkontrolle, schienen die Herren in ein Gespräch vertieft, blickten nicht länger zur Warteschlange, in der Alex mit den vier vom Quintett weiter hinten stand.

Sonst waren die Musiker die Ersten am Flughafen, allein schon des vielen Gepäcks wegen, das sie aufzugeben hatten, doch heute war es mühsam gewesen, aus dem Bett zu finden, die Session, die sich nach dem eigentlichen Konzert noch mit Jaroslav Král ergeben hatte, war bis zwei Uhr morgens gegangen.

«Deine Leute sind weiter vorn?», fragte Hans leise.

«Ja. Sie haben noch drei vor sich.»

«Ach, die sind das. Die hab ich gesehen im *Reduta*. Ich werde sie im Warteraum ansprechen, wie ihnen das Konzert gefallen hat. Kann nicht schaden, sie einzubinden in ein kleines Gespräch über den gestrigen Abend. Erst im Flugzeug sind sie sicher.»

«Wenn es denn dann in der Luft ist», sagte Alex. Hans hatte recht. Das würde er auch tun. Vielleicht Jon mit dem falschen Namen ansprechen, als kenne man sich aus Frankfurt oder Hamburg. Doch erst mal das hier durchleiden, der tschechoslowakische Grenzbeamte da vorne schien jedes einzelne Wort aus den Pässen zu schlürfen. War das die normale Prozedur, oder hatten sie einen Hinweis erhalten?

Gleich waren die Feldmanns dran. Alex spannte sich an. Vergaß seine Flugangst vorübergehend. Fürchtete so sehr um das Glück von Katja und den beiden da vorne, von denen nun Stefan als Erster seinen Pass hinschob, dass er zusätzlich noch Halt bei Hans suchte, um nicht aus der Balance zu geraten.

Stefan wurde von einer irritierenden Leichtigkeit ergriffen, seit er am Morgen aufgewacht war. Als ginge es hier nicht um alles. Zum ersten Mal nach jenem Motorradunfall traute er sich, das eigene Leben in eine andere Richtung zu lenken als in die resignative. Das schenkte ihm Kraft. Hatte er nicht längst aufgegeben gehabt?

«Denk daran, dass du ein guter Schauspieler bist», hatte er zu Jon gesagt, als der ohne die ostdeutsche Reisetasche vom Bahnhof kam, um zu ihm und den westdeutschen Koffern ins Taxi zu steigen.

Eine halbe Stunde vorher hatte Stefan an der Rezeption des Hotels die Rechnung in Kronen bezahlt. Keinem schien ihre nun westliche Kleidung aufzufallen, Katja war gelungen, ihren Stil zu treffen, auch wenn der Stoff der Jacketts von besserer Qualität war.

«Das ist etwas anderes, als auf der Bühne zu stehen», hatte Jon geantwortet. Dennoch gelang ihm gut, den Jan Aldag zu geben. Die Tüte mit den Karlsbader Oblaten, die sie gestern gekauft hatten, war sein einziges Handgepäck, als er nun an der Reihe war. Den Pass vorlegte.

Zu seinem Bruder blickte, der bereits auf der anderen Seite stand.

Alex sah aus dem Augenwinkel, dass sich einer der beigen Herren aus dem Gespräch löste und herankam. Jon stand noch vorn, was erklärte er da? Erst als Hans ihn am Ärmel zog, bemerkte Alex, dass der Beige neben ihm stand, den Ausweis der Státni zeigte, Alex' Pass verlangte.

Hinter ihm fing der Bassist zu lachen an. «Das ist unser Bandleader», sagte Bert. Ein strafender Blick, der ihn traf von dem Herrn.

«Womit mache ich mich verdächtig?», fragte Alex.

«Sie sind übernervös.»

«Er leidet unter Flugangst», sagte Hans.

Jon war inzwischen bei Stefan jenseits der Kontrolle angekommen.

Lautes Lachen von dreien aus der Jazzcombo, als die Boeing 737 der Lufthansa nach Frankfurt abhob. Der Leiter des Quintetts von der tschechoslowakischen Staatssicherheit verhaftet. Das hätte gefehlt.

«Mit dir kann man nur auffallen», sagte Hans.

Alex sagte nichts. Er war blass und hatte Schweiß auf der Stirn. Erst als sie über den Wolken waren, ließ die Anspannung nach, und er sah über den Gang zu Jon und Stefan hinüber, die schweigend saßen, sich an den Händen hielten.

Jon spürte den Blick und drehte sich ihm zu. Lächelte.

«Danke», sagte er.

Katja und Klaus zappelten vor der Schiebetür der Ankunftshalle herum am Hamburger Flughafen. Bassist. Drummer.

Trompeter, die ihr großes Gepäck vor sich herschoben, Klaus zuwinkten. Lauter andere Leute. Dann irgendwann keiner mehr. Hätte Alex nicht vom Frankfurter Flughafen angerufen, ihnen wäre sehr bange geworden.

«Wo bleiben die?», fragte Katja.

Keine Passkontrolle mehr. Die hatte es in Frankfurt gegeben, dort hatten sie ihre falschen Pässe gezückt, doch Jon und Stefan waren einfach durchgewinkt worden. Ein neues Lebensgefühl.

«Vielleicht lässt sich der Zoll alle Einkäufe zeigen», sagte Klaus. «Wer weiß, was Alex dabeihat fürs Abendessen, um uns damit was Feines zu kochen.»

Katja und er hielten die Luft an, als die Tür noch einmal aufging. Dann ein Schrei, der von Katja kam. Zu hoch für ihre tiefe Stimme.

Stefan und Hans lächelten einander verlegen zu, als Jon in Katjas und Alex in Klaus' Armen lag.

«Voilà», sagte Katja. «Ihr seid zu Hause.»

Viel leichter für Jon, das zu empfinden. *Zu Hause* bei der geliebten Frau. Stefan dachte an die Leichtigkeit des Vormittags. Das Staunen, das ihn erfasst hatte, als das Flugzeug abhob. Nun fremdelte er.

«Komm. Ich zeige dir die Zimmer.» Katja streckte ihre Hand nach Stefan aus. «Noch sind sie ziemlich leer, du sollst sie ja gestalten. Vielleicht zuerst ein Zeichentisch?»

Stefan stand in der Tür des einen, das in das andere überging. Auch hier eine Doppeltür. Er blickte zu Katja und spürte den Druck, der auf ihr lag. «Hier lässt sich gut zeichnen und leben», sagte er. «Ich danke dir.» Kein guter Augenblick, um Zweifel zu äußern, ob es etwas zu zeichnen gab für ihn im Westen. Das hatte Katja nicht verdient.

«Die Zimmer sind so hell wie deines in der Straßburger», sagte Jon. «Es fehlt nur der Charme des Verschleißes.»

«Das kriegen wir hin über die Jahre», sagte Katja. «Im Schrank ist all das, was mir Till Arent geschickt hat. Der Schmuck. Die Dokumente. Du brauchst einen Schreibtisch. Du auch, Jon.»

«Das kaufen wir alles, wenn Stef und ich Geld verdienen.»

«Kommt erst einmal an. Bereitest du uns deinen Tee, Stefan?»

Kluge Katja. Als Stefan den Teefilter mit schwarzem Friesentee füllte, das Bunzlauer Stövchen seiner Mutter im Blick, das via Till den Weg nach Hamburg genommen hatte, der Wasserkessel pfiff, war ihm wohler. Er griff nach der Pfeffermühle und dachte an Jons glückliches Gesicht.

«Deine Fotografien sind so schön», sagte Jon, der neben Katja auf dem Sofa saß. «Die alte Frau mit dem Vogelkäfig gefällt mir besonders.»

«Eine Nachbarin, die im vierten Stock gewohnt hat. Sie ist längst tot. Die Bilder hängen schon ewig da. Ich sollte sie austauschen.»

«Für mich sind sie ganz neu», sagte Jon.


«Wichtig ist, dass sie Arbeit finden», sagte Klaus.

«Ein Schauspieler, der aussieht wie Jon, ist bald für Fernsehen und Film engagiert.» Alex stand in der Küchentür und sah zu, wie Klaus die Folie der *Knedliky* entfernte. Die Verkäuferin im Prager Feinkostladen hatte sie sorgsam eingepackt und in einen festen Karton getan.

«Die Bühne ist seine Leidenschaft.»

«Das eine schließt das andere nicht aus.»

«Du hast dich auch nicht vor die Kameras gedrängt. Ich staune. Sogar an den Mohn hast du gedacht.»

«Ich bin kein Schauspieler.» Alex verschwieg, dass die Verkäuferin in Prag ihn an den Mohn erinnert hatte.

Klaus schüttelte den Kopf. «Powidlknödel. Und ich scherze noch mit Katja, der Zoll ließe sich deine Einkäufe zeigen, aus denen du uns was kochst.» Alex hatte ihm schon im Auto vom vermissten Koffer erzählt, der schließlich hinten am Laufband gefunden worden war.

«Kochen tust *du*», sagte Alex. «Dafür habe ich kein Talent.»

«Du könntest uns was auf dem Klavier spielen. Den Sondheim.»

Alex lächelte. Klaus' neues Lieblingslied. Lieblingslieder hörte er hundertmal hintereinander, bis dann ein neues kam.

*Nothing's Gonna Harm You Not While I'm Around.* Klaus sang es, während er die Knödel nacheinander auf den großen Löffel legte und im heißen Wasser versenkte.

«Ich will nachher noch im Detail hören, wie das alles abgelaufen ist in Prag», sagte er laut.

«Beinah bin ich von der Státni verhaftet worden.»

Klaus erschien in der Tür. «Ist das die tschechoslowakische Stasi?»

«Das ist die dortige Staatssicherheit.»

«Da bin ich aber dankbar, dich am Klavier sitzen zu sehen.» Als Klaus die Powidlknödel mit Mohn servierte, dachte er daran, wie es wohl Katja, Jon und Stefan in der Papenhuder gerade ging.

Henny kam vom Telefon und setzte sich zu Theo an den Kamin. «Eine Verschwörung», sagte sie. «Zwischen Ostberlin und Hamburg. Nur wir waren ahnungslos. Initiiert hat das Ganze Katjas alter Freund Karsten. Marike hat davon gewusst. Klaus war involviert. Die gefälschten Pässe wurden gestern von Alex in Prag übergeben.»

Theo stellte das Glas ab. «Katjas Schauspieler?», fragte er. «Den hat Karsten aus der DDR herausgeholt? Und wieso Pässe?»

«Karsten hat den Kontakt zu einem Fälscher hergestellt, Klaus die Konzerte für das Quintett in Prag angestoßen. Bei seiner Ankunft in Hamburg heute hatte Alex Jon dabei und dessen Bruder.»

«Ich habe gar nicht gern, wenn etwas an uns vorbeigeht», sagte Theo. Sein Leben lang hatte er es geschätzt, zu den Eingeweihten zu gehören. «Werden sie beide bei Katja wohnen?»

Henny nickte. «Jetzt hätte ich gern einen Sherry», sagte sie. «Die halbe Familie als Fluchthelfer unterwegs.» Ganz gut, dass sie vorher nichts von der Gefahr gewusst hatte, in die sich da alle hineinbegeben hatten. «Nun sitzen sie wohl um Katjas Tisch und essen die Spaghetti, die Jons Bruder gerade zubereitet hat, während unsere Enkelin mit mir telefonierte.»

Eigentlich hatte alles nach schönstem Frieden geklungen.

Theo stand auf und schenkte Henny einen Sherry ein. «Sie sollen uns die ganze Geschichte erzählen. Alle drei plus Alex und Klaus.»

Gut, dass Henny und er auch ihre Geheimnisse hatten. «Ziemlich still da oben», sagte er. Tatsächlich ein konspirativer Ort, Klaus' ehemaliges Zimmer. «Glaubst du denn, dass Marike und Thies es ihrem Sohn nicht erlauben würden, seine Freundin zu empfangen?»

«Oma und Opa seien diskreter, sagt Konstantin. Die kämen nicht alle halbe Stunde ins Zimmer, um zu fragen, ob sie vielleicht noch Kuchen mögen.»

Theo grinste. Von ihm war ausgegangen, der achtzehnjährigen Vivi die Pille zu verschreiben. Der Rezeptblock in seiner Schreibtischschublade ließ sich noch immer bestens einsetzen.

Guste löschte das Licht der kleinen Lampe mit dem sonnengelben Seidenschirm. Alex hatte noch angerufen, um seiner Guste zu sagen, dass er heil an Leib und Seele zurückgekehrt war, den Jon und den Stefan im Gepäck. Guste faltete die Hände. Das tat sie sonst nie.

«Danke, lieber Gott», sagte sie. «Dass du mir Alex gut nach Hause gebracht hast. Gib bitte auf alle acht. Auch auf Ida und Florentinchen, den Husky, die Kinder. Auf die Siemsens passt schon Anni auf. Ich kümmere mich jetzt nicht mehr.»

Ein sanfter Tod in dem Bett, in dem sie schon mit dem ollen Bunge gelegen hatte. Sodom und Gomorra. Damals.

Auguste Kimrath wachte einfach nicht mehr auf am anderen Morgen, der ein besonders dunkler Novembertag war. Starb mit dreiundneunzig Jahren, ohne die Ostberliner kennengelernt zu haben.

Die Johnsallee ohne Guste? Ida hatte es ein langes Jahr ausgehalten. Doch an diesem Märztag verließ sie die Villa, die sehr gealtert war, trotz des neuen Daches, der neuen Heizung, die Fenster standen nun an.

«Die Milchstraße wird frei», hatte Florentine im Herbst gesagt. «Mein Mieter geht nach Frankfurt. Ist das ein Augenzwinkern des Schicksals?»

Florentine kam aus Casablanca zurück am Tag vor Idas Umzug. Für *Harper's Bazaar* hatte sie vor der Kamera gestanden. Mode, von den Tuaregs inspiriert. Viel Verhülltes. Die Farbe Blau.

«Ich höre auf», hatte sie zum Husky gesagt. «Ich bin einundvierzig, jetzt kommt was anderes.» Hatte sie nicht alles gehabt, was die schöne Welt des Scheins bot?

Lori war elf und lernte Latein. Noch kein Wort Englisch, was Alex irritierte. War das nicht die Sprache, in der man sich ausdrückte? Vor allem dann, wenn einem etwas naheging?

«Was wollt ihr aus ihm machen? Einen Privatgelehrten?», fragte er.

Die Frisierkommode kam mit, als Ida in die Milchstraße zog, die orangenen Sesselchen. Dass es gelang, das eine und andere durchs Leben zu tragen, die Kommode hatten ihr die Eltern zum siebzehnten Geburtstag geschenkt. Doch Ida nahm die Gelegenheit wahr, vieles zu sortieren und für erledigt zu halten. Nicht den Fehler machen, sich die Wohnung vollzustellen, die sie wegen ihrer Klarheit geliebt hatte, als Florentine darin lebte.

«In der Wohnung unserer Tochter ist alles irgendwie sexy», hatte sie an einem Märztag vor zwölf Jahren zu Käthe gesagt. Nun würde sie selbst aus dem Atelierfenster über die Dächer blicken. Aber noch stand Ida im ersten Stock der Johnsallee, sah zu, wie sich die Zimmer leerten.

Die Möbelpacker von Carl Luppy hatten Mühe mit der alten Treppe, die in einem tückischen Winkel verlief. Da war schon manches Möbel entlanggeschrammt. Das französische Bett, zu dem Florentine sie nach Tians Tod überredet hatte, kam dennoch heil im Erdgeschoss an und wurde aus dem Haus getragen.

Ihr war es schwergefallen, sich vom ehelichen Doppelbett zu trennen, in den Nächten hatte ihre Hand nach Tian gesucht. Doch ihre Tochter hatte recht, es tat nicht gut, neben einer leeren Betthälfte zu schlafen.

Leer würde es auch im Haus werden. Die älteste der Töchter von Anni und Momme studierte nun in Tübingen, die zweite steckte im Abitur, nur Turid blieb dann noch bei den Eltern.

Doch die größte Leere hatte Guste hinterlassen.

In der Atelierwohnung in der Milchstraße blickte Robert aus dem großen Fenster. Als Florentine sie gekauft hatte, war er skeptisch gewesen, doch nun hatte sich alles gut gefügt. Für Ida war das der beste Alterssitz, schick genug, um ihr Herz höherschlagen zu lassen, ein zuverlässiger Aufzug, in Küche und Bad viel mehr Komfort als in der Johnsallee.

Er hörte die Tür gehen und drehte sich um, Florentine, die mit Tüten eintrat, um den Kühlschrank zu füllen.

Längst keine Guste mehr, die achtgab, dass Ida nicht zu essen vergaß, und auch nicht länger mehr Anni, die Mahlzeiten auf den Tisch stellte. War Ida je eine Köchin gewesen? Irgendwer hatte immer für sie gekocht.

«Wir sollten ein Auge darauf haben, dass sie genügend isst, Husky», sagte Florentine, als sie die Tüten auspackte. «Meine Mutter war immer schon sehr schlank, in letzter Zeit fängt sie an dünn zu werden.»

«Ich finde es schön, dass *du* nicht mehr ganz so dünn bist», sagte Robert. «Und deinen Zopf liebe ich.» Er hatte nie aufgehört, verliebt zu sein in die Mutter seiner Kinder.

Veränderungen, die Florentine vornahm, seit sie entschlossen war, ihre Karriere als Fotomodell sanft ausklingen zu lassen. Das kinnlange Haar und der dichte Pony waren ihre Markenzeichen gewesen, nun hatte sie die lackschwarzen Haare wachsen lassen und flocht sie zu einem losen Zopf.

«Chinesenzopf», hatte der Fotograf in Marokko gesagt und wenig begeistert geklungen. Auf den Fotos trug sie einen blauen Turban, den Kompromiss hatten Florentine, der Fotograf und die Moderedakteurin von *Harper's* ausgehandelt, ehe die Friseurin mit der Schere kommen konnte. Keine Kompromisse mehr wie diesen, ihre Gagen waren gut angelegt, Ida zahlte Miete, und Roberts Gehalt war auch noch da.

«Die Leute von Luppy werden gleich hier sein. Ich hole mal Ida ab», sagte Florentine. «Sie soll ja entscheiden, wo was steht.»

Der alte Peugeot, in den sie stieg. Sollte die rote Brumme demnächst noch einmal durch den TÜV kommen, durfte das Auto bleiben. Ida liebte es, offen zu fahren, ein Seidentuch um den Kopf geschlungen, die alte Sonnenbrille aus

Schildpatt aufgesetzt. Eine mondäne Frau. Ein anderes Bild hatte Ida von sich nicht vor Augen.

Er gehörte keinem Ensemble an, das erste Geld verdiente Jon in den Hörspielen des NDR, eine erste Rolle erhielt er in der Verfilmung von Bölls *Im Tal der donnernden Hufe*. Er war dankbar für alles, das in Hamburg aufgenommen oder gedreht wurde, wollte nicht weit von Stefan sein. Katja hatte viel für den *Stern* zu tun.

Jon und Stefan hatten beide Angst davor gehabt, dass sie bei einem Anfall dabei wäre, was kaum zu vermeiden war. Sie waren erleichtert über ihre Gelassenheit, als es geschah. Ein anderes Mal war Konstantin zufällig anwesend, der Medizinstudent im ersten Semester.

«Leute, ich wohne gegenüber», hatte er gesagt. «Wenn ihr mir einen Schlüssel gebt, schaue ich rein in den kritischen Tagen.» Ließ sich denn die Last verteilen, die bislang allein auf Jon gelegen hatte?

Kein Moloch, der kapitalistische Westen. Stefan bewarb sich in einem Grafikstudio am Grindel, die jungen Leute dort blätterten in der Mappe, Zeichnungen für die DEFA, von Till in den Westen getragen. Sie waren angetan, doch als er sagte, er sei Epileptiker, traute sich keiner von ihnen zu, Stefan auf dem Boden liegen zu sehen.

Er war dankbar für die Aufträge, die sie ihm gaben, damit er zu Hause zeichnete. Zog sich in seine Zimmer zurück, vorne lebten die Liebenden.

«Und wenn wir ein Kind hätten?», fragte Jon an diesem Tag im März. «Und wenn wir heiraten würden? Ich werde demnächst zweiunddreißig.»

«Ein Methusalem», sagte Katja. «Höchste Zeit für alles. Und Stefan?»

«Denkst du, dass wir gleich eines der hinteren Zimmer brauchen?»

Doch er wusste, an was Katja dachte. Vieles, das in Stefans Leben nicht stattfand. War da je die Liebe zu einer Frau gewesen? Jon erinnerte sich an keine. Nichts Ernsthaftes jedenfalls.

«Heiraten nur, wenn du mir einen Antrag auf der Alster machst.»

«An oder auf?», fragte Jon.

Ruth machte sich rar bei den Freunden, selten auch, dass sie bei Rudi und Käthe war. «Vielleicht solltest du öfter kommen», hatte Käthe gesagt. «Wer weiß, wie lange deine Ollen noch da sind.»

Doch Ruth hüllte sich in einen Kokon in ihrer Wohnung am Grindel, seit sie nicht mehr arbeitete in der Buchhandlung am Gänsemarkt, vom Erlös des Grundstücks am Langenzug lebte, auf dem einst die Everling'sche Villa gestanden hatte. Sie schrieb. An was? *RAF. Erinnerungen aus der dritten Reihe?*

Fast ein Frühlingstag, an dem sie über den Grindelhof ging, beim Etrusker stehen blieb, Tische, die schon draußen standen bei den milden Temperaturen. Der italienische Wirt wusste vom Wunsch der Hamburger, früh den Frühling einzufangen.

Junge Frauen, die Bauchläden vor sich her trugen, als wäre das ein Kino der UFA in den dreißiger Jahren. Dünne Schachteln Gauloises. Drei Zigaretten zum Anschmecken. Stifte. Schreibblocks in Gauloiseblau. Kleine Werbegeschenke. Danke. Ruth rauchte nicht.

Auch Stefan rauchte nicht. Doch er nahm die dünne Schachtel, wollte den Stift, das blaue Papier, eine Zeichnung vielleicht oder nur Worte, um der Frau mit den kurzen Locken zu sagen, wie sehr sie ihm gefiel. Eine Skizze, die er den Kellner bat, zu ihrem Tisch zu bringen, um dann den Blick aus grauen Augen aufzufangen, den sie ihm gab.

Eine halbe Stunde saßen sie schon an dem Tisch, tranken Espresso, tasteten sich heran an den anderen. Stefan staunte über den Mann, der er auf einmal zu sein schien. Jon trafen Blitze. Nicht ihn.

«Ich bin Epileptiker.»

«Warum sagen Sie mir das?»

«Weil ich Sie mit den Tatsachen konfrontieren will.»

«Warum?»

«In der wilden Hoffnung, dass Sie sich dennoch auf mich einlassen.»

«Soll ich auch Geständnisse machen?»

Tat der Wirt Wahrheitsdrogen in den Kaffee?

«Ich war bei der RAF und habe im Gefängnis gesessen.»

Stefan schwieg. Beide beschädigt. Entstand darum die große Nähe? «Sind Sie Käthes und Rudis Tochter?», fragte er dann.

Ruth sah ihn sehr erstaunt an. «Wie kommen Sie darauf?»

«Weil ich öfter in der Körnerstraße war. Von Ihnen hörte. Ich kenne einige aus der Freundesfamilie. Warum habe ich Sie nie getroffen?»

«Ich lebe sehr zurückgezogen.»

«Ich auch», sagte Stefan.

«Ist Ihnen Katja in der Körnerstraße begegnet?»

«Ich wohne bei Katja.»

«Dann sind Sie Jons Bruder?»

Stefan nickte.

«Ich vernachlässige meine Freundinnen viel zu sehr», sagte Ruth. «Auch meine Familie.»

Stefan hatte in den Bus steigen wollen, um zurück nach Hause zu fahren. Doch nun gingen sie zu zweit zur anderen Seite der Alster, bis Ruth abbog, um endlich nach ihren Eltern zu sehen.

«Nimmt Vivi die Pille?», fragte Marike. «Oder greifst du zu Präservativen?» Lächerlich, rot zu werden, Fragen von der eigenen Mutter konnten nur zu intim sein. Vielleicht sorgte er sich auch, Theo zu verraten. Konstantin trank die Ovomaltine aus, noch hatte sich nicht viel verändert, auch als Student wurde er umhegt.

«Vivi nimmt die Pille», sagte er.

«Von einem Frauenarzt verschrieben?»

Das ließ sich leicht abnicken.

«Konstantin, mir geht es nur darum, dass Vivi vorher untersucht wurde. Die Pille ist keine Lutschpastille.»

Das hatte Theo auch gesagt, Vivi die Adresse einer Praxis gegeben, Frau Dr. Utesch käme kaum in Frage.

«Vivi ist demnächst eine staatlich geprüfte Krankenschwester.»

«Die neigen nicht zu Thrombosen?»

«Mama.» Konstantin stand vom Tisch auf. Zeit, zur Uni zu gehen.

Eine eigene Bude wäre nicht schlecht, Alex würde sicher was dazutun. Sich erst in Boston abzunabeln bei dem Praktikum am General Hospital, das dauerte noch viel zu lange. Er zog den Parka an, als seine Mutter neben ihm nach dem Mantel griff.

«Ich nehme auch den Bus», sagte sie. «Papa hat das Auto. Ich hole nur noch die Kittel in der Wäscherei ab.»

«Mama, ich muss los.»

«Findest du nicht, Papa und ich sollten Vivis Mutter kennenlernen?»

Nein. Das fand Konstantin nicht.

Die runzlige Alte auf der Karte grinste ihr zahnlos entgegen, Ruth drehte die Karte um. *So sehe ich inzwischen aus, hatte Florentine geschrieben. Schick Katja und mir mal ein Foto von dir, damit wir dich auf der Straße erkennen, falls du noch vor die Tür gehst.*

War es zu früh, ihren Freundinnen von Stefan zu erzählen? Einmal hatten er und sie im Etrusker gegessen, waren danach zu ihr nach Hause gegangen. Die zweite Verabredung hatte er abgesagt, weil er einen Anfall fürchtete.

«Ist das ernst zwischen uns?», hatte Ruth gefragt.

«Zweifelst du daran?»

«Ranken wir unser Zusammensein um deine Anfälle?»

«Ich habe Angst, dich zu erschrecken, Ruth.»

«Da gibt es nicht mehr viel, das mich erschrecken könnte.»

Ruth griff zum Telefon und rief Florentine an. «Du hast recht», sagte sie. «Höchste Zeit, uns zu treffen. Ist Katja im Lande? Dann kommt heute Abend zu mir. Ist das zu kurzfristig?»

Katja, die als Erste eintraf, ihr neugierig ins Gesicht sah, um sich dann in der Wohnung umzusehen.

«Ist dein Schreibtisch immer so leer?» Nur eine Triumph Adler stand darauf, ein Packen weißes Papier daneben. «Du schreibst einen Roman und suchst noch nach dem ersten Satz», sagte Katja.

«Ich habe den Text in die Schublade getan, um zu vermeiden, dass Florentine anfängt, ihn vorzulesen.»

Katja lachte. «Sie ist viel feinfühliger geworden.»

Als es klingelte und Ruth zur Tür ging, sah Katja sich genauer um. Etwas, das sie an die Zimmer von Stefan denken ließ, in Berlin wie in Hamburg. Ein kreativer Raum. Uneitel. Bücher. Politische. Lyrikbände. An den Wänden gerahmte Radierungen von Horst Janssen. Auf einem der Korbstühle lag die *taz*. Daneben die *Frankfurter Rundschau*. Unter der *taz* ein Blatt Papier, blau wie der Schreibblock, der seit Tagen auf Stefans Zeichentisch lag.

«Ich hab es mir karger vorgestellt», sagte Florentine, kaum dass sie eingetreten war und auch Katja umarmt hatte. «In der Tüte ist was zum Naschen vom Türken. Dachte, es gibt nichts zu essen bei dir.»

Katja und Ruth grinsten einander zu. Das zum Thema *feinfühlig*.

«Ergänzt sich gut mit den gefüllten Weinblättern, die ich vorbereitet habe», sagte Ruth. «Der Wein ist allerdings griechisch.»

«Und das Zusammenleben ist noch immer beglückend in der Papenhuder?», fragte Florentine nach dem ersten Glas Retsina.

«Ja», sagte Katja.

«Und Stefans Anfälle?»

«Die sind allerdings hart. Vor allem für ihn.»

«Wie läuft das ab?», fragte Florentine.

«Nein», sagte Katja. «Nicht jetzt.»

«Erzähle», sagte Ruth. «Ich will es wissen.»

Katja sah sie erstaunt an, Ruth war nicht voyeuristisch veranlagt.

«Stefan fällt von einem Augenblick auf den anderen um, das kann lebensgefährlich werden, je nachdem, wo er aufschlägt. Er verliert das Bewusstsein. Verkrampft sich. Die

Atemmuskulatur krampft auch. Die Folge ist ein sekunden-
langer Atemstillstand. Dann das Zucken. Das Ganze dauert
höchstens zehn Minuten. Danach ist er erschöpft.»

«Wie sieht er dabei aus?», fragte Ruth.

«Seine Augen sind weit und starr. Das Gesicht verzerrt.
Gibt es einen Grund, dass du das so genau wissen willst?»

«Ja.» Ruth stand auf. Hob die *taz* und nahm das blaue
Blatt. Gab es Katja. Ein Porträt von Ruth. Von leichter Hand
gezeichnet. Ein einziger Satz, der darunterstand. *Darf ich Sie
kennenlernen?*

Florentine streckte schon die Hand aus nach dem blauen
Blatt.

«Stefan», sagte Katja. Staunen in ihrer Stimme.


Alex hatte einen einzigen Versuch unternommen nach
Tians Tod, doch der Versuch war gescheitert. Er trank nur
einen Schluck des viel zu blassen Earl Greys, den er zu früh
abgegossen hatte, winkte dem Ober, zahlte und verließ die
Kaminhalle des Jahreszeiten.

Es gab Dinge, die vorbei waren, das Jahreszeiten wie die
Johnsallee. Darum zögerte er, als George Rathman ihn in
die Kaminhalle einlud, andere Orte, die es gab, einander
zu treffen nach all den Jahren. Doch George liebte das Vier
Jahreszeiten an der kleinen Alster. Verband es mit Heimat,
vor der Emigration hatte seine Familie nebenan in den Co-
lonnaden gewohnt.

«Du vermisst deinen Freund», sagte George, als sie dort
saßen, einen Whisky tranken, keinen Tee.

«Ja. Tian hat mir sehr nahegestanden.»

«Mein Assistent ist im Januar gestorben. Mit einunddreißig Jahren.»

«Das tut mir leid, George. Woran?»

«Da geht eine geheimnisvolle Immunschwäche in New York und an der Westküste um, an der vor allem homosexuelle Männer erkranken. Für die Homosexuellen hat der Herr immer eine Plage bereit.»

«Ich habe noch nichts gehört von der Plage.»

«Vielleicht bleibt Europa davon verschont, und Klaus und du lebt doch eh seit Jahrzehnten monogam.»

Alex zögerte. Nahm einen Schluck Whisky, bevor er zu sprechen ansetzte. Woher kam auf einmal der Drang, George davon zu erzählen?

«Ich habe vor einigen Jahren mit einer Frau geschlafen und damit gleich zwei Menschen hintergangen, ihren Freund und Klaus. Das Kind, das dann geboren wurde, ist vielleicht von mir.» Hätte er Tian doch damals schon ins Vertrauen gezogen, als er von Florentines Schwangerschaft erfuhr. Schweigen hatte er für die bessere Lösung gehalten.

«Du überraschst mich.» George leerte sein Glas und sah hinein, als suche er einen letzten Tropfen. «Möchtest du, dass es dein Kind ist?»

Alex schwieg.

«Wie lange ist das her?»

«Im September zwölf Jahre.»

«Keine erkennbare Ähnlichkeit?»

«Lorenz sieht aus wie seine Mutter.»

«Du hast ihn also nicht aus den Augen verloren?»

«Die Frau ist Tians Tochter. Ihr Freund ist mein Tontechniker.»

«Das ist allerdings delikat.» George Rathman stellte das Glas ab. «Trinken wir darauf noch einen Whisky?»

«Ich nicht.»

«Noch immer zu viele Medikamente?»

«Keines, das wirkt wie meine Bostoner Tabletten.»

George Rathman gab dem Ober ein Zeichen, um einen zweiten Single Malt zu bestellen und für Alex ein Apollinaris.

«Du scheinst mir ziemlich stabil auf den Beinen zu sein. Um auf diese neue Seuche zurückzukommen, ihr seid da wohl kaum in Gefahr. Weder Klaus noch du haltet euch in San Francisco oder L. A. auf. Das sind die Hochburgen neben New York.»

«Ich habe auch nicht die Absicht, ihn noch einmal zu hintergehen.»

«Klaus hat dir verziehen? Ist er dir treu?»

«Zweimal ja.»

«Ich würde dich gern für ein Filmprojekt gewinnen. Hier in Hamburg und in unserem alten Genre. Halb Spielfilm, halb Dokumentation.»

«Um was geht es?»

«Hugo von Hofmannsthal. Kennst du sein Gedicht *Die Beiden*?»

«*Dass keine Hand die andre fand. Und dunkler Wein am Boden rollte*», sagte Alex. «Klingt nicht nach einem Blockbuster.»

«Vielleicht will ich's mir auf meine alten Tage gönnen. Ich hatte schon immer eine Schwäche für die Wiener Moderne.»

«Was soll ich dir dazu komponieren, George? Das ist Spätromantik.»

«Du magst doch Gustav Mahler und Hugo Wolf.»

«Dann untermal es mit deren Musik.»

George Rathman schüttelte den Kopf. «Ich will das mit deinem Jazz konterkarieren», sagte er. Er hob das Glas mit dem Malt, das ihm serviert worden war. «Komm ins Boot», sagte er.

«Die Briten werden es wohl auf einen Krieg mit Argentinien ankommen lassen, und das alles wegen der Falklandinseln.» Theo legte die Zeitung zurück, nachdem er die Schlagzeilen gelesen hatte.

«Die sind doch viel näher an Argentinien dran», sagte Henny. Noch einen Toast? Zwei Toasts hatte sie schon gegessen, geradezu Völlerei. Aber die Marmelade aus Blutorangen, die Klaus gekocht hatte, war einfach köstlich. «Koste mal die Marmelade», sagte sie.

«Hatte Klaus neben Marmelade noch Neuigkeiten dabei?»

Henny steckte zwei Weißbrotscheiben in den Toaster, der auf dem kleinen Tisch in der Ecke des Salons stand. «Stolper mir nicht über das Kabel, wenn du nachher aufstehst.»

«Ich bin ein ziemlich leichtfüßiger Neunzigjähriger.»

«Noch bist du keine neunzig», sagte Henny. «Wollen wir die Latte nicht um ein paar Jahre höher legen?»

Theo grinste. «Dann aber gleich auf hundert», sagte er. «Ist also alles in Ordnung im Schwanenwik?»

«Klaus fliegt nach New York. Er hat endlich mal die Einladung zu dem Jazzfestival angenommen. Im August ist das. Er muss es allerdings noch Alex beibringen.»

«Was ist da beizubringen? Entweder begleitet Alex ihn oder bleibt zusammen mit seiner Flugangst zu Hause.»

«Einmal will er auf das Festival, sagt Klaus. Er könne da O-Töne für ein Dutzend Sendungen einsammeln. Und New York wolle er sich auch mal ansehen.»

«Dann soll er das tun. Wollen wir auch noch nach New York?»

«Nein», sagte Henny. «Das ist mir zu weit.» Sie nahm die Scheiben aus dem Toaster und legte je eine auf Theos und ihren Teller.

## AUGUST 1982

Der August war schon immer arm an Aufträgen gewesen, die Franzosen sonnten sich an den Stränden der Côte
d'Azur, die Amerikaner an denen der Hamptons. Keiner, der
in der Mode arbeitete, hielt sich in den heißen Ateliers auf,
die Fotoaufnahmen der Kollektionen für Herbst und Winter
waren längst im Kasten, die Hochglanzmagazine bereits in
Druck.

Florentine genoss, dass der Monat frei von Terminen
war. Der Frühling hatte noch mal eine Menge Buchungen
und damit viel Arbeit gebracht, die Ankündigung, ihre
Karriere ausklingen zu lassen, hatte einen Boom ausgelöst,
dem sie nicht widerstehen konnte.

Im September war sie für eine Modestrecke der amerikanischen *Vogue* gebucht, danach musste Schluss sein.
Seit sie aus ihren Ferien am Lago Maggiore zurückgekehrt
waren, kümmerte sich Florentine um die Kinder, Pina war
in der Lombardei geblieben, um den Bruder der Schwägerin zu heiraten. Die Hochzeiten der anderen waren doch die
beste Brautschau.

«Gehen Sie einkaufen?», fragte die Kuck, als Florentine
in die Küche kam, den Korb nahm. «Ich könnte Ihnen einen
Zettel machen.»

Trauben, die ihr der Grünhöker in die Tüte tat, erste Fei-
gen. Einen Karton Himbeeren, die Etta liebte. Als Florentine
unter der Markise hervorkam, stand Alex vor ihr. «Ein Bild

wie von Renoir gemalt», sagte er. «Dein Kleid, dein Zopf, der Korb in deinem Arm.»

Florentine lächelte. «Kommst du von deinem Handtherapeuten?»

«Ja. Seit einer Weile habe ich wieder Schwierigkeiten. Die Hand schläft mir gelegentlich ein. Schlecht für einen Klavierspieler.»

«Hat die Weile begonnen, als klar war, dass Klaus nach New York fliegt? Der Husky hat mir davon erzählt. Du hast schon einen Sinn für Drama, Alex. Ich bin dauernd nach New York geflogen und tue es im September wieder. Das Flugzeug stürzt schon nicht ab.»

«Hast du Zeit für einen Kaffee?»

Sie steuerten eines der Tischchen an, die vor der Konditorei Wende standen. Die alten Damen, die dort vor Cappuccino mit Sahnehaube saßen, schenkten dem gutaussehenden Paar neugierige Blicke, die nur von Florentine bemerkt wurden. «Nun?», fragte sie.

«Du hast von dieser *Homosexuellen-Seuche* gelesen, wie *Der Spiegel* das so nett nannte?», fragte Alex. Er senkte seine Stimme, als ihm nun doch das erschrockene Gesicht der Dame am Nachbartisch auffiel.

«Ein Stylist, mit dem ich in New York gearbeitet habe, ist betroffen.»

«Davor habe ich Angst, dass Klaus sich ansteckt.»

«Er hat noch nie herumgeschlafen.»

«Ist das denn die einzige Ansteckungsgefahr? Die stochern doch völlig im Dunkeln, keiner weiß, woher das kommt. Soll ich Klaus sagen, dass er nicht vergessen darf, sich gründlich die Hände zu waschen?»

«Wenn du fürchtest, er könnte mit jemandem in die Kiste steigen, dann sprich das konkret bei ihm an.»

«Das fürchte ich gar nicht.» Er schwieg, als die Kännchen Kaffee vor sie hingestellt wurden. «Es hat sich doch sehr entspannt zwischen dir und mir, dass du es bist, der ich mein Herz ausschütte.»

«Unsere Trauer um Tian und Guste hat unser Verhältnis zueinander verändert», sagte Florentine. «Und vieles gekittet.»

Alex nickte. «Darf ich dich noch zum Essen einladen?»

«Etta kommt gleich aus der Schule. Ein Kindermädchen gibt es nicht mehr, Pina ist in Italien geblieben.»

«Mich berührt, wie du dich verändert hast. Wer hätte geglaubt, dass ihr so glücklich zusammenlebt, Robert und du.»

«Hast du von der *neuen* Paarkonstellation gehört, lieber Fluchthelfer?»

«Stefan und Ruth. Das Leben ist eine Wundertüte. Viel Puffreis. Und ab und zu ein goldschimmerndes Ringlein.»

«Wann fliegt Klaus?»

«Am 19. August. Eine Woche ist er fort.»

«Dann kommst du zum Husky und mir, bevor du in Gefahr gerätst, am Trennungsschmerz zugrunde zu gehen. Alex, bitte mach Klaus kein schlechtes Gewissen. Er ist ein Leidtragender deiner Flugangst. Gönn ihm diese Reise.»

«Und klug bist du auch geworden.»

«Das war ich immer schon.»

Als sie sich an der Ecke Poelchaukamp voneinander verabschiedeten, küsste Alex ihre Hand. Den Einkaufszettel der Kuck hatte Florentine völlig vergessen, als sie nach Hause kam.

Jon beugte sich über den Zeichentisch. *Glück. Glück. Glück.* Das stand auf dem weißen Papier. *Liebe. Liebe. Liebe.* Kalligraphische Versuche.

«Denkst du, dass ich mich lächerlich mache?»

Jon drehte sich um. «Ich habe dir deine Post hingelegt», sagte er. «Ist das nicht wunderbar, was uns da widerfährt, Stef? Wer hätte gedacht, dass wir beide die Liebe finden?»

«Für mich hätte ich das nicht gedacht.»

«Gab es denn vor Ruth eine Frau in deinem Leben?»

«Ja. Aber da sie nicht bereit war, sich auf einen kleinen Jungen einzulassen, konnte sie kaum die Richtige sein. Ich werde zu Ruth ziehen, Jon. Im März habe ich ihr gesagt, dass ich erst dann käme, wenn sie ein Grand Mal erlebt hat und mich trotzdem will. Nun war sie beim fünften Anfall dabei und will mich noch immer.»

Jon tat einen Schritt auf Stefan zu und umarmte ihn. Welch einen Weg hatten sie genommen seit jenem Morgen, an dem sie in den Zug nach Prag gestiegen waren, um zu Republikflüchtlingen zu werden.

«Wollen Katja und du keine Kinder? Jetzt werden die Zimmer frei.»

«Den Stubenwagen hätten wir noch vorne untergebracht.»

«Ich hatte immer Sorge, ihr nehmt Rücksicht auf mich. Damit der arme alte Stef sich nicht noch lästiger fühlt.»

«Katja ist eine rasende Reporterin», sagte Jon. Wurde sie darum nicht schwanger? Seit März versuchten sie es. «Wer weiß, was auf den armen alten Stef noch zukommt an Vaterfreuden», sagte er.

Stefan schüttelte den Kopf. «Ruth und ich schleppen zu viel mit uns herum», sagte er. «Das wäre eine zu große Hypothek für ein Kind.»

Gesche steckte den Kopf in die Tür des Sprechzimmers und nickte, Marike strahlte und stand auf. Der Tag der Umarmungen.

«Ich bin verlegen», sagte Katja. «Wirst du Großmutter?»

«Lässt sich mein Strahlen anders interpretieren?»

«Ich bin tatsächlich schwanger?»

«Von wem könnte ich sonst Großmutter werden? Konstantin ist Gott sei Dank noch nicht so weit, obwohl er oft daran zu arbeiten scheint.»

Katja fing laut zu lachen an. Drehte ihre Mutter im Kreis. «Kann ich Jon anrufen von deinem Telefon? Wann wird das Kind denn kommen?»

«Ende März. Vielleicht an Hennys Geburtstag.»

Katja hatte schon den Hörer in der Hand und wählte. «Jon? Ich bin in der Praxis meiner Mutter und gehe jetzt zum Jungfernstieg. Komm ganz dringend dahin. Ich warte auf dich am Schiffsanleger.» Sie legte den Hörer auf, ehe Jon antworten konnte.

«Der arme Junge», sagte Marike. «Was soll er jetzt denken? Weiß er denn wenigstens von dem Schwangerschaftstest?»

Katja schüttelte den Kopf.

«Und was willst du am Schiffsanleger?»

«Mit ihm auf ein Schiff gehen und den Heiratsantrag annehmen, den mir Jon mitten auf der Alster machen wird.»

Jon hatte ein Taxi genommen vor lauter Schrecken. War von ihm nicht gerade das Glück beschworen worden, vielleicht rächte sich das schon. Auch wenn er nicht katholisch war, fürchtete er doch die Strafe Gottes bei zu großem Übermut.

Da vorne stand Katja und winkte ihm zu. Ihr Sommerkleid wehte im Wind. Das schwarze Kleid mit den weißen

Punkten kam ihm in den Sinn, Katja, die auf der anderen Seite der Straßburger Straße gestanden hatte.

Er zahlte das Taxi und ging auf sie zu. Katja hielt den kleinen Anker zwischen den Lippen, der am goldenen Kettchen hing. Das tat sie, wenn sie aufgeregt war. Hätte sie ihn denn herkommen lassen, wenn es schlechte Nachrichten gäbe? An den Anlegesteg? Dann verstand er und hätte es gern herausgejubelt. Doch er wartete, bis Katja es sagte.

«Wir kriegen ein Kind.»

Jon hatte Tränen in den Augen, als er Hand in Hand mit ihr auf die *Susebek* ging. Katja den Heiratsantrag machen, sobald das Schiff mitten auf der Alster war. Was war er für ein glücklicher Idiot.

«Ich weiß noch, wie sich Katja ankündigte und ich Else verklickert habe, dass sie Urgroßmutter wird», sagte Henny. «Richtig vergnügt hat sie erst ausgesehen, als ihr aufging, dass ich dann Großmutter bin. Am Schluss fing sie an, sich für gleichaltrig mit mir zu halten. Meine Mutter konnte schon schnurrig sein.» Ein liebevolles Wort für Elses Eigenheiten.

«Ich freue mich sehr darauf, Urgroßvater zu werden, und das schon mit neunzig.» Theo grinste und hob das Glas. «Lass uns auf Lud trinken. Der Vater deiner Marike, der nun auch ein Urgroßvater sein wird.»

«Vierundzwanzig Jahre war er alt, als er starb.» Henny schüttelte den Kopf. So lange her und doch nah. Lud würde in dem Menschlein sein, das Katjas und Jons Kind war. Wie viele Gene fanden sich darin. Sie nahm ihr Glas mit der Apfelschorle und stieß mit Theo an.

«Hast du in letzter Zeit mit Elisabeth gesprochen?»

«Sie und ihr Mann ziehen in eine Seniorenresidenz mit

Blick auf den Avon. Dabei sind sie jünger als wir.» Seine Stimme klang erstaunt.

«Es geht doch noch gut mit uns hier im Haus. Dass die Kucksche an zwei halben Tagen kommt, ist völlig ausreichend. Nur für den Garten sollten wir uns Hilfe holen.» Henny blickte zur hohen Buchsbaumhecke, durch die einst die Dogge eine Bresche geschlagen hatte. Die Hecke sah doch ein wenig verwildert aus.

«Ich könnte nachher mal den Rasen mähen. Was machen Klaus' Reisevorbereitungen?»

«Das Konsulat hat ihm nun das Visum ausgestellt.»

Theo zögerte. Sollte er von den Artikeln in den amerikanischen Medizinjournalen erzählen und Henny mit geheimnisvollen Todesfällen unter New Yorker Homosexuellen beunruhigen? Alex hatte ihn schon darauf angesprochen. Wüsste man nur, wodurch die Krankheit ausgelöst wurde. Er teilte nicht die Ansicht des Kollegen aus dem *New England Journal*, dass der Konsum von Hasch dazu führte.

«Deine Beine sind hübsch sonnenbraun», sagte er stattdessen.

Henny streckte ihre nackten Beine aus und betrachtete sie. Sahen noch ganz ordentlich aus, nur ein paar Besenreiser. «Wollen wir Käthe und Rudi fragen, ob sie rüberkommen? Ist ein so schöner Nachmittag.»

«Unbedingt», sagte Theo. «Statt Rasenmähen.»

Henny stand auf und ging zum Telefon. Wusste Käthe schon, dass eine Hochzeit ins Haus stand? Das hatte es lange nicht gegeben.

Rudi hüllte das Blech mit dem noch heißen Pflaumenkuchen in zwei karierte Leinentücher. Die Sahne würde Henny schlagen. Eine gute Idee, den Kuchen auf der Terrasse in der Körnerstraße zu essen.

«Da werden sich die Wespen freuen», sagte Käthe.

«Die hätten wir auch auf unserem Balkon gehabt.»

Käthe stand vor dem Spiegel im Flur und setzte den kleinen Strohhut auf, den sie im Juni bei Stegmann am Jungfernstieg gekauft hatte.

«Ein bisschen tiefer in die Stirn», sagte Rudi.

«Du meinst, von der Ollen soll nicht so viel zu sehen sein?»

«Nein, das meine ich nicht. Vielleicht dachte ich an die zwanziger Jahre. Da haben du und Henny auch solche Hüte getragen.»

«Die verwegensten hatten Ida und Louise. Die beiden waren immer extravagant.» Käthe seufzte in Erinnerung daran.

«Mir haben die Extravaganzen meiner Käthe völlig genügt.»

Als sie dann über die Brücke gingen am Anleger Mühlenkamp vorbei, blieben sie stehen, um über die sommerliche Alster zu blicken. «Hast du geglaubt, dass Ruth noch mal ein Glück findet?», fragte Käthe.

«Ich habe es gehofft», sagte Rudi.

«Er ist ein feiner Mann. Und wenn Ruth mit seinen Anfällen klarkommt, ist alles gut. Enkelkinder wird es wohl kaum geben.»

«Stefans Epilepsie ist ja erworben und nicht genetisch.» Er stellte das Blech auf der Balustrade ab. Noch ein paar Augenblicke verweilen, die Aussicht war so schön. Welch ein Glück, dass Stefan den Weg nach Hamburg gefunden hatte an der Seite seines Bruders. Ein größerer Kontrast als der zwischen András Bing und dem stillen Zeichner aus Ostberlin war kaum vorstellbar. Rudi hatte seine Tochter noch nie so weich erlebt wie in diesem Jahr.

«Gehen wir mal in die Körnerstraße», sagte Käthe. «Bisschen warm sollte dein Kuchen noch sein, wenn wir ihn auf den Tellern haben.»

«Und nun kriegst du ein Kind», sagte Ruth. «Einfach so.»

Katja lachte. «Nicht einfach so.»

Sie saßen in der späten Nachmittagssonne auf dem Balkon, der an Stefans Zimmer anschloss, tranken Limonade. Der Hof hinter dem Haus in der Papenhuder Straße flirrte vor lauter Sommer. Das helle Grün der Bäume. Die Gänseblümchen im Gras. Die jauchzenden Kinder, die in einem quietschblauen Plastikbecken planschten. Hatte Ruth noch auf irgendeine Idylle gehofft?

In ihren Nächten kehrte gelegentlich das Geschehen in Hildesheim zu ihr zurück, im Traum lief alles in Zeitlupe ab. Das Auto der Polizisten, das sich quer stellte und sie daran hinderte zurückzusetzen. András, der die Waffe herausriss und schoss. Die zwei Toten auf dem Asphalt.

Ruth schrie im Schlaf, wenn sie davon träumte. Stefs Hand auf ihrem Rücken, als sie zum ersten Mal neben ihm lag. Seine streichelnde Hand. «Willst du darüber sprechen?», hatte er gefragt.

Katja berührte Ruths Schulter. «Was ist los? In deinem Gesicht steht gerade das reine Entsetzen.»

«Vor meinen Augen ist oft noch das Bild von dem Parkplatz, auf dem der Polizist starb und András. Ich träume davon. Seit Stefan neben mir schläft, finde ich leichter aus diesem Albtraum heraus. Schlafe wieder ein, weil Stefs Arm dann auf meiner Taille liegt wie mein Arm auf seiner Taille, wenn er einen Anfall hat.»

«Du legst dich dann neben ihn? Das tut Jon auch.»

«Jon hat mir eine Anleitung gegeben, ich kann das gut, Katja. Erst dachte ich, in Stef und mir sei zu viel zerbrochen, doch ich habe mich geirrt. In Japan gibt es eine Technik, um zerbrochene Keramik zu reparieren. *Kintsugi* nennen sie es. Du kannst zwar noch sehen, wo die Scherben zusammengeklebt wurden, doch die Risse sind mit Gold aufgefüllt.»

«Ihr füllt die Risse mit Liebe auf.»

«Ja», sagte Ruth.

Katja blickte durch die offene Balkontür in Stefans Zimmer. Am vorletzten Augusttag würde er zu Ruth ziehen. Wenige Möbel, die er mitnahm. Den Zeichentisch. Den Art-déco-Sessel aus dunkelbraunem Leder, den Stefan im ersten Jahr bei einem Trödler gekauft hatte. Das kleine Ölbild. Eine tief verschneite Dorfstraße, die an ein Gedicht von Joseph Eichendorff erinnerte. *Markt und Straßen stehen verlassen, still erleuchtet jedes Haus.*

«Stefan ist schon viel zu lange weg», sagte Ruth. «Er hat doch nur fürs Abendessen einkaufen wollen, das sind ein paar Schritte zu Paulsen. Erinnerst du dich an die halbe Kriegsruine, die vorher dastand? In der habe ich mit meinem Großvater gewohnt und mit Käthe und Rudi. Dort ist mein Großvater die kaputte Treppe hinuntergestürzt und hat sich das Genick gebrochen.» Das Wort Sturz tickte in ihr.

Katja kannte die Geschichte von Gustav Everlings Tod. «Das Haus ist erst 1976 abgerissen worden, und dann kam gleich das neue.» Sie stand auf. «Wir gehen ihm entgegen.»

Ruth sprang vom Stuhl, als habe sie auf den Satz nur gewartet. In Berlin war Stefan nie allein aus dem Haus gegangen, in Hamburg traute er sich das zu zwischen den Anfällen, der Neurologe im UKE ermutigte ihn.

Sie traten auf die Straße, die Verkaufsstände der Samanthas standen vor dem Haus, indische Kleider in leuchtenden Farben.

«Da vorne ist er», sagte Ruth. «Bei den Blumen. Laufe ich jetzt los, dann weiß Stefan, dass ich Angst gehabt habe.»

«Ich habe einen Heißhunger auf weiße Pfirsiche», sagte Katja, als sie auf Stefan trafen, einen Strauß roter Dahlien trug er im Arm. «Ich kann es kaum noch abwarten. Hoffentlich hat Paulsen die weißen. Geht ihr schon mal vor.»


«Du bist noch nie betrogen worden von mir», hatte er zu Alex gesagt, als sie am Abend vor seiner Abreise auf der Dachterrasse saßen, Melone aßen, die genau auf dem Punkt ihrer Reife war, den Schinken aus San Daniele. «Warum denkst du, dass ich ausgerechnet in Newport damit anfange?»

Klaus blickte in den Spiegel, der am Kopenhagener Flughafen über der Keramik hing, als er an diesen gestrigen Dialog dachte. Händewaschen. Das hatte Else schon immer gesagt, und Alex hatte ihm nun auch damit in den Ohren gelegen. Was sollte das?

*Schreck von drüben.* Er hatte die Geschichte im *Spiegel* über die Seuche der Schwulen gelesen. Händewaschen war da wie Jodtabletten schlucken bei einem Atomangriff.

Er sah auf die Uhr. Gleich würde es weitergehen mit dem Flug der Northwest Orient Airlines nach New York. Der Jazzexperte des *Billboard* holte ihn am Flughafen ab, gemeinsam würden sie in dessen Auto nach Rhode Island fahren. Am Samstag dann das erste Konzert mit Gerry Mulligan am Baritonsaxophon, Sonntag trat Sarah Vaughan mit ihrem Trio auf und Oscar Peterson. Der Kollege von *Billboard* war ein Kontakt, den Thies hergestellt hatte. Ihm war dieser William im Mai bei der Musikmesse in Cannes begegnet.

Klaus hatte ein gelassenes Herz gehabt während des Fluges, doch als dann Manhattan im leicht dunstigen Licht des Sommertages rechts von ihm lag, schlug sein Herz heftig. Seit Jahren sagte er die Einladung zu diesem Festival Alex zuliebe ab. Jetzt war er hier.

Gefühlte Ewigkeiten, die es dauerte, bis er endlich in die Ankunftshalle kam, den Blick wandern ließ, lächelte, weil da ein langer junger Kerl ein Schild hochhielt, auf dem *Klaus NDR* stand.

Er war neunzehn gewesen, als er Alex begegnete. Seitdem liebte er ihn und hatte nicht den geringsten Zweifel daran. Warum dachte er das, als er neben dem langen jungen Kerl in der alten Chevrolet Corvette saß? Dreieinhalb Stunden. Immer an der Küste entlang.

Höchstens dreißig, dieser Junge, der gleich vorgeschlagen hatte, ihn Billy zu nennen. *Billy from Billboard.* Von Barbra Streisand und Bette Midler sprachen sie, wer die größere Nase hätte von den beiden. Vom Festival, zu dem sie unterwegs waren. Von der deutschen Jazzszene.

«*I know that this Alex is your guy. The bandleader*», sagte Billy, da waren sie kurz vor Newport. Er legte seine Hand auf Klaus' Bein.

Billy drosselte das Tempo und fuhr Schritt, als sie über Straßen mit Kopfsteinpflaster hoppelten zum Harbour Hotel in der Altstadt von Newport. Von seinem Hotelzimmer aus blickte Klaus auf den Yachthafen.

*A room with a view.*


«Kommt doch am Sonntag mit den Kindern», hatte Alex gesagt. Er fühlte sich einsam. Schon der vierte Tag ohne Klaus. Das Newport Festival ging heute zu Ende, doch Klaus hängte noch zwei Tage New York dran.

Alex sah auf die Uhr. Sein lieber Gefährte rief sonst immer gegen sechzehn Uhr an, dann war es in Newport zehn Uhr am Vormittag. *Billy from Billboard*. Warum beunruhigte ihn das? Hoffentlich kein sechster Sinn.

Als die Familie Yan Langeloh eintraf, war es Viertel nach vier. Alex hätte Klaus gerne vorher gefragt, wo er heute Nacht gewesen war.

Genügend Ablenkung, um nicht nach dem Klingeln des Telefons zu lauschen. Den Kuchen servieren, den er bei Boyens gekauft hatte, das Eis am Stiel aus dem Tiefkühler holen. Als Lori um das dritte *Ed von Schleck* bat, lächelten sie einander lange an.

Um halb acht verabschiedete sich Florentine, um Etta ins Bett zu bringen, und nahm Lori gleich mit. Robert bot an, noch ein bisschen zu bleiben.

«Du bist bedrückt», sagte Robert, als er neben Alex auf der Terrasse stand, um den Kindern und Florentine nachzuwinken.

Alex entkorkte die Flasche Wein, die er auf den Terrassentisch gestellt hatte. «Er hat sonst jeden Nachmittag angerufen. Ich habe heute Morgen um zehn versucht, ihn zu erreichen. Vier Uhr nachts an der Ostküste, Klaus war nicht im Zimmer.»

«Er ist nicht zu dem Festival gefahren, um endlich mal genügend Schlaf zu finden.»

«Lass uns einen Schluck Wein trinken. Es ist ein schöner Riesling.»

«Du bist eifersüchtig», sagte Robert. «Warum hast du so wenig Vertrauen zu Klaus und dir?»

«Ich habe Vertrauen zu Klaus. Doch könnte ich ihm verdenken, wenn er sich in einen anderen verguckt? Ich war der erste Mann in seinem Leben, und ich glaube auch nicht, dass es andere neben mir gegeben hat. Er lebt seit Jahren mit meinen gesundheitlichen Beeinträchtigungen, dann das Drama mit der Hand, die nervige Flugangst.»

Robert trank einen Schluck von dem Wein. «Der ist wirklich gut.»

«Und dann ist da drüben diese Seuche, von der wohl vor allem Homosexuelle betroffen zu sein scheinen.»

«Das Wort *schwul* kommt dir selten über die Lippen.»

Alex drehte sein Glas in der Hand. «Ja», sagte er.

«Eine Liste deiner Defizite, die du da erstellst. Ich lege auch eine kleine Liste an. Ihr liebt euch. Seit einunddreißig Jahren. Habe ich das richtig in Erinnerung?»

Alex nickte.

«Du bist nach wie vor ein attraktiver Mann.» Nicht nur für Klaus, dachte Robert. Doch dieses Fass ließ er lieber zu. «Und nebenbei bist du auch noch ein talentierter Musiker, der sehr erfolgreich ist.»

«Überrascht es dich, wenn ich sage, dass ich dennoch nicht viel Selbstvertrauen habe?»

«Nein. Ich kenne dich schon länger als einunddreißig Jahre.»

«Das Telefon», sagte Alex. Er stellte das Glas ab und stand auf.

Robert hörte am Ende des Gespräches ein *Ich dich auch*.

«Na siehst du», sagte er, als Alex zurück auf die Terrasse kam.

«Er sagt, er sei mit den Musikern versackt.»

«Und wundert sich nicht, dass du ihn um vier Uhr in der Früh anrufst?»

«Nein», sagte Alex.

«Glaub ihm», sagte Robert.

344

Zwei Nächte im Central Paramount in der 46. Straße. Klaus packte nicht den ganzen Koffer aus. Tat nur zwei der Hemden auf die Bügel. Billy plädierte dafür, dass er bei ihm in SoHo übernachte, doch Klaus hatte dankend abgelehnt. Dabei auf die Longines gesehen, als wäre die Uhr ein Anker, den er festmachen könnte.

Er hatte es genossen, allein in der Stadt herumzustreifen, den Baedeker in der Hand. Als er Billy in der Redaktion besucht hatte, war er beäugt worden, als wäre er Billys neue Beute. Warum musste Thies' Kontakt in New York schwul sein?

Am Abend gingen sie ins Joe Allen, ein beliebtes Speiselokal. Raue Backsteinmauern. Tische mit rot-weiß karierten Decken. Als Billy dann ein Taxi herbeiwinken ließ, dem Fahrer eine Adresse in SoHo nannte, blickte Klaus vergeblich auf Alex' Uhr.

Der Spiegel über der Keramik am Kopenhagener Flughafen. Wieder. Klaus blickte hinein, nachdem er die Hände abgetrocknet hatte. Dachte an *Billy from Billboard*. Ein liebenswerter Mann. Wenn auch älter als gedacht. Vierunddreißig Jahre. Voller Vitalität.

*You bring out the gypsy in me.* Klaus grinste seinem Spiegelbild zu. Er sollte Alex bitten, ihm *Embrace Me* zu spielen, den guten alten Song von Gershwin, der zum Repertoire des Quintetts gehörte. Nein. Das würde er nicht tun. Dabei sehnte er sich nach Alex' Umarmungen wie schon lange nicht mehr. «I love you, Alex», formten seine Lippen im Spiegel.

Als Klaus in Fuhlsbüttel landete, hatten sich die Experten auf der anderen Seite des Atlantiks gerade darauf geeinigt, der geheimnisvollen Immunschwäche einen Namen zu geben. Aids.

Freundesfamilie. Das Wort schmolz in Käthes Mund, wenn sie es sagte, als wäre es ein Schokoladeneclair. Da kam der Stefan aus dem Osten und verstand, wer sie waren, die Menschen, die seit Jahrzehnten zueinander gehörten. Und jetzt heirateten Katja und Jon. Stefan und Ruth waren ein Paar. Ein neues Kind wurde erwartet.

«Deine Enkelin und meine Tochter sind nun Schwägerinnen», sagte Käthe zu Henny, die neben ihr vor dem großen Spiegel in der Abteilung für Damenmode stand.

«Wir sind doch ein Leben lang schon eine Familie», sagte Henny.

«Freundesfamilie. Ich schmeck das Wort fast.» Käthe strich die eine weiße Strähne im dunklen Haar zurück, die ihr konstant in die Stirn fiel, sie und ihr Friseur hatten diesen Effekt ausgetüftelt. Rudi hatte auch einmal solch eine Strähne gehabt, bis sein Haar völlig weiß geworden war. Das wusste Käthe zu vermeiden.

«Macht dich das nicht verrückt, wenn sie dir vor den Augen hängt?»

«Wer schön sein will, muss leiden», sagte Käthe.

«Hätte meine Mutter sagen können», sagte Henny. «Ich sehe in dem Kleid aus wie ein Sack Muscheln. Was meinst du?» Sie bemerkte die Blicke der Verkäuferin des Alsterhauses, die verstanden hatte, dass es klüger war, im Hintergrund zu bleiben.

«Der Stoff trägt zu stark auf um die Taille.»

«Tweed ist auch nichts für eine Hochzeit. Nicht mal im Herbst. Nimmst du das Zimtfarbene? Das Kleid steht dir gut.»

«Ein bisschen streng. Da brauche ich noch eine Galanterie.»

Henny lachte auf. «Was ist das denn für ein altmodisches Wort? Das heißt schon seit Ewigkeiten Accessoire.»

«Hauptsache, ich habe wieder Freude daran», sagte Käthe. «Früher hätte man einen Fuchskragen um den Hals gelegt.»

«Else hatte einen Kragen aus Hermelin», sagte Henny. «Den haben dann die Motten gefressen trotz des ganzen Naphthalins.»

«Ich nehme das Zimtfarbene. Und was tust du?»

«In meinen Kleiderschrank gucken», sagte Henny.


Ein Pepitakostüm, das Henny trug am Tag, an dem Katja auf dem Standesamt in der Poppenhusenstraße heiratete. Als Jon sein Jawort gab, kam die Sonne hinter den Wolken hervor, legte das Trauzimmer für Augenblicke in ein hellgoldenes Licht und ließ die Ringe leuchten.

«Da hat Ihnen der Himmel Glück gewünscht und den Sonnenstrahl geschickt», sagte der Standesbeamte und entließ sie in diesen Tag.

Der große Tisch war gedeckt, den Katja vorsorglich vor fünf Jahren gekauft hatte, die ganze Freundesrunde saß da und löffelte Vierländer Hochzeitssuppe. Die Suppe hatte Klaus am Vormittag in Katjas Küche zubereitet, der große Topf köchelte auf dem Herd.

Stefan, der nach Thies, dem Vater der Braut, aufstand. Ihnen allen dankte, dass er und Jon in die große Familie aufgenommen worden waren. «Das ist überwältigend für zwei, die zwanzig Jahre allein gelebt haben», sagte er und tauchte lächelnd ein in Ruths Blick.

«Ihr glaubt nicht, wie dankbar ich bin, dass euch diese Flucht gelungen ist», sagte Henny und nahm die Terrine, um sie neu zu füllen.

Und keiner in Bautzen, dachte Klaus.

Theo wartete, bis Henny saß, um derer zu gedenken, die fehlten. Tian. Louise. Lud, den er hier als Großvater vertrat. «Auf Guste», sagte Theo zuletzt und hob das Glas. «Der wir das Rezept der Vierländer Hochzeitssuppe verdanken.» Er sah nun Jon und Stefan an. «Und auf eure Eltern.»

Hätte Karsten nicht auch an diesem Tisch sitzen sollen? Ohne ihn gäbe es keine Hochzeit, Klaus flüsterte Katja die Frage zu.

«Ich habe ihm eine Einladung geschickt», sagte Katja.

Die lag auf einem Tisch in der Kielortallee, Karstens Nachbarin leerte den Briefkasten täglich. Karsten befand sich da gerade in einem Militärhospital in Israel, um die Schussverletzung zu kurieren, die er in den letzten Tagen des Libanonkrieges erlitten hatte.


«Du und deine Zettel», sagte Alex. Er hob den auf, der ihm vor die Füße geflattert war. Kein Titel von Duke Ellington darauf. Keine Anmoderation. Eine Telefonnummer, vor der die New Yorker Vorwahl stand. 001 212.

«Stehst du noch in Kontakt mit Billy?»

«Ja», sagte Klaus. Er nahm den Zettel aus Alex' Hand und steckte ihn in die Brusttasche seines Hemdes. «Er hat mich nett betreut.»

Alex nickte. Klaus hatte ihm vieles erzählt von der Reise im August, doch da war ein anderer Ton, wenn er von Billy sprach. Er klang verstellt, der Ton. «Gehörte Sex zur netten Betreuung?»

Diese Frage hatte er seit Wochen vor sich hergetragen.

«Nein. Gehörte nicht», sagte Klaus. «Lass uns lieber noch ein bisschen über die Hochzeit sprechen.» Er schaltete die Tischlampen an. An diesem Sonntag war es den ganzen Tag noch nicht wirklich hell geworden. «Komm her. Setz dich.»

«Eine kleine familiäre Hochzeit», sagte Alex. «Angenehm bescheiden. Schön, dass Stefan und Ruth die Trauzeugen waren.»

Klaus nickte. «Florentine soll Patin werden. Bei ihrer Hochzeit mit dem Husky wird es sicher feudaler zugehen.»

«Glaubst du denn, dass die beiden noch heiraten? Stefan hat mir am Freitag mit seinen Worten übrigens sehr aus dem Herzen gesprochen. Auch ich habe es als ein großes Glück empfunden, in eure Familie aufgenommen zu werden.»

«Du warst ganz allein unterwegs. Sie waren wenigstens zu zweit.»

«Klaus, ich bin eifersüchtig auf Billy.»

«Das ist eine Verschwendung von Emotion. Schließlich sitze ich mit dir hier auf dem Sofa und hänge nicht in New York herum.»

«Ich weiß, dass wir zu wenig Sex haben.»

«Das ist doch ein altes Thema, du hast selten den Tiger gegeben.»

Alex stand auf und setzte sich ans Klavier. Flucht oder Angriff?

*Embrace me, my sweet embraceable you*
*Embrace me, you irreplaceable you*
*Just one look at you my heart grew typsy in me*
*You and you alone bring out the gypsy in me*

Er sang nicht mehr oft, wenn er Klavier spielte, diesmal tat er es.

Auch Klaus stand vom Sofa auf, legte die Arme um ihn. Später, als sie nebeneinanderlagen, fragte Klaus, warum er dieses Lied gespielt habe.

«Ich bin ein großer Verehrer von George Gershwin.»

«Habe ich es auffällig oft vor mich her gesummt?»

«Ja», sagte Alex. *Nein. Gehörte nicht.* Hatte ihn das beruhigt?

Als hätten Henny und Theo sich gefürchtet, diese Hürde zu nehmen. Sie hatten den neunzigsten Geburtstag im September in vertrautem Kreis im Mühlenkamper Fährhaus gefeiert, dennoch war es eine eher kleine Feier geworden. Wie oft hatten sie über die von ihnen gelegte Latte gescherzt, Theos Versprechen an Henny, wenigstens neunzig zu werden. Jetzt hielt sich Henny am kleinen Wort *wenigstens* fest.

Wie viel Zeit einem durch die Hände glitt beim täglichen Leben.

«Denkst du wieder über unsere Endlichkeit nach?», fragte Theo, als sie sich am späten Nachmittag vor den Kamin setzten. «Lese ich *das* aus deinem Gesichtsausdruck?»

Henny lächelte und blickte in das Kaminfeuer.

«Jetzt wird erst noch mal gelebt», sagte Theo. «Und sich auf Katjas und Jons Kind gefreut. Unser Urenkelchen. Hat Katja noch lange vor, schwere Kerataschen herumzuschleppen?»

«Marike hat ihr gesagt, sie könne ein paar Kilo tragen, wenn Katja sich gut fühle dabei.» Sie stand auf, um Licht zu machen. «Jetzt wird es wieder so früh am Abend dunkel.»

«Ist es denn heute schon hell geworden? Das war ein sehr

schöner Moment bei der Hochzeit, als die Sonne ins Trauzimmer schien, kaum dass die beiden einander das Jawort gegeben hatten.» Theo sah auf die Uhr, die auf dem Kaminsims stand. «Wollte Lina nicht längst hier sein?»

«Um sechs. Als die Frauen mit den Kindern auf dem Arm und dem Koffer in der Hand auf die Flucht gingen oder in den Luftschutzkeller, hat keiner gefragt, ob sie schwanger waren und sich schonen sollten.»

«Das ist wohl wahr. Heute sehen die Gynäkologen auch vieles ganz entspannt, was wir noch als riskant betrachtet haben. Was gibt es denn zu essen nachher?»

Henny blickte ihn amüsiert an. «Darin bist und bleibst du ganz die alte Schule. Die Zubereitung von Speisen ist die Aufgabe der Frauen.»

«Willst du mich auf meine alten Tage in die Küche abkommandieren?» Theo grinste. «Übrigens ist Rudi der Ehrenretter der Männer, da kocht Käthe nicht. Und wer hat die sensationelle Vierländer Hochzeitssuppe zubereitet? Klaus.»

«Lachsschnittchen», sagte Henny.

«Was?»

«Zu essen gibt es Räucherlachs auf Toast.» Sie stand auf, als sie das VW Cabrio hörte, das in ihre Garageneinfahrt fuhr. Theo folgte ihr zur Tür, um Lina zu begrüßen.

«Dass du deinen Käfer immer wieder durch den TÜV bringst», sagte Theo. Tat er nicht das Gleiche mit der alten Isabella?

«Louises Käfer. Ich stecke viel Geld in das alte Cabrio, eine teure Sentimentalität.» Lina knöpfte ihre lange Mohairjacke auf und gab sie Theo. «Ich danke dir, mein Lieber, dass du ihrer gedacht hast bei der Hochzeitsfeier.» Sie trat in den Salon.

«Darf ich dir den Ledersessel anbieten?», fragte Theo.

«Ich weiß dieses großherzige Angebot zu schätzen, doch das ist dein Platz», sagte Lina. Sie setzte sich in einen der beiden Polstersessel, die ebenfalls vor dem Kamin standen. Theo schob den zweiten der kleinen Tische heran, als Henny mit den Lachsschnittchen kam.

«Mir ist auch sehr ans Herz gegangen, dass du sagtest, du vertrittst Lud als Großvater. Doch du bist das viel mehr als mein Bruder.»

«Ich durfte, anders als Lud, dabei sein, als Katja geboren wurde und aufwuchs. Lud hat nicht mal Marike aufwachsen sehen.»

Lina nahm das Glas Weißwein, das er ihr gab. «Immerhin bin ich ein zuverlässiger Mundschenk», sagte Theo zu Henny. Er zwinkerte ihr zu, als er ihr ebenfalls ein Glas reichte und das seine hob. «Trinken wir ein weiteres Mal auf die jungen Eheleute», sagte er. «Und auf uns.»

«Das fühlt sich so gut an», sagte Jon. «Das Leben mit dir.»

«Anders als vor vier Tagen?» Katja lag auf dem theaterroten Samtsofa, ihren Kopf in Jons Schoß.

«Ich bin unglaublich gern verheiratet mit dir, Katjuscha, und dankbar, dass wir miteinander leben dürfen und nicht mehr kurz vor Mitternacht im Tränenpalast stehen, um uns dann für Tage und Monate trennen zu müssen. Hast du was von Karsten gehört, der das ganze Glück angekurbelt hat?»

«Er wird irgendwo in der Weltgeschichte sein. Ich rufe morgen mal die Kollegen von der *Agence France Press* an. Für die arbeitet Karsten viel.»

«Bitte nimm keine gefährlichen Aufträge mehr an.»

«Das tue ich seit langem nicht.»

«Fehlt dir das Abenteuer?»

«Dich und Stefan aus der DDR herauszuholen, war mir erst einmal Abenteuer genug. Fehlt dir das Ensemble?»

«Es würde mir schon gut gefallen, in Hamburg zu spielen und festes Geld zu verdienen, um meine Familie zu ernähren.» Die Intendanten der beiden großen Hamburger Bühnen hatten ihm vorerst kein Engagement in Aussicht gestellt, ihre Ensembles waren komplett. «Alex hat mir von einem Film erzählt, an dem er arbeitet. Ein englischer Regisseur, für den er schon öfter komponiert hat.»

«George Rathman», sagte Katja.

«Genau», sagte Jon. «Dem will er mich vorstellen.» Er beugte sich über Katja und küsste sie auf die Lippen.

Florentine drückte ganz sachte die Türklinke zu Ettas Kinderzimmer, der Husky hatte ihr noch vorgelesen, Astrid Lindgrens *Ferien auf Saltkrokan*. Da lagen Vater und Tochter auf der bunten Häkeldecke des Bettes und schliefen. Etta hatte sich tief in des Huskys Arm gekuschelt, der noch immer das aufgeschlagene Buch hielt.

«Eingepennt», sagte Lorenz hinter ihr. «Das kenne ich von Papa. Hörst du mir die Lateinvokabeln ab?»

«Lass mich erst einmal Etta eintopfen.» Florentine trat in das Zimmer und löste das schlafwarme Kind aus Roberts Arm.

Der schlug die Augen auf. «Bin ich eingeschlafen?»

«Ich will einen Hund wie Bootsmann», sagte Etta und schlief weiter.

«Du blinzelst», sagte Florentine, als sie eine Viertelstunde später ins Wohnzimmer kam, Robert hatte Kerzen angezündet und eine Schallplatte aufgelegt. *Double Fantasy*. Das letzte Album von John Lennon, kurz vor dessen gewaltsamem Tod veröffentlicht. *Beautiful Boy* war einer von Roberts Lieblingstiteln. Der Text eines Vaters.

*Close your eyes*
*Have no fear*
*The monster's gone*
*He's on the run*
*And your daddy's here*

Sie setzte sich zu ihm auf das Ledersofa. «Ist was mit deinem Auge?»

«Ich habe schon Tropfen in die Höhle geträufelt. Irgendwie fühlt sich alles sehr trocken an.»

«Vielleicht sollte ich öfter dein Lid küssen, Husky.»

Er schloss die Augen. Florentine küsste ihn. Nicht auf das Lid.

«*Leben ist das, was dir passiert, während du andere Pläne machst*», zitierte Robert eine Zeile des Liedes. Hätte Lennon doch den Chauffeur gebeten, in den Hof des New Yorker Hauses zu fahren, wie es sonst seine Gewohnheit gewesen war. So lief er vor dem Haupteingang des *Dakota* seinem Mörder in die Arme.

«Mir ist das Leben auch passiert. Ich hatte andere Pläne.»

«Aber du bist glücklich mit deinem Leben. Oder?»

Florentine nickte und fuhr ihm mit der Hand durchs Haar.

«Mein Leben ist schöner, als ich es mir je vorgestellt habe», sagte Robert. «Vielleicht sollten wir doch noch heiraten.»

«Herrje. Haben dich Katja und Jon auf Ideen gebracht?»

«Warum eigentlich nicht? Du liebst deine Kinder und mich auch.»

«Lieber Husky, lass es gut sein, wie es ist.»

Er beugte sich nach vorn und fasste an sein rechtes Auge. «Stört dich das, wenn ich es herausnehme?», fragte er.

«Ich finde dich sexy mit schwarzer Augenklappe.»

«Morgen gehe ich zum Ocularisten», sagte er und stand auf. «Bloß nicht, dass ich auf einmal allergisch auf Glasaugen reagiere.»

«Du bist heute als Captain Hook unterwegs?», fragte Alex, als er in die Technik kam und den Produktionsplan auf den Tisch legte.

«Hook hatte zwei funktionierende blaue Augen. Nur seine rechte Hand hat das Krokodil gefressen», sagte Robert. «Ich habe eine Reizung und soll bis Freitag die Augenhöhle salben und die Klappe tragen.»

«Ich stehe wieder als halb gebildet da.»

«In dem Fall stimmt nicht mal halb. Aber ich gebe zu, dass ich Lori vor einiger Zeit den *Peter Pan* vorgelesen habe.»

«Ich beneide dich um dein Leben als Vater», sagte Alex. So weit hatte er sich noch nie vorgewagt. «Kannst du denn arbeiten heute?»

Robert grinste. «Du glaubst, dass ich mit dem Glasauge besser sehe als mit der Augenklappe?»

«Ich rede vor lauter Verlegenheit Blödsinn.»

«Verlegen, weil du mich um mein Leben als Vater beneidest? Ich habe damals vor zwölf Jahren gedacht, du wärst erleichtert, dass wir uns ganz klar für meine Vaterschaft entschieden haben.»

«Vielleicht hat es mit dem Älterwerden zu tun, dass ich drüber nachdenke.» Und mit Tians Tod, dachte Alex.

«Von dir werden deine Kompositionen bleiben.» Robert erkannte im nächsten Augenblick, dass dies kein guter Kommentar gewesen war.

«Was hast du in deiner Mittagspause vor?»

«Vermutlich in die Kantine gehen», sagte Robert.

«Lässt du dich von mir ins Funk-Eck einladen?»

«Liebend gern. Ich kann gut auf weitere Kommentare zur Augenklappe verzichten, die es in der Kantine geben wird. Ihr habt alle Klischees über Piraten im Kopf.»

Sie bestellten beide das Omelett mit Pfifferlingen. Tranken Bier dazu.

«Dir fehlt ein Freund, seit Tian nicht mehr da ist. Ich bin dein Freund.»

«Das bist du», sagte Alex.

«Was würde sich für dich ändern, wenn du erführest, doch der Vater von Lorenz zu sein?»

«Vater definiert sich darüber, ein Kind zu lieben und zu umhegen, ihm Vertrauen zu geben, es auf das Leben vorzubereiten. Das alles hast du getan und tust es noch immer. Für Lori und für Etta. Daran würde sich nichts ändern.»

Robert legte die Gabel hin, auf die er gerade einen Pfifferling gespießt hatte, und sah Alex an. «Danke», sagte er.

«Heute Abend stellt mir mein Patensohn seine Freundin vor.»

«Du kennst sie noch nicht?»

«Er hat sie mir bisher vorenthalten. Nur Henny und Theo kennen sie, Katja hat sie ein Mal gesehen.»

«Kennst du die Gründe für die Geheimniskrämerei?»

Alex hob die Schultern. «Exklusivität? Diese Familie ist enorm liebenswert, aber auch sehr einnehmend. Vielleicht weiß man das nicht zu schätzen, wenn man immer nur mit Liebe verwöhnt wurde.»

«Hm», sagte Robert.

«Ich würde das nicht auf deine Kinder beziehen.»

«Könnt ihr die Pfifferlinge empfehlen?»

Alex und Robert hoben die Köpfe.

«Long John Silver», sagte Thies.

Robert stöhnte. «Der hatte ein Holzbein», sagte er.

Theo sah aus dem oberen Flurfenster und blickte Konstantin und Vivi nach. Konstantins Freundin erinnerte ihn an die junge Henny, eine Frische, die sie ausstrahlte. Unschuld, dachte er, doch vielleicht war das zu altmodisch gedacht.

Vivis Mutter schien ähnlich veranlagt zu sein, wie seine Schwiegermutter Else es gewesen war. Sie machte den jungen Leuten das Leben schwer. Viele Vorurteile und der Tochter gegenüber besitzergreifend. Konstantin war kein gern gesehener Gast in ihrem Haus.

«Ich finde mich selbst in Vivi», sagte Henny, als er in die Küche kam.

«Wir bleiben noch eine Weile zusammen.»

«Das hoffe ich doch.»

«Weil ich gerade genau das Gleiche gedacht habe, Vivi erinnert mich sehr an dich. So sah die Henny Godhusen aus, die ich zum ersten Mal in der Finkenau gesehen habe.»

«Nur, dass ich mein langes Haar zu einem Dutt gedreht hatte. Als ich mir einen Bubikopf schneiden ließ, wurde das von Else laut beklagt.»

«Vivi wird die Haare auch hochstecken, wenn sie die Haube aufsetzt.»

«Glaubst du, das ist was fürs Leben mit den beiden?»

«Sie sind gerade erst zwanzig», sagte Theo. «Konstantin will nach Boston gehen. Das kann er frühestens im nächsten Herbst nach dem Physikum. Obwohl ich ihm empfohlen habe, vorher ein praktisches Semester am UKE zu absolvieren.»

«Sie treffen sich heute mit Alex. Weißt du, wo?»

Theo hob einen Topfdeckel. Apfelkompott darin. Dann gab es heute Milchreis. «Im Schwanenwik. Klaus geht zu Katja und Jon.»

«Ist das nötig?»

«Ich nehme nicht an, dass es eine Ausquartierung ist. Vivi weiß längst, dass Konstantins Patenonkel mit Klaus zusammenlebt.»

«Du interessierst dich viel mehr fürs Essen als früher», sagte Henny, als Theo den Inhalt des Kühlschranks inspizierte.

«Ich halte es für ein gutes Zeichen, dass ich noch Gelüste habe.»

«Du bleibst ja schön schlank dabei. Nicht so wie unser neuer Kanzler.»

«Die Pfälzer Küche ist wohl sehr reichhaltig», sagte Theo. Er hatte die Krabben von Fisch Böttcher entdeckt.


Katja kehrte an den Küchentisch zurück. «Das war der Rückruf des Kollegen von der *Agence France Press*», sagte sie. «Karsten ist nicht in ihrem Auftrag unterwegs, aber er hat gehört, dass er im Libanon verwundet worden sein und in einem israelischen Lazarett liegen soll.»

«Nähere Informationen hat er nicht?», fragte Jon.

«Der Libanonkrieg ist vor Wochen zu Ende gegangen», sagte Klaus. «Wenn er während des Krieges verwundet wurde und noch immer im Lazarett liegt, dann wird es kein Streifschuss sein.»

«Ich weiß nicht, wie aktuell die Information ist», sagte Katja. «Karstens Schwester war mit mir auf der Werkkunstschule, aber wir haben keinen Kontakt mehr. Karsten erwähnte mal, dass sie nach Brüssel gegangen ist und dort geheiratet hat.»

«Lass uns mal die üblichen Auftraggeber abklappern», sagte Klaus.

«In letzter Zeit ist er wohl oft auf eigene Faust unterwegs gewesen.»

«Ich werde die Leute aus unserer Nachrichtenredaktion um Rat fragen, und du fragst im *Stern* nach, Katja.»

«Stefan und ich hätten längst zu ihm gehen müssen und uns bedanken für die Blankopässe und den Fälscher.»

«Ihr habt ihm einen Brief geschrieben. Er war ja immer auf Achse.»

«Dennoch ein Versäumnis, es nicht persönlich zu tun.»

«Du hast sicher noch Gelegenheit, Karsten die Hand zu schütteln», sagte Klaus. Er hatte viel Erfahrung darin, Optimismus vorzuspiegeln, das blieb nicht aus, wenn man mit Herrn Kortenbach zusammenlebte.

Erst beim Abschied fiel ihm wieder ein, was er von Alex ausrichten sollte.

«Alex sagt, es wäre gut, wenn du am Donnerstag was über Hugo von Hofmannsthal wüsstest, Jon.»

Böhmisch, lombardisch, jüdisch waren die Wurzeln des Dichters Hugo von Hofmannsthal gewesen. George Rathman sah das alles in dem Berliner Jon Feldmann, als er ihm in der Kaminhalle des Jahreszeiten gegenübersaß. Er war sehr angetan von dem jungen Schauspieler, der sich gut auskannte mit dem Dichter aus Wien.

«Sie waren im Ensemble der Volksbühne», sagte Rathman. «Erfahrung vor der Kamera haben Sie nicht?»

Jon erzählte von kleinen Produktionen der DEFA. Bölls

*Im Tal der donnernden Hufe.* Der Inszenierung von Borcherts *Vielleicht hat sie ein rosa Hemd* für den NDR. Genügte das, um sich zu qualifizieren?

«Ich denke, Sie lassen sich sehr gut fotografieren, Hofmannsthal war übrigens auch ein gutaussehender Mann. Dennoch hoffe ich, dass ich Sie nicht kränke, wenn ich Probeaufnahmen machen möchte.»

Hatte Jon je einen höflicheren Produzenten erlebt, als es George Rathman war? Als er zu Katja zurückkehrte, war er sehr hoffnungsvoll, Hugo Hofmann, Edler von Hofmannsthal spielen zu dürfen.

# JANUAR 1985

Das Klavier kam am ersten Arbeitstag des neuen Jahres per Beiladung aus München nach Hamburg, Till Arent und seine Familie waren von Ostberlin an den Starnberger See zurückgekehrt.

*Somewhere Over The Rainbow* spielte Katja, um das alte Klavier willkommen zu heißen, dieses Lied konnte sie am besten. Jon stand neben dem Klavier und hatte das staunende Kind auf dem Arm, das Gefallen fand an den Tönen, sich dann aber noch viel mehr von dem schnurlosen Telefon in Jons Hand faszinieren ließ.

«Stef», sprach Jon ins Telefon. «Mutters Klavier ist da und klingt viel besser als je zuvor. Hörst du das?»

«Das ist ja auch Katja, die spielt, und nicht du. In den nächsten Tagen kommen Ruth und ich vorbei und sehen und hören es uns an.»

«Katja ist ab Donnerstag in den Staaten. Dann spiele *ich* euch vor.»

Jon ließ Caroline vom Arm, nachdem er das Gespräch beendet hatte. Linas Name, den das Kind von Katja und Jon trug. Im Mai sollte die Taufe sein, dann war Caroline zwei Jahre alt. Lina hatte gebeten, nur Ehrenpatin neben Florentine zu werden. «Ihr könnt eurem Kind keine Patin von sechsundachtzig Jahren an die Hand geben», hatte sie gesagt.

Vielleicht hoffte Katja, dass ihre Großtante unsterblich war.

«Dort an der Wand steht es doch wunderbar», sagte Katja und stand vom Küchenschemel auf. Eine Klavierbank wollten sie noch kaufen bei Piano Trübger in der Schanzenstraße. «Dann sitzen wir am langen Tisch und können dem Klavierspiel lauschen.»

«Fragt sich nur, wer spielt, wenn du am Tisch sitzt. Meinem Geklimper willst du ganz gewiss nicht lauschen.»

«Konstantin. Alex. Theo kann auch ein bisschen spielen.»

«Caro auch», sagte Caroline.

Katja lächelte. «Die neue Generation bietet sich an», sagte sie und setzte sich an den Tisch, an dem Jon ein Drehbuch las und Katja dabei gewesen war, ihrer Tochter Joghurt einzulöffeln. «Wie viele Drehtage sind es?», fragte sie. Jons erstes Engagement in einem *Tatort*. Vom Sender Freies Berlin.

«Fünf», sagte Jon. «Das erste Mal, dass ich wieder in Berlin sein werde, wenn auch auf der anderen Seite der Mauer.»

«Hast du Heimweh?»

«Wo könnte ich mehr zu Hause sein als bei euch?» Jon stand auf und küsste Katja und auch Carolines Joghurtschnäuzchen.

«Wann sind deine Drehtage?»

«Erst Mitte des Monats, dann bist du wieder da. Wie kommt es eigentlich, dass der *Stern* die Aufnahmen nicht einen New Yorker Fotografen machen lässt?»

«Ich habe den Kontakt zu Deborah Harry und Chris Stein hergestellt. Da ist der *Stern* fair. Du und Caroline kommt hier allein zurecht, oder?»

«Und ob», sagte Jon und sah seine Tochter an.

«Das Klavier unserer Mutter», sagte Stefan zu Rudi. «Ich nehme an, du kennst die Geschichte, nun ist es nach Hamburg gekommen. Jon hängt mehr daran als ich, er hat auf ihrem Schoß gesessen, wenn sie spielte.»

«Ruth hat uns davon erzählt», sagte Rudi. Er saß am Zeichentisch im Grindelhof, zu zweit suchten sie die Zeichnungen für den dritten Band der Geschichtscomics aus, zu denen Ruth die Texte schrieb. Nach dem Alten Fritz und Danton trauten sie sich ans eigene Jahrhundert heran: Rosa Luxemburg. Ein Verlag in Altona veröffentlichte die Bände.

«Ich habe mir im Kunst- und Gewerbemuseum die Plakate aus der Druckerei Friedländer angesehen. Sehr fein, was ihr da gemacht habt.»

«Ich war nur einer von vielen Lithographen, die im Laufe der Zeit für Friedländer gearbeitet haben», sagte Rudi.

«Du bist ein Künstler. Ich kenne deine Kohlezeichnungen.»

Rudi lehnte sich zurück und sah Stefan an. «Ich weiß es zu schätzen, dass ihr mich einbezieht in diese Arbeit.»

«Ich habe sehr vermisst, nicht mehr im Team arbeiten zu können, nun tue ich es wieder und bin dennoch im geschützten Raum.»

«Du tust uns allen gut, Stefan, nicht nur Ruth.»

«Ihr gebt mir das Gefühl, als ob alles normal wäre mit mir.»

«Eine Familie, die auf zwei Weltkriege, drei Konzentrationslager, vier Jahre in einer Justizvollzugsanstalt, fünf Jahre Kriegsgefangenenlager im Ural und die Mitgliedschaft in einer kriminellen Vereinigung kommt, kann eine Krankheit wie deine kaum erschüttern.»

Stefan lächelte. «Ruth hat sich auf mich eingelassen. Seitdem bin ich ein ziemlich glücklicher Mann, Rudi.»

«Ich hab es schon bei anderen Kläusen hier im Haus versucht, Herr Lühr», sagte der Mann von der Poststelle. «Die kennen keinen in New York. Klickt da was bei Ihnen?» Ein weißes flaches Kuvert, das er auf Klaus' Schreibtisch legte, es schien leer zu sein. Nur *Klaus NDR* stand darauf. Billy hatte ihm gelegentlich geschrieben, doch er kannte die komplette Adresse des Funkhauses an der Rothenbaumchaussee.

«Lassen Sie es hier», sagte Klaus. «Das ist für mich.» Irgendwas ließ ihn nervös sein beim Anblick des Kuverts.

Der Bote blieb neben Klaus' Schreibtisch stehen, schien darauf zu warten, dass der Brief aus Amerika vor seinen Augen geöffnet werden würde. Klaus legte das Kuvert zu den anderen und wandte sich seiner Schreibmaschine zu, bis er wieder allein in seinem Büro war.

Billy und er hatten lange nichts voneinander gehört, alles war viel zu flüchtig gewesen, um nicht in den Tiefen des Atlantiks zu ertrinken. Er nahm den Brief in die Hand, betrachtete den Poststempel, drehte ihn um. Kein Absender.

Klaus zog den Brieföffner durch das Kuvert. Ein Zeitungsschnipsel. Nichts anderes. Er brauchte einen Augenblick, um zu begreifen, dass der Ausriss aus der *New York Times* war. *Obituaries* stand oben drüber. An fünfter Stelle in der Liste fand er den Namen.

*William Gavin. Editor Billboard. Dies at 36.*

Jemand hatte mit Kugelschreiber ein Wort danebengeschrieben. AIDS.

Klaus sah lange vor sich hin, ehe er zum Telefonhörer griff. Er kannte nur einen Menschen, dem er sich anvertrauen konnte. Der auch mit zweiundneunzig Jahren noch alle englischsprachigen Journale las und Kenntnis darüber hatte, was in der medizinischen Welt geschah.

«Ich muss mit dir reden», sagte Klaus, als Theo sich meldete. «Von Angesicht zu Angesicht. Allein. Können wir uns im Filippi treffen? Dann hast du nur ein paar Schritte.»

«Deine Mutter und Käthe sind bei Ida in der Milchstraße», sagte Theo. «Komm her zu uns, hier sind wir ungestörter als im Café. Soll ich einen Kognak bereithalten?»

«Nein. Ich brauche einen klaren Kopf.»

Ein Taxi, das vorfuhr, Theo stand schon in der Haustür. «Alex?», fragte er, als sie Platz genommen hatten vor dem Kamin. «Der ist eigentlich der Einzige, der dich in Aufregung versetzen kann.»

Klaus stieß einen tiefen Seufzer aus. «Alex betrifft es auch.» Er griff in die Tasche seines Jacketts und zog den Zeitungsausriss hervor.

Theo las ziemlich lange herum an den Nachrufen. «Der Redakteur von *Billboard*. Du hast Alex gesagt, du hättest keinen Sex mit ihm gehabt.»

«Alex hat sich dir anvertraut?»

Theo nickte und fasste sich an die Stirn, Zeichen der Beunruhigung. «Schenkst du nun *mir* reinen Wein ein?»

«Hätte ich Alex gestehen sollen, Sex mit einem anderen gehabt zu haben?»

«Hat er dir nicht damals sofort ein Geständnis gemacht?»

«Doch», sagte Klaus. «Er hat sich gleich entlastet.»

«Wann warst du in New York? August 1982?»

«Nicht ganz zweieinhalb Jahre her», sagte Klaus.

«Er muss da noch nicht infiziert gewesen sein.»

«Billys Leben ließ sich sicher als promiskuitiv bezeichnen.»

«Klaus, wie konntest du? Nicht nur Alex hatte Angst, du könntest dich mit dieser Seuche anstecken.» Er sah zu seinem Stiefsohn, der die Hände vor das Gesicht gelegt hatte.

«Ein Rausch, Theo, es gab nicht viele davon in meinem Leben.»

Theo dachte, dass viele Leben völlig ohne Räusche auskamen. Doch er sprach es nicht aus.

«Vielleicht hab ich Alex schon angesteckt.» Klaus' Fassung ging nun ganz verloren.

«Du musst einen Aidstest machen.»

«Den gibt es?»

«Die amerikanische Gesundheitsbehörde hat ihn gerade zugelassen.»

«Und wie komme ich da dran?»

«Vielleicht gehst du am besten nach Maryland zu Dr. Gallo.»

«Und Alex nehme ich mit? Sage ihm einfach, dass wir auf einen Langstreckenflug gehen, um uns einen Aidstest zu gönnen?»

«Alex bleibt erst einmal außen vor. Wenn du negativ bist, kannst du ihn nicht angesteckt haben. Wer hat dir denn diesen Ausriss geschickt?»

«Vielleicht jemand aus Billys Redaktion.»

«Der dich in Angst und Schrecken versetzen will?»

«Ich bin ziemlich beäugt worden, als Billy mich mitgenommen hat in die Redaktion. Nicht auszuschließen, dass da einer eifersüchtig war.»

«Das wäre perfide, auf diese Weise Rache zu nehmen», sagte Theo.

«Muss ich wirklich nach Maryland? Wo ist das? Nahe Washington?»

«In den National Institutes of Health in Bethesda sitzt der Mann, der sich seit 1981 mit dieser Krankheit befasst.»

«Kennst du ihn?»

«Nein. Aber ich habe noch Verbindungen nach Boston.

Zur Klinik, in der Konstantin ab April ein Semester absolvieren wird. Ich werde Dr. Goldenthal bitten, den Kontakt zu Robert Gallo herzustellen.»

«Das hört sich alles nach einem Ritt über den Bodensee an.»

«*Du* hast das Pferd gesattelt. Fliegt nicht unsere Enkelin nach New York, um eine Musikgruppe zu fotografieren, die heißt wie Hitlers Schäferhund?»

Klaus fuhr aus dem Sessel hoch. «Katja», sagte er. «*Blondie*.»

«Wir werden sie einweihen müssen», sagte Theo.

In diesem ganzen Drama fügte sich das eine und andere, Henny war mit Lina im Kino an dem Abend. *Auf der Jagd nach dem grünen Diamanten.* Danny DeVito, den sahen sie gern.

Klaus holte Theo ab und fuhr mit ihm zu Katja. Alex hatte an diesem Abend Aufnahmen im NDR, wer half denn da konspirativ?

Jon öffnete ihnen die Tür, er war als Einziger neben Katja eingeweiht. Hatte Klaus nicht schon ein anderes Geheimnis mit ihnen geteilt?

Theo entnahm seinem Notfallkoffer eine Kanüle. Band Klaus den Arm ab. Setzte die Nadel in die Vene. Die Ampulle füllte sich mit Blut. Theo verschloss sie und gab sie Katja, die sie ins Tiefkühlfach legte.

«Wann fliegst du am Donnerstag?»

«Um acht Uhr morgens.»

«Dann bist du wann in New York?»

«Am Vormittag New Yorker Zeit.»

«Schaffst du es denn, zwischendrin auch noch einen Flug nach Washington zu nehmen und dann mit dem Taxi nach Bethesda?»

«Das tue ich als Erstes, Theo.» Katja sah Klaus an.

«Ich hoffe, dass ich morgen gleich Goldenthal am Massachusetts General Hospital erreiche und er mir den Kontakt macht. Dann erstelle ich dir einen genauen Plan mit allen Adressen, Katja, und Klaus holt den morgen bei mir ab und bringt ihn dir vorbei.»

Katja atmete auf, als sie die Passkontrolle und den Zoll am *John F. Kennedy International Airport* hinter sich gelassen hatte. Gut, allein unterwegs zu sein. Der für den Text verantwortliche Kollege flog erst morgen ein. Dann war die Ampulle bereits in Bethesda.

Eine Viertelstunde noch, die Katja im Warteraum von American Airlines verbrachte, nachdem sie Koffer und Kameratasche in einem Gepäckfach verstaut hatte. Der Flug nach Washington war aufgerufen. Katja öffnete ihre Handtasche und warf einen Blick auf die Ampulle in der Tampax-Schachtel, das Blut in der Ampulle war inzwischen aufgetaut.

Eine gute halbe Stunde brauchte das Taxi vom Washingtoner Flughafen über die Ringautobahn bis nach Bethesda, Maryland. Ein großes campusähnliches Gelände, die National Institutes of Health. Hätte Theo nicht alles so gründlich vorbereitet, Katja wäre verlorengegangen zwischen den vielen Gebäudekomplexen, doch so steuerte sie gleich das richtige Institut an. Nur eine kurze Wartezeit, der Name von Dr. Goldenthal aus dem Massachusetts General Hospital in Boston schien ein Zauberwort zu sein. Dr. Gallos Assistent nahm die Ampulle entgegen und gab ihr eine bereits vorbereitete Empfangsbestätigung.

*«You should get the result around the 28th of January.»*

Vom Flughafen in Washington rief sie erst Jon, dann

Theo an, die beide enorm erleichtert reagierten. Theo hoffte, dass Klaus zu schätzen wusste, wie privilegiert er war, sein Blut im NIH auf Aids testen lassen zu können, kaum dass der Test möglich geworden war.

Früher Abend, als Katja in ihrem Hotel in Manhattan ankam. Kein Licht für Fotos mehr, doch damit hatte sie auch nicht gerechnet; Debbie Harry war informiert, dass sie sich erst am nächsten Tag trafen. Katja kannte die Sängerin von *Blondie* und deren Gitarristen Chris Stein schon aus den siebziger Jahren, als sie die Band in Hamburg fotografiert hatte. Ein anregender Frühsommertag war das gewesen, den sie an der Alster und in Pöseldorf verbracht hatten, Sympathie auf den ersten Blick zwischen Katja und der fünf Jahre älteren Debbie.

Katja duschte lange, bevor sie Wodka und Tomatensaft aus der Minibar nahm, sich eine große Bloody Mary mixte, die sie in kleinen Schlucken trank, als wäre der Wodka mit dem Tomatensaft Medizin, um dann nach den Nachrichten von CNN sehr müde ins Bett zu fallen. Doch sie lag noch lange wach und dachte an ihren Onkel und Alex und das Damoklesschwert, das über den beiden hing.

Klaus blickte in das Glas mit dem Dôle, das vor ihm im Bistro von Mövenpick stand, der alte Pianist spielte gerade Wiener Lieder. Kleine Fluchten, die Klaus suchte seit jenem Dienstag der vergangenen Woche, als ihm ein Kuvert auf den Schreibtisch gelegt worden war.

«Du hast dunkle Schatten unter den Augen», sagte Katja.

«Erste Anzeichen?»

«Steigere dich nicht hinein. Das ist nicht deine Art.»

«Katja, ich danke dir so sehr, dass du das alles für mich getan hast.»

«Du hast auch nicht gezögert, als ich dich um Hilfe bat.»

*Es wird a Wein sein, und wir wern nimmer sein,* spielte Hans Rahner, der Mann am Klavier im Weinbistro des Hanseviertels.

«28. Januar», sagte Klaus. «Ein Donnerstag.»

«Ahnt Alex irgendwas?»

Klaus schüttelte den Kopf. Er stellte sich vor, wie es sein würde, wenn er ihm sagen müsste, dass sein Lebensgefährte positiv getestet worden war. Wahrscheinlich ein Todesurteil. Vielleicht für sie beide.

«Noch vierzehn Tage des Wartens», sagte er. «Gar nicht einfach, alles weiterlaufen zu lassen. Sendungen vorbereiten. Das Leben mit Alex.»

«Das lenkt dich doch auch ab. Jon hat heute seinen ersten Drehtag in Berlin. Am 18. Januar ist er wieder da.»

«Wer ist denn jetzt bei Caroline?»

«Deine große Schwester», sagte Katja.

«Ich bete, dass ich auch Marike kein Geständnis machen muss.»

Katja legte ihre Hand auf die von Klaus.

«Spielt Jon einen Bösen?»

«Einen eher zerrissenen Charakter.»

Klaus lächelte. «Da kann ich mich hineinfühlen», sagte er.

«Den Hofmannsthal zu spielen, war ein kleiner Durchbruch für Jon, auch wenn der Film bislang nur in den dritten Programmen lief.»

«Das ist immer so bei George Rathman. Seine Filme sind von hoher Qualität, doch keine Publikumserfolge.»

*Sag beim Abschied leise Servus* spielte Hans Rahner.

«Komm doch morgen zu uns zum Essen», sagte Klaus.

«Caroline kann auf unserem Bett schlafen, wie *du* es früher getan hast.»

«Karsten besucht mich morgen Abend.»

«Ich dachte, er lebt nun in Paris?»

«Er pflegt alte Kontakte, auch wenn er nur noch für AFP arbeitet.»

«Dass man einen Lungendurchschuss überleben kann.»

«Nur, wenn keine Venen oder Arterien in der Lunge verletzt wurden. Da hat er großes Glück gehabt.»

«Mal sehen, was sich alles überleben lässt», sagte Klaus.

Karsten hatte lange gebraucht, um wieder auf die Beine zu kommen. Die Schussverletzung aus dem Krieg im Libanon war schließlich ausgeheilt, doch seine alte Kondition kehrte nicht zurück. Aus Hubschraubern ins Geschehen zu springen, war vorbei. Die vier Treppen in den zweiten Stock zu Katja brachten ihn bereits in Atemnot.

«Lass dich ansehen, Kleines.» Er versuchte noch, den lässigen Kerl zu geben, doch es gelang ihm nicht ganz. «Und diese Zaubermaus auf deinem Arm. Dass Onkel Karsten erleben darf, dich kennenzulernen.»

«Die Zaubermaus geht jetzt ins Bett», sagte Katja. Vor einem Jahr waren Karsten und sie sich zuletzt begegnet, als Katja in Paris gewesen war, um Paloma Picasso zu fotografieren. Er sah nicht mehr so miserabel aus wie damals, doch von blühendem Leben ließ sich kaum sprechen.

«Ist der Junge, dessen Auszug aus dem Osten ich angeregt habe, denn auch anwesend?»

«Jon ist in Berlin. Ein paar Drehtage für einen *Tatort*.»

«Der Laden läuft also.»

Katja nickte. «Komm in die Küche, ich hab uns ein Kartoffelgratin gemacht. Ich lege nur Caroline schlafen.»

Ein großes Gezappel auf ihrem Arm. *Schlafen.* Kein gutes Wort.

«Lass sie doch hier. Oder seid ihr da streng?»

«Unsere Erziehung besteht vor allem darin, Erziehungsprinzipien zu modifizieren. Dann essen wir aber drüben am großen Tisch, und sie kann auf dem Sofa einschlafen.»

Caroline strahlte Karsten an. Eine halbe Stunde später schlief sie tief und fest auf dem Sofa unter ihrer Decke.

«Und *dein* Laden? Läuft der?»

«Dir wird nicht entgangen sein, dass ich in keiner guten Form bin, die Lunge ist einfach nicht mehr die alte. Die Kriegsschauplätze sind zu sportlich geworden für mich. Ich wildere jetzt in deinem Revier, Katja, allerdings sind es ausschließlich Politiker, die ich porträtiere.»

«Ich sehe mich gar nicht als Spezialistin für Porträts und werde auch wieder zur Reportage zurückkehren. Die Porträts haben sich nur in dem Jahr ergeben, als ich Caroline gestillt habe.»

«Die eine und andere Reportage werde ich auch noch machen, doch in den Krieg zieht Papi nicht mehr.»

«Fällt es dir schwer, damit aufzuhören?»

«Von einem Image Abschied zu nehmen, fällt mir schwer. Du weißt, ich war gern ein ganzer Kerl. Was macht denn Jons Bruder?»

«Er lebt mit Ruth zusammen.»

Karsten stieß einen Pfiff aus. «Deine Kusine aus der RAF? Da habe ich ja mit meinen falschen Pässen gleich vier Menschen glücklich gemacht.»

«Und du? Hast du eine feste Beziehung?»

«Affären», sagte er. «Nur Affären. Hat Jon einen Kosenamen für dich?»

«Katjuscha.»

«Katja Kratzbürste klang aber auch sehr schön.» Er lächelte ihr zu. Keine Frage, Karsten war ein guter Freund geworden.

Klaus versuchte vergeblich, sich auf John le Carrés *Libelle* zu konzentrieren, sein Blick schweifte ab vom Buch und verlor sich im großen Zimmer, an dessen Eichentisch Alex saß und Noten schrieb. Geschrieben hatte. Klaus bemerkte, dass Alex ihn schweigend betrachtete.

«*Gloomy Sunday*», sagte Klaus.

Alex schüttelte leicht den Kopf. «Das geht seit Tagen so», sagte er. «Dass du dumpf vor dich hin brütest. In unserer schlimmsten Krise damals schien keine derart schwere Last auf dir zu liegen. Bitte sag mir, was los ist.»

Klaus legte das Buch ab, versuchte, die Hände gelassen in den Schoß zu legen, als versuche er sich an einer Entspannungsübung. Durfte er denn Alex offenbaren, was ihn quälte? Oder hatte er dann obendrein einen hysterischen Lebensgefährten durch die Tage zu schleppen und auch noch Aufbauarbeit zu leisten?

Alex stand auf und kam zu ihm aufs Sofa, legte den Arm um Klaus' Schulter. «Du hast lange nichts von diesem Billy gehört, nicht wahr? Vermisst du ihn denn nach all der Zeit noch?»

«Fragst du mich, ob ich Liebeskummer habe?»

«Vielleicht ist es das, was ich frage.»

«Nein», sagte Klaus. «Kein Liebeskummer.»

«In diesem Januar kennen und lieben wir uns vierunddreißig Jahre.»

«Du bist nicht gleich mit den ganz großen Gefühlen eingestiegen.»

«Doch. Ich hab es nur nicht kapiert. Ich will auf etwas

373

anderes hinaus, Klaus. Da ist von jeher eine klare Rollenver-
teilung. Du bist stark und vernünftig, umhegst mich, trägst
mich. Ich bin der zweifelnde und zickige Künstler, der fürs
tägliche Leben kaum geeignet ist.»

«Was willst du mir sagen?»

«Dass es auch andersherum sein darf, du lässt dich fallen, und ich fange dich auf. Also?»

«In diesen Abgrund willst du nicht blicken.»

«Also», wiederholte Alex leise.

«Billy ist an Aids gestorben.»

Alex schwieg. «Und du hast mit ihm geschlafen», sagte
er schließlich.

Klaus nickte.

Alex nahm den Arm von Klaus' Schulter und zog Klaus
ganz nah zu sich heran. Hielt ihn umschlungen. «Du hast
es nicht», sagte er.


Florentine stand am großen Atelierfenster und blickte über
die Dächer von Pöseldorf. «Geht es dir gut?», fragte sie und
drehte sich zu ihrer Mutter um, die in einem der Sesselchen
saß.

«Ja», sagte Ida. «Ich bin erst dreiundachtzig.»

«Du hältst dich auch fabelhaft.»

Ida hob die Schultern. «Guste hat sich auch lange fabelhaft gehalten, und dann auf einmal ging alles ganz schnell.»

Florentine setzte sich hin. «Das ging nicht ganz schnell.
Sie ist immer weniger geworden. Peu à peu. Aber da war sie
schon zehn Jahre älter als du, Mami.»

«Freust du dich auf Paris?»

«Ja. Ab und zu habe ich auch noch Lust auf die Arbeit
vor der Kamera, und der Fotograf ist Jean, der Luxemburger, mit dem ich schon lange gut zusammenarbeite. Danke,

dass du einspringst. Roberts Dienstpläne ändern sich dauernd, auf einmal lauter Spätdienste, und Frau Kuck schläft inzwischen lieber im eigenen Bett.»

«Ich schlafe gut bei euch. Ich schlafe auch gut im Kempinski und im Storchen. Da bin ich eingekehrt mit deinem Vater. In Berlin und Zürich.»

«Da könntest du noch mal hin. Leisten kannst du es dir.»

«Nicht allein, Kind. Und die letzte Rate, die von Momme kommt, geht an dich. Dann gehört die Johnsallee den Siemsens.»

«Tut es dir leid?»

«Nein. Momme kann doch autoritär sein, und Annis Geschmack habe ich nie geteilt.»

«Ihr habt jahrelang sehr herzlich zusammengelebt.»

«Vor allem dein Vater», sagte Ida.

Ja, Tian war der große Mediator gewesen. Und solange es Guste gegeben hatte, ließ sich vieles ausgleichen. «Wollen wir los?», fragte Florentine. «Dann können wir mit den Kindern Abendbrot essen. Die Kucksche will sicher auch nach Hause.» Sie stand auf und ging an die Garderobe. Zog den eigenen Mantel an und hielt den für Ida bereit.

«Ist das Mode für die reife Dame, die ihr fotografiert? Du bist nun auch schon vierundvierzig geworden.»

Florentine lächelte. «Irgendwo zwischen Teenager und reifer Dame.»

«Henny hält sich auch gut, und Käthe hat sich gefangen. Nur Lina sieht man nun doch allmählich die Jahre an.»

«Die Kucksche kocht für euch. Darum musst du dich nicht kümmern.»

«Meinetwegen hättest du nicht noch mal ein Cabrio kaufen müssen», sagte Ida, als sie dann in die Nachfolgerin der roten Brumme stieg, die Florentine gebraucht gekauft hatte. Der nächste rote Peugeot. «Es zieht doch sehr beim Offenfahren. Das vertrage ich nicht mehr gut.»

«Im Januar bleibt das Dach ja zu», sagte Florentine.

Erstaunliches, das da geschah. Alex legte den Arm um Klaus' Taille, wenn sie um die Alster gingen an den kalten klaren Tagen der zweiten Hälfte des Januar. Küsste ihn vor aller Augen. Tat Liebe kund und Loyalität. Legte ihm zu Füßen, worauf Klaus lange vergeblich gewartet hatte: *Look, this is my man.*

Am Morgen des 28. Januar lag ein rotes Ahornblatt neben Klaus' Teller, das lange zwischen den Seiten eines Buches gelegen hatte.

*Von fallenden Blättern berührt zu werden, bringt Glück*, hatte Klaus damals im Jenischpark gesagt, als das Blatt auf Alex' dunkles Haar gefallen war. *Autumn Leaves.*

«Das habt ihr gespielt, als ich dich zum ersten Mal gesehen habe. Durch die Glasscheibe im NWDR.»

Alex stellte den Korb mit den Brötchen ab. Dass er sich zu Hause am Frühstückstisch auf den Stock stützte, zeigte, wie sehr es ihn anstrengte, gelassen zu wirken.

«Soll ich dir das Blatt aufs Haar fallen lassen?»

«Das wäre zu viel der Beschwörung und vermutlich albern.»

«*I'm your man*», sagte Alex. «*Whatever happens.*»

Was würde denn sein, wenn Klaus positiv getestet wurde?

Um siebzehn Uhr an diesem Tag rief Theo in Bethesda an, da war es elf am Vormittag in Maryland. «*We call you back*», wurde ihm gesagt.

«Was ist eigentlich los hier?», fragte Henny, als sie am Abend von Käthe zurückkehrte und oben im Arbeitszimmer Theo, Klaus und Alex vorfand, die die großformatigen Seiten der *Zeit* in den Händen hielten, hinter denen sie sich vor allem zu verbergen schienen.

Das Telefon klingelte zu den Tönen der *Tagesschau*.

«Schluss mit den Heimlichkeiten», sagte Henny, als sich die drei Männer in den Armen lagen. «Was ist da von euch abgefallen? Ihr kommt mir vor, als hättet ihr auf einen Richterspruch gewartet.»

«Du und ich gehen an den Kamin, und ich erzähle es dir», sagte Theo. «Die beiden lassen wir mal allein.»

Kurz nach einundzwanzig Uhr stand Katja in der Tür und umarmte Klaus. Einer, der davongekommen war.

Klaus hätte gern an Gott geglaubt. Er erinnerte sich an ein Gespräch mit Katja, da hatte er ihr gesagt, sein Wunsch zu glauben sei größer als sein Glaube. In seiner Kindheit hatte der keine große Rolle gespielt, in einer Kirche wurde getauft, konfirmiert, geheiratet, der Trauergottesdienst gehalten. Ein Raum für Rituale. Sonst fand Kirche nicht statt.

Doch ihn erstaunte, dass es Augenblicke gab, an denen er sich an Gott wandte, auch, dass er gebetet hatte im Januar, als die Angst am größten gewesen war. Hatte Gott ihm geholfen? Nein. Er half keinem, der verlorenging an diese Krankheit und an andere Ungerechtigkeiten.

*Der Mensch denkt: Gott lenkt.*

Der Doppelpunkt, den Bertolt Brecht seiner Heldin *Mutter Courage* geschrieben hatte, machte den Unterschied.

An jenem Januarabend, an dem er in der Körnerstraße gewesen war, um das Urteil entgegenzunehmen, hatte Katja ihn gebeten, einer der drei Taufpaten von Caroline zu werden. Als habe sie ihren Onkel wieder in den Kreis derer führen wollen, die eine Zukunft hatten.

«Vielleicht findest du einen gläubigeren Paten.»

«Ich möchte dich», hatte Katja gesagt.

Nun gingen sie den Kuhmühlenteich entlang an einem Maitag, der blau und grün leuchtete. Henny, Katja und er. Ein Kind zur Taufe anzumelden.

«Wie dankbar wir waren, dass wenigstens St. Gertrud noch stand nach den Bombennächten, damals im Juli 1943», sagte Henny. Sie griff nach der Hand ihres Sohnes. Das tat sie jetzt öfter. Vom ersten Atemzug an versuchte man, die Kinder zu bewahren. Wenn es doch nur gelänge.

*Gott lenkt*, hatte der Pastor damals an Luds Grab gesagt und den Sarg gesegnet, in dem der junge Mann lag. Henny hatte dagestanden und gedacht, dies sei die letzte kirchliche Handlung, die sie zuließe. Doch das war ein voreiliger Gedanke gewesen.

Pastor Kaiser war ein herzlicher Mann, der ihnen gut gefiel. Samstag, den 18. Mai, legten sie als den Tag der Taufe fest. Nur Konstantin würde nicht dabei sein, der hatte im März sein Semester in Boston begonnen.

Caroline Lillian Feldmann. Lillian hatte Jons und Stefans Mutter geheißen, eine Frau mit englischen Wurzeln. Zu Katjas Überraschung hatte Jon der Gethsemanekirche am Prenzlauer Berg angehört, ein neugotischer Kirchenbau wie die Gertrud.

Seine Mutter habe einen Kontrapunkt zur DDR setzen wollen.


Eine kleine feine Künstlerpension. Der Husky hatte lächelnd genickt, wenn Sweet Florraine daran spann, es schien noch alles herrlich fern. Erledigte sich nicht vieles durch langes Liegenlassen? Doch nun war nebenan die Wohnung frei geworden.

«Was hältst du davon, wenn ich sie dazumiete, Husky? Ida hat mir einen Anteil von der Johnsallee gegeben.»

«Nichts. Du und ich sind nicht Krösus, und was willst du mit einer Künstlerpension? Sie klingeln dich nachts aus dem Bett und sagen dir, das Klo sei verstopft.»

«Du hast schon wohlwollender geklungen.»

«Das ist nichts für dich, Florentine, du bist keine Guste.»

«Ich habe selbst erlebt, wie es ist, in lieblos gestalteten Hotelzimmern zu sitzen. Künstler wollen inspiriert werden. Schwarzweißfotos, die großformatig auf Leinwände aufgezogen werden, Katja und ich würden die Fotoauswahl treffen. Dazu schicker Trödel.»

«Katja ist schon eingeweiht?»

«Als wir über den Termin für die Taufe sprachen. Ist schon komisch, dass ich Carolines Taufpatin werde, und unsere Kinder sind Heiden.»

«Das lässt sich ändern.»

«Jedes der Zimmer soll einen künstlerischen Charakter haben, ich denke da an Themenzimmer. Zizi Jeanmaire. Jean Cocteau. Coco Chanel. Von mir gestaltet. Ich habe an der Sorbonne Kunstgeschichte studieren wollen, vielleicht hole ich das Studium hier in Hamburg nach.»

«Das ist eine prima Idee. Viel besser als eine Künstlerpension.»

«Husky, du willst nicht in den Verdacht kommen, zu alt zu werden für neue Wege. Fürchte dich vor einer unausgefüllten Frau, Studium und Künstlerpension ließen sich wunderbar vereinen.»

Robert fand sich in der Wohnung nebenan wieder, zu der Florentine bereits den Schlüssel hatte. Anderthalb Zimmer weniger als bei ihnen, wenigstens das. Doch die fünf Zimmer waren verwohnt.

«Ich stelle es mir höchst inspirierend vor, mit den Handwerkern zu diskutieren und Tapeten und Farben auszusuchen», sagte Florentine. Sie schien sich ernsthaft mit der Absicht zu tragen, ihren Anteil an der Johnsallee hier zu versenken.

Sie nahm ihn an die Hand und zog ihn zur Loggia hin. «Sieh nur, sie ist viel sonniger als unsere. Da steht kein großer Baum vor.»

«Vielleicht kannst du dich dort sonnen, wenn deine Künstler ihre Kunst ausüben», sagte Robert. Ein Verdacht keimte in ihm auf. «Hast du schon den Vertrag unterschrieben?», fragte er.

«Ich stehe kurz davor», sagte Florentine.

Lina bat Henny, sie in das Notariat am Neuen Wall zu begleiten, dort hatte sie nach Louises Tod ihr eigenes Testament hinterlegt. Linas Anteil an Landmann am Gänsemarkt sollte Caroline erben. Vielleicht würde sie eines Tages als Buchhändlerin hinter dem Tresen des eigenen Geschäfts stehen.

«Ein großzügiges Taufgeschenk», sagte Henny, als sie an diesem Tag wieder auf die Straße traten, die paar Schritte zu Marikes Praxis gingen.

«Ihr seid meine Familie. Lud hat es in seinem kurzen Leben geschafft, mir Schwägerin, Nichte, Großnichte und Urgroßnichte zu bescheren. Dieses Glück verdanke ich meinem kleinen Bruder.»

«Er hätte gern einen Stall voll Kinder gehabt», sagte Henny. Streifte sie ein Schuldgefühl nach all den Jahren? Damals hatte sie sich ohne Luds Wissen einen Gräfenberg-Ring einsetzen lassen, die weiteren Kinder auf später verschoben, doch ein Später hatte es für Lud nicht gegeben.

Gesche führte sie in das zweite Sprechzimmer, Marike hatte noch eine Patientin, dann Mittagspause. Fünfzehn Jahre war Gesche nun schon in der Praxis, doch ihre Zurückhaltung gab sie nicht auf.

«Du weißt, dass sie eine wohlhabende Frau ist?», fragte

Henny, als sie allein waren, in der Sitzecke mit Ledersofa und Clubsesseln saßen.

«Campmann hat sie großzügig bedacht, ich weiß», sagte Lina.

Gesche hatte nichts ändern wollen an ihrem Status als Assistentin in Marikes Praxis. Sie habe sonst Sorge, die Struktur in ihrem Leben zu verlieren, hatte sie gesagt. Das war ihr schon einmal geschehen.

Marike kam herein, umarmte Mutter und Tante. «Ich lade euch auf die Terrasse des Alsterpavillons ein, damit ich mal an die Luft komme», sagte sie und zog den weißen Kittel aus.

Die *Aue* legte ab, als sie dort saßen, die neuen Matjes auf Schwarzbrot aßen. An was hatte man alles Erinnerungen.

«Was hörst du von Konstantin?», fragte Henny. «Gefällt ihm die Arbeit am Krankenhaus in Boston noch? Er fehlt Theo und mir. Ich freue mich darauf, wenn er wieder da ist.»

Marike nickte kauend. «Viele Patientenkontakte», sagte sie dann. Gut, dass sie eine Berufshaftpflichtversicherung beim Hartmannbund für ihn abgeschlossen hatten. In Amerika wurden Ärzte auch für Kleinigkeiten verklagt, da genügten ein paar Pickel nach einer Impfung.

«Vivi schaut ab und zu vorbei», sagte Henny.

«Tut sie das?», fragte Marike. «Sie steht euch nahe. Nicht wahr?»

«Ja. Schade, dass Konstantin bei der Taufe nicht dabei ist.»

«Im September zu Theos Geburtstag ist er wieder da», sagte Marike. Hatte sie ein klein wenig eifersüchtig geklungen, als es um Vivi gegangen war?

Er hatte nicht gehört, was Ruth gesagt hatte, war erst in das Zimmer gekommen, als sie den Hörer auflegte. Doch sie wirkte verstört, das sah Stefan auf den ersten Blick. «Eine schlechte Nachricht?», fragte er. Hoffentlich nichts mit Rudi oder Käthe.

«Ein Ruf aus der Vergangenheit», sagte Ruth.

Stefan hatte Ruths früheres Leben stets an András festgemacht, der war seit zehn Jahren tot. «Erzählst du es mir?»

Er setzte sich an den Zeichentisch, eine Kopie der *Berliner Illustrierten Zeitung* aus dem August 1919 lag dort. Friedrich Ebert in Badehose. Ein leider erfolgreicher Versuch, den ersten Reichspräsidenten der Weimarer Republik ins Lächerliche zu ziehen. Ruth und er waren noch nicht sicher, ob sie die Weimarer Zeit zum Gegenstand ihres nächsten Geschichtscomics machen sollten. Erst mal abwarten, wie der Band mit Rosa Luxemburg lief. Der war gerade in die Buchhandlungen und Kioske gekommen.

«Friedhart», sagte Ruth. «Sie haben ihn nie gefasst. András und ich haben uns in der Wohnung seiner Tante in Hildesheim aufgehalten.»

«Bis zu dem Tod auf dem Parkplatz», sagte Stefan. «Was will er?»

«Quartier nehmen. Von dir schien er nichts zu wissen. Er hat mir auch nicht verraten, woher er meine Telefonnummer hat.»

«Ist er wegen des Mordes an dem Münchner Luftfahrtmanager im Februar auf der Flucht?»

«Auf der Flucht ist er seit Jahren.»

«Was hast du ihm gesagt?»

Ruth trat ans Fenster. «Dass ich nichts mehr mit der RAF zu tun habe und er mich in Frieden lassen soll. Der da drüben vor dem *Abaton*, das könnte er sein, obwohl der Typ aussieht wie ein Werbeleiter.»

Stefan legte die Hand auf Ruths Schulter und schaute aus dem Fenster. «Ich denke nicht, dass er dich observiert. Das würde nur Aufmerksamkeit auf ihn lenken. Das kann er sich nicht leisten als steckbrieflich Gesuchter.» Der Mann, der Ruth an Friedhart erinnerte, begrüßte eine Frau und kehrte mit ihr ins *Abatinn* ein, der Kinokneipe.

«Ich bin so froh, dass du da bist», sagte Ruth.

«Ein Mann, der alle sechs Tage umfällt.»

«Die Abstände haben sich nicht verkürzt, Stef.»

Am nächsten Tag würde es wohl wieder so weit sein.

Das getaufte Kind war ganz unchristlich dabei, die frischen grünen Spitzen von der Douglasie zu zupfen. Katja legte die Kamera ab und erklärte ihrer Tochter, warum das keine gute Idee sei. Der Tannenbaum wollte wachsen, wie Caroline es tat.

Ein schöner Maitag im Garten der Körnerstraße. Die ersten Rosen blühten, der Flieder, Vergissmeinnicht und Zimbelkraut. Lina saß mit Theo auf der Friesenbank. «Fällt dir auf, wie viele Fotos Katja von uns macht?», fragte sie. «Vermutlich denkt sie, dass wir nicht mehr lange dabei sein werden. Du und ich sind die Ältesten in diesem Garten, Theo, aus den neunziger Jahren des vorigen Jahrhunderts. Jetzt sprechen sie schon vom Jahrtausendwechsel.»

«Deinen Karl Luetken», sagte Theo. «Den mag ich übrigens sehr.»

Lina berührte Theos Hand, steif gestärkte Manschetten, in denen goldene Anker steckten, diese Manschettenknöpfe besaß er schon lange. Theo hatte vor, sie an Konstantin weiterzugeben.

Sie blickten auf, als Thies vor ihnen stand, Caroline auf den Schultern.

«Na? Wie gefallen euch Großvater und Enkelin?», sagte Thies.

«Caroline reißt alles raus», sagte Marike neben ihm und zupfte deren Kleidchen über die Windel.

«Lacksue.» Caroline zeigte die Schühchen.

*«Steuermann! Lass die Wacht!»* Henny trat heran mit dem Krug Maibowle, den Waldmeister hatte sie nur leicht dosiert, damit er keine Kopfschmerzen machte. «Da warst du vier, Marike. Erinnerst du dich?»

«Der Opernsänger. Er hat mich auf die Schultern gehoben und durch Gustes Salon getragen. Ich hatte Angst, im Kronleuchter zu hängen.»

«Du hast gejauchzt», sagte Henny. «Nicht aus Angst.»

«Wollen wir das auch singen, Caroline? Dein Opi kennt den *Fliegenden Holländer* gut. Auch wenn er der Unterhaltungsfuzzi ist im NDR. Noch.»

Klaus stand mit Robert auf dem Rasen. Sie grinsten.

«Setz dich ans Klavier, Alex», rief Thies. «Kannst du deinen *Fliegenden Holländer?*» Thies hatte schon das eine und andere Glas getrunken.

Alex fing zu spielen an. Dritter Akt. Chor der Matrosen.

*Steuermann! Lass die Wacht!*
*Steuermann! Her zu uns!*
*Ho! He! Je! Ha!*

Thies hopste mit dem Kind auf den Schultern durch den Garten, Caroline jauchzte, wie es einst ihre Großmutter Marike getan hatte, auch bei ihr war ein bisschen Angst dabei. Angst, dass der Opi stolpern könnte.

«Ein Tag, um ihn ins Album zu kleben», sagte Rudi zu seiner Käthe. Fotografierte Katja darum so viel?

Lina kam leichter hoch von der Friesenbank als Theo. Der Nachmittag wurde kühl, sie gingen ins Haus. «Du bist noch ein junges Ding», sagte Theo. «Ganz nah an der Jahrhundertwende geboren.»

«Das finde ich gut, dass du der Lütten deinen Anteil am Laden vererbst.» Karl griff nach Linas Hand, als es über Steingeröll ging am Elbstrand. «Der Nils hat wohl auch eine Lebensstellung bei Landmann am Gänsemarkt. Dass mir damals mein Kriegskamerad eingefallen ist, da muss ich mich loben, Buchhändler ist besser für meinen Jungen als Lehrer.» Er bückte sich nach einem herzförmigen Stein und steckte ihn in die Hosentasche. Den würde er nachher Lina schenken, als sei der Stein ein Teil der Kronjuwelen, Lina hatte Sinn dafür.

«Aber bitte noch nicht so bald, Lina, das Vererben.»

«Du und ich machen uns einen schönen Sommer. Wenn der hält, was uns der Mai verspricht, fahren wir mal an die See», sagte Lina. «Solange das alte VW Cabrio noch fährt.»

Karl Luetken drückte ihre Hand. Vielleicht wurde es doch noch größer, sein spätes Glück, und Lina geizte nicht mehr so mit der gemeinsamen Zeit. Sie war wirklich ein Freigeist, diese Frau, in jeglicher Hinsicht. Doch solche Frauen waren genau sein Typ. So wie Nils' Mutter, die hatte auch was im Kopf gehabt und dabei den kleinen Werftarbeiter geliebt.

«Kehren wir noch in der *Strandperle* ein?», fragte er.

«Von mir aus auch auf ein Weißbier. Das trinkst du doch gern.»

«Nur im Sommer», sagte Lina. «Doch heute fühlt es sich an, als hätten wir den schon.» Sie stapften durch den Sand zur Strandperle. Nicht viel los dort an einem Nachmittag mitten in der Woche. Auf dem Holzdeck waren nur wenige Plätze besetzt. Hunde tobten über den breiten Strand, es war Ebbe. Nein, volle Weißbiergläser klangen nicht schön, stieß man mit ihnen an. Karl Luetken und Lina Peters taten es trotzdem.

Karl sah gerade zu den Werften auf der gegenüberliegenden Seite der Elbe, als Lina vom Stuhl glitt. Ganz sanft. Als sei das kein harter Stuhl, zusammenklappbar, Eisen mit Holzstreben, sondern ein seidenes Tuch, das ihr gespannt worden war.

Er hockte neben Lina und hielt ihre Hand, bis der Notarzt von der Elbchaussee die Himmelsleiter herabgestiegen kam. Klug von Karl zu nicken, als er gefragt wurde, ob er der Ehemann sei. Sonst hätte er vielleicht nicht mitfahren dürfen zum Altonaer Krankenhaus.

Doch als sie dort ankamen, war Lina tot.

Begriff Henny denn schon, als er vor der Tür in der Körnerstraße stand? Beinah hätte Karl die Mütze gedreht, seinen dunkelblauen Elbsegler. Da saß er im Salon, weinte mit Henny und Theo, die kaum fassen konnten, dass ihnen Lina verlorengegangen war.

Hatte man nicht vor einigen Tagen noch eine Taufe miteinander gefeiert? Lina, die Ehrenpatin.

Karl Luetken nahm erst nicht wahr, wie sich das Haus füllte mit denen, die um Lina trauerten. Die sich damit zu trösten versuchten, dass es ein leichter Tod gewesen war an einem heiteren Tag im Mai, an dem Linas Herz einfach ausgesetzt hatte.

Das Medaillon aus Lindenholz, Lud hatte es geschnitzt für Lina. Eine dunkle Locke fand Henny darin, dachte an Louise, die doch gar keine Locken gehabt hatte, wusste nichts von einem Zeichenlehrer, der im ersten der Kriege an der Somme gefallen war. Linas erste Liebe.

Sie hatten Lina zu Louise gelegt. Eine großzügige Grabstätte, um die Alessandro Garuti damals gebeten hatte, er konnte nicht anders, als in großen Karos denken. Acht, die dort Platz fanden, Garuti, Louise und Lina waren als Erste angekommen.

Bilder. *Die Frauen von Nidden* hatte Henny an sich genommen, Eduard Hopfs *Badende am Elbstrand* hing nun bei Katja und Jon. Der Elbstrand, an dem Lina ihre letzte Stunde erlebt hatte.

Das dreiflügelige Fenster war noch einmal von Henny, Marike und Katja geöffnet worden nach Linas Tod. Sie hatten dort gesessen und über den Kanal geblickt und es dann geschlossen, um zu gehen.

Theo hatte das Gefühl, sich hinter Lina versteckt zu haben vor dem Tod. *Du bist noch ein junges Ding*, hatte er zu ihr gesagt am Tauftag, da war sie leichter von der Friesenbank hochgekommen als er. Der eigene Körper fing an, ein Hindernis zu werden.

Einen Gang auf den Friedhof hatten sie heute gemacht, Sträuße aus Christrosen zu den Gräbern gebracht. Garutis, das nun auch Linas und Louises Grab war, Gustes, Tians und Elses. Henny und er waren beide dankbar, als die Wärme in ihre Körper zurückkehrte vor dem Kamin. Warum wurde im November der Toten gedacht, wenn es nass und grau war und die Kälte einem in die Kleider kroch, und nicht an einem lichten Sommertag?

«Dass uns diese Tragödie erspart geblieben ist», sagte Henny und sah hinüber zu Theo, der das *Abendblatt* las.

«Was liest du da? Etwas aus unserem Altpapierstapel?»

Henny hielt ihm einen *Spiegel* von Anfang Oktober hin. «Rock Hudson», sagte sie. «Käthe und ich haben ihn immer so gerne gesehen in den Komödien mit Doris Day. Wir wären nicht auf den Gedanken gekommen, er könne andere Vorlieben haben als blonde Frauen.»

«Da muss erst ein Kollege aus Hollywood sterben, damit Ronald Reagan das Wort *Aids* öffentlich ausspricht und den Etat für die Forschung aufstockt», sagte Theo.

«Seine Aidserkrankung hat Hudson publik gemacht. Dass er homosexuell ist, darüber hat er bis zu seinem Tod geschwiegen», sagte Henny. Ihr kleiner Klaus. Wenn sie daran dachte, in welch großer Gefahr er gewesen war, wurde ihr noch nachträglich schlecht.

«Kohl lobt die Kameradschaftlichkeit seines Kabinetts», sagte Theo und sah von der Zeitung auf. «Was er damit wohl meint? Ich habe immer den Eindruck, dass es bei unserem Kanzler autoritär zugeht.»

«Die neue Frau in seinem Kabinett gefällt mir, die den Heiner Geißler im Gesundheitsministerium abgelöst hat.»

«Rita Süssmuth», sagte Theo. «Die stellt sich auch dem Thema Aids.» Er sah, dass Henny nach dem Medaillon aus Lindenholz griff. Das tat sie gelegentlich in einer unbewussten Geste, wie sich andere ans Herz griffen.

«Tröstet dich das, nach Linas Medaillon zu greifen?»

«Lud hat so viel getischlert und geschnitzt. Doch nur das Medaillon ist noch da und mein Schmuckkästchen aus Kirschholz. Das angesengte Kästchen habe ich aus den Trümmern unseres Hauses geborgen, Lina ist ja glücklicherweise nie ausgebombt worden.»

«Du trägst Luds Granatring gar nicht mehr.»

«Ich habe ihn Marike geschenkt. Eine Erinnerung an ihren Vater.»

«Vielleicht sollte man anfangen zu verteilen. *Mani calde.*»

Henny lächelte. «Das hat Alessandro Garuti gern gesagt. Die Redewendung *mit warmen Händen geben* hat ihm gefallen.»

«Ich könnte Konstantin die goldenen Anker schenken, wenn er und Vivi morgen zum Sonntagsbrunch kommen.»

«Nein», sagte Henny. «Es sei denn, du hast vor, am Montag zu sterben.» Was Gott verhüten möge. Nicht noch ein Tod.

Alex legte die Samstagspost auf den Tisch, er hatte sie erst spät aus dem Briefkasten geholt. Ein großer Umschlag von der Phonogram. Die Kontoauszüge der Dresdner Bank. Für Klaus ein Brief aus Amerika. *The American Foundation for AIDS Research.*

Rock Hudson hatte mit der Spende von einer Viertelmillion Dollar den Grundstein dafür gelegt. Klaus spendete monatlich, eine Kapelle, an der er baute, zum Dank, davongekommen zu sein. Die Deutsche AIDS-Hilfe unterstützten sie beide, doch Klaus fühlte sich auch den Amerikanern verbunden, weil ihm die Ärzte in Bethesda die Chance gegeben hatten, einen der ersten HIV-Tests zu machen. Er hatte es wahrlich zu schätzen gewusst.

«Das war ein ziemlich schreckliches Jahr. Linas Tod. Die Angst um dich.» Alex nahm den Umschlag zur Hand. In solchen Kuverts waren in vergangenen Jahrzehnten die Verträge gekommen. Doch er hatte seit zehn Jahren keinen Vertrag als Solist gehabt, Schallplattenaufnahmen machte er nur noch mit dem Quintett.

«Du hast dich tapfer gehalten im Januar. Was schickt dir deine Plattenfirma?»

«Wenn man sie noch so nennen kann.» Alex ging in die Küche, eine Schere zu holen. Der große Umschlag war gut verklebt. Ein Schreiben. *Freuen wir uns, CDs zu den vorliegenden Produktionen überreichen zu können.* Er steckte die Hand in die Tüte und zog die CDs hervor.

*Remember The Sixties. Add The Blues.* Seine letzten beiden Soloalben. Nun lagen sie in der neuen Technik vor.

«Sie haben die Zeichen der Zeit erkannt. Jetzt kannst du auch nicht mehr meckern, dass das Foto von dir zu groß sei.»

«Wie jung ich da aussehe.»

«Ich finde dich immer noch betörend.»

«Ganz im Sinne von Joe Cocker? *You are so beautiful. To me.*»

«Völlig verwöhnt von der eigenen Schönheit», sagte Klaus. «Die Schallplatten bringen noch immer den größeren Umsatz. Oder?»

Alex nickte. «Doch das wird sich ändern. Die CDs holen auf. Ich hab meine Eitelkeiten, aber dabei geht es nicht ums Aussehen, Klaus.»

«Danke, dass du aufgehört hast, den Heterosexuellen zu geben.»

«Der Weg war lang. Das tut mir leid», sagte Alex. «In mir sind die polarisierenden Seiten heftig aneinandergeraten.»

«Und der Kampf ist jetzt entschieden?»

«Ich denke schon», sagte Alex.

«Das sind ja auch Muster, die unter dem 175er entstanden sind.»

«Du weißt, dass ich ein Angsthase bin.»

«Nicht in dem Augenblick, als wir fürchteten, ich sei HIV-positiv.»

«Der arme Rock Hudson. Immer den *straight man* zu spielen.»

«Das Verdrehteste ist ihm in *Bettgeflüster* zuteilgeworden. Da spielt Hudson einen Hetero, der vorgibt, schwul zu sein, um an Doris Day heranzukommen», sagte Klaus.

Rote Amaryllis, die Konstantin seiner Großmutter überreichte. «Eine Ahnung von Advent», sagte er. «All diese Trauertage im November.» Als Lina starb, war Konstantin in Massachusetts gewesen. Nun hatte für ihn am 1. Oktober das Wintersemester in Hamburg begonnen.

«Wo ist Vivi?», fragte Henny.

«Die betüddelt ihre Mutter, die gerade wieder droht, aus dem Fenster zu springen, falls Vivi auszieht. Vivi muss sich endlich mal emanzipieren.»

Else hatte die hohe Kunst des Nörgelns hervorragend beherrscht, um Henny zu gängeln. Über *solche* Drohungen wäre Else erhaben gewesen.

«Die wohnen doch in der Gertigstraße im Erdgeschoss», sagte Theo. «Da verstaucht sie sich höchstens den Knöchel.»

Henny krauste die Stirn über Theos herzlosen Pragmatismus. Doch Konstantin grinste breit, als er sich an den Frühstückstisch setzte. «Du und ich verstehen uns», sagte er.

Theo schenkte den Kaffee ein, dessen Kanne auf einem Stövchen stand. «Habt ihr denn ein Zimmer gefunden?»

«Bis März bleibe ich erst einmal in der Hartwicusstraße.»

«Aber das geht doch gar nicht so gut mit Marike und Vivi», sagte Henny.

«Gott verschone mich vor eifersüchtigen Müttern.» Konstantin griff nach dem Glas Nutella, das eigens für ihn gekauft worden war.

«Wir haben Möbel von Lina auf dem Dachboden. Katja hat einiges genommen, aber da sind noch schöne Stücke dabei. Die stehen dir zur Verfügung, wenn ihr euch einrichtet.»

«Vivi und ich werden erst einmal eine kleine Pause einlegen.»

«Vielleicht ist das ganz klug», sagte Theo. «Konzentriere dich auf dein Studium. Ich war schon Arzt an der Finkenau, als ich mich in Henny verliebte. Leider glücklos.»

«Nein. Nicht diese Geschichte», sagte Henny.

«Kurt Landmann hat dir derart viel Kümmel eingetrichtert, dass du auf seinem Sofa eingeschlafen bist und die Verabredung mit ihr verpasst hast. Dann hat sie Lud bei der Tanzerei kennengelernt.»

«Ich danke dir für die Abkürzung, Konsti», sagte Henny.

«Diese Geschichte ist Weltkulturerbe», sagte Theo. «Wann wirst du mit dem Studium fertig sein? Vor dem Facharzt, meine ich?»

«1988», sagte Konstantin.

«Dann bin ich nicht mehr dabei», sagte Theo.

Konstantin zog den Löffel aus dem Nutellaglas, leckte ihn ab, um ihn dann auf den Teller zu legen. «Das ist in knapp drei Jahren», sagte er.

«In knapp drei Jahren wäre ich sechsundneunzig.»

«Methusalem ist siebenhundertzwanzig geworden», sagte Konstantin.

«In unserer Familie glauben wir nicht ans Alte Testament», sagte Theo und hob bedauernd die Schultern.

«Dein Großvater hat mich gestern auf eine Grabstelle aufmerksam gemacht», sagte Henny.

«Deine Großmutter wollte nichts davon wissen. Sie findet es voreilig, dass ich schon mit dreiundneunzig daran denke.»

Henny schüttelte den Kopf.

«Und die ist im Angebot, die Grabstelle?», fragte Konstantin. «Dann erledigt das doch und lebt weiter.» Er habe noch einiges mit ihm zu besprechen, hatte Theo zu ihm gesagt. Demnächst.

Seine Großeltern standen vor der Tür des Hauses in der Körnerstraße, als Konstantin in das VW Cabrio stieg, das zuletzt Lina gehört hatte, es sprang schon beim zweiten Versuch an. Er fuhr aus der Garagenausfahrt und winkte ihnen zu. Zwei alte Leute, die Arm in Arm standen.


Vielleicht ein kleiner Bruch im Konzept, dass neben Jean Cocteau, Zizi Jeanmaire, Coco Chanel auch Georges Simenon Patron eines Zimmers in der kleinen feinen Künstlerpension war. Karsten zog darin ein.

«Kleines, ich will einen Ort in Hamburg», hatte er zu Katja gesagt, die längst die Achseln zuckte, wenn sie *Kleines* genannt wurde von ihm.

Der Lungenfacharzt, dem Karsten vertraute, saß in Hamburg und nicht in Paris. «Simenon passt zu mir», hatte er zu Florentine gesagt, der Kusine von Katja. «Er und ich kennen die Frauen. Ich bin nur ein Mal im Monat für ein paar Tage hier, gib mir das Zimmer.»

In das Zimmer von Coco Chanel zog eine alte Souffleuse des Thalia Theaters, die abends in der Küche um ihre Liebe zu László Loewenstein weinte, der 1927 Schauspieler am Thalia gewesen war und später in Fritz Langs Film *M* Karriere machte: Peter Lorre. Der Husky fing an, die kleine feine Künstlerpension mit ihrem langen Flur und fünf Zimmern *Boulevard of Broken Dreams* zu nennen.

Einmal verstopfte das Klo, doch in einem der Zimmer hatte die kluge Florentine einem Obdachlosen namens Fred ein kostenloses Quartier angeboten, er war der Mann für alles, blühte auf und bat um ein großes Foto von Brigitte Bardot. «Ist ja alles oh, là, là hier», sagte er.

«Woher kennst du Fred?», hatte der Husky gefragt.

«Hast du ihn nie auf der Bank am Mühlenkamp sitzen sehen?»

Nein, Robert trug die Tüten mit den Einkäufen von Spar nach Hause und war froh, wenn das herangeschleppt war, Avocados und Ananas für Etta, die nur noch Avocados und Ananas aß. Kellogg's Rice Krispies für Lorenz. Kilopakete Kaffeebohnen für Florentine und ihn.

«Verdient Florentine irgendein Geld mit der Pension?», fragte Klaus an einem Freitag, an dem Robert für *Nach der Dämmerung* eingeteilt war.

«Hauptsache, sie ist glücklich», sagte Robert. «Du und ich haben beide anspruchsvolle Partner.»

Wer würde in das Zimmer von Zizi Jeanmaire ziehen? Wer in das von Jean Cocteau? Vielleicht ein Transvestit vom Kiez oder eine ehemalige Puffmutter aus der Herbertstraße? Robert hielt alles für möglich. Er fügte sich. Fürchte dich vor einer unausgefüllten Frau.

«Und du willst heute Abend Queen auflegen, und dann auch noch die *Bohemian Rhapsody*?», fragte Robert. Er hielt einen von Klaus' Zettel mit der Liste der Titel in der Hand. «Das Stück ist sechs Minuten lang.»

«Ehe das Jahr sich dem Ende zuneigt, will ich noch mal an ihren großartigen Auftritt bei Bob Geldofs Live Aid Konzert erinnern», sagte Klaus. Das Benefizprojekt des Iren Geldof. Im Juli waren die Stars der internationalen Musikszene parallel auf Bühnen in Philadelphia und in London aufgetreten, weltweit eingehende Spenden für die Hungernden in Äthiopien hatten zweihundert Millionen Mark eingebracht.

«Sechs Minuten sechs ist die Rhapsody», sagte Robert. «Was wird unser Unterhaltungsfuzzi dazu sagen?»

Zu viert saßen sie im Blockhaus am Grindelhof. Käthe. Rudi. Stefan. Ruth. Sie aßen alle *Mrs. Rumpsteak*, das kleinste der angebotenen Steaks, doch es war ihnen groß genug. Dazu eine Ofenkartoffel.

«Lasst uns gleich bei Blumen Lund nach Adventskränzen gucken», sagte Käthe. «Ich hätte gern noch mal einen klassischen mit roten Kerzen und Bändern. Gibt so viel Schnickschnack heute.»

Stefan merkte, wie Ruth sich neben ihm versteifte. Er folgte ihrem Blick hinaus auf die Straße. Ein Mann Anfang vierzig, der gerade sein Fahrrad anschloss. Mittelgroß, hager. In Jeans und Parka. Ein Strickpullover kam unter dem Parka hervor. Auch Rudi hatte Ruths Anspannung bemerkt.

«Seht nicht hin», sagte Ruth. «Sonst wird er auf uns aufmerksam.»

Jetzt guckte auch Käthe. «Kennen wir den denn?», fragte sie.

«Wer ist das?» Leise fragte Rudi, als könne man ihn drau-

396

ßen auf der Straße verstehen. Doch der Mann beugte sich über sein Fahrradschloss.

«Du hast in Kreuzberg einmal auf seiner Matratze geschlafen.»

«Friedhart», sagte Rudi. «Er ist noch auf den Fahndungsplakaten.»

Friedhart entfernte sich mit eiligen Schritten in Richtung Rutschbahn. Er sah aus wie früher, nicht wie auf dem Foto des Fahndungsplakats.

«Vielleicht hat er doch noch im Viertel Quartier gefunden», sagte Stefan. «Dann weiß er, dass er Gefahr läuft, dir zu begegnen.»

«Ihr habt ihn schon einmal gesehen?»

«Er hat im Mai angerufen und wollte bei mir wohnen.»

«Fürchtet er nicht, dass du die Polizei verständigst?», fragte Rudi.

«Das musst du tun, Ruth», sagte Käthe.

Ruth schüttelte den Kopf und schob ihren Teller weg. «Ich kann ihn nicht denunzieren», sagte sie. «Er wird ausgestiegen sein.»

«Und wie viele Tote gehen auf sein Konto?», fragte Stefan.

Sie alle sahen das alte schwarze Hollandrad an, das mit einer Kette an einem Schild für eingeschränktes Halteverbot angeschlossen war.

Stefan stand auf.

«Nein. Tu es nicht.» Ruth griff nach seiner Hand.

«Ich mache es», sagte Käthe. «Damit es gar nicht zum Streit zwischen Stefan und dir kommt. Und ihr geht jetzt nach Hause. *Vor* meinem Telefonat. Die Rechnung übernimmt Rudi.»

Dachte sie an Ernsts Denunziation, während sie im Gang

vor den Toiletten stand, den Telefonhörer in die Hand nahm? War das vergleichbar?

Rudi sah Käthe ins Gesicht, als sie an den Tisch zurückkehrte. «Du hast es nicht gekonnt», sagte er.

«Ich habe an Ernst Lühr gedacht und an Anna.»

«Das ist nicht vergleichbar», sagte Rudi. «Er wird auch wegen der Morde an den belgischen Grenzleuten gesucht.» Er stand auf. Warf einen letzten Blick auf das schwarze Fahrrad. Wurde es nicht Zeit? Ihn erstaunte, wie schwer auch ihm der Gang zum Telefon fiel. Stefan wäre da sicher am wenigsten belastet gewesen.

Vermutlich kam die Hamburger Polizei gar nicht darauf, dass dieser alte Herr mit dem Namen Odefey, der da anrief, der Vater von Ruth Everling war, die ihre Strafe als Mitglied der RAF schon im April vor fünf Jahren abgesessen hatte.

Eine Wildente, die über den Teich flog. Achtzehn Holzteile. Caroline zerwuselte das gerade fertig gelegte Puzzle.

Jon saß mit seiner Tochter auf dem Teppich des Kinderzimmers und streckte seine langen Beine aus. Caroline nahm die Gelegenheit wahr, auf Jons Beinen zu balancieren.

Das schienen ernste Gespräche zu sein, die Theo vorne am großen Tisch mit Katja und Klaus führte, seit einer Dreiviertelstunde saßen sie schon zusammen, während Jon die Kleine beschäftigte.

Die Tür ging auf, Katja steckte den Kopf ins Zimmer. «Kommt mal, ihr zwei. Vorne gibt es Kuchen, den Theo mitgebracht hat.» Sie sah traurig aus. «Theo hat seinen Nachlass mit uns besprochen. Ich wünschte nichts mehr, als dass er unsterblich wäre.»

Katja und Klaus waren einverstanden damit, dass das Haus in der Körnerstraße an Konstantin gehen würde mit der Aufgabe, Henny ein lebenslanges gutes Leben darin zu bescheren. So hatten Henny und Theo es besprochen.

«Es ist alles gut geregelt, und wer von euch eine sorgsam gepflegte alte Borgward Isabella fahren möchte, um auch gelegentlich Henny darin zu chauffieren, der nehme sie. Ich denke, dass ich nicht nur mein Haus gut bestellt habe, sondern auch meine Familie. Ihr werdet pfleglich und liebevoll miteinander umgehen. Davon bin ich überzeugt.»

Theo lächelte sie an. Katja. Jon. Klaus. Caroline. «Das, was ich euch am allermeisten ans Herz lege, ist, meine geliebte Henny zu umsorgen.»

Das würde er auch noch Marike und Thies sagen. Ob er Alex in die Kaminhalle des Jahreszeiten einladen sollte, um mit ihm ein Gespräch über den Abschied zu führen? Oder war das ein Ort, der Tian und Alex gehört hatte? Vielleicht doch lieber einen anderen wählen.

Er betrachtete das Stück Nusstorte, das er in der Konditorei Boyens am Hofweg gekauft hatte. Beinah hätte Theo Butterkuchen ausgewählt, den aß er gerne, doch für den traditionellen Beerdigungskuchen schien es noch entschieden zu früh.

Der Junge ihr gegenüber blinzelte. Anders als der Husky das tat, wenn ihn sein Glasauge reizte. Der Junge mit der großen schwarzen Mappe auf dem Schoß, der gerade an der Station Uhlandstraße in die Bahn gestiegen war, blinzelte vielleicht gegen einen Rest schwarzer Tusche auf seinen blonden Wimpern an, doch Florentine kam der Gedanke, dass ihn die Besonderheit eines Augenblicks zu Tränen rührte.

Lange Haare, die ihm auf die Schulter fielen, der Bart war Tage alt, auf den Nägeln seiner Finger ein zartes Rosa. Die Mappe hielt er sehr fest.

«Ich bin angenommen worden an der HFBK», sagte er. «Malerei und Zeichnen. Entschuldigen Sie, es ist nur, dass ich glücklich bin.»

«Dazu haben Sie allen Grund. Ich gratuliere Ihnen.»

«Das glaubt mir keiner in meinem Dorf.»

«Ist es weit weg, Ihr Dorf?» Warum fragte sie das? Gefiel er ihr?

«In der Nähe von Celle.»

«Dann brauchen Sie ein Zimmer», sagte Florentine und gab ihm die Karte ihrer kleinen feinen Künstlerpension, bevor er am Hauptbahnhof ausstieg. Sie blickte ihm nach, dem Jungen in Lederjacke, Jeans und einem bunten Seidenbändchen am Handgelenk.

Erst als Florentine die U-Bahn am Gänsemarkt verließ,

400

fiel ihr auf, dass der Junge ihr nicht einmal seinen Namen genannt hatte.

Er rief schon am nächsten Vormittag an. Emil, der nun die Chancen wahrnahm, die ihm auf einmal in seinem zwanzigjährigen Leben geboten wurden, auch die eines Zimmers in der Künstlerpension dieser exotisch schönen Frau, die ihm in der Bahn begegnet war. Als er Stunden später vorbeikam, nahm er nicht das von Cocteau, er entschied sich für das kleinere, Zizi Jeanmaire. Der Lack auf den Nägeln war entfernt, keine Tusche auf den Wimpern, das Gesicht glatt rasiert. Emil gab dem Husky verlegen die Hand, deutete einen kleinen Diener an, als wäre er aus einer anderen Welt und gerade eben erst Konfirmand gewesen.

«Ich hatte gedacht, dass Operndiven bei dir absteigen», sagte Robert, als der Junge gegangen war. «Keine aus dem Nest gefallenen Küken.»

«Operndiven mieten Suiten im Atlantic», sagte Florentine. Doch der Husky lag nicht falsch, vielleicht hatte sie viel mehr von Guste, als sie dachte. Die Neigung, Vögel aufzunehmen, die sich am Flügel verletzt hatten, das war der eigentliche Sinn von Gustes Pension gewesen.

Wie sich Karsten wohl mit dem Jungen verstand, wenn sie in der Küche aufeinandertrafen? Auch Karsten war längst kein Adler mehr, aber er wusste damit klarzukommen, sich nicht länger auf seine Lungenkapazität verlassen zu können. Er hatte gelernt, leisere Töne anzuschlagen.

«Ich habe mich getraut», sagte Klaus, als er in der Kantine mit Robert und Alex am Tisch saß, Königsberger Klopse aß.

«Was getraut?», fragte Robert.

«Ich habe die Kurzgeschichten an einen Verlag geschickt.

Er ist hier in Hamburg an der Hoheluftchaussee, ich bin zu einem Gespräch eingeladen.»

Alex lächelte wie ein stolzer Vater.

«Dann kannst du in Florentines Cocteau-Zimmer ziehen. In das von Zizi zieht ein Student der Hochschule für Bildende Künste ein», schlug Robert vor.

«Die neue Hoffnung der deutschen Literaturszene bleibt bei mir», sagte Alex. «Hast du schon Theo davon erzählt? Das wird ihn beglücken.»

«Noch ist nichts entschieden», sagte Klaus. Doch er ahnte, dass nicht mehr viel Zeit bliebe, Theo davon zu erzählen.

«Ich fürchte mich so sehr davor, ihn zu verlieren», sagte Alex.

«Das tun wir alle», sagte Klaus. Er schob den Teller mit den Reisresten von sich. Theo hatte viel an Kraft verloren.

«Lass uns an die letzten Takes gehen», sagte Alex zu Robert. «Ich würde heute noch gerne in die Körnerstraße fahren.» Er sah seinen Lebensgefährten an. «Du willst Theo sicher selber von Röhrings Interesse an deinen Texten erzählen», sagte er.

«Tu du das bitte», sagte Klaus. «Ich hänge hier die halbe Nacht fest.»

Dachten sie denn schon in Tagen?

Das schwarze Hollandrad stand noch lange da, Unkraut wuchs ihm in die Speichen. Irgendwann war das Fahrrad abgeholt worden, nicht von Friedhart. Den hatte längst wieder der Untergrund verschluckt.

Einer der vielen Hinweise, denen nur halbherzig nachgegangen wurde. Da hatte ein Alter geglaubt, einen gesuchten Terroristen erkannt zu haben, solche Leute liefen der Kripo die Bude ein. Nicht einmal die Zusammenhänge zwischen dem Anrufer, dessen Tochter und dem Flüchtigen deckten die ermittelnden Behörden auf, sonst wären sie wohl interessierter gewesen. Doch anonym geblieben zu sein, war Ruth nur recht. All die Gewissensnot im Blockhaus. Ganz umsonst.

Stefan zeichnete an einem neuen Abspann für die *Sesamstraße*, den Kontakt zu dem Team des NDR hatte ihm Katjas Vater Thies vermittelt. Im Augenblick ernährten sich Ruth und Stefan eher mühsam, nach der Rosa Luxemburg war kein anderer Geschichtscomic gekommen, aus dem über die Weimarer Republik war nichts geworden. Ruth schrieb Texte für die *taz*. Ihr Roman war noch immer unvollendet. Stefan und sie waren sich einig, den Rest des Geldes von Gustav Everling nicht anzurühren.

Sie trafen sich am Anleger Alte Rabenstraße, Katja und Jon, Ruth und Stefan, ein milder Sonntag, die vierjährige Caroline lief vor ihnen her, als sie über die Alsterwiesen gingen. Im Herbst würde Caroline eine große Schwester sein, wenn Katjas und Jons zweites Kind kam.

«Meinem Großvater geht es schlecht», sagte Katja.

Das hatte Ruth schon von Käthe gehört. «Keiner kann sich vorstellen, Theo könne nicht mehr da sein», sagte sie. «Auch meine Eltern nicht.»

«Dann wird Henny die Patriarchin sein.»

Sie kehrten bei Bobby Reich an der Fernsicht ein, setzten sich auf den Bootssteg, tranken Kaffee, aßen Kuchen. Caroline warf den Enten kleine Bröckchen Brot zu, die Katja eingesteckt hatte. Ab und zu blickten sie hinüber zur anderen Alsterseite, dorthin, wo die Körnerstraße war.

In den letzten Apriltagen des vergangenen Jahres hatte der Garten kaum anders ausgesehen, kleine grüne Knospen des

Flieders, erste Blumen auf der Wiese, Tau auf den Blättern. Vermutlich war der Tau radioaktiv verseucht gewesen von der nuklearen Katastrophe, die im Kernkraftwerk von Tschernobyl entstanden war. Die Explosion eines Reaktors, höchste Stufe eines Atomunfalls. In den ersten zehn Tagen waren Trillionen Becquerel in die Erdatmosphäre aufgestiegen, hatten alles verseucht, den Regen, die Luft zum Atmen, den Sand in der Sandkiste.

«Dann ist Katja jetzt am Anfang des vierten Monats», sagte Theo, der an Hennys Arm durch den Garten ging. «Vor einem Jahr wäre uns wohl sehr bange gewesen wegen Tschernobyl.»

Keiner hatte die Gefahr wirklich einzuschätzen gewusst, auch nicht die für die ungeborenen Kinder. Gynäkologen hatte es gegeben, die zum Schwangerschaftsabbruch rieten.

«Willst du dich einen Augenblick auf die Bank setzen? Sind dir die Sonnenstrahlen schon wärmend genug?»

«Lass uns beide ein bisschen dort sitzen», sagte Theo.

«Alex fragt, ob er mit dir am Jungfernstieg einen Stock kaufen solle, das gäbe doch größere Sicherheit. Er kenne sich aus auf dem Gebiet.»

«Dafür ist es zu spät.»

Theo war täglich schwächer geworden, seit er Ende März noch einmal mit der Isabella nach Duvenstedt gefahren war, zu Stevens' Sohn in die Praxis gegangen. Das Haus hatte er Ende der Sechziger an die Stevens verkauft, als Theos Bruder Claas endlich eingewilligt hatte.

Vielleicht hatte er nun alle Kapitel geschlossen, nachdem er das Elternhaus noch einmal gesehen hatte, Jens Stevens war das Glück widerfahren, auf das Theos Vater damals vergeblich gehofft hatte, die Landarztpraxis war vom Sohn übernommen worden.

Den zwischen Duvenstedter Brook und Wohldorfer Wald gelegenen Friedhof suchte Theo nicht mehr auf. 1973 hatte er die Pacht für das Grab seiner Eltern noch einmal verlängern lassen, zwanzig Jahre nach Lottes Tod. Doch den Weg dorthin hatte er sich nicht mehr zugetraut.

«Ich habe einen langen Abschied genommen. Zu den neunzig Jahren, die ich dir versprochen habe, sind noch weitere vier Jahre, sechs Monate, achtundzwanzig Tage gekommen. Nun kann ich nicht mehr.»

«Du hast die Monate und Tage gezählt?»

«Heute nach dem Aufwachen.»

«Dann bist du also sicher, dass es heute geschieht?»

«Geliebte Henny», sagte er leise. «Bring mich zu meinem Sessel.»

Henny erhob sich und half ihm hoch. Begleitete ihn in den Salon zu seinem Ledersessel. «Ich rufe die Kinder an», sagte sie.

«Nein. Ich habe schon genügend ade gesagt und auch noch für jeden von ihnen einen Brief oben in der Schublade meines Schreibtischs.»

«Nicht wenigstens Katja und Konstantin? Klaus und Alex?»

«Das machen wir zwei alleine. Doch wenn es dir hilft, rufe sie an.»

Henny schüttelte den Kopf. «Das machen wir zwei alleine.» Sie hatte Mühe mit dem Sprechen. Bückte sich, um ein Kaminfeuer zu machen, auf einmal war es kühl geworden, obwohl erst früher Nachmittag war. Die dummen Tränen, sollten die doch später kommen. Sie rückte ihren Sessel ganz nahe an den von Theo heran. Hielt seine Hand. «Die Zeit an deiner Seite war die glücklichste meines Lebens», sagte sie.

«Dass wir das noch geschafft haben mit einer Verspätung von achtundzwanzig Jahren», flüsterte Theo. «Dieser Helbing.»

«Das ist aber jetzt bitte nicht dein letztes Wort», sagte sie.

«Henny», sagte Theo. «Henny. Henny.» Dann schwieg er.

Eine Weile saß sie still neben ihm, vor den Fenstern das helle Licht eines Frühlingstages. Dann löste sie seine Hand von ihrer. Stand auf und schloss ihm die Augen. Ging zum Telefon, um Konstantin anzurufen und Klaus. Bat sie, Theo die Treppe hochzutragen, damit sie ihn kleiden und betten konnte, bevor er zum letzten Mal Besuch empfing.

*«For certain is death for the born*
*And certain is birth for the dead*
*Therefore over the inevitable*
*Thou shouldst not grieve.»*

Alex sprach diese Worte am Grab. Ein heftiger Wind wehte an diesem Tag nach Ostern und zauste die weißen Rosen auf dem Sarg. Keiner von ihnen glaubte, dass es ihnen gelänge, nicht viel mehr zu trauern, als es unvermeidlich war.

Irgendwann könnten Konstantin und Vivi die obere Etage des Hauses in der Körnerstraße beziehen, und sie lebte im Parterre. Vielleicht würde die Treppe eines Tages ein Problem werden für eine alte Frau.

«Vivi und ich sind kein Paar mehr», sagte Konstantin, als Henny ihm den Vorschlag machte. «Ich habe es Theo noch im April erzählt. Hat er dir nichts davon gesagt?»

Henny schüttelte den Kopf. «Vivi war doch auf der Beerdigung da», sagte sie. Hatte einen Strauß Maiglöckchen ins Grab geworfen.

«Weil sie Theo sehr gern mochte. Nicht als Frau an meiner Seite.»

«Schade», sagte Henny. «Ich habe mich in ihr gefunden.»

«Ich könnte trotzdem bei dir einziehen. Das praktische Jahr werde ich an der Finkenau machen, von hier aus sind es nur vier Stationen mit dem Bus.»

«Du gehst an die Finkenau? Hat Theo das auch schon gewusst?»

«Nein. Das hat sich vor ein paar Tagen entschieden.»

«Vielleicht ziehst du erst einmal in Klaus' altes Zimmer, komfortabler als das Studentenheim ist es allemal.»

«Ist dir das Haus zu groß?»

«Zu leer», sagte Henny.

Sie saß allein vor dem Kaminfeuer und sprach mit dem Foto, das auf dem Klavier stand. Silber gerahmt. Theo blickte in die Kamera und hielt einen eleganten Korkenzieher in den Händen, aus den Ärmeln seines dunklen Nadelstreifenjacketts kamen die weißen Manschetten hervor. Die goldenen Anker ließen sich nur erahnen auf dem Schwarzweißfoto, die Manschettenknöpfe waren nun bei Konstantin.

Dabei verging kein Tag, an dem nicht einer von ihnen kam, um mit ihr am Kamin zu sitzen, von Theo zu erzählen, sie und sich zu trösten. Karl Luetken saß auch gelegentlich dort, er wollte der Familie nahe bleiben, die Linas Familie gewesen war.

Gestern hatte Katja sie besucht, der Babybauch ein fester Ball in Katjas schmalem Körper. Erste Senkwehen, nicht mehr lange bis zur Geburt. Henny hätte dieses Kind gern auf die Welt geholt, glaubte es noch zu können, doch Dr. Havekost in der Finkenau würde staunen, wenn die Urgroßmutter ein Gastspiel im Kreißsaal gäbe.

Vieles, das sich verändert hatte. Seit den achtziger Jahren gab es das Rooming-in in der Finkenau, keine Trennung mehr von Mutter und Kind nach der Geburt. Schon Caroline hatte in ihrem fahrbaren Bettchen aus Plexiglas bei Katja im Zimmer bleiben dürfen.

«Und wenn du noch mal in Schönschrift leben dürftest?», hatte Henny Käthe gefragt. «Welche Korrekturen würdest du vornehmen?»

«Eine lange Liste von Korrekturen», sagte Käthe. «Von der Abtreibung bis zur kommunistischen Partei. Meinen Rudi, den würde ich wieder mit Kusshand nehmen, Ernst hätte ich uns lieber erspart.» Käthe sprach den Namen von Hennys zweitem Mann noch immer ungern aus.

«Dann gäbe es Klaus nicht», sagte Henny. Was wäre gewesen, wenn sie größeres Vertrauen zu den lauteren Absichten des jungen Arztes Theo Unger gehabt hätte? Kein Lud, keine Marike. Kein Ernst, kein Klaus. Jedoch Kinder von Theo.

Unnütze Gedanken. Das Leben lief über Umwege und Sackgassen, und vieles vom Guten hätte kaum am Wegesrand entdeckt werden können, wäre man nicht mal mit einer Panne liegengeblieben.

Henriette wurde am 11. Oktober geboren, ein Junge hätte Theo geheißen. Nun war der Name eine Hommage an die Urgroßmutter. Kinder zu gebären, gelang Katja genauso gut wie alles andere. Jon konnte kaum fassen, was ihm an Glück geschah, drei wunderbare Frauen.

«Glaubst du, dass die Mauer fällt?», hatte er Stefan gefragt, als Ronald Reagan im Juli vor dem Brandenburger Tor den Kremlchef Gorbatschow aufforderte, die Mauer niederzureißen.

*Mr. Gorbachev, tear down this wall.*

«Nicht zu meinen und deinen Lebzeiten», hatte sein Bruder gesagt.

Jon dachte oft an dieses Ostberlin, in dem er aufgewachsen war. An den Prenzlauer Berg. Die Straßburger Straße. Schön wäre es, das alles noch einmal zu sehen, ohne von der Stasi verhaftet zu werden.

«Ich habe ganz vergessen, wie klein sie sind», sagte Jon, als er seine neugeborene Tochter in der Finkenau auf der Wickelablage hatte, die winzige Windel anlegte. «Caroline ist schon so groß.» Vielleicht würden seine Töchter einmal durch die Straßen seiner Kindheit streifen.

Klaus kam in das Studio, in dem Alex am Klavier saß, sich einspielte für die nächste Aufnahme des Quintetts, ein kon zertantes Stück, schwierige Läufe gab es darin für die linke Hand.

«Ofenwarm», sagte Klaus und legte ein Buch auf die Tastatur.

*Sternenhände.* Klaus Lühr. Rasch und Röhring Verlag.

Alex stand auf und umarmte ihn, blickte durch die Glasscheibe zur Technik hinüber. Kein Robert, der hätte mitjubeln können. «Ich gratuliere dir», sagte er. «Dass du es endlich wahr gemacht hast.»

«Die zweite Großnichte, das erste Buch.»

«Und noch immer derselbe Liebhaber.»

«Du und ich werden wohl alt miteinander werden.»

«Wir sind mittenmang dabei», sagte Alex. «Gehen wir heute Abend aus? Lass uns in die Simbari Bar und feiern. Theo hätte eine Flasche Kupferberg Gold geöffnet oder einen der edlen Weine. Ist dir aufgefallen, dass Theo auf der Fotografie im Salon der Körnerstraße einen Korkenzieher in den Händen hält? Von Laguiole. Ich habe ihm den mal aus Montreux mitgebracht.»

Einen kurzen Blick, den Alex der Kaminhalle des Jahreszeiten gab, bevor er mit Klaus die Simbari Bar betrat. Antilopenleder an den Wänden, das die Bar in den Morgenstunden vom Zigarettenrauch der Nacht befreien sollte. Farbenfrohe Bilder des italienischen Malers Nicola Simbari.

Alex bestellte eine Flasche Ruinart Rosé, nachdem sie an einem der kleinen Tische Platz genommen hatten. Sie hoben die hohen Gläser und tranken auf die *Sternenhände.* Caroline und Henriette. Theo.

«Ich hätte gern noch mal eine Stunde mit ihm und auch mit Tian. Das ist wohl zu viel verlangt?»

«Definitiv zu viel verlangt», sagte Klaus. «Theo ist vierundneunzig Jahre alt geworden. Wir haben lange mit ihm leben dürfen.»

«Ja», sagte Alex. «Tian war jung dagegen.»

«Du hättest Tian noch gern gesagt, was zwischen dir und Florentine vorgefallen ist?», fragte Klaus.

«Das habe ich getan in unserem letzten Gespräch am Abend vor der Operation. Nachdem er mir von seinen Vermutungen erzählte.»

«Dass du mit seiner Tochter geschlafen hast?»

«Dass er glaubte, mich in seinem Enkel zu erkennen.»

Klaus schwieg eine Weile. «Hat nur er das getan?», fragte er dann.

«Keiner, der mich je darauf angesprochen hätte», sagte Alex. «Auch nicht Theo.»

«Und wenn es so wäre? Lorenz ist siebzehn Jahre alt. Ein junger Mann, den Robert und Florentine großgezogen haben.»

«Ich wüsste es gern. Außerhalb von Vermutungen und vermeintlichen Ähnlichkeiten, die hineininterpretiert werden.»

«Was würde das ändern, Alex?» Er blickte zum Ober, der die Flasche aus dem silbernen Kühler nahm und ihnen noch einmal die Gläser füllte.

«Es würde noch etwas weiterleben von den Menschen im Keller der Gärtnerstraße», sagte Alex, nachdem sie wieder allein waren.

«Du verbringst dein Leben als sentimentaler Hund und wirst ohne Zweifel als ein solcher sterben», sagte Klaus. «Irgendwann.»

Traute sich Henny zu, Katjas Kinder zu hüten? Caroline ging in den Kindergarten der Uferstraße, ein paar Schritte weit von der Finkenau.

Erinnerungen, die Henny kamen, als sie den kleinen Schlenker mit dem Kinderwagen machte. An der Frauenklinik vorbei und der alten Backsteinvilla, die lange die Blindenschule beherbergt hatte. Die war im Ersten Weltkrieg zum Lazarett geworden, Henny hatte ihre Lehre als Krankenschwester kaum abgeschlossen gehabt, als sie dort die verwundeten Soldaten pflegte.

Dann der Tag, an dem sie die Frau aus dem Portal der Finkenau hatte treten sehen mit einem Menschlein im Arm. Von diesem Augenblick an hatte Henny Hebamme werden wollen. Initialzündungen.

Caroline spielte mit den anderen Kindern im bunten Laub des großen Grundstücks am Eilbekkanal und lief auf Henny zu, als die das niedrige Tor öffnete. Viel Bewegungsfreiheit, die den Drei- bis Sechsjährigen gewährt wurde und ein großer Vertrauensvorschuss, dass sie das Gelände nicht verließen. Der Kindergarten war die Praxisstätte des Fröbelseminars, Lina hätte es ganz sicher gutgeheißen, dass Caroline im Sinne des Pestalozzi-Schülers Fröbel erzogen wurde.

«Da drüben auf der anderen Seite des Kanals hat Tante Lina gewohnt», sagte sie zu Caroline, deren kleine Hand fürsorglich auf dem Griff des Kinderwagens ihres Schwesterchens lag. O ja, Henny traute sich das zu. Viel mehr noch. Sie würde es genießen, Katjas und Jons Töchter zu hüten.

Mit ihnen über den Markt gehen, der zweimal in der Woche am Kuhmühlenteich stattfand. Durch die Allee am Kanal spazieren bis zur Mundsburger Brücke und in die Papenhuder Straße hinein.

Dort stand schon Katja vor der Tür und erwartete sie, um dann mit ihnen gemütlich in der Küche zu sitzen und Henriette zu stillen.

«Das klappt bestens, Katja», sagte Henny. «Der Einstand ist gelungen. Jon und du könnt unbesorgt sein, wenn ihr beide unterwegs seid.» Sie hatte noch einmal eine Aufgabe gefunden.

Nils Luetken legte einen kleinen Stapel *Sternenhände* auf den Tisch vorne an der Ladentür. Dort lag schon Süskinds *Das Parfum*, dessen Novelle *Die Taube*, Siegfried Lenz' *Serbisches Mädchen* und García Márquez' *Die Liebe in den Zeiten der Cholera*. Ihr Literaturtisch.

Momme betrachtete sich noch immer als Chef des Ganzen, obwohl Rick Binfield gleichberechtigter Teilhaber war wie auch Lina bis zu ihrem Tod vor zwei Jahren. Doch Momme fing an, sich aus dem täglichen Geschäft zurückzuziehen. Seine drei Töchter studierten *krauses Zeug*, wie er es nannte, *mit dem kein Geld zu verdienen sei*. Keine von ihnen war am Buchhandel interessiert.

Rick hatte vorgeschlagen, Nils eine Teilhaberschaft anzubieten. Fünfzehn Jahre war es her, dass der junge Lehrer hier seine Lehre begonnen hatte, er war ein leidenschaftlicher Buchhändler geworden. Momme dachte schon den ganzen Oktober über diesen Vorschlag nach, wie fehlte doch Lina, die solche Entscheidungen souverän getroffen hatte.

Florentine schaffte einen Fernseher an, für den Fred auf halber Höhe der Küche ein Brett befestigte. Das hatte was von einer italienischen Kneipe, die Küche in der Künstlerpension war ein Treffpunkt geworden.

«Ich komme nur der *Tagesschau* wegen», sagte die Souffleuse. Doch sie blieb bis zu Kulenkampffs *Nachtgedanken* und erzählte von László Loewenstein. Karsten verließ dann die Küche, doch Emil hing an ihren Lippen. Karsten war ohnehin nur an vier Tagen im Monat in Hamburg, dennoch leistete er sich die Dependance, er hätte Florentine und Katja niemals gestanden, dass er in Paris als einsamer Wolf lebte und die Geselligkeit in der Pension ihm guttat. Schade, dass Karsten Zigaretten verboten worden waren, die hätte seine Lunge kaum ausgehalten. Doch er stand oft mit Fred auf der Loggia, sah ihm beim Rauchen zu und schnupperte am Duft der Roth-Händle herum. Die kargen Gespräche, die sie dabei führten, genügten ihnen beiden.

Die einzige Fluktuation fand im Cocteau-Zimmer statt, gelegentlich wurde es von Schauspielern gebucht, die kurzfristige Engagements an den Theatern Hamburgs hatten. Genau das war einmal Florentines Idee für die Künstlerpension gewesen, doch es hatte sich anders ergeben.

Ruth schrieb an ihrem Schreibtisch am Grindelhof einen Aufsatz zu Michail Gorbatschows Rehabilitierung von Opfern der Stalin'schen Säuberungen. Sie stand auf, als sie Martinshörner hörte. Blickte aus dem Fenster. Ein Pulk von Leuten auf dem Platz, an dem einst die Synagoge gestanden hatte. Einer, der dort lag. Der Satz kam eine Sekunde später an in Ruths Kopf.

«Er ist Epileptiker», rief Ruth, als sie über die Straße lief. «Das geht gleich vorbei.»

Der Sanitäter sah hoch. «Sie gehören zu ihm? Er ist mit dem Körper auf den Steinpoller gefallen. Da liegt wenigstens eine Rippenfraktur vor.»

Ruth durfte mitfahren ins UKE. Saß neben ihm im Krankenwagen, als Stefan ins Bewusstsein fand. Total erschöpft dort lag. Das Gesicht jetzt vor Schmerz verzerrt. «Ich bin bei dir», sagte sie.

Als sie nach dem Röntgen Auskunft haben wollte von den Ärzten, wurde Ruth gefragt, ob sie Stefans Ehefrau sei. Warum hatte sie das nicht einfach bejaht? Erst als Jon kam, sich als Stefans Bruder auswies, waren die Ärzte bereit, sie gemeinsam mit Jon zu Stef zu lassen.

Den ersten Hochzeitstag feiern, das hatte Käthe vorgeschlagen. Die Tage liefen einem durch die Hände. Die Jahreszeiten. Die Feste.

Sie kehrten im At Nali ein, wie sie es vor einem Jahr getan hatten nach der Trauung im Standesamt Eimsbüttel. Ein türkisches Hochzeitsmahl mit den Trauzeugen Katja und Jon und den Eltern der Braut.

Nun saßen sie wieder zu sechst vor einem Schmortopf aus Ton, aßen Izmir Köfte, teilten Pide, tranken den türkischen Wein. Draußen war es hellgrau und kalt, das Fenster im warmen Lokal beschlagen.

«Das passiert uns kein zweites Mal», hatte Stefan am Tag nach dem Sturz gesagt. «Dass sie dir verweigern, an mein Sterbebett zu treten, weil wir nicht verheiratet sind. Wenn du dich schon auf einen Mann einlässt, dem Stürze widerfahren, dann sollst du nicht auch noch in *diese* Nöte geraten.»

Gott sei Dank kein Sterbebett. Nur zwei gebrochene Rippen und ein großes Hämatom am Brustbein. Ein außerplanmäßiges Grand Mal. Das war seither nicht mehr vorgekommen, die Anfälle nun wieder verlässlich.

Am Tage ihrer Heirat, am 18. Februar 1988, hatte Michail Gorbatschow erklärt, jeder sozialistische Staat könne sein gesellschaftliches System frei wählen. Jon und Stefan hatten das als ein gutes Omen betrachtet.

Was tat sich da im Ostblock? In den Kirchen. Auf den Werften. Am runden Tisch in Warschau, wo die Kommunisten bereit waren, Macht abzugeben. Friedensgebete in der Leipziger St. Nikolaikirche. Auch in Gethsemane am Prenzlauer Berg? Seit Till Arent nicht mehr im Osten war, kamen sie kaum an private Nachrichten.

«Auf euren ersten Hochzeitstag», sagte Katja und hob das Glas mit dem dunklen Wein. «Jon und ich sind nun schon fast sieben Jahre verheiratet.»

«Ein altes Ehepaar», sagte Käthe lächelnd. Sie und Rudi hatten ihre Diamanthochzeit längst hinter sich. Wie viel Gnade wurde ihnen zuteil, ob sie noch länger miteinander leben durften?

«Bist du traurig, dass ich deinen Namen abgelegt habe?», hatte Ruth ihren Vater gefragt. Sie trug nun Stefans Namen, ihre Texte schrieb sie unter Ruth Everling. Nur selten erinnerte sich jemand, dass dieser Name auf den Fahndungsplakaten zu lesen gewesen war. Rudi hatte das verneint, es betrübte ihn nicht, dass Ruth auf den Namen Odefey verzichtete. Hätte er nicht eigentlich Garuti heißen sollen?

Ein Kartentrick, diese Namen. Henny hatte vier verschiedene gehabt.

«Dann nehmen wir doch gleich die Post mit hoch», sagte Henny zu Caroline und Jettchen. Die Kinderkarre ließen sie im Treppenhaus stehen, stiegen die vier Treppen hoch, Caroline voran, Henny mit der Kleinen auf dem Arm hinterher.

Sie war wirklich noch gut in Form, *die Zierlichen sind zäh*, hatte Theo im Kreißsaal gesagt, wenn eine kleine zarte Frau in den Wehen lag. Nun stand Konstantin als junger Assistenzarzt in den Sälen der Finkenau. Das hätte dem Großvater gefallen. In die Körnerstraße war Konstantin auch gezogen, bewohnte bisher nur das alte Zimmer von Klaus und Theos Arbeitszimmer. Das Schlafzimmer hatte Henny behalten.

«Geht ihr mal alleine», hatte sie zu Katja gesagt. «Das ist unruhig mit den Kindern im At Nali. Und es ist doch Ruths und Stefans Ehrentag.»

Drei Kuverts, die sie auf das Stehpult legte, an dem Jon nun seine Rollen lernte. Eines war eine Honorarabrechnung für Katja vom *Stern*. Sicher sehr willkommen, viel Geld war nicht im Haus. Katja nahm sich viel Zeit für die Kinder, lehnte große Reisereportagen ab, Henriette war gerade sechzehn Monate alt.

Der zweite Brief war wohl von Jons Berliner Agentur. Hoffentlich hatten die mal was anderes für ihn als die Rolle des jugendlichen Herzensbrechers. Das hatte ein Schauspieler davon, wenn er gut aussah.

«Können wir Eier auspusten?», fragte Caroline, nachdem sie Milchreis mit Zimt gegessen hatten. «Im Kindergarten haben wir auch schon für Ostern gebastelt. Ich hab Geburtstag an Ostern und du auch.»

Dann wurde Caroline sechs Jahre alt. Wie alt Henny einen Tag vorher, am Ostersonntag, werden würde, das verschwieg sie lieber. Sonst ließ das Kind noch ein Ei fallen vor lauter Schreck.

Katja fuhr ihre Großmutter in der alten Isabella nach Hause. Als sie zurückkam, fand sie Jon mit den Kindern in der Küche vor. Caroline malte noch immer an den Eiern, Henriette saß auf dem Fußboden und klopfte mit einem Holzlöffel auf einer leeren Eierpappe herum. Jon blickte von einem Brief hoch und sah bestürzt aus.

«Schlechte Nachrichten?», fragte Katja.

«Ich fürchte, ja, da wir wohl kaum zweihundertsechzigtausend Mark aufbringen können. Uns wird das Vorkaufsrecht für unsere Wohnung eingeräumt, Katjuscha. Umwandlung in Eigentum.»

Diese verdammte Umwandlungswelle, von denen die Altbauten in den begehrten Wohngegenden erfasst worden waren. Sie hatten gehofft, der Kelch ginge an ihnen vorüber.

Allein die Vorstellung, dass Kaufinteressenten durch die Zimmer gingen, als gehörten die ihnen schon. Das Geld, das sie von Lina geerbt hatte, würde kaum als Eigenkapital ins Gewicht fallen, Katja hatte es auch eher als Notgroschen gedacht, wenn einer von ihnen ausfiele.

«Du und ich arbeiten freiberuflich. Glaubst du, die Bank finanziert den Kauf unter diesen Umständen?», fragte Jon. «Jung genug wären wir.»

«Die Leute mit festem Gehalt sind den Banken lieber. Bis wann müssen wir uns entscheiden?»

«Zwei Monate haben wir Zeit.»

Hatte Caroline nicht nur bunte Punkte auf die Eier gemalt, sondern auch aufmerksam zugehört? «Ich will hier wohnen bleiben», sagte sie. «Und Jettchen auch.» Caroline zog die Nase hoch. Diese Schnieferei kündigte meistens Tränen an. Sie sollten aufhören, heikle Themen vor den Ohren ihrer Großen zu besprechen.

«Das schaffen Mama und Papa schon», sagte Jon und stand auf, um Caroline in die Arme zu nehmen.

Ein Achtungserfolg, lobende Kritiken im Feuilleton, doch gut, dass er nicht leben musste von den *Sternenhänden*. Röhring war bereit, ein zweites Buch mit Klaus zu machen, ein leidenschaftlicher Verleger der alten Schule, der einen langen Atem für Autoren und Texte hatte.

Das Buch lag neben Theos Foto auf dem Klavier in der Körnerstraße, als habe Henny es ihm zeigen wollen. «Ich denke, er kennt es jetzt», sagte Klaus, als er bei seiner Mutter saß. Lag es nicht vom ersten Augenblick an dort? Seit er ihr ein persönlich gewidmetes Exemplar überreicht hatte? Hätte Henny ihn nicht auf die Texte angesprochen, Klaus wären Zweifel gekommen, ob sie das Buch gelesen hatte.

«Klappt das gut, dein Zusammenleben mit Konstantin?», fragte er.

«Ja. Es fällt mir allmählich auch leichter, allein im Haus zu sein. Konstantin hat viele Nachtdienste.»

«Nur in der Klinik oder auch anderswo?», fragte Klaus.

«Ich nehme an, das ist eine zweideutige Bemerkung?»

«Er ist sechsundzwanzig Jahre alt.»

«In dem Alter hast du schon Jahre in einer festen Beziehung gelebt», sagte Henny. «Ist das etwas, was du bereust?»

Klaus schüttelte den Kopf. Die Aidsangst steckte ihm noch in den Knochen. Ein einziges Mal in all den Jahren hatte er Alex betrogen und was alles damit ausgelöst. Inzwischen waren Medikamente auf dem Markt, die HIV-Infektionen in Schach halten sollten, doch gestorben wurde noch immer. Auch hier in Hamburg. Im vergangenen Herbst war der Direktor des Kunstvereins der Seuche im Alter von siebenunddreißig Jahren erlegen. Die Ausstellung *Landschaftsbilder*, die Alex und er sich ansehen wollten, war noch ein Projekt von Vester gewesen.

«Ich finde Konstantin fürchterlich ambitioniert. Assistenzarzt mit sechsundzwanzig Jahren. Und demnächst Klinikleiter?»

«Er will seinen Facharzt in der Tasche haben, um Marikes Praxis zu übernehmen», sagte Henny.

«Nanu. Mag mein Schwesterlein nicht mehr Frauenärztin sein?»

«Marike muss ja noch ein paar Jahre ausharren, bis Konstantin so weit ist. Doch seit Thies' Pensionierung drängt er sie, noch ein bisschen was von der Welt zu sehen.»

«Ich dachte, mein Schwager schreibt nun Plattentexte.»

Nur Klaus und Alex waren noch im NDR, obwohl Alex älter war als Thies und Robert. Für ihn als freischaffenden Musiker galt keine Altersgrenze.

«Thies tut der Ruhestand nicht gut. Marike sagt, er brauche ein Team um sich. Mich und seine Enkelinnen akzeptiert er nicht als solches. Er kommt mir unausgefüllt vor. Die paar Texte, die da schreibt, können ihn kaum befriedigen.»

Klaus nickte. Robert hatte gleich eine neue Aufgabe in einem bestens ausgerüsteten Aufnahmestudio an der Alster gefunden und kam nun an interessante Produktionen, ohne Schichtdienste zu fahren oder sich der Hierarchie des NDR beugen zu müssen.

«Ich finde toll, wie du dich hältst, Mama.»

«Da ich mich fürs Weiterleben entschieden habe, bleibt mir gar nichts anderes übrig», sagte Henny. Sie blickte zur Fotografie hinüber.

Klaus lächelte. «Nun? Was meint Theo dazu?»

«Du hältst mich für kauzig.»

«Nein. Müsste ich Alex missen, würde ich nicht nur mit ihm sprechen, sondern ihn auch andonnern, warum er nicht verständlich antwortet.»

«Ich verstehe Theo gut», sagte Henny. «Er ist noch immer mein bester Ratgeber.»

Ein fahriger Jon, der ihm vor der Filiale der Dresdner Bank am Hofweg in die Arme lief. «Ist dein Banküberfall gescheitert?», fragte Alex. «Du bist blass, als stünden wir vor den Grenzbeamten in Prag.» Dort hatte vor allem er Blut und Wasser geschwitzt.

«Ich fürchte, ich habe keine überzeugende Vorstellung gegeben.»

«Ist da drinnen ein Casting?»

«Es geht um einen Kredit. Einen großen.»

«Ich gebe mal meine Überweisungen ab, und dann trinken wir einen Espresso im Schwanenwik. Oder hast du keine Zeit?»

«Doch. Henny ist bei den Kindern, Katja fotografiert die geschiedene Frau von Sylvester Stallone in einem Zirkuszelt. Vielleicht wäre es besser gewesen, mit ihr gemeinsam hinzugehen. Ich bin immer noch der bange Ostler.»

«Ich bin gleich wieder bei dir», sagte Alex.

«Du setzt den Stock kaum ein», sagte Jon, als sie gemeinsam zum Schwanenwik gingen. «Das habe ich bei dir auch schon anders erlebt.»

«Ein neues Medikament, noch misstraue ich ihm. Mal sehen, wie es mit den Nebenwirkungen weitergeht. Für was braucht ihr das Geld?»

«Unsere Wohnung wird in Eigentum umgewandelt.»

Erst als die Espressokanne auf dem Herd brodelte, fragte Alex nach der Höhe der Summe. Eigentlich schade, dass ihm nie die Wohnung am Schwanenwik angeboten worden war.

«Die Crux ist, dass wir beide Freiberufler sind.»

«Dafür seid ihr erst in euren Dreißigern.»

Sie hatten sich an den Eichentisch gesetzt, Alex servierte zum Kaffee einen kleinen Sandkuchen, den Klaus gebacken hatte. Dieses häusliche Glück, er wusste es wahrlich zu schätzen.

«Vielleicht habe ich mich zu leicht ins Bockshorn jagen lassen.»

«Ich kann dir das gut nachfühlen. Bevor ich regelmäßig beim NWDR beschäftigt wurde, hat ein Bankbeamter der Dresdner am Jungfernstieg mein Scheckheft vor meinen Augen zerrissen. Das war 1950.»

«Katjas und mein Geburtsjahr.»

«Tja. So alt bin ich schon. Wer hätte das gedacht. Ich spreche mit Klaus darüber, Jon. Er und ich haben in den letzten Jahrzehnten gut verdient und nicht viel verbraucht.»

«Ich bin nicht davon ausgegangen, dass *ihr* uns den Kredit gebt.»

«Das wäre aber eine gute Idee. Ein zinsloses Darlehen.»

Jon atmete tief ein. Sollte es tatsächlich so eine gnädige Lösung geben? Konnten sie das annehmen?

«Verrate mir nur eines», sagte Alex. «Was ist interessant an der geschiedenen Frau von Sylvester Stallone?»

Jon hob die Schultern. «Sie ist eine dänische Sexbombe.»

Alex nickte, als sei ihm nun alles klar.


Ida schob den Leinenvorhang zur Seite. Da stand doch der Mann, der die *Satanischen Verse* geschrieben hatte und nun auf der Flucht vor dem Fluch dieses Ayatollah war. Vor Da Mario stand er, bei dem sie gern Saltimbocca aß. Nach dem Essen bot ihr Mario immer einen Grappa an. Keinen Marsala oder Sambuca. Er wusste, dass sie dieses süße Zeug nicht mochte. Ida griff zum Telefon und wählte die Nummer ihrer Tochter. Das tat sie ein paarmal am Tag, Florentine kannte sich aus mit fast allem.

«Du willst mir nicht erzählen, dass Salman Rushdie da

steht», sagte Florentine. Allmählich fürchtete sie Schlimmes.

«Vielleicht kann Robert kommen, wenn du es nicht tust.»

«Wir bereiten gerade Lori für das schriftliche Abi morgen vor.»

«Ist er denn schon im Abitur?»

«Mami. Das habe ich dir ausführlich erzählt.»

«Was soll ich denn tun mit dem Mann dort unten?»

«Der steht im Dunkeln auf der Straße, und du erkennst von deiner Dachwohnung aus, dass es sich um Salman Rushdie handelt?»

«Ich habe ein Fernglas», sagte Ida. «Und diesen Rushdie oft genug in den Nachrichten gesehen.»

«Leg das Fernglas weg und schließe die Vorhänge, Mami.»

«Ich wünschte, du würdest meine Ängste ernster nehmen», sagte Ida. Sie legte den Hörer auf und ging zum Barwagen, um sich einen großen Grappa einzugießen.

«Du musst mit ihr zum Neurologen», sagte Robert. «Das verlässt allmählich den Bereich der Tüddelei, das ist Verfolgungswahn.»

«Typisch für eine leichte Altersdemenz.» Florentine seufzte.

Vielleicht war die Fluktuation bei Jean Cocteau eine glückliche Fügung, und sie konnte in dem großen hellen Zimmer ihre Mutter unterbringen. Fred, Emil und die Souffleuse wären genau die richtige Gesellschaft für Ida. Den Karsten fände Mami sicher auch sehr charmant.

Florentine trat in den Flur, um nach Lori zu rufen und ihn weiter auf die anstehende Interpretation von Sartres *Die schmutzigen Hände* vorzubereiten.

Jon und Stefan saßen vor dem Fernseher in der Papenhuder Straße, als Ungarn die Grenzen zu Österreich öffnete und die Bürger der DDR über die Grenze stürmten. Das Paneuropäische Picknick nahe dem Neusiedler See im August war der Anfang gewesen, ein kurzzeitig geöffnetes Grenztor hatte siebenhundert Menschen die Flucht ermöglicht. Nun schien kein Halten mehr. Ein Teig, der gärte und auseinanderlief.

«Sind wir zu früh fahnenflüchtig geworden?», fragte Jon.

«Nein», sagte Stefan. «Da ist Katja. Da sind deine Kinder.»

«Da ist Ruth», sagte Jon.

«Neun verlorene Jahre wären das gewesen.»

«Da kommen sie.» Jon ging in den Flur, um Katja und die Mädchen zu empfangen, die auf dem Spielplatz in Planten un Blomen gewesen waren. «Du bist ja ganz paniert», sagte er, als er seine sandige Jüngste auf den Arm nahm. «Am besten beide ab in die Badewanne.»

«Ich glaub es nicht», sagte Katja, die in das Wohnzimmer gekommen war und die Fernsehbilder sah. «Die DDR wird bald entvölkert sein.»

Für das sozialistische Bruderland Ungarn erteilten die Behörden der Deutschen Demokratischen Republik keine Reiseerlaubnis mehr, doch fünfzehntausend ihrer Bürger hatten ausgeharrt und die Sommerferien überzogen, in der Hoffnung, dass geschah, was nun geschehen war.

Andere hatten sich im August in die bundesdeutschen Botschaften in Prag und Warschau geflüchtet und bangten um ihre Ausreise.

Vor genau einer Woche, am 4. September, hatte in Leipzig nach dem traditionellen Friedensgebet in der evangelischen Nikolaikirche die erste Montagsdemonstration stattgefunden. An die tausend Menschen, die sich auf dem Vorplatz versammelten, während in den Nebenstraßen schon die Volkspolizei Stellung bezogen hatte, sich die Stasi unter das Volk mischte. KEINE GEWALT stand auf den Transparenten. FÜR EIN OFFENES LAND MIT FREIEN MENSCHEN. REISEFREIHEIT STATT MASSENFLUCHT. Die erste der Demonstrationen hatte die Staatsmacht glimpflich ausgehen lassen, nun schien sie härter durchzugreifen.

«Du wärest gerne als Fotografin dabei», sagte Stefan, als sich seine Schwägerin neben ihn setzte. In die DDR ließ die Redaktion des *Stern* ihre Reporterin nicht mehr, zu wahrscheinlich war es, dass die Stasi gut informiert war über ihre Rolle als Fluchthelferin.

«Ja», sagte Katja. «Ich will ohnehin wieder mehr arbeiten. Wir haben eine Wohnung gekauft, auch wenn Alex sie finanziert hat, soll sie doch abbezahlt werden.» Sie wandte sich Caroline zu, die in Unterwäsche ins Zimmer kam. «Ich dachte, du wärst in der Wanne?»

«Das ist mir zu voll mit Jettchen drin.»

Seit einer Woche ging Caroline zur Schule und entwickelte neue Ansprüche an ihre Eigenständigkeit. *Erst war ich ein Spielplatzkind, dann ein Kindergartenkind, nun bin ich ein Schulkind und dann eine Frau.* Das hatte ihre Große am

Tag ihrer Einschulung gesagt. Ließ es sich denn besser zusammenfassen?

«Das will ich doch lieber auf eurem großen Fernseher sehen und nicht drüben in der Küche», sagte Ida. Sie stand vor der Tür und hielt ihre Handtasche im Arm, als wäre sie die englische Königin auf Staatsbesuch und ginge nicht lediglich über den Etagenflur in Florentines Wohnung.

Florentine und der Husky hatten gestaunt, als Ida gleich zustimmte, in das Cocteau-Zimmer zu ziehen, in dem nun die Sesselchen standen und die Frisierkommode. «Sieben Jahre Einsamkeit sind genug», hatte Ida gesagt. Dabei hatte es an Familienanschluss wirklich nicht gefehlt.

Eine leichte Altersdemenz hatte der Arzt bestätigt, doch da kam hinzu, dass Ida ein Leben lang nicht gelernt hatte, für sich selbst zu sorgen. Fred diente ihr, als wäre sie tatsächlich von königlichem Geblüt, eine Rolle, die Ida huldvoll annahm.

«Wo ist denn Robert?», fragte Ida, als sie sich vorsichtig auf dem Sofa niederließ, den Fernseher im Auge behaltend. «Interessieren ihn denn die Nachrichten aus der Ostzone nicht?»

«Er ist im Aufnahmestudio, in dem er nun arbeitet.»

Ida schüttelte den Kopf über diesen Unruhestand. Sie hielt ihrem Enkel die Wange zum Küssen hin, als der ins Zimmer kam. «Du trägst ja gar nicht die Taschenuhr meines Vaters», sagte sie.

«Selten zu T-Shirt und Jeans, Omi», sagte Lori. Er hatte Bunges goldene Uhr von A. Lange & Söhne Glashütte im Juni bei der Feier zum bestandenen Abitur von ihr überreicht bekommen.

«Und dein Studium?», fragte Ida.

«Das Semester fängt am 1. Oktober an», sagte er geduldig und nicht zum ersten Mal. Sein Entschluss, Geschichte zu studieren, hatte bei seiner Großmutter Zustimmung gefunden. Damit konnte Lori doch Studienrat für Geschichte im Johanneum werden, das eine so feine Abiturfeier ausgerichtet hatte. Überhaupt war die Gelehrtenschule eine gute Wahl gewesen. Dass Lori nicht auf Lehramt studieren wollte, hatte Ida gleich wieder vergessen.

«In der *Aktuellen Kamera* haben die Bonzen eine Erklärung verlesen lassen, dass einige DDR-Bürger Opfer feindlicher Medien geworden seien», sagte Lori und ließ sich auf dem Berberteppich nieder.

«Was ist die *Aktuelle Kamera?*», fragte Ida.

«Die *Tagesschau* der DDR», sagte Florentine.

«Die guckt da nur keiner», sagte Lorenz.

«Eigentlich wäre das doch ein Grund, einen kleinen Sekt zu trinken», sagte Ida im Anblick der Fernsehbilder.

Florentine stand aus dem Egg Chair auf. «Hast du denn heute schon zu Abend gegessen?» Vielleicht war noch vom Auberginenauflauf da, den Etta zubereitet hatte. Ihre Tochter aß nur vegetarisch, der Auflauf war die Antwort auf des Huskys Bolognese gewesen.

«Fred hat mir etwas aufgedrängt, ich weiß nicht mehr, was.»

«Hast du dich gut eingelebt in der Pension?», fragte Lori, als Florentine in der Küche war.

Ida lächelte ihren Enkel an. «Habe ich», sagte sie. «Ist schöner als immer allein. Nur, dass dieser László Loewenstein dauernd dabeisitzt, das geht einem schon auf die Nerven.»

Henny kochte auch in der Körnerstraße noch jeden Tag, obwohl Konstantin nicht oft zu Hause aß. Kein Theo, der ihr in die Töpfe guckte, mit ihr am kleinen runden Tisch saß. Doch sie behielt bei, den Tisch zu decken, wenn auch nur ein Teller dort stand, ein Besteck bereitlag.

An den Tagen, an denen sie nicht Katjas Kinder hütete, könnte sie vielleicht Ida zu einem gemeinsamen Lunch bitten, Florentine hatte Henny ihr Leid geklagt, dass Ida oft vergaß zu essen. Das konnte ihrem Verstand nicht guttun.

«Käthes Mutter ist eine sehr gute Köchin gewesen», sagte Ida, als sie an einem Mittwoch am kleinen runden Tisch im Salon aßen.

«Ich hoffe, die Rouladen schmecken dir», sagte Henny.

Ida nickte. «Fällt dir auch so viel von früher ein?», fragte sie.

«Ja», sagte Henny und sah in den frühherbstlichen Garten, in dem Fred Tulpenzwiebeln in die Beete setzte.

«Er ist mein Verehrer», sagte Ida, die dem Blick gefolgt war. «Weißt du, ich wollte nie eine Witwe sein.»

«Dann hättest du vor Tian sterben müssen», sagte Henny ungerührt.

Ida säbelte an ihrer Roulade, als müsste sie ein Rind zerlegen. «Käthe und Rudi dürfen zusammen alt werden», sagte sie schmollend.

«Tröstet es dich, wenn ich dir sage, dass du dich kaum verändert hast?», fragte Henny.

«Ein paar Falten habe ich.»

Henny lächelte.

«Die Roulade ist zu groß. Das schaffe ich nicht.»

«Lass sie stehen», sagte Henny. Die ganz große Freude war es nicht, für ihre Freundin Ida zu kochen. Vielleicht doch lieber mal in ein feines Restaurant gehen, das hatte Ida immer gefallen.

«Findest du, er ist zu jung für mich?»

«Wer?», fragte Henny.

«Fred.»

Nun hätte sich Henny beinah verschluckt.

Mami, die ihm im Philosophenturm begegnen konnte. Auf dem Campus. Lori dachte nicht gerade mit Grausen daran, doch gefallen tat ihm der Gedanke ganz und gar nicht. Seit einigen Semestern war Florentine Gasthörerin im Fach Kunstgeschichte. Es würde ihn schon sehr verlegen machen, wenn künftige Kommilitonen seine Mutter anbaggerten. Florentine sah immer noch sensationell aus, das sah sogar er als Sohn.

Sein Vater und er trafen sich am Anlegesteg vom Atlantic, von da war es nicht weit zum Studio, in dem Robert nun tätig war. Noch mal Süden, sie boten beide ihre Gesichter der Sonne dar auf der Bank am Steg. Lori blinzelte zu Robert hinüber. «Vielleicht solltest du ein wenig Weiß in deinem Haar zulassen», sagte er.

«Du hast gut reden mit deinem lackschwarzen Haar.»

«Deines ist noch immer so dicht, allein das wirkt schon jugendlich.»

«Dir ist peinlich, dass dein Alter sich die Haare färbt?»

«Mir wird auch peinlich sein, wenn die Jungs meiner Mutter auf dem Uni-Gelände nachpfeifen.»

Robert grinste. «Du hast aber auch ein Pech mit deinen Eltern.»

«Stimmt es, dass Mami dich lange um Liebe hat werben lassen?»

«Hat sie das erzählt?»

«Nein, das hat Ida getan. Wenn es um die Vergangenheit geht, ist sie noch ziemlich klar im Kopf.»

Robert blickte Lorenz an. Ein Vater-Sohn-Gespräch. Er sollte sich darauf einlassen. Der Junge war neunzehn Jahre alt. «Florentine hatte ihr Herz gleich zweimal verschenkt», sagte er mit einem kleinen Zögern.

«An dich und an wen noch? Kenne ich ihn?»

«Alex», sagte Robert. Beging er da einen Verrat?

«Alex? Alex ist schwul.»

«Nicht nur. Bevor er Klaus traf, hatte Alex Beziehungen zu Frauen. Aber er hat Florentines Sirenengesang dann ja auch nicht erhört. Er ist Klaus treu.» Bis auf das eine Mal, dachte Robert.

«Ihr seid damals alle verrückter gewesen, als wir es sind», sagte Lori.

«Deine Generation, meinst du?»

«Ihr wart schon schräge Vögel in den Sechzigern.»

Waren sie das gewesen? Robert hatte das noch nie so betrachtet. Er sah auf die Uhr. «Ich habe noch Zeit. Alex kommt erst um vier. Wollen wir zu Max und Konsorten? Eine Kleinigkeit essen?»

«Gute Idee.» Lori stand auf. «Heute Abend kocht Etta. Da gibt es bestimmt wieder überbackenen Tofu.»

«Also ein Holzfällersteak mit gebratenen Zwiebeln?»

«Ein Schnitzel Wiener Art tut es auch», sagte Lori.

«Das sollten wir öfter tun», sagte Robert, als sie den Holzdamm hochgingen. «Männergespräche führen.»

«War das schon eines?» Lori grinste. «Was macht denn Alex bei dir im Studio? Der ist doch noch beim NDR.»

«Er will es sich einfach mal anschauen», sagte Robert. «Wir haben immer gut zusammengearbeitet, ich hätte nichts dagegen, das fortzusetzen.»

431

Alex blickte auf die nagelneue Technik und dachte mit Wehmut an die Zweikanalbandmaschinen zurück, die in der Technik standen, als er Robert 1950 dort kennengelernt hatte.

«Durch die digitale Tonaufnahme ist es möglich, die Tonspuren direkt am Computer zu bearbeiten», sagte Robert da gerade. «Du Nostalgiker. Ich sehe dir die Skepsis am Gesicht an.»

«Ich fand die Bandmaschinen mit den sechzehn Spuren hypermodern und völlig ausreichend», sagte Alex.

«Viele Künstler setzen da auch tatsächlich noch drauf. Ich zeige dir mal unser zweites Studio.»

«Du scheinst hier Herr im Haus zu sein», sagte Alex.

«Ich genieße Vertrauen. Schau.» Robert öffnete eine Tür. Ein weiterer Technikraum mit einem herkömmlichen Aufnahmepult. Hinter der Glasscheibe stand ein Flügel.

«Ihr habt sogar einen Flügel. Darf ich mal darauf spielen?»

Robert nickte. «Ein Bösendorfer.» Er begleitete Alex in das Studio, setzte sich auf einen der Stühle, als Alex sich am Flügel niederließ.

«Spiel das, was du gern noch als Aufnahme verwirklichen würdest.»

Alex spielte die ersten Klänge von Gershwins *Rhapsody in Blue*.

«Ich schlage vor, dass wir uns noch einmal Träume erfüllen», sagte Robert. «Deiner ist die *Rhapsody in Blue* und meiner ist, einmal als Tonmeister ein Soloalbum von dir aufzunehmen. Ohne Abitur.»

Alex drehte sich zu Robert. «Das wäre wunderbar», sagte er.

Das prächtige Palais der Fürsten Lobkowitz lag schon in Dunkelheit gehüllt, als der deutsche Außenminister auf den Balkon trat, nur ein kleiner Scheinwerfer neben der Tür ließ die Szenerie an diesem Abend des 30. September erkennbar werden.

Viertausend Menschen, die darauf harrten zu hören, was ihnen Hans-Dietrich Genscher zu sagen hatte. Sie standen dichtgedrängt auf Stufen, in Fenstern, im Garten des Gebäudes. Die Nerven lagen blank bei den ersten Worten Genschers.

«Wir sind gekommen, um Ihnen mitzuteilen, dass heute Ihre Ausreise möglich geworden ist.» Die letzten drei Wörter dieses Satzes ertranken im Jubel. Vor allem junge Menschen, die sich im Botschaftsgarten in den Armen lagen, das Glück, entlassen worden zu sein aus einer ungeliebten Staatsbürgerschaft.

Ein dunkles wackliges Filmchen, dessen Ausstrahlung der Welt den Atem nahm. Der Ostblock würde niemals mehr derselbe sein. Die Bürger der Deutschen Demokratischen Republik hatten sich ihre Freiheit in einer wochenlangen Anstrengung erkämpft.

Nur dieses eine Filmchen, das ein Kameramann vom Nachbarhaus aus aufgenommen hatte. Alle anderen Kameras waren aus der Botschaft verbannt worden, viel zu groß die Sorge der Bonner, die Ostberliner mit einer großen Propagandaveranstaltung zu verprellen und die Reise in die Freiheit noch im letzten Augenblick scheitern zu lassen.

Doch der kreischende Jubel hing noch in den Ohren, als die ersten Züge durch streng bewachte DDR-Bahnhöfe und Gleisgelände in den Westen rollten, um die Abtrünnigen in ein neues Leben zu bringen.

Hatte Jon die Windpocken gehabt? Stefan wusste es nicht. «Bei mir hattest du jedenfalls keine», sagte er. Jon würde es bald wissen, die Kinder hatten Windpocken, und er war ihr alleiniger Pfleger.

Katja war für den *Stern* in Westberlin, in der Stadt tummelten sich Journalisten aus der ganzen Welt, die den brodelnden Kessel DDR beobachteten. Staatschef Honecker war im Oktober zurückgetreten, Egon Krenz sein Nachfolger, die Leipziger Montagsdemonstrationen hatten bis zu einhundertzwanzigtausend Teilnehmer gehabt. Bei einer Demonstration auf dem Alexanderplatz waren am 4. November eine Million Menschen zusammengekommen, um für Demokratie und eine reformierte DDR einzutreten.

Katja hatte den Auftrag, Jutta Limbach zu fotografieren, die seit acht Monaten Justizsenatorin im rot-grünen Senat von Walter Momper war. Der Text lag bereits vor, nur die passenden Porträts fehlten noch.

Ein trüber Tag, dieser 9. November, doch nicht die vertraute Elegie des Nebelmonats, eine elektrische Spannung lag über der Stadt, Wolken, die kurz davor waren, sich zu entladen.

Frau Limbach war freundlich, die Fotoaufnahmen seit längerem verabredet, aber auch die Senatorin geriet in die Unwägbarkeiten dieses Tages hinein. Gespräche, die nicht im Terminkalender standen, eine Krisensitzung. Was wäre, wenn die aufgebrachten Bürger einfach anfingen über die Mauer zu klettern, die sie so lange vom Westteil der Stadt getrennt hatte? Ließen die DDR-Oberen sie gewähren? Keiner glaubte eigentlich mehr daran, dass die innerstädtische Grenze mit tödlicher Gewalt verteidigt werden würde. Eher gab es Gerüchte, dass Ostberlin an einem neuen Entwurf zur Reiseregelung werkelte.

Katja stand am Ku'damm und aß eine Currywurst, nachdem sie ihre Filmrollen mit den Fotos von Frau Limbach in das Berliner Büro in der Kurfürstenstraße gebracht hatte. Von einer Telefonzelle aus rief sie zu Hause an, die Kinder waren quengelig, das Fieber gesunken, nach den erfolglosen Wadenwickeln hatte Jon es mit Zäpfchen versucht.

«Was wirst du heute noch machen?», fragte er.

«Atmosphäre tanken. Irgendwas ist im Busch im Osten.»

Um achtzehn Uhr hatte eine eher langweilig anmutende Konferenz im Ostberliner Internationalen Pressezentrum begonnen, der Saal überfüllt, die Korrespondenten aus allen Ländern drängten sich, doch was Politbüromitglied Günter Schabowski da monoton vortrug, ließ keinen vom Stuhl springen. Eine neue Reiseregelung, bei der auch Privatreisen beantragt werden konnten. «Die Genehmigungen werden kurzfristig erteilt», las er stockend vom Zettel.

«Wann die Genehmigungen erteilt würden», wollte ein Journalist wissen. Noch einmal schaute Schabowski auf seine Zettel. «Nach meiner Kenntnis ... sofort ... unverzüglich.»

Unbedacht ausgesprochene Worte von historischer Dimension.

Katja war da gerade ins Hotel hinter dem Kaufhaus des Westens gegangen. Sie hatte ihr Zimmer kaum betreten, als das Telefon klingelte. «Schalte den Fernseher ein», sagte Jon. «Falls du nicht schon mehr weißt. *DDR öffnet Grenze*, ist die erste Meldung in der *Tagesschau*.»

«Gib den Kindern ein Küsschen», sagte Katja. «Ich fahre ins Büro.»

«Mensch, Katja, hier wird jeder gebraucht, der fotografieren kann», sagte die Sekretärin in der Redaktion. «Fahr mal in den Wedding zur Bösebrücke, auf der anderen Seite stauen sich die Trabis.»

*Tor auf. Tor auf. Tor auf.* Die Rufe kamen von jenseits der Brücke am Grenzübergang Bornholmer Straße. Das Tor öffnete sich um 23 Uhr 29, der dort diensttuende Oberstleutnant der Stasi hatte eine kluge und einsame Entscheidung getroffen, die Blechkarawane der Trabis zog über die Brücke in den Westen, umjubelt von den Westberlinern, die ein Spalier bildeten.

Katja hatte Mühe, heraus aus den Kleingärten zu finden, die auch diesseits der Bösebrücke waren, doch sie stieß auf einen Kollegen, der sie im Auto mit zum Kurfürstendamm nahm. Der Bär war los.

Um zwei Uhr morgens lieferte sie ihre Filme ab, die mit Luftkurier nach Hamburg gingen, und fuhr in ihr Hotel, viel zu aufgewühlt, um an Schlaf zu denken. Jon wecken? Das Klingeln des Telefons gab die Antwort.

«Katjuscha. Entschuldige, wenn ich dich geweckt haben sollte. Stef und Ruth sind bei mir. Wir sind völlig hin und weg, diese Bilder sind der Wahnsinn. Warst du am Brandenburger Tor?»

«Vier Filme habe ich allein dort verbraucht», sagte Katja. «Ich hoffe, Stefan und Ruth haben die Windpocken gehabt.»

Gut, dass Konstantin heute am Sonnabend Zeit hatte, mit ihr zu frühstücken. Das wühlte doch alles sehr auf. Gestern war Henny bei Jon und den Kindern gewesen, erste Bläschen bei Jon, sie war auf der sicheren Seite und Katja auch, wenn sie morgen zurück aus Berlin käme.

Konstantin kam in die Küche und legte die Tüte mit den Brötchen auf den Tresen. «Ich bin von einem Jungen angesprochen worden, der auf dem Mühlenkamp aus seinem Trabi kletterte», sagte er. «Der wollte wissen, wo der nächste Plattenladen ist.»

«Du meinst, der kam aus der DDR?»

«Mecklenburg ist ja nicht weit», sagte Konstantin.

«Und wo hast du ihn hingeschickt?»

«An den Jungfernstieg. Zu WOM ins Alsterhaus. Die haben die größte Auswahl, ich nehme an, er sucht nicht nach Aufnahmen von den Wiener Symphonikern. Da lernt er auch noch die Schönheiten Hamburgs kennen an der kleinen Alster.»

«Den hätte Theo noch gern erlebt», sagte Henny. «Den Mauerfall.»

«Die Mauer ist jetzt nur noch ein Baudenkmal», sagte Konstantin. «Vierzig Jahre DDR. Eigentlich ein überschaubarer Zeitraum.»

«Na danke. Das erzähl mal Jon und Stefan.»

«Und Jon hat jetzt die Windpocken?»

«Marike war vorhin da. Erwachsene trifft es ja meistens schlimmer. Er sagt, er könne die Kinder versorgen, doch ich gehe gleich noch mal hin.»

«Zovirax. Und wenn er sich kratzt, ein Antibiotikum.»

«Bei Caroline und Henriette verschorft es schon.»

«Ich fahre dich nachher in die Papenhuder», sagte Konstantin.

«Du erinnerst mich so an Theo», sagte Henny, als sie am Tisch saßen, Honigbrötchen aßen, Kaffee tranken. «Viel Bedachtsamkeit und dennoch unkonventionell und engagiert. Dabei ist er nicht einmal dein leiblicher Großvater. Lud war auch ein feiner Kerl, doch ich weiß gar nicht, wie er geworden wäre. Er war noch so jung, als er starb.»

«Da hab ich mir wohl was abgeguckt von Theo», sagte Konstantin. «Aber wenn Lud war wie Lina, dann hatte er diese Qualitäten auch.»

«Ob ich jemals wieder vor eine Kamera treten kann?» Jons Grinsen geriet schief. Er schien tatsächlich beunruhigt zu sein.

«Hauptsache, Papa kratzt nicht», sagte Caroline. «Das gibt sonst Narben, hat Marike gesagt.»

Jon hatte die Brille auf. Sonst trug er meistens Kontaktlinsen, doch seine Augen waren gerötet. «Katja wird gleich den Flieger zurück nach Berlin nehmen, wenn sie mich sieht», sagte er.

«Ich wusste gar nicht, dass du eitel bist», sagte Henny.

«Ich auch nicht», sagte Jon.

«Papa ist ein Anfänger bei den Windpocken», sagte Caroline.

«Katja hat sie jedenfalls gehabt. Da kann ich mich gut erinnern», sagte Henny. «Da war sie so alt wie Jettchen.»

«Bei uns geht das familiäre Gedächtnis nicht weiter als bis Stefan. Wäre es in Ordnung, wenn ich mich ein bisschen hinlege?»

«Dafür bin ich hier», sagte Henny. «Hättet ihr denn nachher Lust auf Apfelpfannkuchen?»

«Ja», rief Caroline.

«Ja», echote Henriette.

Jon lächelte. «Da habe ich auch noch eine Großmutter bekommen. Das alles, weil ich in der Clara-Zetkin-Straße im *Spiegel* gelesen habe.»

«Und dann kam die richtige Frau rein», sagte Henny.

«Dann kam Katjuscha rein», sagte Jon. Eigentlich standen ihm auch die roten Punkte ganz gut.

Katja hatte einen Tag später noch die Auftritte von Willy Brandt, Genscher, Momper und Helmut Kohl vor dem Rathaus in Schöneberg fotografiert, Kohls Auftritt war in einem Pfeifkonzert untergegangen wie auch das Singen der Nationalhymne.

Am Samstag war sie dann versucht gewesen, zum Prenzlauer Berg zu fahren. Konnte man das? Katja ließ es sein. Als sie am Vormittag des Sonntags in Fuhlsbüttel aus der Maschine der Pan Am stieg, war sie dankbar, an einem historischen Moment teilgenommen zu haben, doch glücklich, wieder bei Jon und den Kindern zu sein.

Ein Stückchen Mauer, das Katja auf Jons Stehpult legte, die Spechte waren schon dabei, den antifaschistischen Schutzwall in kleine Steine zu zerlegen. Ein gutes Geschäft. *Sie* hatte dieses Stückchen selbst mit Hilfe ihrer Nagelfeile eher herausgebröckelt als gebrochen.

Jon nahm das Stückchen Mauer und legte es auf die Handfläche. «Ein Teil von dem, das sich fünf Jahre zwischen uns gestellt hat», sagte er.

«Vielleicht sollten wir Karsten, Alex und Klaus einladen», sagte Katja.

«Die Fluchthelfer. Lass uns das tun, sobald ich die Windpocken hinter mir habe, und auch noch Stef und Ruth dazunehmen.»

«Dieses Jahrhundert ist schon von einer besonderen Sorte», sagte Rudi.

«Ich kenne mich mit den anderen nicht so gut aus.» Käthe hatte sich in eine Mohairdecke gehüllt, ihr war viel zu schnell kalt in letzter Zeit, das hatte sie vorher nur in Neuengamme gekannt, in den Tagen auf dem Kutter in der Dove Elbe und auch noch in der Laube in Moorfleet. «Als ob das ganze Schicksal wieder in mich hineinkriecht», sagte sie.

«Ist ja auch ein nasskalter November», sagte Rudi.

«Wir sind das einzig überlebende Paar. Die anderen sind alle auseinandergerissen worden.»

«Wir sind ja auch Philemon und Bauxis», sagte Rudi.

«Die mit den Bäumen?»

«Eiche und Linde.»

«Und wird das irgendwas leichter machen?», fragte Käthe.

«Ich weiß es nicht. Willst du einen Grog?»

«Haben wir denn Rum?»

«Den guten Hansen aus Flensburg.» Rudi war bereits an den Küchenschrank gegangen. Dort stand der Rum bei den Gewürzen.

«Ich bin schon wie Ida. Lass mich rundum betüddeln.»

«Dein Leben und das von Ida sind kaum vergleichbar.»

«Ich meine ja nicht das Leben, sondern das Altwerden.»

«Wie sich das alles wohl für Stefan anfühlt? Auf einmal ist die DDR offen. Ich würde gern mal in den Grindel rüberfahren zu Ruth und ihm.»

«Ich bleib lieber auf dem Sofa mit einem Grog. Wenn ich sehe, wie das vor den Fenstern aussieht.»

«Dann mach ich dir einen. Und ruf mal bei Ruth an.»

«Rum muss. Zucker darf. Wasser kann. Das hat mein Vater gesagt.»

Rudi lächelte in Erinnerung an seinen Schwiegervater Karl Laboe. Der war ein Liebhaber des steifen Grogs gewesen.

«Wenn ich wiederkomme, mache ich uns den Kamin an.» Das taten sie selten, bei Henny und Theo dagegen hatte in der kalten Jahreszeit, die gefühlt neun Monate im Jahr währte, täglich ein Feuer im Kamin gebrannt.

«Dann haben wir wieder die Bude voll Qualm», sagte Käthe.

«Der Kaminkehrer ist ja kürzlich da gewesen.» Rudi stand auf. Vielleicht hatten die beiden im Grindel auch ganz was anderes vor.

Konstantin sah Alex aus dem Alfa steigen, Klaus lächelte seinem Neffen zu und hob grüßend die Hand, bevor er weiterfuhr. «Habt ihr ein neues Auto?», fragte Konstantin. «Ich habe nur noch mit Oldtimern zu tun. Der VW von Lina kommt mich allmählich teuer, und Theos Isabella fängt auch an, ein Pflegefall zu werden. Katja sucht da öfter meinen Rat, Jon versteht leider überhaupt nichts von Autos.»

«Klaus hat den Alfa gekauft, ich bin da leidenschaftslos. Vielleicht kann ich dir ein neues Auto finanzieren, als Arzt musst du mobil sein.»

«Ich bin kein Landarzt. Und du hast meiner Schwester den Kauf einer Wohnung finanziert. Für dich gibst du kaum Geld aus.»

Alex lächelte. Das eine und andere Kaschmirteil war schon in seinem Schrank, doch Autos hatten ihn nur dann interessiert, wenn sie halfen, von A nach B zu kommen. «Vielleicht kaufe ich mir doch noch mal einen Flügel», sagte er. «Einen Stutzflügel. Der ist klein genug, um gut in unser großes Zimmer zu passen. Den vererb ich dir dann,

Konstantin. Spielst du noch ab und zu auf dem Klavier in der Körnerstraße?»

«Allein schon, um Henny glücklich zu machen.»

«Ich könnte schlecht leben ohne Klavierspiel.»

Konstantin nickte. Das wusste er. Ein nebliger Tag für einen Spaziergang, über dem Nebel aber schien sich die Sonne bereitzuhalten. «Gehen wir Richtung Krugkoppel, oder ist dir das zu weit?»

«Nein. Ich hab zwar die neuen Tabletten abgesetzt, doch es geht gut.»

«Du hast sie nicht vertragen?»

«Ich wollte nicht schlafend über den Tasten zusammenbrechen. Und das stete Fieber fand Bunsen auch wenig vorteilhaft.»

«Dass du noch immer bei dem bist.»

«Ist dir nicht aufgefallen, dass ich der treue Typ bin?»

Nicht viele Spaziergänger, die ihnen entgegenkamen, ein paar Leute mit Hunden, Jogger. Alex und Konstantin schlugen die Krägen ihrer Mäntel hoch. Neben der Krugkoppelbrücke bei Bobby Reich einkehren und dann vielleicht doch gleich zur Körnerstraße gehen. Auf der Brücke blieben sie stehen.

«Das war auch ein nebliger Tag, als mir Klaus genau hier eine Liebeserklärung machte.»

«Und was hast du ihm geantwortet?»

«Dass ich nicht schwul sei.»

«Dafür seid ihr weit gekommen.»

«Konsti. Was ist mit *dir* und den Frauen?»

«Oje. Gehen wir darum spazieren?»

«Es ist lange her, dass du verliebt in Vivi warst.»

«Sie war es, die sich getrennt hat.»

«Das wusste ich nicht. Ich habe immer geglaubt, das Studium sei dir wichtiger gewesen als die Beziehung zu Vivi. Was ist aus ihr geworden?»

«Sie ist nach Lübeck gegangen, um sich endlich von ihrer Mutter zu lösen. Zuletzt habe ich sie auf Theos Beerdigung gesehen.»

«Und seitdem gab es keine andere Frau?»

«Ich verlieb mich nicht leicht.»

«Mir liegt einfach daran, dass du dein Privatleben nicht aus den Augen verlierst. Dein Anliegen scheint zu sein, der jüngste niedergelassene Gynäkologe Hamburgs zu werden.»

«Was ist falsch daran? Marike wird es freuen. Dann hat sie Zeit für Thies und kann ihn wieder auf den Teppich holen. Er entwickelt auf einmal lauter Eitelkeiten. Stell dir vor, er läuft in einer knallengen Lederhose herum. Mein Vater.»

Alex ging nicht darauf ein. Zwar war ihm Thies' Jagd nach der verlorenen Jugendlichkeit auch schon aufgefallen, er ließ es aber lieber unkommentiert. «Eine Familie gehört zum Besten im Leben», sagte er stattdessen.

«Ich habe nicht den Eindruck, zu wenig Familie zu haben», sagte Konstantin. «Was hältst du davon, wenn wir jetzt schon zu Henny gehen? Ganz zufällig hat sie einen Kuchen im Ofen.»

«Dann tun wir das. Und ich spiele ihr anschließend Schlager aus den dreißiger Jahren vor», sagte Alex. Er hängte sich bei Konstantin ein. Vielleicht sollte Klaus mal mit Thies reden.


Den Kindern ging es wieder gut, nur Jon war noch ansteckend und hütete das Haus, dabei hätte er sich gerne an diesem Wochenende unter das jubelnde Volk gemischt.

Hunderttausend waren aus der DDR gekommen, standen Schlange vor den Postämtern, um die hundert Mark Begrüßungsgeld abzuholen, die gleich wieder ausgegeben wurden in den Kaufhäusern, am Fischmarkt und auf dem Dom. Die Innenstadt war in den Duft der Zweitaktmotoren gehüllt, ganz Mecklenburg schien in Hamburg zu sein.

Die Ladenzeiten waren kurzerhand aufgehoben, auch am Sonntag öffneten die Geschäfte. Die Theater verteilten Freikarten. Parkende Trabis und Wartburgs wurden mit Orangen, Bananen und Süßigkeiten geschmückt. Ein Taumel des Glücks. Ein Fest der Freundschaft. Die Deutschen teilten sich noch nicht in Ossis und Wessis.

Stefan und Ruth standen am Rande und staunten.

MÄRZ 1990

Müssen wir an deinem Geburtstag in Cölln's Aus-
ternstuben Kraftbrühe mit Goldblättchen essen, Mama?»

Henny sah von der Zeitung auf. «Hast du den Eindruck,
dass ich Else zu ähnlich werde?», fragte sie ihren Sohn.

«Die Familie hat mich vorgeschickt», sagte Klaus. «Wir
wollen wissen, wie du deinen Jubeltag begehen willst.»

Hennys Blick wanderte zu der Fotografie auf dem Klavier. «Gar nicht», sagte sie. «Käthe hat ihren auch nicht
gefeiert.»

«Das würde Theo kaum gefallen. Die Körnerstraße ist ein
Ort der Festlichkeiten.»

Henny stand seufzend auf. «Kein Fest in der Körnerstraße», sagte sie.

«Du sollst nicht in der Küche stehen und das Buffet vorbereiten.»

«Guckst du nach dem Kaminfeuer? Du kannst das so
gut.»

Klaus hockte sich vor den Kamin. Gefiel ihm, dass ihm
nicht gelang, das Image des jungen Mannes abzustreifen?
Wann immer körperliches Geschick gefragt war, stand er in
einer Reihe mit Konstantin, Lorenz und Jon. Dabei waren
die alle viel jünger als er.

«You are still a skillful young man», hatte Alex gesagt.

Wer viel kann, muss auch viel tun, war Elses Spruch gewesen.

445

Gleich würde er noch einen Duschvorhang anbringen. Henny hatte sich in der Kammer hinter dem Windfang eine Dusche einbauen lassen. «Für alle Fälle», hatte sie gesagt. «Falls Konstantin doch mal den ganzen ersten Stock bewohnt, und jetzt hab ich noch die Kucksche, die mir den Dreck wegmachen kann, den der Klempner hinterlässt.»

Die Kuck hatte ihren Abschied für April angekündigt, dann mussten neue Lösungen gefunden werden.

«Setzt du dich noch ein bisschen zu mir?»

Klaus nahm neben Henny Platz, die nach Theos Tod gezögert hatte, den Ledersessel für sich zu beanspruchen, doch das tat sie inzwischen.

«Soll ich mal Vorschläge machen?», fragte er. «Eigentlich läuft alles auf ein Essen hinaus. Da mein Schwesterlein nicht gern kocht, schlägt sie das Mühlenkamper Fährhaus vor. Katja würde es bei sich zu Hause machen. Alex und ich auch, doch bei uns gehen nur acht Leute um den Tisch.»

«Der 26. März ist ein Montag», sagte Henny.

«Das hast du dir immerhin schon mal angeschaut.»

«Am nächsten Tag wird Caroline sieben.»

«Du willst die Feiern aber nicht zusammenlegen?» Topfschlagen und die Reise nach Jerusalem zum Neunzigsten. Das wäre was. Und am Ende bekäme jeder Gast ein Tütchen mit Bonbonkette oder Trillerpfeife.

«Ich möchte mit euch allen ins Hansa Theater», sagte Henny.

«Das ist eine tolle Idee, Mama. Wer soll alles mit?»

«Alle», sagte Henny. «Kauf mal einundzwanzig Karten.»

Ihre Mutter war doch noch immer für Überraschungen gut, Marike lächelte. Ins Hansa Theater. Das hatte sie als Kind schon geliebt. *Mein kleiner grüner Kaktus.* Die Comedian

Harmonists. Im März 1929, da war Marike sechs Jahre alt gewesen.

Für wen war die einundzwanzigste Karte? Hennys große Familie. Die von Käthe. Die von Ida. Auch noch Linas Karl Luetken.

«Marike und ich kommen auf zwanzig», sagte Klaus. «Inklusive Karl.»

«Kauf mal einundzwanzig», wiederholte Henny. «Sonnabend, 31. März.»

Das war ja noch ein bisschen hin. Der März hatte gerade begonnen.

«Denkst du, es gibt da einen Mann in Mamas Leben?», fragte Marike. «Ich erinnere mich gut, dass aus meinem Lehrer dein Vater wurde.»

«Da war sie noch keine dreißig», sagte Klaus. Er schüttelte den Kopf darüber, dass Marike annehmen konnte, Henny hätte einen anderen als Theo im Herzen, Theo würde der letzte Mann ihres Lebens sein.

Klaus kaufte einundzwanzig Karten und lud ein.


Karsten fuhr nach Bonn, um den Kanzler zu fotografieren. Der Texter des Magazins, in dessen Auftrag Karsten unterwegs war, schrieb von einer großen Beunruhigung in Europa über ein wiedervereintes Deutschland.

*Wir sind das Volk* war längst *Wir sind ein Volk* geworden. Kohl hatte bereits im Februar die baldige Währungsunion angekündigt, auf den Transparenten der letzten Leipziger Montagsdemonstrationen wurde darauf gedrängt, dass die westliche Währung in den Osten fand. Ein Ende der Aluchips, wie die Münzen der DDR genannt wurden.

Keine schrittweise Annäherung, ein hastiges Geholper zum Ziel.

Karsten saß am Küchentisch und hatte Henriette auf dem Schoß. «Ich genieße den Familienanschluss», sagte er. «War wirklich eine fabelhafte Idee von mir, dich aus dem Osten zu holen.» Er grinste Jon an.

«Ich kann gut damit umgehen», sagte Jon, als Katja und er im Bett lagen. «Doch ich glaube, Karsten liebt dich noch. Vermutlich verbirgt er das lange schon hinter seinen Kriegsgesängen.»

«Ach was. Er vermittelt einfach gern den Eindruck, er könne jede haben.»

«Warum hält er sich so bedeckt, was sein Pariser Leben angeht? Er erzählt, dass er Mitterrand fotografiert und den Kultusminister, doch er spricht nie darüber, was er an den Abenden tut.»

«Mit Frauen schlafen.»

Jon drehte sich hin zu ihr. «Ein gutes Stichwort, Katjuscha», sagte er und fing an, sie zu streicheln.

«Was machen wir eigentlich an deinem Geburtstag, Jon?»

«Ganz gemütlich zu Hause mit meinen drei Frauen.»

«Zieh dir einen Präser über», sagte Katja.

«Könnten wir ein drittes Kind haben, Katjuscha?»

«Dann fehlt uns Geld in der Haushaltskasse. Ich möchte wieder mehr Aufträge annehmen, wenn Henriette im Herbst in den Kindergarten kommt. Die Kinder ganze Tage hüten, das will ich meiner Großmutter nur in Ausnahmefällen zumuten.»

«Vielleicht klappt es ja, und Bogdanov holt mich ins Ensemble des Schauspielhauses nach der Aufführung im Malersaal.»

Das wäre ideal. Vor Ort und ein monatliches Geld. Jon beugte sich vor und zog die Schublade seines Nachttisches auf, nahm ein Präservativ heraus. Auf einmal viel zu viele Gedanken in seinem Kopf, um sich der Liebe gekonnt zu widmen.

Marike sah in den hinteren Garten zu dem Mann, der dort die Rosen schnitt. Warum dachte sie an einen Spätheimkehrer? Vielleicht lag das an der Mütze mit den Fellklappen und dem zerfurchten Gesicht.

«Kennst du Fred noch nicht?», fragte Henny, die mit dem Kaffee in den Salon gekommen war.

Marike schüttelte den Kopf. «Der Mann für alles in Florentines Künstlerpension? Katja geht dort ein und aus.»

«Fred ist Idas neuer Schwarm.»

«Das glaub ich jetzt nicht.» Marike zögerte zu fragen, ob ihre Mutter auch einen Schwarm hatte.

«Klaus kommt jede Minute. Schön, meine beiden Kinder mal ganz für mich zu haben.» Henny schenkte Marike und sich schon einmal Kaffee ein, stellte die Schale mit den Florentinern auf den Tisch. Die Zeiger der kleinen Uhr auf dem Kaminsims rückten auf vier vor.

«Haben denn alle zugesagt fürs Hansa Theater?»

«Klaus weiß da mehr als ich.» Marike glaubte, den Motor des Alfas zu hören. Sie stand auf und ging zur Tür.

«Meine liebe Mitveranstalterin», sagte Klaus und gab seiner Schwester einen kleinen Kuss auf die Wange.

«Kinder, damit das klar ist, ich beteilige mich an den Kosten für die Theaterkarten. Das wäre ein viel zu großes Geschenk.»

«Du bist da schon aus dem Spiel, Marike und ich laden ein», sagte Klaus und umarmte Henny.

«Kommen denn alle?»

«Im Augenblick sieht es so aus», sagte Klaus. «Eine Extrakarte für deinen geheimnisvollen Ehrengast habe ich auch.» Er setzte sich.

«Ich wollte nur eine in der Hinterhand haben. Man kann nie wissen.» Henny schenkte Kaffee in die dritte Tasse ein.

Marikes Blick fiel in den Zeitungskorb, der neben ihrem Sessel stand. Sie griff nach dem *New England Journal* und dem Journal der *Medical Association*. «Du hast die Abonnements nicht gekündigt?»

«Konstantin liest sie. Ich genieße es, wenn er bei mir sitzt und das tut.»

«Sie laufen noch auf Theos Namen», sagte Marike.

«Das kann Konstantin ändern, wenn er mag.»

«Ich habe nur die deutsche *Medical Tribune* in der Praxis, die hält mich auch auf dem Laufenden, und das gut. Durch die *Tribune* bin ich erst auf die Rechtsmedizin in Münster aufmerksam geworden, bei der man DNA-Gutachten in Auftrag geben kann. Was bislang nur den Forensikern zugutekam, können nun Ärzte und auch Privatleute in Anspruch nehmen. Ich habe bereits Blutproben zur Abklärung nach Münster geschickt.»

Klaus knackte die Mandelsplitter des Florentiners zwischen den Zähnen. «Ging es da um eine Vergewaltigung?»

«Ich hatte eine Vaterschaft zu klären», sagte Marike.

«Eine Vaterschaft zu klären?» Klaus stand auf und trat ans Fenster. Versenkte seine Hände in den Hosentaschen. Sah Fred zu, der in den Rosenbeeten wühlte, die Erde mit Hornmehl mischte. Klaus drehte sich um und fing Hennys Blick auf. «Das ist dann eindeutig?»

Marike sah ihren Bruder amüsiert an. «Hast du eine zu klären?»

Henny schüttelte ganz leicht den Kopf, nur von Klaus bemerkt.

Klaus setzte sich wieder. War er kurz davor gewesen, Marike zu sagen, wessen Vaterschaft unklar war?

«Lasst das ruhen», sagte Henny, nachdem Marike sich verabschiedet hatte, um den freien Praxisnachmittag noch für Erledigungen zu nutzen. «Lorenz wird zwanzig im Juni, sein Vater ist Robert. Selbst wenn Alex der biologische Vater sein sollte, ändert sich nichts, das Einzige, was erreicht wird, ist, Lorenz zu verunsichern.»

«Weise Worte», sagte Klaus.

«Willst *du* es denn wissen?»

Klaus hob die Schultern. «Alex würde das gern. Es wäre wohl ein Trost für ihn, wüsste er, dass seine Familie in einem jungen Menschen weiterlebt. Seit er anfängt, alt zu werden, hat das eine große Wichtigkeit. Letztendlich ist er nie über ihren Tod hinweggekommen.»

«Das geht nicht nur Alex an. Da müssen auch Florentine und ihre Familie einverstanden sein», sagte Henny.

«Ich kann ihm diese Information über die DNA-Analyse nicht vorenthalten, Mama.»

Henny seufzte. Wäre doch Theo hier. «Das sollst du auch nicht. Aber denkt an die Menschen, die mit euch im Boot sitzen.»

«Das tun wir», sagte Klaus.

Da hatten sie ein Leben lang in Zweisamkeit gelebt, nur einen einzigen Seitensprung hatte jeder von ihnen sich erlaubt in bald vier Jahrzehnten, in beiden Fällen mit beeindruckenden Folgen.

Klaus war noch zum Sender gefahren, nachdem er sich von Henny verabschiedet hatte. Er parkte das Auto in der Oberstraße, ging den kleinen Weg bis zum Haupteingang des NDR. Einer der neuen Tontechniker kam ihm entgegen. «Am Freitag gehen Sie und ich auf Sendung», sagte der junge Mann. «Die Liste der Titel bitte morgen.»

*Nach der Dämmerung* und Klaus Lühr gehörten auch bald zu den Dinosauriern, doch der neue Unterhaltungschef, der Thies' Stelle eingenommen hatte, wollte nichts am Konzept ändern. Sieben Jahre blieben Klaus, wenn der öffentlichrechtliche Rundfunk keine Korrekturen an den Ruhestandsregelungen vornahm. Am Ende würde einzig Alex hier in den Studios aufnehmen.

Im Büro lag ein Zettel auf seinem Schreibtisch. *Bitte in den Großen Sendesaal kommen.* Aus der Oberstraße kam er ja nun gerade. Klaus ging ins Sekretariat, um Näheres zu erfragen, doch das Zimmer war leer.

Klaus verließ das Haus wieder, überquerte die Rothenbaumchaussee erneut, kam am Alfa vorbei, stieg die Stufen zur ehemaligen Synagoge in der Oberstraße hoch. Er drückte die Klinke des Portals in Erwartung, die Tür verschlossen zu finden, doch sie ließ sich öffnen.

Eine Atmosphäre, als hätte gerade eine Evakuierung stattgefunden, wer war denn hier auch an einem Mittwochnachmittag um fünf? Eine der Türen zum Sendesaal ließ sich öffnen, erste Klänge der *Rhapsody in Blue* kamen zu ihm. Der schwarze Konzertflügel, der auf dem nackten Parkett stand im fast leeren Raum der Bühne. Alex unterbrach das Spiel.

«Du bist allein hier? Hättest du nicht hinter dir abschließen sollen?»

«Dann hättest du draußen vor der Tür gestanden», sagte Alex.

«Seit wann nennst du das Studio 10 den Großen Sendesaal?», fragte Klaus.

«Ich habe mit eurer Sekretärin telefoniert, sie gebeten, dir zu sagen, dass ich im Studio 10 sei und mich freuen würde, wenn du Zeit fändest, zu mir zu kommen.»

«Das hat sie auf ihrem Zettel etwas verkürzt wiedergegeben.»

«Ich will dir etwas vorspielen, Klaus.»

Der verkniff sich zu sagen, das hätte Alex auch auf dem häuslichen Klavier tun können. Er setzte sich auf einen der Stahlrohrstühle. Doch dann verstand er, warum Alex ihm hier an diesem Flügel vorspielen wollte. Das klang ja großartig, und Alex' linke Hand schien alles zu tun, was es zu tun galt bei dem knapp vierzehnminütigen Klavierstück.

Klaus schwieg ein paar Sekunden. «Das war großartig», sagte er dann.

Alex lächelte und drehte seine Hände um, betrachtete sie. «Robert und ich werden es aufnehmen. Ohne Vertrag. Dann redet uns keiner rein.»

«Wie macht ihr aus den vierzehn Minuten ein Album?»

«Wir nehmen noch vieles aus Gershwins *Songbook* dazu.»

«Um es dann wo anzubieten?»

«Vielleicht bei Verve.»

«Viele Türen, die sich auftun werden», sagte Klaus.

«Gehst du noch zurück in dein Büro?»

«Nein. Die Liste kriegt der Techniker am Freitag und nicht früher. Ich lasse mich nicht tyrannisieren. Robert habe ich oft erst am Abend der Sendung zugerufen, was wir spielen werden.»

Als sie im Auto saßen und nach Hause fuhren, erzählte Klaus, welch andere Tür sich da noch geöffnet hatte.

«Ich habe es mir gewünscht, und nun fürchte ich mich

davor. Klaus, kann ich das Lori zumuten? Vielleicht bin ich tatsächlich der Vater.»

«Rede mit Robert. Ihr werdet ja jetzt viel Zeit miteinander verbringen.»

«Vielleicht verzichte ich darauf, es zu wissen», sagte Alex, als sie aus dem Aufzug kamen und die Treppe zur fünften Etage hochstiegen.

«Du bist ein Feigling.»

Alex lächelte müde. «Das ist ja nichts Neues», sagte er.

Die junge Frau mit den rotblonden Haaren hielt Tulpen in den Händen, die sie Henny überreichte.

«Komm ins Warme», sagte Henny. «Das ist ja wieder kalt geworden.»

Am ersten Märztag hatte Vivi vor der Tür gestanden, nicht gewusst, dass Konstantin nun in der Körnerstraße lebte, sie hatte nur Henny sehen wollen.

Konstantin hatte an dem Tag einen langen Dienst in der Finkenau gehabt, die beiden waren einander nicht begegnet.

«Ich höre nicht auf, ihn zu lieben», hatte Vivi gesagt. «Das war ein großer Irrtum, ihn gehen zu lassen.»

«Irrtümer lassen sich korrigieren», hatte Henny gesagt und ihr die Geschichte von sich und Theo erzählt.

Doch heute würde Konstantin kommen, Henny hatte das nicht dem Zufall überlassen. Wenn das Glück kam, musste man ihm einen Stuhl hinstellen. Galt das nicht auch für die Liebe?

Konstantin erkannte die Stimme, die da im Gespräch mit seiner Großmutter war, während er im Flur den Mantel auszog. Nicht viel Farbe in seinem Gesicht, als er in den Salon trat und vor Vivi stand. Er schien unter Schock zu stehen, doch all das geschah viel besser hier vor dem Kamin in der Körnerstraße als im Foyer des Hansa Theaters.

Nach einer kleinen Weile zog sich Henny in die Küche zurück.

Klaus hatte schon einmal im Wartezimmer der gynäkologischen Praxis seiner Schwester gesessen, verlegen in Zeitschriften geblättert, die neugierigen Blicke der Frauen zu ignorieren versucht. Damals, als sein homophober Vater eine Art Hexenjagd veranstaltet, Alex und ihn verfolgt hatte. Das Gesetz war auf Ernsts Seite gewesen.

*Sexuelle Handlungen zwischen Personen männlichen Geschlechts werden unter Strafe gestellt.* Paragraph 175.

Wie lebten sie doch heute in gnädigen Zeiten.

Klaus blickte auf, als Gesche die Tür öffnete. Die Frau, die zwei Stühle neben ihm saß, sammelte hektisch den Inhalt ihrer Handtasche ein, den sie auf dem niedrigen Glastisch ausgebreitet hatte. Nun war er allein im Wartezimmer, er hatte den letzten Termin des Vormittags.

Alex und er hatten die Möglichkeit eines DNA-Testes beinah schon zerredet gehabt seit jenem Tag im März, als sie von dessen Existenz erfahren hatten. Doch aus heiterem Himmel hatte Alex ihn nun darum gebeten, mit Marike zu klären, wie vorzugehen sei.

Aus heiterem Himmel. Sie hatten am Sonntag das erste Mal auf der Terrasse zu Abend gegessen, eine warme weiche Luft, als wären sie am Mittelmeer und nicht an der Alster. Alex war aufgestanden und hatte die Hände auf das Geländer gelegt, in den apricotfarbenen Himmel geblickt.

«Ich habe Robert von diesem Test erzählt.»

«Was hat er geantwortet?»

«Dass ich bei *Somebody Loves Me* im Tempo hänge.»

«Ihr habt euch also mal wieder gründlich ausgesprochen.» Klaus schüttelte den Kopf über all das Hakenschlagen.

«Muss auch Lori schon eingeweiht sein?»

«Es sei denn, ihr zapft ihm heimlich Blut ab.»

Alex hatte gequält ausgesehen, als er sich neben ihn in einen der knarzenden Korbsessel setzte, nach Klaus' Hand griff.

Gesche erschien wieder in der Tür und bat ihn in Marikes Sprechzimmer. Klaus stand auf. Er war nervös.

«Bei welchem gynäkologischen Problem darf ich dir helfen?» Marike lächelte hinter ihrem Schreibtisch. Klaus entschied sich für einen Kopfsprung ins kalte Wasser.

«Es könnte sein, dass Alex der Vater von Lorenz ist.»

Marike schwieg. «Seit wann weißt du das?», fragte sie schließlich.

«Dass er mit Florentine geschlafen hat, habe ich noch in derselben Nacht erfahren. Dass er Vater sein könnte, an dem Tag, als er mir die *Paris Match* mit den Fotos einer schwangeren Florentine auf den Schreibtisch legte.»

«Er mutet dir einiges zu.»

«Ich habe ihm auch schon einiges zugemutet», sagte Klaus.

«Was denn?» Marike spitzte ihren Mund, als ob sie pfeifen wollte.

«Ein großes Glück, ihn nicht mit Aids angesteckt zu haben.»

Seine Schwester schob den Schreibtischstuhl zurück und stand auf. Trat ans Fenster und blickte auf das Fleet, das eine Etage unter ihr war.

«Ist das eine zynische Ausgabe von *Verstehen Sie Spaß?*.»
Marike blickte nun im Zimmer herum, als suche sie die versteckte Kamera.

«Des Lebens Wechselfälle. Ich hatte das Glück, einen der ersten Aidstests machen zu können und bald von der Angst erlöst zu sein. Theo hatte die Möglichkeit in Maryland aufgetan, Katja hat die Ampulle mit meinem Blut auf ihrer Amerika-Reise dort abgegeben.»

Marike pfiff nicht, doch viel Atemluft, die aus ihrem Mund wich. Ein tiefer Seufzer.

«Und warum hast du geglaubt, dich angesteckt zu haben?»

«Weil der Mann, mit dem ich in New York einen *one night stand* hatte, an Aids gestorben ist.»

«*Shame and scandal in the family*», sagte Marike. «Da kann ich ein eher harmloses Pfand hineingeben.» Sie setzte sich an den Schreibtisch, zog die Schublade auf. Gab Klaus die Quittung eines Blumenladens.

«Wem hast du fünfzig rote Rosen geschickt?», fragte er.

«Der Klassiker. Ich habe Thies' Jackett in die Reinigung gegeben. Er hatte sich einen klebrigen Cocktail drübergegossen. Mit mir hat er den nicht getrunken.»

Klaus stöhnte. Thies hatte zu lange beim NDR gearbeitet, musste er sich denn für alles eine Quittung geben lassen? «Kennst du die Adresse, zu der die Rosen geliefert wurden?»

«Inzwischen weiß ich, dass da eine frühere Sekretärin von ihm wohnt. Vielleicht gelingt ihr, seinen neuen Kleidungsstil mehr zu würdigen, als ich das tue.»

Klaus versuchte, sich an Thies' Sekretärinnen zu erinnern, es gelang ihm nicht. «Die Eskapaden eines älteren Herrn», sagte er. «Hast du ihn zur Rede gestellt?»

«Noch nicht. Kommen wir zurück zu den Eskapaden von Alex.»

«Tu's bald. Vielleicht gibt es eine harmlose Erklärung.»

«Für fünfzig rote Rosen?»

«Wem muss alles Blut abgezapft werden, Marike?»

«Dem Kind. Der Mutter. Den potenziellen Vätern. Und sie alle müssen unterschreiben, dass sie mit dem DNA-Test einverstanden sind. Auch Lorenz, er ist volljährig.»

«Lori schon im Vorwege verrückt machen?»

«Überlegt es euch gut», sagte Marike.


Henny stellte das Tablett auf den Gartentisch. Eine Flasche Bismarck-Sprudel. Ein Teller mit Butterbroten. Fred lächelte und griff nach dem Hemd, das auf der Friesenbank lag. Er hatte es sich über den Kopf gezogen, ohne die Knöpfe zu öffnen, und zog es auch so an.

«Danke für die Stärkung», rief er ihr nach, als Henny ins Haus zurückging.

Ida stand am Fenster. «Er hat ganz schön Muskeln bekommen in deinem Garten», sagte sie. «Und gebräunt ist er auch schon.»

«Hattest du vorher Gelegenheit, ihn halbnackt zu betrachten?»

Ida seufzte. «Ich genieße doch nur, noch sichtbar zu sein. Fred sieht mich auf eine besondere Weise an, und ich flirte eben gern.»

«Er ist in seinen Fünfzigern. Erinnere ich mich richtig, dass du im August neunundachtzig wirst?»

«Noch immer jünger als du. Der Zauberer im Hansa Theater hat mir auch gefallen. So eine schöne Idee von dir, dort zu feiern.» Sie lächelte versöhnlich. «Lass mir das kleine Vergnügen. Ist eben kein anderer zum Flirten da als Fred.

Emil weiß nicht, ob er ein Mädchen oder ein Junge sein will, und Karsten ist nie da.»

«Katja sagt, er sei ein herausragendes Talent im Anbändeln.»

«So? Bei mir versucht er es nicht. Dann steht er nur auf jüngere Frauen.»

Ida ließ sich an dem runden Tisch nieder, zwei Glasschalen Eis mit Erdbeeren und Sahne, die Henny auf den Tisch gestellt hatte. «Essen», sagte Ida. «Der Sex des Alters. Dabei habe ich mich für Sex gar nicht besonders interessiert, mir ging es um das Turteln.»

Henny setzte sich ihrer Freundin gegenüber. Noch immer halblange Haare, honigblond gefärbt. Unter den blauen Augen ein schwarzer Lidstrich. Wimperntusche. Lippenstift, den Ida fast abgegessen hatte. Eine alte Frau. Doch attraktiv.

«Du bist immer die Schönste von uns gewesen.»

Ida zuckte die Achseln. «Der Lack ist ab», sagte sie. Nein, da waren noch deutliche Spuren von Lack. «Doch dem Zauberer habe ich auch gefallen. Das war deutlich zu spüren.»

«Du hast in der sechsten Reihe gesessen und hattest den Theaterteller mit Aalschnittchen vor dir, und der Zauberer stand oben auf der Bühne.»

Ida schob die Unterlippe vor und sah aus wie ein schmollendes Kind. «Trotzdem», sagte sie. «Sei doch nicht immer so vernünftig. Hat denn dein Kuppelversuch nachhaltig geklappt?»

«Konstantin und Vivi? Sie hat gekündigt im Lübecker Krankenhaus und kommt zurück ans UKE. Dann zieht sie hier ein.»

«Dann füllt sich dein Haus ja wieder.»

Henny stand auf. «Ich habe noch Eis mit Erdbeeren für

den Gärtner», sagte sie. Lächelte Theos Fotografie zu, als sie am Klavier vorbeikam.

«Die Schale bringe *ich* ihm in den Garten», sagte Ida. «Und die Kuck?» Ihr war gerade die letzte Erdbeere vom Löffel aufs weiße Tischtuch gefallen. Ein hässlicher roter Fleck.

«Kommt noch alle vierzehn Tage», rief Henny aus der Küche. «Ist ihr sonst zu viel. Bei deiner Tochter putzt sie ja auch nicht mehr.»

«Nein», sagte Ida, als Henny zurück in den Salon kam. «Das macht jetzt alles Fred.» Sie stand auf, um ihm die Schale Eis zu bringen.

*Oh, Lady Be Good* spielte Alex. Er blickte durch die Glasscheibe zu Robert. Der nickte. Dann könnten sie heute auch noch den nächsten Titel aufnehmen, das Studio mit dem herkömmlichen Aufnahmepult stand ihnen bis Ende Mai zur Verfügung. Das schafften sie.

Seit Tagen kein Wort über den Test. Hatte Robert mit Florentine darüber gesprochen? Alex fragte nicht nach. Er fürchtete, aus der Konzentration zu kommen, die er für die Aufnahmen brauchte.

Verrannte er sich da, dass er den Test auf einmal forciert hatte? Vor lauter warmer weicher Luft und Aprikosenhimmel und all den Gedanken an seine Familie, die er damals vor dem Krieg verlassen hatte. Klaus hasste den Hickhack, den er veranstaltete. Erst darauf drängen, Marike hineinzuziehen, und dann wieder scheuen.

«Lass uns mal die Beine vertreten», sagte Robert. Seit sechs Stunden waren sie schon im Studio. Sie gingen hoch in die Lange Reihe zu *Frau Möller*, einer Eckkneipe mit Tischen draußen. Tranken Weizenbier.

461

«Ist das alles nötig?», fragte Robert.

Sollte Alex ihm erzählen, was Tian gesagt hatte am Tag vor seinem Tod?

«Hast du denn überhaupt schon mit Florentine drüber gesprochen?», fragte er.

«Ja», sagte Robert. «Solltest du der Vater sein, will sie mir einen Heiratsantrag machen.»

«Du bist auch der Einzige, der dafür in Frage käme.»

«Allein darum würde ich mich auf den Test einlassen. Doch keiner von uns traut sich, mit Lori zu sprechen.»

Sie kehrten zurück ins Studio und spielten *Let's Call The Whole Thing Off* ein. Alex hatte mit keinem anderen Tonmeister je so gut gearbeitet, wie er es jetzt mit Robert tat.

Gut. Dann gingen sie eben spazieren. Marike reagierte gereizt, als er den Arm um ihre Taille legte, Thies zog die Brauen hoch und sah erstaunt aus. Nichts, was seine Laune trübte. Schon gar kein Schuldgefühl.

Er fing an über die Verhandlungen zu sprechen, die von den einstigen Siegermächten mit den beiden deutschen Staaten geführt wurden, um den Weg frei zu machen zur deutschen Wiedervereinigung. Das erste der vier Gespräche hatte Anfang Mai in Bonn stattgefunden.

«Ich will wirklich nicht mit dir über die Zwei-plus-vier-Formel reden», sagte Marike, als sie auf einer Bank an der Alster saßen. «Du drückst dich nur vor den Themen, die uns betreffen.»

«Ist was mit den Kindern?», fragte Thies.

«Wem schickst du fünfzig rote Rosen?» Hatte sie gehofft, dass er in Gelächter ausbrach, eine harmlose Erklärung bereithielt, all ihre Sorgen in Heiterkeit auflöste?

«Das ist es also. Habe ich die Rechnung herumliegen lassen?»

Marike schwieg.

«Du und ich sind gleichaltrig», sagte Thies.

«Und das Rosenresli ist halb so alt wie ich?»

«Quatsch. Du bist die tüchtige Ärztin mit eigener Praxis am Neuen Wall. Ich bin seit drei Jahren ein ehemaliger Ressortleiter des NDR.»

«Bedeutungsverlust?», fragte Marike. «Der macht dir zu schaffen?»

«Wärest du gerne mit fünfundsechzig verabschiedet worden?»

«Und darum machst du dich in diesen Lederhosen lächerlich und nimmst dir eine Geliebte?»

«Sie ist nicht meine Geliebte.»

«Was ist sie denn?»

«Eine Frau, der ich alter Trottel Rosen geschickt habe. Ich habe schon kurz nach der Pensionierung gesagt, wie gerne ich mit dir reisen würde.»

«Thies. Ich habe die Praxis, und die werde ich wenigstens noch so lange führen, bis Konstantin den Facharzt hat und eingearbeitet ist.»

«Das klingt nach Nimmerleinstag.»

«Das klingt nach Ende 1992.»

«Da naht der künftige Gynäkologe», sagte Thies. «Ist Vivi die künftige Schwiegertochter?»

Marike hob die Schultern. Diesmal ließ sie sich gefallen, dass Thies den Arm um sie legte, sie zu sich heranzog.

«Das Rosenresli ist schon Geschichte», sagte er. «Aber nimm meine Krise ernst.»

«Vielleicht gelingt uns eine Beziehung, wie meine Eltern sie führen», sagte Konstantin da gerade. «Ich kann mich an keine Krise erinnern.»

«Ich orientiere mich an Henny und Theo», sagte Vivi. «Das ist die schönste Liebesgeschichte, die ich kenne.»

Dann hatten sie die Uferbank erreicht, auf der Konstantins Eltern saßen.

Die *Rhapsody in Blue* war eingespielt auf dem Flügel von Bösendorfer. Dazu elf weitere Titel aus George Gershwins *Songbook*, nur noch einer stand aus an diesem vorletzten Tag im Mai. *The Man I Love.*

Die Sekretärin des Studiochefs öffnete die Tür zur Technik einen Spalt. «Ihr Sohn ist hier, Herr Langeloh», sagte sie. Robert gab Alex ein Zeichen mit der Hand, schaltete ins Studio. «Können wir kurz unterbrechen?»

«Ich spiele ein bisschen vor mich hin», sagte Alex. «Was ist denn los?» Doch da sah er schon Lori hinter der Glasscheibe. Ernste Gesichter. Vielleicht war etwas mit Ida?

«Mami hat mir vom zweimal verschenkten Herzen erzählt», hatte Lorenz gesagt, kaum dass er in die Technik gekommen war.

«Sag mir, was du weißt, Lori.»

Lorenz machte eine Kopfbewegung zum Aufnahmeraum hin. «Dass er Klaus doch nicht immer treu war, Alex hat Florentines Sirenengesang, wie du es genannt hast, ein Mal erhört, und zwar genau zu der Zeit, in der ich entstanden bin.»

«Ach, Lori», sagte Robert. «Mir tut es so leid, dass du nun diese Verunsicherung durchlebst.»

«Dir ist als Einzigem da kein Vorwurf zu machen», sagte Lorenz. «Alex soll mal rüberkommen.»

Robert schaltete sich ins Studio. «Komm bitte mal rüber», sagte er.

Alex war dankbar, dass ihm Robert einen Stuhl hinschob. Es fiel ihm nicht leicht, Lorenz' Blick standzuhalten, aber er tat es.

«Ich hab dich immer gerngehabt, Alex, doch daran schlucke ich nun schwer», sagte Lorenz. «Dass du mein Vater sein könntest.»

«Robert ist der Vater, der vom ersten Augenblick deines Lebens an bei dir war und dich geliebt und behütet hat, Lori. Daran ändert sich nichts.»

«Und dennoch willst du es wissen», sagte Lorenz. Er sah Alex an, als sähe er ihn zum ersten Mal. Er drehte sich zu Robert. «Und du?»

«Du bist mein Sohn, Lori. Egal, was bei einem Test herauskäme.»

Lorenz nickte. «Ich denke, ich will es auch wissen», sagte er. Er strubbelte Robert durch das schwarze Haar. «Du solltest wirklich mal ein bisschen Weiß zulassen, Papi.»

Es tut mir leid, Lorenz», sagte Marike. «Dass du dich hast gedulden müssen.» Sie legte die Nadel in Lorenz' Vene, die Ampulle füllte sich mit Blut. «Deine Eltern haben heute Nachmittag den Termin bei mir.»

«Vielleicht war es ganz gut, dass zwischen dem Entschluss und der Ausführung vier Wochen lagen», sagte Lori. «Als ich da im Studio auftauchte, war ich doch noch sehr aufgewühlt bei der Vorstellung, ein anderer als Robert könnte mein Vater sein.»

«Das ist verständlich.» Sie legte ein Mullpad auf die Einstichstelle. «Drück mal fest drauf.»

«Wie war das, als du erfahren hast, dass dein Bruder schwul ist?»

«Ich fürchte, dass ich es anfangs nicht ernst genommen habe, Klaus war ja erst sechzehn Jahre alt, als er sich offenbarte.»

«Du hast gedacht, das verwächst sich noch.»

Marike lächelte. «Das hat eher unsere Großmutter gedacht.» Sie klebte einen Pflasterstreifen in Lorenz' Armbeuge. «Hast du Probleme mit dem Gedanken, dass dein etwaiger leiblicher Vater schwul ist?»

«Er scheint ja eher bi zu sein.»

Marike nickte. «Klaus hat immer gehadert mit dieser Ambivalenz.»

«Hast du denn deine Ehe retten können in San Remo?»

«Ist das deine Formulierung?»

«Die von Florentine», sagte Lori.

«Alex ist ein sehr feiner Mann. Als er in das Leben meines Bruders kam, waren wir glücklich. Meine Mutter. Theo. Thies und ich. Sollte er es sein, dann hättest du zwei wunderbare Väter.»

«Ich mag ihn ja auch. Wann werden wir es wissen?»

«Ende des Monats. Morgen früh gehen die Ampullen nach Münster.»

«War Alex schon hier?»

«Er kommt heute Abend», sagte Marike. «Und meiner Ehe geht es besser.» Sie lächelte. «Eigentlich sehe ich nur Florentine in dir.»

Drei Wochen, in denen Marike die Praxis geschlossen hatte im Juni. Gesche hatte viel telefoniert, um Termine zu verlegen, Patientinnen zu vertrösten. Drei Wochen Italien, in San Remo waren Thies und sie schon einmal glücklich gewesen.

Es hatte ihnen gutgetan, Thies fühlte sich von ihr wahrgenommen in seiner Bedeutungskrise. Neue Wege, über die sie gesprochen hatten bei *torta di verdura* in der Cantine Sanremesi, beim Blick übers Meer.

Er war nicht der Großvater, der auf dem Spielplatz saß, doch vielleicht der Schwiegervater, der Jon zur Seite stand, Termine im Auge behielt, Verträge aushandelte. Auch wenn Jon in der neuen Spielzeit in das Ensemble des Schauspielhauses aufgenommen wurde, war die Arbeit als Schauspieler ein Gemischtwarenladen, in dem Hörspiele, Lesungen, Synchronarbeit angeboten wurden. Die Agentur in Berlin hatte viel zu viele Klienten, da war Thies' Betreuung individueller, die Kontakte aus einem langen Arbeitsleben in der

Unterhaltungsbranche konnten nur von Nutzen sein. Jon war leicht zu überzeugen gewesen.

«Gehen Sie in diesen Sommerabend, Gesche», sagte Marike. «Den letzten Patienten versorge ich schon selbst.»

«Drei männliche Patienten heute. Das haben wir nicht oft.» Gesche wäre ganz gern geblieben und hätte sich diesen Pianisten angesehen. Die kleine Trödelei gelang ihr, unten im Entree begegnete sie ihm. Beinah hätte Gesche Alex Kortenbach ein Toi, Toi, Toi zugerufen.

«Könnte das deine Assistentin gewesen sein, die mir aufmunternd zugelächelt hat?», fragte er Marike.

«Das kann gut sein. Gesche hat gerade das Haus verlassen. Jetzt wird mir klar, dass ich sie darum gebracht habe, dich kennenzulernen, sie ist eine Verehrerin von dir.»

«Und weiß, warum ich hier bin?»

«Auch für meine Assistentin gilt die ärztliche Schweigepflicht, Alex.»

«Ich danke dir, dass wir das in deine Hände legen dürfen. Hätte Lori nicht den Anschub gegeben, wäre ich wahrscheinlich noch immer in der Grübelphase.» Er schob den Ärmel seines Hemdes hoch.

«Wie geht es meinem Bruder dabei?»

«Klaus lebt ja seit zwanzig Jahren mit dem Gedanken. Dass Lori schon erwachsen ist, macht es leichter. Robert und ich stehen in keiner Konkurrenz zueinander, *er* hat den Jungen großgezogen.»

Marike verschloss die Ampulle und beschriftete sie. «Bald wissen wir mehr, lieber Schwager.»


Jon war kein begeisterter Autofahrer, er hatte den Führerschein erst im Westen gemacht, auf weiten Strecken überließ er gern Katja das Steuer.

War das eine weite Strecke von Hamburg nach Berlin?

Für Jon war es eine Weltumrundung. Er hatte Herzklopfen, als sie Gudow in Schleswig-Holstein passierten, die Grenzanlage kurz vor Zarrentin im Bezirk Schwerin erreichten. Als könnten noch immer Schlagbäume fallen und Schüsse.

Doch keiner trat aus den Baracken heraus und verlangte eine Legitimation, um diese Grenze zu überschreiten. Katja, die Kinder und er fuhren völlig unbehelligt auf der Autobahn 24 an Ludwigslust vorbei, Parchim, Herzsprung, Fehrbellin, bis ihnen die Abfahrt Halensee und Kurfürstendamm angekündigt wurde.

«Du musst keine Angst haben, Papa», sagte Caroline. «Wir sind da.»

Der erste Tag der großen Ferien, die sie mit einer Reise nach Berlin begannen. Zwei Nächte hatten sie in der Pension in der Bleibtreustraße gebucht, ein historischer Ort, an den Katja zurückkehren wollte. Viele historische Orte, die auf sie warteten.

Am Nachmittag fuhren sie durch das Brandenburger Tor über den Pariser Platz und Unter den Linden entlang, Jon, der jetzt am Steuer der alten Isabella saß und den Weg bis zum Prenzlauer Berg und in die Straßburger Straße fand.

«Alles ist viel grauer, als ich es in Erinnerung habe», sagte Jon. Er las den fremden Namen an der Tür, zögerte, zu klingeln bei unbekannten Leuten.

«Dit is doch einer von den Feldmanns. Die wechjelofen sind.» Jon zuckte zusammen und drehte sich der Frau mit den Einkaufsnetzen zu. Hatte er sie nicht zuletzt an einem Novembertag vor bald zehn Jahren gesehen, als das Klavier abgeholt worden war? Vielleicht war das alles zu viel Erinnerung.

«Guten Tag, Frau Kopenke», sagte er. Da war doch der Name in seinem Gedächtnis abzurufen.

«Kommst du, Papa», rief Caroline von der anderen Straßenseite. Der Blick der einstigen Nachbarin wanderte hinüber, zu Katja, Caroline, Henriette, die im Buggy saß. Die alte Frau nickte kurz und schloss die Haustür auf. Jon ging zu seiner Familie, die vor der alten Brauerei stand. «Gehen wir in den Pratergarten», sagte er.

Vorher spazierten sie noch an der Volksbühne vorbei und zum Friedhof von St. Marien und St. Nikolai, doch das Grab seiner Eltern fand Jon nicht mehr. Vielleicht hatte Stefan recht, dem der Zeitpunkt zu früh gewesen war, um auf diese sentimentale Reise zu gehen.

«Den Tag morgen verbringen wir am Wannsee», sagte Katja.

Er schien sich endlos weit entfernt zu haben. Doch als vor dem Biergarten in der Kastanienallee einer stand, der eine Drehorgel von Bacigalupo drehte, hätte Jon beinah das Heulen angefangen.

Wären Henny und die Geborgenheit der Körnerstraße nicht gewesen, Vivi hätte sich schwerer damit getan, in das Leben mit Konstantin zu finden, der so viele Dienste in der Finkenau übernahm, als könnte er damit den Weg zum Facharzt der Gynäkologie verkürzen.

«Wenn es dich nicht gäbe, Henny, würde ich allein in einer Zweizimmerwohnung sitzen und darauf warten, dass er nach Hause kommt», sagte Vivi. Sie richtete den Wasserstrahl auf die Wurzeln des großen Ahornbaumes und blickte zu Henny, die auf der Bank saß.

«Du hast doch selbst viele Schichtdienste.»

«Aber wenn ich freihabe, dann genieße ich das auch und

lese nicht noch die Fachzeitschriften, bis keine Buchstaben mehr drin sind.»

«Das hat Konstantin von seinem Großvater», sagte Henny. «Ich denke, der Garten ist genügend gewässert. Setz dich mal zu mir.» Wie schön Vivi aussah in dem bunten Kleid, das sie in einem Laden gekauft hatte, den sie Hasi und Mausi nannte. Die nackten Arme und Beine sahen nach Sommer aus. Obwohl Vivi rotblond war, bräunte ihre Haut leicht.

Vivi rollte den Schlauch auf und trug ihn in die Garage, in der gelegentlich das alte VW Cabrio stand, das auch dort kaum noch vor dem Rost gerettet werden konnte. Als sie zurück in den Garten kam, trug sie die Schüssel mit den Johannisbeeren, um die Beeren von den Rispen zu lösen.

«Die Hände sollen immer was zu tun haben. Ein Satz von meiner Mutter. Der ging es immer mehr um die Hände als um den Kopf.»

«Hast du darum nicht Medizin studiert?», fragte Henny.

«Ich sollte Geld ins Haus bringen. Keine elf Jahre studieren.»

«Tut es dir leid, dass ihr keinen Kontakt mehr habt, du und deine Mutter?»

«Nein. Das geht nicht anders, sie war süchtig nach mir wie nach einer Droge. Nun scheint ihr der Entzug gelungen zu sein. Gut, dass die DDR offen ist und sie nach Juliusruh zu meiner Tante ziehen konnte. Das hat ihr sicher geholfen dabei.»

«Wie stellst du dir dein Leben vor, Vivi?»

«Eine Familie gründen mit dem Herrn Gynäkologen.»

«Doch bis zum Facharzt wird noch gewartet?»

«Das ist Konstantins Wunsch.»

Henny nickte. Ihre Zeiten hatten durchaus auch Vorteile

gehabt, die Pille schuf neue Zwänge. Das Leben ließ sich zu gründlich planen.

«Genügen euch die zwei Zimmer? Ich könnte auch bald das Schlafzimmer räumen.»

«Du kommst doch noch gut die Treppe hoch.»

«Vergesst nicht zu sagen, wenn ihr mehr Platz für euch haben wollt.»

«Für Konstantin ist es dein Haus, und so sehe ich das auch.»

«Ich würde gern noch ein Kind von euch beiden kennenlernen», sagte Henny. Sie blickte auf, als Konstantin in den Garten kam. Mit ihm hatten weder sie noch Vivi am frühen Nachmittag gerechnet.

Konstantin hatte am Fenster des Stationszimmers gestanden und in den Sommertag gesehen, als der leitende Oberarzt in das Zimmer getreten war. «Nehmen Sie sich für den Rest des Tages frei», hatte Havekost gesagt. «Ihre Überstunden würden eine neue Planstelle füllen. Heute liegt nicht mehr viel an, es sei denn, wir werden von Notfällen heimgesucht.»

Fast fremdelte Konstantin mit der gewonnenen Freizeit, doch als er vor die Klinik trat, zu seinem Käfer ging, das Verdeck aufklappte und den Motor anließ, war ein Glück in ihm, der warme Fahrtwind, der tiefblaue Himmel. Er versuchte, sich zu erinnern, ob Vivi heute Dienst hatte, wenn nicht, wollte er sie zu einer Spritztour einladen, vielleicht nach Timmendorf an den Strand.

Doch sie gingen dann nur ein paar Schritte weit zur Alster. «Wir könnten ein Kanu mieten», sagte Konstantin. «Oder mit dem Dampfer fahren.» Auch das taten sie nicht, saßen nur im Gras am Ufer nah dem Ort, an dem einst das

Uhlenhorster Fährhaus gestanden hatte und wo nun nur noch Wiese war. Blickten über die sonnenglitzernde Alster, sahen den Seglern zu und den Schwänen.

«Schwäne binden sich fürs ganze Leben», sagte Vivi.

Konstantin grinste. «Wir könnten heiraten», sagte er.

«Ist das eine weitere Option für diesen Nachmittag?», fragte Vivi. «Statt auf dem Dampfer fahren?» Sie war immer von einer Heirat ausgegangen. Auch wenn sie nur über ihren Kinderwunsch gesprochen hatten, gab es keinen Zweifel in ihr. Anders hätte es kaum zu Konstantin gepasst. War ihr das nicht schon bei der ersten Begegnung im Bus aufgefallen, als sie beide erst siebzehn Jahre alt gewesen waren? Konstantin strahlte eine große Verlässlichkeit aus.

«Was könnte es anderes sein als ein Antrag», sagte Konstantin. «Muss ja nicht heute passieren und auch nicht morgen. Mir liegt nach wie vor viel daran, dass ich vorher meinen Facharzt habe und in der Praxis meiner Mutter angekommen bin.»

«Das dauert noch ewig», sagte Vivi. Sie strich ihm über die feinen Haare am nackten Unterarm. Konstantin hatte die Ärmel seines hellblauen Hemdes hochgekrempelt.

«Nur noch zwei Jahre», sagte er. «Ende 1992.»

«Fast zweieinhalb.»

«Dann sind du und ich gerade erst dreißig geworden», sagte Konstantin. Er hätte den Mund halten sollen, statt Anträge zu machen. Vivi verbiss sich leicht in dieses Thema.

Er drehte sich ihr zu, fing auch an ihre nackte Haut zu streicheln. «Du bist so schön», sagte er. «Eine einzige Huldigung an den Sommer.» Er beugte sich über sie und gab ihr einen Kuss. «Wir haben das ganze Leben vor uns», sagte er. Über ihnen flogen Wildgänse und stießen heisere Rufe aus.

473

«Grau», sagte Jon. «Alles war grau, Stef. Selbst an einem hellen Julitag. In den Mauern Einschusslöcher. Ich konnte mich gar nicht erinnern, dass die überall waren.» Er blickte in das Grün des Hofes. Der Balkon vor dem Kinderzimmer, auf dem sie saßen. Es war mal Stefans Zimmer gewesen in ihren ersten beiden Jahren in Hamburg.

«Eine Frage der Gewöhnung. Sie sind uns nicht mehr aufgefallen.»

«Du hast gut daran getan, noch nicht hinzufahren, Stef.»

Ruhig war es im Hof, kein Geplansche, kein Jauchzen. Ferien. Reisen mit der Familie schien allen Nachbarn selbstverständlich zu sein. Katja und er waren mit den Kindern noch für eine Woche nach Eckernförde gefahren nach den Tagen in Berlin. Längere Ferien hatten sie sich nicht leisten wollen. Auch wenn Alex keine Zinsen wollte und ihnen alle Zeit der Welt ließ mit der Rückzahlung des Kredits, lag Katja und Jon viel daran, nicht mit den Raten in Verzug zu geraten.

«*Die wechjelofen sind*», sagte Stefan. Jon hatte ihm von der alten Kopenke erzählt. «Das ist die Herzlichkeit des Ostens.»

«Das kannst du im Grunewald genauso haben. *Bin ick die Auskunft*, hat uns einer geantwortet, als wir nach dem Weg zum Wannsee fragten.»

«Das Grab war nicht mehr da?»

Jon schüttelte den Kopf.

«Ich werde an die Friedhofsverwaltung schreiben.»

«Sie werden dir sagen, dass sie nicht zwei Republikflüchtlinge ausfindig machen konnten, um eine Verlängerung anzubieten.»

«Und auf mich wartet weißer Marmor in der Familiengrabstätte von Rudis italienischem Vater. Das Grab ist im

vergangenen Jahr um weitere fünfundzwanzig Jahre ver-
längert worden.»

«Dann müsst ihr noch mal verlängern, bevor sie dich
hineinlegen. In fünfundzwanzig Jahren bist du noch keine
achtzig.»

«Vielleicht haben wir Rudi und Käthe nicht mehr lange.»

«Dir ist Ruths Familie sehr ans Herz gewachsen», sagte
Jon.

Stefan nickte. «Die von Henny auch», sagte er.


Marike hatte gewartet, bis die letzte Patientin gegangen
war, bevor sie den Brief aus Münster öffnete. Der Öffner sah
aus wie ein Stilett, Thies hatte ihn in einem Geschäft auf der
Via Roma in San Remo gekauft.

Ein erstes Blatt mit dem Ergebnis. Ein zweites mit der
Erläuterung. Sie griff zum Telefon und rief in der Sierichstraße an. Florentine, der sie den kurzen Text des ersten
Blattes vorlas. Marike stand auf nach diesem Anruf. Trat ans
Fenster und öffnete es. Das Fleet roch nach heißem Sommertag. Blumig. Faulig. Sie kehrte an ihren Schreibtisch
zurück, spielte mit der Spiralschnur des Telefons, bevor sie
die Nummer im Schwanenwik in die Tastatur eintippte.


Florentine kehrte zur Loggia zurück, auf der sie mit dem
Husky gesessen hatte, als das Telefon klingelte. «Wer war
das?», fragte er.

Ein erstaunter Blick, der Florentine traf, als sie in die
Geranien griff, eine kräftige rote Blüte abbrach und die ihm
überreichte.

«Ich bitte dich um deine Hand, Husky», sagte sie.

Klaus hatte neben dem Schreibtisch gestanden, als das Telefon klingelte, nur einen Zettel holen wollen, um Notizen zu machen für die Sendung am morgigen Freitag. Er trat auf die Terrasse, auf der Alex saß und das Feuilleton der *Zeit* las.

«Darf ich einen Vorschlag machen?», fragte er.

Alex sah auf. «Du darfst immer Vorschläge machen.»

«Ruf Robert an und frage, ob ihm und Florentine und ihrem Sohn danach zumute ist, auf unsere Dachterrasse zu kommen und eine Flasche Wein mit uns zu trinken.»

«Das eben war Marike?», fragte Alex.

Klaus nickte. «Du bist der Vater», sagte er.

Habt ihr denn nun schon geheiratet?» Ida betrachtete ihre Nägel. Der helle Perlmuttlack, den sie sich bei Emil ausgeliehen hatte, blätterte.

«Du warst dabei, Mami. Das ist länger als ein Jahr her. Erinnere dich an das Kleid, das du getragen hast. Das mit dem Stuartkragen.»

«Ich erinnere mich. Da sieht man die Falten am Hals nicht. Aber beim Essen war der doch lästig, er hat jetzt auch Soßenflecken.»

Den hatte der Kragen nicht mehr, er war längst in der Reinigung gewesen. Die Dinge des Alltags berührten Ida weniger denn je.

Die alte Souffleuse war ein paar Straßen weiter gut untergebracht im Seniorenhaus von St. Matthäus, Ida aber würde in der Familie bleiben, so wunderlich sie auch wurde. Das ließ sich alles auf viele Schultern verteilen, Lori studierte und lebte noch zu Hause, Etta war in der zwölften Klasse des Johanneums, der Husky hatte Freiräume trotz der Arbeit im Studio an der Alster, und dann war da ja noch Fred. Den freundlichen Stadtstreicher von der Straße zu holen, das war eine von Florentines glänzenden Ideen gewesen.

Den Husky zu heiraten, eine andere. Warum zur Sklavin der eigenen Prinzipien werden, Pläne erforderten eben immer wieder Überarbeitung, eine Erkenntnis, die neu und erquickend gewesen war. Das vielleicht leichtsinnig gegebene Versprechen, ihm einen Antrag zu machen, falls der Vaterschaftstest zu Alex' Gunsten ausfiel, hatte sich als guter Einfall erwiesen. Es machte ihr Spaß, den Husky nun Ehemann zu nennen.

Florentine hatte ein Talent fürs Leben.

«Begleitest du mich zu Henny? Wir frühstücken gemeinsam.»

Hoffentlich stimmte das, und sie holten Henny nicht wieder unter der Dusche hervor. Henny war älter als Ida, doch völlig klar im Kopf.

«Dann tausche deine Lackpumps bitte mit den Fellstiefeln, Mami», sagte Florentine. «Auf den Straßen liegt Schnee.»

«Die Stiefel machen aber keinen schlanken Fuß», sagte Ida.

Henny räumte die Kaffeetassen von Konstantin und Vivi ab, die erste Tasse des Tages tranken sie oft gemeinsam. Sie stellte die Gedecke für Ida und Käthe hin, ergänzte den Frühstückstisch mit einer von Klaus' Konfitüren und dem Krabbensalat vom Fischhändler am Mühlenkamp. Keine Brötchen, Ida fürchtete um ihre Zahnkronen, doch Henny hatte ein Weizenkastenbrot beim Bäcker aufschneiden lassen, das ließ sich wunderbar toasten. Sie ging zur Tür, als es klingelte.

Auf Käthes altem schwarzen Persianer lagen weiße Flocken, über ihre Stiefel hatte sie grobe Wollsocken gezogen. Das war immer schon ihr Trick gewesen, wenn die Straßen glatt waren.

«Du hast dich allein hergetraut.»

«Rudi ist heute schlechter dran als ich.»

«Dass Ruth dir nicht längst den Persianer vom Leib gerissen hat. Sie ist doch gegen Pelzmäntel, meine Enkelin ja genauso.» Henny hängte den feuchten Mantel auf den Bügel.

«Dieses Steppenschaf ist schon lange tot.» Käthe blickte in den Flurspiegel. «Alte Eule mit roten Backen», sagte sie. «Ganz lange bleibe ich nicht, Rudi liegt erkältet auf dem Sofa.» Sie drehte sich um, als Ida mit Florentine eintrat.

«Willst du mit uns frühstücken und das Durchschnittsalter deutlich senken?», fragte Henny.

«Meinst du meine Tochter oder mich?», fragte Ida.

Florentine grinste. «Ich habe schon mit dem Husky gefrühstückt. Ruft mich an, wenn Mami abgeholt werden will.»

«Wie geht es denn deinem Rudi?», hörte sie ihre Mutter Käthe fragen. «Du bist die Einzige von uns, die noch nicht Witwe ist.»

«Na danke», sagte Käthe. «Wenn du nicht so tüddelig wärst, würde ich dir das jetzt ziemlich übel nehmen.»

«Ich geh lieber mal dazwischen», sagte Henny und verabschiedete Florentine, die ihren Ohren kaum traute.

Es hatte aufgehört zu schneien, die Sonne kam hervor und ließ den Schnee glitzern. Florentine ging zur Alster, auf der lose Stücke Eis schwammen, entschied, einen Spaziergang zu machen, zwei Stunden würden die Freundinnen es wohl miteinander aushalten. Das war nicht nur Tüddeligkeit bei Ida, sie konnte auch boshaft sein.

Lange Schritte, zu denen Florentine ausholte. Sie genoss die Blicke. Nein, Florentine würde noch lange nicht unsichtbar sein. Ihre Beine steckten in engen karierten Wollhosen, darüber eine mit Schaffell gefütterte Wildlederjacke, keine Kopfbedeckung, doch erst als sie bereits bis zum Literaturhaus gegangen war, spürte sie die Kälte.

Einkehren zu einer Tasse heißen Tee.

Sie hatte schon die erste der hohen Stufen zum Literaturhauscafé genommen, als sie zögerte und entschied, zwei Häuser weiterzugehen, in der fünften Etage zu klingeln, vielleicht war Alex zu Hause.

War etwas anders geworden zwischen ihnen, seit Florentine wusste, dass sie einen gemeinsamen Sohn hatten? Seit es ein Fakt geworden war und nicht nur eine Eventualität?

«Hast du Zeit für eine Tasse Tee, Alex?»

Er stand schon in der Tür, als sie aus dem Aufzug kam, die letzte Treppe nahm. «Ist dir nicht kalt ohne Mütze?»

«Doch», sagte sie. «Trägst du Mützen?»

«Dir würden sie stehen», sagte Alex. Ging voraus in die Küche, um den Kessel für das Wasser aufzusetzen. Das Tee-Ei mit Earl Grey zu füllen.

«Ich habe Ida bei Henny abgegeben und Lust auf einen Spaziergang gehabt. Als ich im Flur der Körnerstraße stand, hörte ich sie fragen, wie es Rudi gehe und dass Käthe ja als Einzige noch keine Witwe sei.»

«Du liebe Güte. Ich bewundere dich, dass du so geduldig mit ihr bist.» Alex stellte Becher auf ein Tablett, den Topf mit dem braunen Zucker. Ein Kännchen Sahne. «Oder nimmst du Zitrone?»

«Nein. Ich trinke den Tee, wie mein Vater ihn zubereitet hat.»

«So gut wie Tian kann ich das nicht.» Er goss das Wasser in die Kanne. Sah auf die Uhr. Drei Minuten hatte ihn Tian ziehen lassen.

«Ist etwas anders geworden für dich?», fragte Florentine, als sie am Tisch saßen, den Tee tranken.

«Ich habe Lori die Familienfotos gezeigt, ihm von meiner Familie erzählt und ihn in mein Testament aufgenommen», sagte Alex.

Florentine nickte. Das wusste sie.

«Lieb hatte ich deinen Sohn immer schon. Bevor ich sicher sein konnte, dass er unser Sohn ist. Und für dich?»

«Ich denke seit langem, dass wir alle eine große Familie sind.»

«Das hat Klaus auch gesagt.»

Florentine sah auf die Rolex an ihrem Handgelenk. «Kann ich mal bei Henny anrufen?», fragte sie. «Ida scharrt sicher schon mit den Hufen.»

Käthe klopfte den Schnee von den Socken, ehe sie die Tür öffnete.

«Bin wieder da», sagte sie laut in der Diele und zog den Mantel aus. «Rudi?», fragte sie beunruhigt. Dieses dumme Gerede von Ida. Sie trat ins Wohnzimmer, Rudi lag auf dem Sofa und schlief, die Zeitung war ihm entglitten. Käthe trat heran und legte ihm ihre kalte Hand auf die Stirn, sie fühlte sich nicht mehr so heiß an wie heute Morgen.

Rudi öffnete die Augen. «Käthe», sagte er.

«Geht es dir besser?»

«Ja. Wieviel Uhr ist es denn? Der Schlaf hat gutgetan.»

«Viertel vor drei. Henny und ich haben uns verklönt, als Ida schon weg war. Soll ich Suppe heiß machen? Hühnersuppe kann dir nur guttun.»

Rudi richtete sich auf. «Ich kümmere mich drum.»

«Du hast sie gekocht. Die Suppe heiß zu machen, sollte mir gelingen.»

Rudis Kopf sank auf das Kissen zurück. Ihm war schwindelig. Zu rasch hatte er sich aufgerichtet, nicht darin geübt, krank zu sein.

Seit November spielte er den Trofimow in Tschechows *Kirschgarten*, Jons erste Bewährung im Ensemble, ein lobender Satz in den Kritiken der *Welt*, des *Abendblatts*, kein Durchbruch. Einst hatte Ricks Freundin Wally die Warja im *Kirschgarten* gespielt, doch sie arbeitete nun an der Volksbühne am Rosa-Luxemburg-Platz. Die ihm unbekannte Wally und er hatten die Bühnen getauscht.

Als George Rathman anfragte, ob Jon den Komponisten George Gershwin spielen wolle, der mit noch nicht einmal achtunddreißig Jahren an einem Gehirntumor gestorben war, sagte Jon sofort zu. Den Soundtrack zum Film hatte Alex bereits vor anderthalb Jahren eingespielt, das Album war von Verve vertrieben worden und für den Jazzpreis des Südwestfunks nominiert. Ein Achtungserfolg, der sich kaum in den Verkaufszahlen zeigte.

Doch die Arbeit am Album hatte Alex und Robert Freude gemacht. Der geplante Film, halb Dokumentation, halb Fiktion, könnte dem Album Flügel verleihen.

«Gedreht wird in den Tonndorfer Studios», sagte Jon zu Katja, als sie nach dem Abendbrot noch am Küchentisch saßen. «Mit ein bisschen Hilfe von Henny schaffen wir das gut mit den Kindern, auch wenn du in der Zeit unterwegs sein solltest.»

«Ich bin gefragt worden, nach Dubrovnik zu fliegen.»

Jon schwieg. «Das ist Kriegsgebiet, Katjuscha», sagte er schließlich.

Am 31. März des vergangenen Jahres hatte der Krieg in Kroatien begonnen, ein weiterer Brandherd im auseinanderfallenden Jugoslawien. Am 6. Dezember waren sechs-hundertfünfzig Mörsergranaten auf die historische Alt-stadt Dubrovniks niedergegangen und hatten neunzehn Menschen getötet, keiner von ihnen war Soldat gewesen. Vorher war schon die ostkroatische Stadt Vukovar zum Schlachtfeld serbischer Truppen geworden.

«Eine große Reportage für den *Stern*», sagte Katja.

«Die können dich in keinen Krieg schicken.»

«Sie schicken mich nicht, selbstverständlich ist es mir überlassen.»

«Du hast kleine Kinder, Katjuscha.» Jon schluckte. «Da-für hast du mich doch nicht aus der DDR geholt», sagte er leise. «Dass ich dich in einem Krieg verliere.»

«Sei nicht theatralisch, Jon. Karsten war in so vielen Kriegen.»

«Und kann heute kaum zwei volle Pennytüten tragen, ohne nach Luft zu japsen. Ich flehe dich an, das abzuleh-nen.»

«Ich war in Vietnam, und mir ist nichts geschehen.»

«Soviel ich weiß, war der Vietnamkrieg da schon vor-bei.» Wer konnte sie überzeugen? Henny? Marike? Thies? Konstantin? Klaus? Sie wären sicher alle seine Verbündeten darin zu verhindern, dass Katja nach Dubrovnik reiste. Doch sie konnte starrköpfig sein, wenn sie sich gedrängt fühlte, Karstens Kosename *Katja Kratzbürste* traf das genau.

Das schlafwarme Jettchen, das in der Küchentür er-schien. «Ich hab noch Durst», sagte die Kleine. Schaute zwi-schen ihnen hin und her, Henriette hatte ein feines Gefühl für schlechte Schwingungen. Katja nahm ihre Tochter auf den Schoß, Jon schenkte Saft ein.

«Bis wann wirst du das entschieden haben?», fragte Jon, als Katja aufstand, um das Kind einzutopfen, das auf ihrem

Arm wieder eingeschlafen war. «Oder hast du dich schon *dafür* entschieden?»

Katja schüttelte den Kopf.

«Nimm noch den Schal», sagte Käthe. «Da weht ein kalter Ostwind.»

«Ich habe doch einen Rollkragenpullover an.»

«Trotzdem. Du bist Rekonvaleszent.»

«Es war nur eine Erkältung, Käthe.» Rudi hatte vor, zu Böttcher zu gehen, geräucherten Heilbutt kaufen, der fette Fisch tat gut bei den winterlichen Temperaturen. Vielleicht auch einen Schellfisch, ihn mit Senfsoße zubereiten, mal wieder eine gekochte Mahlzeit auf den Tisch bringen. Käthe war die Königin des belegten Brotes.

Die Knie waren ihm noch ein wenig weich, aber die frostige Luft tat gut. Er traf Florentine, die nach ihm in den Laden kam, Lachs kaufte.

«Gut, dich wohlauf zu sehen», sagte Florentine. «Grüß Käthe.»

Ein knappes Kilo Schellfisch, das er kaufte. Er hätte vorher Ruth und Stefan anrufen sollen, sie fragen, ob sie Lust und Zeit hatten, bei ihnen Fisch zu essen. Ihm war nach einer Familienrunde. Falls die Kinder nicht konnten, fror er einen Teil des Fisches einfach ein.

Doch er war froh, als er wieder auf seinem Sofa saß.

Der griechische Chor, den Jon herbeirief, um Katja zu überzeugen, schien das Gegenteil zu erreichen, Katja telefonierte mit dem Sekretariat des Auslandressorts wegen der Flugverbindungen nach Dubrovnik. Doch die Reise schien sich zu verzögern, der schreibende Kollege weilte noch in Usbekistan.

Jon rief Florentine an, ob Karsten im Lande sei. Nein. Aber er hatte sich für die nächsten Tage angesagt. Jon versuchte es unter der Pariser Nummer und lauschte lange dem Läuten, die Leere der Wohnung im Marais glaubte er zu hören.

Was versprach er sich davon, ausgerechnet den alten Kriegshelden zu Hilfe holen zu wollen? Vielleicht goss der nur Öl in Katjas Feuer.

Käthe löffelte ihm Eukalyptushonig ein, schnitt eine Zwiebel klein und kochte sie mit Kandiszucker auf. Ließ den Sud stundenlang ziehen, traktierte Rudi auch damit, der Husten ließ nicht nach, den er sich im kalten Ostwind geholt hatte. Vom Heilbutt hatten sie gegessen, der Schellfisch lag eingefroren in der Kühltruhe. Rudi hatte sich zu schlapp und fiebrig gefühlt, um Ruth und Stefan zum Essen zu bitten.

«Morgen gehst du mir zum Arzt, oder soll Konstantin kommen?»

«Falls es morgen nicht besser ist, gehe ich zum Arzt», sagte Rudi.

Hatte er nicht schon die Konzentrationslager überstanden und die russischen Winter im Ural? Er war dort stärker geworden, keineswegs schwächer. Rudi legte sich mit einem Heizkissen ins Bett. Der Atem rasselte schon weniger, dachte Käthe, die neben ihm lag. Gegen zwei Uhr morgens wachte sie auf, weil es zu still im Zimmer war.

Konstantin traf gleichzeitig mit dem Notarzt ein, der es dem jungen Arzt überließ, den Totenschein für einen alten Freund auszustellen.

Ruth kam verspätet und allein in der Marienterrasse an, Stefan hatte einen unerwarteten Anfall erlitten, als die

Nachricht sie erreichte. Ruth wartete, bis Stef das Bewusstsein wiedererlangt hatte, um ihn erst dann zu verlassen, als er erschöpft auf dem Bett lag, Jon neben sich, der von Ruth alarmiert eine Viertelstunde später eingetroffen war.

«Papa», sagte Ruth. *Papa. Papa. Papa.* So oft hatte sie mit dieser Anrede geknausert, die Rudi eine Liebkosung gewesen war. Jetzt saß sie neben ihm und hüllte ihn ein in dieses Wort, unfähig, anderes zu tun, als immer wieder *Papa* zu sagen.

«Leg dich hin, Käthe», sagte Henny, als alles getan war. «Du kannst nicht mehr. Leg dich neben deinen Mann. Noch ist es stockfinster, vielleicht findest du einen kleinen Schlaf. Hast du etwas da? Eine Tablette? Die dich beruhigt.»

«Hast du dich auch neben deinen toten Mann gelegt?»

Henny nickte. Sie hatte sich neben Theo gelegt. Die ganze Nacht.


Jon rang Katja ab, nicht in den Kroatienkrieg zu fliegen. Dass ihm das doch noch gelang, lag vielleicht an Rudis Tod, unter dessen Eindruck Katja stand. Rudi. Ein tapferer Kämpfer, der den Krieg nie freiwillig gesucht hatte.

Q*uercus robur* stand auf dem kleinen Schild, das an einem der Äste der Eiche befestigt war. Stefan und Ruth hoben abwechselnd die Erde aus, bis das Pflanzloch rechts vom weißen Stein aus Marmor groß genug war, um den Erdballen mit dem achtzig Zentimeter hohen Eichenbaum hineinzusetzen.

«Versprecht mir, dass ihr links vom Stein eine Linde pflanzen werdet, wenn ich hier mal liege», sagte Käthe.

Philemon und Baucis. Davon hatte Rudi gern gesprochen. Dass Käthe und er dem alten Ehepaar aus der griechischen Mythologie glichen, das zum Dank für ihre Gastfreundschaft vom Göttervater Zeus einen Wunsch erfüllt bekam. Sich nicht trennen zu müssen im Leben, indem sie zur gleichen Zeit starben. Am Ende wurde Philemon zu einer Eiche und Baucis zur Linde, zwei Bäume, die dicht nebeneinander wuchsen.

«Das habe ich versäumt, gleichzeitig mit meinem Rudi zu sterben. Vielleicht hätte ich in der Nacht ganz viele Tabletten nehmen sollen, und nicht nur eine zur Beruhigung.»

«Du bleibst noch ein bisschen bei mir», sagte Henny. Sie blickte auf die beiden Steinkissen, die dort für Lina und Louise lagen. Für jede von ihnen hatten sie Perlhyazinthen gebracht, im Korb waren auch noch Töpfe für Theos Grab.

«Ich pflanze die schon mal», sagte Konstantin.

Gestern war er mit Käthe und Henny nach Poppenbüttel zur Gärtnerei gefahren, die kleine Eiche aussuchen, die Frühlingsblumen. An diesem Sonntag hatte er dafür den Spätdienst in der Finkenau übernommen, viel Zeit, die er seiner Großmutter und Käthe gab. Der Totenschein, den er im Januar ausgestellt hatte, war der erste in seinem Leben als Arzt gewesen. Eine Nacht, die auch er nicht vergessen würde.

Nun lag Rudi neben seinem Vater unter dem Stein mit der Rosenranke, der dem Stein eines toskanischen Familiengrabes nachempfunden war. Alessandro Garuti. Rudolf Odefey. Hatte er nicht ein Leben lang nur Rudi geheißen?

«Ich geh mal zu Theo», sagte Henny. Einmal um die Ecke am Bassin vorbei, auch auf dem Friedhof waren sie einander noch nah.

Ein grauer Stein wie ein Stück Felsen, auf dem der vertraute Name stand. «Wir sollten ihm einen der Ahornsämlinge aus dem Garten aufs Grab setzen», sagte Konstantin. «Die Idee mit den Bäumen gefällt mir gut, die hätte Theo auch gefallen.»

«Auch dass du am Ende des Jahres Gynäkologe sein wirst.»

«In Großvaters Fußstapfen und denen meiner Mutter.»

«Das hattest du dir doch als Ziel gesetzt vor einer Heirat.»

«Vielleicht promoviere ich vorher noch.»

«Konsti, warum verzögerst du es immer wieder?»

«Vivi und ich werden erst dreißig im Herbst. Dräng doch nicht.»

Drängte sie? Als Klaus geboren wurde, war sie einunddreißig Jahre alt gewesen, hatte schon eine neunjährige Tochter gehabt. Doch die jungen Leute ließen sich Zeit mit den Kindern. Hatte Henny nicht oft beklagt, dass in ihrem Leben alles viel zu schnell gegangen sei?

Ruth wässerte gerade das Eichenbäumchen, als sie zurück zum Garuti'schen Grab kamen.

Arm in Arm gingen die Freundinnen, Konstantin, Ruth und Stefan folgten ihnen auf dem Weg zu Konstantins neuem Auto, das das VW Cabrio ersetzt hatte und in dem sie alle Platz fanden.


«Habe ich Rudis Tod heraufbeschworen?»

«Nein», sagte Florentine zum hundertsten Mal. «Aber bitte denk trotzdem lieber vorher darüber nach, was du sagst, Mami.»

«Die ganze Höflichkeit wird überschätzt», sagte Ida.

Florentine schnitt den geschälten Apfel in Viertel und stellte den Teller vor Ida auf den Küchentisch. «Gestern hast du auch Lori brüskiert.»

«Hab ich das? Ich habe nur gefragt, ob er eine Freundin hat.»

«Ob er nach seinem leiblichen Vater schlüge, hast du gefragt.»

«Ihr seid alle viel zu empfindlich», sagte Ida. «Emil hat heute Morgen auch gleich die beleidigte Leberwurst gegeben, nur weil ich fand, dass seine Malerei aussieht wie Kindergartenkleckserei. Dafür hätte er doch nicht all die Jahre studieren müssen.»

Florentine seufzte. An den Tagen, an denen Ida nicht klar im Kopf war, ließ sie sich leichter ertragen.

«Überhaupt Alex», sagte Ida. «Da boykottiert er alle meine Versuche, mit ihm zu flirten, und dann hat er ein Kind mit meiner Tochter. Gut, dass Etta deinem Husky so ähnlich sieht.»

«Können wir das Thema fallen lassen? Iss mal den Apfel, bevor du deine Tabletten nimmst.» Ab und zu zögerte sie, die kleinen blauen Pillen zur Besserung geistiger Leistungseinbußen an ihre Mutter auszugeben. Lieber plemplem und lieb.

«Vielleicht hätte *ich* ein zweites Zimmer nehmen sollen», sagte Ida. «Nun kleckst Emil im Coco Chanel. Hättest mir das Zimmer gut geben können, du hast doch schon die Miete aus der Milchstraße.»

«Du hast das größte und schönste Zimmer drüben.» War es das, was Florentine sich vorgestellt hatte, als sie die kleine feine Künstlerpension erfand? Der einzige Künstler war Emil, der sein Studium bei der HFBK beendet hatte und nicht aufhörte, knapp mit Geld zu sein. Obwohl sich Karsten auch als Künstler verstand, seit er in keine Krisengebiete mehr reiste. Seine Aufenthalte in Hamburg dehnte er nun auf acht Tage aus.

Er tat der Truppe da drüben gut. Verstand sich mit Emil und Fred, ging inzwischen auch auf Idas Koketterie ein.

«Heute Abend kommen Alex und Klaus», sagte Florentine. «Der Husky bereitet seine Bolognese zu.»

«Dann bleibe ich lieber auf meinem Zimmer», sagte Ida. «Ehe ich zu den Herren noch was Falsches sage.»

Ein knappes Kilo Schellfisch, Käthe hatte es aus der Kühltruhe geholt, ließ den Fisch auf der Ablage der Spüle auftauen. Stefan würde ihn zubereiten heute Abend, dass die Männer alle kochen konnten. Karl Laboe, Käthes Vater, hatte höchstens mal Kartoffeln geschält.

Butter und drei Eigelb brauche er und eine Zitrone für die Holländische Soße, unter die er den Senf rühren würde, hatte Stefan gesagt. Keine Mehlschwitze, wie Rudi es gemacht hatte. Zum ersten Mal seit Rudis Tod, dass wieder ein Essen in der Küche der Marienterrasse zubereitet wurde, Käthe hatte sich angewöhnt, vor dem Kühlschrank stehend zu essen. Wenn Henny nicht wäre, dann fiele Käthe vom Fleisch.

Auch heute fehlte ihr der Appetit. «Als er den Fisch kaufte, hat Rudi sich den Tod geholt», sagte sie und legte die Gabel hin. «Im kalten Ostwind auf dem Mühlenkamp.»

«Mama», sagte Ruth.

«Deine Soße ist so was von lecker, Stefan», sagte Henny.

Doch Stefan hatte schon die Hand auf die seiner Schwiegermutter gelegt. «Ich vermisse ihn auch sehr», sagte er.

Da konnte Käthe wieder essen.


«Hoffst du darauf, der Vater des Kindes zu sein?», hatte ihn Robert im März vor zweiundzwanzig Jahren bei ihrer Aussprache im Studio des NDR gefragt.

«Ich hoffe, dass du es bist», hatte Alex nach einem Zögern gesagt.

Nun war er glücklich, wenn er den Jungen sah. Glücklich und noch immer leicht verlegen, er hatte seinen Eltern einen Enkel beschert.

«Mami ist drüben bei Ida», sagte Lori. «Doch Papi ist in der Küche und hat schon die erste Flasche Rotwein geöffnet.»

«Ich hörte, du trinkst schon?», fragte Alex, als er in die Küche trat.

«Der freche Bengel», sagte Robert. «Ich brauche den Wein für die Bolognese. Nimm dir ein Glas aus dem Schrank. Bin gleich fertig mit dem Salat.» Robert griff nach dem eigenen Glas und drehte sich um, als Alex eines mit Rotwein füllte. «Ich bin stolz auf uns», sagte er.

«Sei vor allem auf dich stolz. Du bist ein großartiger Kerl.»

«Das finde ich auch.» Robert grinste. «Wo ist eigentlich Klaus?»

«Er hat ein Gespräch beim Unterhaltungschef. Hoffentlich nehmen sie ihm nicht seine Sendung weg. Sie haben gerade die Reformitis.»

«*Nach der Dämmerung*? Das glaube ich nicht. Die Sendung ist Kult.»

«Eine Hatz nach Quoten. Das verdanken wir dem dualen Rundfunk.»

«Das ist nicht alles schlecht, Alex.»

«Ich fange einfach an, alt zu werden.»

Robert schüttelte den Kopf. «Das gilt nicht für Jazzmusiker», sagte er.

Sie blickten beide zu Klaus, der in die Küche kam. «Alles gut», sagte er. «Nur noch vierzehntägig. Alternierend mit einem neuen Format.»

«Und das betrübt dich nicht?», fragte Alex.

«Dann habe ich mehr Freitagabende für dich. Auf unsere alten Tage.»

«Wir sind einfach begabt darin, aus allem das Beste zu machen», sagte Robert und lächelte seiner Frau zu, die in der Tür stand.

Jon betrat die Buchhandlung um kurz nach acht. Ganz hatte er sich noch nicht an den *Schlado* gewöhnt, obwohl es den seit Oktober 1989 gab. An Donnerstagen durften Geschäfte bis 20 Uhr dreißig öffnen, Scheißlangerdonnerstag sagten dazu nur die Verkäufer, selten die Kunden. Rick und Nils schienen sich nicht zu stören am Schlado.

«Ich habe ein Buch für dich. Aus meiner privaten Bibliothek», sagte Rick Binfield. Er legte Jon ein Bändchen hin. *The Writer in Disguise*. Bennett, Alan. Erschienen im Londoner Verlag von Faber & Faber. «Die anderen Titel müsste ich dir in England bestellen. *Kafka's Dick* ist von 1986. *The Old Country* von 1977.»

«Mein Englisch ist mäßig, Rick.»

«Ach, ihr Ostdeutschen. Versteckt euch immer hinter eurer Kenntnis der russischen Sprache, Wally erlebt das jetzt auch an der Volksbühne. Du bist seit zwölf Jahren hier, Jon.»

«Noch nicht ganz, doch du hast recht. Ich habe Lücken, und die sind mir peinlich. Ich habe mich im Ensemble nicht getraut zu sagen, dass ich keine Ahnung von Bennetts Stücken habe.»

«Kennst du Alan Ayckbourn? Von ihm ist mehr übersetzt worden. Sein *Absurd Person Singular* hat am Thalia die deutsche Uraufführung erlebt, *Frohe Feste* ist der deutsche Titel.»

«Britische Komödien neueren Datums sind nicht meine Stärke.»

«Dann stelle ich dir einen Kanon zusammen, ich habe genügend Zeit. Das kommt davon, wenn man eine Frau wie Wally liebt, und das schon so lange. Frag meinen Kompagnon Nils, der geht mit mir ins Kino, um meine einsamen Abende zu füllen.»

«Ich kann dir viel Betrieb an unserem Küchentisch bieten», sagte Jon.

«Dann kommen wir ins Geschäft», sagte Rick. «Ich bekomme Betrieb und du das britische Kulturprogramm.»

«Mama, du bist noch wach?», fragte Florentine, als sie die Tür öffnete.

Kurz vor Mitternacht, doch sie hatten sich nach dem Essen der Spaghetti bolognese noch ins Wohnzimmer gesetzt. Robert, Florentine, Lori, Klaus, Alex.

«Nicht, dass du Falsches vermutest. Ich bin klar im Kopf, auch wenn ich hier halbnackt vor dir stehe.» Ida stand in einem hochgeknöpften Nachthemd vor der Tür. Sie griff nach Florentines Hand, zog ihre Tochter hinüber in die Wohnung auf der anderen Seite des Etagenflurs. «Ich bin allein mit ihm», sagte sie. «Das ist mir nun doch unheimlich. Vielleicht ist er kurz davor durchzudrehen.»

Florentine hörte den Gesang schon im Flur, bevor sie durch den Spalt lugte, den die Küchentür ließ. Emil stand auf dem Tisch in einem dünnen silbernen Fähnchen, die noch immer langen hellen Haare verwegen hochgesteckt. An seinen nackten Füßen waren silberne Stilettos. Auf seinen blassen Wangen ein zu leuchtendes Rouge. Dennoch war das nur der dünne Körper eines jungen Mannes, nichts ausgestopft, kein Versuch von Weiblichkeit.

*Überall ist Wunderland.*
*Überall ist Leben.*
*Bei meiner Tante im Strumpfenband*
*Wie irgendwo daneben.*

«Lieber Ehemann», sagte Florentine, als der Husky neben ihr erschien, die Hand auf ihre Schulter legte. «Was tut er da?»

«Es ist schon Mitternacht. Was tust du da, Emil?», fragte Robert.

«Schon so spät? Entschuldigt. Ich probe meinen Auftritt», sagte Emil. Ein erstes Publikum, das sich da in der Küche der Pension eingefunden hatte, nicht nur Ida, Florentine, Robert. Auch Alex, Klaus und Lori.

«Das ist Ringelnatz», sagte Emil. Er stieg vom Küchentisch und sah auf einmal nur noch aus wie ein frierendes Kind.

Der Blister mit den einundzwanzig Tabletten lag auf der Ablage vor dem Badezimmerspiegel. Konstantin griff nach dem Kamm und stutzte, ein vertrauter Anblick, Vivis Antibabypille dort liegen zu sehen, was irritierte ihn? Er blickte in den Spiegel und zog die Brauen hoch.

«Trinkst du noch einen Kaffee?», fragte Henny, als er die Treppe herunterkam. «Die Kanne steht auf dem Tisch.»

«Setzt du dich zu mir?», fragte Konstantin. «Ich hab noch Zeit.»

«Das war kurz nach fünf, als Vivi aus dem Haus ging.» Henny nahm die Kanne und schenkte ihrem Enkel und sich ein. Gab Milch dazu.

«Sie hat in dieser Woche Frühdienst.» Er nahm einen Schluck Kaffee. «Weißt du was darüber, dass Vivi aufgehört hat, die Pille zu nehmen? Der Blister ist noch komplett. Da fehlt seit Tagen keine Pille, das ist mir eben erst aufgefallen.»

«Das würde sie doch mit dir besprechen. Mir hat sie nichts gesagt.»

«Vielleicht teilt Vivi mir das auf diese Weise mit, legt mir eine nicht angebrochene Pillenpackung vor die Nase. Das ist ein heikles Thema zwischen ihr und mir, Vivi will unbedingt schon ein Kind.»

«Wäre das so falsch? Du hast den Facharzt in der Tasche, Konstantin.»

«Ich steige erst im nächsten Jahr in Mamas Praxis ein. Promovieren will ich auch noch. Warum die Eile? Ich habe gedacht, dass Vivi und ich das geklärt hätten.»

«Vivi ist mit dreißig nicht zu jung für ein Kind.»

Konstantin zog zum zweiten Mal an diesem Morgen die Augenbrauen hoch. «Die biologische Uhr tickt? Wir haben lauter Frauen im Kreißsaal, die in den Dreißigern sind und ihr erstes Kind bekommen. Auch gern in ihren späten dreißiger Jahren.»

«Ob das gut ist?», fragte Henny.

«Ich möchte jedenfalls nicht hintergangen werden.»

«Das tut sie nicht. Du hast die Botschaft verstanden.»

Konstantin schüttelte den Kopf. «Das sehe ich anders.» Er stand auf und gab seiner Großmutter einen kleinen Kuss. «Ich bitte dich darum, nicht konspirativ tätig zu werden. Da ist noch Zeit genug. Katja hat dir schon zwei Urenkelinnen beschert.»

In den Jahren nach dem Krieg hatte sie ja auch allein gelebt, Käthe versuchte, sich das ins Gedächtnis zu rufen, wenn sie aufwachte und zum leeren Bett blickte. Doch damals hatte sie noch einen Funken Hoffnung gehabt, Rudi könne zurückkehren, auch wenn sie das nicht einmal vor sich selbst zugegeben hatte. Dann war der Tag gekommen, im September 1949, und sie hatten einander wiedergefunden vor Willis und Minchens Schrebergartenhütte. Einmal noch umschlungen stehen mit Rudi. Einmal noch.

Nie wieder. Das zu denken, war das Schrecklichste, Käthe dachte es dauernd. Henny schien viel stärker zu sein, lebte ihr Leben ohne den geliebten Mann. Aber sie war auch nicht allein im Haus, Konstantin und Vivi lebten bei ihr, das war anders, als nur Besuch zu bekommen.

Allein schlafen gehen. Allein aufwachen.

Käthe saß auf der Bettkante und betrachtete die Puschen an ihren Füßen. Anschwung brauchte sie. Der Gang ins Bad. In die Küche, Kaffeewasser aufsetzen. Am Küchentisch sitzen.

Stefan kam öfter als Ruth. Saß am Tisch und hörte zu. Ruth kannte schon alle Geschichten. Von den französischen Küchlein im Reichshof, den Tanzereien im Lübschen Baum, der Wohnung in der Bartholomäus mit dem weißen Kachelofen, die Jahre der Verfolgung, die Bomben. Wie sie im letzten Augenblick in den Bunker gelaufen war.

Vieles, was Käthe nicht erzählte. Kein Wort von Ernst Lührs Verrat. Keins von der Abtreibung und der daraus folgenden Kinderlosigkeit. Doch sie dachte bei Stefan oft, dass er auch das Ungesagte hörte.

«Ich hab Rudi immer meinen hübschen Jungen genannt.»

Käthe blickte in den Spiegel, der über dem Waschbecken hing. Seit Rudis Tod hatte sie die Haare nicht gefärbt, ihr kinnlanges schwarzes Haar war zur Hälfte weiß herausgewachsen. Käthe erinnere sie an einen Border Collie, hatte Henny gesagt, die hellblond blieb.

«Wenn dein Haar bis hin zu den Spitzen weiß ist, dann wird die quälendste Trauer vorbei sein», sagte Stefan.

Ein weiteres Jahr. Wie alt sollte sie denn werden?

Henny hörte die streitenden Stimmen. Durfte sie eingreifen? Sie stand am Fuß der Treppe und zog sich still in den Salon zurück.

«Du kannst Konstantin nicht zu seinem Glück zwingen, Vivi.»

«Doch du bist auch der Ansicht, dass es sein Glück wäre?»

Eilige Schritte auf der Treppe, die Haustür fiel ins Schloss. Henny trat ans Fenster und sah Konstantin davonfahren. Wohin fuhr er abends um halb zehn? In eine Kneipe? In die Klinik? Zu Katja?

Henny setzte sich an den Kamin zurück, das Feuer war ausgegangen, jetzt bückte sie sich nicht noch einmal. Ein Klopfen an der Tür.

«Komm», sagte Henny.

«Soll ich dir ein neues Kaminfeuer bauen?»

«Gern. Und dann setzt du dich zu mir.»

Vivi nahm eine Zeitung vom Stapel, zerknüllte sie, kleine Stücke Holz, die Scheite, ein langes Streichholz. «Klaus hat es mir gezeigt», sagte Vivi. «Er sei der beste Kaminfeuerbauer in der Familie.»

Henny schmunzelte. «Das stimmt», sagte sie. «Theo und er.»

«Eure Liebesgeschichte habe ich im Herzen», sagte Vivi. «Ich halte mich fest an dir und Theo.» Sie stand auf und stopfte ihre Hände in die Taschen ihrer langen Strickjacke.

«Was ist mit Konstantins und deiner Liebesgeschichte?»

Vivi hob die Schultern. «Ich habe ihn hintergangen.»

«Du hast eine Spur gelegt, vielleicht ein wenig kryptisch, doch er ist gewarnt worden. Dann soll Konstantin sich eben vorsehen, wenn ihr miteinander schlaft.»

«Ich habe den Blister erst vor ein paar Tagen hingelegt, Henny, als stummes Zeichen, vorher habe ich zwei anderen Blistern jeden Tag eine Tablette entnommen.»

«Die du auch geschluckt hast.»

«Ich nehme die Pille seit Anfang September nicht mehr.»

Henny schwieg. «Bist du schwanger, Vivi?», fragte sie schließlich.

Ein weißes Plastikteil, das Vivi aus der Tasche ihrer

Strickjacke nahm. Es sah aus wie einer der Chips, die heute alles sein durften, Zugang zur Kantine, Dauerkarte fürs Schwimmbad, eine Garderobenmarke. Henny nahm dieses neue Messgerät der Menschwerdung. Keine Frösche mehr, die laichen mussten, um eine Schwangerschaft festzustellen. Nur ein kleines Pluszeichen im Fensterchen in der Mitte des Chips.

«Konstantin ist nicht der erste Mann, der sich an den Gedanken gewöhnen wird, Vater zu werden», sagte Henny. Doch ihr war nicht wohl dabei. Ja. Vivi hatte ihn hintergangen.

«Ihr seid die Einzigen, von denen ich weiß, dass ich spät noch vor der Tür stehen kann», hatte Konstantin gesagt, als er um Viertel vor zehn im Schwanenwik angekommen war. «Bei Katja würde ich die Kinder wecken.» Er umarmte Klaus, der ihm geöffnet hatte.

Alex stand vom Sofa auf, er war beunruhigt. Konstantin war kein sehr spontaner Mensch. Sie setzten sich an den Tisch, Klaus holte ein drittes Glas, schenkte ein. «Oder trinkst du lieber Mineralwasser?»

«Gern ein Glas Wein. *Ich* bin ja nicht schwanger.»

«Verkündest du uns gerade, dass du Vater wirst?», fragte Alex. «Das ist doch ein guter Grund anzustoßen, Konsti.»

«Vivi hat mich hintergangen, ich war im Glauben, dass sie die Pille nimmt, die sie aber ohne mein Wissen schon vor Wochen abgesetzt hat.»

Klaus blickte Alex an. All die unfreiwilligen Väter. «Dein Patenonkel hat sich auch an seine Vaterschaft gewöhnt», sagte er. «Er versucht, vor mir zu verbergen, wie glücklich er ist, ein Kind zu haben, doch das gelingt ihm nur schlecht.» Klaus grinste.

«Quatsch», sagte Alex. «Das lässt sich überhaupt nicht miteinander vergleichen, Vivi und Konstantin sind so gut wie verlobt.»

«Sie hat was vermasselt», sagte Konstantin. «Dieser Betrug ist keine Basis für eine glückliche Beziehung.»

«Du hast hier ein altes Paar vor dir, das die Wechselfälle der Liebe kennt», sagte Klaus. «Ich kann nur sagen, hänge es tiefer.»

«Dem stimme ich zu», sagte Alex. «Du liebst sie doch und sie dich.»

«Verstehe ich euch richtig? Ihr findet, dass ich überreagiere?»

In stiller Eintracht hoben Alex und Klaus die Schultern.

«Heiraten soll ich dann auch am besten gleich?»

«Damit könnt ihr euch ja Zeit lassen», sagte Alex.

Die Kinder waren noch wach bei Katja und Jon. Eigentlich hatte Jon nur die Videokassette von Thies einschieben wollen, Trailer von Serien darauf, für die er angefragt war. Doch dann lief stattdessen *Drei Männer im Schnee*, in dessen Bann sie alle vier gerieten.

Caroline kicherte. Hatte sie die Kassetten ausgetauscht? Die Kinder lagen zwischen ihnen auf dem großen Bett und waren begeistert, die Verfilmung des Buchs von Erich Kästner zu sehen, den Geheimrat Schlüter, die Hausdame Kunkel, den Diener Kesselhut, und das spät am Abend und mitten in der Woche. Ihre Große war noch immer aufgekratzt, als Katja den Videorecorder ausschaltete, doch sie erklärte sich bereit, mit ihrer kleinen Schwester schlafen zu gehen.

«Wir sind schwache Eltern», sagte Jon.

«Ein Abend fürs Schatzkästchen. Familie Feldmann

bleibt an einer Filmkomödie von 1955 hängen und amüsiert sich wie Bolle. Sehen wir uns noch deine Trailer an?»

«Das kann nur schlechter sein als das vorige Programm. Ich hoffe wirklich, dass der Film von George Rathman noch zustande kommt, den Gershwin zu spielen, darauf hätte ich Lust.»

«Kriegt er denn eine neue Finanzierung hin?»

«Alex ist zuversichtlich.» Jon schloss die Vorhänge und glaubte, das Auto von Konstantin zu sehen, das aus der Hartwicusstraße kam. «Ist Konstantin bei deinen Eltern gewesen?»

«Wenn, dann spontan», sagte Katja.

«Vielleicht war das auch irgendein anderer Golf», sagte Jon.


Emil gelang die Brüchigkeit in der Stimme, die dieses Lied nötig hatte. Der Junge, der einen Bolero aus Marabufedern trug, um die flache Brust zu kaschieren, fing an, die paar Leute vor der Bühne des kleinen Theaters in den Bann zu ziehen.

«Der Whisky ist dünn wie Emil», hatte der Husky gerade gesagt, doch nun hörte auch er zu.

Das Bolerojäckchen gehörte Florentine, sie hatte es hinten im Schrank gefunden. Vor Jahren war sie darin für die *Vogue* fotografiert worden, dann hatten die Kinder damit Verkleiden gespielt, nun trug es Emil, hier gehörte der Bolero hin. Vor Emils Brust und zu seinem Gesang.

*Ich weiß nicht, zu wem ich gehöre,*
*Ich bin doch zu schade für einen allein.*
*Wenn ich jetzt grad dir Treue schwöre,*
*Wird wieder ein anderer ganz unglücklich sein.*

«Schade, dass der Klavierspieler schlecht ist», sagte Florentine.

«Ich denke mal, Alex war als Begleiter nicht zu haben. Was singt Emil da eigentlich?», fragte der Husky.

«Friedrich Hollaender. Den Text hat Robert Liebmann geschrieben, ein Drehbuchautor, den die Nazis in Auschwitz ermordet haben.»

«Was du alles weißt.»

«Emil hat mir das erzählt. Er taucht nahezu mit Verzweiflung in diese Zeit ein. Vielleicht hätte er Schauspieler werden sollen statt Maler.»

*Ja, soll denn etwas so Schönes nur einem gefallen?*
*Die Sonne, die Sterne gehören doch auch allen.*
*Ich weiß nicht, zu wem ich gehöre,*
*Ich glaub, ich gehöre nur mir ganz allein.*

«Das ist ein großartiger Text», sagte der Husky. «Ich bestelle die Flasche Sekt, die unten auf der Getränkekarte steht, um auf Liebmann anzustoßen und auf unseren Künstler da vorne.» Er klatschte laut zu Emils zaghaften Verbeugungen. Der Beifall war durchaus üppig zu nennen bei einem knappen Dutzend Zuhörern.

«Lass mich meinen Ehemann küssen», sagte Florentine. «Der mich immer wieder verblüfft. Ich hatte gezögert, dich in diesen Tingeltangel zu locken. Du hast immer mit so seriösen Künstlern zu tun.»

Ein langer Kuss wie zu ihren besten Zeiten.

«Ich denke, wir werden hier Stammgäste werden», sagte der Husky.

«Wir sollten auch mal die Kinder mitnehmen und meine Mutter.»

«Vielleicht gibt Ida dann auch was zum Besten.»

«Ich kann mich nicht erinnern, dass sie da Neigungen hat. Statt ihre Klavierstunden ernst zu nehmen, hat sie sich mit meinem Vater in einem Hüttchen getroffen.»

«Die Geschichte ist mir neu.»

«Sie erinnert sich vorzüglich an Dinge, die siebzig Jahre her sind.»

Emil trat an den Tisch, gerade als der Sekt serviert wurde.

Vivi kam von dem Gynäkologen, den Theo damals empfohlen hatte; zu Konstantins Mutter zu gehen, schien ihr unpassender denn je. Henny hatte keinem von der Schwangerschaft erzählt. «Das müsst ihr schon selber tun», hatte sie zu Konstantin gesagt und mit ihrem Enkel unter vier Augen gesprochen. Er war weniger ablehnend seitdem.

In der sechsten Schwangerschaftswoche war sie, der Gynäkologe hatte einen Mangel des Gelbkörperhormons festgestellt, das könnte zu einer Fehlgeburt führen. Doch daran wollte Vivi nicht denken.

Ob sie ihrer Mutter auf Rügen mitteilen sollte, dass sie ein Kind erwartete? Ein Brief aus Juliusruh war im UKE angekommen, er hatte vierzehn Tage gebraucht, um von der Poststelle auf die Innere Abteilung zu finden, in der sie als stellvertretende Stationsschwester arbeitete. Lieber nicht. Vielleicht klinkte ihre Mutter wieder aus, erweiterte den maßlosen Besitzanspruch auf das Enkelkind.

Heute kam Katja zu Besuch in die Körnerstraße, dann konnten sie es ihr verkünden, am Sonntag hatten sie vor, Konstantins Eltern einzuweihen. Henny hatte gesagt, dass alles gut werden würde.

Vivi blickte auf die Uhr. Noch eine halbe Stunde, bis ihr Dienst begann. Mit der Stationsärztin musste sie noch sprechen, wenn sie auch bei ihrer Arbeit kaum mit Keimen in Berührung kam. War es denn schon gefährlich, Blut abzunehmen? Vivi tastete nach dem Brief des Gynäkologen, den sie ihrem Arbeitgeber aushändigen sollte. Hatte sie den Brief nicht in ihre Regenjacke gesteckt? Doch darin fand sie nur den Brief aus Juliusruh. Wie nass es heute war, überall Pfützen und verschmutzte Straßen, nun klarte es langsam auf.

Zur Ampel vorgehen. Nicht zwischen den parkenden Autos durch und über die vierspurige Straße, wie sie es sonst gern tat. Auf der Hut sein. Behüten. An der Baustelle vorbei. Vorne sprang die Ampel auf Grün.

Vivi eilte nicht. Dass sie auf dem nassen Lehm der Baustelle ausglitt, mit dem Kopf auf die Steinquader schlug, daran traf sie keine Schuld.

Er bat darum, sie noch einmal sehen zu dürfen, obwohl er kein Angehöriger war, wurde ihm das erlaubt. Konstantin hätte Vivi gern auf die Stirn geküsst, kein Blut mehr darauf, nur ihr helles Haar von einer schwarzen Nässe. Zögerte er zu lange? Das Tuch wurde über Vivis Gesicht gezogen, da stand Konstantin noch starr. Viel zu weite Wege hatte die Nachricht ihres Todes gemacht.

Vom UKE. Zu Henny. Zu Katja. In die Finkenau.

Katja, die vor dem Kreißsaal auf ihn gewartet hatte, in dem dann ein Kollege ihn ablöste. Die nun zwei Schritte von ihm entfernt im Keller des UKE stand, bereit, ihn aufzufangen. Doch er glaubte sich beinah unberührt. Die Zeit zu trauern käme später. Noch war Konstantin unfähig dazu.

Jon, der übernahm, die Verwandten in Juliusruh zu informieren, als kenne er sich besser aus mit den Menschen im Osten. Kurz darauf wurde ihnen von Vivis Tante mitgeteilt, dass Konstantins Familie nichts mehr zu tun habe mit Vivi. Nicht mit der Lebenden und auch nicht mit der Toten. Vivis Mutter hatte ihre Tochter erneut vereinnahmt und in Konstantin den Schuldigen allen Unglücks erkannt. Sie war schon dem siebzehnjährigen Jungen feindlich gesinnt gewesen. Damals.

Henny, der Tage später am Telefon diktiert wurde, wohin die kleinen Besitztümer von Vivi geschickt werden sollten. Klaus half ihr, große Pakete zu schnüren, die er zur Post brachte. Konstantin hatte da Dienst in der Klinik, kaum einen Dienst, den er nicht an sich zog, manisch in dem Versuch, keinen Gedanken außerhalb der Medizin zuzulassen.

Nur ein kleines Teil, das Henny von Vivi behielt.

Einen weißen Chip aus Plastik mit einem Pluszeichen. Sie hielt ihn noch in der Hand, als sie Konstantins Schlüssel in der Tür hörte. Da stand Henny aus dem Ledersessel auf und verbarg den Chip hinter Theos Fotografie. Hatte nun die Hände frei, um das Taschentuch hervorzuholen, die Tränen aus dem Gesicht zu wischen und ihren Enkel in die Arme zu schließen.

Käthe dachte den ganzen Tag an jenen ersten Advent des Jahres 1933, an dem Rudi aus dem Konzentrationslager Fuhlsbüttel zurückgekehrt war. Kahl geschoren. Zerschunden. Verfroren.

Ein anderer Advent stand nun bevor, der erste ohne Rudi. Keine Rückkehr. Nie wieder. Ruth und Stefan hatten sich für den Sonntag angesagt, doch nun saß sie allein und fror vor lauter Einsamkeit.

Hennys Telefonnummer, die sie wählte. Konstantin, den sie sprach.

Er hätte zu Fuß kommen können, nur ein kurzer Weg von der Körnerstraße zu Käthe, aber Konstantin nahm das Auto, wusste wohl schon, dass sie zu zweit sein würden auf dem Weg zurück.

Die kleine alte Frau in dem schwarzen Persianer hing in seinem Arm, als Henny die Tür öffnete. Einen Koffer, den Konstantin trug.

«Herzlich willkommen, Käthe», sagte Henny. «Du bleibst nun hier bei uns.»

## MÄRZ 1994

Der Oleander auf der Terrasse würde ihnen nun doch noch erfrieren auf den letzten Metern des Winters, arktische Kälte, und das Anfang März. Klaus warf dem großen Oleander einen traurigen Blick zu, nun war es zu spät, ihn ins Zimmer zu holen, die trockene Luft der Heizung würde der südlichen Pflanze den Rest geben.

«Ich hätte gern eine Orangerie gehabt», sagte Klaus.

«Du und ich haben versäumt, ein Schloss zu kaufen.» Alex war dabei, den Tisch für drei zu decken. Ein Roastbeef hatte Klaus im Ofen, das aß Konstantin noch immer gern. Kalt oder heiß.

«Hast du den Eindruck, dass es Konsti besser geht?»

«Das schwankt», sagte Alex. «Die Praxis lässt ihm zu viel Zeit für Trübsinn, Marike ist ja noch an zwei Tagen da. In der Finkenau hatte er mehr um die Ohren.»

«Erst drängt Thies, Marike solle die Praxis ganz an Konstantin übergeben, und nun gibt er den großen Impresario. Thies macht einen Wirbel, als wäre das seine Premiere am Donnerstag und nicht die von Jon.»

«Unser einstiger Chef findet zur alten Wichtigkeit zurück», sagte Alex. «Soll ich die Kartoffeln schon mal pellen?»

«Wann kommt er? Um zwei?» Klaus blickte auf die Uhr. Noch immer trug jeder von ihnen die des anderen. Seit Alex' Unfall. «Pell sie, ich kann anfangen, die Kartoffeln anzubraten.» Er blickte in den Backofen, das Bratenthermometer zeigte eine Temperatur von sechzig Grad Celsius an. Das Roastbeef war seit drei Stunden im Ofen. Ein langsames Garen. Klaus richtete sich auf.

«Drängen wir Konstantin, zur Premiere zu kommen?», fragte er.

«Das tun Katja und Jon schon.»

«Ein vielstimmiger Chor kann nicht schaden», sagte Klaus. «Konsti ist einunddreißig Jahre alt, er kann sich nicht nur mit der Morphose bei speziellen Mammakarzinomen beschäftigen. So hieß das doch. Oder?»

«Morphologie und Prognose. Die Doktorarbeit hat er abgegeben.»

«Kann dein Patensohn sich nicht mal mit deinem Sohn treffen? Lori ist doch einer, der Konstantin ablenken kann.»

«Ich spreche das Wort *Sohn* nicht halb so oft aus wie du.»

Klaus grinste. «Ich freue mich auf den wohl nicht mehr fernen Tag, an dem du und ich Großvater werden. Wenn ich Florentine höre, hat Lori seine Schüchternheit abgelegt und ist ein Held der Frauen.»

«Da kommt er doch ganz auf Robert», sagte Alex.


Konstantin zog die Gabel durch den Bratensaft, der noch auf seinem Teller war. «Ich höre nicht auf, Vivis Witwer zu sein», sagte er. «Gerade weil ich ihr nicht geben wollte, was Vivi sich am meisten wünschte: Heirat. Kinder. Das versuche ich nun gutzumachen. Wisst ihr, dass ich noch nicht ein einziges Mal wirklich geweint habe?»

Klaus blickte zu Alex. «Gibt es deinen Dr. Braunschweig noch? Bei dem hast du doch das Weinen gelernt.»

«Die Praxis gibt es jedenfalls nicht mehr.»

«Du musstest das Weinen lernen?» Konstantin legte die Gabel neben den Teller.

«Heute ist er eine Heulsuse», sagte Klaus.

«Quatsch», sagte Alex. Doch auf einmal standen ihm Tränen in den Augen, als er an die blühende junge Frau dachte, die Vivi gewesen war.

Konstantin hob die Schultern. «Henny sagt, am Tod sei tröstlich, dass man in den Zustand versetzt wird, den man vor seiner Geburt hatte.»

«Die Nichtexistenz», sagte Alex. «Hilft das den Nachgebliebenen?»

«Interessanter Gedanke», sagte Klaus. «Geh am Dienstag mit zu Jons Premiere, Konstantin. Das würde den beteiligten Künstlern viel bedeuten.»

«Da liegen mir schon Schwester und Schwager in den Ohren. Henny geht auch hin. Sie hat mir übrigens den Cut von Theo geschenkt, er passt, als sei er für mich geschneidert.»

«Ein *morning suit* wäre kaum die richtige Klamotte für den Abend», sagte Alex.

Konstantin zog die Augenbrauen hoch. Ihm gelang das so gut wie Onkel und Patenonkel. «Ich finde schon noch was anderes im Schrank.»

«Hey. Ich bin glücklich, dass du kommst. Egal, was du anziehst.»

«Schauen wir mal», sagte Konstantin.

«Lässt sich denn leben mit den alten Damen?», fragte Klaus.

Konstantin lächelte. «Aber ja. Die beiden tun mir sogar gut», sagte er.

Käthe hatte wenig aus ihrer Wohnung mitgenommen. Ihre Seite des Bettes. Das Sofa. Das Laboe'sche Küchenbuffet, das Henny vor dem Sperrmüll gerettet hatte und das von Rudi tomatenrot lackiert worden war. Alle Zeichnungen von Rudi. Die in den Rahmen und die in den Mappen. Manches war auf die Haushalte der jüngeren Leute verteilt worden. Den feinen Tisch aus hellem Birnbaumholz, der immer nur in der Küche gestanden hatte, den hatten Ruth und Stefan genommen.

Von drei Zimmern im Hochparterre in Hennys Esszimmer, das kaum noch benutzt worden war, die großen Familienessen fanden längst an Katjas Tisch statt.

«Was ist denn, wenn du nicht mehr die Treppe hoch in dein Schlafzimmer kommst?», hatte Käthe gefragt.

«Ich bleibe einfach beweglich», hatte Henny gesagt.

«Cool», sagte Caroline, als sie Käthes Zimmer sah.

Ja, es sah nicht aus wie das Zimmer einer Vierundneunzigjährigen. Das tomatenrote Buffet, die schwarz-weißen Karos des italienischen Sofas, das noch immer modern schien, wenn auch schon vierzig Jahre alt, die Zeichnungen und Radierungen an den Wänden.

«Nur eine andere Tagesdecke brauchst du für dein Bett», sagte Katja. «Diese sieht aus wie von Oma Trutschke.»

«Ich *bin* Oma Trutschke», sagte Käthe.


Fred war durch die Garage davongegangen, viel zu kalt, um im Garten zu arbeiten. Eigentlich wäre es Zeit gewesen, die Stauden zu schneiden, das restliche Laub des Herbstes aus den Beeten zu harken. Doch Fred hatte nur das Vogelfutterhäuschen, das im kahlen Ahorn hing, mit neuen Sonnenblumenkernen aufgefüllt und den alten Damen hinter der Fensterscheibe zugewinkt.

«Kennst du Freds Lebensgeschichte?», fragte Käthe.

Henny schüttelte den Kopf. «Vermutlich die klassische», sagte sie. «Trennung. Trinken. Er rührt keinen Tropfen Alkohol an, wahrscheinlich ist er ein trockener Alkoholiker.»

«Vielleicht wäre mir das auch so ergangen, hättest du mich nicht in deine Obhut genommen, Henny.»

«Du hättest dich auf eine Bank gesetzt und Schnaps getrunken?»

«Ich wäre in irgendeiner Form verkommen.»

«Du hast dich immer am eigenen Schopf aus dem Sumpf gezogen.»

«Als die Haare noch schwarz waren», sagte Käthe. Stefan hatte recht gehabt. Die quälendste Trauer hatte nachgelassen, als das Weiß in ihren Haarspitzen angekommen war. «Vielleicht wäre ich auch nur an Einsamkeit gestorben.»

«Du und ich müssen noch entscheiden, was wir anziehen werden zur Premiere morgen. Katja ist aufgeregter als Jon.»

«Ich geh nicht ins Kino», sagte Käthe. «Das ist mir zu viel Betrieb. Lass mich mal schön hier im Warmen.»

«Im *Streit's* wird auch geheizt sein.»

Käthe schüttelte lächelnd den Kopf. «Zieh du das Samtkleid an und dazu die schöne Strasskette.»

«Die falschen Saphire. Die hat Klaus mir geschenkt.»

«Er hat ein Händchen dafür», sagte Käthe.

«Konstantin wird mein Begleiter sein», sagte Henny.


Gershwins hohe Stirn. Jon hatte sein kurzes dunkles Haar wachsen lassen, um es nach hinten zu kämmen, mit Gel in Form zu halten. Die kalte Pfeife im Mund hatte ihn kaum gestört, doch George Gershwin hatte auch Zigarren geraucht, die am Brennen gehalten werden wollten, während Jon auf Notenblätter blickte, die Hände auf den Klaviertasten. Einmal war der Rauch unter Jons Kontaktlinsen gekrochen, hatte die Augen gereizt, und sie hatten die Dreharbeiten unterbrechen müssen.

Alex' Hände, die beim Klavierspiel gefilmt wurden. Die paar kleinen Altersflecken weggeschminkt.

«Du hättest ihn komplett spielen können», hatte Jon gesagt.

«Genau. Erstens bin ich ein genialer Schauspieler, und zweitens war George Gershwin halb so alt, als er gestorben ist», sagte Alex.

Jon stand auf der Bühne des *Streit's*, nahm mit den Darstellerinnen der Kitty Carlisle und der Kay Swift den Applaus entgegen. Frauen, die in George Gershwins Leben eine Rolle gespielt hatten, um die Hand von Kitty hatte Gershwin vergeblich angehalten, die Komponistin Kay Swift war Gefährtin und Kollegin gewesen.

Regisseur und Produzent traten auf die Bühne. «Alex und Robert, kommt bitte. Euer Album hat den Film *Gershovitz* erst ausgelöst», sagte George Rathman. Ein glücklicher Augenblick für alle.

«Du musst nicht die ganze Zeit neben deiner alten Großmutter sitzen», sagte Henny, als sie im Foyer waren, Sekt tranken.

«Die Saphire haben die Farben deiner Augen», erwiderte Konstantin. Er konnte sich nicht vorstellen, je wieder mit einer anderen Frau zu flirten als mit seiner Großmutter. Vielleicht noch mit der sechsjährigen Henriette, seiner Nichte, deren Schwester Caroline war mit ihren elf Jahren schon zu groß.

«Trauen wir uns noch mal an eine Produktion heran?», fragte Robert. Er zwinkerte Lori zu, der gerade eine Freundin von Etta zu becircen versuchte.

«Fangen wir nicht an, zu alt zu werden?», fragte Alex.

«Ich stelle dir eine Liste von allen amerikanischen Jazz-größen zusammen, die über achtzig und noch immer im Geschäft sind», sagte Klaus. «Da seid ihr noch deutlich von entfernt.»

«Die Liste aber bitte auf einzelnen Zetteln», sagte Alex.

«Lass uns drüber nachdenken», sagte Robert. «Vielleicht Rodgers und Hammerstein. *Hello, Young Lovers*. Das können doch zwei alte Herren der jungen Generation zurufen.» Er blickte zu seiner Tochter Loretta, schwere Perlen-armbänder in allen Grüntönen an ihren schmalen Hand-gelenken. Etta war eine irische Schönheit, *das* Kind kam auf ihn.

«Ist Ida gar nicht da?», fragte Henny, als Florentine an ihren Tisch trat.

Florentine setzte sich auf den Platz von Konstantin, der bei Katja und Jon stand.

«Ida hatte was anderes vor, sie trifft heute Abend Tian.»

«Wer von uns ist nun verrückt?», fragte Henny. «Du oder ich?»

«Eindeutig Ida», sagte Florentine. Sie klang traurig.

«Sie ist aber nicht allein zu Hause?»

«Selbstverständlich nicht, Fred ist da und Emil. Ich nehme mir jetzt trotzdem ein Taxi. Der Husky soll das hier noch genießen, im NDR hat er immer in der hinteren Reihe gestanden.»

«Ich komme mit», sagte Henny.

«Willst du das wirklich? Ich frage sonst eines der Kin-der.»

«Keiner von euch kennt Ida so lange wie ich.»

Ida war nicht im Zimmer von Jean Cocteau, auch wenn Fred und Emil geglaubt hatten, sie läge in ihrem französischen Bett und schliefe friedlich. Die Männer liefen in die kalte Nacht hinaus, Ida zu suchen.

«Ich hoffe, sie hat nicht nur ein Nachthemd an», sagte Florentine. Sie ging in den Flur und war erleichtert, dass Idas warmer Mantel fehlte.

«Von Tian hat sie heute gesprochen. Von wem noch?», fragte Henny.

«Glaubst du, sie könnte zur Johnsallee gegangen sein? Dort hat sie mit Papi all die Jahre gelebt.» Florentine ging zum Telefon, rief Momme an. Bat ihn, ein Auge darauf zu haben. Auch auf den Garten.

«Das Hofwegpalais hat sie erwähnt.»

«Sie wird ja wohl kaum nach Campmann suchen», sagte Henny. «Lass uns in dein Auto steigen und die einzelnen Stationen abfahren.»

«Und wann alarmieren wir die Polizei?»

«Wenn wir erfolglos bleiben.»

«Sie hat auch noch meinen Großvater erwähnt, das spricht alles für die Johnsallee. Da hat Bunge mit Guste gelebt», sagte Florentine, als sie in der roten Brumme Zwo saßen. «Fahren wir da als Erstes hin?»

Keine Ida. Nicht in der Johnsallee. Nicht am Hofwegpalais.

«Hast du eine Ahnung, wer das Eichhörnchen ist?», fragte Florentine, da waren sie schon auf dem Wege zur Oberaltenallee, um Ida auf der Polizeiwache als vermisst zu melden.

«Kehr um und fahr in die Fährhausstraße», sagte Henny. «Ein letzter Versuch. Dann gehen wir zur Polizei.»

Das Haus dunkel, obwohl es nicht leerzustehen schien. Nein. Nicht verwahrlost. Nur einsam. «Halt an», sagte Henny.

«Wer ist das Eichhörnchen?», fragte Florentine.

«Netty. Deine Großmutter. Bunge hat seine Frau *Eichhörnchen* genannt.»

«Warum sollte Ida hier sein, Henny?»

«Weil sich dieses Haus nicht für Tian geöffnet hat. Vielleicht wollte sie sich darum mit ihm in der Fährstraße treffen, so hat die Straße vor dem Krieg geheißen. Ida hat mir bei einem unserer Frühstücke erzählt, dass Tian unter der Ausgrenzung gelitten hat und einmal vergebens hergekommen war, um ihren Eltern seine hehren Absichten zu erklären. Kurz nachdem deine Mutter und dein Vater einander kennengelernt hatten.»

«Das wusste ich alles nicht», sagte Florentine.

«Lass uns aussteigen. Gib mir deinen Arm, Kind, es ist so dunkel.» Sie gingen auf das hohe Tor mit den eisernen Gitterstäben zu, dessen Flügel nur angelehnt schienen. «Lass uns einmal um das Haus herumgehen.»

«Sie ist nicht hier. Nachher geht noch eine Alarmanlage los.»

«Dann können wir den Polizisten gleich unser Anliegen erklären.»

Henny hielt sich an Florentine fest, der Kies unter ihren Füßen knirschte, als sie den fast zugewachsenen Weg am Haus entlang fanden, Licht kam nur aus dem Dachgeschoss des Nachbarhauses und vom Mond.

«Da ist sie», sagte Henny. «O Gott. Sie hat nackte Füße.»

«Mami», sagte Florentine. «Hier sind Henny und ich.»

Ida drehte sich um. «Kein Birnenspalier», sagte sie. «Und Tian ist auch nicht da.» Ida ließ sich in die Arme nehmen und fing an zu weinen.

Nun kommen die langen hellen Tage», sagte Etta. «Dann wird dir wieder leichter ums Herz werden, Omi, und deiner Lunge tun die auch gut.» Sie hatte Ida auf die sonnige Loggia gesetzt, ihr ein Kissen in den Rücken gelegt, eine kleine Wolldecke auf den Schoß. «Das ist doch fast wie auf dem Zauberberg hier. Gleich serviere ich dir Milchreis mit Sahne und hole Naphta und Settembrini herbei.»

«Die kenne ich nicht, doch der Karsten kann kommen. Kind, sag auch du bitte Florentine, dass ich nicht noch einmal ins Krankenhaus gehe. Da ist schon Tian gestorben.»

Idas Leben hatte auf der Kippe gestanden, nachdem Henny und Florentine sie in der kalten Nacht barfuß im Gras gefunden hatten, eine Lungenentzündung war die Folge des Ausflugs gewesen. Ganz erholt hatte sich Ida noch immer nicht davon, *Lungenheilstätte* nannte Karsten die kleine feine Künstlerpension seit Idas Rückkehr. Auch sein Hüsteln hatte zugenommen.

«Soll ich mich zu deiner Großmutter setzen?», fragte er, als Etta in die Küche kam. «Sonne könnte mir guttun. Vielleicht kaufe ich mir eine Hütte an der Riviera. In Antibes.»

«Kannst du dir das leisten?»

Karsten zog den Teebeutel aus dem Becher. «Das könnte ich mir leisten, schönes Kind.» Er blickte Etta an.

«Und dann verbringst du jeweils acht Tage in Mamis Pension? Was ist mit deiner Pariser Wohnung?»

«Die habe ich auch noch.»

«Das erfotografierst du dir alles mit deinen Politikerporträts?»

«Meine Schwester und ich haben ein bisschen was geerbt.»

«Ich finde dich noch ziemlich attraktiv», sagte Etta.

Karsten lächelte. «Du tust dem alten Karsten gut, schönes Kind. Aber warum sagst du mir das?»

«Weil ich neugierig bin. Wo sind die Frauen in deinem Leben?»

«Da bin ich wohl eher unverbindlich geblieben, nur die Kusine deiner Mutter habe ich geliebt. Aber ich bin zufrieden, dass sie mit Jon lebt, die acht Tage hier sind das Sesshafteste, was ich fertigbringe. Und du? Dein Bruder und du lebt noch beide bei den Eltern?»

«Die Bude drüben ist groß genug.»

«Sind ja auch aufgeschlossene Leute, Florentine und der Husky. Ich höre, du trittst in die Fußstapfen deines Vaters?»

«Da hörst du falsch. Er ist eher für die Akustik zuständig, ich steuere das Visuelle an.»

«Fotografin? Wie Katja?»

«Kamerafrau. Nun hole ich den Milchreis. Für dich auch?»

«Danke nein. Ich setz mich mal zu Ida, sie und ich sind doch zwei schicke Moribundi. Wer weiß, wie lange es uns noch gibt.»

Emil war die Miete für die Zimmer der Zizi Jeanmaire und Coco Chanel seit zwei Monaten schuldig geblieben, Florentine stellte keine Ultimaten, die stellte er sich selbst. «Ich bin nicht kompatibel», sagte er. «Das haben schon meine

Lehrer gesagt. Wenn ich bei der Ausstellung nichts verkaufe, dann ziehe ich aus.» Er blickte sich kummervoll um in dem Zimmer von Zizi, in dem nur ein weiß lackiertes Eisenbett stand, zwei Stühle und ein alter Tisch mit Intarsien und gusseisernem Fuß, in dem eine Nähmaschine versenkt war. Emil nähte seine Fähnchen darauf.

«Und dann lebst du unter den Brücken?», fragte Florentine. War das Zimmer immer schon so leer gewesen?

«Dann gehe ich zurück in mein Dorf und miste die Ställe aus oder fülle im einzigen Supermarkt die Regale.»

«Was gibt dir der Wirt für deine Auftritte im Bongo?»

«Einen Zehner. Davon kaufe ich mir die Schminke bei Budni.»

«Du bekommst zehn Mark, um da zu singen?»

«Ich bin eben ein Shootingstar», sagte Emil.

«Da habe ich einen Fehler gemacht, dir die Coco noch zu vermieten, das hat dich erst in die Bredouille gebracht. Du warst damals klug genug, nur das kleinere Zimmer zu nehmen.»

«Bei der Coco war ich gerade größenwahnsinnig, weil ich ein Bild verkauft hatte. Dachte, auf einen Connaisseur meiner Kunst getroffen zu sein im Bongo. Connaissieren wollte er, nur keine Kunst.»

«Interessierst du dich überhaupt für Sex, Emil?»

Er schüttelte den Kopf. «Sonst bräuchte ich mich nur zu einem ins Bett zu legen. Ich kann es nicht mal heucheln.»

«Wo findet deine Ausstellung statt?»

«In der Marktstraße. In einem Kellerladen. 11. Juni. Kommst du?»

Keller. Das klang ärmlich. «Klar», sagte Florentine.

«Ein Paragraph verschwindet», sagte Alex. «Einfach so.» Er setzte sich in einen der Deckchairs, die sie gekauft hatten. Die alten Korbstühle waren ihnen auseinandergefallen.

«So einfach nun auch nicht. Ein Nebeneffekt der Wiedervereinigung, dass der Bundestag den fallen lässt. Sonst hätten sie ihn im Zuge der Rechtsangleichung auch noch den neuen Bundesländern andrehen müssen. Die Frist zur Angleichung ist nun abgelaufen.» Klaus stellte hohe beschlagene Gläser auf den Tisch, eine Schale Oliven.

«All die Ängste, die du und ich hatten, angezeigt zu werden.»

«Vielleicht sollten wir die Versenkung des 175er bei dieser Vernissage feiern. Florentine ist viel daran gelegen, dass Kulturschaffende wie du und ich bei Emil aufkreuzen», sagte Klaus.

«Kennst du Emils Kunst? Das Wichtigste wäre doch wohl, eines seiner Werke zu kaufen.»

«Nein, ich habe noch keins seiner Bilder gesehen. Aber wenn sie mich nicht gerade niederziehen, hänge ich glatt eines davon an unsere Wände.»

«Ich finde Paul Floras venezianische Radierungen fein an unseren Wänden und auch die großgezogenen Fotografien von Katja.»

«Lass dich gern auch im Alter noch auf Veränderung ein.»

«Sagt mein jugendlicher Gefährte.»

«Fällt dir das Altwerden schwer, Alex?»

«Ich staune, noch da zu sein. Und lebe schon so lange Zeit mit Beeinträchtigungen, da fällt mir kaum auf, wie sich vieles verlangsamt.»

«Noch vorzeigbar zu sein, hilft dir sicher auch dabei.»

520

«Und wieder ein Album zu haben, das sich gut verkauft. Der Film hat tatsächlich geholfen.»

«Jon und Katja kommen auch zur Vernissage.»

«Ist das Emils erste Ausstellung? Florentine hat sonst nie getrommelt.»

«Die erste Einzelausstellung», sagte Klaus. «Vielleicht gelingt mir, einen der Kollegen aus der Kultur in die Kellergalerie zu lotsen, Karolinenviertel finden die immer spannend.»

«Gut, fangen wir an, Kunst zu kaufen, von der wir nichts verstehen.» Alex hob das Glas mit Gin Tonic. Ein dumpfer Klang, als sie anstießen.

Vier Stufen hinunter zur Kellergalerie, das Haus sah aus, als stünde es im Berliner Osten. Die Decken waren beinah zu niedrig für Emils Bilder, der Galerist bass erstaunt über den Andrang in seinem bescheidenen Etablissement.

«Findest du nicht, dass in all dem Farbenfrohsinn Florentines Gesicht erkennbar ist?», fragte Klaus.

Nein, das fand Alex nicht. Ihm gefiel eines, in dem er nichts erkannte. Doch die vielen Rottöne leuchteten und konnten das ganz fabelhaft zwischen Katjas Fotografien und dem Venedigzyklus von Paul Flora tun.

«Das sind meine Turnschuhe», sagte Lorenz, der erstaunt vor einem Bild stehen geblieben war. «Meine Turnschuhe in Pink.»

«Kein Bild unter eintausend», sagte Jon zu Robert. «Das können wir uns gar nicht leisten.»

«Florentines Idee. Sich bloß nicht zu billig verkaufen, dann nimmt die Kunst keiner ernst. Für Katja und dich ist es verhandelbar.»

«Gefällt euch denn eines?», fragte Klaus.

Der junge Mann mit dem Mikrophon kam nicht aus dem Kulturressort an der Rothenbaumchaussee, sondern von N-Joy, dem neuen Programm des NDR, das seit April aus einem gläsernen Pavillon am Winterhuder Fährhaus gesendet wurde. Die Redaktion hatte sich schon in wenigen Wochen den Ruf erarbeitet, die Anarchisten des Norddeutschen Rundfunks zu sein. Der junge Mann kaufte ein Bild, und dieser zweite rote Punkt auf Emils Kunst löste einen Kaufrausch aus.

«Dann kann ich gehen?», hatte Fred gefragt. Henny hatte genickt und sich zu ihrer Freundin auf die Loggia gesetzt.

«Bist du es?» Die Lider von Idas geschlossenen Augen flatterten.

«Ich weiß nicht, wen du erwartest.»

Ida lächelte und öffnete die Augen. «Dich», sagte sie.

«Ist dir nicht zu kühl?»

«Noch nicht. Nachher gehen wir hinein. Die Laboe hat uns ihren guten Kartoffelsalat gemacht.»

«Wer hat ihn gemacht, Ida?» Hennys Stimme klang behutsam.

«Käthes Mutter. Der Kartoffelsalat steht im Eisschrank. Ich muss neue Stangen kaufen, wir stehen erst am Anfang des Sommers.»

Henny schwieg. Hatte Konstantin nicht gesagt, man solle verwirrte Menschen nicht korrigieren, egal, wie abstrus das Gesagte war? «Deine Tochter sagte mir, dass Sandwiches mit Räucherlachs in Kühlschrank stehen», sagte sie. «Die können wir dann essen.»

«Die hat sie auch noch gemacht», sagte Ida. «Sie ist so fleißig.»

Ob Ida noch immer bei Käthes Mutter war oder inzwischen bei Florentine angekommen? Henny klärte das nicht.

«Heute hat Karsten bei mir gesessen und uns Moribundi genannt. Kennst du das Wort?»

Henny kannte das Wort, sie hatte ihr Leben in einem medizinischen Umfeld verbracht. Doch sie schüttelte den Kopf. Auf einmal schien Ida wieder ganz in der Gegenwart zu sein.

«Ich glaube, dass Karsten bald sterben wird. Schade. Er ist ein so charmanter Mann und noch nicht alt.»

«Warum glaubst du das?»

«Er hat es an der Lunge, aber sag ihm nichts. Henny, ich geh in kein Krankenhaus mehr. Bitte verhindere es, wenn sie das von mir erwarten.»

«Sprich mit Florentine und ihrer Familie darüber.»

«Wir ziehen jetzt alle nach Berlin um», sagte Ida.

Henny krauste die Stirn. Meinte Ida den Umzug der Regierung?

«Es tut mir leid, dass dein Lud gestorben ist.»

«Das ist lange her», sagte Henny. Sie fing an, Idas Hand zu streicheln.

«Ist es das?», fragte Ida. «Mir kommt vor, als sei die ganze Zeit in einer kleinen Glaskugel gefangen, die uns aus den Händen gleitet.»

## AUGUST 1994

Die Kinder schliefen unter dem reetgedeckten Dach bei Konstantin, Caroline und Henriette im Hochbett, Konstantin auf einer Klappliege. Jon und Katja hatten ein quietschendes Doppelbett in der unteren Etage.

Ein schlichtes Feriendomizil in einem alten Fischerhaus in der Nähe des kleinen Hafens von Breege auf der Insel Rügen. Hatte Konstantin denn keine Ahnung gehabt, dass sich am Strand der Ostsee auf der anderen Seite des Boddenufers Juliusruh befand?

«Und wenn ich Vivis Mutter begegne?», hatte er am ersten Tag gefragt, als er sich darüber klarwurde, wohin er Katja, Jon und die Kinder begleitet hatte. Warum hatte seine Schwester das getan?

Katja und er saßen am Strand, der sich fast zwölf Kilometer lang zwischen den Halbinseln Jasmund und Wittow zog, Konstantin ließ den weißen Sand durch die Hände rieseln. «Eine Schocktherapie? Hast du Sorge, dass ich mich meiner Trauer nicht stelle, Katja?»

«Im November wird es zwei Jahre her sein, Konsti, und ich habe noch keine Tränen bei dir gesehen.»

«Vielleicht weine ich die im stillen Kämmerlein, wenn ich oben an Theos Schreibtisch sitze und Henny und Käthe sich vor dem Kamin wärmen.»

«Du bist noch keine zweiunddreißig Jahre alt.»

«Vivi wird die nicht mehr werden.»

«Konsti, du trägst keine Schuld an ihrem Tod.»

«Ich habe ihr das Leben schwergemacht.»

Sie blickten hinüber zu Jon, der mit den Kindern Muscheln suchte, Burgen baute, Federball spielte. Sieben Tage Ferien. Sonne auf der Haut, in der Ostsee baden, Caroline, die eine gute Schwimmerin war, Jettchen noch mit Schwimmflügeln. Drei Augenpaare gaben acht.

Am frühen Abend gingen sie in eine der Räucherkaten, aßen Stremellachs, der über Buchenholzglut geräuchert war, schwarzen Heilbutt, Makrelenfilets und die Kinder Pommes frites aus der Tüte.

Konstantin glaubte, in der rotblonden Frau Vivis Mutter zu erkennen, als er allein im Strandkorb saß, er beugte sich tiefer über das Buch, das er las. Doch sie ging vorbei, bückte sich noch nach einer Herzmuschel, warf ihm einen kleinen Blick zu, in dem kein Interesse lag.

Der vorletzte Tag, an dem Katja ihn zum Friedhof von Altenkirchen führte.

«Du warst schon hier», sagte er zu seiner Schwester, als sie den Findling so leicht fanden, auf dem Vivis Namen und Lebensdaten standen. Dort weinte Konstantin nicht. Er tat es erst, als sie in der hellen Kirche waren, der ältesten Dorfkirche der Insel, mit deren Bau im Jahr 1200 begonnen worden war. So vieler Menschen Zeit.


«Heute kommen sie zurück», sagte Henny zu Käthe. «Ich hoffe, dass es eine gute Idee gewesen ist, Katja kann sich da auch verrennen.»

Rügen ist doch groß genug, sie hätten an die Kreideküste fahren können, nicht in den Norden. Oder nach Hiddensee.

«Du hast es gewusst», sagte ihr Enkel, als er vor ihr stand. «Meine Großmutter hat mich ins Messer laufenlassen.»

«Dass es auf die Insel Rügen geht, hat Katja nicht vor dir verborgen.»

«Vielleicht habe ich den Dingen ihren Lauf gelassen», sagte Konstantin. Er gab Henny die Kiste mit den Räucherfischen, den Kornbrand von der Hofbrennerei. «Komm in den Garten», sagte Henny. «Da sitzt auch Käthe.» Sie sah ihn prüfend an.

«Erst war ich Katja böse», sagte Konstantin. «Aber nun geht es besser.»

Er setzte sich zu den Frauen, der Tisch war vor die Friesenbank gerückt, Henny hatte Fred heute Morgen darum gebeten.

«Gut siehst du aus, Konsti», sagte Käthe. «Die Ostseeluft. Rudi und ich wollten immer noch mal nach Laboe.»

Konstantin half Henny, den Tisch zu decken. Die Fische, das Brot, der Schnaps. Wasser. «Das ist wohltuend hier mit euch. Mehr will ich nicht.»

«Du kannst dein Leben nicht mit zwei vierundneunzigjährigen Frauen verbringen», sagte Henny.

«Ich hoffe, dass ihr noch älter werdet.»

«Man darf sich nicht zu viel vornehmen», sagte Käthe.

«Die Unzulänglichkeit des menschlichen Planens», sagte Konstantin. War er nicht ein Paradebeispiel dafür?


«Käthe hat sich gefangen», sagte Ruth. «Dank Henny.»

«Dein Vater wäre glücklich, dass es ihr gelungen ist», sagte Stefan.

Er gab dem Wirt des Etrusker ein Zeichen. Noch mal eine Viertelkaraffe vom Verdicchio. «Wollen wir kommende Woche nach Berlin? Ich würde dir gerne die Orte meiner Kindheit zeigen. Bald wird sich viel verändern, wo Berlin nun unsere Hauptstadt ist. Der Umzug vollzieht sich allmählich.»

Im Oktober 1991 war die Entscheidung gefallen. Eine emotionale Debatte, die im Bonner Bundestag geführt worden war. Willy Brandt, Wolfgang Thierse und Wolfgang Schäuble hatten zu den Fürsprechern Berlins gehört. Gab es denn überhaupt eine andere Wahl, als Berlin zur Hauptstadt eines wiedervereinigten Deutschlands zu machen?

«Denkst du gern an deine Berliner Kindheit?»

«Je älter ich werde, desto lieber. Meine Mutter war noch eine gesunde junge Frau, und mein Vater kniete vor ihr nieder. Die familiäre Welt war in Ordnung, Jon hat härtere Zeiten erlebt. Lillians lange Krankheit, ihr Tod, die Verzweiflung unseres Vaters.»

«Das hast du auch alles erleben müssen.»

«Ich war ein junger Erwachsener, da fühlt man sich gern stark und unverwundbar. Jon war ein kleiner Junge.»

«Ihr beiden hängt enorm aneinander.»

«Ja», sagte Stefan. «Vielleicht können wir das Auto von Jon und Katja haben. Und dann über die alte Fernstraße 5. Durchs Havelland. Gucken, ob da noch der Birnbaum vom alten Ribbeck steht.» Ruth würde fahren, er durfte es seit jenem Tag im September 1971 nicht mehr.

«Ich würde gern auch nach Kreuzberg in die Urbanstraße», sagte Ruth. «Ob Geert und Tine dort noch wohnen?»

«Ich wüsste gerne, was aus Friedhart geworden ist.»

«Er lebt nicht mehr», sagte Ruth.

«Warum glaubst du das?»

«Wo sollte er sein? Der Rückzugsort DDR ist nicht mehr vorhanden. Irgendwo im Nahen Osten?»

«Glaubst du, er hatte was mit dem Mord an Rohwedder zu tun?»

«Ich schließe es nicht aus», sagte Ruth. «Das ist drei Jahre her. Zeit genug zu sterben. Auch für Friedhart.»

«Oder sich noch tiefer in den Untergrund zu wühlen. Wie konntest du nur in all das hineingeraten, Ruth?»

«Alles hängt davon ab, welchen Menschen man begegnet, Stef.»

«Kommst du?»

Henny lauschte in den Hörer hinein und hörte die Angst in Florentines Stimme. Nur diese beiden Worte, doch Henny ahnte, was die bedeuteten. Sie bat Konstantin, sie in die Sierichstraße zu begleiten, ihre Knie zitterten zu sehr, um sich allein auf diesen Weg zu machen.

«Ihr wart ein wunderbares Quartett», sagte Konstantin, als sie aus der Körnerstraße kamen. Der Blick auf die Alster mit den vielen Booten. Spaziergänger. Kinder. Hunde. Ein Feierabend im August.

«Ein wunderbares Quintett, Louise kam auch noch dazu.»

Nun starb die Dritte von ihnen. Henny und Konstantin standen vor Idas Haus, die Dämmerung eines Sommertages. Gerade erst hatten sie Idas Geburtstag begangen. Als sei der ein Versprechen für ein weiteres Jahr. All die Glückwünsche.

«Heute Morgen hat sie Etta das Schildkrötchen und den Elefanten geschenkt», sagte Florentine leise. «Das schien uns ein Zeichen zu sein. Seitdem lassen wir sie nicht aus den Augen.»

Sie saßen neben Idas Bett im Zimmer von Cocteau, Florentine, die Kinder, der Husky. Karsten hatte Henny und Konstantin die Tür geöffnet und sich dann an den Küchentisch zurückgezogen.

Henny nahm Idas Hand. «Du warst immer die Schönste», sagte sie. Beinah ein lebenslanges Zitat.

Lächelte Ida in diesem Augenblick?

Lange noch saßen sie an diesem Abend um den Küchentisch der Gemeinschaft, die einmal als kleine feine Künstlerpension ihren Anfang genommen hatte. Florentine und ihre Familie, Henny und Konstantin. Fred. Emil. Karsten, der noch einmal aufstand und in Idas Zimmer ging.

«Wir Moribundi», sagte er leise und küsste der alten Dame die Hand.

«Du sitzt hier im Dunkeln, Käthe?»

«Ida ist tot?», fragte Käthe.

«Ja. Kurz nach zwanzig Uhr ist sie gestorben.»

«Dann sind nur noch du und ich von uns Alten da.»

«Halten wir noch ein wenig durch», sagte Henny im Salon der Körnerstraße und setzte sich neben ihre Freundin.

JANUAR 1999

Etta hatte Tamara in einem Zimmer der Künstlerpension untergebracht, eine vorübergehende Lösung sollte das sein, bis die Kamerafrau und die Dramaturgin eine Wohnung in der Schanze gefunden hatten. Im Herbst waren die jungen Frauen aus Berlin gekommen, dort hatten sie beide an der Filmhochschule in Babelsberg studiert.

Etta und Tamara besichtigten großzügige hohe Zimmer in Häusern, die vor zwei Jahrzehnten abgetakelt gewesen waren, doch nun war das Schanzenviertel ein begehrter Ort für Kreative. Dann hatte Tamara am Küchentisch Ettas Bruder kennengelernt.

Florentines erstes Enkelkind wurde unter dem großformatigen Foto des belgischen Schriftstellers Georges Simenon gezeugt.

Noch immer wurde eine Wohnung gesucht. Für eine junge Familie. In Loris Dachzimmer in der Nähe des Instituts für Sozialforschung, wo der junge Historiker arbeitete, passte höchstens noch eine Kinderrassel.

Tamara war bereits in der achten Woche, als Lori ihr sagte, dass dieses Kind drei Großväter haben würde. Tamaras Vater und die beiden Väter von Lorenz. Ihr gefiel der Gedanke gut.

«Ich würde gern Alex' Gesicht sehen, wenn sie es verkünden», sagte der Husky. Vorgestern erst hatten Florentine und er vom Kinderglück erfahren. «Können wir ihn und Klaus nicht einladen?»

Florentine hielt nicht viel davon. Alex kannte Tamara noch gar nicht.

«Lass ihn das allein verdauen. Du kennst ihn doch», sagte sie. «Er tut sich mit allem Neuen schwer.»

«Haben wir es schon verdaut?»

«Du bist eindeutig alt genug, um Großvater zu sein», sagte Florentine. «Und ich werde mich schon ins Geschick finden.»

Robert grinste. «Ins heitere Geschick bitte», sagte er.

Etta war als Einzige leicht verstimmt, sie konnte nur den Kopf schütteln über Tamara. Gerade fünfundzwanzig, das Diplom zur Dramaturgin in der Tasche und dann ein Kind.

Halbherzig sah sie sich Zimmer in der Schanze an, bis sie entschied, erst einmal in der Sierichstraße zu bleiben.


«Urgestein», sagte Alex. «Ich hasse diesen Begriff.» Der Programmleiter der Unterhaltungsmusik hatte ihn und seinen Saxophonisten Hans so genannt. Vermutlich sollte das ein Kompliment sein. Alex gab den Klaviertasten einen leichten Stoß mit dem Handballen.

Hans Dörner und Alex waren die Einzigen aus der ersten Formation des Kortenbach Quintetts. Vor allem in den letzten Jahren hatte es viele Wechsel am Bass, an den Drums und bei der Trompete gegeben.

«Du scheinst ernstlich verstimmt zu sein», sagte Klaus. Er saß am Tisch und schrieb Neujahrsgrüße.

«Vielleicht will er eine Stange Dynamit ans Urgestein legen. Ein großer Knall, und das Quintett ist nur noch kleines Geröll.»

«Das glaub ich nicht. Ihr hattet doch gerade Aufnahmen im Studio 10.»

«Wusstest du von den Plänen, es *Rolf Liebermann Studio* zu nennen?»

«Nein», sagte Klaus. «Gefällt mir aber. Gehst du mal ans Telefon? Ich habe Tintenhände. Mein guter alter Montblanc kleckst.» Er stand auf und holte einen Lappen unter der Spüle hervor. Wischte die Hände ab mit einem fragwürdigen Ergebnis. Alex erschien in der Küchentür.

«Lori kommt nachher vorbei und stellt uns seine Freundin vor.»

«Uns oder dir?»

«Haben wir was anzubieten?»

«Immer», sagte Klaus. Er gab einen Spritzer Spülmittel in die Hände und wusch sie gründlich. «Sie lassen auch mich noch hin und wieder eine Sendung machen, obwohl ich offiziell verabschiedet bin. Da wird keiner das Quintett abschaffen, ein Aushängeschild des Senders.»

«Soll ich Teewasser aufsetzen?», fragte Alex.

«Vielleicht trinken sie lieber einen Espresso. Kennst du die neue Freundin? Sie hat mit Etta studiert, oder?»

«Tamara. Nein, ich kenne sie nicht. Doch es scheint Lori ernst zu sein. Wenigstens ein Dutzend hat er mir nicht vorgestellt.»

Sie gefiel ihnen beiden, die junge Frau mit dem kinnlangen dunklen Haar, wie Florentine es früher getragen hatte. Groß wie Alex und Klaus war sie, Tamara passte gut in die Familie.

Familie? Alex ahnte noch nichts, als er ein zweites Stück Streusel auf Tamaras Teller tat, den Kuchen hatte Klaus in der Tiefkühltruhe gehabt.

«Wir kriegen ein Kind», sagte Lorenz.

Klaus legte die Hand auf Alex' Schulter. «Dass ich nun auch noch Großvater mit dir werden darf», sagte er.

«Dann seid ihr schon vier», sagte Tamara. Was würden ihre Eltern zu den unkonventionellen Familienverhältnissen sagen?

«Ich freue mich», sagte Alex. «Ich freue mich enorm.»

«Wann ist der Geburtstermin?», fragte Klaus.

«Um den zwölften August herum», sagte Tamara.


«Erst Urgestein und dann Großvater», sagte Klaus. «Da wird ja ganz schön an deiner Jugendlichkeit gekratzt.»

«Ich bin der älteste von den vier Großvätern.»

«Du siehst glücklich aus. Nun hast du es geschafft, die Gene deiner Familie werden weitergegeben. Das wird eine ganze Dynastie.»

«Tu ich dir weh damit?»

«Ich hätte zu gerne selber Kinder mit dir gehabt.» Klaus grinste.

«Wenn nur Konstantin wieder ein Glück findet.»

«Katja sagte, da gebe es eine Ärztin, die Konstantin auf einem Kongress kennengelernt hat. Sie ist einige Jahre älter als er.»

«Katja ist wohl seine engste Vertraute.»

«Dicht gefolgt von Henny», sagte Klaus. «Mach mal ein bisschen Lärm auf dem Klavier. Nicht mit dem Handballen.»


«Kein Wunder, dass du ein so gut aussehender Typ bist», sagte Tamara, als sie an der Alster entlang zurück zur Sierichstraße gingen. «So wie deine sämtlichen Eltern aussehen.»

«Meine Mutter hat gemodelt.»

«Die Untertreibung des Tages. Sie war auf den Titeln von *Vogue*, *Twen* und *Elle*. Etta hat sie mir alle gezeigt, da sind ganze Stapel in eurem Bücherregal. Florentine Yan war das, was heute Nadja Auermann und Kate Moss sind. Du kannst stolz auf deine Mutter sein.»

«Ich bin auch stolz auf meinen Vater.»

«Der ist obendrein noch ein bekannter Jazzmusiker.»

«Ich meine Robert», sagte Lori.

Tamara blieb stehen. Sie zog an Loris Schal, bis er sich zu ihr hindrehte. Dann küsste sie ihn. «Der Husky ist wunderbar», sagte sie.

«Ruth. Stefan. Jon. Katja. Die Kinder. Marike und Thies.»

«Was ist das für eine Aufzählung?»

«Die Gästeliste für deinen Geburtstag, Käthe.»

«Den erlebe ich nicht mehr.»

«*Dumm tüch*, hätte dein Vater gesagt. Das ist in vierzehn Tagen. Du wirst ja wohl nicht kurz vor deinem neunundneunzigsten kneifen.»

Käthe lehnte ihren Kopf an die Sessellehne. «Ich will nicht noch neunundneunzig werden», sagte sie.

«*Ich* will neunundneunzig werden», sagte Henny. Sie fing an, sich zu ärgern über Käthes Defätismus. «Gern noch hundert.»

«Dir geht es auch viel besser als mir.»

«Da erwischst du mich, Käthe. Das stimmt. Vielleicht kann Konstantin noch mal helfen. Die Spritzen haben dir gutgetan im November.»

«Immerhin bin ich nicht närrisch geworden wie Ida.»

Henny sah Käthe lange an. Das warme Licht der Stehlampe ließ deren Gesicht frischer erscheinen, doch die Augen lagen tief in den Höhlen.

«Vergesst nicht, das Lindenbäumchen im April zu pflanzen.»

«Warten wir mal ab, liebe Baucis.»

Henny stand auf, als Käthe leise zu schnarchen anfing. Hüllte sie in die Mohairdecke. Sie trat in die Diele, weil sie den Schlüssel in der Tür hörte, Konstantin, der von der Praxis nach Hause kam, Tüten aus der Lebensmittelabteilung des Alsterhauses in den Händen, die er in die Küche trug. Henny kochte noch für alle drei, doch Konstantin kaufte ein, wenn Marike und Klaus das nicht taten.

Henny schloss die Küchentür und drehte sich ihrem Enkel zu. «Käthe spricht davon, noch vor ihrem Geburtstag zu sterben», sagte sie.

Konstantin setzte sich auf einen der Stühle. Er hatte noch den Mantel an. «Setz dich zu mir», sagte er. «Ich kann ihr noch mal eine Spritzenkur geben, aber jedes einzelne von Käthes Organen gibt auf. Sie kann nicht mehr, Henny. Anders als du.»

«Du meinst, es wäre egoistisch von mir, sie nicht gehen zu lassen?»

«Es lässt sich nicht mehr aufhalten. Das waren noch gute Jahre, seit wir Käthe zu uns geholt haben. Damals hat sie schon sterben wollen, doch da litt ihre Seele mehr als ihr Körper.»

Konstantin stand auf und umarmte seine Großmutter. «Ich zieh mal den Mantel aus und wasch mir die Hände. Dann schau ich nach Käthe.»

«Vielleicht nimmt sie ja doch was vom Kartoffelauflauf, den ich im Ofen habe», sagte Henny. «Du isst doch mit?»

«Gerne», sagte Konstantin.

«Du hast gar kein eigenes Leben, Konsti.»

«Das hier ist mein eigenes Leben.»

«Lern ich denn die Ärztin kennen? Die vom Kongress?»

«Das ist vorbei, Henny. Du sagst ja selber dauernd, dass ich erst in meinen Dreißigern bin. Noch hab ich den Weg zum ewigen Junggesellen nicht eingeschlagen. Marike erzählt mir, dass Lori Vater werden wird. Achtundzwanzig ist er, nicht wahr?»

Henny sah ihn sorgenvoll an. Dachte er an das Kind, das er mit Vivi gehabt hätte? «Ja», sagte sie. «Alex wird Großvater. Klaus scheint das eher zu amüsieren, als zu irritieren.»

«Havekost hat mich heute angerufen», sagte Konstantin. «Die Finkenau soll im kommenden Jahr geschlossen werden. Die Kosten sind zu hoch, sie wird mit dem Barmbeker Krankenhaus zusammengelegt.»

Henny schwieg. «Dass auf einmal alles zu Ende geht», sagte sie dann.

«Einiges scheint auch seinen Anfang zu nehmen», sagte Konstantin.


Eine Karte von Karsten, die Katja im Briefkasten fand. Drei schrille alte Damen mit rosa Haaren auf dem Foto, die Eis aßen. *The Three Fat Women of Antibes*, schrieb er dazu. *Somerset Maugham lässt grüßen. Ihr seid wie immer herzlich eingeladen, mich im Sommer zu besuchen.*

Im Dezember war er ein paar Tage in Hamburg gewesen, hatte in einer Pension am Schwanenwik gewohnt. Karsten hatte die Hütte in Antibes wahr gemacht, wenn daraus auch eine Terrassenwohnung mit fünf Zimmern geworden war. Er arbeitete kaum noch, dem ehemaligen Kriegsreporter ging es nicht gut. «Onkel Karsten pfeift auf dem letzten Loch», hatte er Henriette gesagt und getan, als sei das eine lustige Geschichte. Der Libanonkrieg holte ihn immer wieder ein.

Katja legte die Karte auf den Tisch, an dem Jon mit einem Textbuch saß. Beide blickten in den Flur. *Quit Playing Games With My Heart* kam aus Carolines Zimmer.

«Die Backstreet Boys», sagte Jon. «Caro hört sie seit Stunden. Immer einen Tick lauter.» Er nahm die Karte. «Wir sollten Karsten wirklich mal an der Riviera besuchen. Manchmal mach ich mir Sorgen, dass er nicht alt werden wird.»

«Henny sagt, dass Käthe bald sterben wird. Sie will nicht einmal mehr ihren Geburtstag erleben. Der ist am 21. Januar.»

«Ab 20. Januar hab ich drei Drehtage in Köln. Hat Henny mit Ruth und Stefan über Käthes Zustand gesprochen?»

«Ja. Einer von ihnen ist täglich da. Heute war Ruth bei ihr.»

«Stefan hat gestern ein heftiges Grand Mal gehabt.»

«Steigern sich die Anfälle?»

Jon schüttelte den Kopf. «Das hat es immer schon gegeben.»

«Ist Henriette in ihrem Zimmer? Da ist es so still.»

«Sie ist drüben bei deinen Eltern. *Mensch ärgere dich nicht* spielen.»

«Lass uns morgen zu Käthe gehen. Schokoladeneclairs bringen. Einfach tun, als wäre ihr Geburtstag.»

«Henriette geht mit einer Freundin ins Kino und Caro hat Theater-AG.»

«Vielleicht ist es besser, wenn wir ohne die Kinder da sind, Jon. Sonst ist es zu anstrengend für Käthe.»

«Es ist doch noch nicht mein Geburtstag», sagte Käthe. Ein halbes Schokoladeneclair, das sie aß. Am Gespräch beteiligte sie sich kaum, egal ob es um familiäre Ereignisse ging oder um die Tagespolitik. Gerhard Schröder, der im Oktober den ewigen Kanzler Helmut Kohl abgelöst hatte und nun vom ehemaligen Palast der Republik aus regierte, dem

Palazzo Prozzo der DDR. Der Spatenstich für das Kanzleramt war vor zwei Jahren getan worden.

«Dann haken wir die Eclairs schon mal ab», sagte Henny. «Zum 21. Januar backe ich dir eine Mohntorte. Die hast du doch auch gern.»

Henny gab nicht so leicht auf. Noch sechs Tage bis zum 21. Januar. Vielleicht war das Datum eine Grenze, die Käthe überschreiten musste, damit sich Todesängste lösten und es ihr wieder besser ging.

Wider besseres Wissen kaufte Henny eine kleine Flasche von Käthes Lieblingsparfüm. *La vie est belle.* Auch noch ein warmes Bettjäckchen in Vanilleweiß im Wäschegeschäft am Mühlenkamp. Henny wickelte die Geschenke in Veilchenpapier und legte sie in ihren Kleiderschrank.

Am Nachmittag des 20. Januar buk Henny eine Mohntorte, der Duft zog durch das ganze Haus.

«Setz dich zu uns, Henny», sagte Käthe.

«Stefan hat Feuer im Kamin gemacht.» Ruth saß neben Käthe und hielt deren Hand.

«Siehst du. Es klappt doch mit dem Weiterleben», sagte Henny zu Käthe, als sie einander gute Nacht sagten, Henny ins Schlafzimmer in den ersten Stock hochstieg.

Gegen vier Uhr am Morgen wurde sie von Konstantin geweckt. «Du hast es nicht gehört?», fragte er. Nein, Henny hatte fest geschlafen.

Ganz laut hatte Käthe es gerufen. *Rudi.* Ihre letzte Kraft hatte sie gegeben, um ein letztes Mal seinen Namen zu nennen.

Als Henny und Konstantin an ihrem Bett ankamen, lag Käthe still. Konstantin konnte nur noch ihren Tod bestätigen.

«Eigensinnig ist sie immer gewesen», sagte Henny traurig. «Das wandelnde Widerwort. Das hat Theo gesagt.» Da war ihre lebenslange Freundin dabeigeblieben, vor ihrem Geburtstag zu sterben.

«Geh du in dein Bett. Ich bleibe bei ihr», sagte Konstantin. Doch er trug für Henny einen Sessel aus dem Salon hinüber und hüllte sie in Decken ein, um sich dann zu seiner Großmutter und Käthe zu setzen.

Der Blumenladen in der Gertigstraße sah verwunschen aus, ganz anders als die Blumenläden, die Konstantin kannte. Er glaubte, in das Gemälde eines präraffaelitischen Malers hineinzugehen, als er ihn betrat, um ein großes Blumenbukett für Käthe zu bestellen. Weiße Ranunkeln, hellrosa Rosen, blaue Hyazinthen, die ihm die Blumenhändlerin empfahl. Henny hatte keinen Kranz gewollt, nichts ins Korsett Gezurrtes.

«Sie sind noch nicht lange hier?», fragte er die rothaarige junge Frau.

«Seit dem vergangenen Sommer.»

«Kann es denn sein, dass ich Ihren Laden übersehen habe?»

«Vielleicht sind Sie immer in Eile gewesen?»

«Das war ich wohl», sagte Konstantin. «Fast auf der Flucht.»

Sie lächelten einander zu, als würden sie den anderen schon länger kennen.

Wie kam es denn, dass er Hoffnung schöpfte, als er den Eckladen verließ? Wärme spürte? Beinah ein Glück? Konstantin hatte doch nur Blumen für Käthes Beerdigung bestellt.

## DEZEMBER 1999

Henny öffnete den Kleiderschrank und nahm den Kragen aus Plauener Spitze aus dem Fach, eine kostbare Handarbeit, Konstantin hatte ihr den weißen Kragen zum Geburtstag geschenkt. Zwei Päckchen, an denen Hennys Blick hängen blieb, in Veilchenpapier gewickelt.

Keine Käthe, die ein warmes Bettjäckchen brauchte oder ein Parfüm. Vielleicht sollte sie beides bald in Gebrauch nehmen, wenigstens das Bettjäckchen, ihr eigenes Parfüm hieß *L'Air du Temps*, seit Theo es ihr an Weihnachten 1948 zum ersten Mal geschenkt hatte.

Henny trat vor den Spiegel und legte den Kragen auf das Kleid aus anthrazitgrauer Wolle, das könnte sie tragen, wenn Klaus und Alex am zweiten Advent zum Weihnachtssingen einluden. Eine junge Frau würde dabei sein, von deren Existenz im Januar des Jahres kaum einer von ihnen eine Ahnung gehabt hatte, doch nun gab es Jantje, und sie hatte Licht in das Leben von Konstantin gebracht.

Anfang des neuen Jahres würde Henny das Schlafzimmer im ersten Stock aufgeben und Bett und Schrank in das Zimmer neben den Salon stellen, das einst ihr Esszimmer gewesen war und dann für gute sechs Jahre das Zimmer von Käthe. Das tomatenrote Küchenbuffet stand nun bei Ruth und Stefan. Dieses schlichte Möbel, mit dem einst Käthes Vater seine Annsche überrascht hatte, wurde durch die Zeiten getragen.

Der letzte Dezember im alten Jahrhundert, den würde sie genießen, das Jahr war kein leichtes gewesen, als hätte Käthes Tod all die anderen Todesfälle in traurige, nahezu quälende Erinnerung gebracht.

Dabei war im August ein Kind glücklich geboren worden, eine kleine Klara. Noch immer kaum zu fassen, dass sie die Enkelin von Alex war, der seit Jahrzehnten mit ihrem Klaus lebte.

Henny legte den Kragen zurück in das Fach, in dem sie Handschuhe und Schals verwahrte, zog das gute Kleid aus und hängte es auf den Bügel, zog den karierten Rock und den Twinset an. Das schöne Tuch aus Paris könnte sie auch bald mal wieder tragen, das mit den blauen Hortensien, die so gut zu der Farbe ihrer Augen passten. Spätestens, wenn es wieder Frühling war.

«Das ist ja wie in alten Zeiten», sagte Alex und nahm einzelne Zettel vom Tisch auf. «*Silent Night*», las er. «Chet Baker. Traumschöne Aufnahme, aber ist das nicht verfrüht?»

«Am Sonntag ist der zweite Advent», sagte Klaus. «Da wir zu diesem Anlass einladen, dürfte dir das kaum entgangen sein.» *In The Bleak Midwinter* schrieb er auf einen neuen Zettel und zeigte ihn Alex. «Da habe ich die Aufnahme von Shawn Colvin. Was meinst du?»

«Kein Jazz, jedoch schön.»

«Früher war ich nicht halb so nervös, mir fehlt mittlerweile die Übung, das letzte Mal war ich mit *Nach der Dämmerung* im Oktober dran. Das soll gleich alles hinüber in den Sender, damit die Technik es hat.»

«Du willst die Zettel faxen?»

«Versuch, dich gelegentlich an die Existenz meines Notebooks zu gewöhnen.» Klaus zeigte zum Schreibtisch hinüber. «Da tippe ich gleich alles ein und drücke auf Senden.»

«Und warum beschriftest du dann noch Zettel?»

«Das gehört zum kreativen Prozess.» Klaus nahm die Zettel und ging hinüber zum Schreibtisch. Klappte den Computer auf.

«Jedenfalls haben dich die Techniker inzwischen bestens erzogen, dass du alles schon am Donnerstag schickst.»

«Hm», sagte Klaus. Er blickte auf das gerahmte Foto von Alex' Familie und das der zwölf Wochen alten Klara, die auf dem Schreibtisch standen.

«Klara sieht deiner Mutter wirklich sehr ähnlich.»

«Ja», sagte Alex.

«Und damit dir.»

«Denkst du, dass es schmerzlich für *Old Green Eyes* ist?»

«Nein. Etta ist ihm wie aus dem Gesicht geschnitten. Lass sie erst einmal Kinder kriegen, dann werden das ganz sicher lauter kleine Klone von ihm.»

*Make Yourself A Merry Little Christmas*, schrieb er in das Notebook. Aufnahme von Frank Sinatra. Alex kam zu ihm hinüber und nahm die beiden Fotografien in die Hand. «Nimm doch noch *Mary's Boychild*», sagte er. «Mit Harry Belafonte.»

«Das ist auch kein Jazz.»

«Der neue Mann ist da nicht so streng wie Thies. Wie geht es Thies überhaupt?» Er stellte die Bilder zurück auf den Schreibtisch.

«Sie haben es großflächig entfernt und sind zuversichtlich. Ich weiß nicht, ob da noch eine Therapie folgt. Ich treffe Marike morgen, der große Stollen-Test in der Konditorei Andersen. Da werde ich sie fragen.» Bei seinem Schwager war ein Basaliom diagnostiziert worden, ein weitverbreiteter Hautkrebs.

«Servieren wir am Sonntag noch was anderes als Stollen und Gebäck?», fragte Alex.

«Du servierst Tee und Punsch. Einen mit und einen ohne Alkohol.»

Alex zog die Augenbrauen hoch. «Wusste ich das schon?»

«Jetzt weißt du es. Ich werde noch eine Gulaschsuppe vorbereiten. Dazu sollten wir Rotwein vorrätig haben, geh mal zu Vino und lass dich von Tiefenbach beraten. Ich denke, zwei Kartons. Dann haben wir schon was für Weihnachten.»

«Da ist doch die ganze Familie bei Katja», sagte Alex.

«Der Jahrtausendwechsel findet auch bei ihr statt.»

«Kann sie das denn alles schaffen? Jon hat noch eine Premiere vor Weihnachten. Diesen *Jeff Koons*.»

«Tschakka», sagte Klaus.

Alex hob die Schultern in Unverständnis.

«Katja hat einfach den längsten Tisch. Wir haben bereits geklärt, dass ich das Kochen an Silvester übernehme. Am Sonntag wollen wir drüber sprechen, was gegessen werden soll. Nach Mitternacht auf jeden Fall Heringssalat nach dem Rezept von Else.»

«Ich bin für Kartoffelsalat mit Würstchen.»

«Den macht meine Mutter für Heiligabend. *Tschakka* heißt so viel wie *Katja schafft das*. Frei interpretiert. Ist ein neuer Ausdruck.»

«Für junge Leute, wie du es bist», sagte Alex. «Selige Weihnachtszeit, sie ist so umtriebig. Da kommt man kaum noch dazu, sich um das neue Jahrtausend zu sorgen.»

Florentine zog an der Schnur der Wärmelampe, bevor sie Klara auszog, die große schwere Wickelkommode ihrer Kinder, die nun in dem Zimmer stand, das einmal Idas gewesen war. Kein Jean Cocteau mehr an der Wand, sondern ein Porträt von der Tigerente.

Nur Fred lebte noch in einem Zimmer der einstigen Künstlerpension, die nun von einem Historiker und einer Dramaturgin bewohnt wurde, die angefangen hatte, Drehbücher zu schreiben. Und von Klara, dem schönsten Enkelkind auf Erden.

Lorenz und Tamara hatten lange vergeblich gesucht, da war es die beste Lösung gewesen, ihnen diese Wohnung anzubieten, statt neue Pensionsgäste aufzunehmen. Den Mietvertrag hatte Florentine vor vierzehn Jahren unterschrieben, er war noch immer vorteilhaft.

«Deine erste Fotosession», sagte Florentine. «Gleich kommt Katja.»

Ein graues Strickkleidchen mit einem rosa Teddybär, das Klara trug, als sie vor Katja saß. «Sie kommt ganz nach ihrer Großmutter», sagte Katja. «Guck dir an, Florentine, wie sie mit der Kamera flirtet.»

«Da ist nichts Chinesisches mehr in ihr erkennbar, meine Enkelin sieht aus wie Alex», sagte Florentine.

«Macht das deinem Mann zu schaffen?»

Florentine schüttelte den Kopf. «Der Husky ist der großzügigste Mann auf Gottes Erden. Als ich das kapierte, fing ich an, ihn zu lieben.»

«Gut, dass du es kapiert hast.» Katja lächelte.

«Ich habe anfangs noch Alex im Herzen gehabt. Was ist eigentlich aus Karsten geworden?»

«Er hat die Pariser Wohnung aufgegeben und lebt in Antibes.»

«Dafür ist Emil jetzt in Paris. Hat Karsten denn noch Luft zum Atmen?»

«Ich hoffe, dass er noch lange mit ihr auskommt. Und nun Fotos von Enkelin und Großmutter. Das werden schöne Weihnachtsgeschenke.»

Das klang ja schräg oben in der ersten Etage der Frauenklinik Finkenau, elegische Stimmen, die *Es kommt ein Schiff geladen* sangen. Konstantin stieg die Stufen der Treppe hoch, bis er die Sänger sah, die in die Noten krochen, als hätten sie eine komplizierte Opernpartitur vor sich. Ein paar Patientinnen, die aus den Zimmern gekommen waren, Pflegepersonal.

Dr. Havekost sei gleich da, hatte die Sekretärin gesagt. Die Sänger stimmten *Tochter Zion* an, hörbar zu hoch gesetzt für ihre Stimmen. Konstantin blickte auf das Tannenbäumchen, das eher nachlässig geschmückt worden war. Herrschte schon Endzeitstimmung in der Finkenau, die fünfundachtzig Jahre lang Leben bedeutet hatte?

Er zog sich ins Parterre zurück, nahm Platz auf der schweren Holzbank gegenüber von Havekosts Sprechzimmer. *Maria durch ein' Dornwald ging* klang es nun von oben. Theo hatte hier als leitender Arzt sein Leben verbracht, Henny und Käthe waren an diesem Ort zu Hebammen ausgebildet worden, für ihn waren es die ersten Berufsjahre gewesen.

«Sie sehen auch schon ganz kummervoll aus, Konstantin», sagte Havekost. «Sind es nur die Sänger? Eine freikirchliche Gemeinde, die uns das zum Advent angeboten hat. Ich bin nicht sicher, ob es unseren Patientinnen wirklich guttut. Klingt doch eher niederziehend.»

«Niederziehend ist auch, dass es hier vorbei sein soll. Die Finkenau gehört zu unserer Familie. Wäre es denn nicht denkbar gewesen, sich wieder auf die Geburten zu konzentrieren? Mit allen Extravaganzen, die heute möglich sind? Keine Onkologie. Keine Operationen außerhalb pränataler und postnataler Betreuung.»

«Da haben andere drüber entschieden», sagte Havekost. «Und Sie gehen mit nach Barmbek?»

Havekost nickte. «Ich denke, es wird im kommenden September so weit sein. Kommen Sie, Konstantin, Sie wollten doch zum Abschied einen letzten Rundgang machen.»

Als sie später in das Sprechzimmer zurückkehrten, trat Konstantin ans Fenster, legte die Hand auf den kalten Granit der hohen Fensterbank. «Hier hat Theo Unger gelegentlich gesessen, wenn er glaubte, die Perspektive wechseln zu müssen», sagte er.

Havekost lächelte. «Ich kenne die Geschichte, Henny Unger hat sie mir erzählt. Es sieht ja ganz danach aus, als ob Ihre Großmutter noch den hundertsten Geburtstag erleben wird, Konstantin.»

«Hoffen wir's», sagte Konstantin. «Sie hält sich sehr gut.»

Als er in sein Auto stieg und noch einmal zu der Backsteinfassade sah, die Fritz Schumacher vor vielen Jahren für die Finkenau entworfen hatte, sah er Havekost hinter dem Sprossenfenster stehen. Konstantin bog in die Hamburger Straße ein, um dann auf verschlungenen Wegen durch Barmbek zu fahren, bis er an einem Eckladen der Gertigstraße ankam. Eine Welt voller Tannenduft und Christrosen, Amaryllis und getrockneter Hortensien, die auf Konstantin wartete, und ein Rauschgoldengel mit roten Haaren.

So anders klangen die Adventslieder, wenn sie im großen Zimmer am Schwanenwik gesungen wurden, obwohl nur Jon und Alex geschulte Stimmen hatten. Hennys hohe, Katjas tiefe Stimme, Florentine und der Husky, die einander ansangen wie Nina und Frederik. Jeder durfte sich ein Lied wünschen, es wurde in Noten und Textbüchern geblättert.

*Am Weihnachtsbaum die Lichter brennen* wünschte sich Henny.

*Zwei Engel sind hereingetreten*
*Kein Auge hat sie kommen sehn,*
*Sie gehn zum Weihnachtstisch und beten,*
*und wenden wieder sich und gehn.*

«Dein Kinderpunsch ist außergewöhnlich lecker», sagte Katja.

«*Cherchez Alex*», sagte Klaus. «Ich hätte ihn viel früher im Leben in der Küche einsetzen sollen. Delegiere gern an ihn am Heiligen Abend, ich werde es an Silvester auch tun. Er wächst mit den Aufgaben.»

Katja war es, die am nächsten Tag noch Zeit fand, mit ihrer Großmutter in die Stadt zu fahren, um kleine Weihnachtseinkäufe zu erledigen. Henny hakte sich ein bei Katja, als sie über den glitzernden Jungfernstieg gingen, hinein in den Neuen Wall, dessen Lichterketten die Straße in Bögen umspannten, die älteste Lichterkette der Stadt, seit 1926 gab es sie.

«Zu Landmann am Gänsemarkt will ich noch gehen», sagte Henny. «Ich habe für Jantje den *Geheimen Garten* bei Nils bestellt.»

«Das Buch hat es schon gegeben, als ich noch jung war», sagte sie, während Nils es verpackte. «Ich denke oft an deinen Vater, Nils. Er hat Lina sehr gutgetan. Bis zum letzten Augenblick ihres Lebens.»

«Sie haben einander gutgetan. Er wäre in diesem Jahr neunzig geworden, doch er ist ja schon seinen Frauen gefolgt.»

«Ich hätte in keiner anderen Stadt lieber gelebt», sagte Henny, als sie über den Jungfernstieg zum Auto zurückgingen, einen Augenblick stehen blieben, die große leuchtende Tanne inmitten der kleinen Alster betrachteten. «Und du, Kind?»

Katja hatte so viel mehr von der Welt gesehen als Henny. Doch sie stimmte ihr zu. Empfand sie es nicht gerade genauso?

«Ich wünschte, ich wäre dann und wann zu meinem Glück gezwungen worden», sagte Henny. «Eigentlich hat das nur Theo getan, als er mich drängte, in die Körnerstraße zu ziehen und ihn zu heiraten.»

«Glaubst du, dass wir Konstantin zum Glück zwingen müssen?»

«Nein, Katja. Das geht jetzt ganz von allein.»

«Angeblich wird die Zeitenwende ein Computer-Chaos auslösen», sagte Alex am Nachmittag des Silvestertages. «Was dein Notebook wohl anstellen wird?» Eine kleine Stichelei, seit Stunden stand er schon als Hilfskraft in Katjas Küche, putzte Bohnen, umwickelte sie mit Speck, schabte Möhrchen, schälte Kartoffeln, während Klaus die Entenbrüste parierte, sie kreuzweise einschnitt, fürs Anbraten vorbereitete.

Jon legte beide Platten in den Tisch, um ihn zu erweitern. Die ganze große Freundesfamilie würde dort Platz nehmen, auch Fred war dabei. Katja und die Kinder deckten den Tisch, Knallbonbons, die sie verteilten, Glückskekse.

«Gehen wir um Mitternacht an die Alster, Jon?», fragte Katja.

«Ich würde es gern tun. Es soll ein Jahrtausendfeuerwerk geben. Die Menschen pilgern aus allen Stadtteilen herbei.»

«Alex hat schon gesagt, dass er mit Henny zu Hause bleiben wird. Dann bleibt auch Klaus. Er geht nicht in das neue Jahr, ohne dabei in den Armen von Alex zu liegen.»

«Ein großes Liebespaar», sagte Jon. «Wie du und ich.»

«Und viele andere. Jetzt und damals», sagte Katja.

Um zwanzig Uhr fanden sie sich um Katjas großen Tisch zusammen am letzten Abend des Jahres. Des Jahrhunderts. Des Jahrtausends. Henny saß am Kopfende des Tisches und sah jeden Einzelnen von ihnen an, als sie das Glas hob. Marike. Thies. Klaus. Alex. Katja. Jon. Caroline. Henriette. Konstantin und Jantje. Ruth. Stefan. Florentine. Robert. Etta. Lorenz. Tamara. Fred. Klara lag in ihrem Kinderwagen und schlief, doch mit ihr waren sie zwanzig. Eine große Familie.

Saßen die Toten nicht noch in der zweiten Reihe und sahen dem Tun der Lebenden zu?

Kurz vor Mitternacht brachen sie auf, um zur Alster zu gehen. Körbe voller Sektflaschen hatten sie dabei. Gläser, die zwischen Leinentüchern lagen. Nur Henny, Alex und Klaus blieben in der Wohnung zurück, und Lori, Tamara und das vier Monate alte Kind.

Die nahen Kirchenglocken. St. Gertrud. St. Marien. Aus der Ferne klangen die Kirchen der Stadt. Beim zweiten Glockenschlag hatten sich die vier schon um Henny versammelt, Lori hielt das Kind auf dem Arm. Hellwach war Klara in diesem Augenblick, ihre erste Jahreswende ließ sie sich nicht entgehen.

«Wie gut, dich bei uns zu haben, Mama», sagte Klaus. «Bitte bleibe es noch lange.»

Henny beugte sich vor in dem großen Sessel, der für sie herangerückt worden war, und nahm einen der Sektkelche vom Tablett, das ihr Sohn anreichte. «Kinder, ich versuch's», sagte sie. «Gucken wir mal, wie weit ich komme.»

Der zwölfte Glockenschlag. Das Jahr Zweitausend hatte seinen Anfang genommen.


Auch am Ufer der Alster lagen sie einander in den Armen, wussten von ihrer Liebe, beschworen deren Ewigkeit. Vielleicht war der Kuss, den Florentine ihrem Husky gab, der längste in der Geschichte ihrer Küsse, so viel galt es zu beschwören.

Das Sternensprühen der Wunderkerzen, die Katja und Jons Töchter anzündeten, war das einzig Funkelnde, das sie sahen in jener Nacht. Nur Konstantin und Jantje glaubten, eine hell leuchtende Rakete in den Himmel steigen zu sehen.

War es die feuchte Wetterlage? Das üppige Feuerwerk? Die Alster lag im dichten Nebel, wie es das neue Jahrtausend tat.

Doch als sie dann heimkamen mit ihren Körben, sich dem Haus in der Papenhuder Straße näherten, da stand eines der Fenster im zweiten Stock weit auf, und die Klavierklänge von *Auld Lang Syne* strömten hinaus.

Alex spielte das alte schottische Lied von der längst vergangenen Zeit auf dem Ostberliner Klavier, und es klang von Strophe zu Strophe jazziger.

## NACHWORT DER AUTORIN

*Töchter einer neuen Zeit. Zeiten des Aufbruchs. Zeitenwende.*

Drei Bücher, die ein großes Glück für mich bedeuten. Das Glück, diese Charaktere ins Leben gerufen zu haben, denn so scheint es mir: Sie sind wirklich da. Ab und zu glaube ich, ihnen hier in meinem Stadtteil, auf der Uhlenhorst, zu begegnen, als wären sie alle Nachbarn und viel mehr noch – Henny, Käthe, Lina, Ida und ihre Wegbegleiter fühlen sich für mich wie Familie an.

Ein großes Glück ist auch, dass Sie, die Leserinnen und Leser, meine Charaktere in Ihr Herz gelassen und sie durch ein Jahrhundert begleitet haben. Ich danke Ihnen.

Und ich danke auch all denen herzlich, die Anteil daran haben, dass diese Trilogie wahr geworden ist.

Ihre Carmen Korn

Hamburg, im Mai 2018

# QUELLENANGABEN

Die Autorin zitiert Auszüge aus:

S. 15: «Kinder, heute Abend such ich mir was aus» (Text: Robert Liebmann) aus dem UFA-Film «Der blaue Engel»

S. 56/159: «The last Adieu» (Text: W. B. Ollivier)

S. 104 «LaLeLu» (Text: Heino Gaze)

S. 139: «Someone to watch over me» (Text: Ira Gershwin)

S. 176: «Here's to you» (Text: Joan Baez)

S. 208: «Der schöne strahlende Mensch» von Franz Werfel

S. 224: «I'm not in love» (Text: Eric Stewart / Graham Gouldman)

S. 236: «Wünschelrute» von Joseph von Eichendorff

S. 295: «Solo Sunny» (Text: Wolfgang Kohlhaase) aus dem gleichnamigen DEFA-Film

S: 329: «Die Beiden» von Hugo von Hofmannsthal

S. 349: «Embraceable you» (Text: Ira Gershwin)

S. 354: «Beautiful Boy» (Text: John Lennon)

S. 378: «Mutter Courage und ihre Kinder» von Bertolt Brecht

S. 385: «Der fliegende Holländer» (Text: Richard Wagner)

S. 407: «For certain is death for the born» aus der Bhagavad Gita

S. 494: «Überall ist Wunderland» von Joachim Ringelnatz

S: 502 f.: «Ich weiß nicht, zu wem ich gehöre» (Text: Robert Liebmann) aus dem UFA-Film «Stürme der Leidenschaft»

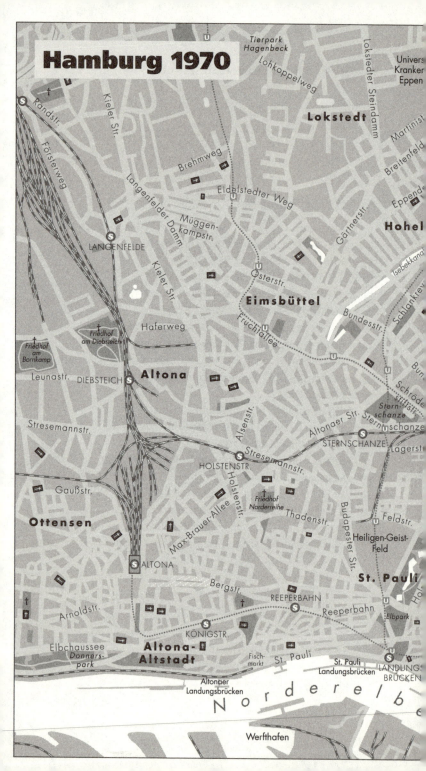